JN015061

ANNETTE HESS
DEUTSCHES HAUS
レストラン
「ドイツ亭」
アネッテ・ヘス著
森内薫訳
河出書房新社

レストラン「ドイツ亭」

第1部

夜中にまた火事があった。コートも羽織らずに通りに出たとたん、エーファはすぐそれに気づいた。日曜の静かな通りは薄く雪に覆われている。今度の火事は、うちからすぐ近くだったようだ。いつもと同じ冬の靄（もや）の中に、鼻をつく臭いが漂っている。ゴムが炭化した臭い。何かが燃えた臭い。金属が溶けた臭い。皮や毛が焦げたような臭いもする。きっとどこかの母親が赤ん坊を寒さから守るために羊の毛皮を使っていたのだろう。いったいだれの仕業だろうかと、エーファは毎度のように考える。夜更けにアパートの裏庭から忍び込み、玄関ホールに置いてあったベビーカーに火をつけるだなんて！「頭のおかしいやつか、チンピラの仕業だろうよ」と多くの人が思っていた。幸いまだ家屋に火が及んだことはない。だからこれまで、けが人は出ていない。もちろん経済的な被害はある。新しいベビーカーを百貨店「ヘルティ」で買ったら一二〇マルクする。若夫婦にはけっして少なくない出費だ。

「若夫婦」という言葉が頭の中でこだまし、エーファはいらいらと歩道を行ったり来たりする。外は凍てつくような寒さだ。でも、おろしたての薄青い絹のワンピースを着ただけのエーファは、少しも寒さを感じていない。むしろ興奮で汗ばんでいる。エーファはいま、皮肉屋の姉が言うところの「人生の喜び」の訪れを待っているからだ。今日は、クリスマスを控えた待降節の第三日曜日だ。将来の夫——になるはず——のユルゲンが初めてエーファの家を訪れ、家族に会い、一緒に昼食をとることになっている。エーファは腕時計に目をやる。午後一時三分。ユルゲンは遅い。

時おり車がゆっくり道路を通り過ぎる。エーファの父親が「雪屑（スノーダスト）」と呼ぶ小さなおがくずのような雪が、空からひらひらと舞い降りてくる。まるで空の高みで、だれかが巨大な氷の塊に鉋（かんな）をかけているかのようだ。そのだれかは、すべてをつかさどっている。エーファは、白い屋根の上に広がる灰色の雲を見あげる。そのとき、だれかの視線に気づく。二階の窓辺の「ドイツ亭（ドイチェス・ハウス）」という看板の上、ちょうど「亭（ハウス）」の文字のあたりに茶色い人影が立ち、こっちを見ていた。母親のエーディトだ。母親は無表情に見えるが、エーファはなんだか別れを告げられたような気持ちになり、さっとそちらに背を向ける。こみあげてくる何かを飲み込む。それでもまだ、涙がこぼれてきそうになる。

店の扉が開き、父親のルートヴィヒが出てきた。恰幅のよい体に白いコックコート姿の父親は、エーファのほうには目をやらず、ドアの右側にあるショーケースを開き、メニューの紙を取り換えている。でも、それがふりであることをエーファは知っている。メニューは二月のカーニバルの時期まで新しくならないのだ。エーファは思う。きっと、父さんは心配でならないのだ。娘の私をとても愛しているから、今日来るはずの見知らぬ男を妬み半分で待っているのだろう――。父親はふだん通りを装って、小さな声でお気に入りのフォークソングを歌う。だが残念ながら、ルートヴィヒ・ブルーンスは音楽の才能にはまるで恵まれていない。調子はずれな歌声が聞こえてくる。「われらは門前で歌う。陽気なわれら。菩提樹の下で」

窓辺の母親の隣に、若い女があらわれる。白っぽいブロンドの髪を巻いて膨らませたその女――姉のアネグレット――は、いかにも興奮したような大げさな身振りでこちらに手を振るが、遠目でもエーファには女の仏頂面がわかった。でも、責められる理由は何もないとエーファは思う。姉が先に結婚するのを、自分は十分長いこと待った。なのに、姉は二八歳になってもまだ独身で、体重だけを増やし続けている。エーファはとうとう両親とひそかに話をし、年の順に嫁ぐという慣習を手遅れにならないうちに破ろうと決めた。エーファ本人とて、嫁き遅れに足を踏み入れかけている。それに、あまり男の人にもてるほうでもない。健康で女らしい容姿の娘なのにと、家族は不思議がっている。豊かな唇にすっきり通った鼻筋。生まれつきブロンドの長い髪は自分で散髪して整え、きれいに結っている。でも、自分の瞳にはしばしば、災いの到来を予期するような不安な表情が浮かぶらしい。それが男の人を遠ざけているのだろうかとエーファは疑っている。

一時五分。ユルゲンはまだ来ない。かわりに店の左にある自宅用の扉が開き、弟のシュテファンが飛び出してきた。上着は羽織っていない。窓辺にいる母親が気づかわしげに物音を立て、さかんに身振りをするが、シュテファンは知らぬ顔で橇を引きずっている。オレンジ色の毛糸の帽子と、よく似合う色の手袋をともかくつけているからだろう。黒いダックスフントのパルツェルがあたりを跳ねまわる。ずる賢いところもあるが、家じゅうで愛されている犬だ。

「ヘンなにおい!」シュテファンが言い、エーファはため息をついた。「あんたまで来たの。まったく、なんて家族かしら」。歩道を覆う薄い雪の上で、シュテファンは橇を滑らせ始める。パルツェルは街灯のあたりで何かを嗅ぎまわり、興奮したようにぐるぐる回ってから、薄い雪の上で用を足した。糞から湯気が立ちのぼる。橇のブレードがアスファルトを引っ掻く音が、父親が店の前で雪かきをする音とあわさる。父親が腰に手をあて、目を瞑（つぶ）る。意地でも認めないだろうが、きっとまた腰が痛んでいるのだ。エーファは二か月前の一〇月の朝のことを思い出す。当人いわく、腰に「地獄のような」痛みがしばらくあった後、父親は寝床から起き上がれなくなった。エーファが救急車を呼び、市立病院でレントゲンを撮ってもらった。椎間板ヘルニアだった。手術を受け、その後医者からは、料理屋の仕事はやめるようにと忠告された。だが父親は、自分には食べさせなければならない家族がいるし、あんなちっぽけな年金だけでどうやって食っていけというのかと言った。家族は、せめてコックを雇ってはどうかと、しきりにすすめた。だがルートヴィヒは、自分の城である厨房（ちゅうぼう）を他人に任せるつもりはなかった。妥協策として、昼時の営業をしばらくやめることになった。そんなわけで店は秋以来、晩だけ営業している。売り上げはおよそ半分に減ったが、腰の状態は改善しつつあるようだ。でもエーファは父親が、年が明けたら早々に昼の営業を再開したいと強く望んでいるのを知っていた。ルートヴィヒ・ブルーンスは自分の仕事を愛している。お客に店で楽しく過ごしてもらうことが、そして料理を堪能し、心も胃袋も満たされたほろ酔い気分で家路に着いてもらうことが、彼にとっての幸せなのだ。「おなかを満たし、心を幸せにしてあげるのさ」。それが父親の口癖だ。母親はからかうように言う。「父さんはほかに能がないから」。エーファは突然寒気を覚え、腕を組み、身震いした。さっきからずっと心配していたのだ。ユルゲンがうちの両親をどうか軽んじませんように。エーファは何度か見たことがあった。ユルゲンはウェイトレスやボーイにちょっと高飛車な態度をとることがある。

「警察だ！」シュテファンが声を上げた。屋根に赤色灯のついた黒と白の車が走ってきた。濃紺の制服の男が二人、中に座っている。シュテファンが畏まったように直立不動になる。パトカーはおそらく、火事の現場検証と、夜間に不審な人物を見なかったか住民に聞き込みにいく途中なのだろう。車はほとんど音を立てず、滑るように道路を走る。二人の警官はまずルートヴィヒに、次にエーファに会釈をする。この界隈の人間は、みなが顔見知りだ。パトカーはケーニヒ通りのほうに曲がっていく。やっぱり火事はあの、ピンク色の新築の建物のあたりだったのだ。何世帯かが住んでいたはずだ。若夫婦たちが。

一時一二分。エーファは思う。もう来ないわ。きっと気持ちが変わったのよ。明日の朝、電話がかかってきて、こう言われるわ。僕ら二人はやっぱり不釣り合いだ。生きてきた世界が違いすぎて、そこに橋をかけることはできないよ、エーファ……。そのとき、パンッという音とともに、シュテファンの投げた雪玉がエーファの胸元を直撃した。冷たい雪が襟ぐりに滑り落ちていく。エーファはシュテファンのセーターをむんずとつかんで引き寄せ、「何するのよ！　新品なのに！」と怒鳴った。シュテファンはにっと前歯をむき出し、うしろめたそうな顔をした。エーファがさらに小言を口にしかけたそのとき、ユルゲンの黄色い車が通りの端にあらわれた。エーファの心臓は、パニックになった子牛のように突然高鳴り出した。自分の神経の細さをエーファは腹立たしく思う。一度、医者に相談までしたことがある。深呼吸をしようとするが、うまくいかない。ユルゲンの車が近づくにつれ、ある懸念が急に頭をもたげてきたせいだ。両親はこの結婚に――彼がエーファを幸せにできるということに――納得しないかもしれない。お金があるだけではだめだと言うかもしれない。ユルゲンの車が、フロントガラス越しに顔が見えるところまで近づいてきた。疲れているようにも真剣なようにも見えるその目は、エーファのほうをまったく見ていない。一瞬エーファは、ユルゲンがこのままアクセルを踏んで走り去るのではないかと危惧する。だが、ユルゲンはブレーキをかけて減速した。不意にシュテファンが「黒い髪！　ロマみたい！」と言った。

車が歩道に近寄りすぎたのか、タイヤが縁石をこすり、キューッと音をたてた。シュテファンがエーファの手を握った。エーファは、胸元で雪がとけていくのを感じる。ユルゲンは車のエンジンを切り、数秒間そのまま車の中に座っていた。自分はこの光景を忘れないだろうと、ユルゲンは思う。二階の窓辺の、「ドイツ亭」の看板の「亭」のあたりにたたずむ小柄な女と太った女。二人は、自分の姿がユルゲンに見られているなど夢にも思っていないようすだ。そして、橇を引きずったままこちらを見つめる少年と、雪かき用のスコップを手に、店の戸口にどっしり立つ恰幅のよい父親。みながユルゲンを、初めて法廷に足を踏み入れ、着席した被告人のようにじっと見ている。例外はエーファだけだ。彼女は心配そうな、愛にあふれるまなざしでユルゲンを見ている。

ユルゲンは唾をのみ、帽子をかぶり、薄紙に包まれた花束を助手席から手に取った。そして車を降り、エーファに近づいた。笑顔を浮かべかけたそのとき、突然ふくらはぎに痛みが走った。何かに噛みつかれたようだ。ダックスフントだ。「パルツェル！　こら！　あっちにいきなさい！」エーファが声を上げた。「シュテファン！　パルツェルを家に入れて！　寝室に！」シュテファンは何か文句を言いながら犬をつかまえ、足をばたつかせている犬を家に引っ張っていった。エーファとユルゲンはおずおずと顔を見合わせた。家族全員が見守る中、いったいどんな挨拶を交わせばいいのか、二人ともよくわからずにいた。結局二人は握手をし、同時に口を開いた。「ごめんなさい。みんな好奇心丸出しで」。「とんだ歓迎ぶりだね。僕は何か栄誉にあずかるようなことをしたかな？」ユルゲンがエーファの手を離したとき、それまで二人を見ていた父親も母親も姉も、まるでウサギが穴にもぐるように姿を消していた。エーファとユルゲンは二人きりになっていた。冷たい風が、箒のように通りのあちこちを掃いている。

エーファがたずねた。「ガチョウは好き？」

「この数日間、そのことばかり考えていた」

「弟とはなんとか仲良くしてね。そうしたらみんながあなたの味方になってくれる」

二人は、なんとはなしに笑いあった。ユルゲンは店の入り口に向かおうとしたが、エーファは左にある家用の扉に案内した。こぼれたビールや湿った灰のにおいがする薄暗い店内を、通ってほしくなかったからだ。二人は黒い手すりのついた、ワックスで磨かれた階段を上り、店の二階にある家に向かった。この二階建ての家は、戦後に新しく建て直されたものだ。戦争のときに町を襲った空爆のおかげで、店はほぼ全壊した。空襲が明けた翌日、残っていたのは店のカウンターだけだった。長いそのカウンターは広い空の下、ぽつんと野ざらしになっていたという。

二階の玄関で待っていた母親のエーディトが、ふだんは常連客のためにとってある、シュテファンが「シュガーフェイス」と呼ぶ飛び切りの笑顔で二人を迎えた。二連のガーネットのネックレスをつけ、養殖真珠の飾りが揺れる金メッキのイヤリングと、クローバー型の純金のブローチまでつけている。エーファの見たことがないものまで、ありったけの装飾品を総動員したのだろう。以前弟に読んで聞かせた樅の木の物語をエーファはふと思い出す。物語の樅の木はクリスマスの後、春に庭で燃やされるまで屋根裏にしまわれている。その乾いた枝には、忘れられたクリスマスの飾りがぶらさがっている。

待降節らしい装いと言えないこともないかしら——とエーファは思う。

「あらショルマンさん、こんなお天気の日に何をお持ちかと思えば、一二月にバラの花？　いったいどちらでお買いになったの？　ショルマンさん」

「母さん、ショールマンさんよ。長く伸ばすの」

「帽子をあずかりますよ、ショーールマンさん」


日曜日にはいつも食堂として使われている居間でルートヴィヒ・ブルーンスは、肉を切り分ける専用のナイフとハサミを手にユルゲンを迎えた。挨拶の代わりに、右手の手首を差し出す。ユルゲンは雪のせいで、と遅れた詫びを述べた。「かまいやしませんよ。どうぞお気遣いなく。一六ポンドもある大きなガチョウですから、時間がかかるんです」。アネグレットが後ろのほうからあらわれ、ユルゲンに近寄った。やや濃すぎるほどくっきりアイラインを引き、唇はオレンジ色に塗られている。アネグレットはユルゲンに手を差し出し、陰謀めいた笑顔を浮かべた。「おめでとう。すばらしいものが手に入るわよ」。すばらしいもの、とはガチョウのことなのか、それともエーファのことなのかと、ユルゲンは自問する。

ほどなく一同は食卓についた。中央では鳥が湯気を立てており、その隣にユルゲンの黄色いバラがクリスタルの花瓶に入れられて、まるで副葬品のように飾られている。ラジオから小さな音で、日曜(サンデー・)音楽(ミュージック)が聞こえてくる。棚の上にはクリスマスピラミッド〔クリスマスの飾りの一種。中央にメリーゴーラウンド状の部品があり、四隅に立てられた蠟燭(ろうそく)に火をともすと、熱で上昇気流が起こり、てっぺんの羽根が回る仕掛け〕が飾られ、三つの蠟燭の炎の熱で、羽根がゆらゆらと回っている。四つ目の蠟燭にはまだ火がともされていない。ピラミッドの中心には赤子の入った飼葉桶があり、マリアとヨセフが廏の前にたたずんでいる。聖なる家族のまわりを、羊と羊飼いとラクダを連れた三人の賢者がくるくると回り続けている。彼らは聖家族にも、そして贈り物を捧げるべき幼子イエスにも、永遠に出会うことがない。エーファは子どものころ、それを不憫に思った。そして、三博士のひとりで肌の黒い王様から贈り物をとりあげ、飼葉桶の前に置いてやった。木でできたその小さな赤い包みは翌年のクリスマスにはどこかに消えていて、以来、黒い王様は手に何も持たずに回り続けている。消えた贈り物は二度と出てこなかった。エーファの母親は毎年、屋根裏部屋からクリスマスピラミッドを出すたびに、かならずこの話をした。当時エーファは五歳だったというが、自分ではそのことを何も覚えていない。

エーファの父親が専用のハサミでガチョウを胸から切り分けていく。「ねえ、この鳥は生きていた？」シュテファンが父親を見た。父親はユルゲンに目配せをする。「いやいや。これは食べるためだけの人工的なガチョウさ」。「じゃあ、胸のところをちょうだい！」シュテファンが父親に皿をさしだした。「こら、お客さんが先ですよ」。エーファの母親がユルゲンの皿を手に取る。緑色の幻想的な蔓草模様がほどこされたドレスデン地方の皿が、父親に手渡される。ユルゲンがこっそりあたりを見まわすのを、エーファは観察する。ユルゲンが古ぼけたソファを見る。ソファには黄色い格子柄のカバーがかかっている。擦り切れた部分を隠すために母親がかけたものだ。左の肘掛には、かぎ針編みの小さなカバーがかかっている。深夜に厨房から戻った父親はそこに腰をかけ、医者のすすめる通り、クッション付きの低いスツールに足をのせるのが常だ。ソファテーブルの上には週刊新聞『家庭の友』が、クロスワードパズルの面を広げて置かれている。パズルは四分の一ほど埋まっている。大切そうなテレビセットにも、かぎ針編みのカバーがかかっている。ユルゲンは鼻から息を吸い、料理をたっぷり盛った皿を目の前においてくれたエーファの母親に、礼儀正しく感謝を述べた。母親は、料理がもっともおいしく見えるように皿をくるりと動かした。イヤリングがゆらゆらと揺れる。父親が白いコックコートを外し、日曜日用の上着を着てエーファの隣に座る。頰に緑色の小さい何かが付いている。おそらくパセリだろう。エーファは父親の柔らかい顔にすばやく手をやり、それをふき取った。父親はあさってのほうを見たままエーファの手をつかみ、一瞬ぎゅっと握った。エーファははっとした。そして、ユルゲンが品定めをするような目でこっちを見ているのにむっとした。しかたがない、彼はこういうことに慣れていないのだ。でも、見てもらわなくては。うちの両親がどれだけ努力家で、どれだけまっとうで、どれだけ愛すべき人間であるかを。

最初はみな、黙ったまま料理を食べていた。アネグレットは人が集まる場所ではいつもそうであるように、終始おとなしく、自分の皿の料理を食欲なさげに突きまわしていた。きっと後で台所に来て残った料理を口に詰め込み、夜中の食糧庫で冷たいガチョウ料理に手を伸ばすのだろう。アネグレットはユルゲンに香辛料入れを指し示し、目配せをした。

「胡椒（こしょう）はいるかしら？　ショーールマンさん。お塩はいかが？」

ユルゲンは丁重に断り、エーファの父はそれを、顔を上げずにしっかり記憶した。

「うちの料理には、あとで味を足す必要なんていっさいないですよ」

「エーファが話してくれましたが、市立病院の看護師さんだそうですね」。ユルゲンはアネグレットに話しかけた。アネグレットはユルゲンにとって、謎めいた存在だ。アネグレットはユルゲンの言葉に肩をすくめた。まるでそんなのは言及に値しないとでも言うように。

「どの科ですか？」

「新生児科よ」

一瞬みなが沈黙し、ラジオのアナウンサーの声が突然明瞭に響いた。「ゲーラに住むヒルデガルトおばあちゃんから待降節の第三日曜日に、ヴィースバーデンの家族みんなと、とりわけ八歳の孫のハイナーに挨拶を送ります」。音楽が始まった。

エーディトがユルゲンに微笑みかけた。

「何がご専門なのかしら？　ショーールマンさん」

「大学では神学を勉強しましたが、今は父の会社の経営を手伝っています」

「通信販売、でしたかな？　おたくが経営しているのは？」今度は父親が聞いた。

エーファが父親を突いた。「父さん、いつも以上におどける必要はないの！」

短い沈黙ののち、みなが笑った。なぜ笑っているのかわからないシュテファンまで、一緒に笑った。緊張が解けてきたエーファは、ユルゲンに（大丈夫、うまくいくわよ）と視線を送った。母親が「もちろん、うちにもショールマンのカタログはありますよ」と言う。

シュテファンが裏声でコマーシャルソングを歌う。「品ぞろえ豊富で確実配送のショールマン通信販売。ディン・ドン、ディン・ドン」

ユルゲンは真顔で質問した。「それで、何かご注文していただけましたか？　それが重要なのですが」

「それはもちろん」。エーディトが熱心に返答した。「ドライヤーと、それからレインコートを。とってもよかったわ。でもほら、自動洗濯機もカタログにのせてくださいな。あんな大きなものを百貨店のヘルティまで買いにいくのは骨だし、店に行くと、つい店員に言いくるめられて買ってしまうので。その点、カタログなら家でじっくり考えることができるし」

ユルゲンが同意するように頷（うなず）いた。「まったくですね、ブルーンスさん。ちょうど社内で、いくつかの改革を計画しているところなんです」

エーファが励ますような視線を送る。ユルゲンは咳払いをした。

「父親が病気で。これ以上会社を率いるのは難しいもので」

「それはお気の毒に」。エーディトが言った。

「どこがお悪いのかね？」父親がユルゲンにソース入れを渡しながら言った。だが、ユルゲンにはそれ以上の答えをする準備がなかった。彼は肉にソースをかけた。

「すばらしくおいしいです」

「そいつを聞いて、嬉しいよ」

エーファはユルゲンの父親が動脈硬化を患い、症状が悪化しつつあるのを知っていた。前に一度だけユルゲンが話してくれた。症状は良い日も悪い日もあるが、不測の事態が起きる可能性は増えているという。エーファはまだ、ユルゲンの父親にもその二番目の妻にも会ったことがない。結婚を考えているのなら、女の両親のもとに男がまず挨拶に行くのが筋だからだ。ただ、初めての訪問で男が結婚の許可を求めるべきかについて、二人の意見は割れた。ユルゲンは反対した。女の家の門を初めてくぐった男が早々にそんな願いを口にしたら、いかがわしいやつだと思われるかもしれない。悪ければ、娘を孕（はら）ませたのではとあらぬ疑いをされるかもしれない。二人はその件でさんざん議論をしたが、結局、意見は平行線のままだった。エーファはユルゲンが今日、結婚の許可を請うつもりなのかどうか表情から読みとろうとする。だが、その瞳には何も表情がなかった。ユルゲンの手に視線を移す。ナイフとフォークを握る手つきが、心なしかぎこちなく見える。エーファはまだユルゲンと、かかりつけのゴルフ医師いわくの「親密な交流」をもっていない。エーファはしてもいいと思っている。二年前にもう処女は失っているのだ。でもユルゲンは、結婚前に性的交渉はしないという明確な考えをもっていた。彼は保守的な人間で、女は夫の導きに従うべきだとも考えていた。初めて会ったときからユルゲンはエーファを、まるで内側から彼女のことを読むかのように、そしてエーファにとって良いことを本人よりもよく知っているかのように、見つめていた。そして、自分が本当のところ何を望んでいるかよくわからないエーファにとって、そうやってだれかに――ダンスにおいても人生においても――導いてもらうのは、けっして嫌なことではなかった。それに、ユルゲンとの結婚は文字通り玉の輿なのだ。料理店の娘が有名企業の社長夫人になれる。それを考えるとエーファは眩暈がするような気がする。喜びゆえの眩暈だ。

昼食が終わるとエーファはすぐ、台所で母親と一緒にコーヒーを淹れる支度を始めた。アネグレットは座を辞した。病院の遅番で、赤ん坊の世話をしにいかなければならないからだ。それにアネグレットは、バタークリームのケーキがあまり好きではない。

エーファはバタークリームを塗ったフランクフルター・クランツを厚く切り分け、母親は小さな電動ミルでコーヒーの豆をひいた。エーディトはぐるぐる回る機械をじっと見ている。そして音が止むと、ぽつりと口にした。「エーファ、あの人はあなたの好みとちがうでしょう。ほら、以前熱を上げていたペーター・クラウスと比べると……」

「ユルゲンがブロンドでないだけで？」

ショックだった。母親はどうやら、ユルゲンを気に入っていない。エーファは普段から母親の、人間を見る目には一目置いていた。料理屋の女房であるエーディトは数えきれないほどたくさんの人に出会う。そして一目で、相手がまっとうな人かそうでないかを見抜くことができる。

「黒い瞳だし……」

「母さん！　ユルゲンの瞳は深緑よ。よく見て」

「でも、あんただってわかっているでしょう？　たしかにケチのつけようのない、いい話ですよ。でもね、正直に言うと、あの人と一緒になってあんたが幸せになれるとはどうしても思えないの」

「まずはちゃんと彼のことを知ってちょうだい、母さん」

エーディトは沸騰した湯を、コーヒーフィルターの上に注ぐ。立ち上る香りから、高級な豆を使っていることがわかる。

「内向的すぎる感じがするの、エーファ。なんだか得体が知れない」

「思索的なのよ。聖職者を志したくらいだし」

「そんなばかな」

「八セメスターまでは神学部にいたのよ。でもそのあと私と会って、宗教上の禁欲を考え直すようになったんですって」

エーファは笑ったが、母親はまじめな顔を崩さなかった。「あちらのお父さんのことがあって、大学をやめたんでしょう？　会社を継ぐ人が必要だったから」

「そうよ」。エーファはため息をついた。母親は今、冗談を言いたい気分ではないらしい。湯がこぽこぽと音を立てながらコーヒーフィルターを通り抜けていくのを、エーファと母親は無言で見つめた。

〈得体の知れない〉ユルゲンとエーファの父親は居間に腰をかけ、コニャックを飲んでいた。ラジオからはたえまなく何かの音が流れてくる。ユルゲンは煙草を吸いながら、食器棚の上に架けられた重そうな油絵を観察する。どこかの沼地を描いたものだ。土手の向こうに赤い夕陽が見える。何頭かの牛が柔らかそうな草を食んでいる。小さな農家のそばで、女が洗濯物を干している。画面の右端に、もうひとり人物がいる。ぼんやりした筆致で、あとからざっと描き足したように見えなくもない。それが牛飼いなのか、女の夫なのか、他人なのかも判然としない。

シュテファンが絨毯(じゅうたん)に膝(ひざ)をつき、プラスチックの軍隊で戦いごっこを始めた。寝室から解放された犬のパルツェルが絨毯に伏せ、鼻先に並べられた兵隊をまばたきしながら観察している。兵隊の列はどんどん長くなる。箱の中にはまだ、ゼンマイで動くブリキの戦車が控えている。

かたわらでエーファの父親は未来の娘婿を前に、一家の歴史の概要を語り始めた。「ええ、私は島生まれの島育ちです。ユースト島のね。その話は聞いていますかね？　私の両親は島でよろず屋を営んでいたんです。島中の住民の世話をしていましたよ。コーヒーに砂糖に窓ガラス。なんでも扱っていた。そう、あなたのところとおんなじですよ、ショーールマンさん。母は早くに死んで、父はずっとそれを悲しんでいた。父も亡くなってもう一五年になりますがね。妻のエーディトと私はハンブルクのホテル学校で出会った。一九三四年のことでした。まだ二人とも、青二才だったですよ！　なかなか信じちゃもらえないんですが、妻は音楽一家の出でね。両親はどちらも、楽団で音楽を演奏していた。父親が第一ヴァイオリンで、母親が第二ヴァイオリン。家の中ではどうも、それが逆さまになっていたみたいですがね。母親のほうはまだ存命で、ハンブルクで暮らしていますよ。それでうちの嫁さんも当然ヴァイオリンを習わされたわけですが、手がちっちゃすぎてうまくいかんかったらしいです。それなら舞台女優になりたいと嫁さんは言ったらしいが、それは両親が頑として許さなかった。ならせめて世界中を見られる仕事がしたいと言うんで、嫁さんはホテルの専門学校に送られたそうですよ」

「それで、どうしてこの店を持つことに？」ユルゲンは興味深げに聞いた。ガチョウのローストはとてもおいしかったし、ユルゲンはこの、家族の歴史を熱心に語るルートヴィヒ・ブルーンスという男に好意を持ちはじめていた。エーファの官能的な厚い唇は、父親譲りらしい。

「この〈ドイツ亭〉は、嫁さんのいとこが所有していたんですが、それを売りたいって話があってね。そりゃもうケツにバケツという感じで——言葉が汚なくてすみませんね——うちが買い取らせてもらって、四九年に新たに店を始めました。後悔したことは、一度だってありませんよ」

「ええ、ベルガー通りならそれだけの価値は……」

「同じベルガー通りでも、ここはまともなほうの地区だ。それははっきり言わせてもらいますよ。ショールマンさん」

ユルゲンはそうですねというように笑った。

「ともかくね、腰を痛めて、医者からはもう店をたためと言われちまって。私の年金がいくらかを医者にとっくり説明してやりましたよ。いまは夕方五時からやっと店を開けていますが、春にはもう、こんなぐうたらな生活とはおさらばするつもりですよ！」

二人のあいだに沈黙が流れた。ユルゲンには、ルートヴィヒがまだ何かを言いたそうにしているように感じられた。ユルゲンは待った。ルートヴィヒは咳払いをして、ユルゲンのほうを見ずに言った。

「腰はね、もともと戦争のときに痛めちまったんですよ」

「負傷したんですか？」ユルゲンが礼儀正しく聞いた。

「野戦食堂で働いていたんです。西部戦線のね。ご存じかと思いますが」。エーファの父親は残りのコニャックを飲み干した。ユルゲンはわずかに戸惑いを感じたが、ルートヴィヒ・ブルーンスが嘘を言っていたことには気づきようもなかった。


パン・パン・パン！　シュテファンが戦車を発車させた。おもちゃの軍隊は絨毯の上で、東部戦線の沼地にいるかのような激闘を繰り広げている。おもちゃの戦車がおもちゃの兵隊を一人また一人となぎ倒す。

「こら！　廊下でやりなさい！」

シュテファンはユルゲンを見ただけだった。子どもにまっすぐ見つめられて、ユルゲンはどぎまぎする。だが、「シュテファンの心をとらえろ」というエーファの言葉を思い出した。

「戦車を見せてくれるかい？　シュテファン」

シュテファンは立ち上がり、ブリキのおもちゃをユルゲンに差し出した。

「トーマス・プライスガウのもっているやつの、二倍くらい大きいんだよ」

「トーマスってのは、息子のいちばんの仲良しなんです」。ルートヴィヒは説明し、さらにコニャックを注いだ。

ユルゲンは戦車を賞賛する。シュテファンが絨毯から兵隊人形をひとつ拾い上げる。「ほら見て、顔を塗ったんだ。これはアメリカ人！　黒人（ニガー）！」

　ユルゲンは、シュテファンがさしだした小さなプラスチックの人形を見る。顔は、血のように赤く塗られている。ユルゲンは目を閉じたが、残像はそのまま消えなかった。

「クリスマスには空気銃も買ってもらうんだ！」

「空気銃か」。ユルゲンは機械的に繰り返した。そして、グラスからもう一口コニャックを飲んだ。残像はじきに消えていきそうだった。

　ルートヴィヒがシュテファンを引き寄せて言った。「まだ買ってやると決まったわけじゃないぞ」。シュテファンは父親の腕からするりと逃げ出す。

「ほしいって言ったのは、いつも買ってくれるじゃん」

　ルートヴィヒはばつの悪そうな視線をユルゲンに向けた。「恥ずかしながら息子の言う通りなんです。思い切り甘やかしちまった。嫁さんも私も、娘たちのあとであの子を授かるとは、まったく思っていなかったので」


　その瞬間、廊下で電話が鳴った。シュテファンが飛んでいって受話器を取り、一本調子の受け答えをした。「こちらはブルーンスです。僕はシュテファン・ブルーンス。そちらはどなたですか？」シュテファンが受話器の声に耳を傾け、大声で言った。「エーファ、ケルティングさんから！　電話だよ！」エーファは手を前掛けで拭きながら台所から出てきて、受話器をとった。「ケルティングさん？　はい、それで、いつですか？　いますぐ？　でもいまはちょっと……」

　エーファは言葉を切った。耳をすまし、開いたドアから二人の男のようすを眺める。二人はとても打ち解けているようだ。エーファは受話器に向かって「わかりました。行きます」と言い、受話器を置いた。

「ユルゲン、ごめんなさい。上司から電話。仕事に来いですって！」

母親がコーヒーの盆を持って台所から出てきた。

「待降節の日曜日に仕事？」

「緊急らしいの。来週、裁判の予定があるから」

「まあまあ。義務は義務、酒は酒だ。いつも言っているようにな」。ルートヴィヒが立ちあがり、ユルゲンもそれに続いた。

「いやいや、あなたはそのままどうぞ！　ぜひケーキを食べていただかなくちゃ！」

「ほんもののバターを、まるまる一ポンド使ったんですから！」エーディトが言い添えた。

「それに、僕の部屋もまだ見てくれていないし！」

ユルゲンはエーファに付き添って廊下に出た。エーファは仕事用の簡素な服に着替えをすませている。エーファが薄色の格子柄のウール製コートにそでを通すのを手伝いながら、ユルゲンは冗談めかしてつぶやいた。「まさかと思うけれど、これは君が仕組んだテストなのかな？　僕をひとりきりで君の家族のもとに残して、首尾を見ようという」

「あなたをとって食いやしないわよ、うちの家族は」

「君の父さんの目は、ものすごく血走っているけれど」

「あれは痛み止めの薬のせい。私はたぶん一時間くらいで戻ってこられるわ。おおかた、損害賠償請求に関することだと思うの。ポーランドから来た機械の部品がポンコツだって言っていたから」

「車で送ろうか？」

「すぐに迎えが来るわ」

「一緒に行くよ。悪い虫がつくと困る」

エーファはベージュ色の鹿革の手袋をはめた。ユルゲンから聖ニコラウスの日〔一二月六日〕に贈られたプレゼントだ。

「私に悪い虫をつけたことがある唯一のクライアントは、あなたよ。ユルゲン」

二人は見つめあった。ユルゲンはエーファにキスをしようとする。エーファは外套かけの後ろにユルゲンを引っ張り込む。そこなら両親から見えないはずだ。二人は抱き合い、微笑みを交わし、キスをした。エーファはユルゲンの瞳に興奮を見てとる。この人はきっと私に欲望を感じている。でも、愛してくれている？　エーファはユルゲンの腕をほどき、「お願い。今日、父さんに言ってね。きっとよ」と告げた。

ユルゲンは返事をしなかった。


エーファが出かけると、ユルゲンは居間に戻った。そこには一家がテーブルでユルゲンを待っていた。プロンプを待っていた舞台俳優のように、彼らはいっせいにしゃべり出した。

「わたしらはちっとも危険じゃありませんよ、ショールマンさん」

「無害ですとも、ショーールマンさん」

「パルツェルがときどき嚙むけどね」。絨毯の上からシュテファンが叫んだ。

「それでは、ケーキをご相伴にあずかります」
ユルゲンはこうしてブルーンス家の団欒(だんらん)に戻っていった。

エーファは家から外に出た。外はもう暗くなってきている。地面を覆う雪が柔らかい青に輝き、街灯の下に黄色い光の円ができている。通りの真ん中に、大きな車がエンジンをかけたまま停まっている。運転席にいる若い男が、いらいらしたようにエーファに手招きした。エーファは助手席に腰を下ろした。車の中は煙草とペパーミントのにおいがした。運転席の若い男はガムを噛んでいる。帽子はかぶっておらず、エーファに手を差し出しもしなかった。ただ頷いて、「ダーヴィト・ミラーです」と言っただけだった。そして車を発車させた。エーファは運転免許を持っていないが、彼がこの車に慣れていないことはわかった。いずれにせよ、運転が得意な男ではないのだろう。車は何度かスリップした。エーファは横目で男を観察した。赤くて濃い髪は少し伸びすぎで、肩に届いている。そばかすがあり、まつげは薄い。細い手は奇妙なほど無垢(むく)な印象を与える。

二人は黙ったままだった。ミラーと名乗った男は会話に興味がないらしい。車は市の中心部に向かっていく。ネオンサインはますます明るく、色とりどりになっていく。とりわけ赤いネオンサインが多い。ベルガー通りの終わりのほうには、『スージー』や『モッカ・バー』などの水商売の店がいくつかある。エーファはユルゲンのことを考える。今ごろはもう机に戻り、椅子に腰かけ、エーファの焼いたケーキを食べている頃合いだ。でも、味わうどころではないかもしれない。きっと、あれこれと考えているはずだ。自分の家族はここの家族を社会的に受け入れてくれるだろうか、そして自分はほんとうにこの先の人生を彼女とともに過ごしたいのだろうか、と。

事務所は町の目抜き通りのひとつに面した高層ビルの中にあった。ダーヴィト・ミラーはエーファと一緒に小さなエレベータに乗り込んだ。ドアが自動で閉まる。二重の扉だ。ダーヴィトは八階のボタンを押し、何かを待ち受けているかのように天井を見あげる。エーファもつられるように上を見た。ねじで留めつけられたハッチの板に、無数の小さな穴が開いている。換気口がある。エーファは突然息苦しさを感じた。鼓動が速くなり、口が乾く。ダーヴィトがエーファを見た。ダーヴィトのほうがエーファよりそれほど背が高いわけではないのに、見下ろされている感じがした。その体は、不快なくらいエーファの近くに寄っている気がする。ちょっと不思議な感じの瞳をしている。「ところで名前は？」彼が言った。「エーファ・ブルーンス」。エーファは答えた。

エレベータが軽い衝撃とともに停まった。エーファは一瞬、このまま閉じ込められてしまうような恐怖を感じる。だが、扉はちゃんと開いた。二人はエレベータを降り、通路を左へと歩き、重そうなガラスの扉の前でブザーを押した。緑色の服を着た若い女性が向こうから小走りにやってきて、扉を開けた。エーファとその女性は一瞬、ちらりとたがいを品定めした。同じくらいの年齢。同じような体形。女性は濃い茶色の髪をしていて、肌が少し荒れている。瞳は透き通った灰色だ。

エーファとダーヴィトは女性の後について長い廊下を歩いた。エーファは歩きながら、女性の着ている体にぴったりしたスーツに、そして歩くたびお尻のあたりにできるしわに目をやる。黒いパンプスの踵(かかと)は危ういほど高い。きっと大通りの百貨店ヘルティで売っているやつだ。廊下のつきあたりにある部屋から、すすり泣きのような音が聞こえる。だが、部屋に近づくにつれ、その音は小さくなった。扉の前に立ったときにはもう、無音になっていた。もしかしたらさっきの泣き声は空耳だったのかもしれないと、エーファは思った。

若い女性がノックをして扉を開けた。中は驚くほど狭苦しく、煙草の煙が立ち込める中、三人の男が待っていた。机の上にも棚の中にも、そして床の上にまでたくさんの書類挟みが積み上げられている。

三人の中でいちばん年長でいちばん小柄な男が、部屋の真ん中の椅子に、まるでこの部屋全体が――あるいは建物全体が、あるいはこの町全体が――彼を中心に作られているかのように、背筋をまっすぐにして座っていた。もっと年の若い、白っぽいブロンドに細い金縁眼鏡をかけた男が、書類を山と積んだ書き物机の向こうにいる。男は書類の山を押しやって小さな場所を作り、そこで何かを書いている。煙草を吸っているが、灰を落とすのを忘れているらしい。ちょうどエーファが男のほうを見たとき、灰がぽとりとメモの上に落ちた。男は灰を機械的に床の上に払う。どちらの男も立ち上がろうとせず、エーファは、ずいぶん失礼な人たちだと思った。

三人目のいかつい感じの男にいたっては、エーファに背を向けたままだった。男は窓ぎわに立って外の暗闇を見ている。ユルゲンと一緒に見たナポレオンの映画を、エーファはふと思い出す。軍の司令官が城の窓のそばに、ちょうどあんなふうに立っているシーンがあった。計画した遠征について落胆しながら、司令官は眼下の景色を見下ろしていた。窓の外の景色が書き割りであることは、見ていればすぐわかったけれど。

書き物机の向こうにいる白(ホワイト)ブロンドの男がエーファに会釈をした。そして真ん中の椅子に座っている男を示し、「こちらはワルシャワから来たヨーゼフ・ガボールさん。ポーランド人の通訳と一緒に今日ここに来るはずだったが、通訳は出国が許可されなかった。空港で拘留されているそうだ。それではあなたにお願いした」と言った。

どの男も手を貸そうとしないので、エーファは自分でコートを脱ぎ、扉のかげにあるコート掛けにかけた。白ブロンドの男が壁ぎわにある机を指さした。机の上には使いさしのコーヒーカップと皿が一枚置かれていた。皿の上には何枚かクッキーがある。エーファの好物のスペクラチウスというクリスマスクッキーだ。だが、それに手を伸ばすのをエーファは我慢した。ここ数週間で二キロも体重が増えているのだ。エーファは、ガボールという男の顔を正面から見られる位置に座り、ハンドバッグから一般的な辞書と、経済用語を専門にした辞書を取り出した。クッキーの皿を脇に押しやり、空いた所に二冊の辞書を置く。さらにメモ帳と鉛筆を一本。緑のスーツの女性は机の反対側に座っている。そちらには速記用のタイプライターが置かれている。女性がカタカタ音を立てながらローラーに紙をセットした。女性はその間ずっと白ブロンドの男から目を離さなかった。エーファはすばやく、この女の人はあの男に気があるけれど、あの男にはその気がないということかしらと推察する。ダーヴィト・ミラーがやはりコートを脱ぎ、無関心なようすで、向こうの壁ぎわに置かれた椅子に腰を下ろした。コートは膝の上に置かれている。

スタートの号砲を待つように、人々は始まりを待っていた。エーファはクッキーにちらりと目をやった。窓のそばに立っていたいかつい感じの男がくるりとこちらを向いた。そして、椅子に座っている男に向かって言った。

「ガボールさん、それでは私たちに正確に話してください。一九四一年九月二三日に何が起きたのかを」

エーファは質問を通訳しながら、その日付に驚いていた。二〇年以上も前のことじゃないの。これはもしかしたら、契約に関する話ではなく、犯罪に関する話なのかしら。でもそれなら時効になっているはずだし――。椅子に座っている男は、エーファの顔をじっと見ていた。この国に来てようやく、自分の言っていることを理解してくれる相手に会って、あきらかに安堵しているようだ。男は話を始めた。まっすぐな姿勢とはずいぶんかけ離れた話し方だった。文字の消えかけた手紙を読み上げるように、すべての言葉を一度には解読できないかのように、男は訥々（とつとつ）としゃべった。そのうえどこかの地方の訛（なま）りもあったので、エーファは話を理解するのにいささか苦労した。エーファはところどころつかえながら、通訳をした。

「その日は暖かかったです。蒸し暑いと言っていいほどでした。私たちはすべての窓を飾らなければなりませんでした。11という番号の宿屋の、すべての窓をです。われわれはすべての窓を砂袋で飾り、すべての割れ目に麦わらや土を詰めました。みんな、とても一生懸命でした。なぜなら、失敗は許されなかったからです。晩ごろには仕事が終わりました。それから彼らは、八五〇人のソヴィエト人のお客を宿屋の地下に導きました。彼らは暗くなるまで待っていました。そのほうがよく光が見えるからだろうと、私は考えました。彼らは換気用の穴を通じて、光を地下室に投げ入れました。そして扉を閉じました。翌朝、扉がふたたび開かれました。私たちがいちばん最初に、中に入らなくてはなりませんでした。おおかたの客は光に照らされていました」

部屋の男たちがエーファのことをじろりと見た。エーファは軽い吐き気を感じた。何かを間違えたのだ――。向かいの女性は顔色を変えずにタイプライターをぱちぱちと打っている。白ブロンドがエーファにたずねた。「大丈夫ですか？　話をきちんと理解していますか？」エーファは専門用語の辞書をぱらぱらとめくった。「すみません。ふだんは契約に関する通訳をしているので。経済的な事柄や、損害賠償の話し合いを……」

男たちが視線を交わした。白ブロンドの男が腹立たしげに頭を振った。だが、窓ぎわにいるいかつい男はなだめるように頷いてみせた。ダーヴィト・ミラーは部屋の向こうから、さげすむようにエーファのことを見ていた。

エーファは一般的なほうの辞書を手に取った。レンガのようにずっしりと重い。そして気づいた。さっきのあれは、「お客」ではなく「囚人」であり、「宿屋」ではなく「ブロック」だ。そしてあれは「光」ではない。「光に照らされた」のでもない。エーファは椅子に座っている男を見た。男は視線を返す。まるで今にも気を失いそうな顔だ。

エーファは言った。「申し訳ありません。間違えて通訳しました。正しくはこうです。われわれは、おおかたの囚人がガスによって窒息しているのを見つけました」

部屋に沈黙が満ちた。ダーヴィト・ミラーは煙草に火をつけようとした。ライターはなかなか着火しない。カチ、カチ、カチと音がした。白ブロンドの男が咳をして、窓ぎわの男のほうを見た。「代わりを見つけられただけでも、感謝すべきでしょう。こんなに早急に。いないよりはましだ」

男が答えた。「では続けよう。ほかに選択肢はないのだから」

白ブロンドはエーファのほうを見て言った。「もし不確かな点があれば、すぐに確認してください」

エーファは頷いた。そしてゆっくりと通訳をはじめた。緑のスーツの女性も同じようにゆっくりした速度でタイプライターを叩いた。「私たちが、扉を開けたとき、囚人の一部は、まだ、生きていました。だいたい、三分の一くらいです。ガスが、少なすぎました。量を二倍にして、同じ手順が、繰り返されました。今度は、二日間、待って、扉を、開けました。任務は、成功しました」

　白ブロンドが、机の向こうで立ち上がった。

「だれがそれを命令したのですか？」白ブロンドはコーヒーカップを脇に押しやり、エーファの机の上にたくさんの写真を並べた。全部で二一枚あった。エーファは横から、それらの顔を観察した。白い漆喰の壁の前に立った男たちの写真。顎の下に番号が振られている。陽光あふれる庭で、大きな犬と戯れているだれかの写真もあった。猿のような顔をした男もいた。ヨーゼフ・ガボールは立ち上がり、机に近づき、じっくり写真を眺めた。そして突然ある一枚を指さしたので、エーファはびくっとした。写真には若い、笑顔の男が写っている。太ったウサギの首根っこをつかまえて、誇らしげにカメラの前にさしだしている。部屋の男たちは満足げに視線を交わし、頷いた。エーファは思う。うちの父さんも、郊外に借りていた家庭菜園で、料理に使う野菜を育てるほかに、ウサギを飼っていたっけ。小さな板小屋の中に、いつも口をもぐもぐさせているウサギたちがいた。でもある日、この絹のように艶やかな生き物は撫でたりタンポポの葉っぱをやったりするだけでなく、人間が食べるものなのだと理解したシュテファンは、大きな悲鳴を上げ、わんわん泣き叫んだ。そして父さんはウサギを飼うのをやめた。

　しばらくしてエーファは、証言を通訳したという署名をするように言われた。確かに自分で書いたのに、その字はいつもと違って見えた。子どもが書いたような不器用で丸っこい字だ。白ブロンドの男は無関心なようすでエーファに頷いた。「ありがとう。精算は、あなたの事務所を通してでいいですね？」ダーヴィト・ミラーが壁ぎわの椅子から立ち上がり、無愛想に言った。

「廊下で待っていてください。二分くらい」

エーファはコートを着て、廊下に出た。その間、ダーヴィトは白ブロンドの男と話をしていた。「だめですよ、あんなのでは。ぜんぜんだめだ」という言葉が聞こえた。白ブロンドの男が頷き、受話器を握り、どこかの番号を回した。いかつい男は椅子に腰をおろした。

エーファは廊下の高い窓に近寄り、外を見た。中庭は暗がりに包まれていた。雪が降り出したようだ。厚くて重そうな雪が空から舞い降りてくる。向かいの高層ビルの無数の窓には人影がひとつもない。黒い無言の窓がエーファの視線を跳ね返す。エーファは思う。あそこには人間の魂は生きていない。事務所があるだけだ――。窓の下の暖房装置の上に黒いウールの手袋が三つ干してあった。彼女は考える。これはいったいだれのものだろう？ ひとつだけの手袋はいったいだれのものなのだろう？

ヨーゼフ・ガボールがエーファの隣に来た。小さなお辞儀をして、丁寧にエーファに礼を言う。エーファはガボールに頷き返した。気持ちが混乱していた。開いた事務所のドアから、いかつい男が窓ぎわの椅子からこちらを見ているのがわかる。ダーヴィト・ミラーが廊下に出てきた。歩きながらコートを羽織る。「送りましょう」。本意でないのは明らかだった。

車の中で二人はまた黙りこくっていた。ワイパーがぱたぱたと動き、無数の雪片をフロントガラスから払いのけている。相手が怒っているのは、エーファにもわかった。

「ごめんなさい。でも私はただの代理なの。ふだんは契約とか何かの仕事ばかりで……でも、恐ろしかったわ。あの男の人があそこで……」

車がスリップして、あやうく街灯にぶつかりかけた。ダーヴィトが小声で悪態をつく。

「あの人は何のことを話していたの？　戦争のときの出来事？」ダーヴィトはエーファのほうを見ずに言った。「何にも知らないんだな、あんたらはみんな」

「なんですって？」

「あんたらはみんなこう思っているんだろう？　一九三三年に小さな褐色の男どもが宇宙船でドイツにやってきた。そして哀れなドイツ人にファシズムってやつを押しつけたあと、四五年にまたどこかに去っていったのだと」

ダーヴィトが長々としゃべるうち、エーファはようやく彼がドイツ人ではないらしいと気づいた。わずかに独特のアクセントがある。きっとアメリカのだ。彼は一語一語を正確に話した。まるで、すべてを前もってリハーサルしてきたかのように。

「ここで降ろしてちょうだい」

「あんたは、何百万人ものまぬけなお嬢さん（フロイライン）のひとりだ。車に乗せたときから、もうそれはわかっていた。考えなしで、無知なお嬢さんさ！　ドイツ人が何をしてきたのか、あんたはわかっているのか？自分たちが何をしたかをわかっているのか？」

「すぐに車を止めて！」

ダーヴィトがブレーキを引いた。エーファはドアのハンドルを握り、ドアを開けて車を降りた。「どうぞ行ってくれ。どうせあんたたには、ドイツのぬくぬくした――」

エーファはドアをバタンと閉めた。雪の降る中を、足早に歩く。狂暴な何かは過ぎ去り、あたりは突然静かになっていた。ダーヴィトの重そうな車が滑るように走り去る。あの運転手だか何だか知らない男は頭がどうかしているわ、とエーファは思う。

「ドイツ亭」の前に、ユルゲンの車はもうなかった。車が停めてあった場所はすでに雪で覆われている。まるでユルゲンがここに来たのは夢だったかのように。店の窓ガラスの向こうに暖かな光が見える。お客の笑いさざめく声が通りまで聞こえてくる。どこかの会社のクリスマスパーティだ。毎年それは、店にとってありがたい収入だった。エーファはガラス越しに、動いている人影に目をやる。積み上げた皿をもって歩いているのは母親のエーディトだ。テーブルからテーブルへとくるくると動き、すばやく巧みな動作で給仕をしている。カツレツ、シュニッツェル、ガチョウのローストの赤キャベツ添え、そして数えきれないほどのジャガイモ団子。父親はあの柔らかい手で魔法のように器用に団子を丸め、ぶくぶく沸騰している塩入りの湯の中にするりと落としていくのだ。

エーファは中に入ろうとしたが、ふとためらった。その場所が突然、自分をのみこむ大きな口のように思えたからだ。だが、エーファは気を取り直した。あのガボールという人はたしかに恐ろしい経験をしたらしい。でも今、私にとって重要なのは、ユルゲンが父さんに結婚の許可を求めたかどうか、だ。

食堂の中に――人いきれと、ガチョウの油のにおいと、ほろ酔い気分で浮かれ騒ぐ大勢の人々の中に――足を踏み入れると母親がすぐ、料理をのせた皿を両手に掲げながらエーファに近づいてきた。黒いスカートに白いブラウス。白いエプロン。そして動きやすいベージュの靴という給仕用の出で立ちだ。母親は心配そうにささやく。「どうしたの？　転んだ？」エーファはいらいらしたように首を振った。「彼、言ってくれたかしら？」「父さんに聞きなさい」。母親は顔をそむけ、仕事に戻った。

エーファは厨房に入った。父親は二人の手伝いと一緒にせっせと働いている。白いコックコートに黒いズボン。頭にはコック帽。いつも少し前に突き出したお腹が、ユーモラスな印象を与えている。エーファは小さな声で言った。「彼、言ってくれた？」父親がオーブンの蓋を開けた。大量の蒸気が顔に吹きかかるが、父親はそんなことを気にも留めていないようだ。二羽の丸まるとしたガチョウのローストが入った大きな平鍋を、父親はよっこらしょとオーブンから取り出す。そしてエーファのほうを見ずに言った。「立派な若者だな。まじめで」

エーファは落胆のため息をついた。こらえていなければ、泣いてしまいそうな気がした。父親がエーファのほうに来て言った。「そのうちちゃんと言ってくれるさ、エーファ。だが、もしおまえのことを幸せにしてくれなかったら、そりゃ、ただではおかないぞ！」

夜、エーファはベッドに横たわりながら、天井をじっと見た。家の前にある街灯が天井に影を投げかけている。馬に乗った男のような影だ。槍をもった背の高い男。ドン・キホーテだ。エーファはこのところ毎晩、その影が自分の上を漂うのを見つめながら自問していた。いったい自分は何に向かって、むなしく戦っているのだろう？　エーファはユルゲンのことを考えた。やっぱり別れようと言われたら、どうすればいい？　エーファはそんなふうに不安に思う自分に腹を立てた。まさか彼は、女性に興味がないのだろうか？　なんといっても牧師を志していた人なのだし。ともかくなぜ、私たちは今もって清いままの関係なのだろう？　エーファは起き上がり、ベッド脇のテーブルに置かれたランプのスイッチを入れる。そして引き出しを開けて、一通の手紙を取り出した。ユルゲンが「愛している」と書いてくれた唯一の手紙だ。でも、その語句の前にはこうある。「もしこの感情を僕が引き受けなくてはならないのなら、あきらかにこう言うことができるだろう」。でも、ユルゲン独特のまわりくどい感情のあらわしかたによるなら、これはまぎれもない愛の告白だ。エーファはため息をつき、手紙をもとの場所に戻し、ランプのスイッチを切った。目をつむる。雪片が渦を巻くのが見える。黒い窓のついたどこかのファサードが見える。エーファは窓の数を数えはじめる。どこかで彼女は眠りに落ちる。夢にユルゲンは出てこない。出てきたのは遠い東にある一軒の宿屋だ。風や寒さを防ぐために花や草で隙間を美しくふさがれた一軒の宿屋。エーファはそこにたくさんの客を招待する。エーファと両親は客をもてなし、人々は夜が明けるまで陽気に騒いでいる。だが、いつしか彼らはだれひとり、呼吸をしなくなっている。

月曜日、町は厚い雪に覆われていた。道路交通の責任者は立ったままあわただしく朝食をとり、注意が必要な場所を電話で通告していた。そして結局一日中、暖房のききすぎたオフィスの中で、除雪の進まない道路や車体損傷について苦情の弾丸を浴び続けることになった。

月曜日は、「ドイツ亭」の定休日だ。ルートヴィヒ・ブルーンスは朝の九時までたっぷりと「一週間ぶりの美しい休息」をとった。夜勤明けで早朝に帰宅したアネグレットは、まだ部屋にこもっている。残りの家族は大きくて明るい台所で朝食をとった。台所は裏庭に面している。裏庭にそびえる樅の木は雪で白く覆われている。数羽のカラスが枝にとまり、まるで雪をつかめないとでもいうように、じっと身動きせずにいる。シュテファンは、今日は家の中にいた。「こん畜生ってくらい」喉が痛いからだという。母親は一見無情に「どこかのだれかさんが上着も着ないで外に行くからですよ」と言い放ったが、それでいて息子の胸にユーカリの塗り薬をかいがいしく塗っている。おかげで台所中にユーカリ油の香りがしている。母親はシュテファンの首にマフラーを巻き、三枚目のパンに蜂蜜を塗っている。蜂蜜はのどの痛みによく効くからだ。沈んだ表情で朝刊をめくっているエーファを慰めるように、母親がしきりに話しかけてきた。

「世界が違いすぎますよ。魅力的な話だってのは、母さんにもわかるわよ。でも、あんたには無理よ。あちらの地所のことだけ考えたって。丘の上にあるやつを私も知っているけれど、あれだけで、サッカーコート一〇個ぶんくらいの広さがあるのだし……」

「じゃあ僕、サッカーできる？」シュテファンが食べ物をほおばりながら言った。

「最初の、熱愛の時期が過ぎたら」。母親はなおも続けた。「ふさわしい態度をあなたもとらなくてはいけなくなるわ。いつもにっこり笑って、どっしりしていなくてはいけない。それに、だんなさんに多くを期待することもできない。あの人はとても重要なポストにあるのだから、しょっ中一緒にいることもできないでしょうし。そうしたらひとりぼっちよ。エーファ、そんな人生はあなたに向いていない。体を壊してしまう。もともと神経が細いたちなのだし……」

またこれだ。「神経」と言われるたび、エーファはむっとする。母親の話を聞いていると、神経というものが、まるで身にまとう何かのように思えてくる。そして、神経の細い自分は間違った衣服を選んでしまったような気持ちになる。駅の近くにある貸衣装屋ブロマーズのことをふと思い出す。魔術師の店のようによどんだ空気が漂っていて、暗くて、ジャングルみたいに危険で謎めいた何かが感じられた。子どものころ、毎年カーニバルの衣装を借りるためにあの店に入るのが楽しみだった。無数の棚にかかったお姫様のガウンのあいまに、「強い神経のマント」がかかっていたらいいのに――。そのマントは太くて鋼鉄のような糸で織られており、絶対に何も通さないし、裂けることもない。そしてあらゆる痛みから守ってくれる。「母さん、人はそういうのを学んでいくものよ。グレース・ケリーをご覧なさいよ。最初は女優だったのに、今はお姫様よ……」

「そういうことに向いている人でなければだめよ」

「じゃあ聞くけど、いったい私は何に向いているの？」

「あなたはごくふつうの若い娘よ、エーファ。ふつうの男の人を必要としている、ふつうの娘。たとえば何か手に職のある人がいいわ。屋根ふき職人なんかはとても儲かるっていうし」。エーファは憤慨したように鼻息を立てる。そして「手に職のある人」についての否定的な意見を口にしようとしたそのとき、エーファの目は新聞に載っている小さな白黒写真にくぎ付けになった。昨日、あの煙臭い部屋にいた男の二人が写っている。白ブロンドの若い男と、嵐のようなおかしな髪形をした年かさの男だ。写真の二人は深刻そうに何かを話し合っている。写真の説明には「主席検事と検事長が準備のために議論中」と書かれている。エーファは一段組の記事を読みはじめた。どうやらここフランクフルト市で今週、ナチスの元親衛隊員に対する裁判が始まるらしい。

「エーファ？　聞いているの？　私はあなたに話をしているのよ。ねえ、ペーター・ラングケッターはどうかしら？　あの人は以前からあなたにぞっこんなのでしょう？　タイル職人はぜったい仕事に困らないわよ」

「母さん、本気でそう思っているの？　ラングケッターの奥さんなんて呼ばれるのは私はごめんよ」。シュテファンがくすくす笑い、小さな顎を蜂蜜でべとべとにしながらエーファの言葉を繰り返す。「ラングケッターのおくさん！　ラングケッターのおくさん！」エーファは弟にはかまわず、さっきの記事を指し示しながら母親を見て言った。「母さん、この裁判のことを知っていた？　昨日呼び出されたのは、このためだったの」。エーディトは新聞を手にとり、写真を見つめた。そして記事をざっと読んだ。

「恐ろしい出来事よ。昔の、戦争のときに起きたこと。でもみんな、もう掘り返したくないと思っているはずよ。それに、どうしてわざわざこの町でそんなことを？」エーディト・ブルーンスは新聞をたたんだ。エーファは驚いて母親を見つめた。母親の口調はまるで、自分がそれにかかわっていたかのように聞こえたからだ。エーファは言った。「どうして、いけないの？」母親は質問には答えずに立ちあがり、汚れた皿を片づけはじめた。口をかたく結び、人を寄せつけない硬い表情をしている。シュテファンが「レモンフェイス」と呼ぶ顔だ。母親は流し台の上にあるボイラーのスイッチを入れ、皿を洗う湯の準備をした。

「エーファ、今日は店を手伝えるの？　それともまた仕事？」

「手伝えるわよ。クリスマス前はそんなに仕事がないの。それに上司がいちばんに声をかけるのは、カリン・メルツァーだし。いつも、胸が大きく見えるブラジャーをつけている娘」

「シーッ！」エーディトがシュテファンのほうを見ながら言った。シュテファンはにやにや笑っている。

「ブラジャーが何かくらい、知れないわけがないじゃん」

「知らないわけがない」。エーディトが訂正した。ボイラーの中でお湯が沸き始めている。エーディトは洗い桶の中に皿を積み重ねた。

エーファは新聞をもう一度広げ、記事を最後まで読んだ。二一人が起訴されている。みな、ポーランドのある収容所で勤務していた人々だ。裁判の開始はこれまで何度も先延ばしにされてきた。被告人の中でもリーダー格にあたる、収容所の所長を最後に務めていた人物は、その間にすでに死亡した。代わりに、副官だった人物が起訴されている。今はハンブルクで商売をしており、たいへん良い評判をとっているらしい。裁判では二七四人の目撃者が証言を行う予定だ。収容所では数十万の人々が……。「バン！」だしぬけにだれかが下から新聞をたたいた。シュテファンお気に入りの悪ふざけだ。エーファはいつものように仰天して飛び上がると、新聞を脇に放り投げ、「こら、待て！」と怒鳴った。シュテファンは台所から逃げ出し、エーファは後を追った。エーファは弟を家じゅう追いかけまわし、ようやく居間でとりおさえると、厄介者のネズミみたいにあんたの体を押しつぶしてやるわよ、と脅した。シュテファンは大はしゃぎで、戸棚の中のクリスタルがびりびり震えるような鋭い叫び声をあげた。

台所ではエーディトが洗い桶の前に立ち、ボイラーを見つめていた。沸騰した湯がぶくぶくと大きな、不安を醸すような音を立てている。汚れた皿が桶の中で待っている。だが、エーディトは身じろぎもしなかった。ボイラーのガラスの向こうで踊っている熱い湯の泡を、エーディトは不動のままただ見つめていた。

ちょうどそのころ検察の事務所は、初演を間近に控えた劇場のような空気に包まれていた。その廊下に足を踏み入れたダーヴィト・ミラーは、どっしりとプロらしく見えるように努力したが、すぐまわりの熱気に呑み込まれた。すべての部屋の扉は開け放たれ、電話がひっきりなしに鳴り、淡い色の服を着た女性事務員が山のような書類をもってよろよろ歩いたり、カートにうず高く書類を載せて、リノリウムの床の上をキーキー音を立てながら押して歩いたりしている。長い廊下の端から端まで深紅と黒のバインダーが並べて置かれ、まるで倒れたドミノの牌のようだ。どの部屋からも盛大にあふれている煙草の煙は、ダーヴィトにグレイハウンド犬を思い出させる。せかせかとした現場の混乱をよそにゆっくりとスローモーションで跳ね回るそのグレイハウンド犬は、いもしないウサギに飛びかかる前に消えていく。ダーヴィトはふと笑いそうになる。ここいるのはなんだか落ち着かないし、冷笑的な気分がする――でも、胸が躍った。自分はたしかにこの場にいる。司法修習生に応募した四九人のうち、選ばれたのは彼を含むわずか八人だった。しかも自分は去年、モントリオールで国家試験に受かったばかりなのに、選考に残った。ダーヴィトは主席検事の部屋の、開いたままの扉をノックする。検事は書き物机のそばに立ったまま、片手に受話器を持ち、電話をしていた。もう片方の手の指には、火のついた煙草がはさまれている。曇った窓ガラス越しに、中庭に据えられた工事用クレーンのシルエットが見える。白ブロンドの検事はダーヴィトのほうを見て軽く頷く。毎度のことながら、ダーヴィトがだれなのかを必死に思い出そうとしているようだ。ダーヴィトは部屋に入った。

「裁判がどれだけ長くかかるかは、裁判長しだいだ」。白ブロンドが受話器に向かって言う。「そして、彼のことは私にも読めない。もし彼が世論に従って動けば、ことはもみ消されたり相対化されたりし、四週間もあればすべてが終わるだろう。だが、検察側は徹底した証拠調べを強く求めるつもりだ。私個人としては、四か月以上かかるだろうと見込んでいる」。一瞬白ブロンドは間をおいて、さらに続けた。「ああ、それはそちらに進呈する。どうぞ書いてください」。受話器を置き、吸いかけの煙草から新しい煙草に火を移す。とても落ち着いた動作だった。ダーヴィトは挨拶抜きで単刀直入に言った。

「例の男は連絡をしてきましたか？」

「だれのことだ？」

「野獣（ビースト）です」

「いや、連絡はない。そしてミラー君、そういう偏見含みの呼び名はよしてくれるとありがたいな。そういうのは世間にやらせておけばいい」

ダーヴィトは軽く手を振って叱責を受け流した。検事がなぜそんなに落ち着いているのか、理解しがたかった。主要な被告人のひとりは三か月前に、健康上の理由を主張して拘留を解かれた。そして五日前から、申告先の住所には連絡が取れなくなっている。金曜の午前中には審理が始まるというのに。

「ですが、それならば、警察に介入してもらいましょう。そして捜索を始めなくては！」

「そうするだけの法的根拠が残念ながらない。裁判はまだ始まっていないのだから」

「でも！　やつは逃亡したのですよ！　アルゼンチンだかどこだかに逃げたほかのやつらと同じように――」

「昨日ここに来た、あのお嬢さんが必要だ。名前は何だったかな？」白ブロンドがダーヴィトの言葉をさえぎった。ダーヴィトはだれのことかすぐに理解したが、不機嫌そうに肩をすくめた。検事はダーヴィトの答えを待たずに続けた。

「ドムブライツキは国を出られそうにない」

「ドムブライツキが」

「そうだ。交渉は行われているが、彼はいまポーランドの刑務所にいる。合意が得られるまでに数か月かかるかもしれない」

「よりによってドイツのお嬢さんに、こんなに責任の重い役目がつとまるとは思えませんが」。ダーヴィトは強い語調で言った。「われわれの明暗は、通訳にかかっていると言っても過言でありません。通訳の人間はやろうと思えば、どんなことでもわれわれに言えるのですから……」

「通訳は宣誓をするよ。それに、こんなふうに見ることもできる。女性には、証人の心を落ち着かせる働きが期待できる。われわれはそれをこそ必要としているんだ。証人を安心させることを。われわれは証人からすべてを引き出したい。緊張に耐えて、すべてを話してもらわなくてはならない。というわけで、すぐにあのお嬢さんのところまで車を転がしてきてほしい。住所はわかっているな？」ダーヴィトはためらいながら頷き、部屋を後にした。
白ブロンドはふたたび椅子に座った。あのミラーという男は少々熱血すぎるし、しつこすぎるきらいがある——。兄弟が収容所で死んだという噂も、ちらりと耳にした。もしそれがほんとうなら、彼を使うのはまずいかもしれない。予断の危険があるなら、だれかと交替させなければならないだろう。だがいっぽう、昼夜を問わず何千枚もの書類と格闘しなければならないこの職場では、あのミラーのような一本気な若者がぜひ必要だ。日にちや名前や出来事を見比べ、さまざまな声の集合体を整理するのに役立つのは、そういう人材なのだ。白ブロンドは煙草の煙を深く吸い込み、一瞬そのまま息を止め、窓のほうを向いた。中庭では、クレーンのぼんやりした影がいつものように輪を描いている。

レストラン「ドイツ亭」の薄暗い客室の床を、エーファはモップで拭いている。美しい休息から目覚めた父親は厨房で、ラジオをかけながら何かを磨いている。ラジオからは、以前エーファがユルゲンとダンスを踊ったヒット曲が聞こえてくる。歌っているのはペーター・アレクサンダーだ。「僕と一緒にイタリアにおいで！」ユルゲンはダンスが上手だった。松脂(まつやに)と海のような良い香りがしていた。ダンスのあいだ、エーファをしっかり抱いてくれた。何が正しくて何が間違いかをいつもちゃんとわかってくれていた。エーファはこみあげる何かを飲みこむ。怒りと失望にさいなまれながら、ユルゲンのことを考えまいとする。ユルゲンは半年前からずっと、毎朝一一時に必ず事務所から電話をかけてくれた。電話が来ないのは、今日が初めてだ。エーファは濡れたモップをぴしゃっと床にたたきつける。午後二時まで電話が来なかったら、ユルゲンのことはあきらめようと決めていた。そうしたら彼がくれた手紙も、ホワイトゴールドのブレスレットも、鹿革の手袋も、アンゴラの下着も（エーファは一一月に片側だけ肺炎にかかり、ユルゲンはとても心配してくれた〉、それからヘッセの詩集も、それから……ドン・ドン・ドン！　閉め切った入り口のドアをだれかが叩いていた。エーファは振り返る。男だ。若い男だ。ユルゲン？　そうだ、エーファへの思いに突き動かされたユルゲンが、仕事中に席を外すという彼らしくない行動に出て、いま、ここに、結婚の許可を求めに来たのだ。きっと、うやうやしく跪いて――。エーファはモップを急いで脇に置き、前掛けを外し、入り口に駆けていった。ああ、これで万事はオーケーだわ。だが、ガラスの向こうに立っていたのは、昨日のダーヴィト・ミラーという無愛想な男だった。エーファは戸惑いながら扉を開けた。「今日は定休日ですけど」。ダーヴィトは肩をすくめ、無表情な顔でエーファを見て言った。「僕は代理で……」。新しく積もった雪の上に、ダーヴィトの足跡が残っていないのをエーファは不思議に思う。ドアまで飛んできたわけじゃあるまいし、奇妙なことがあるものだ。

「主席検事の代理で、僕が来た」

　エーファはためらいながら、中へどうぞというしぐさをした。ダーヴィトは中に入った。二人はバーカウンターの前に立ったまま話をした。厨房のラジオから、イタリアのテノール歌手の歌声が聞こえる。エーファも口ずさめるあの流行歌だ。「一週間に七日間、僕は君のそばにいたい」

「通訳が国を離れられなくなった。ともかく今はまだ、国を出られない。政治的に信用が置けないと判断されて、これから嫌疑を晴らさなきゃならないそうだ。だから、代理の通訳が必要なんだ。金曜日には審理が始まる」。エーファは不意打ちを食らったような顔で言う。「それで私に通訳をしろと言うの？」

「僕が言っているわけじゃない。僕は伝えに来ただけだ」

「はあ……それで、どれくらい時間がかかるの？　一週間くらい？」

ダーヴィトはどこか同情のこもった目でエーファを見た。薄い青の瞳は、左目が右目より大きかった。光の加減かもしれないし、生まれつきかもしれない。ともかくそのせいで、どこか落ち着きのない、ずっと何かを追い求めているような表情に見える。エーファは唐突に、でもきっと自分を見つけることはできないわ、と思った。どうしてそんなふうに感じたのかは、自分でもわからなかった。

「事務所には連絡をしてくれた？　私の上司のケルティングさんに」

だが、ダーヴィトはエーファの質問に耳を傾けていないようだった。まるでエーファに手をあげられでもしたかのように後ろに下がり、カウンターに寄りかかる。

「大丈夫、あなた？」

「朝食をとるのを忘れた。少しすればよくなるさ」

ダーヴィトは深呼吸をした。エーファはカウンターの中に入って水道の蛇口をひねり、グラスに水を満たし、それをさしだした。ダーヴィトは一口水を飲んだ。視線が向かいの壁のほうへとさまよう。そこにはサイン入りの白黒のポートレートが所狭しとかけられている。男の写真もあれば、女の写真もある。おおかたは地元の有名人で、「ドイツ亭」を訪れた俳優やサッカー選手や政治家たちだろう。彼らはみな、自分がいちばん美しく見える角度でこちらを向き、ダーヴィトに笑いかけている。ダーヴィトが知っている人物はひとりもいない。彼は背筋を伸ばし、半分水の残ったグラスをカウンターの上に置いた。

「ここに連絡をしてほしい」。ダーヴィトは名刺を差し出した。検事の名前と住所と電話番号が書かれていた。「もし仕事を受ける気があるなら、必要な語彙（ごい）を勉強し始めたほうがいいと思う」

「どういうこと？　軍事用語を勉強してくるとか？」

「人間を殺すのにかかわる言葉を、考えられるかぎり」

　ダーヴィトは突然回れ右をして、店を出ていった。エーファはその姿を見送りながらゆっくりと扉を閉めた。

　父親が厨房から出てきた。白いコックコートに黒いズボンという姿で、頭にはコック帽を載せている。肩には赤い格子柄の布をかけている。父さんたら、まるでこれから山盛りのスパゲティとトマトソースを顔にぶつけられる道化みたい、とエーファは思う。

「ありゃあ、だれだい？　何の用事でここに？　うちの看板娘にはもうひとり崇拝者がいるわけかな？」父親はエーファに目配せをして、カウンターの前に来ると膝をつき、カウンターの下の部分を覆っているブリキを布で磨き始めた。エーファはいらいらしながら首を横に振った。「ねえ父さん。ちょっとはちがうことが考えられないの？　あの人は仕事で来ただけ。裁判で通訳が必要らしいの」

「そりゃまた、たいへんそうな話だな」

「親衛隊の将校の裁判ですって。キャンプで働いていた」

「どのキャンプだって？」

「アウシュヴィッツ」

　父親は、エーファの話が聞こえていないかのように、そのままブリキを磨き続けた。髪が薄くなりかけた父親の後頭部を、エーファはちらりと見た。父親の散髪は二か月おきにエーファが台所でしている。長時間じっとしているのが苦手な父親は、いつも小さな子どものように手足をもぞもぞさせる。だから毎回なかなかたいへんな作業だったが、父親は床屋には頑として行こうとしないのだ。エーファ本人も、理髪店ぎらいだった。子どもめいた考えではあるが、ハサミが怖いのだ。エーファの不安を姉のアネグレットは「神経がいかれている」と呼ぶ。エーファはふたたびモップに手を伸ばし、バケツにつっこみ、手で水を絞った。水は生ぬるくなっていた。

その晩遅く、ルートヴィヒとエーディトはそろって居間に座っていた。ルートヴィヒはソファの左端のすりきれた部分に、エーディトは黄色いビロード張りの――もともとは金色に輝いていた――小さな肘掛椅子に座っている。パルツェルは籠（かご）の中に丸くなっている。夢を見ているのか、ときどき小さな声で吠える。テレビからニュース番組が流れてくる。スーツを着たアナウンサーがニュースを読み上げ、そのたびに小さな映像が挟み込まれる。ルートヴィヒはいつものように、一つひとつの報道に何かしらコメントをした。エーディトは手仕事をしている。シュテファンのオレンジ色の手袋に――本人によれば、またパルツェルのせいで――あいた穴をかがっているのだ。アナウンサーは、西ドイツ最大の堤防建設プロジェクトについて話している。施工からわずか四か月後に、リュスタージールの干潟に建設中だった三キロに及ぶ堤防の、最後の穴が閉じられたという。大量の土砂の映像が画面にあらわれた。

「リュスタージールか」。ルートヴィヒが言う。その声には故郷を懐かしむ響きがかすかにあった。「覚えているかい？　あそこでカレイを食べたことを」

エーディトは顔を上げずに、「そうね」と小声でつぶやいた。

「デトロイトの画廊で火事。スペインの画家、パブロ・ピカソの絵画三五点が焼失。損害額はおよそ二百万ドイツマルクに相当」。アナウンサーが読み上げた。その後ろにキュビズムの作品が一点映し出される。小さな白黒テレビでは、どんな絵なのかよくわからない。

「ということは、ひとつの絵につき六万マルクということか！　どうしてこんな絵にそんな高値がつくのか、そのわけを知っているのは神様だけだろうな」

エーディトが言った。「あなたにはわからないでしょうね、ルートヴィヒ」

「ああ、わからんさ。上等だ」

「連邦内務大臣ヘルマン・ヘッヒャールの指示により、元親衛隊大尉エーリヒ・ヴェンガーは憲法擁護庁からケルンの管理局に移る予定」。アナウンサーの背後の壁は灰色のままだ。エーリヒ・ヴェンガーがどんなようすをしているのかは、視聴者にはわからない。ルートヴィヒとエーディトは無言になる。二人は同じリズムで呼吸をしている。画面は天気予報に替わり、白い雪の結晶に覆われたドイツの地図があらわれる。雪はまだ続くようだ。

「あの子は早いとこ、あのショールマンのところに嫁にやらなきゃいかんな」。ルートヴィヒが低地ドイツ語の強いアクセントで言った。エーディトは返事をためらったが、結局こう答えた。「そうね。それがいちばんね」

ショールマン家の邸宅ではユルゲンが、父親と、父親の二番目の妻とともに夕食の席についていた。毎晩のことだが、彼らの夕食は夜の八時半になってようやく始まる。それは通信販売事業の宿命のようなものだ。ユルゲンはその日も遅くまで、従業員と一緒に新しいカタログづくりに追われていた。ユルゲンはテーブルの向かいに座った父親を観察する。チーズをはさんだパンを訝しげに分解している父親の体は、目に見えて小さくなってきている。がっしりしていた体は小男のようにしなびてしまった。まるで干し葡萄のようだ、とユルゲンは思う。後妻のブリギッテは父親のすぐ隣に座り、頬を拭いたり、チーズを元通りにパンにはさんだりしている。「これはあなたの好きなスイスのチーズよ、ヴァリー」。ブリギッテが言う。「スイスは少なくとも中立だ」。ヴァルター・ショールマンはこわごわとパンにかぶりつき、咀嚼する。ときどき、呑み込むのを忘れてしまうこともある。ブリギッテが励ますように頷き返す。彼女は天の恵みだとユルゲンは思う。ユルゲンの母も、きっとブリギッテのことを認めるにちがいない。父の最初の妻だった母は今、サイドボードの上のソフトフォーカスされた写真の中でおだやかな笑顔を浮かべている。一九四四年三月、町に空襲があったとき、母は死んだ。当時一〇歳だったユルゲンはアルゴイ地方の農家に、ひとりで疎開させられていた。農家の息子がユルゲンに、おまえの母ちゃんが空襲で焼け死んだよと言った。たいまつみたいに燃えながら、叫び声をあげて、通りを走って死んだそうだよ――と。その子が嫌がらせでそう言ったのは、ユルゲンにもわかった。でも、忘れようとしてもその光景は頭から消えなかった。ユルゲンは、大好きな神様を含め、すべてを憎むようになった。すべてに見放されたような気にもなった。母親が死んだとき、父親は刑務所にいた。一九四一年の夏にゲシュタポから、共産党の一味として逮捕されたのだ。アルゴイ地方の農家に父親が息子を引き取りに来たのは終戦から二か月後のある早朝だった。ユルゲンは家から飛び出してきて、もう二度と離さないでというように父親に抱きつき、いつまでも激しく泣いた。そのようすには、農家の件の意地悪息子でさえもほろりとしていた。ヴァルター・ショールマンは、牢獄での日々について当時もいっさい語らなかったし、今日に至るまで口を閉ざし続けている。病気を患った昨今は、庭の小さな小屋の中で背もたれのない椅子に座ったまま、格子のついた窓を何時間も眺めていることがときどきある。そのようすはまるで、希望を失った囚人のようだった。ブリギッテやユルゲンが手をとって小屋の外に連れ出そうとすると、父親は抵抗した。ユルゲンには謎だったが、ブリギッテは、きっとお父さんは過去に経験した何かを克服したいと思っているのよと言った。ヴァルター・ショールマンは食べ物をのみ込み、物思いにふけりながら、さらにもう一口嚙んだ。チーズを挟んだパンは美味しかったらしい。もと共産党員で、のちには大会社の社長になったヴァルター・ショールマンは驚くべき変わり者だが、いつもこう強調していた。自分が戦後に成功をおさめられたのは、そうした社会認識ゆえだ。自分は、すべてを失った人々を手ごろな価格の品物で助けたかったのだと。手ごろな値段が実現できたのは、小売業者を迂回し、販売活動を見直し、家賃やマンパワーを節約して直接消費者に品物を届けたからだ。通信販売「ショールマンハウス」は一〇年のうちに、従業員六五〇人を抱える企業に成長した。ヴァルターは、社員の待遇や社会的安定をつねに重視した。五〇年代の中ごろにはタウヌスの丘に自邸を建てた。少々大きすぎたことが、後で判明した。使う必要のない部屋がたくさんあるし、プールに水を張ったのは最初の一年だけだった。以来、青いタイル張りのプールは使われず、空っぽのままだった。ヴァルター・ショールマンが五年前に二度目の結婚をして以来、屋敷には少なくとも一人、その贅沢を享受する人間が存在することになった。後妻のブリギッテはショールマンハウスのカタログで下着のモデルをしていた女性で、ヴァルターより三〇歳も年下のわりには世故に長けた、そして楽天的な女性だった。プールには久々に水が満たされ、ブリギッテは毎日そこで泳いだ。家じゅうにまた塩素のにおいがほのかに漂うようになった。エーファもこの家に住んで、きっとあのプールで泳ぐようになるとユルゲンは思った。自分の電話をエーファが待っていることはわかっていた。でも、彼の中の何かがそれをさせずにいた。把握できない何か——あるいは、把握したくない何かだ。ユルゲンは、小さいときから牧師になりたいと思っていた。明快な儀式や、強烈な香煙のにおい。美しい衣装。どこまでも高く、輝く教会の身廊。幼いユルゲンはそうしたものに魅了された。そしてユルゲンにとって神様は、間違いなく存在していた。信心深かった生みの母親は息子の神への憧れに理解を示し、ユルゲンが五歳のときにもう、家でミサのまねごとをしてくれた。息子のために紫色の僧服を縫い、ユルゲンが子ども部屋の小さな机に立って「神の子羊よ」と唱えると、会衆を代表してうやうやしく「救いたまえ」と答えてくれた。蠟燭に火をつけるのと香を焚くのだけは許されなかった。頑固な無神論者である父親は、そういうことをいつも苦笑しながら見ていた。ただ、大学受験を前にしたユルゲンが、神学を学びたいと希望を表明したときには、父親と息子のあいだで幾度か口論があった。だが最終的には父親のヴァルターが折れ、亡き妻の遺志に従うことになった。ユルゲンは大学に入り、神学を学び始めた。すべてが変化したのは二年前だ。新しい支配人のもとで起きた失敗のせいでショールマンハウスは大きな損害を被り、ユルゲンは父親をそれ以上放っておくことができなくなった。そして、父親の生涯の仕事のために、自分の人生の計画を変えざるをえなくなった。だが正直に言えばそのころユルゲンは、生涯を独身で過ごすことに心の揺らぎを感じ始めていた。原因は、エーファだ。ポーランドの業者とのやり取りを翻訳してもらうため、何度か社に来たのがエーファだった。最初に目をとめたのは彼女の髪だった。流行とは無縁の結い方をした髪に目を引かれた。感動的なくらい古風で世間知らずな娘に見えた。こんな娘ならきっと、夫に従順な良い妻になるだろうと思った。彼女となら、子どもをもちたいとも思った。ただひとつ心配なのは、エーファの家がベルガー通りで料理屋を営んでいると父に告げたら、何が起こるかだ。ブルーンス一家がプロテスタントであることは、プラスの材料になる。でも、よりによってあのベルガー通りで――。エーファがどれだけ無垢でも、そしてユルゲンがどれだけ「ブルーンス家の店はあの通りの中ではちゃんとした界隈にある」と強調しても、ベルガー通りというだけで、いかがわしい安居酒屋だと思われる可能性は高い。父親のヴァルターは社会主義的思想のビジネスマンであるだけでなく、きわめてまれな、おかたい共産主義者でもあるのだ。

「ユルゲン、何がおかしいのか？　私に教えておくれ」。父親がまっすぐこちらを見て言っている。その目つきはまるで、脳の回路が突然復調したかのようにはっきりとしている。ユルゲンはナイフとフォークを脇に置いて言った。

「いえね、父さん、シューリックが新年のカタログに何を入れろと言ったと思います？　電動エッグピアサー〔卵の殻に小さな針で穴を開け、卵をゆでる際に殻が割れるのを防ぐ道具〕ですよ。アメリカで大ヒットだというんですがね」。父親がほほ笑む。ブリギッテが肩をすくめて、「私は買うわよ」と言った。

「おまえは何でも買うからな」

ヴァルターはブリギッテの手をとり、素早く、しかし愛情をこめてキスをし、ふたたびその手を握った。ユルゲンは二人の向こうに視線を向け、雪に覆われた公園のような庭を見る。庭の灯りに雪がかぶっている。植え込みはしんとして動かない。エーファに電話をかけなくては、とユルゲンは思う。


そのころエーファは自分の部屋の書き物机で、ユルゲンへの手紙を書いていた。怒りと落胆と脅しを言葉にすると同時に、肉体と純潔（それが失われたことをユルゲンは知らないはずだ）で相手の愛と欲望をあおろうとしたが、何度書いてもうまくいかなかった。書きかけの手紙をふたたび丸め、途方に暮れてその場に座り込む。スカートのポケットから、ダーヴィトという男が置いていった名刺を取り出す。決心がつかないまま、手の中で名刺をぐるぐると回す。そこにノックの音がして、アネグレットが入ってきた。薄ピンクのモーニングガウンを着て、化粧はしておらず、髪もとかしていない。エーファは思考が断ち切られたことに感謝しながら、名刺を机の上に置いた。

「仕事は？」

「今日は非番。昨日ダブルシフトだったから」。アネグレットはエーファのベッドにどすんと腰をおろし、柱のひとつに寄りかかった。手には、台所で見つけてきたスティック菓子の袋がある。アネグレットはその細い菓子を一〇本ほど同時に摑(つか)みとり、ぽりぽりとかじった。

「生後二週の男の子の赤ちゃんが死にそうになったの。脱水症状で」

「またなの？」

「ええ、もうどうかしているわ。だれかが病原菌を持ち込んでいるのよ。医者は衛生のことなんか、ろくに気にかけていない。でも、なんにも話しちゃくれない。私、八時間もその赤ちゃんの横に座って、一滴一滴砂糖水を飲ませていたの。最後にはなんとか元気を取り戻してくれたけれど」

アネグレットの視線が、丸められた手紙に向かう。

「まだ電話がこないの？」

エーファは黙っていた。アネグレットはためらったのち、ガウンのポケットからトランプのカードを取り出し、誘うようにひらひらと振った。エーファは姉と向き合うように、ベッドに腰を下ろした。アネグレットはむっちりした、けれどしなやかな指でカードをすばやく切る。手慣れた動作だ。息づかいがかすかに聞こえる。アネグレットはよく混ぜたカードをベッドのシーツの上の、自分とエーファのあいだに並べた。「ひとつ質問をどうぞ。それからカードを一枚引いて」

「ユルゲンは私と結婚してくれる？」

エーファは心を集中させ、カードを引いた。アネグレットが残りのカードを手にとり、何かの法則に沿って並べ始める。でたらめにやっているのでないのは明らかだった。わずかに汗のにおいがする。過剰なほど潔癖症の姉は、両親から水の使い過ぎに眉をひそめられても、毎日入浴を欠かさない。それなのに、日なたに置かれた豆のシチューのようなかすかなにおいを消し去ることは、なぜかできなかった。エーファは、姉が自分のために真剣にカードを並べるのを、愛しさを込めて見つめた。「姉さんのこと、好きよ」。そう言いたい気がする。でも姉妹は、あまりそういうことをたがいに口にしなかった。それに、いまそんなことを言ったら、相手を哀れんでいるような、横柄なように聞こえてしまうかもしれない。結局、エーファはその言葉を胸にしまっておいた。アネグレットはスティック菓子をさらにひと摑み出し、ぼりぼりとかじっている。かじりながら、並べたカードをじろじろと眺める。

「ハートのクィーンが左の上。あんたは女王様になれるわよ。億万長者の奥様に。何かをしくじったりしなければね。ほら、ここにスペードの七がある。これが意味するのは、あんたが何かをしくじるかもしれないということよ」

「とっても役に立ったわ、どうもありがとう。姉さん。ところでユルゲンは今どこにいるのかしら？　彼は何を考えているの？　私のことを愛している？」

アネグレットはふたたびカードをひとまとめにした。「今度はあんたが混ぜて。それから並べて。一二枚目のカードがユルゲンよ」

エーファはまるで、人生がかかっているかのように真剣にカードを切った。途中で何枚かが飛んでしまった。エーファは笑ったが、アネグレットは真面目な顔を崩さなかった。エーファはカードを並べながら小さな声で、ポーランド語で一二まで数をかぞえた。

「どうしてポーランド語なの？」

「それが何か？」

「そうね。変な感じがするわ」

エーファは、一二番目のカードを裏返すのをためらった。アネグレットの顔を見て言う。

「何がほんとうに変なのかわかる？」

「巨大な人生全体が？」

「私がポーランド語で数をかぞえられること。通訳の学校に通う前からそうだった。もしかしたら前世がポーランド人だったのかしら？」

「あんたの前世なんか知るもんですか、エーファちゃん。それより、ユルゲンのカードをめくってよ。自分を信じて、ほら！」

エーファはカードをめくった。ハートの八だ。エーファは困惑顔でカードを見つめた。アネグレットがにんまり笑う。

「可愛いエーファちゃん。そんな顔をしたら馬鹿みたいよ。彼はぜったいにあなたから離れてくれないのだから！」

「どういうこと？」

「ハートの、しかも八よ。八は永遠のシンボルなの」

「あるいは手錠の」。エーファは言った。

アネグレットは頷いた。「どっちにしろ、あんたがここで過ごすのはもう長くなさそうね」

アネグレットは目を伏せてカードを集め始めた。その顔に突然、さびしげな表情が浮かぶ。エーファは姉の頬を撫でながら「私にもそのお菓子をくれる？」と言う。アネグレットは目をあげ、うっすらとほほ笑む。

しばらくして二人は薄暗がりの中、ベッドに並んで寝転んだ。スティック菓子の最後の一本を咀嚼しながら二人は、天井でゆらゆら揺れているドン・キホーテの影を見つめた。

「ねえ、一緒に映画を見たのを覚えている？」エーファが言う。「年とった男の人が槍をもって風車に突撃する映画。風車の羽根に挟まって、体を巻き込まれたままぐるぐる回されて、悲鳴を上げるの。とても恐ろしかった。気分が悪くなるくらい」

「大人がものごとをコントロールできなくなると、子どもは不安を覚えるものよ」

「姉さん、この仕事を受けるべきだと思う？　あの裁判の、通訳のことよ。私――」

「わかっている。私ならやらないわね。あんたは、あの残酷物語を世の中に広める手助けをしたいの？」

「どんな残酷物語なの？　どういう意味？」

アネグレットは突然黙りこくった。そして冷たい表情のまま立ち上がり、無言で部屋を出ていった。いつものことだ。きっといまごろ台所に行って、口いっぱいに食べ物を詰め込んでいるのだろう。廊下の電話の呼び出し音が鳴った。エーファは時計を見る。午後一〇時半。心臓が高鳴り出す。寝室を飛び出し、母親より先に受話器に手を伸ばした。電話の主はやはりユルゲンだった。

「こんばんは。エーファ」

エーファはできるだけそっけなく、さりげなく聞こえるように気をつけた。「こんばんは。ずいぶん遅い時間に電話ね」。でも出てきた声は、思ったより上ずっていた。

「元気かい？　エーファ」

エーファは黙っていた。

「申し訳なかった。謝るよ。でもこれは、僕らのこの先の人生にかかわることなので」

「それは私もわかっているわ」

二人は黙りこくり、しばらくしてユルゲンが言った。「明日の晩、一緒に映画に行かない？」

「時間がないの。新しい仕事の準備をしないといけないから」

「新しい仕事？　依頼が来ているのかい？」

「長くかかりそうな案件なの。私もそろそろ自活しなければならないし。いつまでも親のすねを齧るわけにもいかないから。お金を稼がないと」

「エーファ。明日の晩の七時に迎えに行くからね！」

強い口調だった。エーファは受話器を置く。アネグレットが何かを食べながら台所から出てきた。ガウンにさっきはなかった染みができている。アネグレットは問いかけるようにエーファを見た。エーファは破れかぶれな気分で肩をすくめ、にっこり微笑んでみせた。アネグレットが言う。「ほらね、カードは嘘をつかないのよ」


その翌朝、ダーヴィト・ミラーは検察からの指示も公式な許可もないまま、レンタカーを借りて（そのために月収の半分を費やすことになった）、南に向かった。めざすのは、シュトゥットガルトに近いヘミンゲンという町だ。主要な被告人のひとりの住民票が、その町にある。収容所の政治局でトップを務めていた「野獣」と呼ばれる人物だ。ダーヴィトはこの被告人番号4の面談記録や告発状をすべて読み、起訴のための分析を準備した。もしそれらが一部でも真実なら、いまは商店事務職員として働くこの男には、人間らしい感情が微塵も備わっていない。数日前から検察は電話で連絡をとろうとしてきたが、空振りに終わっていた。裁判の開始は目前に迫っている。冬景色の南ドイツを高速で通り過ぎながらダーヴィトは、やつの逃亡疑惑を追及するのは正しいことなのだと自分に言い聞かせていた。ダーヴィトは追い越し車線を猛スピードで走った。町の風景や丘や森や農場が道路の左右にさっとあらわれては消えていく。それらの風景はカナダの広大な自然と比べると、まるでおもちゃのように見えた。一度、急ブレーキをかけた後でタイヤが横滑りした。それからはスピードを出しすぎないように注意して運転した。「ヒトラーの作った高速道路上でうっかり命を落としたら、とんでもない皮肉だ」。ダーヴィトはそう考えて、ひとりで笑った。

途中のハイデルベルクは迂回しようと思っていた。だが、うっかり市街地に入り込んだが最後、道路網から出られなくなった。同じ橋を三度も渡った。今度こそは正しい道だと確信しても、そのたびまるで悪夢のように、行く手に壮麗なハイデルベルク城があらわれた。ダーヴィトは悪態をついた。道路地図には市街地の地図はついておらず、彼はあやうくドイツの町に屈服しかけた。そのとき、信号で前にいる車がフランスのナンバープレートをつけているのに気がついた。この車についていけばきっと町から抜け出せるという一縷の望みをかけて、ダーヴィトはその車を追いかけた。この計画はうまくいき、一時間も無意味に町をさまよっていたダーヴィドの車は、森と畑の一帯にようやく戻ってくることができた。

ヘミンゲンは活気のない小さな町だった。ダーヴィトは車の窓から、雪の上を注意深く歩いているだれかに声をかけて、目的地への道順をたずねた。ほどなく車は、タンネン通りの一二番地の前で止まった。よく手入れされた家だった。労働者集落の中にある典型的な一戸建て住宅で、おそらく戦前に建てられたものだろう。付近の家々と同じように壁は白い漆喰で、簡素なつくりで、日のささない暗いバルコニーにしょぼくれたプランターが置かれている。ガレージの外に車はない。ダーヴィトは車を降り、雪をかぶった前庭を抜け、玄関の呼び鈴を鳴らした。表札はどこにも見つからなかった。ダーヴィトは待った。ドアにはめ込まれた小さな格子窓のガラスの向こうには、何も動きがなかった。さらに二度呼び鈴を鳴らし、あたりを見回す。小さな前庭に裸の灌木がいくつか植えられている。古い袋でバラの花に覆いがかけられており、まるで、いかつい男が覆面をして、隙あらばこちらに飛びかかろうとしているように見える。ダーヴィトは、家の中でパタンとドアの音がしたのを聞きつけた。もう一度、呼び鈴を押す。そして、そのまま指を離さなかった。ドアがゆっくりと、わずかに開く。内側からドアチェーンがかけられている。「主人は留守ですが」。黒髪で整った顔立ちをしたその女性の年齢は、六〇歳前後だろうかとダーヴィトは見積もる。アーモンド形の、少し暗い瞳がダーヴィトをじっと見ている。若いころは美しかったのだろうな、とダーヴィトは思う。「ご主人はどこにいますか?」

「どちらさま?」女は不審そうにダーヴィトを見る。

「裁判のことで、来ました。ご主人と連絡がつかなくて……」

「あなた、外国の人?」

ダーヴィトは一瞬、混乱する。

「ダーヴィト・ミラーといいます。検察で司法修習生をしています」

「もうわかったわ、あなたがどんな心根の人なのか。いいこと、ダーヴィトさん。よくお聞きなさい!」女はドアの隙間から、怒りをあらわにした。

「あなたがたがあそこでしているのは、とんでもなく不適当なことですよ! とてつもない大嘘を、うちの夫について言い立ててくれて。うちの主人はいつも、とても働き者なんです。主人がどんな人間か、何も知らないくせに――。主人は、人が望みうるかぎりにおいて、最高の父親であり、最高の夫でもあります。あなたがうちの主人のことを知っていれば……」

夫がいかに好人物かを女がまくしたてているあいだ、ダーヴィトはある女性の証言を思い出していた。起訴のための調書にとった証言だ。その女性は、収容所で〈野獣〉の秘書として働かされた。彼が政治局の事務所で数時間にわたって、ある若いポーランド人捕虜に尋問をしたときのことを女性は説明していた。「尋問が終わったとき、相手はもう人間ではなく、ただの袋のようでした。血まみれの袋みたいでした」

「ご主人がどこにいるか、教えていただけなければ、警察に知らせなければなりません。あなたも、ご主人が警察によって連れ戻されることを望んではいないでしょう。それではまるで、犯罪者のようだ。ご主人は、あなたのお話によれば、犯罪者ではないのに」

「主人は罪を犯してなどいません！」

「ご主人はどこに？」

女はためらったのち、怒ったように言った。「狩りへ」

馬に乗った二人の男がゆっくりとスクリーンにあらわれた。場所はどこかの山あいの、でこぼこの大地の上だ。太陽が照りつけ、滝が流れ、猛禽（もうきん）が空を旋回している。何かの鳴き声がする。片方の男はフリンジのついたシカ革の上下を着て、もうひとりはインディアンの服を着ている。ひとりはオールド・シャッターハンド。もうひとりは盟友ヴィネトウだ。二人は無言で、あたりを注意深く窺いながら馬に乗っている。岩陰のどこかに敵が待ち伏せているからだ。茂みの陰から銃が撃たれ、二人の命を奪うかもしれないからだ。

エーファとユルゲンはホールの前から二列目に、頭を反らしぎみにして座っている。映画館は満員で、こんな席しか空いていなかった。『アパッチの酋長、ヴィネトウ』は封切りしたてで、しかも上映後にはラルフ・ヴォルターのサイン会が行われることになっている。ヴォルターが演じるのは観客からいちばん人気の高いサム・ホーキンズの役だ。エーファとユルゲンの顔にスクリーンの色とりどりの影が映る。また鷲の鳴き声がする。あるいはハゲタカだろうか。エーファは猛禽類には詳しくない。そのとき突然、最初の銃声が響き渡り、エーファはぎょっとする。そしてわくわくしながら思う。ヴィネトウの映画の銃声はいつも最高だわ、と。

音楽が大きくなる。そして戦いが始まる……。

善が勝利をおさめ、幕が下りてからほどなく、エーファとユルゲンの二人は灯りに照らされたクリスマスマーケットをぶらついた。空は暗く、空気は氷のように冷たい。言葉を口にすると、顔の前に吐息の小さな雲ができる。さっきの映画に出てきたユーゴスラヴィアの平原の熱気は、もうはるかに遠い。エーファはラルフ・ヴォルターのサインに未練を覚え、ユルゲンは新しいヒッチコックの映画『鳥』を見たほうがよかっただろうかと考えていた。エーファはユルゲンと腕を組み、自分が初めて映画館を訪れたときのことを話した。ドン・キホーテの映画。老人が風車の羽根にぶらさがって悲鳴をあげていた場面。それを見て幼い自分が恐怖を感じたこと。父親が「あんな変人はめったにいやしないさ」と小声で慰めてくれたこと。父親はいつも、エーファを慰めるのが上手だったこと――。だが、ユルゲンはあまり耳を傾けていなかった。彼は屋台でグリューワインを二つ買い、エーファに渡した。エーファと向き合ったユルゲンは、エーファが受けようとしている仕事についてあれこれ質問した。エーファはユルゲンに問われるまま答えた。だがひとつだけ、仕事をもう承諾したのだと、嘘をついた。ユルゲンはその裁判について、いろいろ読んでいた。「エーファ、この裁判はものすごく長引くかもしれないよ」。「それはありがたいわ。お給料は週ごとにもらえるのだし」。エーファは温かいグリューワインをコップに半分飲んだだけで、ほろ酔い加減になっていた。ユルゲンは真面目な顔を崩さなかった。「妻が働くのを僕は望んでいない。うちの家は町中で知られている。人々に噂をされて……」

エーファは挑発するようにユルゲンを見た。

「いったい、どこの奥さんのこと？　この前の日曜日にもう、その話はなしになったはずよ」

「もうワインはおしまいにしたほうがいいよ、エーファ」

「どうせうちの家はそちらのようにお上品ではないわよ。それは勘弁してよ！」

「頼むよ、エーファ。蒸し返すのはよしてくれ。僕は君のご両親を、気さくな人たちだと思ったよ。お父さんにはいずれきちんと申し込む」

「でも、働く必要はないと言われて私が嬉しく思うかどうかはわからないでしょう？　私は現代の女性なのだから」

だが、ユルゲンはさらに言った。「僕のほうでもひとつ条件がある。君がその仕事を断ることだ」。ユルゲンは黒い瞳でエーファを見つめた。ユルゲンの瞳がエーファは好きだった。おだやかで自信に満ちた目だ。ユルゲンは笑顔を浮かべている。エーファはユルゲンの手をとった。でも、二人とも両手に手袋をしているせいで、その温かみは感じられなかった。

近くでブラスバンドの演奏が始まった。「私たちのもとに、時が来た」というクリスマスソングだ。あたりの人々が足を止め、音楽に厳粛に耳を傾ける。だが、年をとったブラスバンドの男たちの演奏があまりに調子っぱずれでよろよろしているので、ユルゲンとエーファは思わず吹き出した。必死に笑いをこらえようとしても、だめだった。何かの楽器がへまをするたび、二人のどちらかがふたたび笑い出し、もうひとりもつられて笑いだすという繰り返しだった。最後には二人そろって、目に涙を浮かべて笑い転げた。それはエーファの大好きなクリスマスソングだったのに。

しばらくして家に帰る道すがら、エーファは小さな声でその歌をユルゲンに歌った。

私たちのもとに、時が来た
すばらしい喜びを連れて
雪に覆われた大地の上を、私たちは歩く
広い、白い世界を抜けて、私たちは歩く
氷の下には、小川と海が眠り
森は、深い眠りの中にある
静かに降りゆく雪を抜けて、私たちは歩く
広い、白い世界を抜けて、私たちは歩く
空の高みから輝く沈黙が降り、心を至福で満たす
星に照らされた天幕の下を、私たちは歩く
広い、白い世界を抜けて、私たちは歩く

エーファがこうして自分に寄り添い、腕を絡めてくるのがユルゲンは好きだった。彼は思う。もしこの瞬間、だれかに「彼女への気持ちを言葉にしろ」と言われたら、自分はこう答えることができるだろう。愛している、と。

ダーヴィトの車は森の道をがたがたと進んでいく。タイヤが空回りし、後輪のひとつが道路に空いた穴にはまり込んだ。フォードはそれ以上動かなくなった。ダーヴィトはエンジンを切り、車から降りた。風は静まり、夜空に星はない。満月だけが、空に冷たく輝いている。ダーヴィトはあたりを見回し、遠くに小さな灯りを見つけた。コートの襟を立て、地面を踏みしめるようにそちらに近づいていく。雪が短靴の中に入り込み、融ける。靴下はたちまちぐしょ濡れになった。かまわずに歩き続け、簡素な丸太小屋にようやく行きついた。窓にはシャッターがかかっているが、隙間からわずかに光が漏れてくる。何も物音はしない。こずえからざわざわという小さな音がするだけだ。ダーヴィトはしばしためらったのち、ノックはせずに扉を開けた。天井からつるされた獲物を囲むように、三人の男が立っていた。みな、猟師が身に着けるようなくすんだ緑の服を着ている。三人がいっせいに扉のほうを見た。だれひとり、驚いてはいないようだった。三人のうち二人は瓶のビールを飲んでいる。もうひとりはひどく痩せていて、まるで年をとったチンパンジーのような風貌だ。チンパンジー男は手に、刃渡りの長いナイフを持っている。ダーヴィトはそいつが、番号4の被告人であることに気づく。彼はちょうど、ノロジカをさばこうとしているところだった。あるいは、天井からつるされている何かを。それは、もしかしたら人間なのかもしれない——。ともかくそれは、血だらけの袋のように見えた。

被告人番号4はいぶかしげでありながらどこか友好的な表情でダーヴィトを見て、「ご用件は？」と言った。

「ダーヴィト・ミラーといいます。検事長のもとで働いています」

それを予期していたかのように、男は頷いた。残る二人のうちのひとりが恫喝するようにダーヴィトに近づく。相当酔っているのか、赤い顔をしている。だが、チンパンジー顔がそれを制止する。「こんな場所にこんな時間に何をしに来たのですか？　裁判は金曜日にならなければ始まらないのに」

「私たちは何日も前から、あなたと連絡を取ろうとしていたのですが」

「とっとと失せやがれ、若造めが」。もうひとりも口を出す。

ダーヴィトは被告人番号4をじっと見た。「あなたに今すぐ、一緒に来てほしいのです。町まで、私と一緒に」

「あなたにそんな権限はないはずだ。何か証明書があるなら見せてもらえますか？」

ダーヴィトは、何と答えるべきなのかわからなかった。被告人はナイフを脇に置き、手についた血を、壁のフックにかかっていたぼろ布で拭きとった。そして、ゆっくりダーヴィトに近寄った。ダーヴィトは思わず後ずさりした。「わかっています。私は何も恐れてはいません。時間通りにきちんと行きます。嘘は言いません」。男はダーヴィトに右手を差し出した。ダーヴィトはそれを凝視した。ふつうと変わらない、人間の手だった。

ほどなくダーヴィトは、まるで締め出されたかのように、小屋の外に立っていた。月光が森を照らしている。足は濡れて、冷たい。車をどこに置いたのかわからない。ダーヴィトは歩き出す。雪の中をひとしきり歩き、立ち止まった。車はどこにあるのだろう？　さっきの小屋さえ、もう見えなくなっている。でも、ここはドイツのどこかには違いない。葉を茂らせた樅の木の下に立つ。こずえを風が通り抜け、かさかさと音を立てる。ダーヴィトはこずえを見上げる。あちこちの枝から雪がぱらぱらと落ちてくる。そのとき突然ダーヴィトは、今から三日後に日のもとにさらされるはずの犯罪のすさまじい数に、圧倒される思いがした。一瞬ダーヴィトは、自分たちがこれから戦い、法の裁きを下さなければならない人間の数を想像した。きっと、いま頭上にある樅の木の針をすべて集めたのと同じほど多いだろう。一本一本の針は、迫害された人や拷問を受けた人や死んでしまった人をあらわしている。足から力が抜け、がたがたと震えだす。ダーヴィトは膝を折り、その場に跪いた。両手を組み、頭の上に掲げ、祈りの言葉を口にする。「神様、どうぞ裁きを与えてください！」

それから半時間ほどしたころ、ようやく車は見つかった。悪戦苦闘のすえに車を道路の穴から救い出すと、森の道を猛スピードで走り、幹線道路を目ざした。幹線道路はすでに除雪されていた。ダーヴィトはアクセルを踏んだ。そして、さっき——幸いだれにも見られてはいないだろうが——地面に跪いた自分を深く恥じた。

一夜明けた朝は晴天で、この冬いちばんの冷え込みだった。ぐっすり眠ったエーファは「愛されている」という幸福な気持ちで通りを歩き、キオスクに向かった。父親のために月刊グルメ雑誌『デア・グーテ・ガウマン』を買うのだ。店番をしているオールド・ミスのドラヴィッツさんは、毎度のようにエーファの注文に驚いてみせたあと、店の奥にそれを探しにいった。待っているあいだエーファの視線は、陳列された日刊新聞の見出しにくぎ付けになった。どの新聞も、今日はこれから行われる裁判について一面で報じていた。とりわけ太い書体で、こんな見出しが書かれていた。「七〇パーセントのドイツ国民が裁判を望んでいない！」エーファはわずかに良心の呵責を感じた。あれ以来、検察の事務所には一度も連絡を入れていないのだ。エーファは新聞を一紙買い、さらに数紙を買い足した。

家にはエーファひとりきりだった。木曜の午前中なので、父親はいつものように大きな市場に買い出しに行っている。母親はクリスマスの買い物に町に行き、シュテファンは学校に行き、アネグレットは市立病院で乳児の世話をしている。エーファは台所の机のそばに座り、新聞を広げ、読み始めた。もうこんなことは終わりにするべきだと、記事には書かれていた。起訴されている二一人は、良き父親や良き祖父であり、まっとうで勤勉な市民であり、みなもうすでに、非ナチ化のプロセスをとくに問題なく終えている。それに、市民から集めた税金は未来のために、有効に投資するべきではないか。戦勝国でさえ、この件にはもうけりがついたと考えている。「ようやく草が生えたと思えば、まぬけなラクダがやってきてすべてをまた食い尽くす」。まぬけなラクダはあの検事長と似た眼鏡をかけ、似た髪形をしている。ハンブルクのある新聞には、ポーランド人の証人ヨーゼフ・ガボールを裁判に間に合うように見つけ出したのは、カナダ出身の若い弁護士、ダーヴィト・ミラーだと書かれていた。ガボール氏が証言するのは、チクロンBというガスの最初の使用についてだ。この有毒ガスによって、収容所の人間が一〇〇〇万人以上殺されたという。それを読んだエーファは、一〇〇〇万という数字はきっと印刷のミスにちがいないと思った。裏の面には、起訴された二一人の被告人の顔写真が全面に掲載されていた。いくつかの写真はこの前、検察の事務所で目にしていた。でも、今回はそれらの顔をじっくり観察することができた。エーファは母親の針箱からルーペを取り出し、顔をひとりずつよく見た。太っている人も痩せている人もいる。皺（しわ）のある人もない人もいる。動物園にいる年をとった白いチンパンジーのような風貌で、にやりと笑っている人もいる。ほぼ全員が眼鏡をかけ、幾人かは額（ひたい）の両側が禿げあがっている。コウモリのような耳に、押しつぶされたような鼻の、いかつい顔立ちの男もいる。とても面長（おもなが）な男もいる。みな、似ていないようでもあり、似ているようでもあった。エーファはもっとよく見ようと写真に顔を近づけたが、人々の顔は黒と灰色と白の小さな四角の中に溶けていくばかりだった。

　扉がバタンと閉まる音がした。母が、学校に迎えに行ったシュテファンを連れて台所に入ってきた。シュテファンは大きな声で泣いている。道路で転んで、膝を打ったのだという。母親は買い物かごを下ろすなり、小言を始めた。「だから言ったじゃないの！　スケートみたいなまねをしちゃだめだって」。シュテファンがエーファの膝もとに逃げてきたので、エーファは弟の膝の傷を調べた。格子柄のズボンの布地が裂けて、皮膚が見える。少しだけ擦り傷ができている。害のなさそうなその傷にエーファはフッと息を吹きかけた。シュテファンが被告人の写真に目をとめ、「その人はだれ？　何かのチーム？」と言った。母親もテーブルに近寄ってきて、たくさんの新聞を訝（いぶか）しげに眺めた。そして、エーファが何に興味をもっていたのか見てとるや、母親はあっというまに新聞をひとまとめにした。そしてオーブンの蓋を開け、束にした新聞を中に押し込んだ。「母さん！　いったい何をするのよ？」写真の顔に火が燃え移り、たちまち黒くなった。灰が部屋をひらひらと舞った。母親はオーブンの蓋を閉め、口に手をあてて足早に台所を出ると、手洗いに向かった。エーファは立ち上がり、あとを追った。母親は便座の前に跪（ひざまず）いて吐いており、エーファは戸惑いながらそれを見つめた。シュテファンも、戸口にいるエーファの隣に来た。「ママ、どうしたの？」母親は立ち上がり、洗面台で口をすすいだ。エーファはシュテファンに言った。「知っているでしょ。母さんは焦げ臭いにおいで気持ちが悪くなることがあるのよ」。

だがそれは、なぜ母親が新聞を燃やしたかを説明してはいなかった。エーファはじっと母親を見た。エーディトはタオルで顔を拭き、こう言った。「過ぎたことは、過ぎたことにしておいてちょうだい、エーファ。それがいちばんなのよ、私を信じて」。母親はシュテファンを連れて台所に戻った。エーファはそのまま洗面所の戸口に立ち尽くしていた。洗面台の上の鏡に、困惑した自分の顔が映っている。

その午後、エーファとアネグレットは一緒に町に出かけた。二人は父親から、五〇〇マルクの入った封筒を渡されていた。母親はそのとき部屋にいなかったし、話自体は数週も前に聞いていたにもかかわらず、父親はいわくありげなほのめかしと不可解なジェスチュアをしながら、その封筒を姉妹に渡した。要は、父親に代わってそのお金で、母親のために洗濯機を買ってこいというわけだ。母親がずっと前からほしがっていた品物を、クリスマスプレゼントにするのだ。百貨店ヘルティで二人は最新型の自動洗濯機の実演をしてもらった。蓋が上に開くトップローダー型で、中はドラム式だ。通常の洗浄の前に予備洗いもやってくれる。店員が洗濯機の蓋をもちあげ、また閉じる。洗剤を入れる引き出しを閉め、また開ける。店員は真剣な面持ちで説明する。どれだけの衣類を一度に洗えるか（五・五キロ）。どのくらい時間がかかるか（二時間）。どのくらいきれいになるか（新品同様）。話を聞きながらエーファとアネグレットは意味ありげな視線を交わしあった。その男性店員が洗濯機のことをあまりに熟知しているのが、二人にはおかしくてならなかったのだ。結局、姉妹はこのハーゲンカンプ氏——名札を付けていたので、そういう名だとわかった——に最新のモデルを注文した。そして、クリスマスイヴの前に商品を届け、設置もするようにと約束をとりつけた。店を出てからエーファは、もしかしたら母さんは十二夜のあいだは洗濯機を使おうとしないのではないかと言った。アネグレットは、その言い伝えがあてはまるのは寝具だけだと反論した。悪しき霊はベッドのシーツを盗み、年明けに経帷子(きょうかたびら)としてそれを返しにくると言われるのだ。姉妹はクリスマスマーケットを通り抜けた。あたりはもう暗くなりかけている。アネグレットが、屋台のソーセージを食べたいと言った。エーファも空腹だった。父親には禁じられていたが、二人は「シッパー」のソーセージ屋台に行った。父親はいつも「シッパーのソーセージには、おがくずが混ぜ込まれている。クリスマスの屋台で売られているのは、とくにそうだ。そうに決まっている。でなきゃシッパーの野郎が、タウヌスの丘に家を建てられるわけがないだろうが！」と言っていた。それでも二人の姉妹は、シッパーの焼きソーセージが大のお気に入りだった。もしかしたら、それをそんなにおいしいと思うのは、食べるのを禁じられているせいなのかもしれない。姉妹は立ったまま向かい合い、ソーセージを頬張った。アネグレットは、シュテファンのクリスマスプレゼントに、アストリッド・リンドグレーンの本を買ってやりたいのだと話した。リンドグレーンの大ファンであるアネグレットは、シュテファンはもうそろそろ、エーファがいつも読んであげているような世離れしたおとぎ話を卒業する年ごろだと主張した。アネグレットがすすめるのは探偵小説だ。登場人物はシュテファンよりわずかに年上の設定で、現実にありそうな事件が出てくる。弟はもうそういう本を読む年齢になっているのだ——。だが、エーファは話に耳を傾けていなかった。エーファの目は、雪で足を滑らせるのを案じるようにクリスマスマーケットの中をゆっくり歩くひとりの男を追っていた。髭(ひげ)を生やした年かさの男だ。薄いコートを着て、短いつばのついた真っ黒な山高帽をかぶり、手には小さな旅行鞄をもっている。南国産の果物を売っている出店に男は近づいていく。店の後ろの壁には、朝日を描いた大きな布がかけられている。店番の女に男が何かを言う。だが、男の言葉は通じなかったようだ。男はポケットから紙を取り出し、カウンター越しに売り子に示す。女は肩をすくめただけだった。男は引き下がらず、その紙を指さし、カウンターを指さす。女が声をはりあげる。「あんたがなんて言っているのか、私は理解できないの！　いい？　り・か・い・で・き・な・い！　ぜ・ん・ぜ・ん・わ・か・ら・な・い！」女は手で追い払うようなしぐさをしたが、男は動かなかった。そのとき、店主らしい男が女の隣にあらわれた。「失せろ、おっさん。イスラエルさんよ！　どっかに行っちまえ！」エーファは男がたしかに「イスラエル」と言ったのか確信がもてなかったが、アネグレットをその場において店に近づいた。一連のやりとりを見ていなかったアネグレットは、ぽかんとして妹を目で追った。

エーファは帽子の男に近寄り、英語とドイツ語で「お手伝いしましょうか？」と言った。さらにポーランド語で、もう一度同じ質問を繰り返した。男は不機嫌そうにエーファを見た。エーファは男がもっている紙をちらりと見た。「太陽荘」というペンションの案内だった。朝日の絵がその宿のシンボルマークに使われていることに、エーファは気づいた。エーファは店主に言った。「この人はこの、太陽荘という宿を探しているみたいです。きっとこちらのお店に朝日のマークがあったので、それで……」

だが、男の意図など店の二人にはどうでもいいらしかった。店主は前に立ちはだかるようにして言った。「そのお人は何か買ってくれるのかね？　そうでなきゃ、これ以上ここをうろうろするのはやめてくれ。イスラエルに帰りゃいい」。エーファは何か言い返そうとしたが、結局頭を振って、髭の男のほうに向き直った。「一緒に行きましょう。その宿がどこかは、私がわかります」。男はハンガリー語で何かを答えた。それがハンガリー語だということはエーファにも理解できた。でもあまり多くはわからなかった。わかったのは、彼が駅に着いて、その宿を探していたということだけだ。エーファは男に少し待っているように言うと、アネグレットのところに行った。「あの人を宿まで送ってくるわ」。「なぜ？　なんのかかわりがあるの？」「姉さん、あの人は本当に困っているのだし」。アネグレットは男をちらりと見て、すぐに目をそらした。「見も知らぬ浮浪者を助けたいなら、どうぞお好きに。私は本を買いに行くわ」

エーファは髭の男のところに戻った。男は身じろぎもせずに待っていた。息まで止めていたのではないかと思うほどだった。エーファは男の鞄を持とうとしたが、男は鞄から手を放さなかった。エーファは男の腕をとって、宿の方向に導いた。男はまるで内側から何かに押しとどめられているかのように、のろのろと歩いた。男からは焦げたミルクのようなにおいがかすかにした。コートには染みがあり、半靴は薄くてよれよれだった。男は何度も足を滑らせ、そのたびにエーファは体を支えてやらなければならなかった。

宿は裏通りにあった。小さな受付でエーファは、宿の主人と話をした。ぶよぶよした感じの男で、ちょうど夕食を食べ終えたところらしく、人目もはばからずに爪楊枝で歯の間から食べかすをほじくり出していた。宿主は言った。ええ、たしかに、ブダペストから来るオットー・コーンって人のために部屋は空けてありますがね——。宿主は嫌悪のこもった目つきで、髭の男をじろじろ眺めた。男が札入れを開け、身分証明書を取り出した。指の切れそうな新しい一〇〇マルク札が数枚入っているのがちらりと見えた。宿主は爪楊枝を脇に置き、宿代を一週間分前払いしてほしいと言った。髭の男はさっきの紙幣を一枚とりだして台の上に置き、重そうな鍵を受け取った。八番の部屋の鍵だった。

それから男は、宿主が示したほうへ歩き出した。エーファの存在は忘れてしまったように見えた。男はエレベータの前に立ち、頭を振っている。男が途方に暮れているのは、見ていればわかった。そのまま待つのに耐えきれず、エーファは男の腕をふたたび取り、階段へといざなった。そして八番の部屋の鍵を開けてやった。簡素なベッドとベニヤ張りの簡素な棚があるだけの小さな部屋だった。窓にかけられたオレンジ色のカーテンは、炎のように輝いて見える。エーファはどうすべきかわからないまま、その場に立ち尽くした。男は鞄をベッドの上に置き、エーファがもう部屋にいないかのように、鞄を開けた。荷物のいちばん上に葉書の半分くらいの大きさの白黒写真が置かれている。数人の人物の、ひとつに融けあった影だけがちらりと目に入った。エーファは咳払いをして言った。

「お元気で」

帽子の男は無言だった。

「お礼も言っていただけないのですね」

エーファは出ていこうとした。そのとき、男がくるりとエーファのほうを向き、片言のドイツ語で言った。「失礼を、許してください。私は、あなたに、ありがとうと言うことが、できない」。二人はたがいの顔を見つめた。男の淡い色の瞳に、エーファは深い痛みを感じた気がした。ほかのだれかの瞳に、そんなものを感じたことはこれまで一度もなかった。エーファは突然きまりが悪くなり、男に向かって頷くと、静かに部屋を出ていった。

オットー・コーンはふたたび鞄のほうに向きなおった。さっきの写真を手にとり、じっと眺める。そしてハンガリー語でこうつぶやいた。「やっとここに来たよ。おまえたちに約束していた通りに」

金曜日の朝、エーファは厨房で父親の手伝いをしなくてはならなかった。待降節の四番目の週末には、いつもの三倍は料理の注文があると父親は見込んでいたのだ。さらにその日の朝、父親は例の「地獄のような」鋭い痛みに襲われ、朝食のときに鎮痛剤を二錠飲んでいた。寒さは骨の中にまで入り込むのか、あまり調子が良くないのは本人も自覚しているようで、ラジオでさえ今日はつけていない。ガチョウを次々にさばき、ソースを作るためにレバー以外の内臓をすべて鍋に放り込んでいるあいだも、父親は青白い顔をしていた。厨房の手伝いに来ている年配の女性、レンツェさんは黙々と野菜の下ごしらえをしている。ご主人が戦争で体に障がいを負ったので、生活の足しにするためにこうして奥さんが働きに出なければならないのだ。エーファは右腕が痛くなるまで紫キャベツを刻んだ。父親はそのキャベツを香料のチョウジやラードと一緒に、黒くて巨大なホウロウ鍋に入れた。家族の中で父親しかもちあげることができないほど大きな鍋だ。かまどにはすでに火が入っている。食べ物のにおいが厨房にたちこめている。エーファは卵の白身と黄身を分け、白身を固く泡立てる。そしてチョコレートとバニラの二種のプディングの生地を、それぞれかき混ぜる。プディングにはコンポートをあとで添える。母親が夏に調理して保存しておいたルバーブのコンポートだ。三人は汗をかいており、部屋の空気はどんよりしている。玉ねぎを刻んでいたレンツェさんが、手を滑らせて深く指を切る。レンツェさんの顔が青ざめる。タイル張りの床に血がぽたぽたと落ちた。水道の栓をひねり、指の傷に水をかける。透明な水が赤く染まる。だが、しだいに出血は止まり、エーファは傷口に絆創膏を貼ってあげた。エーファは手当てをしながらレンツェさんの腕時計をちらりと見た。あと四五分で裁判が始まるはずだ。とても残念そうにエプロンをはずしたレンツェさんにかわって、エーファが玉ねぎを刻む。父親はレンツェさんに向かって頷き、「三時までの給料を支払いますよ」と言う。レンツェさんはほっとした顔で、どくどく脈打つ人差し指をかばいながら家に帰った。

市民会館の大講堂には、多目的ホール特有の曖昧さがあった。明るい色の化粧板で覆われた壁。汚れの目立たないベージュ色のリノリウム張りの床。左側の外壁には普通の窓のかわりに、屋根のすぐ下から一面、大きくて平らなガラスレンガがはめ込まれている。そのガラス越しだと、樹木の生えた中庭はゆらゆらゆがんで点になったり消えてしまったりする。見た者は一瞬、自分が酔っているのではないかと錯覚するかもしれない。通常このホールではカーニバルのプログラムやスポーツのバンケットや地方巡業の劇が行われる。つい先週はブラウンシュヴァイクから来た一座が喜劇『将軍のズボン』を上演した。劇のテーマは裁判の審理で、とてもきわどい出来事が扱われていた。観客は二重の意味にとれる表現に大喜びし、おおいに笑い、喝采を送った。だが、本物の審理がこのホールで行われたことはまだない。市の本物の裁判所は大勢の関係者を収容できない可能性があり、そこで、この場所に白羽の矢があてられたのだ。数日前からここでは数人の職人が、トンカチを叩いたりねじで何かを固定したり何かを組み立てたりし、そうしてこの世俗的な場所をなんとかして、厳粛な法廷に近づけようと努力していた。傍聴席は手すりによって前と隔てられている。これから前で繰り広げられるのが娯楽ではなく本物の裁判であることを、はっきり示すためだろう。本来舞台である場所には、淡青色の厚い布地が掛けられている。その手前に、横長でどっしりした裁判官の机が置かれている。向かって右の席には検察が座ることになる。ガラスレンガの壁の前に、検察と向き合うように並べられた三列の机と椅子は、弁護団のものだ。被告と原告のあいだの空間には机がひとつ、何かを待っているようにぽつんと置かれている。ここには証言者と通訳が座り、発言をすることになる。それぞれの席にはみな、黒い小さなマイクがつけられている。だが開廷の三〇分前になってもまだ、きちんと機能していないのがいくつかある。技術者がせかせかと接続をいじくりまわし、最後のコードをテープでつなぎあわせている。検察側のスタッフが重要なファイルを乗せたカートをごろごろと転がし、検察側の机と座席の上にフォルダーを置いていく。ホールの職員二人が幅広の巻き上げ式スクリーンを運び込み、ベンチの後ろにある台に固定し始める。

赤い髪の若い男が、数字の書かれた厚紙を弁護側のそれぞれの机に置いている。ダーヴィト・ミラーだ。秘密の儀式を執り行っているかのような、没頭した表情をしている。彼は一枚の紙きれをもとに席順を確認する。席順は長い議論のすえに決まった。最前列にもっとも罪状の重い第一被告人が座り、後ろにいくほど罪状は軽くなっていく。ダーヴィトは考える。罪状が軽いとはどういうことだ。一〇人を殺した人間の罪は五〇人を殺した人間の罪より軽いということか――。時計を見る。一〇時五分前。被告人のうち八人はちょうど今ごろ、未決拘留者の留置所からミニバスに乗り込むところだろう。残る一三人はもともと拘留されなかったり、保釈金を積んで拘留を解かれたりした。強制収容所で司令官付き副官をつとめていた――現在はたいへん裕福な――第一被告人は後者にあたる。健康上の理由から拘留を免れた者もいた。「必ず行く」とダーヴィトに約束した被告人番号4がそうだ。ダーヴィトのそばで職員たちがマップスタンドをもちあげ、スクリーンを広げる。まだ新しい油絵具のにおいがたちまち部屋を満たす。

「おおい、おまわりさん。いいかげんにおれらを中に入れてくれ！」「八時からずっと待っているのよ！」両開きのドアの前に傍聴希望者が詰めかけている。最前列に座ろうと早くから待っている人々が、徐々にしびれを切らしている。濃紺の制服を着た事務官が、入場を阻止している。傍聴席が足りないのはすでに明らかで、職員がクロームめっきの椅子を三段重ねにしてさらに部屋に運び入れている。黒い法服を着た男が二人、横の扉から入室する。ひとりは白っぽいブロンドの男で、法服の下に甲冑（かっちゅう）のようにがっしりした上着を着こんでいるのか、戦いの準備を万端整えているような風情だ。もうひとりはもっと年かさで太っており、法服は体のあちこちで無様にうねっている。頭の一部は禿げ、驚くほど丸くて青白い顔が黒縁眼鏡と強烈な対比をなしている。禿げ男はコードのひとつに足をとられて躓(つまず)きかけたが、なんとか体勢を立て直す。白ブロンドが説明する。彼が裁判を指揮する裁判長で、判決を下す役だ。白ブロンドと禿げは小声で何かを話している。ポーランド人通訳者の到着を待っているのだが、出国許可が来週までは下りないという知らせが来た。チェコ語の通訳者が質疑応答の通訳を当面は手伝ってくれそうだが、証人の発言を通訳することはできないし、やりたくないという。だから、ポーランド人証言者らの陳述を裁判のあとのほうに延ばしたいのだと。そのとき、ダーヴィトは番号を書いた厚紙を各机に配布し終わった。彼は部屋を横切り、裁判長に挨拶をしに来た。ダーヴィトが腕を差し出しながら近寄ってきたとき、白ブロンドはまるでダーヴィトが目に入っていないかのようにくるりとこちらに背を向け、ダーヴィトの行く手をさえぎった。ダーヴィトはやむなく腕をおろした。白ブロンドが職員のひとりをつかまえて、何か指示をする。指示を受けて職員は、証言席を被告席から離そうとずるずる引っ張る。一緒にマイクのコードが引っ張られ、技術者が飛んできて「おいおい、そんなに引っ張るなよ！　こいつを調整するのに、どれだけ時間がかかったと思っているんだ！」とわめきたてる。机の上にあるマイクのスイッチを技術者が入れる。そして人差し指の関節でマイクをこんこんと叩く。ポッポッポッ！　という大きな音が、いくつかのスピーカーから響き渡る。その場の人々は一瞬動きを止め、驚いたような視線を交わす。だれかが叫ぶ。「みんな、目が覚めたか！」スピーカーが機能することははっきりした。そして、みなが笑った。

その瞬間、上等な仕立ての濃紺のスーツを着た男が、戸口につめかけた傍聴希望者のあいだを縫うように姿をあらわした。やつれた顔をしたこの男は事務官のひとりに身分証明書と役所の書類を渡した。事務官は突然背筋を伸ばし、踵をかちんと打ちあわせた。ダーヴィトは顔をあげ、男の顔を認めた。勝利と憎しみが入り混じった奇妙な気持ち――そんな奇妙な感情があるとすれば――が全身に満ちた。男の顔は群衆には知られていないのか、彼はだれにも邪魔されずにホールに入り、あたりを見回す。そして被告人席へと歩き、自分の席につく。被告人番号4だ。ダーヴィトが「野獣」と呼ぶその人物は、ブリーフケースからいくつかのファイルとメモを取り出し、机の上にきちんと並べると、顔をあげた。ダーヴィトの視線に気づき、男は小さく頷く。ダーヴィトはすぐ目をそらしたが、二人のやり取りを目にとめた白ブロンドはダーヴィトの視線をとらえ、すたすたと近づいてきた。「面識があるのか?」白ブロンドは小さな声でたずねた。ダーヴィトは一瞬ためらったが、ヘミンゲンまで車で行ったことを白状した。「用心に怪我なしと言いますから!」「それについてはあとで話す!」。白ブロンドは怒ったように顔を背け、番号4のほうに足早に歩いていった。男は礼儀正しく立ち上がり、白ブロンドの検事の説明に耳を傾けた。被告人はまず弁護人と別室に集まり、それから一緒に入廷するのだと白ブロンドは話した。被告人番号4は「私には弁護人は必要ない」とそっけなく返したが、結局書類をかき集め、白ブロンドのあとについて横の扉から部屋を出た。ダーヴィトは一瞬、部屋の中にひとりきりになった。壁にかけられた絵を見つめる。検察が画家に依頼して描かせた略地図だ。画家は地図や写真をもとに、空間的にきわめて正確に見える作品を作りあげた。基幹収容所の門の上にある「労働は自由をもたらす(ARBEIT MACHT FREI)」という文字も細部まで正確に再現されている。「ARBEIT(労働)」のBの文字も、本物と同じく上下逆さまになっている。証人のひとりが語ったところによると、それは、親衛隊の命令でこの文字を作らされた金工の無言の抵抗をあらわしているという。

陽光のさしこむ広々としたロビーに——おそらく新しく作られたばかりなのだろう。ライトストーンの床にゴムの靴底がキュッキュッという音をたてる——傍聴を希望する人々が集まり、講堂の扉へと詰めかけている。英語やハンガリー語やポーランド語が聞こえる。カウンターではサンドウィッチや飲み物が売られている。コーヒーやソーセージのにおいがあたりに漂っている。いかつい風貌の検事長を記者団が取り囲んでいる。何人かはマイクを差し出し、何人かは小さなメモ帳に走り書きをしている。若い記者が「四年にわたる準備期間を経て……」と質問を口にしかける。「一〇年と言ってもよいくらいだが」。検事長が返す。「では一〇年にわたる準備期間を経て、さらには公の関心に抗いながら、あなたはこの裁判の開催に漕ぎつけたわけですが、検事長、これはご自身にとって個人的な勝利とお考えになりますか?」「言葉を返すようだが、少しあたりを見回してみたまえ。公が無関心だとはとても言えまい」別の記者が群れから離れ、ニュース番組のカメラに向かってしゃべりだす。「二一人の被告人、三人の裁判官、六人の陪審員、二人の陪席裁判官、三人の補欠陪審員、さらには四人の検事、三人の付帯私訴の代理人、一九人の弁護人がこの裁判にかかわっています。納税者の皆さん、考えてみてください。この件にかかった労力と経費が果たして正当化されるものなのかを」

レストラン「ドイツ亭」の厨房ではエーファが、蒸気越しに何度も時計に目をやっていた。時刻は一〇時一〇分過ぎ。いまから全速力で走って路面電車に乗れば、まだぎりぎり間に合うかもしれない。エーファは玉ねぎのにおいのついた手をごしごしと洗った。

「父さん、下ごしらえは済んだわ」

ルートヴィヒ・ブルーンスは、内臓を抜いた最後のガチョウの内部をキッチンペーパーで拭いているところだった。

「詰め物(スタッフィング)がまだ終わっていないし……それと、詰め物に使う栗の殻をだれかが剝かなきゃならんよ、エーファ」

「でも、私はその……町に行かなくちゃならないの、いま」

ルートヴィヒはエーファのほうに振り返った。

「いったい何事だ?」

「後回しにできない用事なの」。エーファはぐらかすように答えた。ルートヴィヒは問いかけるような視線を向けたが、エーファは黙ったままだった。

「そうか、プレゼントか。こいつは馬鹿な質問をしたな」

「そうなのよ、父さん。だってクリスマスはすぐそこだし」

「じゃあしかたない。おまえの哀れな老いぼれの、病気もちの父さんを置いていくんだな。無情な娘よ!」

エーファは父親の、汗をかいた頰を軽く突き、小走りに出ていった。ルートヴィヒはひとりきりになった。赤キャベツはコトコトと、静かな音で煮えている。ルートヴィヒはふと、いやな胸騒ぎがした。なぜかはわからないが、不安だった。手の中にある、死んだ鳥を見る。汚れも水気もきれいに拭かれた鳥の亡骸。あの忌々しい薬のせいだろうと、ルートヴィヒは思う。たぶん、あの薬は自分の胃に合わないのだ。

それからすぐ、エーファはレストランの入り口から飛び出していった。格子柄のコートを走りながら羽織り、雪道に足を滑らせてはなんとか体勢を立て直し、また走り始める。自分を突き動かしているのが何なのか、エーファ本人にもわからなかった。ともかく、起訴状が読みあげられるとき、自分はその場にいなければならない。それは自分の義務であるような気がしていた。でも、だれのために？　エーファにもそれはさっぱりわからなかった。

数人の職員を除けばほとんどだれもいない広大なロビーに、エーファは息を切らせながら走りこんできた。束ねた髪は下にずり落ち、胸はしめつけられるように苦しかった。その瞬間、電気的な鐘の音が三回鳴った。ホールの扉を閉めるという合図だ。中に入れない人々がまだ、出入り口のあたりにたむろしているのが見える。二人の事務官が人々を後ろに押し戻す。

「みなさん、聞き分けてください！　もう席はありません！　扉を閉めますよ！」

エーファはそこにいる人々に加わり、前へとぐいぐい押し、なんとかして前にもぐりこもうとした。ふだんのエーファならけっしてしない行動だった。「すみません、私はどうしても……お願いだから入れてくれませんか？」

事務官は気の毒そうな顔で、首を横に振った。「申し訳ないがお嬢さん、席は最後のひとつまですべていっぱいなんです」

「たいせつなことなんです。私は中にいなくてはならないの！」

「それはあなただけではなく、みな同じで――」

「お嬢さん、うちらはあんたよりずっと前から待っていたんだ！」

まわりに怒号が飛び交った。エーファは扉の真ん前まで来ていたが、事務官はゆっくりと扉を閉めようとしている。そのときエーファは、扉からそう遠くないところで二人の男と話している検事長に目をとめた。エーファは手を振った。

「もしもし、検事長さん、ハロー、私を覚えていますか！」だが、そのいかつい男にエーファの声は聞こえていないようだった。

「下がって！　扉に押しつぶされますよ！」事務官がエーファの肩をつかみ、後ろに押した。その瞬間、エーファはさっと身をかがめ、相手の腕の下をすり抜けて、ホールにもぐりこんだ。エーファはまっすぐ検事長に駆け寄った。

「すみません、冒頭陳述をどうしても聞きたいのです。この前の日曜日、あなたの事務所に伺った者です。通訳で……」

検事長はエーファをじっと見て、思い出したようだった。彼は扉のところにいる事務官に、手ぶりで了解を伝えた。

待っていたほかの人々はいっせいに抗議した。

「どうしてあの娘だけ？」

「ブロンドだからって贔屓をするの？」

「わたしらははるばるハンブルクから来たんだ！」

「うちらは西ベルリンからだよ！」

扉が閉められた。エーファは検事長に感謝を示したが、検事長はもうエーファのことを忘れてしまったかのようだった。案内係がエーファを傍聴席の端にある空席に案内し、椅子の上に乗っていた「プレス用」という紙を外した。エーファはそこに腰を下ろし、息を整え、あたりを見回した。このホールのことはよく知っている。母親と一緒にここでいくつも芝居を見た。いちばん最近のは『将軍のズボン』

だ。馬鹿げた喜劇だけど、客席はおおいにわいていた。いつものようにエーディトは女優の演技を、ありえないだとかわざとらしいだとか批評していた。母親が女優に憧れていたのは、エーファも知っている。エーファ自身は舞台に対して、とくにそういう憧れは抱いたことがない。俳優の大げさな発声や所作を見ていると、何かを暴力的に押しつけられているような気がしてしまうのだ――。エーファはあたりを認識しようとする。裁判官の席はどこだろう？　被告人の席は？　でも見えるのは、黒い頭や灰色の頭や禿げ頭、そして黒や青っぽい黒や濃紺のスーツ。そしてくすんだ色のネクタイばかりだった。ひそひそ話の声や、咳をする音や、鼻をかむ音がする。部屋の空気はすでに澱んでいるようだ。湿ったコートのにおいや濡れた革やゴムのにおい、冷たい煙草の煙や剃りたての髭のにおい、オーデコロンや固形石鹸のにおいなどが、部屋に淡く漂っている。松脂や塗りたての絵の具のにおいもほのかに混じっている気がする。エーファは隣に落ち着かなげに座っている女性をちらりと見る。歳は六〇代前半。尖った感じの顔に小さなフェルト帽をかぶっている。女性は茶色のハンドバッグをいじくりまわすうち、手袋を下に落とした。エーファはかがんで手袋を拾ってあげた。相手は感謝のしるしに厳かに頷き、ハンドバッグを開けて手袋を中に押し込んだ。ぱちんと音をたててバッグが閉められたその瞬間、裁判官の入廷のアナウンスがある。場内の人はみな、がたがたと音を立てて立ち上がり、裁判長ひとりと裁判官二人が横の扉から入廷するのを見守る。三人はみな法服を身にまとい、司祭と従者のような厳かな雰囲気を漂わせている。これでお香があれば完璧だわ、とエーファは夢想する。裁判長が――さっきよりさらに青白く見える丸顔が、黒縁眼鏡とさらに強烈な対比をなしている――真ん中の席につき、口を開いた。その声はスピーカーを通して部屋中に響き渡った。外観からは想像できないほど澄んだ細い声だった。「これより、ムルカその他の被告人の刑事事件の審理を開始する」

裁判長が着席し、その他の人々もごそごそ音を立てながら席に座った。椅子を引く音や衣ずれの音やささやき声などがすっかり静まるまでに、少し時間がかかった。裁判長はじっと待っている。この前の白ブロンドの男が向かって右の机に、黒い法服を着た数人の男と並んで座っているのが見えた。検事長はその列に加わっていない。エーファはダーヴィト・ミラーの姿がないかと目を凝らす。白ブロンド男の後ろの机に彼の横顔が見えた気がした。裁判長の声が大きくなる。「続いて開始決定の読み上げを行う」。裁判長の隣にいる裁判官のひとりが立ち上がった。若い男だ。法服に包まれた体はすらりと痩せており、緊張しているのがありありとわかる。何枚かの紙を手にしているが、机の上にはもっとたくさんの書類が置かれている。手もとの紙を並べ替え、大きな咳払いをし、水を一口飲む。だれかがスピーチの前に書類をぱらぱら繰っているのを見ると、エーファはいつも、話が死ぬほど退屈だったらどうしようと不安になる。でも、いまの不安はそれとは違っていた。魔法の泉から水を飲もうとする兄弟のおとぎ話を、エーファは突然思い出していた。その泉から水を飲んだ者は、野獣に姿を変えられてしまうという話だ——。若い裁判官は書類を入れ替えるのに没頭しているように見える。左側の席から短い、小馬鹿にしたような笑いが漏れる。あれは被告人だろうか？　きれいに髭を剃り、清潔で洗練されたなりをしている彼らは、ぱっと見るかぎり、傍聴席にいる人々と何も変わりがない。ただ何人かは、冬のスポーツで使うような濃い黒のサングラスをかけている。そして、彼らの前にある机にはそれぞれ、大きく番号の書かれた席札が立っている。エーファは、頭の一部が禿げた男の顔を認める。この前の写真の中で、ウサギを掲げていた人だ。番号は14。男は太った首をぼりぼりと掻き、同じ列に座っている背の低い男のほうに短く頷く。そちらの男の番号は17で、彼もまた相手に頷き返す。そのとき突然、若い裁判官が口を開いたので、エーファやその他の聴衆はぎょっとした。裁判官は紙に書かれていることを、明確に、熱心に読み上げている。その声は、前に置かれた小さな黒いマイクを通じてホールの隅々まで届けられた。エーファにもすべての言葉がはっきり聞き取れた。耳を澄ませ、若い裁判官が何を言っているのか理解しようとする。裁判官は、左側に座っている人々について説明した。輸出入業者がひとり、地方銀行の出納長がひとり、商店事務職員が二人、エンジニアがひとり、商人がひとり、農業従事者がひとり、建物の管理人がひとり、ボイラーマンがひとり、病院職員がひとり、肉体労働者がひとりに年金生活者がひとり、婦人病の専門医がひとり、歯医者が二人、薬剤師がひとり、家具職人がひとり、精肉業者がひとり、銀行の集金係がひとり、織工がひとり、ピアノ職人がひとり。これらの人々が、何の罪もない数十万の人々の命を奪った責任を問われていた。

エーファは教会にいるときのように手を組んだが、すぐまたそれをほどいた。それぞれの手を両腿の上に置き、視線を落とす。でも、そうしているとなんだか、自分が被告人になったような気がした。目を上げて、丸いガラスの電灯がいくつもぶら下がった天井を見る。でも今度は、話をちゃんと聞いていないように見えるのではと不安になる。エーファはゆっくりと視線をさまよわせる。隣にいるネズミのような顔の女性は、ハンドバッグを膝の上に置き、背筋をぴんと伸ばして座っている。金色の結婚指輪をたえずいじくりまわしている。結婚指輪は長年嵌(は)められていたせいか摩耗し、細くなっているように見える。エーファの前列に座っている男は首が太く、小さな赤い発疹が一面にできている。その左隣の女は、まるで人生のすべてを失ったかのようにがっくり椅子に沈み込んでいる。出入口を見張っている若い警官は、口で息をしている。きっと風邪をひいているのか、あるいはシュテファンのように粘膜が腫(は)れているのだろう。エーファは視線を前に戻し、裁判官の席の後ろにかけられた地図を見た。地図を背にした裁判長の顔は、満月のように丸い。地図は、どこかの墓地を上から描いたものだろうか。緑色の芝生の上に灰赤色の墓石のようなものが、網目のように配置されている。地図の上に書かれた文字は、遠すぎて読めない。エーファの視線はふたたび左のほうにさまよい、ガラスレンガの壁を見る。ガラスの向こうに黒いシルエットがふらふらと動いている。酔っぱらった大男のようなその影は、突然ふっと煙のように消える。室内では若い裁判官が書面を読みあげ続けている。エーファは手首を握りしめる。何かにしがみつかなくてはいられない気持ちだった。できるなら立ち上がり、「そんなことが本当であるわけがないわ！」と、大声で言いたかった。あるいは、この場から走って逃げ出したかった。だがエーファは、ほかの人々と同じようにその場に座り、話に耳を傾け続けた。若い裁判官は今、被告人番号4に対する告訴の詳細を読みあげている。リストは無限に続くように思えた。商店事務職員であるその男の告訴内容は、囚人を選別したこと、殴打したこと、虐待したこと、拷問したこと、殴り殺したこと、撃ったこと、木の板一枚で殺したこと、金属の棒で殺したこと、銃床（じゅうしょう）で殺したこと、打ち、踏みつけ、蹴り、押しつぶし、ガス室に送ったことだった。それらの行為が行われたのは、バラックや収容所内の通りや、点呼の場所や、「死の壁」と呼ばれていた処刑場や、自分の事務所や、医療用ブロックの中などだった。ブロック11の洗面所では、リリー・トフラーという名の若い囚人秘書を、ピストルで二度撃って殺したという。その数日前から彼はその秘書を呼び出し、処刑をすると言いつつしないのを繰り返しており、五回目にとうとうリリーは自分から被告人番号4の前に跪き、殺してほしいと懇願したという。エーファは番号4の姿をよく見ようとした。その顔は、「ドイツ亭」の常連であるヴォドケさんに似ていた。ヴォドケさんは毎週日曜に家族と一緒に店を訪れる人だ。料理に奥さんと子どもが満足したかどうかをいつもいちばんに気にかけ、子どもたちが行儀良くしていると、ご褒美にデザートのアイスクリームを追加で注文する。そしていつもたくさんの――ときにはたくさんすぎるほどの――チップをはずんでくれるのだ。エーファには、年とった猿のような顔のこのやつれた男が、そんな恐ろしいことをしただなんて、とても信じられない気がした。男はほとんど表情を変えずに、告訴状が読み上げられるのを聞いていた。口角は上がったまま、動かなかった。前の被告人たちと同じく、まるで、何の興味もわかないテーマについてのくだくだしい説明にしかたなく耳を傾けているように見えた。退屈して、しびれを切らして、いらいらしているけれど、育ちはよいから立ち上がってその場を出ていったりはしないというような――。エーファが観察するかぎり、長い告発の言葉は、被告人席の人々の耳にはろくに届いていないようだった。彼らは腕を組んでみたり、椅子の背に寄りかかってみたり、弁護人に小声で何かを耳打ちしたり、紙切れに何かを書いたりしている。看護師だという被告人番号10は、小さな厚ぼったいメモ帳に熱心に何かを書き留めている。メモ帳をめくるたびに番号10は、舌の先で鉛筆の芯を舐めた。

二時間半後、若い裁判官はようやく書類を最後まで読み通した。黒くつややかな法服の上の顔はシーツのように蒼白になっている。「被告人たちにはこれらの罪を犯した疑いが十分にあります。検察からの要請にもとづき、被告人に対する冒頭手続きを陪審評議に先立ってこれより開始します」

裁判官は着席した。陳述が突然ぷつりと終わったので、会場はしんと静まり返った。咳払いをしたりする者もいなかった。人々はみな神妙にその場に座っていた。まるで全員の人生がいまこの瞬間に終わるかのように。だれかが天井の大きな電灯を消しさえしたら、本当にそうなってしまう気がエーファにはした。背中の真ん中を汗の粒が流れていく。もう二度としゃべれない、あるいはもう二度と息ができないような恐怖がエーファを襲う。だが、それはほんの一瞬のことだった。場内の人々は堰を切ったようにささやき声で話し始めた。裁判長が裁判官のひとりに顔を寄せ、何かを話している。検察側の人間は低い声で何かを議論している。被告側の弁護人が小さな声で、依頼人の質問に答えている。暖房装置が口笛のような音を立てる。いちばん前の席で、男の人がひとり泣いている。泣き声が聞こえるわけではないが、肩の震えでそれがわかる。後ろ姿を見ていると、その男はあの、髭のハンガリー人と似ている気もした。あの帽子はかぶっていないが、膝の上に置いているのかもしれないとエーファは思う。男はポケットからハンカチを取り出す。そのとき、ちらりと男の横顔が見える。あの人とは別人だった。

　今度は裁判長がマイクに向かって言った。「被告人、起訴状の内容を聞きましたね。あなたの見解と違っている点はありますか？」傍聴席の人々はみな、わずかに体を乗り出した。頭を横に傾けた人もいれば、口をぽかんと開けて話を聞こうとしている人もいた。ダーヴィトは、第一被告人こと被告人番号1がゆっくりと立ち上がるのを観察した。ダークグレイのスーツに趣味の良いネクタイを締めている。現在はハンブルクで商人として人々の尊敬を集めているこの男は、かつて強制収容所で指揮官に次ぐ重要な地位にあったという。ダーヴィトは、猛禽のような顔をしたこの男がシュタイゲンベルガーホテルのスイートルームに泊まっていることを知っている。きっと今朝は、温かい泡風呂につかってきたことだろう。痩せたその被告人は裁判長の目を見て、「私は無実です」と言った。その瞬間、傍聴席のだれかが、エーファだけがかろうじて聞き取れるほどかすかな声で「無実ですとも！」とつぶやいた。エーファはすばやく隣に目をやった。小さな帽子をかぶった女性の顔に、赤みがさしている。もう指輪をもてあそんではいない。かすかに汗のにおいとバラの香りがした。エーファはふと、知っている人だったろうかと考える。でもすぐ、そんなことがあるわけはないと思い直す。自分はいま、ヒステリー状態に陥っているのだ。こんなすさまじい話を聞いた後なのだから、おかしなことではない。あんな恐ろしい話を。あそこに超然と座っている二一人の男が行ったとされているすべてのことを。被告人らはいま次々に立ち上がり、「私は無実です」と明言している。ひとり、またひとり。エーファの目には唯一――押しつぶされたような鼻と細い眼のせいか――人殺しのように見えなくもない被告人番号10こと看護師も立ち上がり、傍聴席に向かって大声で言った。「私は患者に愛されていました。みなから『パパ』と呼ばれています。だれかに聞いてみてください！　これらの告発は嘘と取り違えにもとづいているのです！」番号10は着席した。被告人席にいる仲間の何人かが机を指の節でコンコンと叩き、同意を示した。裁判長が鋭い声で静粛を求め、ホールの職員のひとりに合図を送る。職員はガラスレンガの壁に小走りに近づく。その壁には、いくつかの窓を細く開けるための機能がある。職員が操作を行うと、冷たい空気がホールの中に入り込んできた。そのあいだも被告人席の男たちは次々に同じ科白を吐き続けていた。

「無実です！」

「無実です！」

「起訴状にあるようなことは、いっさいしていません！」

検察の調査によれば素手で大勢の人々を殺したというがいちばん年若い被告も、自分は無実だと誓った。だが言葉を発するうち、その顔は徐々に赤みを増した。ふたたび着席したとき彼は、机の上のマイクをのみこむかと思うほど体を前傾させ、短い文章をごく小さな声で口にした。スピーカーからがさがさと雑音がし、彼が何と言ったかは聴衆はほぼだれも聞き取れなかった。「私は自分を恥じる」。何人かの被告人がさげすむように頭を振る。そして終わりから二番目の被告人が立ち上がり、断固たる口調で言った。「私は何もあやまちを犯していません！」傍聴席でひとりの女が激しくむせび泣き始めた。女は立ち上がり、座っている人々をかき分け、よろけるように部屋の外に出ていった。場内のあちこちで人々の大きな声がする。ポーランド語だ。「あんたたちはうそつきだ！　みんな、うそつきだ！」「臆病者！」「人殺し！」裁判長が机を叩き、「静粛に！　静粛にならなければ、傍聴席の皆さんには出ていってもらいます！」と言った。場内は静まった。薬剤師だという最後の被告人が立ち上がり、裁判官のほうを向いた。だが、彼が静寂を破るより先に、突然、甲高くて長い鐘の音が響き渡った。音は外から聞こえてくる。続いて今度は、さんざめくような高い声がいくつも重なり合うように聞こえてくる。叫び声が聞こえ、金切り声が聞こえ、はしゃぎ声が聞こえる。市民会館の裏に小学校があることを、エーファは思い出す。そして時計を見る。いまは、二度目の長い休み時間なのだろう。子どもたちが遊んでいるのだ。

「私は無実です」。高級そうなスーツに身を包んだ薬剤師はそう言って、ふたたび着席した。

市立病院のナースステーションでアネグレットは、早番の二度目の休憩をとっていた。白い机に座り、ブラックコーヒーを飲みながらファッション誌のページをめくる。ぼろぼろになっているその雑誌は一年以上前から、休憩中の看護師のおしゃべりのタネに使われている。アネグレットは思う。さすがにもうこのファッションは時代遅れだ。それに、こんなに体にぴったりしたワンピースやジャケットを太めの自分が着たら、目もあてられない――。ふだんアネグレットが着るのは、裾つぼまりのスラックスや、すとんとした形のセーターばかりだ。仕事のときは、腰回りのぴったりした青と白の制服を着て、白い看護師帽をかぶる。アネグレットの大きくて丸い頭に乗せると、帽子はとても小さく見える。でも全体に、きりっとした格好だ。アネグレットはコーヒーを一口飲む。いつ飲んでもただ苦いだけで、別段おいしいとは思えない。布おむつをしまうブリキの棚に置かれた小さなラジオから、ニュースが流れてくる。今日は全ドイツ国民にとって重要な日だと、男のアナウンサーがしゃべっている。世紀の裁判が今日開かれる。今日は歴史の転換点になる日だと、男は続ける。アネグレットはラジオに耳を傾けるのをやめ、雑誌のページをめくる。そして六月号のラブストーリーを読み始める。でも、話の筋はもう隅から隅までそらんじている。不格好な眼鏡にさえない服を着た不器量な秘書が、ハンサムで独身の上司に恋をする話だ。ある日その秘書は町で旧友に偶然出会う。そして、いつもしゃれた身なりをしているその友人と買い物に行き、美容院や眼鏡屋にまで行く。こうして秘書は醜いアヒルから美しい白鳥へと変貌を遂げる。だが、件の上司は、翌日出社した秘書が本人であることに気づかない。気づいたのは、会社に郵便を配達する青年だった。心のやさしいこの青年は、廊下の片隅で泣いていた秘書に、慰めの言葉をかけてくれる――。アネグレットは、この小説の中のだれがいちばん嫌なのかよくわからない。いちばん我慢ならないのは、服をまともに着こなせない愚鈍な秘書なのだろうか。完璧な髪をした高圧的な旧友なのだろうか。鈍感な独身の上司なのだろうか。女が泣き出すまで声をかけることさえできない腰抜けの郵便配達なのだろうか。アネグレットは妹のエーファとあのお金持ちのお坊ちゃんのことを考える。賭けてもいいが、あの二人にはまだ肉体関係はない。アネグレットの考えでは、それはまちがいだ。体を重ねれば、相手についてのすべてはわかる。太っていて気難しくはあるけれど、アネグレットには性的な経験がいくつかある。相手はすべて、妻帯者だった。看護師のハイデがドアのところにあらわれる。無口な年上の同僚であるハイデはときどき、泣き止まない子どもを物置に押し込めて、泣き疲れて眠るまでそこから出さないことがある。

「こちらです。アネグレット看護師はそこにいます」

冬のコートを着た若い女が、ハイデに連れられてナースステーションに入ってくる。女は満面の笑顔で、アネグレットのほうにすたすたと歩いてくる。廊下には濃紺のベビーカーが置かれている。ベビーカーは軽く揺れ、中から幸せそうなバブバブという声が聞こえてくる。

「あなたにお礼を言いたくて！」

アネグレットは事情を理解し、立ち上がった。

「クリスティアンが今日退院ですか？」

若い女は幸福そうに頷き、赤い薄紙に包まれた平らな包みをアネグレットに差し出した。

「あなたがしてくださったことにはとても見合わないのだけれど」

たぶん、プラリネ菓子か何か。あるいはブランデー入りチョコレートあたりだろう。ときどき、コーヒーの粉を一ポンドもらったり、サラミソーセージをもらったりもする。子どもが世話になったお礼の贈り物だ。アネグレットは同僚の中で、だれよりもたくさんの贈り物をもらっている。でも――と、アネグレットは思う。子どもたちの具合が悪くなったとき、だれよりも身を粉にして看病に当たるのは、この私だ。子どもが回復するまで、自分の勤務のスケジュールにこだわらず、眠る時間も惜しんで世話をし、回復させているのも、この私だ。この病棟に来て五年になるけれど、アネグレットが担当して死んでしまった子どもはたったの四人だ。それに、あの子たちの場合は、あれが最善の道だったのだ。たとえ回復してもその後、肉体や精神のどちらかに――あるいは両方に――障がいを抱えた悲しい人生を送らなければならなくなっただろう。

アネグレットは若い母親と握手を交わし、廊下に出ると、ベビーカーに近寄り、赤ん坊の小さな顔を覗き込む。元通りに丸くなった、ご機嫌そうな顔だ。「幸せにね、クリスティアン」。アネグレットはお別れの代わりに、赤ん坊の小さな胸に手をふれた。赤ん坊は足をばたばたさせ、喜びで涎をあふれさせた。

「聞きました。二晩も眠らずにずっとうちの子どもを見守ってくださったのだと。私も主人も、あなたのことを決して忘れませんわ」。アネグレットはわずかに口元をゆがめて、しかし嬉しそうに微笑んだ。

「私は自分のつとめを行っただけです」

若い母親が真新しいベビーカーを押して廊下を歩き、曇りガラスのドアの向こうに消えるのを、アネグレットはじっと見ていた。キュスナーという医師がこちらに歩いてくる。まじめで、背が高くて、つるりとした顔をしている。若いのにもう額はかなり後退し、きらきら輝く金の結婚指輪をこれ見よがしにつけている。だがその顔には、深い憂悶が浮かんでいる。院内で発生している大腸菌感染症をなんとか抑え込まなくてはならないからだ。自分はいつも衛生面には十分すぎるくらい気をつけている、とアネグレットは言う。キュスナー医師は手を振って否定する。「いやいや、君のことではないよ。問題は研修医たちだ。やつらはトイレを使った後、手も洗わずに新生児の検診をしたりしている。明日、回診を始める前にひとこと言っておかなくてはな」

アネグレットは第一新生児室に入る。ここには一四人の赤ん坊が揺り籠の中で寝ている。アネグレットはひとりひとりの頬に手を当てて、体温をチェックする。おおかたの赤ん坊は眠っている。ひとりだけ目覚めていた小さな女の子が、くうくうとか細い声で泣いている。アネグレットはその子を抱き上げ、左右にやさしくゆすりながら、出まかせの歌を小声でハミングする。父親譲りの調子はずれな音程で。

二時間後、エーファは帰宅の途にあった。路面電車には乗る気がせず、歩いて帰ることにした。半分融けた雪の中を、エーファは怒りにまかせて、まるで一度も立ち止まりたくないかのように早足で歩いた。融雪用の塩の結晶や小さな石が踵の下でぎしぎし音を立て、跳ね、どこかに飛んでいく。エーファは息を弾ませていた。裁判長が審理を来週の火曜日にもちこすと発表したあと、エーファは信じがたい光景を目の当たりにした。おおかたの被告人は何にも邪魔されず当たり前のように出口に向かい、ホールを出ていったのだ。エーファの隣に座っていた小さな帽子の婦人は、ロビーで第一被告人と腕を組んでいた。男は猛禽類のような顔を婦人のほうに向け、ごく当たり前の善良な夫婦のように一緒に通りに出ていった。エーファは白ブロンドの男を廊下で見つけ、衝動的にそちらに近づいていった。白ブロンドはだれかと何かを話していたが、エーファは無礼にもそれを無視して、まるで不正義に怒る子どものようにに質問をぶつけた。「どうしてあの人たちを、行かせてしまったのですか?」だが、白ブロンドはエーファを覚えていないのか、返事をせずに目をそらした。ダーヴィト・ミラーもエーファを完全に無視していた。そして男たちは重要な話し合いのためにどこかに姿を消した。エーファはそのまま廊下に、何の価値もない娘としてひとりぼっちで取り残された。彼らに投げかけたい質問は山のようにあったが、その大半が馬鹿げた内容であることを、エーファは自分でもわかっていた。車が音を立てて行きかう通りを、エーファはひたすら歩いた。乗用車やトラックやオートバイがダッダッダッと音を立てながら高速で脇を通り過ぎ、ベンジンくさい排気ガスをエーファに吹きかけた。エーファは今日の初公判を聞きに行ったことを後悔した。あの裁判に、あの過去の世界に、自分は何のかかわりもないのに！　私は場違いな人間だ。それは、あのミラーという男やほかの人々が、はっきり教えてくれた。でもその彼らは、あの犯罪者たちが町に戻るのを止めることはできなかった。「私たちのこの町に！」エーファは吐き出すように言う。これほど強い怒りを感じたのは、初めてだった。相手を小馬鹿にしたような頑固さで始終エーファをいらだたせるアネグレットにさえ、こんなに憤りを感じたことはない。ウールのコートのボタンを開けていたとき、どこかの車にあやうく衝突されかけた。エーファは思わず背後から「何すんのよ！」と叫んだ。生まれて初めてそんなことをした。路上で怒鳴りちらしたりするのは娼婦だけなのに。もしユルゲンが聞いていたら、やっぱり懸念したとおりだとでも思っただろうか。所詮ベルガー通りの料理屋の、育ちの悪い娘だと納得しただろうか。突然エーファは、毒を含んだ何かを呑みこんでしまったかのように、気分が悪くなる。体の中を嫌な何かが駆け巡っている。早く吐き出さなければ。吐き出しさえすれば、すぐに気分はよくなるはずだ。エーファは胃液を吐くかと思うほど激しく咳き込んだが、かろうじて吐くのはこらえた。人前でそんな醜態をさらせるわけがない。エーファは近道をして家に帰ろうとした。途中で美しく雪に覆われた公園を通る。でも近くで見ると、雪は煤で灰色に汚れていた。あたりに立っているのは裸木や枯れ木ばかりだ。エーファは歩みを緩め、深呼吸をした。台座の上に、制服を着た男の像が立っている。男の頭には帽子のように雪が降り積もっている。エーファは、その彫像の男から同情を込めた目で見られている気がする。一匹のリスが横をさっとすり抜け、エーファの前の道を、まるで追いかけてごらんと誘いかけるかのように、ジグザグに走る。「リリー・トフラー」。エーファはふいに、さっき法廷で耳にした名を思い出す。その名前が、まるで昔好きだった人の名前のように、ごく自然に響いた。リスが驚くほど素早く、高い木の幹を登る。高いところからエーファを笑っているのだろうか。エーファが——そしてその他の人々が——重たげに、緩慢に、ぎこちなく足を踏み出すようすを、嘲笑しているのだろうか。エーファは立ち止まる。そしてふと、あの男のことを思い出す。ホールの廊下にぽつんとひとりで取り残されたとき、その人の視線を感じたのだ。「太陽荘」に泊まっているあのコーンというハンガリー人は、たしかにあの場にいた。黒い帽子の下からエーファを見て、彼はほんのかすかに頷いたのだ。あるいは、エーファがそう思いたいだけなのだろうか？　あの男の人がエーファに気づいて、会釈をしてくれたのだと？　そのとき突然エーファは、自分がなすべきことを理解し、足早にその小さな公園を去った。足が向かったのは、自分の家ではなかった。エーファは4番の路面電車に乗り、先週の日曜日に初めて足を踏み入れたオフィスビルを目ざした。

ユルゲンはその日、事務所をふだんより三〇分早く出て、婚約指輪を買うために市内へ車を走らせた。正しくは車を「走らせた」ではなく、排気ガスを吐き出す金属の塊の無限に続く列の中をのろのろと這わせた——というべきだろう。「フランクフルター・アルゲマイネ」紙は、最近この現象に「帰宅ラッシュ」という名前をつけた。そんな現象はこれまで、アメリカの大都市特有のものだと思われていた。フランクフルトは西ドイツでいちばん車が多い町だ。それは否定しようもない。ユルゲンは自分のロイドの車を気に入っていたが、それでもすべての男が帽子をかぶり、ハンドルを握って——週末だけを待ちわびながら——「母さん」の待つ家に帰るなんて馬鹿げている気がする。そもそも夫婦はいつからたがいを「母さん」「父さん」と呼び始めるのだろう？　性的な関係が終わった瞬間から？　自分とエーファとの性的な関係はいつか終わりになるのか？　ユルゲンは頭を振る。まだ始まってもいないものの終わりを案じるなど、あまりに馬鹿げている。ユルゲンは赤信号で車を止める。どこかのショーウィンドウの中で肘掛椅子に座った大きなサンタクロースに、ふと目がとまる。等身大の大きさのサンタ人形で、モーター仕掛けで自動的に動くようになっている。サンタクロースはさまざまな大きさのプレゼントの山に囲まれて、にこやかに、疲れを知らぬかのように頷き続けている。数人の子どもがショーウィンドウの前にたむろしている。小さな子どもは魅入られたようにサンタクロースを見つめ、大きな子どもたちはにやにや笑いながら「あんなのニセモノだよ！」と言っている。自分がサンタクロースを信じていた時期があったのか、ユルゲンには思い出せない。母親が言及していたのは、クリストキント〔ドイツ南部に伝わるクリスマスの天使。サンタクロースのような役割をもつ〕のことだけだった。冬の空が夕焼けでばら色がかったオレンジ色に輝くと、母親は幼いユルゲンに「ほら、クリストキントがクリスマスのクッキーを焼いているわ！」と言ったものだ。いっぽうの父親は昔から、クリスマスを民間伝承の類だと見下げていた。クリスマスがショールマンハウスにとって大きな書き入れ時であるという事実はともかく――。父親と後妻のブリギッテはクリスマスを、ほかの休暇のときと同じように、北海の北の果てにある小さな島の別荘で過ごす。クリスマスイヴにはユルゲンはいつもひとりきりだったが、別につらくはなかった。むしろ、自分ひとりでクリスマスの奇跡を体験できるのは喜ばしかった。真夜中のミサに出席し、厳かな空気に存分に浸る。はた目にそう見えなくてもユルゲンは、人々があちこちで歌っている喜びを堪能できた。こうしてひとりで過ごすクリスマスは今年が最後かもしれないと、ユルゲンは夢想する。来年はきっともう、エーファと世帯を持っている。エーファはひょっとしたら子どもを身ごもっているかもしれない。ユルゲンはおなかが大きくなったエーファの姿を思い浮かべる。胸もきっと大きくなっている。エーファはきっと良い母親になるだろう。信号が青に変わったが、ユルゲンは後ろの車がいらだたしげにクラクションを鳴らすまで、車を発車させずにぼんやりしていた。信号を通り過ぎ、右に曲がり、宝石店「クローメル」の前に二重駐車する。ユルゲンの車をよけて進まなければならないドライバーはみな、指で額をつつき、「いかれ野郎め」というジェスチュアをした。

その日の夕方、レストラン「ドイツ亭」の上の住居に足を踏み入れたエーファは、困惑していた。表にユルゲンの車が停まっているのが見えたからだ。廊下にコートをかけ、エーファは聞き耳を立てた。居間から愉し気な声が聞こえ、続いて笑い声と、それから何か悪態をつくような声がした。エーファは戸口に足を踏み入れる。部屋にはユルゲンと父のルートヴィヒがいて、うめいたり冗談を言ったりしながらクリスマスツリーを設置している。二人は一緒に幹を抱えあげ、鉄製のツリースタンドの中に据える。ツリースタンドはルートヴィヒの両親から譲られたものだ。シュテファンも手を貸している。シュテファンは、大きすぎる茶色い革製の手袋をはめている。あれはユルゲンの手袋だ。樅の木の棘が手に刺さって痛い思いをしないように、ユルゲンが貸してあげたのだろう。ルートヴィヒは膝をついて、木を固定するためにねじをしめている。ツリーがゆっくり左に傾く。エーディトがそれを見て、夫を茶化す。この人は厨房ではとても有能だけど、そのほかのことはからきしなんですよ、と。「パパの手は、ぜんぶが親指なんだ！」シュテファンが甲高い声で言う。「ねじを一旦ゆるめてはずしましょう、ブルーンスさん。いいえ、それでは逆の方向です……」。ルートヴィヒは悪態をつきながら、ねじを逆の方向に回す。エーディトが夫をたしなめる。「あなたがそんな言葉を使うのを聞いていたら、坊やがよい子になるわけがないじゃありませんか」。「ああ、おいらはもう、おしめえだ！」ユルゲンがからかうように言う。「ママは僕のことを言ったんだよ。でも僕、もっとひっでえ言葉を知ってるよ。聞きたい？」「こら！」エーディトとルートヴィヒが同時に言い、みなが笑った。

だれも、戸口に立っているエーファに気づかなかった。エーファは、四つのシャンパングラスが置かれたトレイに目を落とし、テーブルの上に置かれたリューデスハイム産のスパークリングワインの、まだ栓をあけられていない瓶を見る。軽い眩暈（めまい）を感じる。それらが意味することを了解したからだ。「ただいま」。エーファは言った。みながエーファのほうを見た。わずかに顔を赤らめたユルゲンは、ツリーの幹をしっかりと握り、微笑んでみせた。

「やっと帰ってきたのね。お祝いすることがあるのよ」。母親がまじめな顔でエーファに言った。「ルートヴィヒ、ツリーはもうそれでいいわ！」

　ルートヴィヒはうめき声をあげて立ち上がり、顔をしかめながら腰を伸ばした。テーブルまで歩いていき、スパークリングワインの瓶を取り上げ、手早く栓を開ける。そして宣言した。「お祝いというのはほかでもない、この人がおまえさんを、お嫁にほしいと言ってくれたんだ」。エーファは父親が、涙をこらえているのを感じた。ユルゲンはエーファの手をとり、小さな箱を手のひらにのせた。ルートヴィヒがグラスにワインを注ぎ、シュテファンが自分だけは飲めないと言って拗ねね、怒ってテーブルの下にもぐりこみ、同じく祝いごとの蚊帳の外にあるパルツェルと同盟を結んだ。ルートヴィヒがやれやれという顔で、グラスを掲げる。「ところで、私のことをルートヴィヒと呼んでかまいやせんよ」。「私のことはエーディトと」。「僕のことはユルゲンと呼んでください」。グラスがカチンと音を立てる。テーブルの下ではシュテファンが「ふん、あんなのおいしくなんかないのに」と悪態をついている。エーファはワインをぐいと一口飲んだ。スパークリングワインが口の中で、甘くピリピリと爆ぜる。エーディトがエーファに目をやり、まるで（最初私が懐疑的だったことは忘れてね。きっとすべてはうまくいくわ）と言うかのように、やさしく頷く。戸棚の上にある小さな振り子時計が、ポーンとひとつだけ鳴る。四時半だ。ルートヴィヒはグラスを下ろす。「残念ながら、今日はここでおしまいにしなくちゃならんのです。だが、じきに必ず婚約の祝いをやり直しましょう」。エーディトもグラスを盆に置き、エーファの頬をこつんと突いてほほ笑んだ。「でももちろん、あなたがた二人は、ここでのんびりしていていいのよ」。両親は部屋を出ていこうとした。階下に行って、店を開ける準備をするからだ。これから数時間、猫の手も借りたいほどの忙しさになるが、両親はそれでも高揚したようすだった。エーファは唾を飲み込み、わけもなく微笑んだ。そして「それはそうと」と言った。「私、もう一度検察の事務所に行ってきたの」。両親が戸口で足を止めた。ワインをもう一口飲もうとしていたユルゲンは、そのまま動きを止めた。「やることになったわ。つまり、通訳を引き受けると言ってきたの。裁判の」。ユルゲンはワインを口に含み、ごくりと飲み干し、唇をかたく結んだ。両親の顔から喜びが消えた。その場のみながが押し黙り、エーファがさらに何かを言うのを——いったいどういうことなのか説明するのを——待った。だが、エーファは黙ったままだった。自分でも説明できなかったのだ。あのダーヴィト・ミラーという男も同じような顔をしていたと、エーファは思い出す。「どうしていまごろ突然？」と彼は言っていた。何にせよエーファのことを馬鹿な娘だと思っているのだろう。

その瞬間、テーブルの下からシュテファンが「ねえ、倒れてくる！」と叫んだ。たしかにツリーが、危険なほど横に傾いている。ユルゲンは急いでそっちに駆け寄り、何とか木の幹を支えた。そのとき手に棘が刺さり、鋭い痛みを残した。

その少し後、エーファとユルゲンは居間の机に向かい合って座っていた。部屋には、ほかにだれもいなかった。パルツェルでさえ尻尾を足のあいだに巻き込んで、どこかに行ってしまった。外は嵐の気配だ。ユルゲンの表情はとても暗く、何も言葉を口にしなかった。机は高価なレースのテーブルクロスで覆われ、宝石店「クローメル」の小箱が開けられないまま、婚約した二人のあいだにぽつんと置かれている。

「そんなことに僕は合意した覚えはないよ。エーファ」

「あなたは私にこう言っただけよ。私があの仕事をするのをあなたは望んでいないのだと」

「僕は、君が僕の気持ちを尊重してくれるのだと思っていた」

ユルゲンは冷たい声で、そっけなく話した。エーファは徐々に不安を感じ始める。「ユルゲン、私たちが結婚するころには、裁判はとっくに終わっているわ」

「問題はそういうことじゃない。これは原理原則の問題なんだ。つまり、もうことは動き出したのだから……」

「だから？　だから何なの？」

ユルゲンは立ち上がった。「僕は、夫婦がどんなものであるべきかについての考えを、君にはっきり告げたつもりでいた。頼むから、月曜日にその件は断ってきてくれ」

ユルゲンは出ていった。胸には動揺と怒りと失望が渦巻いていた。結婚を決意したのは、自分にとって大きな一歩だった。自分の中のこだわりに打ち勝ち、やっと決意したのだ。それなのに、こんなふうにエーファが裏切るだなんて！　ユルゲンにとって未来の妻とは、信頼できる女でなければならない。自分の言葉に従う女でなくてはいけないのだ。


エーファはしばらくそのまま座っていたが、ふと婚約指輪の入った小箱を手に取り、手の中で何度かひっくり返した。突然、立ち上がり、ユルゲンを追いかける。ユルゲンはもう道路に出て、車のところに立ち、サイドミラーに積もったばかりの雪を素手で払っていた。エーファはユルゲンに近づき、挑戦的に指輪の小箱を突き出した。

「忘れもの」

ユルゲンはためらいもせずに小箱を受け取り、コートのポケットに滑り込ませた。エーファは突然胃が裏返るような気がした。強い恐怖を感じる。自分はユルゲンを失うのだろうか。いや、もうすでに失ってしまったのだろうか？

「あなたにうまく説明できない。でも、これは、やらなくてはならないことなの。それに、いつまでも続くわけではないし！」

「いつまでも続くかもしれないよ」

「いったいどういう意味？」

エーファはユルゲンの緑の瞳から、何かを読み取ろうとした。でもその瞳は無表情で、しかもエーファの視線を避けていた。

「自分で自分に聞いてごらんよ、エーファ。その仕事は君にとってどれだけ大事なものなの？　そして僕は君にとって、どれだけ大事な存在なのか？」

ユルゲンはエーファの手をほどき、車に乗った。そしてエンジンを入れ、さよならも言わずに去っていった。

「ドイツ亭」の窓辺にはエーディトが立ち、空のグラスの乗った盆を手にしたまま、外を見ていた。街灯の下に立つエーファのようすからエーディトは、娘が泣いているのに気づく。

その日の真夜中過ぎ、ルートヴィヒ・ブルーンスは寝室の窓を開けた。静まり返った中庭と、大きな、動かない樅の木の影を見つめる。夜にさらに痛み止めを三錠、二時間おきにひとつずつ飲んだ。痛み止めを飲むと胃が荒れるので、ゴルフ先生に頼んで処方箋を書いてもらわなくてはならない。エーディトの足もふだんより痛むらしく、専用の塗り薬をつけてマッサージをしている。樟脳のようなかすかなにおいが夜のさわやかな空気と混じりあい、ルートヴィヒと一緒に部屋に持ち込まれてきた厨房独特のにおいを消し去る。毎晩上半身を石鹸で洗っても、そのにおいは完全には消えない。エーディトは夫が窓辺で星を見上げているのを眺める。夫はくたびれた古いパジャマを着ている。明るい青地に濃紺の小さな菱形模様が施されたこのパジャマは夫の大のお気に入りだ――いや、気に入るにもほどがあるというべきだろう。エーディトが何度もあちこちをかがり直したあとでも、頑として捨てようとしない。その結果、袖もズボンの丈も寸詰まりになり、くるぶしがむき出しになっている。肘やひざやお尻の部分の布はすり切れて薄くなり、エーディトもこれには打つ手がない。じきに布は破れてしまうだろう。じつはルートヴィヒから、布が弱くなったところに継ぎを当てたらどうかと提案されたことがある。それを聞いたとき、エーディトは思わず吹き出した。継ぎの当たったパジャマですって？　戦争のころだって、そんなものはなかったのに！「何かの拍子に破けて、体からすとんと落ちてしまうかもしれませんよ。そのよれよれパジャマは。そうなったらどんなにみっともないことか！」とエーディトは言ったものだ。ルートヴィヒは窓を閉め、ベッドにもぐりこむ。エーディトはドレッサーの前に歩いていき、小さなタオルで手を拭き、黄色っぽいクリームの入った瓶を開け、指ですくいとって顔中に厚く塗り込む。口や目のまわりにできている何本かの皺を消し去ろうと、エーディトはさまざまな種類のクリームを試している。支度を終えたエーディトが夫の隣にもぐりこむと、ルートヴィヒはこう言った。「その顔で通りに出たら、おまえさん、逮捕されちまうぞ」。「そのパジャマを着て通りに出たら、あなただって」。エーディトはいつものように返答する。二人は同時に電灯を消した。そして二人そろって、暗闇をじっと見つめた。暗闇に目が慣れてくると、十字型の窓桟のぼんやりした影が天井に映っているのが見分けられた。二人にとってその光景はいつも、心落ち着くものだった。だが今夜はその十字が、なにやら威嚇的に見えた。エーディトはベッドから出ると、窓のカーテンを閉じた。

「いざ歌え、いざ祝え、この恵みのとき、救い主、あらわれぬ」。エーファの頭上でヨハネス教会のオルガンが鳴り響く。オルガン奏者のシュヴァイネペーター氏は——ルートヴィヒがいつも「人は名前じゃない」と言うシュヴァイネ（豚）ペーター氏は——見るからに謹厳な人物で、きっちりとした演奏をする。かたや、いつもややだらしなく見えるシュラーダー牧師は、例年のように恍惚とした表情で喜びのメッセージを述べている。この近所にプロテスタントの信者はそれほど多くないはずなのに、教会の席はひとつ残らず埋まっていた。ブルーンス一家は少し遅れて到着した。シュテファンがキリスト生誕劇のために衣装をつけなければならず、それでひと悶着があったのだ。一家が並んで座れるベンチはもう空いておらず、仕方なくばらばらに座ることにした。アネグレットは前のほうに座り、エーファは両親のベンチの何列か後ろで、見知らぬだれかのあいだに体を割り込ませた。その位置からでもエーファには、母親のエーディトの顔が見えた。オルガンの演奏を聴くと母はいつも感極まって涙を浮かべるのだが、人前でそうしたふるまいをするのを恥じてもいた。まるで、自分はもう大きくて強いのだと強がる少女のように涙を必死にこらえる母親の姿に、エーファはいつも心を打たれた。そして、まるであくびにつられるように、つられていつも自分も目をうるませていた。だが、今日のエーファはもう、この数日で涙をぜんぶ流しきった気分だった。まず、母親の小言に耳を傾けなければならなかった。でもその母親だって、最初はユルゲンにけっして良い感情をもってはいなかったのだ——。姉のアネグレットも、たかだか通訳の仕事のために「ビジネスマンの妻という座」を棒に振るなんて理解できないと言った。父親は、心配にあふれた視線を通じて何とか娘とコミュニケートしようとしていた。父親の奇妙な目つきは、「エーファや、そいつは心得違いだよ」と物語っていた。エーファは自分のことをとりたてて意志が強いとか、自信があるほうだとかは思っていない。だが、家族にあまりに激しく責められると、思いもよらない反抗心が胸にわいてきた。あのとき以来、ユルゲンには連絡を取っていない。検察の仕事もとりやめにしていない。そしていまは教会のベンチにふてくされたように座り、祭壇でキリストの生誕劇が繰り広げられるのを見ている。シュラーダー牧師は教区の子どもらを集めて劇の練習をしてきた。例年の生誕劇と同じように、ヨセフやマリアの台詞はろくに聞こえない。はっきり聞こえるのは、聖家族を中に入れてやらなかった宿屋の主人の台詞だけだ。「あんたたちが泊まれる部屋はないんだ！とっとと出ていけ！」演じているのは弟のシュテファンだ。母親のエーディトが、はっきり声を出す方法をシュテファンに教えてやった。演劇を学ぶのは許されなかったが、エーディトはこういうことを直感的に知っていた。エーディトはシュテファンにグレーのスモックを着せ、ベージュ色の古い帽子も探し出して準備していた。だがそこに、ルートヴィヒが口を出してきた。なんといっても彼は「宿屋の主人」には一家言があるのだ。ルートヴィヒは自分のコック帽を息子の頭にかぶせ、エーディトは大反対した。「コックと宿屋の主人は別物でしょうに！　そんなことをしたら見ている人を混乱させるだけですよ！　だいたい、聖書にはコックのことなんてひとことも書かれていませんよ！」だが、シュテファンは父親の考えに同意した。おかげで、茶色がかった衣装を着たほかの登場人物の中で、シュテファンの白いコック帽はひときわ目立っていた。よその母親は子どもの衣装を古いカーテン生地で縫ったり、父親の古いシャツをベルトで絞って使ったりしていた。見たところマリア役の少女は、母親の黄ばんで縮んだウェディングドレスを着ているようだ。大きすぎる頭飾りが何度も目の上にずり落ちてきている子もいる。羊になったつもりなのか、羊の毛皮を肩にかけている子もいるが、あれは伝統的には羊飼いが着るものではないかとエーファは思った。子どもらの演じる生誕劇は本来のクリスマスの物語より混乱していて長くて散漫だったが、それでも最後にはすべての糸がなんとか結び合わされ、めでたしめでたしとなった。衣装をつけた子どもらは手作りの飼葉桶のまわりに円になり、教会の冷たい床の上に跪き、深く頭を垂れた。飼葉桶の麦わらの上に幼子(おさなご)キリストが眠っている。奇跡だ。

シュテファンは早く家に帰りたいと駄々をこねたが、一家はミサの後もしばらく教会の前にとどまっていた。ブルーンス一家はこの界隈で親しまれ、愛されている。白い玉ねぎのような教会の尖塔から絶えまなく鐘の音が鳴り響く中、一家は知人や友人と「良いクリスマスを！」と挨拶を交わした。それからみなで、徒歩で家に向かった。道路や街角にはまだ雪が残っていたが、外気は暖かくなり、雪を踏んでも靴底がぎしぎしきしんだりせず、融けた雪がぺしゃっと音を立てた。だれかひとりが滑って転んだりしないように一家は腕を組んで歩いた。ルートヴィヒは「転ぶときにはみんな一緒だ！」と言って笑った。みなは無言で歩みを進めた、シュテファンひとりが、舞台裏の聖具室で繰り広げられた騒ぎについて熱心にしゃべりたてていた。

シュテファンのために、プレゼントの交換は食事の前に行われた。たくさんの蠟燭の灯りで居間は金色に輝き、樅の木からはほのかに樹脂や深い森の香りがした。クリスマスツリーの金銀の糸がちらちらと光り、クリスマスピラミッドの四本の蠟燭にはすべて火がともされ、羊飼いと三人の王は高速でぐるぐると台座の上を回っている。いつものように聖家族は王の訪れをむなしく待ち続けている。それとは対照的にシュテファンは、プレゼント攻めにあっていた。左右の頰にチョコレートを頰張ったままシュテファンは、父親からは空気銃を、アネグレットからはスウェーデンの子ども向け探偵小説を、母親からは濃紺のシーマンセーターを与えられた。「そうしているとブルーンスのおじいちゃんによく似ているわ。オットセイのおじいちゃんに」と母親は言った。エーファはスタビル社の組み立てセットを買ってやった。シュテファンは明日、中庭にいる雀をちょっと空気銃で驚かせた後、組み立てセットでショールマンのビルをつくってみると言った。最後にシュテファンが開けた、ハンブルクの祖母から届いた横長の包みには、制服を着た人形が入っていた。人形が背負っているナップザックには布製のパラシュートが入っている。落下傘部隊の人形だ。シュテファンはさっそく家じゅうの椅子を使って何度も人形を滑空させ、そのたびパルツェルが人形に飛びつき、くわえて戻ってきた。アネグレットは上品な暗赤色の革の財布をもらって顔をほころばせていた。エーファへの贈り物は、青地に黄色い水玉の飛んだ柔らかな絹のスカーフだった。スカーフを広げながらエーファは、春になったらこれを身につけようと考える。太陽の光がすべてのものを暖め始めるころ。日曜日に、花の咲き乱れる町を、このスカーフをつけて歩くのだ。ユルゲンなしで――。エーファは立ち上がった。それを思い浮かべるのは、いまはつらすぎた。エーファはプレゼントの包み紙を集め、一枚一枚丁寧に折りたたみ始めた。ルートヴィヒがエーディトに、洗濯機がクリスマスまでに届かなかった詫びを言っている。その洗濯機は一三もプログラムがあり、水の温度も選ぶことができるのだと、ルートヴィヒは言う。エーディトは、ショールマンで注文していれば、きっと配達が遅れたりはしなかったでしょうにと返す。「ショールマンでは洗濯機は売っていないわよ！」とエーファは言い、包み紙を戸棚の上に置いて、自分の部屋に戻った。

エーファは読書用ランプをつけ、ベッドに腰を掛けた。何もかもがいつもと同じだ。儀式もタイミングも。そこここで何分かの違いがあるだけ。教会に少し遅れて到着するところも。パルツェルが、みんなが目を離しているすきにツリーの下に置かれた色とりどりの皿のところに行き、吐いてしまうのも。すべてはいつもと同じだ。エーファはベッドに寝転がり、目を閉じる。長いこと見ていなかった夢が、また頭によみがえる。エーファは細長い部屋に足を踏み入れている。天井は高く、床は青い。壁は薄い青のタイル張りだ。長いほうの壁沿いに回転椅子がいくつも置かれている。椅子はきらきら光る濃紺の素材で覆われており、それぞれの椅子の前の壁には丸い鏡がかかっている。短いほうの壁ぎわのひとつに、洗面台が二つ置かれている。部屋のひとつの角に巨大な頭の奇妙な生き物が三つ、こちらに向かって頷きながら、エーファを待ち受けているように見える。エーファは三つの椅子のひとつに腰をかけ、鏡のほうを向く。だが、鏡の中にはだれもいない。そのときエーファは、頭に焼けつくような痛みを感じる。そして叫び声をあげる。

エーファは目を開ける。この夢の奇妙な点は、エーファの頭にじっさい傷跡があることだ。左耳の上に三センチほどの傷が残っている。そこには髪の毛が生えていない。小さいときに転んでできた傷だと、母親はいつも説明していた。だれかがエーファの名前を呼んでいる。母さんだ。エーファ、ソーセージとポテトサラダの準備ができたわよ……。

ユルゲンはショールマンの屋敷の居間にひとりきりで、肘掛椅子に座っている。家政婦のトロイトハルトさんはその日の午後から休みをとっている。ユルゲンは食べものも飲みものもとらず、部屋の灯りをすべて消して、窓の外に広がる輝く夜景を見ている。ユルゲンはただそこに座り、一時間前から何も変わらない静かな光景を見つめ続けていた。そのようすはまるで、見知らぬ家に押し入ったのに、庭の美しさに魅せられて、肘掛椅子に沈み込んでしまっただれかのようだった。だがユルゲンの目に、眼前の光景の美しさは映っていなかった。エーファの不服従にどう対すればよいのか、ユルゲンは考え続けていた。初めて出会ったときのエーファは、もっと素直で従順な娘だった。夫婦のあいだで最終決定権をもつのは男だということを、素直に受け入れる娘に見えた。でもいまのエーファには、それまでになかった新しい面があらわれてきているようだ。たとえば、夫と戦争状態に突入する不機嫌な妻たちのような――。あれ以来、連絡はこない。エーファがこちらに譲る気がないことは明らかだ。でもそれは、彼にとってもできない相談だった。結婚さえしないうちから、面目を失うなんてできるわけがない。そうして夫婦の伝統的な力関係についてぐるぐると考えるいっぽう、ユルゲンは別の不安に苛まれていた。それは、エーファがかかわろうとしている裁判に対する不安だ。ユルゲンが好きになったのは、無垢で純粋なエーファだ。それらが自分に欠けているものだったからだ。でも、裁判で出会うはずの邪悪なものは、エーファをどう変えてしまうだろう？　そしてそれは、この自分にどうかかわってくるのだろう？

廊下に置かれている振り子時計が一一回鳴る。時計は一五分遅れているので、リープフラウエン教会の真夜中のミサに出席するなら、今すぐにでも出かけなければならないことに、ユルゲンは気づく。でも彼は、立ち上がらなかった。

真夜中にアネグレットは、薄暗い灯りのともる第一新生児室に足を踏み入れた。夜勤をみずから買って出て、ソーセージとポテトサラダを家で食べた後、出勤したのだ。外ではサイレンが鳴っている。もしかしたら、どこかの家のクリスマスツリーに火でもついたのかもしれない。アネグレットはサイレンの音が好きだ。サイレンの音は、助けが向かっていることを意味するからだ。アネグレットは揺り籠のあいだをゆっくり歩き、小さな顔をひとつひとつチェックする。おおかたの赤ん坊はすやすやと眠っている。アネグレットは、部屋のいちばん隅にある揺り籠のところで足を止めた。ヘニング・バルテルスという名前の男の赤ちゃんがその中にいる。お母さんは産褥熱のため、階下の産科病棟に入院中だ。でも赤ちゃんのヘニングは、まだ生まれて数日なのに元気いっぱいの健康優良児だ。アネグレットは偶然を装って揺り籠にぶつかる。赤ちゃんのヘニングがかすかに目を開け、小さなこぶしを振る。そして歯のない口であくびをする。アネグレットはヘニングの頬をそっとつつく。

「かわいそうなおちびちゃん」。そう言ってアネグレットは、制服のポケットから何かを取り出す。何回も使えるガラス製の注入器だ。針はついていない。一〇ミリリットルのシリンダーは、茶色っぽい液体で満たされている。アネグレットは揺り籠の横に立ち、ヘニングの頭の下に手を滑り込ませ、頭を少しもちあげた。そして唇のあいだに注入器を差しこみ、舌の下から横にずらし、ゆっくりと中身をヘニングの口の中に注入する。赤ん坊は目をさらに少し開き、ピチャピチャ音をたてて飲み始める。「甘くておいしいでしょう？　ね？」赤ん坊は、さらに液体を吸う。口の横から液体が垂れる。アネグレットはポケットから出した布でそれを拭き取り、小さな顔を注意深くぬぐう。そして「さあ、これできれいになったわ」とつぶやく。

「ドイツ亭」の上の住居の居間に、エーディトとルートヴィヒが座っている。蠟燭はすでに燃え尽き、フロアランプがちらちらと弱い光を放っている。二人とも酔っていた。こういう限られた機会のときだけは、そうしていいことにしているのだ。ラジオから、リープフラウエン教会の真夜中のミサが中継されている。「ひとりのみどりごが私たちのために生まれる。ひとりの男の子が私たちに与えられる。権威が彼の肩にある。その名は……」。エーディトはオルガンの演奏が始まるのに耳を傾けている。牧師が「栄光(グロリア)あれ」と告げる。感極まったようにエーディトが泣き出す。だれにもはばからず、だれにも邪魔されず、エーディトは涙を流した。ルートヴィヒもときどきため息をついたが、音楽に耳を傾けてはいなかった。ルートヴィヒが思い出していたのは、故郷の島でのクリスマスだ。サンタクロースは暗闇の中、凍った干潟の上を、橇(そり)を馬に引かせてあらわれた。橇の御者台では、たいまつが燃えていた。橇でやってきたサンタクロースは、ブルーンス家への贈り物の入った袋を勢いよく放り投げていった。ある年、ルートヴィヒは橇の後ろのブレードにぱっと飛び乗り、必死にそのまま橇にしがみついていた。次の農場に到着したとき、ようやくサンタクロースはルートヴィヒに気づき、怒り狂った。その声からルートヴィヒは、サンタが近所の農場の使用人、オーレ・アルンツであることに気づいた。白い付け髭の下にある青みがかった鼻筋からも、それはあきらかだった。そのときからルートヴィヒは、自分はもう子どもではないのだと感じるようになった。それから一年たって、第一次世界大戦が始まった。二人の兄はフランスに出征し、戻ってこなかった。母親は悲しみで亡くなった。父親は生きる気力を失い、営んでいたよろず屋も閉めた。ルートヴィヒは一四歳のときから、父親と妹のために料理をするようになった。そうして彼は大人になった――。そのとき、玄関の呼び鈴が鳴った。エーディトは鼻をかみ、涙でかすんだ目で問いかけるようにルートヴィヒを見た。ルートヴィヒはあおむけに倒れたコガネムシのように、うめきながらなんとか体を起こした。こんな自分にも、若いころはあったはずなのに——。腰が激しく痛む。そしてルートヴィヒは、「おいおい、今は夜中の一二時半じゃないか？」と思う。

エーファはシュテファンの隣で眠りに落ちていた。一時間前に弟をベッドに寝かしつけた。シュテファンは片方の手に落下傘部隊の人形を、もう片方の手には空気銃を握っている。エーファは最初、探偵になりたいスウェーデンの少年の物語を読み聞かせてあげようとした。だが、シュテファンは自分の好きなクリスマスキャロルを歌ってほしいとねだった。「来たれ、羊飼いたちよ」という歌だ。弾むようなリズムが好きなのだと、シュテファンは言う。歌い始めてほどなくシュテファンは眠りに落ち、エーファは小さな弟の体に寄り添うように体を丸めた。

玄関の呼び鈴の音に、エーファははっと目覚めた。パルツェルが激しく吠えている。階下の入り口にだれかがいるらしい。エーファは起き上がり、ストッキングをはいて廊下に出た。後ろに束ねていた髪はほどけて、ブロンドの長い髪が背中にだらしなく落ちかかっている。階下に通じるドアのロックをブザーで解除する。そしてドアを細く開ける。パルツェルが体をねじ込ませ、下に駆け下りていく。そのとき、ルートヴィヒはもう廊下に立っていた。シャツ姿で、体をわずかに揺らしている。「いったいこんな時間にどちらさんだい？　これはサンタクロースにちがいないな」。父親が階下の扉を開ける音が聞こえる。そしてだれかが大股で階段を上ってきた。パルツェルに「僕のこと、知っているだろう？」と呼びかけながら。その声だけでもう、エーファはだれかがわかった。鏡の前に飛んでいき、ぼさぼさの髪を整えようとする。だが、ユルゲンはもう住居の戸口の前に立っている。帽子もかぶらず、コートのボタンも閉めず、息を切らせて。まるでタウヌスの丘からここまでずっと走ってきたかのように。ルートヴィヒは一瞬ぎろりとユルゲンを見たが、すぐにあきらめたような、ほっとしたような表情を浮かべ、もごもごと「良いクリスマスを」のような言葉をつぶやき、「パルツェル、来い」と言うと、犬と一緒に居間に姿を消した。エーファとユルゲンは戸口に無言のまま立ち尽くし、たがいを見つめていた。エーファは、嬉しそうには見えないように努力した。だが、ついに小さな微笑みを顔に浮かべた。あちこち飛び跳ねた髪に、ユルゲンの手が触れる。「クリスマスおめでとう」。ユルゲンは真面目くさって言った。その瞬間、エーファはユルゲンのコートの襟を引っ張って、彼を家の中に入れた。「クリスマスおめでとう」。それから二人は外套かけのかげで抱きあい、長く強く、儀礼も何も忘れて唇を重ねた。

第2部

「真実を、すべての真実を、そして真実のみを証言すると誓います。神に誓います」

今日は裁判の二三日目だ。そして初めてポーランド人が証言を行う日だ。今日のエーファは傍聴席の端ではなく、大きな講堂の真ん中にある証言席に立っている。両隣には濃い色のスーツを着た年配の紳士がいる。ひとりはチェコ語の通訳者。もうひとりは英語の通訳者だ。エーファは左の——青い宝石の指輪をはめた——手を、小さな金色の十字架が刻印された黒くて厚い本の上に置き、右手を上にあげた。そして、こちらをにこやかに見ている裁判長と、二人の裁判官に向かって宣誓した。上にあげた右手の指がかすかにふるえている。心臓がどきどきして、喉元までせりあがってきそうな気がする。

「もう少し大きな声でお願いします、ブルーンスさん」

エーファは頷き、息を吸い、言い直した。そして「ポーランド語で書かれた全書類の内容と、法廷で取り扱われるポーランド語の証言を忠実かつ誠実に翻訳し、けっして何かを補ったり細部を割愛したりしません」と誓った。ダーヴィト・ミラーが軽蔑したような顔でそっぽを向くのが、視界の隅で見えた気がした。白ブロンドは、エーファが宣誓するのをおだやかに見つめている。左側の被告人席から視線が来るのをエーファは感じる。何人かの被告人と弁護人が、こちらを好意的に見ている。明るいブロンドの髪の健康そうな娘が濃紺のスーツにフラットシューズというきちんとした出で立ちをしていれば、男はそういう反応をするものだ。

「神に誓います」。エーファは宣誓の言葉を結んだ。裁判長が軽く頷く。続いて両隣の通訳者が順に宣誓を行った。いくらか緊張が解けてきたエーファは、裁判官の机の後ろにある例の大きな地図に目を向ける。こうして近くから見ると、地図の中の文字まではっきり読むことができた。ブロック11。基幹収容所。火葬場。ガス室。「労働は自由をもたらす」という文字は、地図のいちばん下のほうにある。エーファ以外の通訳のどちらかが、とても酒臭い息をしている。きっと酒飲みの国、チェコの通訳のほうだろう。「神様、私の判断は正しかったのですよね」とエーファは捨て鉢な気持ちで思う。自分の息からはきっと、むっとするような酸っぱいにおいがしているだろう。今日は、朝食がほとんど喉を通らなかった。今朝――ずいぶん前のように感じられるけれど、じっさいにはたった二時間前のことだ――七時半に家で、アネグレットとシュテファンと一緒に朝食の席についた。エーファは所在なげに、スプーンでコーヒーをかちゃかちゃかき混ぜた。母親が地下室から、「キイチゴ、六三年」とラベルの貼られたジャムの瓶をもってきた。アネグレットにその瓶を渡すと、アネグレットは新聞から目を上げずに、やすやすと蓋をねじり開けた。蓋の下からシューッと音がした。シュテファンはその音をまねようと、何分も「プヒューッ」と試行錯誤していた。ジャムの表面にできた緑と白の黴をエーディトはナイフでこそげとり、ゴミ箱に入れた。そしてテーブルにつき、シュテファンのパンにジャムを塗り始めた。家族はみな、そのジャムを見ながら、去年の夏の終わりの出来事を思い出していた。あの日、エーディトは自転車の左右のハンドルにバケツをぶら下げ、後ろの荷台にも大きなバケツをくくりつけて、近所の丘に行った。そして、陽光をたっぷり浴びて熟した黒光りするベリーを摘み、三つのバケツにいっぱい入れて持ち帰ってきた。母親が帰宅して部屋に入ってきたとき、姉妹は居間でテレビ番組「日曜日は私におごらせて」を見ていた。二人は仰天して飛び上がり、「母さん、どうしたの？　事故にあったの？」と言った。エーファは医者を呼ぼうと電話のところに飛んでいき、アネグレットは母親の脈を調べようとした。当のエーディトは娘たちが何を騒いでいるのか、まるでわからずにいた――廊下の鏡をのぞきこむまでは。そこにはすさまじい顔が映っていた。唇や顎（あご）はブラックベリーの汁で汚れ、薄色のブラウスのあちこちに赤黒い染みがある。ベリーの実をもぎながらときどき口に放り込んでいたせいでべとべとした果汁が顎に垂れ、それをハンカチでぬぐったのが事態をさらに悪化させていた。まるで頭から地面に倒れて、口からひどく出血したようなありさまだった。事情を理解した三人の女は安堵のあまり、大声で笑い転げた。夏の日の思い出だ。でも、今朝の食卓ではだれも笑わなかった。エーファの皿の横には濃い灰色のファイルが、まるで毒入りの手紙のように置かれている。中に入っているのは、ヤン・クラールという目撃者が二年前に予審判事に語った証言の中身で、それを今日エーファは法廷で通訳することになっている。昨日の晩、書類には二度じっくり目を通した。そこに書かれていること――つまりこのクラールという人物が経験したり見たりしたと主張すること――がすべて真実だとしたら、彼がいままだ生きているのは奇跡に近いはずだ。エーファはコーヒーを飲みながら、このクラールという人はどんなようすなのか、想像してみようとする。きっと腰が曲がって、体中に悲しみが満ちて――。ちょうどそのときシュテファンが、母親が弁当につくったサンドイッチに文句を言い出した。

「コーンビーフはいやだ！　あれ、気持ちが悪いよ！」

「じゃあ、メットブルスト〔保存処理を施した生の豚ひき肉でつくるソーセージ。生で食べるスプレッドタイプと燻製にしたハードタイプがある〕は？」

「もっとやだよ！　おなかがヘンになっちゃう」

「でも、何かを挟まなくちゃ。それともバターだけにする？」

「バターだって、やだったらやだ！」

エーファはファイルを手にとり、シュテファンの後頭部をぱしんと叩いた。「赤ちゃんみたいに駄々をこねるのはよしなさいよ！」シュテファンはあっけにとられてエーファの顔を見つめた。エーファは構わずに立ち上がり、部屋を出ていった。

「パンをもっていかないの？　エーファ」

「あっちで何か食べられるわ、母さん。食堂があるから」

廊下でエーファはウールのコートを羽織った。鏡に映った自分の姿を見つめる。顔色が悪い。蒼白と言っていいくらいだ。膝はまるでプリンのようにふにゃふにゃして力が入らない。胃の具合も悪い。何か毛の生えた動物が入り込み、内側から胃壁を侵食しているのではと思うほどだ。台所は静まり返っている。母も姉も無言だった。エーファは静寂に耳を傾けながら、この数日間、自分の中にわきあがってきた感情を認めずにいられなかった。それは、恐怖だ。自分がいったい何にいちばん恐怖を抱いているか、エーファは考える。大勢の前で話さなければならない恐怖だろうか。適格な訳語を見つけなければならない責任への恐怖だろうか。証言者の言うことを正しく理解できなかったらという恐怖。あるいは、証言者の言うことをすっかり理解できたときの恐怖だろうか。エーファはファイルを革の鞄に押し込む。三年前に通訳の資格を取ったとき、自分へのご褒美として買った書類鞄だ。帽子をかぶり、台所に向かって「行ってきます！」と叫ぶ。返事をしたのはシュテファンだけだった。「バイバーイ――！」

このところずっと、どんな天気とも言いがたい空模様ばかりだ。いつ日が昇って沈んだかもはっきりせず、どんよりずっと薄暗く、気温が上がりも下がりもしない。雪はもう遠い思い出のようだ。エーファは市民会館までの道をすべて徒歩でいく。雪解け水が道路脇の溝に吸い込まれて消えていくように、一歩足を踏み出すごとに勇気が少しずつ失われていく気がする。市民会館に到着したころにはエーファの勇気はすっかりしぼんでいた。だが、人であふれたロビーに足を踏み入れ、大勢の記者や、重そうなカメラを抱えた二人の男や、握手をしている何人かの被告人や、白髪の第一被告人の前で敬礼をしている警察官を目にし、被告人らの自信ありげなようすを目にし、その大きな声を聞き、あたりにたたずむ個々の男女や小さな集団の緊張した静かなたたずまいを見ると、やはり自分はここにいなければならないのだと、エーファには思えてきた。

ホールは正午近くなっても、完全には明るくならなかった。窓にはめ込まれた曇りガラスは、にぶい灰色にかすかに輝いている。ホールの職員が天井の照明のスイッチを入れる。丸い電灯は人々の頭上に、輝く大きな泡のように浮かんで見える。いくつかの窓は少し開けられているが、空気はよどんでいる。湿ったウールのにおいや革のにおい、そして雨に濡れた犬のようなにおいがする。通訳たちは宣誓をした後、検察側の席に座った。エーファの席はダーヴィト・ミラーの真後ろだ。エーファは書類鞄からファイルを取り出し、机に置いた。そしてダーヴィトの後頭部を見つめた。赤みがかった髪は少し伸びすぎて、うなじにかかっている。後ろから見ていると、まるで少年のようだった。子どもみたいに怒りを爆発させるところも、まるで弟のシュテファンみたいだと、エーファは思う。ダーヴィトは書類に目を通し、短く確認をした後、白ブロンドにそれを渡す。エーファの正面にあたる向こう側の席で、背の高い男が立ちあがる。法服の皺（しわ）をなぞりながら、鎖付きの銀製の懐中時計をとり出し、蓋を開き、見るともなく時刻を確認する。面長で気弱そうな顔つきと白いネクタイのせいで、エーファはふと『不思議の国のアリス』に出てくるウサギを思い出す。不思議の国に住んでいるのは嫌なやつらばかりなので、あの本は自分もシュテファンも好きではなかったけれど——。目の前にいる白ウサギのような男は、七人の被告人の弁護人だ。白ウサギは被告人番号4の妻と第一被告人の妻に証拠調べを請求する。エーファは傍聴席に目をやり、ほのかにバラの香りのしていたあの小さな帽子の女性を探す。だが、人ごみの中にその姿は見つからない。白ブロンドが立ち上がり、検察はその請求を拒絶すると述べる。被告の妻は第三者たりえない以上、その証言からは何も知見が得られないと彼は主張した。さらに近親者は、証言が被告人に不利になる場合は、陳述を拒絶する可能性もある——。弁護人と主席検事のあいだで、被告人のための証人の数について議論が始まった。エーファは、この日に呼ばれる最初の証人が、ヤン・クラールであることを知っていた。エーファはファイルのページをパラパラとめくりながら、ヤン・クラールの妻の証言はなんにせよ聞くことができないのだとぼんやり考える。ヤンが妻と最後に会ったのは、一九四二年一一月一日だった。

裁判長が、弁護人の請求を認めると発言する。白ウサギは満足したように懐中時計の蓋をぱちんと閉める。白ブロンドは着席し、喉が乾いていたわけではなさそうだったが、グラスから水をひと口飲み、腕を組んだ。同僚の幾人かが視線を交わす。ダーヴィト・ミラーが白ブロンドのほうに身を乗り出し、何かをささやく。白ブロンドは無愛想に首を振る。

裁判長が「これより裁判を、証拠調べによって開始します。証人ヤン・クラールの入廷を願います」。白ブロンドはエーファのほうを振り向き、合図を出そうとした。だが、合図より先にエーファは立ち上がり、証言席のほうに歩きだしていた。警官が、矍鑠（かくしゃく）とした年配男性を中に案内する。濃紺のスーツに身を包んだヤン・クラールは、まるで自分自身が弁護士か、アメリカ映画のスターであるかのように、ゆったりと入室した。エーファは書類から、彼がクラクフで建築家として働いていることを知っていた。

ヤン・クラールは背筋をしゃんと伸ばして歩いた。エーファは近づいてくるクラールと視線を合わせようとしたが、彼は角張った眼鏡越しにエーファをちらりと見ただけで、まっすぐ席に向かった。左側の弁護側の席にもいっさい視線を向けなかった。エーファのそばにクラールが到着した。握手を求められるかと思っていたのに、クラールの目にはエーファのことなど見えていないようだ。その視線は、裁判長だけに向けられていた。裁判長がクラールに着席をうながす。ヤン・クラールは机の長辺の側に、裁判官らに向かい合うように座った。エーファはクラールの隣ではなく、あらかじめ指示されていたとおり、机の短いほうの辺に、クラールの斜交いになるように置かれた椅子に座った。机の上には、マイクがふたつと簡素な水差しとグラスが二個置かれている。裁判は、証人の個人記録――名前、生年月日、住所、職業――の確認から始まった。クラールは少しドイツ語が話せたので、これらの簡単な質問には自分で、はっきりした声で答えることができた。エーファには当面やることがなかったので、目の前に置いたメモ帳と鉛筆を理想の配置になるまであちこち動かした。そして横から、風変わりな眼鏡をかけたクラールの横顔を見つめた。わずかに日に焼けた顔。髭は剃りたてで、がっしりした顎に小さな切り傷があった。右耳の下にシェービング・クリームがわずかに残っていた。エーファは大きく息を吸う。さわやかな石鹸の香りがわずかにした。

ダーヴィト・ミラーは自分の席からエーファを見つめた。少し斜めがかった横顔と、女らしい肩や、きっちり結った髪が見えた。おおかたの中年女が使う変な丸いクッションのようなものを詰め込んだりしていない、文字通りのきちんとした髪型だ。そんなエーファの姿はいつもダーヴィトの心をよくわからないやり方でいらだたせた。ダーヴィトは目を瞑った。頭が痛む。きのうの晩、同僚の幾人かと――

検事長と白ブロンドだけはその場にいなかったが――外でいささか羽目を外した。ベルガー通りの賑やかなあたりに行き、「モッカ・バー」で酒を飲み、何人かの女が音楽に合わせてゆっくり服を脱ぐのを眺めた。そのあとひとりで別の店に入った。流行歌が大音量で流れている「スージー」という店だった。半分裸のような格好の女たちがカウンターに座っていた。そして二〇分後、ダーヴィトは、自分の母親といちばん似ていない女と一緒にふらふらと奥の部屋に向かった。その六番という部屋には窓がなく、香水のにおいが強く漂い、壁にカーペットが貼られていた。シシィという女が手早く衣服を脱ぎ、ダーヴィトのズボンの前を開けた。娼婦を買ったことは何度もあった。欲望のためではない。いつも何の喜びもないまま、機械的に性交をした。女はいつも、彼の望むのとはちがうにおいをしている。だがそういうことをした後ダーヴィトはいつも、自分は軽蔑に値する、母親から恥だと思われるような人間だと感じ、奇妙な喜びを感じていた。ダブルベッドのマットレスは柔らかすぎて、体がずぶずぶ沈み、しまいにはオーストラリアまで、あるいはドイツの反対側にあるどこかの国にまで行ってしまいそうな気がした。子どものころ寝室にあった地球儀を思い出す。子どもの自分は、長い針をモントリオールから向こうに突き刺したらどこに行き着くだろうかと考えていた。トンネルを抜けたら、いったいどこにいるだろう？　ダーヴィトはシシィにおおいかぶさりながら、またそのことを考えていた。インド洋でおぼれかけている自分の姿が頭に浮かぶ。シシィの体は少しだけかび臭いような、甘い、干しブドウのようなにおいがした。ダーヴィトは干しブドウが嫌いで、小さなときからいつも、ケーキに入っていると中からほじくりだしていた。シシィの中に入りながら、ダーヴィトは、この女は少なくともひとりは子どもを産んでいるにちがいないと夢想する――。気がつけば、証人の個人記録の確認はすでに終わっていた。ダーヴィトは意識を法廷でのやり取りに戻した。

「証人。あなたが収容所に到着したのはいつですか？」今度はヤン・クラールは、ポーランド語で質問に答えた。早口で、息継ぎの合間さえほとんどないような話し方だった。訛りがないのが救いではあるけれど、とエーファは思う。そして話を聞きながらメモを取る。ゲットー、車両、バケツ、麦わら、子ども、三日間、息子……クラールはますます早口になっていく。男たち。将校。貨物車。最後の言葉は何だったかしら？　赤十字？　この人はそれをドイツ語で言ったのかしら？　エーファはそれ以上ついていけず、ポーランド語で声をひそめてクラールに言った。「あの、クラールさん。すみませんが、早口すぎます。少し合間をあけながら話してください」。ヤン・クラールは沈黙し、視線を横に向けた。そして困惑したようにエーファを見た。まるでエーファがだれなのかわからないような顔だった。エーファは小声でもう一度、さっきの科白を繰り返した。裁判長がマイクに顔を近づけ、「何か問題が？」と言う。エーファは首を振ったが、顔が赤くなっているのが自分でもわかった。きっと傍聴席からでも、それははっきり見て取れただろう。エーファと向き合っている被告席の何人かがにやりと笑い、軽蔑したように鼻を鳴らす。きっとあれは、彼らの中でも教養が低いほうの人々――ボイラーマンと看護師あたり――だろうか。ヤン・クラールはようやくエーファの役目を理解したらしく、小さく頷くと、もう一度最初からゆっくり話し始めた。エーファはクラールの唇を一心に見つめながら話を追ったが、目の前で動くその唇が徐々にぼんやりかすんできた。手が冷たい。ドクンドクンという鼓動がひときわ大きくなったように感じられ、証人の言葉が明瞭に聞こえなくなる。エーファは思った。もう無理だ。出ていこう！　立ち上がって、出ていくのよ。走って……走って……。そう思い詰めた瞬間、エーファは突然、クラールの額に小さな汗の粒が浮かび始めたのに気づいた。顎もぴくぴく震えだした。おそらくそれを見ることができたのは、エーファひとりだった。エーファは己を恥じた。この人が立ち向かっているものに比べたら、自分の苦境など、どれほどのものでもない。エーファは落ち着きを取り戻した。ヤン・クラールが言葉を切り、机の上に置かれた自分の手を凝視する。右のこめかみを汗の粒が滑り落ちる。エーファはメモを見ながら、クラールがこれまでに話したことをドイツ語に通訳する。エーファは自覚的にクラールの口調を真似ようとしていた。

「一九四二年一〇月二八日のことです。私は妻と息子と一緒に、クラクフのゲットーから移送されました。貨物列車に三日間ずっと乗っていました。車両は閉め切りになっていました。衛生設備は何もなく、八〇人が乗っている車両の片隅にバケツが一個置いてあるだけでした。食べ物も飲み物も与えられませんでした。途中で何人か――少なくとも一〇人は――亡くなりました。死んだのはおおかたが年寄りでした。一一月一日に貨物専用ホーム〈ランペ〉に列車が到着し、私たちは外に出されました。生き残っていた人々はそこで、女性と子どもと年寄りは左側に、男は右側に分けられました。二人の親衛隊の将校が、私の息子をどちらに選別するかで議論をしていました。息子のローマンはまだ一一歳でしたが体は大きかったので、右にするか左にするかで迷ったのでしょう。私は、左に並んだ人々は仕事が楽なキャンプに送られるのだと思い、息子に厳しい労働をさせたくないと思いました。そこで介入を行いました。私は将校のひとりに、息子はまだ幼いので労働できないと告げました。将校は頷き、息子のローマンは妻と一緒に別の貨物列車に乗り込みました。赤十字の印がついていたので、私は安心しました。列車は走り出し、どこかに消えました」。エーファは沈黙した。裁判長が何か質問しようと身を乗り出したが、ヤン・クラールはそれを待たずにすぐに話を続けた。彼はいくつかの文章を口にした。終わりに近づくにつれ口調は速まり、声は上ずった。そして彼は、もう話は終わったかのように黙り込んだ。エーファはクラールを横から見た。糊のきいた白いシャツの襟の上に喉ぼとけが見える。クラールが唾（つば）を飲み込むのがわかる。もう一度、さらにもう一度。エーファはポーランド語で、小声で言った。「最後の文章をもう一度言っていただけませんか」。人々はじっと待った。何人かはしびれを切らして、指の節で机をこつこつと叩いている。だが、ヤン・クラールは首を小さく振り、エーファのほうを見つめているだけだった。眼鏡の向こうの目が赤くなっている。顎が震えている。彼は文章を繰り返せないのだと、エーファは理解した。単語帳をパラパラとめくり、「Slup」と「dym」の二つの言葉を探す。「柱」と「煙」という意味だ。エーファはマイクに口を寄せ、クラールが最後に発言した内容を通訳した。「その晩遅く、キャンプで別の囚人が、地平線に立ち上る煙の柱を指さし、私に言いました。ごらん。あんたの奥さんと息子が天国に上っていくよ」。ヤン・クラールは眼鏡をはずし、格子（こうし）柄のハンカチをズボンのポケットから出した。アイロンをかけたばかりのように、きっちり折り目がついている。きっとこの裁判のために新しく買ったのだろうと、エーファは考える。そのハンカチでクラールは額の汗を拭いた。そしてそのまま顔を隠した。

　しばらくだれも口を開かなかった。被告人席の面々さえ沈黙していた。何人かの被告人は、まどろんでいるかのように目を瞑（つぶ）っている。白ブロンドが何かメモを取り、質問をする。「クラールさん。どうしてあなたは、家族が仕事の楽なキャンプに送られると思ったのですか?」エーファは質問をポーランド語に通訳した。ヤン・クラールは鼻をかみ、唾を飲み込み、返答した。エーファがそれをドイツ語に通訳した。「ランペにいた親衛隊の将校のひとりが、私にそう約束したからです」。「それはだれですか?」白ブロンドが質問した。ヤン・クラールは不動だった。白ブロンドはさらに言った。「被告人席にいるだれかですか？　その人はここにいますか？」クラールは眼鏡をかけなおし、被告人席のほうに顔を向けた。クラールの視線が一瞬、被告人番号4のやつれた顔の上にとまったが、結局、彼が指さしたのは黒いサングラスをかけた薬剤師、被告人番号17だった。薬剤師はまるで何かのゲームで悪ふざけに加担する役に選ばれたように、どこか愉快そうに鼻を鳴らした。そして落ち着き払って立ち上がり、返答した。それをエーファがポーランド語に通訳した。「嘘です。証人は私をだれかととりちがえています」。薬剤師はふたたび着席した。彼の弁護人である白ウサギのような男が立ち上がった。「証人。あなたは先ほど、一九四二年一一月一日に収容所に到着したと言いましたね。その日、この被告人は現場にいませんでした。彼は同年一一月一日から五日までミュンヘンにいました。ミュンヘンで手術を受けるためです。証拠の書類もあります」。エーファがそれを通訳した。ヤン・クラールは返答する。「もしかしたら到着は一〇月三一日だったかもしれません。列車の車両にずっと閉じ込められていたので、時間の感覚があやふやになっていたのかも」

裁判長は、隣にいる裁判官のほうを向いてたずねた。「クラールさんの家族の死亡証明書はありますか？」裁判官は首を振る。弁護人が言った。「証人のすべての供述は真実でない可能性があります。私は先の証言の信頼性を疑問視します」。エーファは発言をヤン・クラールに通訳した。クラールはエーファを見つめ、蒼白になった。白ブロンドが鋭い語調で弁護人に返答した。「多くの被害者は、名前すら把握されていません。それは、弁護人、あなたもご存じのはずですね？　裁判官、われわれは証人が収容所に着いたときの登録書類を用意してあります」。その間にダーヴィト・ミラーが該当書類を広げた。白ブロンドがそこから引用する。「証人は囚人番号二〇一一七として一九四二年一一月一日に基幹収容所に登録されています。ですが、到着した人々がその翌日に登録されることはけっして珍しくありませんでした。ですので、証人が一〇月三一日に到着したというのは十分考えられることです」

エーファはヤン・クラールにそれを通訳した。裁判長が質問した。「証人。到着してからいつ登録されたかを正確に覚えていますか？　到着したのと同じ日でしたか？　もっと後でしたか？」「もう、覚えていません」。証人は回答し、少し間をおいて続けた。「一一月一日は私にとって、妻と息子が死んだ日です」。弁護人が言う。「もう一度繰り返します。証人、あなたは被告人を、ランペで見ていないかもしれないわけだ」。被告人番号17はサングラスをはずし、にこやかと言ってよい表情で証人に頷きかけ、こう発言した。「残念ながら私はその〈ランペ〉と呼ばれていた場所には、一度も行ったことがないのですよ」。傍聴席から憤慨したような短い叫び声が聞こえ、あちこちからひそひそと話し声が聞こえてきた。裁判長は静粛を求め、証人に、収容所に到着したときの状況をもう一度逐一説明するように要求した。出来事を時系列で正しく理解するためだという。エーファはそれをヤン・クラールに伝えた。クラールが問いかけるようにエーファを見たので、エーファは裁判長の要求をもう一度ポーランド語で繰り返した。「もう一度、すべてを最初から説明してください」。クラールの体ががたがた震えだした。まるで見えない大きな手が彼の体をつかみ、激しく揺さぶっているかのようだった。エーファは助けを求めるように検察席のほうを振り向いた。証人に休憩が必要であることに白ブロンドが気づき、裁判長に合図を送った。

ホールの裏にある天井が低くて窓のない小部屋——ふだんは芸人の楽屋に使われている——が、証人の休憩室にあてられていた。主席検事がダーヴィト・ミラーとともに、着席を渋るヤン・クラールに話しかけている。クラールは灯りに照らされた鏡を背に、体をぐらぐらさせながら立っている。顔からは血の気が引いている。スーツに包まれた体は急に一回り小さくなったように見え、襟もとも心なしかかすかしている。入廷したときの堂々とした雰囲気はもうどこにもない。エーファはポーランド語で説明した。あなたの証言はとても重要なものです。だから、なんとか思い出してほしいのです。だが、クラールは、さっきのような状況にもう二度と身をさらしたくない、あんなことをしても妻と息子が生きて戻ってくるわけではない、と言った。ダーヴィトはさらに強い口調で、あなたには責任がある、ほかの犠牲者に対する責任があるはずだと言った。ダーヴィトはクラールの肩に手をかけたが、白ブロンドがそれをやめさせた。クラールは言った。「あなたがたは、私に強制はできません」。白ブロンドはポケットから煙草の箱を取り出し、クラールにすすめた。クラールはそこから一本抜きとり、白ブロンドと二人で吸った。四人はみな、無言だった。鏡のひとつの前に置かれた盆に、前の日から置きっぱなしになっているらしいオープンサンドが何切れか載っている。薄切りのハムには皺が寄り、水滴が浮いている。鏡はどれもいくつかの白熱電球で縁取られ、照らされている。電球のひとつは接続が悪いのか、ちらちらと不穏に瞬いている。エーファの目には、ダーヴィトが苛立ちと焦燥でいまにも爆発しそうに見えた。ダーヴィトの目の下には黒いくまができている。前の晩、ろくに眠っていないのかもしれない。ダーヴィトが、己を何とか抑えながら言った。「クラールさん、あなたは重要な証人です。あの薬剤師の被告人の件だけではなく、とりわけ番号4の、あの野獣についても……」

「ミラーくん。前にも言ったはずだが……」。白ブロンドが口をはさんだ。ダーヴィトは手で拒絶の意思を示す。「クラールさん。あなたはブロック11での拷問を生き抜いた数少ないひとりだ。証言してもらわなくてはならないのです」。ダーヴィトはエーファに怒鳴った。「ほら、通訳してくれ！」エーファが口を開こうとしたとき、クラールは突然糸の切れた操り人形のようにがくりと膝を折った。エーファとダーヴィトはとっさにその体を支え、椅子の上に座らせた。エーファはクラールの口から、半分灰になった煙草を取り去って、灰皿に押しつけて消した。白ブロンドはダーヴィトと目を合わせ、小さな声で言った。「公判前の接見のときから、われわれにも疑念があった。あの状態になってしまった以上、これ以上強いるべきではないと私は思う。時間の無駄だ」。白ブロンドはエーファに言った。「これは通訳する必要はありませんよ。ブルーンスさん！」ダーヴィトは何か反論しかけたが、白ブロンドは時計をちらりと見ると、ヤン・クラールに小さく頷き、部屋を出ていった。ダーヴィトはクラールにもエーファにも一瞥もくれず、不機嫌そうに白ブロンドを追いかけた。扉は開けはなしにされた。エーファは怒りを感じた。どうしてあの二人はここにこの人を、まるで壊れた機械みたいに放っておけるのだろう？　エーファは、椅子の上にうずくまっているヤン・クラールのほうを見た。「クラールさん、何か飲みますか？　お水でも？」だが、クラールは手を振り、「結構です」と断った。エーファはどうしたらよいのかわからないまま、クラールをじっと見た。クラールもまた、次にどうするべきかわからないようだった。まるで、何かの指示を待っているように見えた。エーファはクラールの腕に手を置いた。そして、自分でも驚いたことに、こう言っていた。「もう一度考えていただくことは、どうしてもできませんか？」クラールはエーファのほうを見ずに言った。「あなたはおいくつですか？」クラールはエーファの答えを待たずに続けた。「若い人は死者のことにかかずらうべきではありませんよ。若い人には、これからの人生があるのだから」。そうしてクラールは椅子から大儀そうに立ち上がり、もごもごと挨拶のようなものを口にすると、部屋を出ていった。エーファはちらちら点滅する電球を見た。そして自問した。ヤン・クラールは、息子の死の責任はだれにあると思っているのだろうかと。あそこの被告人席に座っているだれかのせい？　それとも自分自身のせいだと思っているのだろうか？

その日の新生児病棟は、法廷と同じように一日中ずっと電気がつけられていた。アネグレットはその日二度目の授乳時間の準備をしていた。大声で泣いて空腹を訴える小さな赤ん坊を移動用ワゴンに寝かせ、同僚のハイデと一緒に母親病棟に押していく。赤ん坊の若い母親であるバルテルスさんは、個室の――旦那さんがお金持ちなのだ――ベッドにもう腰をかけて、小さなヘニングが来るのを待っていた。二週間の産褥熱から回復したバルテルスさんの顔は、また上気して赤くなっている。親子はまもなく退院することになっている。アネグレットは激しく泣いているヘニングをワゴンから抱き上げ、母親のはだけた胸のほうに差しだした。ヘニングの泣き声はぴたりと止み、音を立てて乳を吸い始めた。アネグレットは、かすかに上下する小さな頭を見つめ、ほほ笑んだ。バルテルス夫人は赤ん坊越しにアネグレットを見ながら思う。ちょっと太っているしお化粧の濃すぎる人だけど、いい看護師さんだったわ。それになんといっても、私の赤ちゃんの命を救ってくれたのだし――。バルテルス夫人は出産後ほどなく高熱を出し、赤ん坊に授乳できなくなった。新生児病棟の看護師らは小さなヘニングに、やむなくスポイトで粉ミルクを飲ませていた。だが、クリスマスイヴの翌日、突然ヘニングは激しい嘔吐と下痢の症状に襲われた。体重は日ごとに激減し、腕は今にも折れそうなほど細くなった。アネグレットは半時間ごとにスプーンで砂糖水を飲ませたが、赤ん坊はまた吐いてしまった。でもアネグレットはあきらめなかった。そして三日後、体重が一五〇〇グラムまで落ち、生死の境をさまよっていた赤ん坊は、初めて液体を少し長く体内にとどめておけるようになった。そしてその後、徐々に快方に向かった。今、体重は、生まれたときとほぼ同じにまで戻った。母親のバルテルス夫人はアネグレットにたいそう感謝し、今日も改めてそれを口にした。だが、アネグレットが部屋を出ていこうとすると、夫人はアネグレットの腕をつかみ、こうささやいた。「看護師さん、あなたに話しておかなければいけないことがあるの。夫は、うちの赤ちゃんが何かよくないものを摂取したのではないかと疑っているの。それで、病院に対する苦情を書いたのだけど、まさかそれで、あなたが困った羽目に陥ることはないわよね？　あなたはヘニングにとても良くしてくれたのに、そんなことになったら申し訳なくて」。バルテルス夫人はすまなさそうにアネグレットを見た。アネグレットは相手を安心させるように微笑んだ。「大丈夫ですよ。私がご主人の立場だったら、同じことをしたでしょうし。それでは三〇分後にヘニングを迎えにきますね」。廊下に足を踏み出したとき、アネグレットの顔から笑みは消えていた。そして何度目になるのかもうわからない誓いを繰り返した。「今度こそもうおしまいにしよう」

昼休みの時間、裁判の関係者のおおかたは、建物の中にあるカフェテリアに足を運ぶ。検察の職員、裁判の傍聴人、証人、そして家族らがみなカフェテリアで、肉団子のクリーム煮やグーラーシュを注文し、無味乾燥で寒々しい空間に置かれた長机でそれを口に押し込む。白ウサギをはじめとする弁護団の数人が、盆を持って座席を探している。部屋の隅に置かれた机には被告人らが座り、ほかの人々と同じように空腹を満たしている。人々はほぼ無言だが、天気予報や交通渋滞や肉について小声で話している人もいる。料理に入っている肉はだいたいいつも、パサパサしていたり、ゴムみたいだったりする。エーファは盆を持って、秘書や速記係など若い女性たちの座っている机に空いた席をさがした。明るい色のスーツを着たバラ色の肌の女性が、招きかけるようにエーファに微笑む。前に検察の事務所で会ったことのある若い女性だ。エーファは彼女の向かいに座り、肉団子のクリーム煮を食べ始める。父親のルートヴィヒならぜったい、こんな生ぬるい料理を客に出したりしないだろうとエーファは思う。なんにせよ食欲はろくになかった。あれから昼休みまでに、さらに二人の証人が陳述を行った。どちらもポーランド出身の人だった。だが、二人ともドイツ語が堪能だったので、エーファの助けを借りずに陳述を行うことができた。それでもエーファは、助けが必要になったときのために彼らのそばに座っていた。通訳が必要になったのは、たったの一語だった。「散歩用のステッキ」という言葉だ。なぜその言葉が出てきたかというと、例の〈ランペ〉にいる親衛隊の将校たちが警棒代わりに「散歩用のステッキ」をもっていたからだ。それは、貨物列車で新しく到着し、車両から降りてきた人々に「ここは安全だ」と思わせるためだった。だが、だれかが反抗的な態度をとったり、何かを質問したり話をしたり、あるいは子どもが泣いたりすると、「散歩用のステッキ」はたちまち警棒に転用された。ふたたびその場が静まるまで――。二人の証人はどちらも、被告人番号17をランペで見たと証言した。証人のひとりはさらに第一被告人をも指さし、その人もランペで見たことがあると言ったが、指をさされた当人はさっきの薬剤師とまったく同じく、自分はそのランペという場所に一度も行ったことはない、ましてや「選別」なるものを行ったことなどない、と証言をきっぱり否定した――。エーファは向こう端のテーブルを見る。煙草の煙に取り巻かれたその机には、被告人らが座っている。エーファは思う。あの人たちはみな、真実を話しているように見えた。みんな驚いているように、信じられないというように、怒っているようにさえ見えた。何に対して？　自分がそんなことをするような輩だと思われたことに対してだ。人々に口を開けさせて中をのぞき込んだり、二頭筋をさわったりして、労働力になりそうな人間を親族や家族と引き離し、二度と会えないようにしたりする輩だと思われたことに。「役立たず」と判定した人間をすぐにガス室に送る立場にあったことを、彼らは非常にもっともらしく否定した。エーファはナイフとフォークを脇に置いた。ときには一日に一万人もの人々がそういう部屋に送られたと、パーヴェル・

ピルコという証人が語っていた。ランペで清掃隊として働かされていたという証人だ。エーファは部屋のどこかにあの小柄でひょうきんな男がいないかと視線をさまよわせる。ライン川下りについて語るように、快活に証言をしていたあの男。でも、その姿は見つからなかった。見つかったのは、遠くのテーブルに座っているダーヴィト・ミラーだ。彼は無造作かつ高速で食事を口に運び、食べながら同僚と何かを話していた。エーファは、女性や子どもや男性などの衰弱した一万人の人々が次々に貨物列車に乗せられ、どこかに連れ去られていく場面を頭に思い浮かべようとする。だが想像できたのは、その人々がきっと、温かいシャワーとひと切れのパンに焦がれているだろうということだけだった。

ベルガー通りの家ではエーファの母親のエーディトが、レストランで出た汚れ物を山と抱えて地下の洗濯室に降りていく。格子柄の青いスモックを着たエーディトは、新しい洗濯機の前に立ち、洗濯の第一段階を目で追っている。蓋を閉められた白い箱がポンプで水をくみ上げ、まるで内部で大きな心臓が脈動しているかのようにゴトゴト音を立てる。台所でまだやることはたくさんあるのに、エーディトはそこから視線をそらすことができない。エーディトはぼんやり考える。これから新しい時代に入っていくのだろう。あるいは新しい時代にこうして「ゴトゴト音を立てながら入っていく」のかしらと。エーディトは、このお化けのような機械を三人がかりでようやく地下室に運び込んだときのことを思い出す。その日までエーディトはずっと、毎週火曜日にエプロンやテーブルクロスや布巾やナプキンを巨大なたらいに入れて煮立て、長い棒でぐるぐるかき混ぜ、ずぶぬれの洗濯物をたらいから引き上げたりしていたのだ。それを思い出すと、目に涙がにじんできた。いま自分はここに、何もすることがないまま立ち尽くしている。まるで用なしになったような気がして、ため息がもれる。いつのまにか髪は薄くなり、白髪もちらほら出てきている。体の線も崩れてもっさりとし、肌は張りを失い、ふにゃふにゃになってきている。ときどき夜、ナイトクリームを顔に塗る前に鏡の前に座り、顔のたるみを思い切り後ろに引っ張ってみる。そうすると一瞬、皺ひとつなかった昔の顔が鏡の中にあらわれる。ヴェルヴェットのスカートがまた着られるようにと、夕食を何日か抜いてみることもある。だがそれをすると、頬にさらに多くの皺が出現してしまう。以前、女性向けの雑誌で読んだことがある。「ある年齢になったら女は、その先、牛になるか、山羊になるかのどちらかを選ばなくてはならない」のだと。自分の母親は、あきらかに山羊のタイプだった。自分についてはまだわからない。舞台の上でなら、どちらになることもできるのに。いいえ、恋人にだって、娘にだって、母親にだって、祖母にだってなることができる。メイクをしてかつらをかぶれば、マクベス夫人にもジュリエットにもなれる。シラーのジャンヌ・ダルクだって……エーディトの夢想はそこで打ち破られた。地下室の扉が開く音がして、白いコックコート姿のルートヴィヒが入ってきたのだ。

「ここにいたのかね、母さん」

エーディトは無言だった。だがルートヴィヒは、妻の中で何かが――まるで新しい洗濯機のように――動いているのを見て取った。

「この機械を買ったのは、空いた時間を何か別のことに使えるからなのだよ、エーディト」

「私は洗濯をするのがずっと好きだった。大きな桶の中で洗濯液をかき混ぜて、洗濯板で汚れをごしごしこすって、洗濯ものを絞ったり、叩いたりするのが好きだった。この機械に慣れることができるのか、私にはわからないわ」

「じきに慣れるさ。それよりおまえさんは、上で私がポテトサラダの下ごしらえに奮闘しているのを放っておくつもりかね?」ルートヴィヒはふたたび上に行こうとした。そのときエーディトがだしぬけに言った。「あの子に話さなくていいのかしら?」ルートヴィヒは妻の目を見て、首を横に振った。

「ああ」

エーディトは一瞬沈黙した。洗濯機の中のドラムはますます速く回転し、ブーン・ブーン・ブーンという音を立てる。「あの人は今、ハンブルクに住んでいるのよ。商売をしていて、とても大きな会社をもっている」。ルートヴィヒは、妻がだれの話をしているのか、すぐに理解した。「どこからそんなことを?」「新聞に載っていたわ。奥さんもハンブルクにいる」。洗濯機がもう一度大きなシューっという音を立て、ポンプでゴボゴボと水をくみ上げ始める。夫妻は機械をじっと見つめながら、沈黙していた。

さらにもうひとりの証人が話をした後——その女性は一三歳のときに収容所のランペで母親や祖母と別れ、二度と会うことがなかったという——裁判長は、今日の審理はこれで終わりにすると述べた。エーファは女性用トイレに向かったが、すでに長い列ができていた。女たちがトイレの前で列を作るのは舞台公演のときも同じだが、今日そこに並んでいる人々は、だれの演技がどうだったかと和気あいあいと話していたりはしない。じっと黙って列に並び、次の人のために行儀よくドアを開けておき、手拭きを渡し、会釈を交わしている。エーファは軽い眩暈(めまい)がしてきた。自分の番が来てドアを閉めた後、一瞬、自分が何をしようとしていたかを考えなくてはならなかった。書類鞄を開け、折りたたまれた水色のワンピースを取り出す。それから黒っぽいスカートを脱ぎ、ブレザーを脱いだ。トイレの個室は狭すぎて、着替えのあいだ何度も壁に体をぶつけた。ようやくワンピースを頭からかぶったとき、あやうく倒れそうになった。小声で悪態をつきながら体をよじり、両肩のあいだにあるファスナーに手を伸ばし、苦労の末にようやく閉めることができた。エーファが悪戦苦闘するうちに洗面所は無人になり、ドアの前は静まり返っていた。仕事用の服を折りたたみ、鞄に押し込もうとするが、留め金がしまらず、結局開け放しにした。個室を出ようとする。そのとき、洗面室にだれかが入ってきた。荒い息遣いが聞こえる。泣いているようだ。続いて鼻をかむ音が聞こえた。かすかにバラの香りがする。蛇口がひねられ、水がざあざあ流れる音がする。エーファはドアの陰で書類鞄を小脇に抱え、息をひそめて待った。だが、何分かたっても水は止まらなかった。エーファはドアを開け、外に出た。

洗面台の前に第一被告人の妻が立ち、手を洗っていた。頭には例の小さなフェルト帽がのっている。窓枠の上に焦げ茶色のハンドバッグが置かれている。赤い斑点の浮かんだ顔を、濡らした指先で軽く叩いている。エーファはひとつ離れた洗面台に近づいた。女は目をあげなかったが、一瞬身体を固くしたのがわかった。おそらく彼女にとって、エーファは敵だからだ。二人は並んで、よく泡立たない石鹼で手をごしごし洗った。エーファは目の端で女性の皺だらけの指と、薄く摩耗した結婚指輪をちらりと見る。「この人を知っている。この人の、この手で、平手打ちをされたことがある」。ふとそんな思いが頭に浮かび、エーファはあまりの突飛さにわれながら驚く。エーファはそれを頭から振り払い、水道の蛇口を閉め、洗面室を出ていこうとした。そのとき突然、女性がエーファの行く手をふさいだ。背後で、蛇口の水がざあざあと流れる音がしている。女性が言う。「あなた、あの人たちが言うことを全部信じてはいけませんよ。夫からこう言われたわ。あの人たちは賠償金が、とにかくお金がほしいの。そして、ひどいことがあったと言うほど、たくさんのお金がもらえる」

女性は窓枠に置いてあったハンドバッグをつかみ、エーファが何かを返答するより早く、手洗いを出ていった。ドアがばたんと閉められた。エーファは、水が流れっぱなしになっている水道を見て、蛇口を閉めた。そして鏡をのぞき込み、頬に手を当てた。まるで、はるか昔に一度受けた平手打ちの感覚を思い出そうとするかのように。

ほぼ無人になったクロークでエーファはコートと帽子と手袋を受け取り、市民会館をあとにした。時刻は午後五時少し前だ。昼間ずっと灰色だった町は夕暮れどきを迎え、青灰色に変わりつつある。通り過ぎる車のヘッドライトが、夕霧の中に長い光の縞模様を描く。市民会館は、車の多い通りに位置している。「今日はよくやってくれました。ブルーンスさん」。エーファは振り返った。後ろにダーヴィト・ミラーが立っていた。いつものように帽子はかぶらず、煙草を吸っている。意外な相手の口から賞賛の言葉が出たことに、エーファは思わず微笑んだ。だが、ダーヴィトはさらに「主席検事からそう伝えるように言われた」と言うと、あさってのほうを向き、ちょうど建物から出てきた検察の二人の人間と一緒に歩きだした。エーファはいささか憮然とした気持ちのまま、そこにとどまった。いったいなぜ、あのミラーという男は私に対してだけ、こんなに無礼な態度をとるのだろう？　私がドイツ人娘だから？でも、ほかのドイツ人娘に対しては、何も悶着を起こしていないようなのに。すくなくとも同僚の女性たちとは。それから速記係の女性とも――。そのときクラクションの音がして、エーファは現実に引き戻された。路上駐車の列の向こうに、ユルゲンの黄色い車が停まった。エンジンをかけたままユルゲンはさっと車を降り、助手席の側にまわって扉を開けた。エーファは車に乗り込む。車の中で二人は短く、恥ずかしそうに唇を重ねた。二人はともかく婚約をしたのだ。ユルゲンは車を車線に入れる。いつもならエーファはユルゲンが運転しているあいだ、まるで子どものように、道路の左右で目にしたものにつけいて脈絡のないおしゃべりをするのだが、今日は黙ったままでいた。通りを歩く人々の姿は――買い物袋を重そうに抱えて、あるいは子どもの手を引いて、家路をたどる人々の姿は――エーファの目に映っていないようだった。親に手を引かれた子どもは、灯りのともったショーウィンドウの前ですぐに動かなくなってしまう。ユルゲンは探るような視線を幾度かエーファに向け、この一日がもたらした目に見えるような変化やしるしを見つけようとする。だが、外から見るかぎり、エーファには何も変化は認められなかった。ユルゲンはたずねる。「緊張している?」エーファはユルゲンのほうを向いて、思わず笑った。そして「ええ」と頷いた。二人はこれから、ほんとうは「いけないこと」をしようとしているのだ。

二〇分後、黄色い車は別世界に――エーファにとっての別世界に――入り込んでいた。高くて白い金属のゲートを車は通り過ぎた。ゲートは魔法の手にあやつられているかのように、彼らの前でがたがたと開き、通り過ぎるとまた閉まった。車はどこまでも続く車道をカーブしながら走る。車道の脇にはあまり背の高くない街灯が並んでいる。エーファは外に広がる暗闇に目を凝らした。葉を落とした木々があり、灌木（かんぼく）があり、その向こうに広い芝生らしいものがある。エーファはふと、たしかにシュテファンがサッカーで遊ぶにうってつけだと夢想する。そしてさらに、父親が毎年春になると地下室から運び上げる二つの大きなプランターのことを考える。母親はそこに赤いゼラニウムを植え、レストランの入り口に飾るのだ。もの思いにふけるエーファの前に、まるで地面から生えたかのように突然ぬっと、大きな屋敷があらわれた。横にとても広く、現代的で白い家だ。まるでガレージみたいに人気（ひとけ）の感じられない家だとエーファは思い、そう考えることでなぜか心が安らいだ。ユルゲンは屋敷の前で車を停め、一瞬エーファの手を取った。

「いい？」

「いいわ」

二人は車から降りた。ユルゲンは、いずれエーファのものになるはずの屋敷を彼女に見せたいと思ったのだ。父親と妻のブリギッテは例によって、北海の島に滞在している。きっといつものように夕食前に、強い風に吹かれながら海辺を散歩しているころだろう。まさかいま、息子が婚約者に家屋敷を案内しているとは夢にも思うまい――。ユルゲンは、趣味良く整ってはいるが飾り気のない父親の寝室までエーファに見せた。エーファは部屋数の多さと広さと優雅な色遣いに目を奪われていた。高い天井を見あげる。ユルゲンの説明によれば、天井の高さは彼の父親にとってとても重要なのだという。考えごとをするには、頭の上に空間がなければならないというのが父親の弁だ。エーファの靴の踵は、滑らかな大理石の床の上ではコツコツと音を立て、クリーム色の厚い羊毛のカーペットの上では一足ごとに深く沈みこんだ。壁に架けられた絵まで、自分の家に飾ってあるフリース諸島の風景画とはまるで違う。エーファはその絵をじっと見つめた。奇妙な形をした黒い縁取りの家が、おかしな形に盛り上がった海のそばに立っている。海が奇妙な色に塗られているのがわざとであることは、エーファにもわかった。昔、六歳か七歳のころに家で飼っていた子牛のことをふと思い出す。エーファはすべての子牛に名前をつけていた。なんという名前だったっけ？　「ゲルトルードにファンニ、ヴェロニカに……」。エーファはそれを口に出す。

「失礼します、ショールマンの坊ちゃま。こちらのお嬢さんは……」。ベージュ色のスモックドレスを着たふっくらした中年女性が部屋に入ってきた。飲み物を入れたゴブレットを二つ載せた盆を持っている。ユルゲンはゴブレットをひとつ取り、エーファに手渡した。

「トロイトハルトさん。こちらはエーファ・ブルーンスさん」。トロイトハルトさんは、目を少しばかりぎょろりとさせ、あけすけにエーファのことを見た。

「ようこそ、ブルーンスさん」

ユルゲンは指を唇にあてて「シーッ」と音を立てた。「これは秘密だよ。初めての、非公式の訪問だからね」

トロイトハルトさんは、ぎゅっと目をつむった——おそらくウィンクのつもりなのだろう。そして、小さな健康そうな歯の並んだ口元を見せ、こう言った。「おまかせください！ だれにも口外しませんよ。それでは私は差し支えなければ、夕食の支度に失礼します」。ユルゲンは頷き、トロイトハルトさんは部屋を出ていこうとした。

「台所で何かお手伝いしましょうか？ トロイトハルトさん」。エーファは行儀よく言った。

「お客様に料理をさせるなんて、この家ではありえませんよ」。トロイトハルトさんは部屋を出ていき、ユルゲンは愉快そうにエーファに言った。「ちょっとがさつなところがあるけれど、仕事はとてもしっかりやってくれる人なんだ」

二人はグラスをかちりと合わせ、中身を飲んだ。きりりと冷たくて酸味があり、少しイーストに似た香りがする気もした。「シャンパンだよ」。ユルゲンが言った。「それでは、デカダンスの極致を探検にいこうか。グラスを持って」。エーファは興味津々でユルゲンの後を追った。二人はタイル張りの廊下を通って、ユルゲンが皮肉を込めて「西ウィング」と呼ぶ領域に足を踏み入れた。屋敷に入ってからずっと気になっていた——そして自分の思い込みだと考えていた——なんとなく胸のざわつくにおいがさらに強くなった。ユルゲンがドアを開き、天井の電気のスイッチを入れた。エーファは、鮮やかな青いタイルの張られた広い部屋に足を踏み入れた。室内プールだった。プールの右側にはガラスの大きな壁があり、暗い緑の芝生が見渡せた。庭のところどころに置かれた電灯が、ぼんやりした光の輪を作っている。なんだか、手入れの悪い水族館みたい、とエーファは思う。長いあいだ一匹も魚の泳いでいない水族館だ。でも、プールにたたえられた水は清涼に見えた。鏡のような水面はだれにも手をふれられたことがないように静かに輝いている。

「ちょっと泳いでみたら？」

「いいえ、遠慮するわ」

服をわざわざ着替えるのは嫌だった。びしょぬれになるのも、気がすすまなかった。ユルゲンはがっかりしたようだった。「ユルゲン、私は水着なんてもってきていないし」。そのときユルゲンが、作りつけの戸棚を開けた。ハンガーがかかっており、少なくとも五種類の水着があった。「問題ないよ。ひとりにしておいてあげるし」。エーファは「でも」と言おうとした。だがそれより先にユルゲンがさらに続けた。「エーファ、じつを言うと一件電話をしてこなくちゃならないんだ。ちょっと時間がかかるかもしれない。水泳用の帽子はあっちのシャワーのところにあるよ」。ユルゲンはハンガーから水着を一着はずし、エーファの手に押しつけると、部屋を出ていった。エーファは一人ぼっちになった。プールの底から小さな泡が上がってくるのをエーファは見つめた。まるで、反対の手に握ったままのワインのグラスのようだと思う。いいや、ワインではなくてシャンパンのグラスだ。エーファはそれをもう一口飲み、小さく身ぶるいする。

一〇分後、エーファは少しきつい薄ピンクの水着を着て、プールの金属の梯子(はしご)の上に立っていた。たっぷりした髪の毛を白いゴム製の帽子に苦労して押し込み、階段を一歩一歩おそるおそる降りていく。水面に小さな波紋が生じる。体を取り巻く水は、思っていたよりも温かかった。水が胸の高さまで来たとき、エーファは梯子から離れて泳ぎ始めた。体の向きを変え、あおむけに浮かんでみる。帽子がしっかりしているといいけれど、とエーファは思う。髪の毛がびしょぬれになったら、ドライヤーを使って乾かすのに三〇分くらいかかってしまう。エーファは手足を大きく広げ、あおむけで水に浮かんだまま、天井でブーンと音を立てている蛍光管を見つめる。なんだか不思議な気持ちだ。よその家に来て、こうしてプールで泳ぐなんて。高級なシャンパンを飲んで。自分のものではない水着を身につけて――。これまでの人生を捨てて、ここでユルゲンと一緒に生きるという考えが、今日ほど非現実的に感じられたことはなかった。でも、ものごとはそういうふうに進んでいる。エーファは、ヤン・クラールのことを考えた。きっともう家路に向かっているだろう。今この瞬間に、飛行機で、このプール付きの邸宅のはるか上空をポーランドに向かって飛んでいるかもしれない。ウィーンを経由して。そういう旅を、エーファも一度したことがある。二年前、ワルシャワで経済会議が開かれたからだ。その旅行のとき、初めて異性と肉体関係をもった――。エーファは水中でぐるりと回り、うつぶせになる。そして水底へと潜る。エーファはプールの底のあたりを泳ぐ。水泳帽の中に水がゆっくりしみこむのが感じられる。でも、エーファはこれ以上耐えられなくなるまで、ずっと水の中にいた。

ユルゲンは書斎に敷かれた厚い絨毯(じゅうたん)の上を、静かに行ったり来たりしていた。電話はしていない。エーファには嘘をついた。だれかに電話をかける約束などなかった。ユルゲンはただ、家の中にエーファがいるのがどんな感じかを確かめたかったのだ。たとえ姿が見えなくても、この家のどこかの部屋に、自分の近くにエーファがいるのがどんな気持ちがするのか、知りたかったのだ。ここで彼女が一緒に暮らすことになったら、どんな気持ちがするだろう？　ユルゲンは自分に対して認めなくてはならなかった。エーファが家にいると思うと、素敵な気持ちがした。まるで小さくて新しい臓器が古い体の中で働き、生気を取り戻してくれるように。

しばらくしてエーファとユルゲンは、長い食卓に斜向かいに座った。「だめだよ、エーファ。正面はおかしいよ。王族ではあるまいし」。ユルゲンは茶化すように言った。エーファの髪はまだ湿ったまま、肩にかかっている。ユルゲンはそれをちらりと見ながら、どこか不道徳で自制心を失わせるような姿だと思った。だがすぐ、エーファにキスをしたいと思った己をいさめた。父親の家で、まだ父親に話してもいない女にそんなことはできない――。二人はトロイトハルトさんが料理したシカ肉のシチューを食べた。ユルゲンは、この家を八年前に建てた著名な建築家について話をした。その建築家はこの邸宅を、「初期のミース・ファン・デル・ローエ〔二〇世紀のモダニズム建築を代表するドイツ出身の建築家〕ふうに設計した」のだという。エーファは自分の家の居間に飾られているかぎ針編みのドイリーをふと思い出す。そして、その建築家がもしもうちの居間に来たらと想像し、ユルゲンにたずねた。ねえ、その建築家さんが突然ここを訪れて、そこらの家具にみんなかぎ針編みのドイリーが掛けられているのを見たら、どう言うかしら？　ユルゲンはぽかんとした顔でエーファを見つめた。「警告しているのよ。ドイリーは私の持参金よ。何にでも使える五六枚のドイリー」。ユルゲンはエーファが何を言っているのか理解し、ことさら真面目な顔で返答した。「でもドイリーは、建築上のシンメトリーの概念にはかなっている」。ユルゲンはまるで、いたずらをした子どものように笑った。エーファも一緒に笑った。その建築家の名前がエゴン・アイヤーマンだと聞いて、さらにエーファは笑った。そのアイヤー（エッグ）マン氏は、うちの居間の暖炉の上にかかっているあのフリース諸島の風景画がここにあったら、いったいどう思うかしら？　あの牛の絵を見たら？　そうしてくすくす笑いながらエーファはふと、自分の父親がときどきその夕日の絵をじっと見て、深いため息をもらしているのを思い出した。そんなとき父親はきっと、故郷のことを思い出している。エーファはさらに母親のエーディトがいつも、その絵の額縁の埃（ほこり）をこわごわと払っているところを思い浮かべた。母親がなぜそんなにこわごわと扱うかといえば、その絵が高価だからだ。そして高価だからこそ、その絵は壁に架けられている。エーファはふと、しんみりした、悲しいような気持ちになった。

「なんだか、父さんと母さんを裏切っているような気がする」

　ユルゲンも笑うのをやめ、エーファの手を取った。そして「気後れする必要はないよ。ご両親のことで」と言った。

　食事のあとで、ユルゲンの書斎に行った。ユルゲンが何かのレコードをかけ、二人はグレーの大きなソファに腰を下ろした。エーファにとって、ジャズは謎の音楽だった。ひとつの歌がいつ終わり、いつ次の歌が始まるのか、ちっとも理解できない。そしてそのあいだで何が起きているのかも、さっぱりわからない。エーファが好きなのは、次の音が鳴る前に、それがもうわかるような音楽だ。ジャズはそうではない。エーファはユルゲンに、もう少しワインを飲んでいいかしらと頼む。それを飲むと、頭にいい具合にかすみがかかり、部屋の中にあるすべてが本来よりもっと素敵に見えた。あたたかな光の電灯も、背の高い本棚も、ほどよい感じに散らかった机も、その後ろにある床から天井までの大きな窓も。エーファは、けだるそうに瞬きをして、目を閉じた。旅行鞄を持った人々の姿が頭の中に浮かぶ。たくさんの人々だ。制服を着た男たちが鋭い声で短く命令をしている。黄色い星の付いたコートを着た高齢の女性がポケットから何か取り出し、ひとりの若い女性の手におしつけ、「尊厳を失ってはいけませんよ！」と言う。二人の女性は引き離され、若い女性は手の中を見る——。エーファははっと目を開き、ソファの上で身を起こした。いまはあのことを思い出したくなかったのに。今日、証人の女性が語ったこと。そして、彼女が祖母から託された唯一の形見のこと。そして、それがキャンプの中で盗まれてしまったことを。

「どの部屋が私のになるの？」椅子の背もたれに頭をのせ、煙草を吸いながら音楽を聴いていたユルゲンは、ぼんやりしたまま答えた。「家事室かな？……もっと家の中を見たい？　台所はどう？　あそこはともかく広いし……」

「そういうことじゃないの。自分の机が欲しいなと思って」

「手紙を書く必要があるときは、僕の机を使えばいいよ」

ユルゲンは立ち上がり、レコードを裏返した。エーファは胃に重苦しさを感じた。もともとジビエ料理は苦手なのだ。それに、あの料理のシカ肉は焼きすぎだった気がする。黒く焦げた肉の塊がいま、石炭のようにずっしり胃の中にとどまっている。シュテファンがいまでも読んでほしいとせがむ物語に出てくる、子ヤギの代わりにおなかに石を詰め込まれたオオカミも、こんな気分だったのだろうか。ユルゲンが隣にふたたび座り、エーファの膝に厚いアルバムをのせた。

「母さんの写真を見せるよ」

エーファは胃の痛みを気にしないようにつとめながら、アルバムのページを興味深げにぱらぱらめくった。ユルゲンの母親は黒髪の、繊細そうな女性だった。ほぼすべての写真に、不鮮明ではあるが母親の姿が映っていた。笑顔の両親に小さなユルゲンが抱えられている写真もあった。三人がいるのはビヤガーデンの前だ。エーファには、ユルゲンが生真面目な表情をしているのがわかった。そしてその写真がどこでとられたかも。

「これは、ハウスベルクのほうにある飲み屋の前ね」

「ああ、四一年の夏だった。その二日後に僕の父は逮捕されたんだ」

「なぜ?」

「共産主義者だったから。父にふたたび会ったのはその四年後だったよ」

ユルゲンは沈黙し、煙草を重そうなガラス製の灰皿に押しつけた。その話題については触れたくないらしい。まるで、エーファの手にアルバムを押しつけたことを後悔しているように見えた。

「お母さんは可愛らしい人ね。それに、優しそう。お会いできなかったのが残念だわ」

エーファはさらにページをめくったが、その先にはもう写真は貼られていなかった。一枚の写真がページの合間から滑り落ちた。エーファはそれを手に取る。山の風景が描かれた絵葉書だった。エーファはそれを裏返してみる。文字がびっしり書き込まれている。子どもの字だ。「大好きなお母さん……」。エーファはさらに読み進めようとしたが、ユルゲンが葉書をエーファの手から取りあげた。

「アルゴイの田舎に疎開させられていたんだ」。ユルゲンはそう言って、一瞬言葉を切った。「それ以来、牛や牛乳のにおいが嫌いになった」

「そこで何かつらいことが?」エーファはたずねた。ユルゲンは葉書を元の場所にはさみ、アルバムをぱたんと閉じて、ガラスのテーブルの上に置いた。

「ただ、母さんのそばにいたかったんだ。母さんを守らなくちゃいけないって思っていた。小さい男の子ってそんなものさ。そして母さんは、じきに死んでしまった」

エーファの手がユルゲンの頬にふれた。ユルゲンがエーファの顔を見た。そのとき突然、小さな、しかし聞き逃しようのない放屁の音がした。あのシカ肉の料理のせいだ——エーファの顔が恥ずかしさのあまり真っ赤になった。ユルゲンは小さく微笑み、エーファにキスをした。二人はソファの背に寄りかかった。息遣いが速くなる。二人は見つめあい、恥ずかしそうに微笑み、ふたたび唇を合わせた。ユルゲンの手がエーファのむき出しの腕を撫でた。そして、ほぼ乾いた髪にこわごわとふれた。髪はかすかに塩素のにおいがした。エーファはユルゲンのシャツの裾をズボンから引き出し、シャツの下に両手を入れた。だが、ユルゲンは突然体を引いた。

「誘惑するつもりかい?」

「おたがいさまでしょう?」エーファは笑ったが、ユルゲンは怒ったように言った。「僕の考えは前にも言ったよ。結婚する前は……」。「でも、それはちょっと古風すぎない?」エーファはユルゲンをふたたび抱きしめようとした。欲望にかられたわけではなく、ただ、性的な関係を最後まで結びたかった。エーファの考えではそういう最終的なきずなを結ぶことは、相手に対する献身の一種のあかしだった。だがユルゲンはエーファの手をおさえた。その暗い表情にエーファははっとした。そして一瞬、殴られるのではないかと思った。エーファは背筋を伸ばし、沈黙した。音楽は終わりを迎え、最後に引き延ばされた音が徐々に小さくなっていった。レコードが止まる。エーファが言う。「あなたのことがわからない」

「車で家まで送っていくよ」

エーファとユルゲンが車で夜の町を通り抜けているとき、そしてエーファがさらに悪化したおなかの張りをなんとかこらえているとき、検察の事務所にはまだ灯りがついていた。会議室ではダーヴィトと同僚の職員たちが、翌日の審理のための質問や書類の準備をしている。白ブロンドは検事長とともに、執務室で煙草を吸っている。机の電灯がぼんやりした光の輪をつくっている。二人は小さな声で、ある噂について話をしている。裁判官らが被告人とつながりのある親衛隊の残党に脅されているのではないかという噂だった。

そのころ市立病院ではアネグレットが勤務を終え、前庭を抜けて歩いていた。氷のように冷たい風が吹きつけてくる。明日もまた寒くなるだろうかと、休憩時間に同僚がしきりに気にしていた。アネグレットは天気を気にしない。寒さには強いたちなので、今日も濃紺のテント型コートのボタンは閉めていない。路面電車の駅のほうに道を曲がろうとしたとき、だれかがそこで自分を待っているのにアネグレットは気づいた。医師のキュスナーだ。黒い車に寄りかかっていた彼は、アネグレットが近づいてくるのを見ると、車体からさっと体を離した。アネグレットは最初、気づかないふりをしたが、キュスナーは小さく手を振り、小さい声で「アネグレット！」と呼びかけてきた。

アネグレットは車のほうに歩いていき、相手が何か言うのを黙って待った。強い風が、ボタンをかけていないコートの前を開く。キュスナー医師はおどおどしながら、「帰り道が同じ方向だと偶然聞いたので」と言い、「よかったら送っていくよ」と続けた。アネグレットは相手にしゃべらせておいた。これは新しい情事の始まりだ。いつか来ると思っていたのだ。前からキュスナーの視線には気づいていた。「妻は僕のために時間を取ってくれないんだ」というほのめかしの意味もわかっていた。それにこの数日間、カード占いでいつもダイヤのキングが同じ位置にあらわれていた。何度やってもそうだった。

アネグレットはキュスナー医師の車に乗り込んだ。「まっすぐ家に帰る？　それともどこかで軽く飲んでいくかい？」だが、キュスナーはアネグレットの答えを待たずに車を発車させ、せかせかと話を続けた。「もう一度言っておくよ。あのバルテルスさんの赤ん坊の件では、君はほんとうによくやってくれた。あの父親がまた上層部に手紙を書いてきて、いま僕があれこれお咎めを食らっているんだが、われわれにできるのは結局、衛生、衛生……これだけだからね。それとも、われわれは何かを見落としているかな？」答えのかわりにアネグレットの口からもれてきたのは、意外にも、嗚咽だった。排水口にはまった子猫のようにアネグレットはあわれっぽく泣き、しゃくりあげるたびに丸い顔は赤みを増した。けっして魅惑的な光景ではなかったが、キュスナー医師は車のスピードを徐々に落としながら、何度もちらちらアネグレットのほうを見た。そして車道の脇に車を停め、途方に暮れたようにハザードランプをつけた。こんなふうになるとは思ってもいなかったのだ――。いっぽうのアネグレットは泣くのをやめなかった。もうおしまいだ。まだろくに始まっていない人生がもう終わってしまうのだと、そう思えてならなかった。キュスナーはアネグレットに、使っていないハンカチを差し出した。きっと奥さんがアイロンをかけたものだろう。そして「僕たちが渋滞を引き起こしているみたいだね」と言った。

アネグレットは苦笑し、すこし心を落ち着かせて言った。「ごめんなさい。少し何かを食べに行けると嬉しいわ。小さなワインバーかどこかで」

ユルゲンはそのころエーファを家に送り届けていた。別れぎわ、二人は週末の約束をした。行き先を決めずにドライブをするか、タウヌスの丘まで車で行くか、あるいはもっと近場を散策しようということになった。「天気がよければ」と二人はほとんど同時に言った。そして、さよならをした。二人とも、憂うつそうで懐疑的な表情をしていた。エーファは暗い家の廊下に足を踏み入れた。居間のドアの下から光が漏れている。ドアの向こうは奇妙なほど静まり返っている。エーファはそっとドアをノックしたが、何も返事はなかった。ドアを開き、部屋に足を踏み入れたエーファはぎょっとした。父親が絨毯の上にあおむけにひっくり返っていたのだ。足とふくらはぎは母親の肘掛椅子の上に放り出されている。目は閉じられている。

「父さん、どうしたの？　何があったの？」

「腰がな、死にそうに痛むんだ。母さんには言っていない。母さんはもう寝ちまった」

エーファはドアをそっと閉め、父親に近づいた。「痛み止めは？」ルートヴィヒは目を開けた。赤い目は疲れ切ったように見える。「あの薬は、胃に来るもんでな」。エーファはコートを着たままソファに座り、父親を見つめた。不憫な気持ちがこみあげてくる。腰の痛みがわがことのように感じられた。

「レンツェの奥さんが、こうするといいとすすめてくれたんだ。旦那さんもよく腰が痛むそうでな。こうやって床に横になって、足をもちあげると……この、ついかん……このろくでもない椎間板てやつが、楽になるっていうんだよ」。ルートヴィヒはうめいた。エーファを見もせず、いつものように「それで、今日はどんな日だったかい？」とたずねもしなかった。

エーファの頭に、今日出会った二人の父親のことが浮かんだ。そしてふと、こう口に出していた。

「今日の裁判で、二人の男の人に会ったの。どちらも家族を亡くした人だった」

ルートヴィヒは一瞬、無言で横になっていたが、足を肘掛椅子から下ろし、辛そうに体を横向きにした。そして四つん這いの姿勢を取り、膝をついた。何か悪態が口からもれる。まだエーファの目を見ようとはしない。父親は言った。「戦争のときはたくさんの人が家族を失った。娘や、とりわけ息子をな」。

「でも今日の人たちは、それとは違うわ。あの人たちは選別されて……」。ルートヴィヒはよっこらしょと体を起こし、立ち上がった。「ああ、私は東に送られることがなくて幸運だったよ。なあ、エーファ、話しておくれよ。ショールマンさんのお屋敷にはいったいいくつ部屋があったか」。ルートヴィヒは突然、陽気な口調でたずねた。エーファは当惑したように父親を見つめた。父親は部屋の電灯を消そうとしている。カチ、カチと二回鎖を引く音がして、部屋は暗くなった。外の通りからごくわずかに光が差し込んでくる。暗闇の中で父親は、まるで巨大な黒い幽霊のように見えた。

「父さん、あの収容所では一日に何千もの人が殺されたのよ」。責めるような口調になっていることにエーファは自分でも驚く。

「だれがそう言った？」

「証人が」

「何年もの年月がたてば、人の記憶はあやしくなるものさ」

「父さんは、あの人たちが嘘をついていると言いたいの？」エーファは衝撃を受けていた。父親がこんな非難めいた言い方をするのを聞いたことがなかったからだ。「私は、おまえがその仕事を引き受けるべきかどうかについて、自分の考えをもう言ったはずだよ」。父親は部屋を出ていこうとしてドアを開けた。エーファは立ち上がり、父親と一緒に行こうとしながら小さな声でこう言った。「でも、いつかは明るみに出さなければならなかったことでしょう。罪を犯した人は罰を受けなくては。そういう人をそのまま野放しにすることはできないわ！」エーファが驚いたことに、ルートヴィヒは返事をした。

「そうだな、おまえの言うとおりだ」。父親は、エーファを暗い居間に残して立ち去った。こんなに父親が遠く感じられたことはないと、エーファは思った。そして、その恐ろしい気持ちが早く過ぎ去ってほしいと思った。そのとき、背後から何かの物音がした。何かにブラシをかけているようなリズミカルな音がする。さらにクンクンという音がした。パルツェルが絨毯の上に座って、尻尾を振っていた。「パルツェル……もう一度外に行きたいの？　はいはい、おいで」

家の前でエーファは、パルツェルが用を足すのを待った。腹痛はだいぶおさまっていた。息を深く吸い込み、吐く。口の前にできた小さな雲をじっと見つめる。もう一度長い時間をかけて息を吸い、吐く。さっきよりも大きな雲ができる。パルツェルがクンクンあたりを嗅ぎまわっている。いつもの街灯の近くにも行ったが、排尿はしなかった。「どこか具合が悪いのかしら」とエーファは思った。コートを体の近くにかき寄せる。今晩は冷え込みそうだ。あたりに駐車した車にもう霧氷がついて、まるで粉砂糖をふりかけたように見える。一台だけまだそうなっていない車があった。黒っぽいその車の中に、二人の人間が座っているのが見える。二人の頭は徐々に近づき、ひとつになる。そのひとりが姉であることにエーファは気づく。姉がどこかの男とキスをしている。エーファは目をそらし、まだ用を済ませていないらしいパルツェルの首輪を引っ張り、家に入った。アネグレットのお相手は、きっとまた既婚者なのだろう。

時刻は午前二時を過ぎていた。エーファは毛布をもう一枚かぶったが、体はいっこうにあたたまらなかった。エーファの心の目の前には、いくつもの場面がくるくると映し出されていく。あおむけになっていた父親。エーファを押しのけたユルゲン。クロークのそばで体を折り曲げて座っていた証人。その姿はまるで、ガラス窓に激突した一羽の鳥が己の体に耳を傾け、自分はこれから死ぬのか生きるのかを突き止めようとしているかのようだった。それからあの、〈ランペ〉にいたという若い女性。祖母の姿が見えなくなってから手を開いたとき、そこにあったのは一個の石鹸だったという。それから、市民会館の洗面室で、エーファの隣の洗面台で手を洗っていた第一被告人の妻――。エーファは気持ちを整理しようとする。未知。愛。驚愕。不信。奇妙な連帯感。自分と同じように両親や姉もきっと、まだ目覚めていないるのだろう。ただひとりシュテファンだけは、ベッドに大の字になって深く眠っている。ベッドの前の絨毯の上には兵隊人形たちが倒れ、ケーキのくずが落ちている。明け方の四時ごろようやく眠りについたエーファは、夢を見た。家政婦のトロイトハルトさんが出てくる夢だ。途方もなく大きな台所で、巨大な鍋を使ってシカ肉のシチューを調理している。鍋の脇には何かが、トロイトハルトさんの背と同じくらいうずたかく積み上げられている。肉の塊だ。エーファはトロイトハルトさんに言う。「二人にこの量は、いくらなんでも多すぎます」。トロイトハルトさんはじれったげにエーファを見る。「ですが、ちゃんと今お見せします。どうぞ見てください」。トロイトハルトさんは肉の山からひと切れの肉を取り上げ、大きな鍋の中に放り込む。またひとつ、さらにまたひとつ。どこまでもそれは続いていく。

おおかたの予想に反して、厳しい寒さが戻ることはもうなかった。冬は目立たないようにこっそりと姿を消し、父親に言わせれば、「フランス語で別れを告げて」いた。人々は春の到来を待ちわびていた。エーファは火曜から木曜までは市民会館で裁判の通訳をし、月曜日は検察の事務所で書類の翻訳をした。夜眠っているとき、前よりもたくさん夢を見るようになった。昼間に証言席の隣にいた人と、夜にふたたび会うこともあった。おおかたは彼らがエーファに話し、エーファが口をはさむことはほとんどなかった。

エーファは収容所について急速に詳しくなっていった。ブロックについても、区画についても、一日の流れについても。家ではだれにも、そういうことを話せなかった。両親も姉も、裁判についての話は聞きたがらなかった。彼らは、毎日のように新聞に載る裁判についての記事も、飛ばし読みしていた。エーファはその日の裁判で聞いたことを毎晩、青いスクールノートに書きつけるようになった。最初のころ抱いた、自分は収容所に何かかかわりがあるのではないかという思いや、そこに関連する人々——たとえば第一被告人の妻——を知っているのではないかという思いは、徐々に薄れていった。検事の秘書や裁判所の速記係として働く娘たちとも知り合いになった。昼休みには同じテーブルで食事をし、ファッションやダンスホールについておしゃべりした。法廷で話されたことについては、だれも口にしなかった。

ユルゲンが車で迎えに来て、家まで送ってくれなかったときは、毎晩電話で話をした。ユルゲンの父親とその妻はもう北海の島から戻ってきていたが、留守中に息子の恋人が家に来たことについては何も気づいていなかった。その件について堅く口を閉ざしているトロイトハルトさんは、ユルゲンに始終目配せをよこすのだという。どうやら二人の共謀者であることを楽しんでいるようだった。ユルゲンの父親の状態は、悪化してはいなかった。それどころか、父親がユルゲンに何度も宣言したところによると、海風が「頭の中の埃を吹き払って」くれたそうだ。ユルゲンは喜び半分困惑半分だったが、父親は新しいカタログの制作にまで口を出してきた。ユルゲンが表紙用に推していたミンクのコートを着た女性の写真は、雪遊びをしている子どもの写真にさしかえられることになった。「父さん、もうその安っぽい共産党員的なセンスからは脱却しないと！」「子どもはわれわれの未来だ。そのことをおまえは、どうもわかっていないようだ、ユルゲン」。父と息子のあいだでそんな辛辣なやりとりがあったという。いっぽうでエーファが毎日のように気にしているのは、ユルゲンの父親とその妻に自分がいつ紹介してもらえるかだった。だが招待は来ず、エーファはそれについてユルゲンに問いただす勇気がなかった。二人は連れ立ってダンスや映画に行き、だれにも見られていないところでキスをしたりした。ユルゲンがエーファの腰や胸元に手をふれることもあった。だがエーファには、自分たち二人にカップルとしての未来が何も計画されていないように思えた。一度二人は、あるスウェーデン映画を見に行った。速記嬢や秘書やアネグレットの同僚の看護師まで、娘たちがみな目を見開き、口に手をあててひそひそ話をしている話題作だった。一八歳以上しか見られない映画で、強引に誘ったのはエーファのほうだった。スクリーン上で女性が、性的にきわめて放埒（ほうらつ）にふるまうのをエーファはどきどきしながら見つめた。二度目に女の裸の胸がスクリーンに大写しになったとき、ユルゲンは席を立ち、映画館を出ていった。エーファはあとを追いかけ、モデルガンショップ・ヴィルの薄暗い入り口でユルゲンをつかまえ、「心の中にまだ牧師さんがいるっていうの？　お上品ぶったいくじなし！」と言った。ユルゲンは、あれは自分が求めている親密さや充足感とは無関係の、愛のない行為だと言い返した。エーファは「結婚前はするべきじゃないと言っておいて、突然今度は愛？　じゃあ、すればいいでしょ？　それとも私に魅力を感じない？　頼むから本当のことを言ってよ」と反論した。ユルゲンはエーファを「欲望過多症」と呼び、そんな言葉が存在しないのをエーファは知っていたが、そんなふうに言われてカッとした。自分と寝てほしいと女が懇願しなければならないなんて、信じがたかった。「よくもそんなふうに私を辱められるわね」。「自分が蒔いた種だろう？」

エーファはその晩家に帰ってから、姉の部屋のドアを叩いた。話を聞いたアネグレットは、あいつはきっとゲイだから結婚はもう一度よく考えなさいよと言った。エーファは一晩泣き明かしたが、翌朝ユルゲンがきまり悪そうな顔で花束を抱えて家の玄関にあらわれると、相手を許そうという気持ちになった。エーファはユルゲンの目を見つめ、この人は私を愛しているし、欲望も感じているのだと確信した。きっと、彼の中の何かがそれを押しとどめているのだ。その何かが異質なものかもしれないという考えをエーファは頭から追い払った。

ある早朝、まだ薄暗い街に西から初めての生ぬるい春風が吹いていた。ペンション「太陽荘」でハンガリー人のオットー・コーンは、しばらく前から目覚めたまま横になっていた。数分ごとに彼は、小さなナイトテーブルに置かれた懐中時計を取り上げ、蓋を開け、文字盤を眺めた。検察の人間からは何度も、もう少し待ってほしいと言われていた。残念ながらすべてのことが、予想よりも長く時間がかかっている。そして聴取の順番を再調整したからだという。コーンは何日も辛抱強く待った。そしてようやくその日が来た。オレンジ色のカーテンの向こうの空が徐々に明るくなり、最初の鳥がさえずり始めている。鳥は「フュ・ファ・フィ・フュ・ファ・フィ」という三つの音を律儀に何度も繰り返す。時計の針が七をさしたとき、コーンは起き上がった。昨夜はいつものように朝用の服を着こんで眠った。そしていつもの朝のように、つばの狭い真っ黒な帽子を頭に乗せ、旅行鞄から小さなビロードのバッグを出した。濃紺の小さなそのバッグには、ヘブライ文字の縫い取りがある。鏡をのぞき込み、髭がシャツの襟よりも長くなっていることを満足げに確認する。コートを着込み、ロビーを通り抜け、重い鍵を挨拶もせずにカウンターに置く。宿主は外に出ていくコーンに、「向こうの小さな部屋で朝食をどうですか」と声をかけたりしない。そのことは最初に「朝食は宿代に含まれていますよ」と数回説明した。毎日言い直すまでもないだろう。その日もコーンが朝食を取らずに宿を出ていくと、宿主は、ちょうど台所から淹れたてのコーヒーのポットをもって出てきた妻にこう言った。「あのユダヤの豚野郎はまたお祈りにお出かけのようだよ」。妻は夫をなだめようとする。あの人たちは十分苦労をしたっていうし、それをさらにぶっ叩くような真似をしなくたって、と。さらに妻は言う。新聞で読んだわよ。あの人たちは到着したらすぐに、センベツだかなんだかを受けて、死ぬ人と働く人に分けられたんですって。働くほうになっても、じきに死んでしまったらしいけど。そんな目にあわされるような真似は、だれもしていなかったらしいのにね——。夫は肩をすくめた。おれはともかく、あのユダヤ人を放っておいてやっている。宿にだって泊まらせてやった。もう数週間も！　もちろん、やつが出ていったら部屋はシラミの駆除をしなくてはならないだろうが。「ホルスト、でもあんたは心の底は良い人間なのよ」と妻は言い、朝食の部屋へと姿を消した。妻がそれを皮肉で言ったのか本気なのか、宿主にはよくわからなかった。でも、わざわざ確かめるまでもないだろう。これから、配管工の提案について検証しなくてはならない。四つの部屋に新しい洗面台を設置するよう勧められている。でもその費用が、とてつもない額なのだ。そうはいっても、相手はいちおう友だちではあるし、困ったものだった。

そのころハンガリー人のコーンは西のシナゴーグに到着していた。入り口にいる制服の守衛に軽く会釈をし、祈りの部屋の中に入る。白い漆喰（しっくい）を塗られた天井の高いその部屋には、年輩の男たちがすでに大勢集まっていた。黒い帽子をかぶった小柄でエネルギッシュな先詠者が、朗々とした声で会衆に向かってヘブライ語で祈りを唱え始める。

生ける主（神）は崇高であり、褒め称えられる。主は存在し無限の時間の中に存在する。

主は唯一であり、その唯一性を超越するものはない。その唯一性は、はかり知れず、無限である。

主は身体的外形も肉体も持たず、その神聖さは比類なきものである。

主はすべての創造物を先導し、最初であり、何ものも主の以前には存在しない。

見よ！　主は世界の支配者であり、あらゆる創造物に主の偉大さと支配力を発揮することになる。

主は己の一連の予言を主の秘蔵の、素晴らしい民に与えた。

イスラエルで、鮮明に将来を見通す預言者モーゼのような人物がふたたび現れることはなかった。


会衆のひとりに、刺繍（ししゅう）入りの小帽子をかぶった若い男がいた。赤い髪は背中に少しかかるほど長い。コーンは、その青年がだれかわかった。検察側の人間のひとりだ。青年は、その他の会衆のふるまいを観察するようにあたりを見渡している。コーンはビロードのバッグから祈禱（きとう）用のショールを取り出して広げ、頭にかぶり、該当する詩を唱える。言葉をつぶやきながら、上半身を柔らかくリズミカルに揺らす。でも今日は、ほかのみなと一緒に祈ってはいなかった。彼は、自分がこれからやろうとしていることに対して、神の許しを求めていた。これから自分がやらなければならないことに対して。

ダーヴィト・ミラーはコーンに気づかなかった。ダーヴィトもまた、先詠者に続かなかった。人々はこう唱えている。

「神の御前では、すべての英雄も無に等しく、名声ある人も、生まれていないに等しく、賢者も、無学に等しく、知者も、ものを知らないに等しくはないか。彼らの生み出すものは混乱しているゆえ、彼らの人生は神の御前では虚しく、すべては虚しいゆえ、人間は動物にいささかも優るものではない」

ダーヴィドもまた、会衆と一緒に祈ってはいなかった。彼は、被告に恐ろしい復讐をもたらすよう、神に祈っていた。とりわけ猿のような顔をした痩せこけた男、被告人番号4の「野獣」に対して。

エーファのその日の勤務は午後からだったが、開廷の三〇分前にはもう、検事らの机の後ろの席についていた。場内の、敬虔ですらある空気をエーファは味わう。まだそれほどたくさんの人は来ていない。少数の人々が開廷の準備をしたり、書類やファイルを裁判官の机の上に用意したりしているが、彼らの動きは注意深く静かで、せいぜいささやき声でしか話さない。照明の光もまるで教会の中のように薄暗い。つい数日前、部屋の四隅にひとつずつ背の高い投光照明が設置された。日照と天井の照明による明るさを補強し、裁判官が被告人の微妙な表情を読み取れるようにするためだ。だが、それらはまだ点灯されていない。エーファは、今日は新しいライトグレーのスーツを着ている。軽い生地でつくられたこのスーツは、一〇〇マルク近い値段がした。でもいまエーファは、週に一五〇マルクの給料をもらっている。前の濃紺のスーツを着ているときは、体があっというまに汗まみれになっていた。ホールはたいてい暖房がききすぎている。そのうえ場内にはだいたい少なくとも二〇〇人近い人間がおり、人々の体温で空気がさらに温められ、呼吸で酸素が消費されていく。昼ごろになると場内は、高い天井やいつもわずかに開いている窓にもかかわらず、そしてホールの職員が暖房のスイッチを切ったあとでも、息苦しいほど暖かかった。傍聴席には、ぐったりしている女性の姿もあった。でもそれは証言の凄惨さのせいかもしれないと、エーファは書類鞄から二冊の辞書を取り出しながら思った。エーファは、すべての傍聴人がなぜ審理を聞きにきているのかわかっているわけではない。ジャーナリストらはすぐに見分けがつく。おおかたが若くて、髪にはろくに櫛を入れておらず、埃っぽいスーツを着て、メモ帳をもって、奇妙なほど冷淡な表情をしているからだ。第一被告人と番号4と番号11の妻たちの顔もいつしか覚えてしまった。彼女らは一日も欠かさず審理を聞きにきている。その他の傍聴人はおそらく、亡くなった人々の近親者や友人なのだろう。彼らは、被告人が「私は何も知らなかった！　何も見なかった！　何もしなかった！　私にはそんなことはわからない」と言うのを、恐怖で目を見開いたり、頭を振ったり、涙をこぼしたり、怒りの叫び声をあげたりしながら聞いていた。無感動にすべてを目で追っているが、明らかに被告人に共感している人々もいた。そういう人々は休憩時間にみなで集まって立ち、第一被告人がそばを通ると、機械のように踵を打ち合わせる。だが傍聴席にはそのほかに、エーファが分類できない人々もいた。何人かは毎日のように法廷にあらわれ、一言一句に耳を傾けていた。エーファはユルゲンに、一度傍聴に来ないかと誘ったことがある。ユルゲンは、秋冬のカタログ作りで忙しいと言って断った。エーファには、それが言い訳であることがわかった。だがエーファにはユルゲンの気持ちが、そして自分の家族の気持ちも、理解できた。だれがわざわざ、こんな恐ろしい過去に身をさらしたいと思うだろう。では、なぜ自分はここにいるのかと、エーファは自問した。答えは出ない。なぜ自分はあのとき宿まで送ったハンガリー人の話を聞きたいと思うのだろう？　彼の身に何が起きたのか、なぜ自分は知りたいのだろう？　なぜ知らなければならないのだろう？　裁判の最初の日から、エーファは毎日のように彼の姿をロビーで見かけた。髭を伸ばした顔に真っ黒い帽子をかぶったあの姿を。証言者は審理を聞くのを禁じられていた。でも彼はしばしば、公判が行われているあいだロビーで、ホールの扉のすぐそばに自分で引っ張ってきた椅子に座っていた。まるで何かの見張りをしているかのようだった。休憩のとき、エーファはときどき彼と目が合ったが、エーファがだれなのかを彼が覚えているのかどうかは、ついぞ確信できなかった。

ホールの職員が技術者と一緒にタイヤのついた机を押してきて、場内に運び入れた。机の上には四角い機械が乗っている。レンズのついた短い管が前から突き出している。まるで、キャタピラーのついていない小さな戦車のように見える。エピスコープだ。エーファはその機械を、女学校に通っていたとき見たことがあった。地理の授業で教師が外国の写真を、その機械で壁に映し出していた。おおかたは、煙をあげている小屋の前に裸の未開人が立っている写真だった。「ブルーンスさん。この種族は猿に近いと思いますか、それとも人間に近いと思いますか？」地理のブラウトレヒト先生は、この質問をするのがことのほか好きだった。ときどき先生がまだ教室に来ないうち、エーファと友人はその機械のスイッチを入れ、新聞から切り抜いてきた、当時熱をあげていたスターの写真を位置に置いた。つま先の尖った靴を履いて、軽薄そうに体をくねらせる青年たちが壁に映し出された。いっぽう、ブラウトレヒト先生が映すピグミー族のカラー写真はちっともピントが合っていなかった。エーファはそんなことを思い出してくすりと笑いながら、技術者がタイヤ付きの机を押してくるのを観察した。その机は、収容所の見取り図の横にかかっている白いスクリーンに向かい合うように置かれている。ケーブルを手にした技術者がコンセントを探して、被告人の机のあいだをうろうろしている。おそらく、機械を使って時間を節約したいという目論見だ。これまで写真や証拠書類などは、裁判官、弁護側、検察側の順に手渡され、目を通されていたので、もたもたと効率が悪かった。技術者が機械のスイッチを入れる。小刻みに震える光の四角がスクリーン上にあらわれた。職員が技術者の指示を受けて、プロジェクターのガラス板の上に一枚の紙を置き、蓋を閉じる。スクリーンに不鮮明な文字のようなものが映し出される。技術者がレンズのつまみを回すと、文字はもっとさらにぼんやりした。

「あなたの今日の仕事は午後からですよ」。ダーヴィト・ミラーがエーファのそばを通りながら言い、二列目の自分の席に着く。エーファは「おはようございます（グーテンモルゲン）、ミラーさん」と答えた。

「良い朝（グーテンモルゲン）になるかどうかは、まだわからないですよ」。ダーヴィトが言った。

エーファは気のきいた何かを言い返そうとしたが、何も思いつかなかった。ダーヴィトは書類鞄から色とりどりのファイルを取り出し、何かの順番に従って机の上に並べている。ファイルと一緒に、刺繍の入った丸い布のようなものが出てきた。その小さな帽子をダーヴィトはさっとポケットに入れた。

「何か気に障っているの？」ダーヴィトはエーファのほうを振り向かず、書類の整理を続けた。「なぜ気に障っていると？」「私に一度も挨拶をしてくれたことがないから」。ダーヴィトは依然、エーファのほうをちらりとも見ずに言った。「それがあなたにとって重要だとは知らなかった。おはようございます、ブルーンスさん」

その間に技術者は、なんとか機械のピントを合わせられるようになった。「生理用品をトイレに流さないで！　詰まるもとになります！」という字がスクリーンに映し出される。建物内の女性用トイレの各個室に貼られている紙だ。職員と技術者がくすくす笑い出す。

すでに黒い法服を着た主席検事が部屋に入ってきて、エーファに短く、しかし親しげに会釈をする。白っぽいブロンドの髪は、幼子の髪の毛のように細く（アネグレットによれば「天使の髪の毛」と呼ばれるらしい）、濡れたように輝いている。雨が降り出したのかどうか、ガラスレンズ越しではよくわからない。ダーヴィトが白ブロンドにファイルをひとつ渡す。

「もし今日〈薬屋〉を仕留められなかった場合に……拘留状を用意してあります。今日もまた野放しにはさせません。もし〈満月の男〉が応じなかったら……」

白ブロンドは拒絶するように手を振った。「それで？　君はみずからやつを逮捕するつもりか？　ミラー君、私は何度も、慎重になれと言ったはずだ。君のふるまいはいつもまるで、西部劇の英雄気取りだぞ」

白ブロンドはダーヴィトに背を向け、場内を横切って裁判長のところまで歩いていった。裁判長は若い裁判官らとともにちょうど横の扉から中に入ってきたところだった。たしかに彼の顔は、以前よりもさらに満月に似てきている。エーファは「満月の男」という呼び名はまったくぴったりだと思い、くすりと笑う。ダーヴィトが肩越しにエーファをちらりと見た。「どうして僕のことをそんなふうに見る？」

ダーヴィトは、叱責の現場をエーファに見られたことに、あきらかにいらだっていた。

「見てなんかいません」

「僕にだって目はついていますよ」

「ミラーさん、あなたもしかして誇大妄想症か何か？」以前読んだ心身の病についての記事に、この言葉が出てきたのだ。ダーヴィトはむっとした顔で書類のファイルをめくった。そのとき、速記係のシェンケさんが戸口にあらわれた。彼女も今日は新しいスーツを着ている。体にぴったりしたカットで、柔らかな光沢のあるピンクの布でつくられている。シェンケさんは席に着くとき、エーファに微笑みかけた。エーファも短く微笑みを返した。エーファはじつは、シェンケさんがあまり好きではない。まなざしにずる賢い何かが――父親に言わせれば「カトリック的な何か」が――感じられるからだ。その瞬間エーファは、自分でも驚いたことに、ダーヴィトへの好意を自覚した。体を深く前に傾けて書類を読んでいるダーヴィトの後頭部を見る。あんなことを言うのではなかったという後悔がこみあげる。そして、彼の肩に――友人のように――手を置きたいという衝動を感じる。

その少し後、いつものようにまず傍聴人が、次に検察の関係者が入廷し、次に被告人と弁護人が八人の警官に脇を固められるように入廷して席についた。最後に裁判官が入廷し、場内の全員が起立した。被告人の席の後ろに並んだ警官たちは、まるで儀仗兵のように見える。いつもの公判の日と同じく、傍聴席の椅子はひとつ残らず埋まっている。オットー・コーンは証言席に背筋をぴんと伸ばして立っていた。体を支えるように、右手の三本の指を軽く机についている。つばの狭い真っ黒な山高帽が、彼の身長を本来よりも高く見せている。彼は帽子を脱ぐのを拒絶した。足には薄い革靴。エーファの目に見えるかぎり、靴下は履いていない。そして擦り切れたコートを着ている。彼の髭面はエーファに、クリスマスの樅の木を思い出させた。公現祭〔一月六日。幼子イエスへの東方三博士の訪問と礼拝を記念する日〕が過ぎたあと、父親とシュテファンが二人がかりで屋根裏に運び込む樅の木だ。春が来たら中庭でそれを燃やす。エーファは思う。「あの人は、クリスマスマーケットで私が声をかけたときから、一度も体を洗っていないように見える。どうして少なくとも髭くらいは剃ってこなかったのかしら？」エーファはその男の身だしなみの悪さに、知り合いでもないのに、こちらが恥ずかしくなるような気持ちがした。エーファにはとても想像できなかったが、コーンは自分の声を聞かせるだけでなく、この姿を見せたいと――被告人席に座る罪びとたちに、このにおいをあえてかがせたいと意図していたのだ。コーンは大きな声で、ドイツ語で話した。強い訛りがあったが、それでも十分理解はできた。彼がそのように話したのは、「あそこにいる人々の耳に、しっかり声を届かせたい」からだ。コーンは早口だった。速記のシエンケ嬢や二人の同僚は、小さな速記用タイプライターをカタカタやったが、とてもついていけなかった。コーンの話し方は、岩を乗り越えて泡立ち流れる渓流のようだった。ユダヤ人としてルーマニアのヘルマンシュタット――当時はハンガリーに属していた――に暮らしていたが、一九四四年九月に妻と三人の娘とともに移送された。「ランペに到着して車両から降りたとき、前へ前へと向かう大勢の人々がいました。私は妻と三人の子どもと――三人の娘と――一緒でした。私は家族に言い聞かせました。『何より大事なのは五人が一緒にいることだ。すべてはきっとうまくいく』。そう言うが早いが、ひとりの兵士が私たちの間に割って入りました。『男は右！　女は左だ！』私たち家族は引き裂かれました。私には、妻を抱きしめる時間さえ与えられませんでした。妻が背後から私に『あなた、私たちにキスしてちょうだい！』と叫びました。きっと妻は女性独自の勘で、私たち家族にどんな危険が迫っているかを感じていたのでしょう。私は四人のところに走っていき、妻にキスをし、三人の娘にキスをしました。そして私はまた、家族と別の列に押し戻されました。そしてさらに前に進みました。平行に、でも分かれたまま、二つのプラットフォームのあいだを、二つの列車のあいだを私たちは進みました。突然、『医者と薬剤師はこっちに集まれ！』という声が聞こえました。私はそのグループに加わりました。ヘルマンシュタットから来た人間の中には医者が三八人と薬剤師が何人かいました。突然、ドイツ人の二人の将校が私たちのほうに向き直りました。まだ若くてハンサムで位の高そうな将校が、親しげに言いました。『みなさんはどこの大学で学びましたか？　あなたは？　そこのあなたは？』私は『ウィーンで』と答え、隣の人が『ブレスラウで』と答え、みなが次々返答しました。もうひとりの将校がだれなのか、じき私たちは気づき、小声でささやきあいました。『おい、あれは、あの薬剤師だろう』。それは、よく私たち医師のもとで、代理として働いていた薬剤師でした。私は彼に言いました。『ミスター。私には双子の子どもがいます。手厚い世話が必要な子たちです。どうかお願いです。あなたの命じる仕事は何でもしますから、どうか私を家族と一緒にいさせていただけませんか?』彼は私に聞きました。『双子?』『そうです』『どこに?』私は指さしました。『あそこに』『呼び戻してください』。彼は私に言いました。私は大声で妻と子どもたちの名前を呼びました。妻たちは振り返り、こっちに来ました。その薬剤師は私の双子の手を取り、私たちを別の医師のところに連れて行きました。そしてその背中を指して、『彼に話をしてください』と私に言いました。私はその医師に『大尉殿。私には双子の子どもがいます』と言いました。そして拒絶するように手を振り、医師は『あとで。今は時間がない』と言いました。そして拒絶するように手を振り、私を追い払いました。薬剤師の将校が私たちに、『それでは、元の列に戻るように』と言いました。妻と三人の子どもは最初の列に戻されました。私はすすり泣き始めました。彼は私にハンガリー語で『泣かないで。あっちの列の人はシャワーを浴びにいくだけです。一時間すればまた会えますよ』。そうして私は、さっきのグループのもとに戻りました。その後、家族とふたたび会うことはありませんでした。その薬剤師将校は、そこにいる被告人番号17です。黒縁の眼鏡をかけている人です。あの瞬間、私は心の中で薬剤師の将校に感謝さえしたのです。私のために何か良いことをしようとしてくれていたのだと、思ったからです。でも、あとで知りました。双子をあの医師に――あの医師の実験のために――託すのが何を意味していたかを。それから、なぜ医師があのとき、私の娘たちに興味を示さなかったのもわかりました。私の双子は二卵性双生児で、たがいに似ていなかったのです。それぞれまったくちがう見かけをしていました。ひとりはとても華奢(きゃしゃ)で……」。裁判長の声がコーンの陳述をさえぎった。「証人。あなたがランペで会話をした薬剤師が被告人番号17であるというのは確かですか?」答える代わりにコーンは、コートのポケットに手を入れ、わずかに手探りをしてから何かを引き出した。二枚の写真だった。コーンは裁判官の席のほうに進み出て、その写真を差し出した。エピスコープの操作の手ほどきを受けていた職員に、裁判長が合図を送る。職員は急いで前にやってきて、写真を受け取った。そしてエピスコープのスイッチを入れ、第一号の写真をおごそかにガラス板の上に乗せた。レンズが調節され、拡大された写真が白いスクリーンの上に、場内のすべての人にはっきり見えるように映し出された。エーファはその写真を前に一度、ちらりと見たことがあった。あの小さな旅館の部屋で、開かれた旅行鞄の上にこの写真があった。いまエーファはそれを、じっくり見ることができた。どこかの家の庭でとられた、ごくありふれた家族写真だ。

すぐ近くから学校の鐘が聞こえてきた。ガラスレンガの壁の窓が少しだけ開いているせいだ。でも、学校の中庭は静かなままだ。エーファはその理由を知っている。もう休暇が始まっているのだ。シュテファンは昨日もう、ハンブルクの祖母のもとに電車で送られた。たっぷりの訓戒と、五回列車を乗り換えても食べつくせないほどのお菓子をもたされて。

証言席のオットー・コーンは映し出された写真を見る。そして当時のことを思い出す。長女のミリアムは写真を撮られるのを嫌がった。妻とオットーとで娘を説得し、ヘーゼルナッツのチョコレートをあげるからと、ようやく言いくるめた。写真のミリアムはまだ口いっぱいにチョコレートを頬張っている。唇をきゅっと結び、かろうじて、おかしな微笑みを浮かべている。コーンは、自分がいまやろうとしていることは正しいはずだと思う。

裁判長が被告人席のほうを向く。「被告人、あなたはこの家族を知っていますか?」

「いいえ」

被告人席にいる薬剤師は新聞を開き、読み始めた。まるで、ここで行われているすべてが自分には無関係であるかのように。ホールの職員が二枚目の写真を機械に設置する。映し出された画像がまだ不鮮明なうちから、人々は、さっきと同じ庭に被告人番号17が立っているのを見て取る。職員が画像をより鮮明に調節すると、そこにはオットー・コーンと薬剤師が、おそらくは夕日の光に照らされて、並んで映っているのがわかる。仕事が終わったところなのだろうか、ふたりはワインの入ったグラスを手にしている。

「被告人、この写真がわかりますか？　証人を知っていることを認めますか？　サングラスを外しなさい！」薬剤師はしぶしぶというようすでサングラスをとり、そしらぬ顔で肩をすくめた。そして弁護人のほうに身をかがめた。ふたりはひそひそと何かを話している。エーファの目には白ウサギが途方に暮れているように見える。彼は立ち上がり、発言した。

「依頼人はその件について発言したくないとのことです」

白ブロンドが立ち上がり、用意されていた拘留状を読みあげた。

「証人の供述は明白です。被告人がランペでの選別に関与したことは証明されており……」

白ブロンドが手にした書類が細かく震えていることにエーファは気づいた。ダーヴィトもそれを目にし、エーファのほうを一瞬振り向いた。二人は短く視線を交わした。二人とも同じくらい緊張していた。

「裁判長。被告人をさらに野放しにしておくことは、もはや法に合致しません」。白ブロンドは続けた。

「被告人の勾留を要求します」。会場は静まり返った。

裁判長は裁判官とともに協議のために退席した。一五分の休憩が入ったが、場内の人々はほとんどだれも、トイレに行ったり何かを買いにロビーに行ったりしなかった。エーファも席を立たなかった。前の席のダーヴィトは、メモ帳に何かを書きつけていた。傍聴席もしんと静まり、聞こえるのは小さなささやき声だけだった。白ブロンドはホールの開いた扉のところに立ち、検事長と話をしている。検事長は裁判のあいだ、まるでウェザーハウス〔ドイツのエルツ地方の木製の工芸品。湿度の違いに反応して動く仕組みで、天気により男性または女性の人形が前に出てくる〕の中にいる小さな男の人形のように、たまに表に姿を見せたかと思うと、また数日うしろに引っ込んでしまう。白ブロンドと検事長は、証人席に座っているオットー・コーンを凝視していた。コーンは被告人を正面から見られるように、証人席の自分の椅子をずらしていた。被告人たちは休憩のあいだ、ぼんやりまどろんだり、書類を読んだりしていた。薬剤師はコーンを無視していた。後ろを向き、片腕を隣の椅子の背もたれに乗せている。そして、猛禽類顔の第一被告人に何かを話しかける。第一被告人はいつものように休憩の間、背筋をピンと伸ばして身動きもせずに席に座り、場内の人々を鋭い目で観察していたが、薬剤師に向かって頷き、何かを返答した。どちらもとても落ち着き払っているように見える。エーファは薬剤師から目をそらすことができない。まるでカエルのような人だ、とエーファは思う。太ったカエルが満足げに、以前の上司に向かってケロケロ鳴いているみたいだ。エーファがその太ったカエルのような男を見つめていると、男は突然前に向きなおり、エーファを正面から見た。猛禽類顔の男も、エーファに視線を向けた。二人の男が向こう側から、エーファをじろじろと見ていた。エーファは、嫌なにおいを吹きかけられたように、息をとめる。薬剤師がエーファのほうに、皮肉っぽく頭を下げる。エーファは急いで一般的なほうの辞書を前に置き、ぱらぱらとページをめくった。目に留まった単語は、「信号灯のある交差点」だった。

　裁判官が席に戻り、場内がふたたび静まると、裁判長は次のように言い渡した。検察の申し立てを許可する。被告人番号17は本日の公判終了後、起訴理由「殺人幇助（ほうじょ）」についての十分な証拠にもとづき、逮捕され、拘置所に移送されることになる——。薬剤師はサングラスをふたたびかけ、高級そうなスーツに包まれた腕を組んだ。彼は無言だった。被告人の何人かが抗議の声を上げた。第一被告人もそのひとりだった。「根拠が不十分だ！」白ブロンドは不動だったが、エーファには、彼が机の下で一瞬右手のこぶしを丸めたのが見えた。傍聴席で何人かが拍手をしている。ダーヴィト・ミラーはとっさにエーファのほうを振り返り、「これはまだ序の口さ！」と小声で言った。エーファは頷いた。エーファもまるで自身が勝利したような喜びを感じていた。裁判長は次に、無表情のままやりとりに耳を傾けていたオットー・コーンに、収容所に着いたのがいつかと、それから数か月のことを詳しく話してほしいと要求した。コーンは立ち上がり、ふたたび体を支えるように三本の指をつき、収容所の体験を詳しく語り始めた。話は一時間以上に及んだ。途中で短い確認の質問がほんの数度、差しはさまれた。彼は、第一被告人を収容所でしばしば見かけたと話した。収容所の副官だった第一被告人がブロックからブロックへと自転車で移動するのをコーンはよく見かけたのだという。それから被告人番号4のことも耳にしたとコーンは話した。被告人番号4は「野獣」の名で人々から恐れられていた。看護師の被告人番号10が地べたに横たわった囚人の喉もとに散歩用ステッキをのせ、ステッキの両端に体重をかけ、囚人を窒息死させたところもコーンは目撃した。「大嘘だ！」と男が怒鳴った。病院の患者から慕われ、朝食の配布や包帯の交換で病室を訪れるたび、愛情をこめて「お父さん（パパ）」と呼ばれているという男だ。エーファは吐き気がこみあげるのを感じる。コーンはさらに話し続けた。収容所に存在しなかったのは、パン、暖かさ、保護、休息、睡眠、そして人との友情。逆に過剰なほど存在していたのは、汚物、わめき声、痛み、恐怖、そして死——。コーンは汗をかいており、頭にかぶっていた帽子をとった。その下にあらわれた頭は半分禿げあがっており、長く伸びた髭がよけいにむさくるしく見えた。「解放された日、私は裸で、体重はたったの三四キロでした。体中に黒っぽい発疹があり、咳をすると膿（うみ）のようなものが出ました。体を見下ろしたとき、まるで自分のレントゲン写真を見ているようだと思いました。まさに、骨と皮ばかりです。でも、私は自分に誓いました。ぜったいに生き延びるのだ。ここで起きていたことを、人々に説明するために」。コーンは帽子を机の上に置き、薄いコートの袖で額の汗をぬぐった。ダーヴィトは思う。あの人はもう骨と皮ばかりに痩せてはいないのに、今も死と隣り合わせにいるように見える、と。コーンはまるで答えを求めるように、被告人たちを見た。だが、彼らは無言だった。ただひとり、看護師だけが立ち上がり、体をそらし、全方向にとどろくような声で言った。「断固反論する！　私はそんな行いを一度だってしたことがない！　そんなことができるわけがない！　私の患者たちに聞いてみてほしい。彼らは私をお父さんと呼んでいる。それは私が患者にとてもよく尽くしているからだ！　聞いてみるがいい、彼らに！」傍聴席から怒りのざわめきが上がり、裁判長は強く静粛を求めた。エーファはこみあげてくる吐き気と必死に戦い、何度も唾を飲み込んでいた。でも口はからからに渇き、鼓動はどんどん速くなっていった。弁護人が立ち上がり、コーンに質問をした。依頼人に杖で殺されたというその囚人がだれかを、あなたは知っているのか？　それが起きたのはいつなのか？　コーンはその囚人の名前を知らなかった。それがいつだったかも、はっきり思い出せなかった。だが、たしかにそれを見たのだと彼は言った。弁護人は満足げに着席し、法服のポケットから懐中時計を取り出し、時間を確認した。そして「これ以上の質問は必要ありません」と言った。検察側からもそれ以上の質問は来なかったので、裁判長は証人に退廷を指示した。エーファは、じき昼休みになると思ってほっとした。口で息をし、唾をさらにのみこむ。だが、そのときコーンが挙手をした。

「最後にひとつだけ、言わなければならないことがあります。ここにいる方々はみな、収容所で何が起きていたのか自分は知らなかったとおっしゃる。だが、私はあそこに着いて二日目にもう、すべてを理解していました。私だけではありません。当時一六歳だった少年がいました。アンドレアス・ラパポルトという名でした。彼は11バラックにいた。そしてバラックの壁に自分の血で、ハンガリー語で書きました。「アンドレアス・ラパポルト、一六歳」。その二日後に彼は捉えられました。彼は私に叫びました。『おじさん、僕にはわかっている。自分が殺されるってことが。母さんに伝えて。アンドレアスは最後まで母さんのことを思っていたと』。でも、私はそれを伝えることができませんでした。母親もまた、死んでいたからです。あの少年は、あそこで起きていることを知っていたのです！」コーンは被告人席に数歩近づき、被告人らに向かって両の拳を突き出した。「あの少年が、知っていたのに！　あなたたちが知らなかったというのか？　あなたたちが！」

エーファの目にコーンはまるで、聖書に出てくるだれかのように見えた。まるで、怒れる神のように。もしもエーファが被告人のひとりだったら、きっと恐怖を覚えただろう。だが、そこにいる上等なスーツとネクタイに身を包んだ男たちは、コーンをさげすむように、あるいは面白そうに、あるいはどうでもよさそうに見ているだけだった。「野獣」と呼ばれていた猿顔の被告人番号4に至っては、嫌なにおいをかぐまいとするかのように、鼻の前に手を当てさえした。

「証人、ありがとうございました。これで質問は終わります。コーンさん。もう帰っていただいていいですよ」。裁判長はマイクに口を寄せて言った。コーンはあたりを見回した。自分がどこにいるのか突然わからなくなってしまったような、混乱した表情をしている。

「退廷してください」

コーンはわずかに頷き、くるりと体の向きを変え、出口へと歩いていった。帽子が机の上に忘れられていることに、エーファはすぐ気がついた。裁判官が昼休みを告げた。エーファはあと先も考えずに立ち上がり、証人席へと歩き出した。そして帽子をつかみ、コーンを追ってロビーに向かった。

ロビーにはすでに数人の記者が、三つの小さな電話ボックスの前に列を作っていた。電話ボックスはこの裁判のために設置されたものだ。煙草の煙で中が真っ白になり、だれが話しているのか外からではわからない電話ボックスがひとつあった。だが、そばを通り過ぎたとき、中の人間がこう言っているのが聞こえた。「ああ、だから言っていただろう。あの薬剤師は逮捕されたよ……選別にかかわっていたんだ！」その場には、食堂の食べ物のにおいが立ち込めている。食堂で毎日のように出されるジャガイモ料理やロールキャベツのにおいだ。エーファの吐き気はまだおさまっていなかったが、この一瞬、彼女はそれを忘れていた。「コーンさん、待って。帽子を忘れています……」。だが、エーファの声はコーンの耳に届いていないようだった。彼は出口に向かい、二重のガラスの扉を苦もなく開け、外に出ていった。コーンが立ち止まりもせずに、ずんずん歩いていくのが窓越しに見えた。エーファは、二枚の重いガラス扉を急いで開けた。そして前庭に出たエーファは、コーンが左右をろくに確認もせず、車通りの多い大きな道路にまっすぐ向かっていくのを見て、背筋が凍った。エーファは叫んだ。「コーンさん！　止まってください！　止まって！」コーンは反応しなかった。まるで、シュテファンがもっているブリキのゼンマイ人形のように、アルルカンのように彼は動いた。エーファはもっと速く歩こうとしたが、新しいスカートの裾がきついせいで、歩幅を大きくできなかった。体が前につんのめる。コーンは駐車した車のあいだにいる。あと少しで追いつけそうだ。だが、コートの袖をエーファがつかむよりも一瞬早くコーンは、さらさら流れる小川に入っていくように、車が走っている車道に足を踏み出した。

衝撃音が聞こえ、白い車がコーンをボンネットにつっかけた。コーンの体が後ろによろめき、ぐるっと回り、まるで袋のようにどさりと前に倒れた。エーファの視界は、まるでコーンと一緒に転倒してしまったかのように、一瞬真っ暗になった。エーファはコーンのそばに膝をつき、震える手でその体をあおむけにした。白い車はキキーッとタイヤをきしませて数メートル進み、止まった。まわりの車がクラクションを鳴らす。急にハンドルを切らされたせいで、窓ガラスを下ろして何かを怒鳴るドライバーもいた。でも、道路脇に倒れている男のことは、だれも一瞥もしなかった。コーンの顔は蒼白で、目は閉じられていた。エーファはコーンの額を撫でながら言った。「コーンさん、聞こえますか……？　もしもし、目を開けて……私の声が聞こえますか？」エーファはコーンの手を取り、脈を探した。だが、自分自身の鼓動が聞こえるだけだった。だれかがエーファのそばのアスファルトに膝をついた。ダーヴィトだった。「何が起きた？」ダーヴィトがコーンの頭を少しもちあげた。白い車の運転手も車から降りて、こちらに来た。まだ若い、運転に慣れていないような男だった。彼は、意識を失っている髭面の男をぎょっとしたように見つめた。「死んじゃったんですか？　ああ、神様！　なんてことだ！　でも僕のせいじゃない！」コーンの口の端から血の細い筋が流れ、茫々に伸びた汚れた髭にたれた。エーファは立ち上がり、数歩脇に歩き、駐車している車の後部に右手を置き、もう片方の、まだ帽子を握りしめたままの手を胃の上にあてた。まるで演技の後にお辞儀をしているような仕草だった。そしてエーファはアスファルトの上に小さな固まりをいくつか吐いた。そばに来ていたダーヴィトがティッシュペーパーをさしだした。それを見ながらエーファは「ティッシュペーパー……いかにもアメリカ人――ううん、この人はカナダ人だっけ」と混乱した頭で考えた。ダーヴィトはエーファを初めて、敵意のない目で見つめていた。

二〇分後、青色警告灯をつけた一台の救急車が昼の渋滞を巧みに縫うように、サイレンを鳴らしながら近づいてきた。道路に横たわったコーンのまわりに、小さな人垣ができていた。ひどいにおいだなと、小声で言っている野次馬がいた。浮浪者じゃないか？　それに酔っ払っていたみたいだと、ひそひそ声が聞こえた。おかしいくらい小さなメモ帳をもったひとりの警官が、白い車の運転手に話を聞いている。運転手はひたすら首を振るばかりだった。もうひとりの警官が、市民会館からわらわらと出てきた記者たちに、写真は撮るなと命じている。エーファはふたたびコーンのそばに跪き、コーンの手をとった。ぐったりしたその手は冷たかった。エーファの気づかないうちに第一被告人がすぐ後ろに立ち、猛禽類のような顔をひどくゆがめてコーンを見ていた。「この通りは車の量が多すぎる！　横断歩道がなくてはいかんな！」第一被告人が妻に言う。小さな帽子の下に見えている妻の鼻は、心なしかいつもより尖っているように見える。救急車がすぐそばに停車し、サイレンがやむ。ひとりの医師がオットー・コーンを手早く診察し、二人の救急隊員が担架に乗せ、救急車の中に運び込むのをエーファはなすすべもなく見つめた。「状態はどのくらい悪いのでしょう？」エーファは医師にたずねた。「これから調べます」。「一緒に行ってもいいでしょうか？」医師はエーファを見た。「あなたは？　娘さんですか？」「いいえ……私は、係累ではないのですが」。「では申し訳ありませんが、だめです」。「この人をどこに搬送するのですか？」「市立病院」

救急隊員のひとりがドアを閉めた。救急車は走り出し、たちまち視界から消えた。サイレンの音だけが、まだしばらく聞こえていた。集まっていた人々は散り散りになった。ダーヴィトが警官に、コーンの氏名と故郷の住所を教えた。警官はエーファのほうを向き、「あなたが目撃者ですか？」とたずねた。

警官はエーファの名前を書き留めた。エーファは警官に、さっきの事故はコーンの過失だと話した。その瞬間、トラックが轟音をたててそばを通り過ぎた。警官はエーファの言葉を聞き取れず、エーファはもう一度繰り返して言わなければならなかった。「さっきの事故は彼が、自分で引き起こしたものです」。警官は礼を言い、同僚のところに戻っていった。エーファは、自分がまだコーンの帽子を握りしめていたことに気づいた。

昼休みのあいだ、人々はまるで暗黙の了解のように、事故についてはいっさい口にしなかった。昼休みが終わり、午後の公判が始まると、エーファは収容所の貯蔵室でカポ（囚人監視役）として働かされていたポーランド人の通訳をした。その高齢の男の証言によると、人々は収容所に到着するとすぐに、すべての持ち物を奪われた。証人は、五年間で収容所に貯蔵された外貨や装飾品や毛皮や有価証券の数を列挙した。それらの数字のおおかたを彼は正確に記憶しており、ポーランド語の数字を言葉そのものより先に覚えたエーファも、数字を誤って通訳しないように意識を集中しなければならなかった。そのときだけは、コーンのことを忘れていられた。だが、夕方六時少し前にベルガー通りの自宅に戻ったとき、エーファは黒い帽子を廊下のコート掛けの上の棚に乗せ、コートを羽織ったまま、廊下のあかりもつけずにまっすぐ電話に向かった。薄暗がりの中、エーファは市立病院の番号をダイヤルした。電話がつながるのを待つあいだエーファは、居間の扉の手前の床に小さな水たまりが輝いているのに気づいた。いつもなら必ず出迎えてくれるパルツェルの姿はどこにもない。電話の向こうから愛想の良い女性の声が聞こえてきた。「市立病院の受付です。ご用件は？」エーファは今日の昼ごろそちらに運び込まれた高齢の、オットー・コーンという名前のハンガリー人男性について知りたいと話した。市民会館の近くで事故にあった人ですが、経過はいかがですか、とエーファはたずねた。電話の向こうの女性は愛想のよい声のまま、そういう情報はお伝えできませんと言った。そこでエーファは、姉が勤めている新生児科に電話をつないでほしいと頼んだ。

新生児科の薄暗い処置室ではキュスナー医師とアネグレットが口論をしていた。ふたりは、検査台の上の電灯だけをつけていた。普段は小さな患者を照らすための電灯だ。でも、検査台が空っぽなのがどこか物寂しく、悲しげに見える。ふたりはともに激昂していたが、廊下を歩いているだれかに諍い（いさか）を気取られないよう、ひそひそ声で話していた。

「僕には君がわからないよ、アネグレット。またとない機会なのに！」キュスナーの妻は突然二人の子どもを連れて、親せきの家に旅行にいった。二晩は帰ってこない。それなのにアネグレットは、その晩のデートを断ったのだ。

「そういう気分じゃないの」

「うちに来なくたってかまわないんだ。もっとも、看護師が何か相談事のために医師の家を訪れたって、だれにも変には思われないだろうが」

アネグレットは戸棚に寄りかかった。戸棚の上には巨大なはかりが置かれている。冷酷無比な目盛りと冷たい金属の皿のせいで、赤ん坊を世話する道具のうち、いちばん無情に見える。アネグレットはむっちりした腕を組んで言った。

「私はただ、自分の生活をあなたたちの生活にあわせるのが嫌なだけよ、ハルトムート。来週の木曜に会う約束はしているのだし。それまでの時間は自分の好きにしたいの」

「おそろしく頑なだな、君は」

キュスナー医師はアネグレットに近寄り、髪の毛をぎこちなく撫でた。脱色したての髪は、ほとんど白っぽくさえ見える。

「わからないのかな。僕はこの、短い自由な時間を楽しみたいんだ。君と一緒に」

「離婚しなさいな、そうしたらずっと自由よ」。アネグレットは本気でそう言ったわけではなかった。ただ、キュスナーが言葉を濁し、既婚の男がこれまでさんざん言ってきた科白を口にするのを聞きたかっただけだ。

「前にも言ったけれど、もう少し時間が必要なんだ」。そうよね、男はみんなそう言うのよね、とアネグレットは満足げに思い、微笑む。キュスナーがアネグレットの制服を押し上げ、足の間に手を入れる。だが、手はそのまま動かない。キュスナーはこういうことに不慣れだった。アネグレットはキュスナーの手を押しのけ、体を振りほどく。キュスナーは金属の回転椅子に腰をかける。突然ぐったり疲労したように見えた。

「もっと簡単なことだと思っていたんだ」

「浮気が？　それならあなたに必要なのは、ちょっとした練習だけよ。人間なんて、みんな機械みたいなものなの。感情のスイッチを切ったり入れたりできる機械。必要なのは、そのためにどのボタンを押すかを理解しておくことだけ」

キュスナーはアネグレットを見た。

「君のことが心配なんだよ」

アネグレットはおかしな顔をしようとしたが、キュスナーが本気でそう言っていると気づき、ぎょっとした。アネグレットは戸口に向かった。

「あなたの親切は必要としているけれど、感情はいらないわ。ハルトムート」

キュスナーは立ち上がり、負けたよ、というような仕草をした。

「わかった。じゃあ、いつものように木曜日に」

「くれぐれも言っておくけど、私を好きになるのはやめてね！」アネグレットは真面目な顔で言った。キュスナーは不意打ちにあったように微笑み、何かを言い返そうとした。そのとき突然、扉が開いた。キュスナーとアネグレットは誤解を招かない程度に離れて立っていることを目で確認し、たがいにほっと胸をなでおろした。看護師のハイデがじろじろあたりを眺めながら中に入ってきて、いつものように非難がましい口調で「妹さんから電話」と言った。キュスナー医師はことさらに事務的な口調でアネグレットに、「どうぞ、話はもうすんだから行っていいですよ」と言った。


アネグレットは夜用の灯りがすでについた廊下を歩き、受付に着いた。受話器はカウンターの上に置かれている。アネグレットは少し気構えながら受話器をとった。妹が病院に電話をかけてくるのは、めったにないことだからだ。「父さんがどうかしたの？」「ちがうわ、姉さん。心配しないで。ちょっと頼みたいことがあって」。アネグレットはカウンターに寄りかかった。カウンターの向こうには看護師のハイデが座り、カルテに何かを書き入れている。忙しそうなふりをしているらしい。アネグレットは、エーファの話を聞いて、驚いた。救急病棟にいるだれかの容態を見てこいというのだ。「いったい何の話をしているのか、さっぱりわからないわ、エーファ。だれが事故にあったの？　オットー・何？　いったいそれはだれ？」「証人よ、裁判の」

アネグレットは沈黙した。その視線はハイデ看護師の後ろにある壁にくぎ付けになっている。そこには来月のスケジュール表がかかっている。一目でわかるように色分けがされている。アネグレットの色は、明るい青だ。アネグレットがとても可愛がっている男の赤ちゃんの、腕のバンドと同じ色だ。二日前に第一新生児室に来た、ころころ太った可愛い赤ん坊だ。名前はミヒャエル。生まれたときの体重は五キロ近かった。

「見てきてあげるわ」。アネグレットが受話器に向かって言う。

「ありがとう、恩に着るわ。何かわかったら、すぐ電話で知らせてね」

アネグレットは受話器を置いた。ハイデ看護師が不機嫌そうな顔で、何かを聞きたそうにこっちを見ている。アネグレットはそれを無視して部屋を出た。廊下を歩き、第一新生児室の戸口で足を止める。暗がりの中で寝ている赤ん坊はまだ、だれも泣いていない。授乳の時間まで、あと三〇分ほどある。アネグレットはミヒャエルの揺り籠に近づき、小さな頭を撫でた。ミヒャエルは目を開き、黒い瞳でアネグレットのそばを見つめ、小さな拳をぶんぶんと振り回した。

ブルーンス家の居間ではエーファが、台所の奥の物置からバケツと雑巾（ぞうきん）を取り出し、パルツェルが廊下に残した水たまりを掃除していた。散歩の時間は今までと変わらないのに、パルツェルは最近よく家の中で粗相をするようになった。もう一一歳になる犬だ。たぶん、もう年だということなのかもしれない。本当にパルツェルを見送らなければならなくなったとき、シュテファンが繰り広げるだろう愁嘆場をエーファはあえて考えないようにした。エーファは流しで雑巾を洗って絞り、時計を見た。アネグレットに電話をしてから、もう半時間たっている。問い合わせるだけで、こんなに長い時間がかかるものかしら？　そのとき電話が鳴った。エーファは廊下を小走りに駆け、受話器をとった。「エーファ・ブルーンスです」。だが、電話をかけてきたのは、仕事で数日前から西ベルリンに行っているユルゲンだった。寝具用の布を作っている東ベルリンの工場の視察だという。ユルゲンは上機嫌で、東の製品の質は思いのほかすばらしいと話した。寝具をもっと低価格で供給できるようにしたいのだと彼は語り、ベルリンの壁がいっそう威圧的になっていると語り、夕食にとてもおいしいターフェルシュピッツ〔塊の牛肉を野菜とともに長時間煮込んだ料理〕を食べたと話した。ホテルはクーダム通りにあり、破壊されたカイザー・ヴィルヘルム記念教会がよく見える。ユルゲンの考えによれば教会を再建しないのは誤りだという。「過去の過ちを繰り返さないために、こうした記念碑が必要だとは思えない。人々はみなもう、各自の心の中にそれをもっているのだから」。でもいまのエーファには、ユルゲンの哲学的な話に耳を傾ける余裕がなかった。「ユルゲン、ごめんなさい。私、電話を待っているの」。「だれからの電話？」「それは、あなたが戻ってきたときにまた、ゆっくり話すわ。ね？」ユルゲンは黙った。エーファは、ユルゲンの不審そうな顔が目に浮かぶ気がした。きっと疑惑で瞳を曇らせているのだろう。だが同時に彼は、それ以上の質問を投げかけないだけの自尊心も持ちあわせていた。ユルゲンは嫉妬深い性質（たち）だった。エーファもそれは知っていた。一緒にダンスホールに行って、よその男がエーファにダンスを申し込んできたとき、ユルゲンが嫌な顔をすることが何度かあった。悪い気はしなかった。それはとりもなおさず、ユルゲンがエーファを大事に思っている証拠なのだから。「わかった。じゃあ電話は終わりにしよう。おやすみ、良い夢を」。ユルゲンは本当に傷ついたようだった。エーファは言った。「明日はもう会えるのよ。おやすみなさい」。エーファはそのまま、ユルゲンが受話器を置くのを待った。だが、受話器の向こうから聞こえてきたのは、すこしかすれたユルゲンの声だった。「ところで、僕の父とその奥さんが、君に会いたがっているんだ。金曜日の晩に食事でもどうかな。インターコンチで。了解してくれる？」エーファはびっくりし、それから喜び勇んで言った。「もちろんよ。お二人に何と言ったの？」「結婚したいのだと」。ユルゲンの声は奇妙なほど冷静だったが、エーファはそんなことに頓着しなかった。「ほんとう？　それで？　お二人は何て？」「さっき言った通りだよ。君に会いたいって」。ユルゲンは電話を切った。エーファが事態を飲み込むまでに――自分で「突破（ブレイクスルー）」と名づけていたものがついに来たのだと理解するまでに――しばしの時間がかかった。ユルゲンに去られるという不安は、ようやく消えた。ショールマン家の人々は、エーファの存在を知った。息子の妻になる人物であることを知ったのだ。エーファはパルツェルを大声で呼んだ。家にはほかに、喜びのあまり抱きしめられる相手がいなかったのだ。だが、パルツェルは来なかった。エーファは居間に入り、膝をついた。ソファの下のいつもの場所に、光る二つの目をもつ黒い染みのように、パルツェルはうずくまっていた。いつものパルツェルがきわめて狡猾で、ふいに強く噛んできたりすることを思うと、今の彼は相当なうしろめたさを感じているようだった。「パルツェル、出ておいで。とって食いやしないわよ」。パルツェルは動かなかったが、白目がエーファには見えた。ソファの下に腕を伸ばし、首輪に手をかけ、ゆっくりと引っ張る。そしてようやく出てきた犬を、抱きあげた。そのときふたたび、電話が鳴った。エーファはパルツェルを抱いたまま廊下に行き、受話器をあげた。今度はアネグレットだった。救急科の主任医師に話をしてくれたという。「そのコーンという人は大丈夫みたいよ」。エーファは安堵のため息を漏らした。「よかった。とてもひどいけがに見えたから」。「ただの脳震盪（のうしんとう）ですって」。「お見舞いに行けるかしら？　その人の帽子を預かっていて……」。「もう退院したわ。本人がそうしたがったので」。「ええ？　そうなの……ありがとう、姉さん。本当に……とても感謝して……」。ガチャン！　アネグレットが突然電話を切った。あるいは、何かで接続が切れてしまったのかもしれない。エーファはパルツェルをぎゅっと引き寄せた。パルツェルは迷惑そうに足をばたばたさせた。「ねえ、どう思う！　今日は私のラッキー・デイよ！」エーファはパルツェルを抱いたまま、廊下でくるくると回り、パルツェルのごわごわした短い毛皮にキスをした。「私も、あんたがしたことをだれにも言わないからね。約束するわ！」そのときパルツェルが、エーファの顔にかみつこうとした。エーファはパルツェルを下におろした。「あんたときたらやっぱり、野獣なのね！」

市立病院では看護師のハイデとその同僚が、キャリーベッドに乗せた新生児を産科病棟にいる母親のもとに運んでいた。アネグレットはミヒャエルの世話をしていた。ミヒャエルの母親はお産が重かったせいでまだ母乳が出ず、哺乳瓶で授乳をするほどにも体力が回復していないのだ。アネグレットはナースステーションで、スプーン四杯の粉ミルクをガラスの哺乳瓶に入れ、沸騰したお湯をやかんから注ぐ。そして制服のポケットから、茶色い液体の入ったガラスのシリンダーを取り出した。中身を哺乳瓶の中にゆっくり押し出し、蓋をして、よく振る。そして第一新生児室に入り、ベビーベッドからミヒャエルを抱き上げ、窓辺に置かれた快適な椅子に座った。ミヒャエルは落ち着かないようすで頭を振り、口をアネグレットの制服に押しつけてくる。ママのおっぱいをさがしているのね、とアネグレットは微笑む。哺乳瓶を自分の頬に押しあて、温度を確認する。そしてミヒャエルの口にゴムの乳首をさしいれる。すぐにミヒャエルは力強く、リズミカルに吸い始める。ごくっごくっという小さな音が聞こえてくる。アネグレットは赤ん坊を見下ろす。小さな温かい体が、こちらのことを信頼しきっているのをアネグレットは感じる。大きな安らぎが体中に広がっていく。まるで手足の先まで、金色のとろりとした蜂蜜が甘くしみわたっていくような感覚だ。そうしていると、アネグレットはすべてを忘れることができた。救急科の看護師長にオットー・コーンについてたずねたこと。アネグレットとは気やすい仲であるその年上の女性看護師が廊下を通って、奥まった部屋にアネグレットを引っ張り込み、オットー何とかという患者が来て大迷惑をこうむったと話したこと。まったく汚らしい男で、ひどいにおいがしていたとこぼされたこと。その看護師が、壁に十字架のついた窓のない部屋の扉を開けたこと。白い布に包まれた人間が担架の上に横たわっていたこと。肋骨が肺を貫通していたと、看護師が話したこと。ここに担ぎ込まれてきたときはもうすでに、息がなかったこと――そうしたすべてがアネグレットの頭から消えていた。幸せそうにミルクを吸うミヒャエルを見ていると、看護師から「知り合いなの?」と聞かれたことも忘れた。担架に近づいたとき、布に包まれた遺体の足のそばに、わずかな所持品が置かれていたことも――。古ぼけた財布からは、新しい紙幣が数枚のぞいていた。押しつぶされた時計の針は、一二時五〇分で止まっていた。そして二枚の写真があった。

ダーヴィトはその晩、事務所を出ようとしていたとき、例の事故にあった証人が死んだと主席検事から知らされた。ふたりは事務所の戸口に無言で立ちつくし、たがいを見つめた。薬剤師の逮捕という慶事は、苦い後味を残すことになった。白ブロンドの主席検事はダーヴィトに、もろもろの手続きは君に任せると言った。ブダペストにはもう、カネを払って遺体を引き取りにきてくれるような係累はいないだろう。無縁仏の葬儀を役所に頼まなくてはなるまい。ダーヴィトは、それも自分が引き受けると約束した。ダーヴィトが廊下をゆっくり歩き、ガラスの扉の向こうに姿を消すまで、白ブロンドはずっと彼を目で追っていた。自分に嘘はつけなかった。白ブロンドはダーヴィトに好意を抱き始めていた。

ダーヴィトが建物の外に出ると、湿った夕べの空気が体を取り巻き、両足がありえないほど重く感じられた。コーンはおそらく、自分とエーファがそばに跪いたときにはもう息絶えていたのだ。その魂は二人のあいだをするりと抜け、天国に昇っていったのだろう。あるいは、マンホールの中に消えていったのかもしれない。それは人が、来世をどれだけポジティブにとらえたいかによる。ダーヴィトは疲労を感じた。だが、まだ宿に帰りたくはなかった。ダーヴィトは道を左に曲がった。シシィのところを訪れようと思ったからだ。彼女の「スージー」でのシフトは午後一〇時からのはずだから、一時間は一緒にいられるだろう。初めてシシィに出会ったあと、ダーヴィトは二度とあの店を訪れなかった。かわりにほかの店に行き、そこで女を買った。それからほどなく、ある寒々しくて狭い八百屋兼果物屋でオレンジを三個買った。そのときダーヴィトは風邪をひいていて、「風邪のときにはヴィタミン」という母親の教えを思い出したからだ。むくむくと服を着こみ、指先のないウールの手袋をつけた売り子が果物を、卵を扱うように注意深く紙袋に入れたとき、ほっそりとした、いささかやつれた感じの女が店に入ってきた。女はゆっくり手袋をはずし、箱の中のジャガイモを吟味し始めた。ジャガイモをひとつずつひっくり返し、ためつすがめつする。ほとんど色味のない女の外観の中で、鮮やかな赤に塗られた爪がやけに目立っていた。「ねえちょっと、これ、霜でやられているわよ」。「おいおい、うちでは最高級の品物しか扱っちゃいないよ！」ダーヴィトはその女の顔に、奇妙な既視感を覚えた。オレンジの代金を払っているあいだ、ダーヴィトはじっと女を見ながら、「いったいどこで会ったのだろう？」と頭の奥で考えていた。市民会館だろうか？　それとも検察の事務所？　だが、女は年増のタイピストのようには見えなかった。では、事務所の清掃員だろうか？　女がダーヴィトの視線に気づき、こちらを向いて親しげに「こんにちは」と言った。そのときダーヴィトはほのかに甘いにおいに気づいた。そしてあのシシィという女だと気づいた。一緒にベッドに入り、その体に入り、その中に射精した女だ。ダーヴィトの顔は、髪の毛と同じほど赤くなった。シシィが笑った。笑うとその顔には、暗い娼家では気がつかなかった細い皺がたくさん寄った。ダーヴィトはシシィの買ったジャガイモを、まるで小遣い稼ぎの小学生のように、家まで運んでやった。そしてそれ以来、ときどき彼女のもとを訪れるようになった。シシィは一四歳の息子——彼女いわく「しくじりでできちゃった子」——と一緒に、裏庭に面した小さなアパートに住んでおり、その部屋のキッチンテーブルでダーヴィトとシシィはおしゃべりをしたり煙草を吸ったりした。シシィご自慢の新しいテレビを一緒に見たり、仲の良い二匹の犬のように、並んでのんびり横になることもあった。肉体関係はあのとき以来、一度ももたなかった。シシィの現実の生活を知ったあとでは、それは何か不適切に感じられたからだ。裁判のことは、シシィは何も知りたがらなかった。彼女は言った。戦争のときは自分もとてもつらい目にあったから。それから、戦争の後にはさらにもっと。夫と一緒に小さな農家を営んでいたバウリッツという町に、ロシア軍が来たときに。そして町のはずれにやつらがやってきたときに——。

その夜やってきたダーヴィトにいつものような虚勢がないことに、シシィは気づいた。怯(おび)えたような表情で戸口にあらわれた彼は、その場でもう、交通事情や天気について、そして前の家から漂う奇妙なにおいについてしゃべり始めた。シシィは狭い台所でダーヴィトに背を向けたまま、たらいでストッキングを洗っていた。ダーヴィトは台所の机に背筋を伸ばして座っていたが、じきに壁によりかかって話を続けた。コーンという証人についてではなく、だれにも語ったことのない自分の過去について——自分と、自分の兄について——ダーヴィトは話した。二人は一緒にベルリンから収容所に送られた。レジスタンスにかかわっていた兄は収容所の政治局に送られ、尋問中に拷問を受けて死んだ。遺体を片づけさせるために、弟の自分が呼ばれた。自分はそれが兄だとすぐにはわからなかった。尋問は、政治局のトップが行った。それが、年よりの猿のような顔をした被告人番号4だ——。ダーヴィトが話を終えると、シシィはこちらを振り返り、絞ってはあるがまだ湿っているストッキングを、台所の端から端まで張り渡した洗濯ひもにつるし始めた。ダーヴィトはシシィが怒りを、あるいは共感を口にするのを待った。だが、シシィはむこうを向いたまま、こう尋ねただけだった。「上司にそれを話したの?」ダーヴィトはいらいらしたように一瞬口をつぐみ、さっきとうってかわったきつい口調で言った。「何も知らないんだな。そんなことを話したら、すぐに放り出されてしまうんだよ」。ダーヴィトはさらに説明した。個人的なかかわりがばれたら即、裁判にかかわる仕事を解かれる。それは「予断」と呼ばれるものを排除するためだ。自分は、証人になるのと、加害者の罪を法的に立証するのと、どちらかの決断を迫られ、結局後者を選んだのだ。隣の部屋から芝居じみたオーバーな音楽が大音量で聞こえてくる。シシィの息子が居間兼寝室でテレビの前に陣取り、犯罪ドラマを見ているのだ。ダーヴィトは沈黙した。銃撃の音がし、叫び声が聞こえてきた。シシィはストッキングを干し続けている。ダーヴィトは、自分の話し方があまり的確でなかったのかもしれないと考える。咳払いをし、このことはほかにはだれにも話したことがないのだと、付け足すように言った。でも、それも嘘だった。魅力的な速記係のシェンケさんとの二度目のデートのとき、自分の過去を彼女に打ち明けた。もちろん、だれにも言わないという約束をさせた。以来、シェンケさんは公判のあいだ、同情的な視線をたびたびこちらに送ってくる。彼女だけではなくほかの娘たちも、ダーヴィトに対して気を遣っているような、おずおずとした態度をとる。例外はエーファ・ブルーンスだけだ。まだエーファのところまでは伝わっていないらしい。シシィは話を聞きながら、一四枚のストッキングを干した。いくつかのつま先からぽたぽたと水滴が、石の床やダーヴィトの腿に垂れた。シシィが言った。頭が痛いわ。ひどいことを思い出すのは、良くないことよ——。シシィはダーヴィトのためにビールの栓を抜きながら言う。「ねえ、私のここには小さな部屋がひとつあるの」。シシィはお腹の、心臓のすぐ下あたりを指さした。「そこに全部を詰め込んで、あかりを消して、ドアに鍵をかけた。ときどきその部屋が内側から私を圧迫してくる。そういうときは小さじ一杯の重曹を飲むことにしているの。私は、そういう部屋がそこにあることを知っている。でもありがたいことに、その中に何があるか、私はもう覚えていない。五人のロシア人？　一〇人のロシア人？　夫が死んだこと？　子どもは何人殺された？　もう何もわからない。扉は閉ざされて、あかりも消えているから」

次の日の朝、朝食を終えるとすぐにエーファは、コーンのかぶっていたつば狭の帽子を大きな紙袋に入れて、「太陽荘」をめざした。受付は無人で、カウンターの左奥にある部屋から人々がぼそぼそ何かをしゃべる声と、食器のカチャカチャいう音が聞こえてきた。宿に泊まっている人々が朝食をとっている。宿主の妻らしい女がコーヒーのポットをもって、テーブルからテーブルへと歩いている。宿主の姿はどこにも見えない。エーファはコーンの泊まっている部屋を覚えていた。階段を上って二階に行き、絨毯のしかれた薄暗い廊下を歩く。「8」という番号のついた扉の前でエーファは立ち止まり、小さな音でノックをする。「コーンさん？　お届け物に来ました」。答えがなかったので、エーファはもう一度ノックをした。やはり答えがなかったので、思い切ってドアノブを握り、扉を押した。中は空っぽだった。窓が大きく開かれ、高い防火壁が見える。オレンジ色のカーテンが風に揺れている。外からさわやかな空気が入ってきているのに、部屋には、鼻を突くような強いにおいが残っている。まるでガスか、歯医者で麻酔に使うクロロフォルムのようだとエーファは思う。そして思わず手を口と鼻にあてていた。エーファは廊下に戻る。「お嬢さん、何かお探しもの？」宿主が廊下をこちらにやってくる。「コーンさんに用事があるのですが」。宿主は腫れぼったい目でエーファをじろじろ見た。「あんた、あのとき一緒に来た人じゃないかね？　親類の人か何かかい？」エーファは頭を振った。「いいえ、私はただその人の荷物を……」。エーファは紙袋を高く掲げたが、宿主は関心を示さなかった。彼は部屋に足を踏み入れた。「数週間ここに泊っていましたがね」。そう言って窓を閉じる。「やつらは、衛生だの体の手入れだのについて、何ひとつわかっちゃいない。だから今、あっちこっちのすきまからシラミを追い出さなくちゃならない。もちろん、出ていくよう頼んですむ話じゃない。燻蒸しなくちゃならんのです」。「もうここを発ったのですか？」宿主はエーファのほうを見た。「いや、車にぶつかって死んだそうですよ」。エーファは宿主をじっと見て、信じられないというように頭を振った。「でも……ただの脳震盪だと聞いて……」。「私が知るもんかね、そんなこと。今日の朝早くここに、検察だかどこかの赤毛の兄ちゃんがきて、荷物を回収していったよ。代金はまあ、支払い済みなんだがね。シラミを駆除する代金はもちろんこっちが払わなくちゃならないわけで。あんた、支払ってくれるのかね？」エーファは左手に紙袋を握ったままくるりと踵(きびす)を返し、返事もせずに廊下をゆっくり歩いた。右手の三本の指を軽く壁につき、体を支える。何かにつかまらなくては倒れてしまうような気がした。

それから半時間後、自宅の廊下にふたたび足を踏み入れたとき、エーファは自分の部屋から物音がするのに驚いた。おしゃべりと笑い声が聞こえる。母親と姉だ。二人は大きく開かれたクロゼットの前に立ち、エーファの衣装を吟味していた。一張羅がすでに二着取り出され、クロゼットの扉にかけられている。エーファはいらいらしたように二人を見た。「いったい何をしているの、ここで?」「あんたのことを助けてあげようとしているのよ!」アネグレットが、エーファに目を向けずに言った。「今晩、いちばん素敵に見える服を選んであげているのよ。今日はショールマンさんのご両親の前で、光り輝かなくてはいけないのだから」。エーディトが言った。エーファは抗議した。「だからって私の部屋にずかずか入って、クロゼットを勝手に開けるなんて……」。母も姉もエーファの抗議を無視した。それどころかアネグレットは、扉にかけてあった濃紺の、身体にぴったりあったワンピースを取り上げてこう言った。「私はこれがいいと思う。ほっそりして見えるから。母さんはこっちの栗色のがいいと言うのだけれど、ねえ、母さんの洋服のセンスはちょっとあれだから」。エーディトは冗談めかして、平手でアネグレットを脅した。「ちょっと、そんな言い方はないでしょう!」

「だって母さん、自分でごらんなさいよ。この、よれよれの袋みたいな服を」。アネグレットは、店に出るとき以外エーディトが一日中着ている水色の格子柄のスモックドレスをつまんで言った。エーディトが言い返した。「あなただってその髪、まるで綿菓子じゃないの。不自然きわまりない……」

「やめてよ!」エーファが真剣な声で怒鳴った。その剣幕に、エーディトとアネグレットはぴたりとおしゃべりをやめた。エーファは帽子の入った紙袋をベッドの上に置き、隣に自分もどさりと腰を下ろした。エーディトがエーファをじろじろと見つめ、手の甲をエーファの額にあてて言った。「具合が悪いの?」アネグレットが手をひらひら振った。「ちがうわよ、母さんたら。この子は、あちらのお屋敷でうまくやれるか心配しているだけよ。大丈夫よ、可愛いエーファちゃん。あんたはじきに、上流社会の仲間入りよ」。アネグレットは、意地悪そうににやりと笑い、クロゼットの中身に注意を戻した。エーファは姉の広い背中を見つめて言った。「姉さん、言ったわよね。オットー・コーンは脳震盪になっただけだって」。濃紺のワンピースに白いカーディガンを重ねて、色のバランスをチェックしようとしていたアネグレットは、ぴたりと動きを止めた。

「私が何をしたですって？」

「だれなの？　そのコーンって人は？」エーディトがいらいらしたように質問する。

「死んだんですって」。エーファは母親には構わず、アネグレットのほうに言った。アネグレットは白いカーディガンをクロゼットの中に戻した。「私は主任医師から言われたことを、そのままあんたに伝えただけよ」。「あの人は、もっとひどいけがをしていたはずよ。病院を出された後、路上で死んだにちがいないわ。なぜ、退院させたりしたの？」「私にそんなことがわかるわけがないじゃない。私に何の関係があるのよ、エーファ」。アネグレットはくるりと振り返り、怒りに燃えた目でエーファを見た。かっと開かれた目が、わずかに斜視になっている。エーファは、姉がまだ子どものころ、よくそういう顔をしていたことを思い出す。食糧貯蔵室から何かを食べただろうと責められたとき、アネグレットはいつもこの表情を浮かべていた。エーファは、姉が嘘をついていたのだと理解して、愕然とした。「ちょっと二人とも、いいかげんに、だれの話をしているのか私にも教えてちょうだいな！」エーディトは栗色のスーツに洋服ブラシをかけながら、焦れたようにたずねる。「裁判で証言をしてくれた人よ、母さん。でも、昨日……」。「ああ。そう」。エーディトはエーファの返事をそっけなくさえぎり、ブラシをもった手を挙げて、「もう結構」と拒絶を示した。母親が、そのことをそれ以上聞きたがっていないのは明らかだった。エーファは、母親とアネグレットを見つめた。二人とも、エーファそっちのけでふたたび衣装選びに熱中している。エーファは突然、自分の部屋が自分の部屋ではなくなったように感じる。彼女は立ち上がり、こう言った。「お願いだから、出ていってもらえない？」二人はくるりと振り返り、怪訝（けげん）そうな顔をした。エーディトはさっきの栗色の服をエーファに手渡した。「私の言うことを聞きなさい。こっちがいいわ。地味だけど、仕立ての良い服よ。きっと上品な印象を与えられるわ。髪は洗っていくんでしょう？」エーディトは答えを待たずに部屋を出ていった。アネグレットもドアに向かったが、そこで、いかにも残念そうに肩をすくめた。「母さんと私は、あんたを助けたかっただけよ。でも、どうやらおせっかいだったみたいね」。そう言って、アネグレットも出ていった。

自分の部屋にひとりきりになったエーファは、洋服をクロゼットに戻し、扉を閉めた。紙袋から帽子を取り出し、手の中であちこち向きを変えてみる。黒いビロードの生地は、ところどころで毛羽がとれている。紫色の裏地は剝がれている。かつては青と白の縞模様だったと思われた内側のバンドは、汗と汚れで黒ずみ、ぎらぎら光っている。内側に縫い付けられた小さな布ラベルに刺繡で筆記体の文字が書かれている。「リントマン帽子店――ヘルマンシュタット：電話番号553」。エーファはぐるりと部屋を見回す。そして棚に乗っていた数冊の本をまとめ、空いたスペースに帽子を置いた。

その晩の七時少し前、ユルゲンの車がブルーンス家の前の街灯の下に停まった。エーファがウールのコートの下に着たのは、結局、濃紺のワンピースでも栗色のスーツでもなく、エーファの目から見ていちばんエレガントな、えび茶色で胸のカットの深い絹のワンピースだった。帽子はかぶらず、髪はいつもよりも高い位置で結った。パンプスをはいているせいで、いつもより背が高く見える。エーファのために車のドアを開けたとき、ユルゲンはそれに気づいて一瞬躊躇した。エーファがあまりにも冷静なことにもユルゲンは気づき、それを少しからかった。エーファは黙ったままだった。午前中からずっと、まるで厚い綿にくるまれているように、奇妙にぼうっとした気分だった。いっぽうのユルゲンは神経をとがらせているようだった。煙草に火をつけ、運転しながら煙草を吸う。エーファはユルゲンがそんなふうにするのを初めて見た。二人は黙ったまま、カーラジオから流れるニュースに耳を傾けていた。アメリカのいくつかの都市で人種差別に対するデモが起きていると、アナウンサーが告げる。カリフォルニア州サンフランシスコのシェラトンホテルが抗議者たちによって占拠された。ホテルのマネージメントが、仕事に応募した黒人を差別していたからだ。三〇〇人以上が逮捕された。天気予報が入り、週末は気温が一二度以上に上昇し、春のような天気になるだろうと告げる。続いてミュージック・ショーが始まる。「フライデー・ジュークボックス」。エーファが毎週金曜日、外に出かけていないときに聴く番組だ。若いパーソナリティが上ずった声で、ビートルズのニューシングルが発売されたと告げる。そして今日のリスナーは一番乗りでその曲を聴けるのだという。「キャント・バイ・ミー・ラーヴ！　ラーヴ！　キャント・バイ・ミー・ラーヴ！」絶叫のような激しい歌声が、前奏抜きでいきなり小さなカースピーカーから聴こえてくる。歌い手が四回目に「ラヴ」と言ったところで、ユルゲンはラジオのスイッチを切った。ビートルズについては前に一度、二人のあいだで口論があった。エーファはビートルズの歌が好きだったし、音楽も素敵だと思っていた。四人のイギリス青年は小生意気だけど、魅力的だった。だがユルゲンは、ビートルズの音楽は節操のない騒音と同じだと言い、エーファはユルゲンに、うちの両親と同じくらい石頭ねと言い返した。今晩はまた喧嘩をしたくはなかったので何も言わずにいたが、エーファはひそかに、月曜日になったら百貨店のヘルティに行ってレコード売り場でビートルズの新しいシングルを買おうと心に決めた。でも、数小節音楽を聴いただけで、沈んでいたエーファの気持ちはいくぶん明るくなった。

それからまもなく、二人の目の前にホテル・インターコンチネンタルの巨大な建物が、夕焼けで深紅色に染まった空を背景に、乗り越えられない壁のようにぬっとあらわれた。「中に入ったことはある？」ユルゲンはエーファにたずねた。エーファはかぶりを振った。「七〇〇室もあるんだ。それぞれの部屋に風呂とトイレとテレビセットがついている」。ユルゲンの車がホテルへと突進したので、エーファは一瞬、正面に激突すると怯（おび）えた。その瞬間車は地下に潜り、傾斜のきついスロープを通って地下駐車場へと吸い込まれていった。エーファは車に乗って地下に来たのは初めてだった。天井はこちらに落ちかかってくるように思えるし、通路には弱い光のランプ（ランペ）がいくつかついているだけだ。コンクリートの床に書かれた色とりどりの印や線は、エーファには解読不能で謎に満ちていた。エーファはドアの上にあるグリップを握りしめていた。ユルゲンは柱の迷路のような地下駐車場の中を危なげなく運転し、鋼鉄の扉の前に車を止めた。扉には「ホテルへの入り口」と書かれている。ユルゲンはエーファが車から降りるのを助けた。一瞬腕に力がこもったのでエーファは、ユルゲンがキスをしたいのかと思った。だがユルゲンは「今日は裁判の話はしないでほしいんだ、頼む。父さんを興奮させてしまうかもしれない。わかっているとは思うけど、父さん自身が何年も拘留生活を送ったので」。エーファは驚いた。市民会館に定期的に通うようになってから、エーファの仕事についてユルゲンは何も言及しないようになった。でもどうやら、エーファが思っていたよりそれは、彼の心の中に座を占めていたのだ。エーファは頷いた。「ええ、もちろん。ところでお父さまはお元気？」ユルゲンは頷いたが、エーファのほうを見てはいなかった。二人は、全面に鏡が張りつけられたエレベータに乗り込んだ。ドアの横にある銅色のパネルに、二二個の押しボタンが並んでいる。ユルゲンはいちばん上のを押した。エレベータが昇っていくあいだ、エーファは無数の鏡像をうっとりと眺めていた。手前には大きな像、遠くに行くほど小さな像に、連れ添った二人の姿が映っている。私たちは似合いのカップルに見えるのではないかしらと、エーファは思う。黒髪に濃紺のウールのコートを着たユルゲンと、ブロンドの髪に明るい色の格子柄のコートを着たエーファ。まるで夫婦のようだ。鏡の中でたがいの目が合い、二人は思わず微笑む。エレベータは途中で何度か停まり、ほかの客を乗せた。中はどんどん狭くなった。ようやく「ピン」という音がして、いちばん上のボタンが点灯し、ドアが開いた。ドアの外は、最上階レストランになっていた。エーファとユルゲンとその他の客はまず、町の全景を見渡せるパノラマ風の窓のところに案内された。「家の灯りがまるで、空から落ちてきた星みたい」。エーファは小さな声でユルゲンに言う。ユルゲンはエーファの頬をかすかに撫でて、「何も心配いらないよ。エーファ。今日、父さんはご機嫌だったから」。でもまるでユルゲンはその科白を、エーファではなく自分を落ち着かせるために言っているように聞こえた。エーファはユルゲンの手を握った。クロークで、黒いスーツを着た従業員が軽く一礼をした。そして、ご夫妻はもうマンハッタン・バーでお待ちですと告げた。ユルゲンは、エーファがコートを脱ぐのを手伝った。ユルゲンの視線がエーファの深くあいた胸元にとまった。「ほかの服はなかったの？」ユルゲンがささやく。エーファは体をぴくっとさせた。平手打ちを食らったような気持ちだった。エーファは襟ぐりに手をあてて言った。「今さらもう変えられないわ」。ユルゲンがエーファに腕を差し出し、エーファは不承不承その腕をとった。さっきまでの打ち解けた雰囲気はどこかに消えていた。

混みあったバーの、クロームめっきをした光る楕円のカウンターの片隅に、スツールに腰を掛けたヴァルター・ショールマンの姿があった。エレガントな黒のハイネックを着た後妻のブリギッテはヴァルターのそばに立ち、ぬらした紙ナプキンで、夫のブレザーの襟についたしみを拭き取ろうとしていた。

以前は体にぴったりあっていたヴァルターのブレザーは、今はぶかぶかになってしまっている。タキシードを着た男が黒いグランドピアノで、軽い甘やかなメロディを弾いている。「ほうっておきなさい、ブリギッテ」。「家ではついていなかったはずだけど。あなたったら、いったいどこでこれを?」そのときヴァルター・ショールマンの目が、こちらに歩いてくる息子の姿をとらえた。息子が手をとっているのは可愛らしいが、とりたててエレガントではない、でも真面目そうな娘だ。衣装はいささか安っぽく、こうした場にしては襟があきすぎている。だが、その目には打算のようなものは微塵も感じられず、そのことにヴァルターは安堵した。ブリギッテ・ショールマンはこう思った。きれいで豊かな髪なのに、髪型はやけに古臭いこと。それでいて、あの深い襟ぐりはなかなか大胆だし、興味深い矛盾だわ――。エーファはユルゲンの両親の、値踏みをするような視線を感じとった。だが、二人に近寄ったときにエーファはすぐ、自分はこの人たちが好きになれそうだという印象を抱いた。ヴァルターはどうやら気分屋で、ぶっきらぼうな性質らしい。さっき妻の体を押したときの動作からもそれはわかる。だが彼はユーモラスで、機敏で、気さくな人物に見えた。病気のようには見えなかった。妻のブリギッテの表情はほとんど変わらない。自分の意見がすぐに顔に出る人ではないのだろう。だが、エーファの目にブリギッテは、公正であろうと努力をしているように見えた。「お会いできて嬉しいわ。ブルーンスさん」。そしてエーファは、ブリギッテの言葉に他意がないことを感じとった。二人は握手を交わした。エーファはそのときようやく、ピアノの曲に気づいた。『ティファニーで朝食を』の『ムーン・リヴァー』だ。去年、アネグレットと一緒に見た。映画のラスト三〇分、姉妹はずっと泣きどおしだった。

エーファは思わずため息を漏らした。それまでの緊張がゆっくり解けていく。バーテンダーがカウンターに置かれた四つのグラスを満たす。きっとあれはシャンパンだろうとエーファは思う。四人は立ち上がり、グラスをカチリとあわせた。エーファはぐいと一口飲んだ。その辛口の風味はたしかに、ユルゲンの家で初めてひそかに味わったのと同じだった。エーファはユルゲンをちらりと見た。ユルゲンはエーファの大きくあいた胸もとを見つめていた。エーファはむき出しの肌を手で隠した。四人は、板張りの個室に用意されたテーブルに移動した。テーブルは華やかに飾られており、エーファはそのあたたかい雰囲気にすぐに魅惑された。部屋はやわらかなオレンジ色に照らされていたが、光源がどこなのかは判然としない。窓の向こうに遠く、街のあかりが瞬いている。ブリギッテが、今日はフランス料理のフルコースだと説明する。ヴァルターがエーファのために椅子を引く。「どうぞ私の左にお座りください。隣のほうが声がよく聞こえるので。ユルゲン、おまえは私の右に」。ヴァルターはユルゲンに笑いかける。ユルゲンはおどけたように歯をむいて、エーファの向かいに腰をおろした。

その金曜日の晩、「ドイツ亭」の席はほぼすべて埋まっていた。常連グループがふたつも訪れており、そのひとつは地区のカーニバル運営委員会の人々だった。ルートヴィヒは、レンツェさんの助けを借りながら食材を煮たり焼いたり炒めたりした。レンツェさんが数週間前に指に負った怪我は、ようやく治ったらしい。ほかにひとり若い手伝いを雇ったが、皿を洗うこととガムを噛むこと以外、ほとんど何もしない娘だ。エーディトはウェイトレスのヴィットコップさんと一緒に給仕を取り仕切っている。ぶっきらぼうだが仕事はよくできるヴィットコップさんは四八歳の今も独身で、この先も嫁ぐ予定はないらしい。バーカウンターを取り仕切るのは、長年この店で働くパーテン氏だ。店は猫の手も借りたいほどの忙しさで、エーディトとルートヴィヒがふたりで話をする時間はほんのわずかもない——だが、夫妻はどちらもかつてないほど強く、ふたりきりで話をしたがっていた。一度、たくさんの皿をもってエーディトが台所に入ってきたとき、ルートヴィヒはたまたまひとりだった。皿洗いは中庭でガムを嚙み、煙草を吸っており、レンツェさんは手洗いに姿を消していた。エーディトはルートヴィヒのそばに立った。ルートヴィヒはシュニッツェルに高速で衣をつけ、油がジュージュー音をたてている大きなフライパンに並べていく。「もうすぐ完成だ。あと六分。いや、五分かな」。エーディトは返事をせず、ルートヴィヒは妻のほうを見あげた。そして妻が泣いているのに気づき、仰天した。ルートヴィヒは妻のほうに向きなおり、おどおどしたように、粉だらけの手でエーディトの頰にふれた。そして、妻の顔についた粉と涙を布巾でぬぐった。

「どうした、母さん？」

「あの子はじきにもう、ちがう世界に行ってしまうのね」

「大丈夫さ。うちの娘は、調子に乗るような人間ではないよ」

レンツェさんが台所に戻ってきて、指が痛むんです、あれから元通りにならなくてと言った。エーディトは涙を隠し、キュウリのサラダを五皿のせた盆をもち、バランスを取りながら食堂に歩いていった。ルートヴィヒはシュニッツェルを裏返し、悪態をついた。焼き色が少しつきすぎていたのだ。「でも、なんとかなるか。お嬢さんがたにはくれぐれもこいつは出さないでおくれよ」。ルートヴィヒは大きな声で言った。

客室でエーディトはキュウリのサラダを配り、新しい注文を取っていた。上品な身なりの紳士と婦人が二人連れで、入り口にかかっているフェルトのカーテンを抜けて部屋に入ってきた。そちらをちらりと見たエーディトは、だれが来たのかをすぐ理解した。エーディトは二人連れに背を向け、盆をもってそばを通りぬけようとしたヴィットコップさんの腕をつかまえ、「あのお客さんに、席はいっぱいですと言ってちょうだい」と頼んだ。「でも二番テーブルはじきに……」。「九時から予約が入っているのよ！」ヴィットコップさんは一瞬訝しげにエーディトを見た。そんな予約は入っていないはずだ。でも結局ヴィットコップさんは今来たばかりのお客のほうに行き、いつもの怒ったような顔を残念そうに見せる努力をしながら、「すみません、今日は満席です」と言った。猛禽類のような顔をした男がにこやかに返答した。「こちらのシュニッツェルが評判だと聞いたのですが、それは残念なことだ」。連れの婦人を出口にいざないながら、男はさらに言った。「また来ますよ、奥さん！」二人の姿が厚いカーテンの向こうに消えた。客はだれも、その男がだれか気がつかなかったが、男の写真はこの数か月間しばしば新聞に載っていた。第一被告人だった。

　ホテル・インターコンチネンタルでは、三つ目の料理が出されていた。コッコオーシトロン（レモンチキン）という、レモン風味の鳥料理で、エーファには初めての味だった。台所用洗剤のような香りだと思ったが、エーファは果敢にそれを咀嚼（そしゃく）した。会話は最初、カタログのことに終始していた。だが、気を利かせたブリギッテがヴァルターとユルゲンに、女性にも興味の持てる話題を探しなさいなと促した。そこで彼らは、道路の交通量が増えていることに話題を変えた。ブリギッテはちょうど運転免許を取得しているところで、運転の練習を「筆舌に尽くしがたい地獄的演習」と表現した。エーファは、自分には運転免許が必要になるかどうかわからないと話した。ユルゲンは「必要ないよ」と言った。エーファの反発心が頭をもたげ、でもじつは教習所に申し込みに行こうかと考えていると口にしかけた瞬間、ヴァルター・ショールマンがエーファの腕に突然手を触れて「失礼、お嬢さん。どちらさまでしたかな？」と言った。エーファの体が硬直し、熱い波が頭から足の先まで駆け抜けた気がした。ユルゲンが、警告するようにナイフとフォークを脇に置いた。ブリギッテだけは落ち着きを失わないまま、ヴァルターに言った。「こちらはブルーンスさん。あなたの息子の恋人よ」。ヴァルター・ショールマンは混乱しているように見えた。「エーファ・ブルーンスです」。ヴァルターはエーファを、何も見えていないような目でじっと見た。そしてエーファの名前を繰り返した。

「ご主人はおられるのかな？　お子さんは？　お仕事は？」

「ポーランド語の通訳をしています」

ユルゲンがエーファを見て、警告するように軽く首を振った。だがそのとき突然、ヴァルターがこくりと頷いた。彼は椅子に座ったまま体を前にずらし、人差し指で何度もテーブルをトントンと叩きながら話した。「そうでしたな。あなたのことは調べてありますよ。市民会館で裁判の通訳をしておられるとか」。エーファは途方に暮れたようにユルゲンを見てから、「はい」と答えた。

「何の裁判ですかな？」ヴァルター・ショールマンはたずねた。エーファはヴァルターを、疑わしげな目で見た。この人はほんとうに、裁判について知らないのかしら？　それとも、ただ私を試そうとしている？　ユルゲンがエーファに訴えかけるような視線を送ってくる。ブリギッテの顔にも、何かを懇願するような笑顔がちらりと浮かんだ。エーファは、つとめて深刻な口調にならないようにしながら話した。「あの、数人の戦争犯罪者に対する裁判で……戦争のときに収容所で働いていた……ポーランドで、戦争犯罪に加担した人の。ずっと昔のことですし、人々は……」。エーファは途中で口をつぐんだ。裁判についてそんなふうに軽く語るのは、間違っているように思えたからだ。小さな老人はありがたいことに、ふたたびレモン風味の鳥料理に注意を向けていた。彼はまるで、さっきの自分の質問を忘れてしまったように見えた。ユルゲンとエーファも、黙々と料理を食べ始めた。ブリギッテが言った。「ええ、戦争は恐ろしい出来事だったわ。でも今は、もっと楽しいことを話しましょうよ。ユルゲン、あなたは復活祭の休暇に、こちらのお嬢さんを島に招待しようと計画しているのではなくて?」ブリギッテはにこやかにエーファを見た。「そのころ島はきっと、一年でいちばん美しい時期よ。花がいっせいに咲きだして……」。そのとき突然、ヴァルター・ショールマンが言った。「おまえらは私の口から、何ひとつ引き出せやしない! 何ひとつ!」彼は椅子から立ち上がった。「ブリギッテ、手洗いにいく」。エーファはヴァルター・ショールマンに視線を向けた。ズボンの股のあたりに濃い染みが広がっている。ブリギッテが立ち上がる。「はいはい、一緒に行きましょうね、ヴァリー。何もかも大丈夫よ」。ブリギッテは机をぐるりと回ってヴァルターの席まで来ると、夫の手をとり、個室から外に出ていった。ユルゲンは父親が座っていた椅子を見た。絹の椅子カバーにはどうやら被害は及んでいない。エーファは途方に暮れたように、その場にじっと座っていた。給仕長が音もなくあらわれて軽く一礼し、「お料理は下げてよろしいですか?」とたずねた。ユルゲンは身ぶりで、どうぞと伝えた。「メイン料理は少々お待ちいただきたいのですが」。給仕長が言った。ユルゲンは相手の目をじっと見て言った。「会計をお願いできますか?」給仕長の顔に戸惑いの色が浮かんだが、それ以上の質問をのみこみ、頷いた。給仕長は奥に下がった。エーファはユルゲンと目を合わせようとした。「ごめんなさい。でも私、嘘をつけなくて……」。「君のせいではないよ、エーファ。君は何も悪くない」

二人はクロークに行き、それからエレベータに向かった。エレベータの前には、もうコートを着たヴァルターとブリギッテの姿があった。四人は一緒に、階下に向かう全面鏡張りの小さな箱に足を踏み入れた。「父さんたちも地下の駐車場?」ブリギッテが「いいえ、私たちの車はホテルの前」と答えた。

ユルゲンが「1」と「B」のボタンを押す。エレベータはがたんと少し揺れ、滑らかに下降し始めた。エーファは今度は鏡を見ず、絨毯張りの床をじっと見つめていた。（なんて悲しい終わり方かしら）と思ったそのとき、ヴァルター・ショールマンがエーファのほうを見て言った。「お嬢さん、私は病気なのです。だから、ああいうことが起きてしまう」

「ええ、大丈夫ですよ、ショールマンさん」

「きっと、あなたに私たちの家に来ていただくほうがいいかもしれない。家ならば、替えのズボンもあることだし」。エーファは頼りなげに笑った。「ええ、そうですわね」。地上階でエレベータが停まると、人々は握手をして別れた。手早い別れだった。エーファとユルゲンはさらにエレベータで地下に向かった。


車に乗ったユルゲンはなかなかエンジンを入れなかった。前かがみになり、針がぴくりとも動かないタコメーターを凝視している。そして、ぽつりぽつりと話し始めた。父親があああして予想もつかないことをするのは以前からであること。病気のせいで体をコントロールできなくなったのは事実だが、それ以外は何も変わっていないこと——。ユルゲンは言った。子どものころは、励まされたり褒められたりした。何時間も一緒に釣りをしたこともある。でもふとした拍子に突然、ひどい言葉を投げつけられたり、叩かれたりした。どんなに突飛な質問をしても怒られたりはしなかったが、一度、突撃隊の制服を格好いいと言ったときは、激しい平手打ちをされた。母さんはいつも変わらず僕を愛してくれたけれど、父さんからは始終突き放されたように感じてきた。でも父さんは戦争を生き延びた。この先は一緒に生きていくしかない——。ユルゲンはエーファを見た。地下駐車場の冷たい薄明りの中で、ユルゲンの瞳は黒く輝いている。父さんは君を気に入ったみたいだ、僕にはわかるよとユルゲンは言った。そして、いろいろあったけれど今晩のことは成功と言っていいのではないか、正直に言うと、もし父さんが君のことを悪く受けとめていたら、僕らの結婚は不可能になっていたかもしれないんだ――。エーファの見ている前で、ユルゲンの目が潤んだ。嗚咽（おえつ）がもれ、ユルゲンが顔を手で覆う。男は泣くものではない。ユルゲンが恥じ入るように、でもどこか安堵したように顔を背けたとき、エーファは、自分はこの人を理解はできないけれど、たしかに愛していると感じた。エーファはユルゲンが顔を覆っている右手をとった。そして涙で湿ったその手を撫でた。きっと自分は遠からず、塩素のにおいのするあの屋敷でヴァルターとブリギッテと一緒に暮らすことになるのだろう。エーファは想像しようとした。ショールマン夫妻とともに朝食の席についている自分。ブリギッテとともに洗濯物を仕分けしている自分。台所でトロイトハルトさんと何かを言いあっている自分。とても本当とは思えなかった。でもいっぽうで、これまで自分にとってわが家だったものを――たとえば、食堂の上にあるせいでいつも空気がむっとしているブルーンスの家や家族を――思い浮かべても、これまでのような、とろりと眠くなるような安らかな気持ちは湧いてこなかった。エーファはユルゲンの手を握り、コンクリートの壁を見た。自分は今地下にいる。二一階建ての、七〇〇もの客室と同じ数のバスルームのある建物の地下に。動かない車の中に座って。それなのに、はるか遠くまで旅してきたような気がした。

その日の真夜中、エーファは空腹のあまり、ベッドから起き上がった。晩に豪華なレストランで食事をするからと、朝からずっと食事を控えていた。そして、あのとき口にしたほんのちょっぴりの前菜はもうとうに消化してしまった。エーファは裸足で台所までぺたぺた歩いていき、パンにバターを塗り、牛乳をグラスに一杯注いだ。部屋に戻ったエーファは窓辺で、街灯の光を頼りにパンを食べ、グラスから牛乳を飲んだ。後ろの天井には街灯が投げかける影がちらちらと震えている。ドン・キホーテは毎晩通り、槍を長く伸ばしている。棚の上には、新しい環境になじんだペットのようにあの帽子が鎮座している。道路は静かで車は一台も通らない。向かいの賃貸アパートに二つだけ灯りのついた窓がある。もしかしたら病人でもいるのだろうか。エーファの母親も、子どもたちが風邪をわずらえば、どんなに軽い症状でもやさしく介抱してくれたものだ。子どもが熱を出すとエーディトはパニックに陥り、真夜中でもかかりつけのゴルフ先生に往診を頼み、子どもが死んでしまわないか確かめてもらっていた。エーファは五歳のころ大病を患い、そのときはさんざん母親から甘やかされた。母親が自分のことを心配してくれたり骨を折ってくれたりするのを見るのが、エーファは好きだった。弱っていた子どもが食事をとれるようになり、ベッドから出たいと言い出したときの母親の安堵は、まったく大変なものだった。「もう昔のことだけど」とエーファはつぶやいた。最後のひとかけのパンを飲み下し、牛乳を飲みほす。裸足の足は冷たくなっている。そろそろ暖かいベッドの中にもぐりこもうとエーファは思った。このころ、毛布を二枚かけないと体があたたまらなくなっている。窓辺を離れかけたとき、エーファは目の端で、向かいにさらにもうひとつ灯りがついたのをとらえた。はす向かいに立っている新築の三階建ての中で、だれかが廊下の灯りをつけたようだ。正面のドアの曇りガラス越しに、オレンジ色の灯りが光っている。そんな色の灯りをエーファは見たことがない。きっと新型のランプなのだろうと、エーファは思う。新しいけれど、もう壊れている——というのも、そのオレンジ色の灯りはまるで電気の接続が悪いかのように、ちらちら揺らめいているのだ。エーファは、だれかが家から出てくるのを待った。でも、だれも出てこなかった。その間も灯りは徐々に明るく、黄色っぽくなっていく。そして動いている。

数秒後にエーファは、その揺らめく灯りが何を意味するかを理解した。炎だ。向かいのアパートの玄関ホールで火が出ているのだ。エーファは一瞬立ちすくみ、転がるように部屋から廊下へ飛び出し、電話のところに駆けていった。「父さん、火事よ！　向かいの14番地！」エーファは叫び、消防の番号である一一二をダイヤルした。そして、電話の向こうの相手が理解するまで、切れ切れの声で二回住所を繰り返した。両親の寝室のドアが開き、シュテファンの部屋のドアが開いた。アネグレットの部屋のドアだけは閉じたままだ。きっとまだ夜勤から戻ってきていないのだろう。ルートヴィヒが寝ぼけ眼でたずねる。「どこだい？」

「向かいの、ペンシュンクさんのとこ！」

ルートヴィヒがいつものように、家から飛び出していった。怯えたようにキャンキャン鳴くパルツェルにまとわりつかれていたシュテファンも、父親を追いかけようとした。だが、エーディトがシュテファンのパジャマの襟首をつかみ、「あんたはここにいなさい！」と怒鳴った。いっぽうのエーファは受話器を置き、「すぐに来るって！」と叫んだ。エーディトは頷き、モーニングガウンを羽織ってドアのところまで行き、しばし考えて戻り、廊下の棚を開けて畳んであった毛布を数枚取り出し、それをもって通りの夫のほうに飛び出していった。パルツェルも一緒にドアから飛び出した。シュテファンも「ママ！　僕も行く！」と言って飛び出しそうになり、エーファは全力でそれを引き留めなければならなかった。シュテファンは「離せよ！」と喚いた。エーファはシュテファンを高く抱き上げた。シュテファンは足をバタバタさせ、エーファの腿を力任せに蹴飛ばしたが、エーファがシュテファンを抱き上げたまま自分の部屋の窓辺に近づくと、ようやくおとなしくなった。「ほら、ここからぜんぶが見えるから」。エーファは言った。

エーファとシュテファンが窓辺から見守る中、スリッパに擦り切れたパジャマ姿の父親は、スリッパをどこかに落としかねない猛烈なスピードで通りに駆けていき、「火事だ！　火事だ！」と叫んだ。そして、火の出ているアパートの正面扉のところに行き、すべての家の呼び鈴を同時に押し、ドアをどんどんと叩き、もう一度呼び鈴を押した。アパートの部屋に次々あかりがともる。腕に毛布をかけたエーディトが通りを横切り、アパートの扉のところで夫と何かを話している。ルートヴィヒは、裏庭につながるアーチ形の門を指さしている。エーディトは小さな前庭を小走りに通り、家の裏へと姿を消した。そのあいだにも、扉の向こうの炎は窓ガラスいっぱいにまで広がっている。階上の家の窓が開く。だれかが外に身を乗り出している。ルートヴィヒが大声で、エーファにもシュテファンにも聞き取れない何かを叫ぶ。窓辺の人間は一瞬奥に姿を消し、ふたたび戻ってきて何かを下に投げる。放り投げられた何かが前庭に落下する。ルートヴィヒは体をかがめて、それをさがし、見つけたものを手にして玄関に戻る。そして扉の鍵を開ける。「パパは何をしているの？」シュテファンが怯えたように言う。エーファは返事をせず、信じられないような思いで父親が正面の扉を押し開けるのを見た。扉を開いた先には見間違えようのない炎があり、まぶしい白い光を放っている。黒い煙がもくもくと立ち上り、戸口に押し寄せてくる。エーファが呆然と見守る中、ルートヴィヒは一瞬ためらったのち、さっと家の中に入り、煙の中に姿を消した。「ああ、神様、父さんはいったい何をしているの？」エーファは小さな声でつぶやいた。眼下の通りに、暗がりの中、何か不格好な物体があらわれた。アネグレットだ。アネグレットはその場に立ち尽くし、真っ黒い煙をもくもくと吐き出している開いた扉の中をのぞく。アーチ型の門から毛布にくるまれた住人たちが、通りに出てきて、アネグレットのそばに立つ。全員が開かれた扉の中を見ている。父親の姿はどこにも見えない。
「消防車が来るよ、ほら！」エーファの腕の中にいるシュテファンが恐怖で震えながら言った。エーファは耳を澄ませたが、何も聞こえなかった。窓を開ける。煙のにおいがする。布が燃えるにおい。羊の毛皮が焦げるにおい。燃えている玄関ホールに父親は姿を消したまま、戻ってこない。「パパ！」シュテファンが鋭い悲鳴をあげる。「パパ！」

その半時間後、ブルーンス家の人々と、はす向かいのアパートから焼け出された五世帯の人々（老いた家主のペンシュック夫妻は幸運なことに、ケーニヒシュタインの娘のもとを訪れていて、留守だった）は、レストラン「ドイツ亭」の食堂スペースにそろって座っていた。シュテファンはアネグレットの膝の上にいる。焼け出された人たちはみな、寝間着姿の上にエーファの母親が持ってきた毛布をかぶっている。小さな子どもが半分寝ぼけたまま、しくしくと泣いている。「空襲にでもあったみたいなありさまね」とエーディトが言う。エーディトとエーファはモーニングガウン姿で、大人にはお茶を、子どもたちにはココアを用意している。ルートヴィヒとエーファはまるで英雄のごとく称えられていた。ルートヴィヒは消防車が到着するより先に、燃えているベビーカーを建物の外の通りへと押し出したのだ。人々は口々に、「命がけの」行為だったと褒めたたえた。今、父親は椅子に座っている。肩にはほかの人と同じように、エーディトの手で毛布がかけられ、両手は氷水の盥（たらい）に漬けられている。だが、やけどは幸い表面だけですんだ。「コックですから仕事柄、もっと熱いのにも慣れっこなんですよ！」ルートヴィヒは何度もそう繰り返していた。だが父親の白くなった鼻からエーファは、突入がいかに危険だったかを読みとった。ルートヴィヒがベビーカーを建物の外に放り出した直後、消防が到着し、まだ走っている特別出動車から消防士が飛び降り、燃えながら「ドイツ亭」のほうにゆっくり転がっていくベビーカーに手動の消火器で泡を吹きかけ、火を消した。ベビーカーは今も道路の真ん中に、無残な姿のまま置き去りにされている。みじめに折れ曲がった車体から赤黒い金属の棒がぶら下がっている。そのベビーカーは、エーファがまだ見たことのない若夫婦の持ち物で、黒髪の若い妻が片言のドイツ語でお茶のお礼を言っていた。赤ん坊は母親の腕にしっかりと抱かれて眠っている。やさしそうな夫は、不安げにため息をついている。もしかしたら、新しいベビーカーを買うお金について頭を悩ませているのかもしれない。エーディトがエーファに、あれはイタリアのナポリから出稼ぎに来ているジョルダーノさん夫婦で、まだこのあたりには慣れていないのだと説明する。「私、あなたがたのお名前をちゃんと発音できているかしら？」とエーディトが問いかけ、ジョルダーノの奥さんがほほ笑む。フェルトのカーテンを押し開けてだれかが中に入ってくる。濃紺の制服に身を包んだ消防隊長だった。シュテファンがアネグレットの膝の上で居住まいをただし、吸いつけられたようにそちらを見る。いったいだれが火をつけたのだろうかとしゃべっていた人々も、ぴたりと口を閉じた。チンピラの仕業か？　頭のおかしいやつの仕業か？　消防隊長はコホンと咳払いをしてから、いささか非難をにじませた口調で話し始めた。火は、玄関ホールの壁の化粧板すべてに燃え広がりました。あってはならない話なのですが、消防法がまったく守られていなかったのです──。その場の人々はだれひとり家主の判断に与してはいなかったが、みな、後ろめたそうな顔で消防隊長を見た。消防隊長は芝居がかった間をとり、さらに説明を続けた。もう危険はなくなったので、家に帰ってもかまいません。ただ、換気を徹底的に行わなければなりませんよ、と。ジョルダーノ夫人が夫に、小さな声で通訳をする。夫があまりに深いため息をついたので、一同は思わず笑った。そして拍手をした。ルートヴィヒは氷水から手を抜き、毛布を払いのけ、例のパジャマ姿でカウンターの向こうに立ち、ともかく飲んで気持ちを落ち着けましょうとシュナップスを気前良く人々にふるまった。女たちもご相伴にあずかったが、消防隊長だけは辞退した。エーディトは立ったままシュナップスのグラスを傾け、体をぶるっと震わせ、小さな声で「ああ、だれにも何ごとも起こらなくて本当に良かったわ」と言った。父親もまた、向かいの住民の災難が無事に落着したことを、心から安堵しているようだった。人々はもう家に戻ってよくなっていたのだが、ルートヴィヒはもう一杯ずつシュナップスをご馳走したいと言った。そして、テーブルのすべてのグラスに酒を注ぎ終えた後、顔を輝かせ、全員の無事に乾杯をした。エーファは立ち上がって父親を短く抱きしめ、父親を驚かせた。笑顔でそれを見ていた母親には、左右の頬に短くキスをした。アネグレットがからかうように口をゆがめ、エーファはアネグレットに反抗的な視線を返した。こんなふうに感情がとめどなくあふれてしまうのは、夜中にシュナップスを飲んだせいだとエーファにはわかっていた。でもそれは、愛のせいでもあった。

それから数日後、ある衝撃的な出来事があった。その日は木曜で、公判の日だった。町に春が訪れてすでに久しく、ガラスレンガ越しに見える木々は緑色に輝いている。その日の午前の会議場には眠気が漂っていた。いつもならいちばん攻撃的な被告人でさえ、今日は珍しくすんなり引き下がったように見えた。裁判長の満月のような顔も、深く傾いている。ダーヴィトは片手で重そうに頭を支えているが、半分眠っているように見える。市民会館の裏にある学校の中庭で、休み時間に遊ぶ子どもたちの声までもが心なしかくぐもり、回転数を落としたレコードのように間延びして聞こえる。エーファは、ポーランド系ユダヤ人女性の証言を通訳していた。アンナ・マズールという名の黒髪のその女性は、エーファの母親より年齢は少し若いのに、ずいぶん老けて見えた。証言席についたとき、彼女はエーファににこやかに挨拶し、エーファが文章を通訳するごとに、感謝をこめてこちらに頷きかけた。エーファはこの、落ちくぼんだ顔に輝きのない目をした女性に好意を抱いた。控えめで、知的で、礼儀正しい女性に見えたからだ。裁判長が女性に、名前と年齢と職業をたずねた。さらに、収容所にいたときの囚人番号が書類に書かれていないので、教えてほしいと言った。エーファがそれを通訳する。アンナ・マズールは質問に答える代わりに、ぶかぶかのグレーの上着の袖をまくり上げ、その下の明るい色のブラウスの袖もくるくるとまくり上げた。そして上腕をエーファのほうに向け、エーファが数字を読みとって通訳できるようにした。袖の下から囚人番号が、ひとつひとつの数字ずつあらわれた。そのときエーファは、体の奥から強烈な思いが湧き上がってくるのを感じた。「どこかで見たことがある。これと同じ瞬間をどこかで体験したことがある」。いつもと同じ既視感だ。だが今回、それはすぐに消えなかった。それどころか、ますます強くなった。数字をひとつひとつドイツ語で読み上げるうち、エーファは自分の体が、まるで魔法のキノコを齧（かじ）った『不思議の国のアリス』の主人公のように、突然縮んでしまった気がした。エーファもシュテファンも好きになれなくて、じきに放り出してしまったあの童話の主人公のように、想像の中でエーファは小さな女の子になり、エーファのそばには丸い眼鏡をかけた男の人が立っている。男の人が、白い上っ張りの袖をまくり上げ、上腕に記された番号をエーファに見せる。男の人は小さなエーファに親し気に話しかける。エーファは回転する椅子に座っている。あたりには石鹸のにおいと、焦げた髪のにおいがしていた。上っ張りを着た男の人が、エーファのために数字を読みあげる。二四九八一。エーファは男の人の口を見る。茶色っぽい歯が見え、短い口髭が見える。数字を発音するたび唇が動く。ポーランド語だ。男の人はエーファの前に立っていた。幻などではなく、はっきりと。そして突然、左耳の上に焼けつくような痛みが走る。痛みのあまり、叫びだしそうになる。そして、同時に悟る。これは本当に起きたことなのだと。「お嬢さん？　大丈夫？」だれかが小さな声で呼びかけている。アンナ・マズールの手が軽く上腕にふれたとき、ようやくエーファはわれに返った。エーファは、悲しげな優しさに満ちた、問いかけるようなその視線を追いかけた。そのとき、裁判長が「休憩が必要ですか、ブルーンスさん？」とエーファにたずねた。エーファはダーヴィトのほうを見た。ダーヴィトは、まるでエーファが今この瞬間に失神するとでも思ったかのように、半分腰を上げ、心配そうな、もどかしそうな顔でこちらを見ていた。だが、エーファはなんとか平静を取り戻し、マイクに向かって言った。「いいえ、大丈夫です」。そしてエーファは、証言の通訳を再開した。アンナ・マズールが収容所の登録事務所で囚人秘書として働いていたときの話だ。当時彼女の上司だったのが、第一被告人としてここにいる男だという。当時、一日で何百枚も死亡証明書を書かなければならないことが時々あった。そしてそれらは、収容所の中で死んだ人々だけのものだった。ガス室に送られた人々は、名前を記録さえされなかった。そして、アンナ・マズールは、銃殺されたり殴り殺されたり拷問で死んだりした人々の死因も「心臓衰弱」「チフス」などと記録するよう強要された。「一度だけ、ある女性の死因を〈心臓衰弱〉と記すのを拒絶したことがあります。そこに座っている、あの人に対して」。「なぜその女性に関しては、拒絶したのですか？」裁判長が質問した。エーファは証人の答えをドイツ語に通訳した。「その女性は私の姉だったからです。姉と一緒に女性病棟にいた女性から、姉がどのように死んだかを知らされました」。エーファは、アンナが姉の受難について説明するのに耳を傾け、できるかぎり冷静にそれを通訳した。エーファがひとつの文を通訳するごとにアンナ・マズールは、ありがとうと言うように頷いた。

「その医者は、どうすればいちばん安く女性を不妊にできるかを調べたがっていたのです」

その日の公判が終わり、まわりの人々がゆっくり部屋をあとにする中、エーファひとりは自分の席にぼんやり座ったままでいた。頭が痛み、ここ何年も忘れていた左耳の上の傷がうずくような気がした。エーファは椅子に座ったまま、勇気を――何のためなのかは自分でもよくわからなかったが――奮いおこそうとしていた。忘れ物の傘や手袋がないかを一列ごとにチェックしている職員二人を除けばだれもいなくなったとき、エーファは立ち上がり、空っぽになった裁判官席がある前のほうに歩いていった。そこにはほかとはちがう、もっとまじめな、石のようなにおいが漂っている気がした。でもそれは、裁判官席の後ろにある舞台を隠すためにかかっている淡青色の分厚い緞帳(どんちょう)についた埃のにおいなのかもしれない。収容所の大きな地図を、エーファはこんなに近くから見たことはなかった。両手を広げても端から端まで届かないほど大きな地図だ。もう馴染みになってしまった入り口の門の文字を読む。収容所の中の道路を注意してたどり、赤レンガの建物を順に観察し、まわりの一帯にあるブロックやバラックをひとつひとつ眺め、すべての道をさ迷い歩き、監視塔を通り過ぎ、ガス室へ、そして火葬場へと向かい、来た道をもう一度戻る。まだ口に出してもいない質問への答えを探すかのように。エーファの目がふと、左上の隅にとまる。収容所のフェンスの外側に、ぴっちり並んで建つ五つの家が描きこまれている。どれも二階建てで、箱のような家だ。地図のほかの部分とはちがい、ざっとスケッチされただけで、彩色はされていない。その中でいちばん大きな家に第一被告人とその妻が――あの猛禽類のような顔をした男と小さな帽子をかぶった妻が――暮らしていたことをエーファは知っている。数週間前に第一被告人は、収容所への通勤経路を示すよう求められた。証人によれば第一被告人は自転車で収容所に通勤していたという。白ブロンドは、第一被告人が通勤の途中で火葬場の近くを通らなければならなかったはずだと立証しようとした。一日に二度も火葬場のそばを通っていながら、ガス室の存在をまったく知らずにいるのは不可能だ。第一被告人は例によって落ち着いた表情のまま、地図が間違っていると短く主張していた。エーファは、第一被告人が住んでいた家の隣にある小さな家をじっと見つめた。ふと、何かを思い出した気がした。建物そのものではない。建物を描いた絵だ。尖った屋根。傾いた扉。大きすぎる窓。八歳くらいのおさげ髪の少女が机に向かい、太い鉛筆でその絵を描いている。あの少女は友だちのだれかだろうか？　姉だろうか？　エーファ本人だろうか？　子どもがお絵かきで描く家なんて、どれも似たように見えるものではないだろうか？　熱中していたエーファは、ダーヴィト・ミラーが戻ってきたことに気づかなかった。明るい色の、しわくちゃのコートを着たダーヴィトは――彼の持ち物はどれもみな、しわくちゃなのだが――音もたてずに講堂を横切った。彼は困惑したようにエーファをちらりと見てから、自分の席に向かった。置き放しにしてある法律の本を二冊取り上げ、ぱらぱらと急いでページを最初から最後までめくる。今度は床に膝をつき、椅子の下を捜す。ダーヴィトは財布を持ち歩くのが嫌いで、いつもポケットに現金や証明書類を入れている。今日はこれからシシィのところに行く予定で、その前に例の小さな八百屋兼果物屋で初物のイチゴを手土産に買おうと思っていた。だが、朝はたしかにポケットに入っていたはずの二〇マルク紙幣が消えていた。それは今月の彼の残りの全財産だったのだ。でも、どれだけ探しても紙幣は見つからなかった。ダーヴィトはエーファのほうを見た。エーファは身じろぎもせずに、地図を凝視している。まるでそうしていれば、地図の中に入り込めるとでも思っているかのように。ダーヴィトはエーファの、ひとつに結ったブロンドの髪と、明るい色のスーツの下でやわらかな線を描く背中を冷静に見つめた。ダーヴィトは思う。つくづく色気のない子だな。おかしなお嬢さん、いったいそこで何をしている？　そして大きな声で言う。「エーファ、もしよければ二〇マルク貸してもらえないかな？」

その晩エーファは、父の店を手伝わなければならなかった。バーテンダーのパーテン氏が毎週木曜の晩には成人学校にスペイン語を習いに行くからだ。年金生活に入ったら夫婦でスペイン領のマヨルカ島に移住したいからだという。ルートヴィヒには、二つの点が気に入らなかった。ひとつは、毎週木曜に休みをとられること。もうひとつは、三年後に新しいバーテンを探さなくてはならないことだ。パーテン氏は店に勤めて一五年になるが、店主のルートヴィヒは個人的な会話をほとんど交わしたことがない。個人的でない会話――「いまはみんなピルスの黒を飲みたがるんですよ。ブルーンスさん」。「流行なんか知ったことかね。私は樽四つ分しか注文しないぞ」――だって、一〇本の指で事足りてしまう。だが、ろくに言葉を交わさなくても二人はたがいにうまくやってきたし、信頼しあってきた。エーファはビールのしぶきが飛んでも大丈夫な濃紺のスモックドレスを着こみ、どっしりしたカウンターの後ろでピルスとレモネードを次々にグラスに注いだ。ぴかぴか光るタップを慣れた手つきで引き、グラスを洗い、すすぎ、乾かす。客に笑いかけ、向かいで起きた火事について少しおしゃべりに付き合ったりもした。五人の子どもを含む一四人の命が危うかったんだからねえ。想像してもごらん！　おたくのお父さんがああして勇敢に頑張ってくれなかったら、どうなっていたことか――。エーファは話に半分しか耳を傾けず、ちらちらと時計ばかり見ていた。だが、閉店までの一分一分はまるで松脂の中をたゆたうようにゆっくりと流れた。エーファは早くひとりになって、白い上っ張りを着て幼い自分に話しかけていたあの男の人のことや、子どもが描いたようなあの絵のことを考えたかった。そして、アンナ・マズールが自身の姉について語ったことを、いつもの青いスクールノートに記したかった。そうすれば、もうこれ以上このことを考えるのを、やめられるかもしれない――。エーディトがやってくる。この時間はいつもそうなのだが、上気した顔をしている。丸い盆をカウンターの上に置く。イヤリングがゆらゆらと揺れる。エーファは汚れたグラスを下におろし、新しく飲み物を注いだグラスを盆の上に置く。エーファは、四週間ごとに経験する下腹部の痛みのことを考えていた。エーディトは一年前に手術を受けるまで毎月、いちばん痛みが激しい日は暗い寝室で湯たんぽを腹にあてて、一日中ベッドの上で体を丸めていた。ブリキのバケツに吐いてしまいそうだと、よく母は泣き言を口にしていた。鎮痛剤を飲んでも、母にはほとんど利かなかった。でも、あのアンナ・マズールのお姉さんのように、化学者が混ぜあわせた液体を、医者から子宮に注射されたわけではない。注射されたその液体は子宮の中でゆっくりと、まるでコンクリートのように固くなるのだという——。エーファは唇を噛んだ。エーディトがエーファを見たが、エーファは母親のほうを見なかった。「ユルゲンとのあいだは、うまくいっているの？」エーファはぼんやりしたまま頷いた。「聖霊降臨祭〔復活祭から五〇日目の日曜日〕のとき、島に一緒に行こうと招待されたわ。四日間」。「それで、結婚の日取りはもう決めた？」エーファは肩をすくめて、父親のほうを見た。赤い顔をした父親が、痛みでこころもち上体をかがめながら台所を出てくる。そのまま父親は、大勢が和気あいあいと食事をしているテーブルに歩いていく。常連客のシュタウホさん一家だ。父親がシュタウホさんの娘さんと握手をし、何かを言う。みなが笑う。若い娘さんの顔が赤くなる。どうやら一家は、娘さんの二一歳の誕生日を祝っているらしい。グラスののった盆をエーディトがカウンターからもちあげ、エーファに言う。「大丈夫よ、エーファ。あの人はあんたからもう離れないわ。あちらのお父さんもあなたを気に入っているのだし」。母親は盆をシュタウホ一家のテーブルに運び、飲み物をそれぞれに配る。母親が何かを口にする。きっと父親がさっき言った科白を茶化しているのだ。成人した娘がいつまでも家から出ていかないのは、なかなか気骨が折れるものですよとでも冗談を言っているのだろう。人々がまたどっと笑い、乾杯をする。エーファは汚れたグラスを流しの盥に漬ける。そのときエーファは頬に、冷たい外気を感じた。新しいお客が入り口のドアを開けて中に入り、深紅色のフェルトのカーテンをかきわけて食堂に入ってきたのだ。第一被告人とその妻だった。エーファの体が硬直する。二人は戸口のところに立ったまま、空いたテーブルを探している。今日はこのあいだとちがい、店は父親いわくの「ぎゅうづめ」ではなく、テーブルを選り好みできるくらいに空いている。お客の帰った窓ぎわのテーブルをちょうど片づけていたヴィットコップさんが目をあげた。二人の顔を覚えていなかったヴィットコップさんは、汚れた皿を手にのせたままそっちに近づいていき、「お二人様ですか？　どうぞ、お好きな席に座ってください。すぐにメニューをお持ちします」と告げ、また厨房に戻った。エーファは、第一被告人がその妻をテーブルへといざなうのを、カウンターの後ろから途方に暮れたように見つめていた。夫は妻がコートを脱ぐのを手伝い、妻のために椅子を引いた。そしてバーカウンターの左にあるコート掛けのところに来た。だが、エーファのほうにはまったく注意を払わなかった。彼はハンガーにまず妻のコートをかけ、次に自分のコートをかけた。エーファはその鋭い横顔と静かな動きを観察した。近くで見ると、彼の顔はずっと老けて見えた。皮膚はまるで、しわくちゃになった羊皮紙のように見えた。カウンター席で飲んでいた二人連れのひとりが、木の台をこんこんと叩いてビールのお代わりを頼んだが、エーファの体は麻痺したように動かなかった。第一被告人がテーブルに戻り、妻の向かいに座る。窓に背中を向けているので、客席全体を見渡せるかっこうだ。エーファの両親はまだシュタウホ一家のテーブルのところにいる。シュタウホのご主人の話が長いせいで、ふたりともテーブルを離れられないのだ。二人とも、新しい客にはまだ気づいていない。厨房から戻ってきたヴィットコップさんが、二人の客に深緑のメニューを差し出す。ヴィットコップさんが淡々と「今日は新鮮な腎臓(キドニー)が入っています」とおすすめ料理を説明しているあいだ、突然第一被告人が目をあげ、まっすぐエーファの顔を見た。公判のときに彼は、被告人席からこんなふうにエーファを見たことがあった。吐き気がこみあげてくる。エーファはくるりと背を向けて身をかがめてしまいたいと思う。だがそのときエーファは、自分のことを相手が認識していないと気づいた。裁判とはまったくちがう環境のせいで、相手は、エーファがあの通訳だとは認識できなかったようだ。エーファは安堵のため息を漏らし、震える手で樽からグラスにビールを注ぐ。グラスを斜めにして軽く回転させながら注ぐと、ちょうどいい厚みの泡の冠ができる。このやりかたを教わったのは一二歳のときだ。それ以来、何度も繰り返してきたので、今では眠っていてもできるような気さえする。「お嬢さん！　ワインのリストがほしいんだが」。話しかけられたのはエーファではなく、母親のエーディトだった。エーディトは、シュタウホ家のいちばん年下の子どもの頭をくしゃくしゃに撫でて、ようやく一座から離れたところだった。エーディトは窓ぎわのテーブルに近づき、いつもの職業的な笑顔を浮かべる。エーファにはわかっていた。これからエーディトはお客に、五種類のハウスワインがあるが、どれを選んでもきっとご満足いただけますと説明するだろう。だが、テーブルに近づくエーディトの足元が一瞬ふらつき、奇妙なほどぎくしゃくした動きに変わった。テーブルの夫婦もエーディトのことをこわばった表情で見つめている。エーディトは二人の前に立ち、機械のように説明し始めた。「ワインリストはございません。通常のメニューの中に……」。エーディトが言い終わらないうちに、猛禽類顔の男はぱっと威嚇するように立ち上がった。一瞬エーファには、男が翼を広げ、空に飛び立とうとしているように見えた。だが、彼は飛び立つかわりに、頬をすぼめ、唇を尖らせ、エーディトの足元に唾を吐いた。その妻も立ち上がり、怒りで震える手に手袋をはめた。妻が夫にこうささやくのが聞こえた。「行きましょう、すぐに！　ロベルト、すぐ出ましょう！」そのころ、ようやくシュタウホ家のテーブルから離れることができたルートヴィヒは、厨房に戻ろうとした瞬間、奇妙に硬直した三人を目にしたのだろう。三人の姿はまるで、息をひそめ、静止し、冷酷に敵に飛びかかろうと構える犬のようだった——。エーファは、父親の顔が青ざめるのを見た。まちがいない。父親も、あの客とその妻のことを知っているのだ。

第3部

だぶだぶの制服を着た痩せっぽちの少年が、どこまでも続く絨毯（じゅうたん）の上で足をよろめかせる。オレンジ色の空は、手を伸ばせば届きそうなほど低く垂れこめている。少年は下を見る。絨毯のループ状の糸が、少年の足に巻きつく。それを振りほどき、さらによろよろと歩く。銃はずっと構えたままだ。少年はひとりではない。隣にほかの子どもが歩いている。はあはあ息を切らし、転び、立ち上がる。みな銃を持っている。そのとき、少年は耳をそばだてる。遠くから轟音とガタガタという音が近づいてくる。少年は立ち尽くしたまま、広大な地平線を見つめる。輝く空の前に一連の黒いシルエットが姿をあらわし、這うようにゆっくりと、しかし刻々と近づいてくる。戦車だ。巨大で顔のない戦車が絨毯の上を、長い列を作って進む。百台、あるいは千台かと思われる戦車の列が、子どもたちに向かってくる。少年はほかの子どもに叫ぶ。「退却！」だが、彼らは耳も目もきかなくなったかのように、そのままさらに前進する。少年が見ている前で、先頭の戦車が二人の子どもをおしつぶす。戦車は子どもたちを音もなく飲み込んでいく。少年はさらに大きな声で叫ぶ。「退却！　退却だよ！」少年はひとりの子どもを引き留める。その子どもは、少年のそばを通って戦車に向かおうとしている。子どもが少年のほうにわずかに顔を向ける。少年の親友の、トーマス・プレスガウの顔だ。「退却しなくちゃだめだよ、トーマス！」子どもは少年の手を振り払い、一台の戦車に向かう。このままでは戦車に押しつぶされてしまう。痩せぎすな少年は絶望したように、「だめだよ、だめだよ！」と泣く。

「坊や、起きなさい。シュテファン……」。シュテファンは目を開き、ぱちぱちとまばたきをする。だれかが上にかがみこみ、心配そうな目でこっちを見ている。「夢を見ていたんだよ」。父親の声を聞いて、シュテファンは安堵する。あたりを見回す。自分の部屋の、自分のベッドに寝ている。開かれたドアから光が差し込んでいる。パルツェルはベッドのはしに座り、一緒に沼地を走っていたかのように荒い息をしている。ルートヴィヒがパルツェルの鼻面を軽く手で叩く。パルツェルはうなり声をあげるが、ルートヴィヒは無感動なしぐさでパルツェルをベッドから追い払う。「邪魔だよ、野獣くん」。パルツェルはしぶしぶベッドから床に飛び降りる。ルートヴィヒは、シュテファンの汗をかいた頭を撫でた。

「悪い夢を見ていたんだよ」

「パパ、僕は叫んだのに、だれも耳を傾けてくれなかったんだ！」

「ときどき人は、悪い夢を見るものだよ。だけどもう大丈夫。ここはうちで、安全だからね」

「パパもときどき、悪い夢を見る？」

ルートヴィヒは答えなかった。しわくちゃになった掛け布団を伸ばし、息子の体をしっかりくるむ。

「ドアは少しあけておくよ。ぐっすりおやすみ、坊や」。そしてまだはあはあと息をしているパルツェルを踏まないように乗り越え、絨毯のあちこちにちらばったおもちゃをよけながら、部屋を出ていった。シュテファンが耳を澄ませる中、ルートヴィヒは自分の寝室へと足を引きずるように歩く。廊下の灯りはつけたままにしておいた。絨毯を照らす細い光の帯の上に、兵隊人形たちが倒れているのが見える。たくさんの人形がひとところに放り投げられて山になっている。もしかしたらシュテファンは、この兵隊たちは死んでいるというつもりなのかもしれない。

隣の部屋ではエーファがベッドにあおむけに横たわり、両手を毛布の上で組んでいた。シュテファンが寝ぼけて「退却！」と叫ぶ声は聞こえていた。エーファも起き上がろうとしたが、その前に両親の寝室のドアが開き、だれかがシュテファンのところに来るのが聞こえてきた。壁ごしに、父親とシュテファンが話す声も聞こえた。午前四時の少し前だった。エーファは眠れずにいた。短いグロテスクな映画のように、昨晩の出来事が何度も繰り返し瞼の裏に浮かんだ。ヴィットコップさんとレンツェさんが帰り、エーディトが店の扉を閉めた後、まだ店に残ってテーブルの拭き掃除をしていたエーファは、くるりと振り返り、両親に質問をぶつけた。心臓が早鐘のように打ち、答えを聞くことがとてつもなく恐ろしかった。それでもエーファは勇気を奮い起こした。長い時間をかけてかき集めた勇気だった。

「どこであの人と知り合ったの？」

カウンターの後ろでビールの注ぎ口をすすいでいた父親が、母親のほうをちらっと見た。母親はエーファからふきんをとりあげ、くるりと回れ右をし、出口に向かいながらこう言った。あの人がなぜあんな奇妙な態度をとったのか、私たちには皆目わからない。あの人にもあの人の連れにも一度も会ったことはない、と。ルートヴィヒも、その通りだというように頷き、流しを拭きあげ、客室の電気を消した。両親は戸口を出て、階段へと歩いていった。エーファはひとりで客室に取り残された――。ベッドに寝転んだエーファの体から汗が吹き出し、二枚の毛布をはねのける。両親が自分にこんなあからさまな嘘をついたことなんて、これまでに一度もなかったはずだ。エーファは、天井に映るドン・キホーテの影をじっと見つめる。その槍は何かを威嚇するように小刻みに揺れている。だれかを攻撃しようと待ち伏せをしているかのように。エーファは初めて、その槍が自分に向けられているように感じた。歯がカチカチと鳴り、さっきはねのけた毛布をもう一度引き被る。朝の五時半ごろ、ようやくエーファは少し熱っぽい眠りに落ちた。「あの人は母さんの足元に唾を吐いた。あの人は母さんを嫌っている。それはいい。それはいいのだ。ユルゲンだってきっとこう言う。それはよいしるしだと。でも、それならなぜ父さんたちは嘘をついたのだろう?」エーファはふたたび目を開けた。もうあたりは明るくなり、ドン・キホーテの影は天井から消えていた。戸棚の上にはオットー・コーンの帽子がたたずんでいる。

「そんな馬鹿な」。ナースステーションにいた制服姿のアネグレットは、中庭を見下ろす窓にふらふらと近づいた。緑色のカーテンを引っ張り、毛布のように体に巻きつける。そうして隠れていれば、だれからも見つからないと思っている子どものように。キュスナー医師がそばに歩いてきて、アネグレットの手をやさしくカーテンから離そうとする。アネグレットがつかんでいるカーテンは、今にも裂けて、上から落ちてきそうなのだ。キュスナーはなだめるように話しかける。僕ら人間はときに無力だ。人間として可能なすべてを試みても、それでも奇跡を起こすことはできない。君は全力を尽くしてくれた――。キュスナーがさらに言葉を連ねるうち、アネグレットは突然正気に戻ったかのように、体に巻きつけていたカーテンをほどき、「ぐちゃぐちゃしゃべるのはもうやめて」とキュスナーに言った。そして、部屋の真ん中にある机に座った。フォルマイカ加工の机の上にはクッキーの皿がある。一晩中そのままになっていたから、湿気たりパサパサになったりしているだろう。アネグレットは苦々しい口調で「人間として可能なすべて? なんてみじめな響き」と言い、それ以上何も聞きたくないというように両耳に手を押しあてた。キュスナーは、小さな看護帽をかぶったアネグレットの後頭部に視線を落とす。帽子の下にあるブロンドの髪は、脱脂綿のように白い。「来るかい?」アネグレットは答えない。キュスナーはアネグレットの手を、やさしく耳から外した。「もう一度、僕と一緒にあの子のところに行くかい？」アネグレットはキュスナーを見ずに、小さな声で言った。「ハルトムート、悪いけれど私はとても見られない」。キュスナーは一瞬ためらったが、部屋を出て、第五新生児室で息を引き取りかけている赤ん坊のところに向かった。アネグレットはクッキーを食べ始めた。

　キュスナーは廊下を歩いていった。彼とて、動揺していないわけがない。生後九か月の赤ん坊マルティン・ファッセは二週間前、熟練した外科医の手で先天性食道狭窄症の手術を受けた。複雑だが生きるためには不可欠な措置であり、栄養不良だった赤子は驚くほどよくこの手術に耐えた。術後一〇日間ほどは、体重も目に見えて増えてきていた。ところが四日前、赤ん坊は突然下痢と嘔吐を繰り返すようになった。ペニシリンも抗生剤もきかず、強壮剤もすぐに吐いてしまった。体はたちまち衰弱した。子どもを元気にする名人のアネグレットでさえ、いつもとちがう不安に満ちた表情を浮かべていた。昨晩もアネグレットはほとんど赤ん坊につきっきりで、青ざめた小さな口に少量のミルクと水を交互に与えていた。最後には、弱々しく泣く冷たい赤ん坊を抱き上げ、自分の体に引き寄せ、体温であたためようとさえした。午前四時ごろにはマルティンの体はほとんど動かなくなり、キュスナーは赤ん坊のかすかな心音を確認するために、落ちくぼんだ胸に聴診器を長時間あてなければならなかった——。キュスナーは第五新生児室に足を踏みいれようとした。ここには三つのベビーベッドがあり、どれにも症状の重い赤ん坊が寝かされている。そしてキュスナーは戸口に立ったときからもう、マルティンが戦いに敗北したことを悟った。キュスナーはマルティンのベッドに近づき、小さな冷たい体に最後の診察をした。キュスナーは時計を見上げ、死亡時刻午前五時三〇分とカルテに記入した。そして、今から数時間後に院長のところに行って申し開きをしなければならないと考えた。乳児の下痢がまたも発生したことについて釈明と回答をしなければなるまい。衛生対策は強化している。哺乳瓶と乳首は二度煮沸するし、べッドリネンは毎日交換し、医療スタッフはひとりひとりの患者に接触する前と後に必ず手を洗っている。それでも状況は改善しなかった。キュスナーは途方に暮れた。ナースステーションに戻ると、クッキーの皿は空になっていた。アネグレットは棚の前に立ち、まだ母親に授乳をしてもらえない子どもたちのために、朝のミルクの準備をしていた。粉ミルクをそれぞれの哺乳瓶に分け、お湯を沸かす。「もう一度会ってくるかい？」アネグレットは首を振った。キュスナーはアネグレットに近寄り、こちらに向かせ、腕の中に抱きしめた。アネグレットは体をかたくしたが、抵抗はしなかった。そしてキュスナーは言った。両親に電話をするのは七時まで待つよ。こんな知らせのために、寝床からたたき起こすのは忍びないからね。アネグレットはキュスナーの腕から逃れ、伸びをし、キュスナーの頬をさっと撫で、こう言った。マルティンのお母さんは私に打ち解けてくれているから、私から電話をするわ——。アネグレットはふたたびキュスナーに背を向け、沸騰したお湯を哺乳瓶に注いだ。キュスナーはアネグレットの背中を見ながら、ついにその日が来たのだと思った。

キュスナーは市立病院の院長の前で四五分ものあいだ、専門知識と自信をもちあわせて見えるように必死にふるまった。だがもちろん、今回の件は彼にもひどくこたえていた。悲痛な気持ちだった。そして疲労困憊（こんぱい）したキュスナーは、町はずれに新築したばかりの戸建てのわが家に戻った。玄関の廊下にしばしたたずみ、家の中の物音に耳を澄ませる。子どもたちは学校に行っており、カラフルなスリッパがコート掛けの下にしまわれている。妻のイングリートは二階の部屋でラジオを聴きながら何かの作業をしているようだ。ヒットソングが流れ、イングリートがサビの部分をラジオにあわせて歌うのが聞こえる。「パリは愛の夢を見る」。キュスナーはアネグレットのことを考える。アネグレットはセンチメンタリズムを徹底的に嫌悪している。一度、「愛の都パリ」への旅行をほのめかしたときの、嘲笑的にゆがめられた顔を思い出す。「ロマンチシズムはうわべを装った不誠実よ」とアネグレットは言う。キュスナーは鏡を振り返り、くたびれた自分の姿を見る。じっさいの年齢よりずっと老けているのではないだろうか。髪もずいぶん前から減ってきている。じきに体に肉がつき、四五歳で——父親と同じように——心筋梗塞を患うのだろう。父は、母と結婚して幸福そうではなかった。キュスナーがそこにたたずむうち、妻のイングリートが階段から降りてきた。白地に花模様の寝具を山のように抱えている。妻は体を揺らしながら、元気よく歩く。そして夫に気づくとにっこり微笑む。キュスナーはいつものように、年を経ても変わらない妻の美しさに感嘆し、そんな妻が自分のように平均的な男を選んだことを奇跡だと感じる。夫が笑顔を返さなかったので、妻の顔も同じように真剣になる。「何かあったの?」「話があるんだ、イングリート」。イングリートは寝具の山を、地下の洗濯室に続くドアの手前におろす。問いかけるように夫を見て、そのまま待つ。

「居間にいこう」

「なんだか、怖いわ。あなた、また、何を考えついたの? もう引っ越しはこりごりよ。私はここが気に入っているし、子どもたちだって——」

「ああ、それはわかっている」

ハルトムート・キュスナーは、何も気づいていない妻のあとについて、居間に足を踏み入れた。

その日の午前中、思いがけない行動に出たのはキュスナーだけではなかった。通訳の仕事がなかったエーファは、アポなしでいきなりユルゲンの仕事場を訪れたのだ。前に一度だけ、夜にショールマンハウスをユルゲンの案内で訪れたことがある。ユルゲンに連れられて各階の入り組んだ通路をたどりながら、人気のない部屋を覗き見たものだ。床から天井までぎっしり荷物が積み上げられた部屋があり、薄暗いホールには長い机がいくつもとベルトコンベアが置かれていた。荷物の発送作業は朝の四時から始まるという。「そのときここは、ハチの巣をつついたような騒ぎになるんだ」とユルゲンは言った。そのあと二人は階段で屋上まで上り、ちょうど雨が降ってきたので、塀の張り出しの下でキスをした。ユルゲンの事務所にいるあいだ、窓ガラスを打つ雨の音はどんどん大きくなっていった。エーファはユルゲンのエグゼクティブチェアに座り、くるくるとそれを回した。そして、偶然を装ってスカートの裾を上に引っ張り、太ももと下着を大胆にのぞかせた。ユルゲンは突然エーファの前の絨毯に膝をつき、エーファの膝に痛いほど強く顔を押しつけてきた。エーファは息を止めて、その先を待った。だがユルゲンは数秒もしないうちにふたたび立ち上がり、もう帰ろうとエーファに言ったのだ――。でも、今朝はまずい時間に来てしまったらしいと、エーファはすぐ気づいた。ユルゲンはエーファにせかせかと挨拶をし、エーファが春物のコートを脱ぐのを手伝った。明るい赤のコートは新品だ。ユルゲンがかすかに苛立ちを含んだ声で言う。「今晩、会うことになっていたよね？」エーファは訪問者用の椅子に座った。ユルゲンはさらにたずねた。「何か緊急の用事？」ユルゲンの素気ない口調がエーファを混乱させる。「だれかとどうしても話したくて、ユルゲン」。「何か飲み物はいる？　あたたかいコーヒーでも？　僕は五分後に会議なんだけど」。エーファは、黒光りする大きな机の向こうに座ったユルゲンを見る。そして、まるでバリケードを張っているみたいだと思う。目がずいぶん落ちくぼんでいるし、ああして腕を組んでいると、取りつく島もない感じがする。さっき一瞬、赤の他人のように見えたし。エーファは両親の目を通してユルゲンを見ている気になる。肌が浅黒くて、黒い髪の、お金持ちの男の人――。ユルゲンはエーファの懐疑的な視線に気づき、ふたたび両手を広げ、微笑みながらため息をつく。「エーファ、言ってごらんよ。せっかく来たのだから」

エーファはところどころ言葉に詰まりながら話し始めた。数か月前、市民会館の手洗いで第一被告人の妻と出くわしたこと。そのときに抱いた「知っている人だ」という印象。そして、白い服を着た男の人がエーファに、数字の刻まれた腕を見せてくれた鮮やかな記憶。自分は子どものころからポーランド語で一から十まで数えられたこと。そして、自分は何か収容所にかかわりがあるのではないかという、頭に何度も去来している不安——。エーファは最後に、父の店での出来事を話し、そして両親が自分に嘘をついていたことを話し、翌朝の食卓で両親が目を合わせてくれなかったことを話した。「ちょっと待って」。それまでずっと話を聞いていたユルゲンが、手を挙げてエーファの話をさえぎった。「君はどうしてご両親のことを信じないの?」

「ユルゲン。だって説明がつかないもの。なぜあの男の人があんな態度をとったのか。父さんたちとあの人は、以前からおたがいを知っていたはずよ!」

ユルゲンは立ち上がり、壁に近寄った。壁にはカタログのページの草案がずらりとクリップで留めつけられている。「そうだね、でもたぶんご両親はそのことを話したくないんだよ」。「あなたはそれを、そのままにしておくべきだと言うの?」

ユルゲンは壁にかかっている紙を一枚とった。白い箱のような写真がある。おそらくユルゲンはエーファの母親の提案をいれて、洗濯機をカタログの品目に加えたのだろう。

「もしかしたら君の両親も、うちの父と似た体験をしたのかもしれないね。それで、胸が痛むようなことを思い出したくないんだ」

「でも、うちの両親は共産党員ではなかったはずだけど……」

「じゃあ、レジスタンスにかかわっていたとか？」

エーファはその想像につい笑いかけた。「ありえないわよ、それは！　ユルゲン！」

ユルゲンはいったん外した紙を、別の場所にふたたび留めつけた。「ご両親が話さないなら、なぜ断言できる？」

「うちの両親はいつも言っているもの。『政治は上の人間がやるものだ。われわれ庶民はその結果を受け入れるだけさ』。私の両親のことは、私がよく知っているわ！」

ユルゲンは机の後ろに歩いていった。「モーゼの十戒の第四にあるよ。あなたの父と母を敬え。これは、あなたの神、主が賜わる地で、あなたが長く生きるためである」

「なぜいま、そんなことを言うの？」ユルゲンは無言で椅子に腰をかけた。子どものころ、初めて母親から聖書の十戒を読んでもらったとき、ユルゲンは「両親を敬う」ことをこんなふうに想像した。花冠で両親の頭を飾り、前にひざまずき、アンニおばさんからもらったチョコレートを全部贈り物として差し出すのだ。少しやりすぎな気もしたが、でも、神様がそうしろと言ったら――。エーファが立ち上がり、ユルゲンに近寄ってきた。怒った顔をしている。それがなぜかはユルゲンにもわかった。

「十戒が今の話にいったい何の関係があるの？　私はあの人たちとうちの両親のあいだに何があったか知りたいだけよ！　それがわからないの？」

エーファはユルゲンが答えるのを待たず、さらに続けた。

「ううん、わかるわけがないわ。あなたは、私が知っていることを、私がこれまで聞いてきたことを、何も知らないのだもの。どんな恐ろしいことが起きていたか。どんな罪をあの人たちが犯してきたのかを！」

「僕にも想像はつくよ」。ユルゲンの表情が硬くなった。エーファに冷たい目を向け、顔をそむける。エーファは一瞬、この人は年をとったらこんな顔になるのかしらと考えた。軽蔑的な思いが胸に湧き上がる。

「想像できるわけがないわ！　一度も公判に来てくれたことがないのに。一度も話を聞いたことがないのに。あの人たちが何を経験したのか、一度だって私にたずねたことがないのに。あの人たちがつらい過去を思い出したいとでも、まさか思っているの？　それでもあの人たちは来たのよ！　そしてあの場に立ったの。あの、いつもむんむん暑くて、スポットライトのぎらぎらする光に照らされているあの場所に。背後にはあのスーツを着た豚どもが足を広げて座っていて、笑ったり、そっぽを向いたりして、『嘘つき！』『間違いだ！』『すべては誹謗中傷だ！』とか言うのよ。ううん、いちばんひどいやつは――」。エーファは立ち上がり、第一被告人の冷たい口調を真似た。「『私の知るところではありません』なんて言い逃れをするの。そんなすべてにかかわらず、証人はあそこに立って、自分たちが動物のように、家畜のように、ゴミのように扱われたことを話している。彼らがどれほど苦しい目にあったか、あなたには想像できないでしょう？　私にだってできやしないわ！　収容所の医者は囚人を実験に用いたのよ。医学的な実験に……」

ユルゲンは立ち上がった。「エーファ、もう十分だろう！　僕は君が思っているほど無知じゃない。でも、今ここはそれを話すような場ではない。僕はこれから――」。エーファは引き下がらなかった。「ちゃんと聞いて、ユルゲン！　あの人たちは拷問を受けたのに！　収容所には食べるものが何もなかったのに！　どこもかしこも汚物にまみれていたのに！」ユルゲンはまくしたてるエーファを手で制止し、嘲笑を込めた口調で言った。「君は今、人としてのマナーも忘れてしまっているよ。頼むから、少し声のトーンを落としてくれないかな」。ユルゲンは戸口のほうを指さした。扉の向こうにはユルゲンの秘書がいる。だが、エーファはさらに続けた。「収容所のそこらじゅうに死体や汚物が散らばって、悪臭がして。それでも人々は生きようとしていたの！」エーファは両手で顔をこすり、悲鳴のような声をあげた。こんなに激しい感情に襲われたことは、これまでに一度もなかった。エーファは、ユルゲンの広々としたオフィスの真ん中で、クリーム色の厚い絨毯の上で、荒い息をしながら立ち尽くしていた。ユルゲンがエーファのほうに足を踏み出した。「荷が重すぎることは、僕にはわかっていたよ。君の神経には耐えられない」。エーファは後ずさりした。ユルゲンの目を見て、落ち着いて話そうとした。でも、だめだった。神経が神経がって、いったい何だというのだろう？「おととい、クラクフから来た女の人が証言したわ。ロマの収容所が解体されたときのことを話していた。囚人たちはそのことを感づいて、ブリキで武器をつくった。ブリキを尖らせてナイフみたいにした。棒切れを集め、板を集めた。親衛隊の将校がやってきたとき、人々はそんな武器で抵抗した。女も——年をとった女も若い女も——男も子どもも、全力で必死に戦った。みんな、自分たちがガス室に送られるのを知っていたから。結局みんな、銃で撃たれて死んだそうよ」

厚い扉の向こうの控えの間には、秘書のユングヘーネルさんが座っていた。灰色の髪で質素な身なりのユングヘーネルさんはじき勤続二〇年になろうとする未婚女性で、ユルゲンの父親にも長く仕え、よく働いてくれた。彼女は今、書き物机に座って個人的な手紙をタイプで打っている。宛先は、自分の住んでいるアパートの家主だ。最近アパートの一階に入居した若い男に対する苦情だ。男はゴミを中庭に捨て、前庭に放尿し、夜中まで窓を開けて大音量で音楽を聴いている。すさまじい悪臭がする。一度、よその子どもを部屋に連れ込もうとした――。彼女は続ける。自分はこの手紙をアパートのすべての住民のために書いている。そして犯人からの復讐を案じるゆえ、自分の名前は伏せさせてほしい、と。ユングヘーネルさんは紙をタイプライターから引き抜き、もう一度読み直す。一階のその部屋からはたしかにこれまで二度、小さな音で音楽が聴こえてきたことがあったが、それを除けば、手紙に書かれていることはすべて真っ赤な嘘だった。でも、その男はユングヘーネルさんが知らない言語を話し、彼女はそれに恐怖を覚える。そんな男の部屋の前を一日に何度も通り過ぎなければならないなんて、嫌だ。そんな男に同じアパートに住んでほしくない。ユングヘーネルさんが手紙を折りたたんだとき、突然、扉の向こうの上司の部屋から叫び声が聞こえたような気がした。ユングヘーネルさんはぴたりと手の動きを止めた。詰め物入りの厚い扉の向こうからそんな音がするなんて、おかしいのではないか？　ユングヘーネルさんは立ち上がり、ドアに近寄る。口を軽く開け、耳をすますが、何も聞こえなかった。きっとさっきのは空耳だったのだ。ユングヘーネルさんはふたたび机に座り、手紙を封筒に入れた。封筒には家主の宛先がすでにタイプ打ちされている。さっきはあやうく、自筆で宛先を書きそうになってしまった。手書きの文字はまずい。封筒を鞄に入れる。切手は今晩、家で貼って――会社の切手を一枚でもくすねるなんて、自分にはありえないことだ！――それから、あたりが暗くなってから、二つ離れた通りにあるポストに投函することにしよう。

　ユルゲンのオフィスはしんとしていた。エーファは来客用の椅子の上にへたりこんでいる。少し前まで何かの発作のようにおいおい泣いていた。左右の頰をユルゲンが軽く叩き、ようやく涙は止まった。

ユルゲンは窓ぎわに立っている。二人とも黙りこくっていた。エーファは静かな声でたずねた。「どうして一度も、聞こうとしてくれないの？」「そこには邪悪な何かがあるからだよ」。ユルゲンは感情のこもらない声で、そっけなく答えた。ユルゲンは一一階のオフィスの眼下に広がる街を見つめる。高層ビル群のはるか向こうの地平線に、緑の帯がうねうねと波打っている。タウヌスの丘だ。エーファは、ユルゲンが差しだしたハンカチで涙を拭く。そして鼻をかみ、立ち上がった。入ってくるときドア近くの革張りソファに置いたハンドバッグを手に取る。そしてコートを腕にかける。喉にこみあげてきた痰をのみくだし、最後の塩辛い涙を鼻から喉へと流す。喉の奥がひりひりと痛む。窓辺にいるユルゲンに近づき、エーファは言った。「ちがうわ、ユルゲン。そこにあるのは邪悪な何かじゃない。悪魔や何かでもない。ふつうの人間なの。だからこそ、恐ろしいのよ」。エーファはユルゲンに背を向け、部屋を出ていった。扉を開け、興味津々の目でこちらを見ている秘書のユングヘーネルさんに小さく会釈をし、控えの間をあとにした。ユルゲンは窓ぎわにたたずみ、下を見ていた。前庭を人々が、まるで蠅（はえ）のようにうごめいている。ユルゲンは、真っ赤なコートを着たエーファの姿が見えるのを待った。エーファが眼下にあらわれ、すたすたと前庭を横切り、左に曲がり、路面電車のほうに消えていった。ユルゲンはエーファがもっと小さく見えるのではないかと思っていたが、じっさいの彼女は思いのほか大きく、背筋の伸びた女に見えた。ユングヘーネルさんが戸口にあらわれ、モード課のトップとの会合をお忘れではないですか、もう予定を五分過ぎていますと声をかけた。ユルゲンは、自分は行けないと伝えてくれと返答した。ユングヘーネルさんはわけがわからないままユルゲンの背中を見つめ、そのまま待った。ユルゲンは「二〇分後に行く」と答えを訂正した。ユングヘーネルさんは扉を閉めた。ユルゲンは机に行き、引き出しを開け、黒くてぶ厚い聖書を取り出した。裏表紙にはユルゲンの名前と、聖体拝領の日付が金文字で刻印されている。ユルゲンは聖書を手に取ったが、ページをめくりはしなかった。ユルゲンは荒野のキリストを思った。キリストは荒野で三度悪魔に誘惑され、三度それをはねのけた。でも自分にはそれができなかった、自分は弱い人間なのだとユルゲンは思った。何か得体の知れないものが、自分からコントロールを奪ったあの感覚。ユルゲンは、野原の真ん中に立ち、死にゆく者の目を見つめていた自分を思い出す。あのときのにおいまでよみがえる気がする。硫黄のかすかに甘いにおいと何かが焦げる強烈なにおい。自分の両手には、鉤爪が生えている。ユルゲンは捨て鉢な気持ちで顔をゆがめ、笑う。もちろんこんなのは、子どもっぽい悪魔の想像図だ。だからといって、真実味が減じるわけではない。現に自分はそれをきっかけに、聖職者になって神の近くに仕え、何かに守られていたいと思ったのだから。

その日の午前中、ルートヴィヒ・ブルーンスは毎年この時期にしているように、ヘニンガーのビール工場の事務所を訪れ、来期のビール樽の価格について交渉をしていた。ルートヴィヒの向かいには、クラウス・ヒックスが座っている。二人は数年来の知り合いだ。いつも商談は丸く収まってきたし、儀礼的な値切り交渉のあいだにも、数杯のシュナップスを空ける仲だ。ヒックスはひとしきり話をしてから、数年前から町で馬車の通行が禁じられたことを暗い表情で愚痴るのが常だった。「いい時代だった。いかした馬が町を歩いていて、なあ?」だが、今日のルートヴィヒはシュナップスを一杯目から断った。ヒックスは驚き、「病気は大丈夫なのか? 何かうまくいっていないのか? 家族はみんな息災か?」とたずねた。ルートヴィヒはあいまいに頷き、このところ胃の調子がどうも良くなくてとごまかした。ちょうど同じころ、エーディトは歯医者のカスパー先生の処置室で横になり、口を大きく開けていた。

診察用の椅子に座っているカスパー先生は、年齢不詳のいかめしい印象の医師で、鏡を手にしながらエーディトの歯を観察し、ときどき小さな鉤のついた道具であちらこちらの歯茎をちくっと刺した。そして親指と人差し指をエーディトの口に突っ込み、歯を一本一本順に揺さぶったり軽く引っ張ったりした。部屋の中はしんとしていた。どこかの配管で何かがゴボゴボ鳴る音が聞こえるだけだった。医師は作業を終えると、椅子の上で心もち体を後ろに反らし、重々しい声で言った。「歯周炎ですね、ブルーンスさん」

「それはいったい？」

「歯茎の炎症です。だから、歯磨きをすると出血する。そして何本かもう危うい歯が――」

「危うい？」

「そうです。残念ですが」

エーディト・ブルーンスは体を起こした。「どうしてそんなことに？　歯はちゃんと磨いています。ヴィタミン不足ですか？　でも、果物もたくさん食べているのに」

「年齢的なものですよ。いわゆる更年期です」。エーディトはカスパー医師を凝視した。かかりつけのゴルフ先生も、その言葉を口にしたことがある。でも、ゴルフ先生の話だとそれはすぐに過ぎ去る風邪のようなもので、長期的な影響が起きたりはしないはずだった。でもカスパー先生の口から出ると、まるで死刑宣告のように聞こえた。

「何もできることはないのですか？」

「殺菌力のあるうがい液で、口をすすぐことですね。でもいつかは抜くことになるでしょう」

エーディトはふたたび椅子にぱたんと横になり、天井を見つめた。「危うい歯をね」

「はい。でも最近では代わりの歯も、ずいぶん向上しています。戦前のガタガタしていた入れ歯とは比べ物になりません。あんな代物をきょうび見られるのは、お化け屋敷の中くらいですな……だから、取り乱すようなことは何もないんですよ、ブルーンスさん」

取り乱すことはないと言われても、無理だった。エーディトは己を恥じて両手で顔を隠し、しくしくと泣いた。

レストラン「ドイツ亭」の上の住居では、エーファがアネグレットの部屋のドアを静かにノックし、中を覗き見ていた。黄色いブラインド越しにさしこむ淡い光の中で、アネグレットは眠っていた。いつものように横向きになり、胎児のように体を丸めている。部屋にはまだビールとポテトのにおいが残っていた。その理由をエーファは知りたくなくて、ゆっくり扉を閉めた。エーファはパルツェルにまとわりつかれながら居間に向かい、どっしりとした背の高い食器棚に近づいた。小さな子どものころエーファはよく、自分はお姫様で、この食器棚は大小の尖塔や窓のたくさんついたお城なのだと想像して遊んだものだ。その食器棚の扉や引き出しをいま、ひとつひとつ開けてみる。乾いた煙草と甘いリキュールと埃のにおいが入り混じったような、どこかなつかしい香りが立ち上る。白いテーブルクロスや布のナプキンはどれも見覚えのあるものだった。使われて半分の長さになったツリー用の赤い蠟燭(ろうそく)を収めた紙箱があり、銀メッキのカトラリーの入った箱があった。両親はその輝くカトラリーを「王様が使うような」高級なものだと言って、めったに使うことがなかった。エーファは床に膝をついた。下の引き出しには、書類やアルバムが保管されている。エーファは請求書や保証書をはさんだリングファイルをぱらぱらとめくった。いちばん古い売上伝票は一九四九年一二月八日に発行されていた。両親がレストラン

「ドイツ亭」を開店してからすぐ後の日付だ。それは、ヴィースバーデナー通りのシュナイダー電気店で買った赤外線電気ストーブの購入証明と保証書だった。ユニットバスのバスタブの上にそのストーブが架けられていたのを、エーファは思い出す。あのころトイレに行くたび、鎖を引いてストーブの電源を入れてみた。便座に座って用を足しているあいだエーファは、金属の漏斗(じょうご)のようなものの内部にある太くて灰色の導線がゆっくりバラ色になり、最後には深い赤に輝き始めるのを吸い寄せられるように目で追っていた。でもあるとき、そのストーブはもう壁にかかっていなかった。エーファはそれが消えたことについて、一言も口にしなかった。自分が頻繁にスイッチを入れたせいで機械が壊れたと思い込んでいたからだ——。引き出しの中に、五冊アルバムが入っている。三冊は比較的最近のもので、明るい色の、柄入りの布のカバーがかかっている。残る二冊は黒と深緑の厚紙でできていた。エーファは古い二冊のうち、深緑のほうのアルバムをまず手にとった。父の若いころの旅行の写真がある。ヘルゴラント島。一九二五年。父親はそばかすだらけの顔で、にこにこ笑っている。故郷を離れて旅行をするのはこれが初めてだったという。ある写真では屋外で焚火をしながら、火にかけた鍋(なべ)をかき回している。鍋から立ち上る湯気のせいで顔がぼやけているが、別の写真に写っているのと同じ半ズボンとアンダーシャツを着ているおかげで父親だとわかる。その旅行では一〇日間、三〇人の男たちのためにずっと食事を作り続けたのだと、ルートヴィヒはよく話していた。そして最後の日には仲間たちから、銀紙でこしらえた手製のメダルを授けられたのだと。そのメダルは写真と一緒にアルバムに貼られている。今はもうぺしゃんこに押しつぶされ、見る影もないありさまだ。「ヘルゴラント島の名コック」という文字も消えかけている。エーファは絨毯に腰を下ろす。かたわらにパルツェルが横になる。エーファは今度は黒いほうのアルバムを開いた。最初のページには母親のエーディトが、黒字に白い鉛筆で、丁寧な飾り文字でこう書いている。「ルートヴィヒとエーディト。一九三五年四月二四日」。次のページには結婚式の写真が貼られている。両親がビロードの緞帳の前に立っている。そばに低い柱のようなものがあり、その上に花が咲きこぼれている。エーディトはルートヴィヒと腕を組んでおり、二人は微笑んでいる。ルートヴィヒは「夢のようだ」というような顔をしており、エーディトはほっとしたような顔をしている。エーディトが着ている白いドレスは胸から下が、流れるようなすとんとしたシルエットで、おなかのわずかなふくらみをうまく隠せていない。昔アネグレットは、写真のその部分を指さしては始終、母さんのおなかのところだけ写真の印画紙が擦りとられていると言い、さらに「私がそこにいたんだからね！」と言ったものだ。エーファは、そばで横になっているパルツェルを機械的に撫でながら、アルバムのページをめくり、昔馴染みの物言わぬ写真たちを眺める。ハンブルクのレストランで開かれたお祝いの写真がある。エーディトの都会的で上品な親族と、島からやってきた赤ら顔のブルーンス家の人々はすぐに見分けがつく。エーディトの両親は、娘の選んだ男に納得していなかった。それはともかく若夫婦は式をあげると、ハンブルクのラールシュテットにある二部屋のアパートで暮らし始めた。ルートヴィヒは夏は海で、冬は山で、季節ごとのコックとして働いた。給料は良かったが、安定した勤め口を得たいという希望はなかなかかなわなかった。現状のままでは、夫婦は数か月のあいだずっと別れて暮らさなければならず、エーディトもルートヴィヒもそれを不満に思っていた。エーファは一九三九年の春に生まれた。エーディトが実家の高級な絨毯に横になってから二〇分足らずのお産だったという。それからほどなく、ククスハーフェンのレストランを居抜きで借りるというチャンスが巡ってきた。そこでならようやく家族みんなで一緒に暮らせる。当時ルートヴィヒは三〇歳過ぎで、エーディトは二〇代半ばだった。「でも、それから戦争が始まって、すべてが変わってしまった」。これはエーファが、親から始終聞かされた話だ。開戦からほどなくして、ルートヴィヒは野戦食堂で働くために召集され、最初はポーランドに、のちにはフランスに送られた。幸運だったのは、前線には行かされなかったことだ。耳のすぐそばを鍋が吹っ飛んでいったことはあったが、それほどひどい怪我はせずにすんだ。エーディトは最初、娘二人を連れてハンブルクの実家に身を寄せていた。食べ物もちゃんとあって、暮らしはうまくいっていた。だが、イギリス軍による空襲が始まると、エーディトは娘たちをユースト島にいる親族に預けた。当時八歳と四歳だった姉妹はエレンおばさんと〈オットセイおじいちゃん〉のところで暮らすことになった。〈オットセイ〉は幼いエーファが祖父につけたあだ名だという。エーファはオットセイのような口髭の祖父のことを、両親の結婚式の写真でしか覚えていない。祖父はどの写真でも、まるで泣いているように見える。アルバムのページをさらにめくる。いちばん最後に、新郎と新婦がダンスをしている写真がある。新婦のエーディトはヴェールのかわりにナイトキャップをかぶり、新郎のルートヴィヒは先の垂れさがった三角帽子をかぶっている。昔からのしきたりだと、母親は説明してくれた。真夜中になると花嫁はヴェールをはずされ、花婿とともにナイトキャップをかぶるのだ。そして、ある詩が読みあげられる。アルバムにたたんで挟まれていた紙切れに、その詩が印刷されていた。

「遠くで鳴る鐘に耳を傾けよ
婚姻の日は過ぎ去り、
新しい日が幕を開ける。
おお、幸福な花婿と花嫁、
美しき花嫁よ、私に許せ

いまこの時、この場所で
そのヴェールを取り去ることを。
一日のあいだおまえを飾り、大きな喜びをもたらした
そのヴェールをはずし、この帽子をかぶれ。つつましき王冠を。
そのたくさんのフリルの下には
喜びと満足が見つかろう。
今このときから永遠に。
そして、新しき夫となるおまえにも
贈り物がある。
いまここでおまえに授けるのは、この帽子。
おまえがよき夫であり続けるように。
よその女に溺（おぼ）れず
まっすぐに家に帰る夫であるように。
今このときより、誘惑者の歌を避けるため
この帽子を耳と目の下まで引き下げるのだ」

人々は新郎新婦を取り囲み、拍手をしている。写真の中で、人々の手はぼやけ、顔は白く輝き、何人かの目はおかしなほうに向いている。エーファの両親だけがまるでまわりから切り取られたかのようにくっきりと、生真面目な顔で映っている。二人は固く抱きあい、たがいを見つめあっている。

「もう年なのね、この子」

モーニングガウンを羽織ったアネグレットが牛乳の入ったグラスを片手にドアのところに立ち、パルツェルを指さしていた。パルツェルは口から舌をだらりと出している。「きっと心臓が弱っているんだと思うわ」。「よしてよ」。エーファはそう答えたが、自分でも前から同じことを考えていた。エーファはパルツェルの頭を撫でる。パルツェルはエーファの手にぱくりと食いつこうとする。

「ねえ、姉さん。ユースト島にいたころのことを覚えている？」

「まあね。でもそんなには……」

「どうしてそのころの写真がほとんどないのかしら？　戦争のときの写真がそもそも全然ないし！」

「そのころの人々には、写真をとるよりほかにやらなければならないことがあったのよ」

「私たち、ときどきは海で泳いだの？」エーファはアネグレットに出ていってほしくなかった。だが、アネグレットはくるりとドアのほうを向いて、「昨夜はほんとにたいへんだったのよ」と言い、部屋を出ていった。エーファはアルバムを閉じて、棚にふたたび押し込んだ。最後に、アルバムの右隣に入っていた黄色い厚紙のファイルを引っ張り出した。両親はその中に、子どもたちが小さいころ描いた絵をいくつか保管していたはずだ。エーファはファイルを開いた。いちばん上にあった絵には、第一被告人の家の隣りのあの小さな家が描かれている。尖った屋根とゆがんだ扉、そして大きすぎる窓。家のそばに二人の少女がいる。ひとりは大きく、もうひとりは小さい。おさげ髪で、手をつないでいる。家の後ろには、橙色の太い筋が縦に二本描かれている。二本はどちらも空へと上っている。知らない人が見たら、子どもの想像力が生み出した何かだと思うかもしれない。でも、エーファにはもう、それが何を描いたものなのかわかっていた。エーファは、かつて自分にとっての城だった食器棚にぐったり背をもたせかけた。

その日の夕方、エーファは検察の事務所を訪れた。エーファは、おおかたの職員が週末のためにもう仕事を切り上げていることを期待していた。今からやろうとしていることを、だれにも見とがめられたくなかったのだ。事務所には、収容所で勤務していた将校らの名前のリストがある。八〇〇〇人を超える人々の名前が、二つの厚ぼったいリングバインダーに綴じこまれている。そのバインダーをエーファはしばしば目にしていた。裁判長は、目撃者の証言を検証するときにそれを用いる。たとえば、ある出来事が起きたとされる時期に特定の将校が収容所に勤務していたかを確認するためなどだ。この公正な名簿のおかげで、陳述が誤りだと判明することは珍しくなかった。それは証人にとって毎回、屈辱的な瞬間だった。彼らは嘘つきとしてその場に立つことになるのだ。ただ単に、自分が苦痛を味わわされた年月日を正確に思い出せなかっただけで――。エーファはだんだん、その二つのバインダーに恐怖を抱くようになっていた。でも、まさか自身の運命がそこに結びついているなどとは、露ほども思ったことはなかった。どこまでも続くように思える無人の廊下をエーファはひたすら歩く。突き当たりに、書類庫に通じる扉がある。扉の前で立ち止まり、おとぎ話に出てくるたくさんの禁断の扉のことをしばし考える。少し前からシュテファンは、そういうおとぎ話を読んでとねだらなくなった。エーファは部屋に入り、ドアを後ろ手で閉めた。窓のない空間の中で目をならし、壁ぎわの書架沿いに歩く。探していた灰色の二冊のバインダーは、思いのほか早く見つかってしまった。二冊のうち、「隊員　親衛隊／収容所　A―Z」とラベルのついたほうを棚から引き出す。まるで今にも手の中で破裂してしまうかのように、こわごわと注意深く、そのバインダーを持ち、部屋の真ん中にくっつけて置かれた机のひとつまで運んだ。バインダーを机の上に置く。書類庫の前の廊下は、依然静まり返っている。エーファは一瞬考える。やっぱりこのままバインダーを注意深く元の場所に戻して、この部屋をあとにするほうがいいのではないかしら？　家に帰って、シャワーを浴びて、着替えをして、ユルゲンとドイツ製西部劇『シルバーレイクの待ち伏せ』を観に行く準備をしたほうが正しい選択なのではないかしら――。そのとき、壁の向こうで押し殺したような笑い声がした。壁の向こうには小さな給湯室がある。おおかた、秘書のひとりのレームクールさんかだれかが、ダーヴィト・ミラーかほかの司法修習生とじゃれているのだろう。エーファは耳をそばだてた。また笑い声がする。やっぱりレームクールさんだ。バラ色の肌で少し軽率なところのある彼女には、あまりよくない噂があった。同僚たちが言っていたところでは……。エーファはバインダーを開き、人差し指で「B～Br」の索引を追った。該当するページを開き、上から下へと名前をたどる。ブローゼ、ブロスマン、ブロストハウス、ブリュッケ、ブルッカー、ブルックナー、ブリュックナー、ブリュッゲマン、ブリュガー、**ブルーンス**。

突然、ドアが開き、二人の人間がよろけるように中に入ってきた。たがいに体を押したり引いたりしながら、音を立ててキスをしている。ダーヴィト・ミラーがぎこちない手つきで女のブラウスのボタンをさぐる。レームクールさんがまた笑い声をあげる。今度はさっきとちがって大きなはっきりした声だ。ダーヴィトが女を机の上に押し倒す――そのとき彼は、エーファが机の向こうに立ちつくしているのに気づいた。彼女の前には開いたバインダーが置かれ、その顔には驚愕の表情が浮かんでいた。ダーヴィトはゆっくり体を起こし、女の体を引っ張り上げ、きまり悪そうに笑った。「失礼。給湯室が狭すぎたので」。「私たち、書類をとりに来ただけなの……」。レームクールさんが苦しい言い訳をした。エーファはバインダーを閉じて、小さな声で「もう行くわ」と言った。エーファがバインダーをもとの場所に戻すのを、ダーヴィトは目で追った。レームクールさんが困ったような声で言う。「ねえ、だれにも言ったりしないわよね、エーファ？　ちょっとふざけていただけなのだし……」。エーファは返事をせずに部屋を出ていき、後ろ手にドアを閉めた。レームクールさんは肩をすくめ、ダーヴィトを見た。「それで、どこまでしていたのだっけ？」だが、ダーヴィトは女から目をそらした。彼は棚のところに歩いていき、エーファがさっき戻したバインダーを取り出した。その中には、エーファの顔色を失わせた何かが入っているはずだった。

月曜日は、レストラン「ドイツ亭」の休日だ。休日は、ブルーンス一家がそろって夕食をとれることを意味していた。アネグレットですら市立病院の勤務スケジュールを、月曜の晩にはできるだけ家にいられるように組んでいた。一家は夕方の六時半から、台所で食事をとった。ハムやチーズをのせたパンが食卓に並び、ときには魚の缶詰も出された。母親はシュテファンのために好物の酢漬けキュウリの瓶を空け、父親はマヨネーズとケイパー入り卵サラダを大きなボウルに準備している。このサラダは、店のメニューにも載っているルートヴィヒの得意料理だ。だが、家族に食べさせるときだけはいつも、ルートヴィヒは生のディルを奮発してサラダに入れた。「たとえどんなに値段が高かろうとも」と言いながら。その晩は五月の初めにしてはおかしなほど暖かかったので、中庭に面する窓は開け放たれていた。一羽のクロウタドリの歌が聞こえてくる。一家はもうみな食卓についていたが、シュテファンの席だけはまだ無人だった。エーディトが「シュテファン、夕ご飯よ！」と声をかけた。アネグレットは卵サラダをスプーンで自分の皿にとりわけながら、市立病院のある医者のことを父親に話していた。その高齢の外科医は、ルートヴィヒと同じ腰の痛みに数年来悩まされてきたが、コルセットを使うことで症状が改善したのだという。ほとんど痛みがなくなったそうよとアネグレットが言うと、ルートヴィヒは冗談めかして、男がコルセットをつけるなんざ沽券にかかわるが、でも新しい情報をありがとうよと礼を言った。そして、そういう道具を使えば腰が痛くても昼の営業を再開できるかもしれないなと言った。減量のために硬いライ麦パンふた切れだけを食べていたエーディトはくすくす笑いながら、毎朝私が父さんのコルセットのひもを締めて、夜にはゆるめてあげますよと言った。昔、子どもだったころ、おばあちゃんがコルセットをつけたりはずしたりするのを手伝わされたから、今もきっとできるでしょうよとエーディトは続けた。「子どものころ身につけたことは、二度と忘れないっていうし。もっとも、またあんなことをする羽目になるとは、思ってもいなかったけれど」。みなが笑ったが、エーファだけは黙って両親と姉を見つめていた。エーファ以外の三人は、コルセットをつけたルートヴィヒの姿を想像しておかしがっていた。父親は朝からまだ一度もエーファのほうを見ていない。いっぽうの母親は心配そうな視線をちらちらと送ってくる。そしてエーファの頭を撫でて、「イタリア産のメットブルストよ。あなたの好物でしょう?」と言った。エーファはわからずやの子どものように顔を背け、そんな自分に怒りを覚えた。父さんと母さんに何と言えばいいのだろう? 何を質問すればいいのだろう? エーファは家族と一緒に、食卓という世界でいちばんくつろげる場所にいながら、何ひとつ明確な考えを言葉にできずにいた。「ママ」。そのときシュテファンが戸口にあらわれた。いつもとようすがちがっている。顔は赤くなり、目は恐怖で見開かれている。「ママ」。もう一度シュテファンが悲痛な声で言った。四人は即座に、何か良くないことが起きたのだと理解した。四人はまるでスローモーションのように、順にがたがたと立ち上がった。シュテファンは言った。「パルツェルが起きてくれない」

ほどなく一家はシュテファンの部屋の、兵隊人形の散らばった絨毯の上に立ち、ベッドのそばに横たわる犬の亡骸を見つめていた。シュテファンはしくしく泣きながら、何が起きたかを説明しようとしていた。「パルツェルが、そこでウンチをしちゃったんだ。それで僕、怒って少しだけ叩いちゃった。そうしたらひっくり返って、体をヘンなふうにバタバタさせて、それで、それで、それで……」。その先の説明は激しい泣き声に飲み込まれ、理解のしようがなかった。ルートヴィヒはシュテファンを抱き寄せ、シュテファンは父親の太った腹に顔を押しつけた。泣き声は徐々に小さくなっていったが、その悲痛さは変わらなかった。エーディトは部屋を出ていった。アネグレットがうめき声をあげながらパルツェルのそばの絨毯に膝をつき、手慣れたしぐさで小さな黒い毛むくじゃらの体を調べた。呼吸、脈、反射。アネグレットは立ち上がり、「きっと心臓ね」と言った。シュテファンが大声で泣きだし、エーファは弟の頭を撫でた。「パルツェルは犬の天国に行ったのよ。そこには犬のためだけの大きな野原があって……」。「そこでは一日中、ほかの犬たちと一緒に遊べるんだ……」と父親が付け足した。アネグレットは一瞬目をむいたが、そのまま黙っていた。エーディトが新聞紙をもって部屋に戻ってきた。そして、パルツェルの最後の落とし物を絨毯から取り去った。

亡骸は古い毛布でくるまれ、ルートヴィヒの運んできた「ダマにならない・即席とろみ粉」と内容表示が書かれた大きな箱におさめられた。一家はその箱の中に、さまざまな副葬品を入れた。母親はイタリア産のサラミを一切れ入れ、アネグレットは手のひら一杯の——緑色だけの——フルーツボンボンを入れた（アネグレットは緑色のボンボンの味が嫌いで、それだけ別に選り分けてあった）。エーファはパルツェルのいちばんお気に入りのおもちゃだった、さんざん噛まれてぼろぼろになったテニスボールを、居間のソファの下から取り出して箱に入れた。シュテファンはまだしゃくりあげながら長い時間をかけて、ねじ巻き式の戦車を箱に入れてあげるかどうか考えていたが、結局、天国で意地悪な犬に会ったとき守ってあげられるように、いちばん強い兵隊人形を一〇個入れてあげると決めた。シュテファンはそれから、今晩一緒に眠ってほしい人を選ぶようにと言われた。「みんな」とシュテファンは言った。話し合いが行われ、結局エーファが弟のそばで寝ることになった。寝床に入ってからもくすんくすんと泣いているやせっぽちの弟の体を、エーファは抱きしめてやった。ベッドのそばには、ひもで縛られた箱が置かれている。箱の上にエーディトが濃い青の色鉛筆で「パルツェル　一九五三―一九六四」と記した。エーファはシュテファンの髪に鼻を押しつけた。かすかに草のにおいがする。エーファは目を閉じる。瞼の裏にまたあの目録が浮かんでくる。窓のない部屋で広げたバインダーに綴じこまれていたあの目録――。「アントン・ブリュッガー」の下に、「ルートヴィヒ・ブルーンス。親衛隊下士官。コック。一九四〇年九月一四日～一九四五年一月一五日、アウシュヴィッツ勤務」と書かれていた。

風呂場の洗面台でエーディトは歯を磨いている。鏡に映った自分の顔を見たくなくて、目を瞑(つぶ)って歯を磨く。うがいをしたとき、歯磨き粉の泡に血が混じっていることにエーディトは気づく。同じころルートヴィヒは居間のソファの定位置に座っていた。ソファの前にあるテレビはクロシェット編みのカバーが巻き上げられ、スイッチが入っている。画面には、人々の奇妙な行動や趣味にスポットを当てる番組「ご趣味拝見！」が放映されている。今日は、地下室の床から天井までぎっしり、つくりもののフクロウをコレクションした男が紹介されているが、ルートヴィヒはろくに画面を見ていなかった。ルートヴィヒの頭には、夕食の席にまるで他人のような顔で座っていたエーファのことが思い出されていた。

次の日の早朝、孤独なクロウタドリもまだ眠っているころ、一家はパルツェルを中庭の黒い樅(もみ)の木の下に埋めた。穴はルートヴィヒが掘った。掘り進むうち何度か木の根にぶちあたり、スコップを力ずくで振り下ろし、なんとかそれを断ち切った。途中で幾度も休みを入れては、腰をさすった。シュテファンは箱を放したがらなかったが、エーファが優しくそれをとりあげた。父親が小声で歌を口ずさんだ。「忠実にして善良なる犬よ、やすらかに眠れ」。家族も一緒にハミングしたが、ルートヴィヒがいったい何の旋律を引用しているのか、例によってだれにもわからなかった。家に戻るとき、エーディトはシュテファンの肩に手を置き、また新しい犬を飼おうねと言った。だが、シュテファンはまじめな顔で、パルツェル以外の犬はもう欲しくないと答えた。エーファはそのまましばし外にとどまり、最後に家に入った。エーファは、パルツェルの死を自分がどれだけ悲しんでいるか、家族のだれにも見られたくなかった。限りなく満ち足りた生涯を送り、すべてを許されていた犬の死に、自分がどれだけ涙を流したかを——。

その男は特徴のない顔つきをしていた。「野獣」と「看護師」のあいだに座っているが、まるで黒いスーツの奥深くに潜りこんでしまったかのように、だれとも話そうとしない。その男、被告人番号6は、被告人席にいるだれよりも人目を引かない男だ。パルツェルの死の翌日に開かれた七八回目の公判では、この男が収容所で果たしていた役割が争点になった。エーファがポーランド人の証言の通訳をしているあいだ、被告人番号6は角縁メガネをはずし、白いハンカチでのんびりとレンズをこすっていた。証人はアンジェイ・ヴィルクという名の四〇代後半の男で、顔色が悪く、シュナップスのにおいを漂わせていた。エーファと証人は証人席の机に、たがいに直角に座っていた。二人の前には水の入ったグラスがふたつと水差しがひとつ、そしてエーファの辞書とメモ帳が置かれている。証人のヴィルクは、収容所の病院棟（クランケンバウ）と呼ばれていた建物で被告人が囚人を殺したと述べた。囚人たちは処置室というところに連れていかれ、スツール椅子に座らされた。そして、叫び声を出さないために口を左の手でおさえるように強制された。そうしたうえで被告人は、犠牲者らの心臓に注射をした。「〈注射（アプゲシュプリッツェ）〉をしますからと、私たちは言っていました」。証人は〈注射〉の部分だけをドイツ語で言った。そしてまたポーランド語に戻った。エーファはそれを通訳した。「最初私は介添えとして働かされ、その後、死体の運搬をやらされました。死んだ人間を運び去るのが私のつとめでした。私たちは死者を、殺された部屋から通路を通って、地下にある洗面室に運びました。そして夜になると荷車にのせて、火葬場に運びました」。裁判長が身を乗り出して言った。「証人、あなたは被告人がそういう注射をしたとき、同じ部屋の中にいたのですか？」

「はい、五〇センチか一メートル程度しか離れていませんでした」

「そのとき、あなたと被告人のほかにだれかが部屋の中にいましたか？」

「もうひとりの遺体運搬係がいました」

「あなたがいる前で、そのようなやり方で何人が殺されましたか？」

「数えていませんでした。でも、七〇〇人から一〇〇〇人くらいだったのではないでしょうか。そういう処置は月曜日から土曜日まで毎日行われるときもありましたが、ときには週に三回だったり二回だったりしました」

「そこで殺されたのは、どこから来た人々でしたか？」

「収容所のブロック28にいた人たちでした。一度、子どもが七五人来たこともありました。ポーランドのどこかから来た子どもたちで、年齢は八歳から一四歳まででした」

「だれがその子どもたちを殺したのですか？」

「そこにいる被告人です。それから番号18の被告人も一緒でした。処置の前に子どもたちはボールを与えられ、ブロック11と12のあいだにある庭で遊んでいました」

しばしの間があった。人々は無意識のうちに、裏手にある学校の中庭から聞こえる物音に耳を澄ませた。だが、学校はちょうど授業中で子どもたちは教室にいた。ガラスレンガの窓の向こうでやわらかく動いているのは、一本の木の影だけだった。被告人が、さきほど拭いていたメガネをふたたびかける。メガネのレンズが、スポットライトのまぶしい光を反射する。アンジェイ・ヴィルクはとても落ち着いたようすで座っていた。エーファは裁判長が次の質問をするのを待った。裁判長はファイルのページをめくっている。横にいる若い裁判官が、一枚の書類のある箇所を裁判長に示している。エーファは、自分の体から汗が吹き出してきたのに気づく。このホールはいつも空気がむっとしているのだが、今日はとりわけ、酸素が薄いように感じられた。目の前に置かれたグラスから水をひと口飲む。それなのに、口の中はもっと渇いてしまった気がした。裁判長はいよいよ質問を口にするため、善良そうな満月顔をエーファのほうに向けた。

「あなたの父親も、収容所にいたのですか？」

エーファは裁判長の顔をじっと見た。顔からすべての血の気が引いた。エーファの隣にいた証人は裁判長のドイツ語の質問を理解し、ドイツ語で答えた。「はい、父親は収容所にいました」。エーファはもうひと口、水を飲もうとしたが、口に含んだ水を飲み下すことができなかった。裁判長の姿が目の前でゆっくりかすんでいく。まるでガラスレンガの壁の向こうに消えていくように——。エーファは瞬きをする。

「それで、あなたの父親はどうなったのですか？」

証人はポーランド語で答えた。「そこにいる被告人が私の目の前で父を殺しました。一九四二年九月二九日のことでした。当時は毎日のように注射が行われていました」。ヴィルクはさらにしゃべり続け、エーファは彼の口を凝視しながら、なんとか言葉を理解しようとした。言葉を発する口もとが、やはり形を失っていく。

「私は処置室にいました……被告人……私たちは待ちました……ドアが……私の父親が……そこに座ってください。今からあなたに注射をします……チフス予防の……」。エーファはアンジェイ・ヴィルクの腕に、まるでそこにしがみつこうとしているかのように、自分の手を置いた。「すみません、さっき言ったことをもう一度繰り返してください……」。証人が何かを言う。でもそれはもうポーランド語ではない。エーファの聞いたことがない言葉だ。エーファは裁判長のほうを向く。彼の姿はもう完全に消えてしまっている。「この人の言うことがわかりません……裁判長、この人の言うことが私は理解できません……」。エーファは立ち上がる。目の前でホールが回り始める。大勢の人々の顔がエーファのまわりをぐるぐると回り、リノリウムの床が急に近づいてくる。そしてすべてが真っ暗になった。

ふたたび目を開けたときエーファは、ホールの裏にある休憩室の小さなソファに横たわっていた。薄暗いこの部屋は本来芸人の楽屋に使われており、照明付きの鏡が設置されている。だれかがエーファのブラウスの、いちばん上のボタンをはずしてくれたらしい。シェンケさんがエーファの額の上に、水で濡らした布を置いてくれた。しっかり水が絞られていないせいで、水が目の中に垂れてくる。レームクールさんがエーファのそばに立ち、ファイルでエーファの顔をあおいでいる。「あそこの空気は、まったく最悪よね」。レームクールさんが言う。ダーヴィトは開いたドアに寄りかかっている。エーファのことを心から心配しているような表情だ。エーファは体を起こし、もう大丈夫だと言った。ダーヴィトは手ぶりで、まだそのままでいたほうがいいと示す。「あの証人はドイツ語で陳述を続けられるよ。まあまあちゃんとしゃべれるようだ」。ホールの職員が戸口に来て、休憩がそろそろ終わりになると告げた。シェンケさんとレームクールさんはエーファを励ますように頷いてみせると、足早に部屋をあとにした。エーファも立ち上がって二人を追いかけようとしたが、まるで子どもの足で大人の体を支えようとしたかのように、膝ががくりと抜けた。エーファは深呼吸をした。ダーヴィトが部屋に入ってきて、鏡の前に置かれた皿から最後の一切れのハムサンドをつまむ。「ルートヴィヒ・ブルーンス。君の親父さんだろ、ちがうか?」エーファは一瞬、自分が聞き違いをしたのではないかと思った。だが、ダーヴィトはさらに続けた。

「収容所の職員用食堂で、コックとして働いていた。君はそのとき何歳だった?」エーファは無言だった。いたたまれない気持ちだった。何かうまく言い返そうとしたが、結局エーファが口にしたのは、法廷でしばしば耳にする「私は知らなかった」という言葉だった。エーファはさらに続けた。「覚えてなんかいなかった。もし知っていたら、この仕事を引き受けたわけがないわ！　私は父さんが親衛隊に属していたことさえ知らなかったのだから！」ダーヴィトはサンドウィッチを冷静に咀嚼している。エーファはダーヴィトの顔を見る。その顔には、満足げな表情が浮かんでいるように見える。怒りがこみ上げ、エーファは思わず立ち上がった。「ほら見たことかと思っているんでしょう？　あなたはいつも言っていたものね。私たちのだれもが、この国のだれもが、あのことに関与していたのだって。きっと、検察の方々だけは別なのでしょうけど……」

「ああ、そう考えているさ」。ダーヴィトがエーファをさえぎって言った。「国民のおおかたが関与していたのでなければ、あの帝国ってやつが、あんなにみごとに機能するわけがない」

エーファはやぶれかぶれな気持ちで笑った。「父さんがあそこで何をしていたかなんて、私は知らない。たぶん卵を焼いたりスープを作ったりでしょうけれど！」エーファは小声で付け足した。「でも、ここの仕事はもう続けられないわ」。ダーヴィトは食べかけのサンドウィッチを皿に戻し、鏡に映ったエーファの顔を見て言った。「頼むよ、ブルーンスさん。僕らには君が必要なんだ」

ダーヴィトはくるりと振り返り、エーファに近づいた。そして「だれにも言わない」と付け足した。エーファはダーヴィトを見た。左右で大きさの違う瞳。こんなに近くで彼の顔を見たのは、数か月前、ダーヴィトが「ドイツ亭」に来たとき以来だ。あのときは奇妙に感じた瞳が、いまは不思議なくらい馴染みに思える。エーファは結局、おぼつかなげに頷いた。そして言った。「ヴィルクさんは今朝、私に言ったの。ドイツ語を話すのは、とても苦痛なのだと。彼の通訳をやめるわけにはいかないわ」

その数日後、聖霊降臨祭の前日の土曜の朝、四人の人物が抜けるような青空の下、飛行場を歩いていた。貨物を乗せた車がそばを通り過ぎ、小さな銀色の飛行機のそばで停まる。車には運転手と、白い制服を着たキャビンアテンダントがひとり乗っている。飛行機は、ヴァルター・ショールマンが所有するセスナ機だ。「空の旅には絶好の天気だ」。ユルゲンがエーファに言う。エーファは髪をひとつに結い、カラフルなスカーフをかぶっている。ほどけかけたスカーフが風にひらひらとはためく。ブリギッテはヴァルター・ショールマンと腕を組んでいる。ヴァルターは、興奮した子どものように物珍しげにきょろきょろとあたりを見回しては笑う。エーファがだれかは認識していないようだったが、愛想よく「今日は紙パンツにしたんですよ」と挨拶をしてきた。四人は順にセスナに乗り込んだ。キャビンアテンダントが、乗客用キャビンの下にある小さな貨物室にスーツケースを運び込む。コックピットには一人の男が座っている。ミラーサングラスと巨大なヘッドホンをつけているせいで、顔の造作はよくわからない。パイロットはユルゲンとヴァルターの二人と握手を交わすと、ディスプレイや操縦桿やコントロール・パネルの再チェックを続けた。エーファは狭いキャビンの中でそわそわと自分の席に座る。これまでに仕事で一度、飛行機でワルシャワに飛んだことがある。あのとき、胴体の膨らんだ大きな飛行機を信頼するのは、なんでもないことだった。だがこの、まるで模型のような小さな飛行機に乗るのは、なんとも心もとなかった。エーファは隣でシートベルトを締めているユルゲンに言った。「シングル・エンジン」という言葉がなんだか不安なの。だって、そのたったひとつのエンジンが壊れてしまったら、いったいどうなるの？　ユルゲンはきわめてビジネスライクな口調で、この飛行機はしっかり整備されているから大丈夫だよと答えた。いよいよドアが閉じられ、ロックされた。だが、パイロットはなかなか出発しなかった。ヴァルターが後ろの席から、なぜ離陸しないのかと質問してきた。ユルゲンが、まだ離陸の許可が下りていないからですよと説明する。パイロットがユルゲンのほうに指を三本突き出し、ユルゲンは親指をぐっとあげてそれに答える。エーファは、離陸まで三〇分待たなければならないことを知っていた。三〇分待てば、ブリギッテが夫の朝食のお茶に入れた睡眠薬が効いてくるはずだ。ユルゲンの話によると前回、島からフランクフルトにセスナ機で戻るとき、ヴァルターはハンブルクの上空で降りると言い出し、ドアを開けようとしたのだ。もちろんそれが危険でないわけがない。それを受けてユルゲンとブリギッテは苦肉の策を考え出したのだと言う。エーファの不安が増していくのをよそに、ヴァルター・ショールマンは後部座席で眠りに落ちた。ヴァルターの頭が完全に後ろに倒れてから、パイロットは無線で離陸許可を得ると、エンジンのスイッチを入れた。機体が滑走路へ移動する。小さな飛行機が加速を始めると、エーファは椅子の肘掛に両手でしがみついた。エンジンのキーンという音が徐々に大きくなり、滑走路に引かれた印や線がますます高速で機体の下を通り過ぎていく。エーファは思わず叫び声をあげそうになる。ユルゲンが肘掛からエーファの手をとるのと同時に、車輪がアスファルトから離れた。機体は浮き上がり、飛行し始めた。家や道路や町の人々がどんどん後ろに遠ざかり、セスナ機は青い空の高みへと上っていった。

目的地に着くまでには三時間弱かかった。エンジン音があまりに大きいので、機内では会話などできなかった。ヴァルター・ショールマンは口を開けて眠っていた。口の端から垂れてくるよだれを、ブリギッテがときおりハンカチで拭った。ユルゲンは仕事の書類を読み、あちこちに鉛筆で印をつけたり、メモをとったりしていた。英語で書かれた契約書のようだった。ブリギッテはハンドバッグから雑誌『クイック』を取り出し、読み始めた。エーファは窓からはるか下を見やり、黒い線のように見える川の流れを追い、緑色の点のように見える森や林を数えた。そして空想した。芥子粒(けしつぶ)のように小さな自分が木々の間を歩いている。そして、ふとこずえの上を見上げると、銀色の点のような何かが音もなく空を上へとのぼっていくのだ。ふと、「いまここで死んでもかまわない」という気になる。エーファは思う。私はあそこで暮らしていた。姉さんもあそこで暮らしていた。父さんはあの門を抜けて毎日仕事に行っていた。母さんは家の窓を閉めた。あの煙突から出てくる煤が家に入らないようにするために――。それを知っているのは、今のところダーヴィト・ミラーだけだ。いや、あの第一被告人の妻も、「ドイツ亭」のカウンターの後ろにいたのがエーファであることに気づいたはずだ。二日前に法廷で目が合ったとき、視線にあからさまな軽蔑がこめられていた。小さな帽子をかぶったその人はさらに、（気をおつけなさい、お嬢さん。でないとまた痛い目にあいますよ）とでも言いたげな仕草をした。そのときエーファの頭に突然、ある記憶が浮かびあがった。小さな自分が、体のあちこちを痒がっている。腕や足を蚊に刺されたからだ。小さなエーファは、塀に囲まれたどこかの庭の中に立ち、刺された箇所を血が出るほどかきむしっている。あたりには、何かが焦げたようなほの甘いにおいが漂っている。庭にはバラの花壇があり、黄色と白の花が咲き誇っている。大きいほうの女の子が縞模様の麻のワンピースを着て花壇の真ん中に立っている。その子はバラの花を摘む。あれはアネグレットだ。アネグレットが笑い、一緒にエーファも笑う。エーファも花をひきちぎろうとし始める。最初は難しかったが、だんだんコツがわかった。二人は向かい合って最初は花を、次にはつぼみを投げっこした。突然アネグレットの動きが止まり、エーファの後ろの何かをじっと見るや、脱兎のごとく逃げ出した。そして庭を横切り、茂みに潜り、姿を消した。エーファはゆっくり後ろを振り返った。エプロン姿の女の人がこちらに近づいてくる。ネズミのような顔をした女の人だ。ネズミは怒っている。女の人はエーファの上腕をつかみ、平手でぱちんと頬を叩く。もう一度。さらにもう一度。そのときエーファは初めて、焦げ臭いにおいの中に、むしり取られたバラの花の香りをかいだ。四歳のときのことだった。

ショールマン家の別荘は葦葺きの屋根のレンガ造りの建物だった。入り口のドアの外側にかかっている「１８６８」という鍛造された数字は、築年を示しているのだろう。ブリギッテはエーファを屋根裏部屋に案内した。小さくて少しひずんだ部屋で、窓には花模様のカーテンがかかっている。水玉の壁にシングルベッド。ブリギッテがからかうように小さく笑う。「あなたたちは、ともかくまだ結婚していないから」。それから彼女は、打ち解けたようすで付け足した。「ユルゲンはちょっとクレイジーだけど、そのほかはまっとうな人よ」。ブリギッテは部屋を出て、夫の世話をしに行った。島に着陸したときは半分眠っていて、みなで力を合わせて飛行機から担ぎ下ろしたヴァルターは、今はもうはっきり目覚めて、不安げに妻の名を呼んでいた。エーファはドアを開けたままにしておいた。窓から砂丘が見える。赤っぽい海草が一面に生えた、奇妙なくらい痩せこけた地面だ。砂丘の合間に北海が、帯のように見えている。島のこちら側から見える北海は荒々しくて野性的だ。ユルゲンがエーファの小さなスーツケースを部屋に運び入れ、窓辺にいるエーファに近づく。エーファはユルゲンにもたれかかり、ユルゲンはエーファの肩に腕を回す。エーファの耳にユルゲンの鼓動が聞こえる。まるでここまで走ってきたかのように、強く激しく打っている。「ユルゲン、砂浜まで行ってみない？　もう海に入れると思う？」「ごめんよ、エーファ。まだ契約書類が片づいていないんだ。今日中にテレックスで返信をしないといけない」。「土曜日に？」

ユルゲンはそれには返事をせず、エーファから体を離した。そして言った。「君がここに来てくれて、嬉しいよ」。でも、エーファを見つめるその顔はなんだか怒っているように見えた。

「ねえ、ユルゲン。寝室が別々ってちょっとヘンよ。私たちは大人だし、それに婚約しているのに」

「それについては、もう議論する気はないよ。またあとで、エーファ」。ユルゲンは部屋から出ていった。エーファは昨日、市民会館にエーファを迎えに来たときのユルゲンのようすを思い出した。車のそばに立っていたユルゲンは、エーファを認めて手を振った。だが、エーファのそばにダーヴィトがいるのを見て、ゆっくりその手を下ろした。ダーヴィトとエーファは何もしゃべっていなかったし、たがいの顔を見てもいなかった。体を触れてもいなかった。それでも二人を何かが結びつけていることを、そしてその何かから自分が排除されていることを、ユルゲンは感じとったにちがいない。エーファの見ている前で、ユルゲンは不安そうな表情になった。悲しげで、嫉妬に満ちた顔だった。それにしても、なぜこんなにずっと無愛想なままなのかしら？　ユルゲンはエーファにとって、いまなお謎だった。

エーファはひとりで海に行った。ブリギッテからもらった花模様の布バッグの中には、タオルと下着が入っている。水着はもう、服の下に着こんでいた。夏のような天気だった。白い雲がいくつか空に浮かび、空はこれ以上ないほど青く、重たげに天を覆っている。かすかに花の香りがし、草むらから虫の羽音が聞こえる。エーファは小高い砂丘の間を抜け、砂浜まで出ると靴を脱いだ。ストッキングは履いていなかったので、素足で水際まで歩く。こんなに広い浜を見たのは初めてだった。砂浜にはそこそこの数の人々が座ったり、寝転んだり、波打ちぎわを散歩したりしていた。水に入っている人さえ何人かいた。それだけ人がいるのに、エーファはなぜか孤独感に襲われた。その場に立ちどまり、寄せては返す波をじっと見る。沖のほうで波が盛り上がり、岸に近づくにつれ徐々に大きくなり、ついには岸にあたって砕け、また沖に引いていったり、きらきら輝きながら砂にしみこんで消えていったりするのにエーファは見入っていた。エーファの父はこの海のそばで育ったのだ。でも父親が海について語るのは、海で死んだ人のことばかりだった。おぼれ死んだ人。荒くれる北海の「海の神様」の犠牲になった人。漁に出たまま戻ってこなかった学友の父親。遠い沖まで泳ぎすぎて帰ってこなかった近所の二人の子ども。昔、エーファが一五歳のころ、家族そろって休暇にユースト島を訪れた。オットセイのおじいちゃんはもう亡くなっており、父の姉妹であるエレンおばさんのところに一家は滞在した。その数日前に突然の嵐でプレジャーボートが沈み、八人が海でおぼれた。七人の遺体は発見されたが、六歳の男の子だけが見つからなかった。海で遊ぶのが大好きだったエーファは、その休暇のときは、けっして海に入ろうとしなかった。海の底で何かに触れてしまったり、泳いでいて自分の足に死んだ男の子の体がからまったらと思うと——あるいは、膨れ上がった男の子の顔が波のあいだからぬっとエーファの前にあらわれたらと思うと、恐ろしくてならなかった。すると父親は、それは悪いことではないかもしれないよと言った。かわいそうな両親はようやく子どもを埋葬できるのだから、と。エーファは自分のことばかり考えていた己を恥じた。そして、父さんは良い人なのだと思った。

エーファはさらに水ぎわに近づき、先頭の波が足のまわりに打ち寄せるあたりまで行った。水は氷のように冷たかった。エーファは海に入るのはやめて、砂浜を歩こうと決めた。水際を長いあいだ、太陽の光を顔に浴びながら歩き、どこかで砂丘のほうに曲がった。砂の上にウサギの足跡がところどころついているのをたどる。まるで月面のような風景を散策するのをエーファは楽しんでいた。が、突然エーファは、驚きのあまり凍りついた。数メートル先の砂丘の、黒っぽい植物のあいだに、白っぽい物体が転がっていたのだ。動かない人の体が、そこにひとつ、あそこにひとつ、あちらにもこちらにもひとつ、まるで死体のように転がっていた。だが、その死体のような何かは動いていた。衣服をつけていない裸の人々が、太陽の光に身をゆだねていたのだ。エーファは一瞬硬直したのち、当惑したように踵を返し、ふたたび海のほうに歩き始めた。途中で、砂丘のほうに歩いてくる男に出くわした。海から上がってきたその男は体じゅうから水滴を滴らせており、歩くたび、むき出しの性器があちこちに揺れていた。エーファは恥ずかしさで顔を赤らめ、手で目を隠してよろよろと男のそばを通り過ぎた。

別荘の居間ではブリギッテが晩の食卓を整えていた。テーブルの後ろにある大きな窓は砂丘と海に向かって開かれている。黒っぽい梁(はり)が低い天井を支えている。赤レンガで作られた暖炉があり、煤で黒くなった内側で小さな火が赤く燃えている。家にはセントラルヒーティングがあるので、暖炉の火が燃えているのは暖をとるためではなく、雰囲気づくりのためなのだろう。そこにエーファが息せき切って入ってきて、一瞬、無言のままブリギッテをじっと見つめた。ブリギッテは問いかけるような視線をエーファに向け、「いったいどうしたの?」ときいた。エーファはなかば笑い、なかば当惑しながら、つっかえつっかえ説明した。向こうの海岸に、服も水着も着ていない人たちがいたのだと。ブリギッテは、なあんだというように手を振り、皿を配り続けながら言った。そう、あれは新しい流行みたいよ。幸いにも、自分はやりたくないという人は、一緒にやらなくていいみたい。女優のロミー・シュナイダーってているじゃない? あの人、一度ああいうところに行った後で、こう言ってたわ。波間にぽこぽこ裸のお尻が見えるなんて、見苦しいことこのうえないって。エーファとブリギッテは目を合わせ、笑い出した。ヴァルター・ショールマンが肌着姿で居間に入ってきた。胸が落ちくぼんでいるのが肌着越しに見える。シャツを手にしているのは、おそらく着るのに難儀をして、ブリギッテの助けを求めにきたからだろう。ごく近くから見たおかげで初めてエーファは、ヴァルターの肩から背中にかけての一帯に、無数の薄赤い線があることに気づいた。まるで網の目のようなそれは、傷跡だった。「おまえさんたち、何を笑っているんだ?」「ヌーディストのことよ。エーファが会っちゃったんですって。もろに」。「それは失礼しましたな、お嬢さん」。ヴァルター・ショールマンが言った。「もう五月だから、そういう輩が出てくるわけだ。ブリギッテ、私がこの家を売ろうと思っている理由のひとつはそれだよ」。ブリギッテは夫がシャツを着るのに手を貸しながら言った。「ヴァリー。そのことはまたあとで話しましょう。いずれにせよ、あなただって半分裸みたいなかっこうであのあたりを歩いているのだし」。ヴァルターは妻の指摘を無視し、エーファに言った。「彼らはこう言うのですよ。神様がおつくりになった形をそのまま世界に見せることに、なんの憚(はばか)りがあろうかとね。それはそうと、連中の大半は無神論者なのですがね」。ブリギッテが夫のシャツのボタンを閉めて、こう言った。「それはあなたも同じでしょう！」

　エーファは思わず笑った。ヴァルターは突然、疑い深い目でエーファを見た。「パブをやっているのですよね？　ベルガー通りでパブを」。エーファはごくりと唾を飲み込んだ。「はい、両親が。ベルガー通りの終わりのほうで。駅に近いほうではありません」。ヴァルターは目を細めた。不信感はまだ晴れていないようだ。ブリギッテが言葉をはさんだ。「レストランを営んでおられるのよ、ヴァリー」。ヴァルター・ショールマンはしばし考え、頷いた。「たしかに人間は、食わなければならないからな」

　その晩、エーファは小さな部屋の細長いベッドに横たわり、海の音に耳を澄ませていた。砂丘で出会った裸の男のことが頭に浮かんだ。正直に言えば、エーファはその男を見て興奮を覚えたのだ。とても魅力的で、健康的で、屈託がなさそうな男だった。エーファは今、ユルゲンの隣に横たわりたいと強く思った。温かい何かがヴァギナから――エーファは自分のその場所を尊敬を込めてそう呼んでいた――湧き上がってくるのを感じた。エーファは足のあいだに手を差し入れて、目を瞑った。海が何かをやさしくつぶやきながら、自分のほうに押し寄せてくるのが脳裏に浮かぶ。ユルゲンがエーファを抱きしめる。海の水はエーファの体のところまで来る。あたたかくて、気持ちの良い……そのとき突然エーファは、自分以外のだれかが部屋にいると感じた。目を開けると、黒い人影が部屋の真ん中に立っていた。廊下に続くドアが開けはなしになっている。人影は動かない。「ユルゲンなの？」エーファは小さな声でたずねた。「私をしゃべらせることはできないぞ」。鋭いその声は、ヴァルター・ショールマンのものだった。ヴァルターは同じ科白をもう一度繰り返した。エーファはベッドから手を出して、夜用ランプのスイッチをさがした。だが、じきに廊下のあかりがつき、ブリギッテが戸口に姿をあらわした。「ヴァリー。部屋を間違えているわよ」。ブリギッテは夫をやさしく部屋の外に連れ出し、ドアを閉めた。エーファはそのあいだに、ようやくランプのスイッチを見つけた。カチッと音がしてランプがつき、エーファはしばらく、屋根裏の傾いた天井を見つめていた。それから、向かいの壁にかかった絵を見つめた。海を描いた絵だ。一艘の舟が荒波にもまれている。魚が空(くう)を飛んでいる。「うまくいきっこないって、わかっているのに」。エーファはスイッチを切ったが、もう寝つけなかった。喉も渇いていた。きっと、ブリギッテのいう「最上級のニシンのサラダ」を食べすぎたのだろう。エーファはあたりの音に耳をすませ、思いきって起き上がった。この旅行のために新調した流行の形のモーニングガウンを羽織り、階段を忍び足でおりてキッチンに向かう。そこにブリギッテがいた。白と青のタイル張りのキッチンは、天井からぶら下がったランプの柔らかい光に照らされ、ブリギッテは木の椅子に腰をかけていた。テーブルには飲みかけのビールが置かれている。化粧はしておらず、泣いたあとのように顔がむくんで見えた。エーファは一瞬、部屋に引き返そうかと思ったが、ブリギッテがエーファに手を振った。「お座りなさいな。ビールを一杯どう？　この時間だから、もうグラスは使えないけれど」。「喜んで」。それからほどなく、二人の女はビールで乾杯をしていた。ブリギッテは、エーファのモーニングガウンを褒めた。それからだしぬけに、自分の家族はドレスデンの空襲でみんな死んでしまったのだと話した。

前線から休暇でドレスデンに戻っていた父と、母と、兄が。当時自分は一二歳だった。ヴァルターは自分にとって、親と兄弟と友人と恋人がひとつになったような存在なのだ。今、ヴァルターはしばしば子どものようなふるまいをする。それは自分にとって、家族を改めて失うような、つらいことなのだと。

「でも、もっとつらいのは彼のほうだしね。できるだけ表に出さないようにつとめてはいるけれど、私がどれだけ悲しいと思っているかを、彼は感づいてしまう。私たちが一緒になってから、彼はただひとつのことを——私を幸せにすることを——求めてきた。でも今、彼は日ごとに少しずつ私を不幸にしている。そして、それに対して何もすることができない。お金は腐るほどたくさんあるのに、何の役にも立たない」。ブリギッテはビールを飲みほして、沈黙した。エーファは咳払いをして、なぜヴァルターはあの科白を何度も口にするのかとたずねた。ブリギッテは、夫が拘留されていた当時のことはほとんど何も知らないけれど、でも拷問を受けたのはたしからしいと答えた。ブリギッテは立ち上がり、空っぽになった二本のビール瓶を、キッチンの後ろにある小さな食糧貯蔵室に片づけた。エーファはブリギッテに言ってしまいたかった。自分は子どものころ両親と一緒にあの収容所にいたこと。物心ついたころから母親は、何かが焼け焦げたにおいに吐き気を覚えていたこと。レストラン「ドイツ亭」でのあの出来事。むしりとられたバラの花の記憶。でも、それらをすべて考え合わせても、何年もの月日を経たあとでなお、第一被告人がエーファの母親を見てあれほど激昂し、足元に唾を吐きかけたことは説明できないのだと。エーファはブリギッテにたずねたかった。自分はどうするべきなのか？　話をするべきなのか？　黙っているべきなのか？　だが、エーファは何も言わずにテーブルを立った。エーファとブリギッテは玄関ホールでたがいに「お休みなさい」と言って別れた。エーファはゆっくり階段を上った。一段上るごとに、「いや、助言などいらないのだ」という確信は強まっていった。自分は数か月間、あのホールで人々と——収容所で生きた人や、そこで働いた人と——一緒に過ごした。収容所で昼に夜に起きていたことを聞かされてきた。証言者らの口からは次々に言葉があふれ、その声はエーファの体に入り、彼女の中で、ひとつのコーラスを形成した。「あれは人間の手でつくられ、営まれていた地獄だったのだ」と。そして自分は数か月間、被告人らが「自分は何も知らなかった」と言うのを聞き続けてきた。エーファはそれを信じなかった。まともな頭の持ち主なら、そんなことを信じないだろう。自分の両親も彼らと同じように「私たちは何も知らなかった」と言うのではないかと、エーファは恐怖に苛まれていた。もしそうなったら、これまでと同じように親子として過ごすことはできなくなってしまう。

エーファは上の階の廊下を、自分の部屋へと歩いた。古い床板は、素足の下でぎしぎしと鳴った。ユルゲンが眠っている部屋の前を通ったとき、エーファは足を止めた。そして、あれこれ考える間もなく小さなノックをし、部屋に足を踏み入れた。開いた窓の下に、ベッドの輪郭が見える。窓の外には紺色の夜空が冴え渡っている。エーファはベッドの縁に腰を下ろした。ユルゲンはうつぶせで眠っていたので、黒髪の下にある顔は見えなかった。「ユルゲン?」エーファはユルゲンの後頭部を撫でた。ユルゲンは目を開けて、はっと息をのみ、眠たげな声でたずねた。「父さんがどうかした?」ユルゲンはあおむけに寝返った。「ううん、ただ、ひとりでいたくなかっただけ」。エーファが言った。静寂があった。夜風がカーテンをやさしく揺らしている。エーファは声を押し殺してくすっと笑った。ユルゲンがまた堅苦しく考えているのがわかる気がして、笑わずにいられなかったのだ。ユルゲンがようやく毛布をもちあげ、エーファはユルゲンのそばに横になった。ユルゲンはエーファを腕に抱いた。樹脂と石鹸と汗のにおいがする。彼は右手でエーファの、毎晩寝る前に編むおさげ髪にふれた。エーファはユルゲンの鼓動を強く感じた。まるで、彼の心臓が彼女の胸の中で打っているようだ。外の砂丘で、何かの金切り声のようなものが聞こえた。鳥だろうか？「鳥かしら？」エーファはたずねた。ユルゲンは答えるかわりにエーファの上で体をかがめ、短く強く口づけをした。ユルゲンはエーファの上に体を重ね、両手でガウンを開き、その下の寝間着を押し上げた。下着を脱がせ、自分もパジャマのズボンを脱ぐと、エーファの開いた足のあいだに体を入れた。ユルゲンは自分の固くなった性器をもち、うまく扱いあぐね、小さく悪態をついた。何度目かでようやく正しい場所を見つけ、まるで怒ったようにユルゲンはエーファの中に入ってきた。エーファは息を止めた。ユルゲンは何度か体を動かし、そのたびエーファの体は痛んだ。それからユルゲンはうめき声をあげ、さらに泣いているような声をあげると、エーファの体の上にくずれおちた。一瞬、ユルゲンはエーファに重くのしかかったまま、小さく嗚咽していた。エーファはユルゲンの頭を撫でた。ユルゲンはエーファの上から体をずらし、ベッドのはしに座った。そして両手で顔をこすった。「悪かった、エーファ」。まるで小さな男の子みたい、とエーファは思った。乱暴で、途方に暮れた男の子。エーファは起き上がり、ユルゲンの背中を撫でた。彼の精液が、体の中からあたたかく滴り落ちてくる。まるでヴァギナが泣いているみたいだと、エーファは思う。

シシィはダーヴィトに説得されて、一緒に行くことにした。人気（ひとけ）のない休日の通りを、まるで恋人同士のように二人は歩く。行き先はヴェストエント・シナゴーグだ。道中、ダーヴィトは「シャブオット」の祭りがどんなに重要かを話して聞かせた。今日のシシィは赤さび色のシックなスーツに新しい帽子をかぶっている。帽子は紫色で、スーツの色と合っていない。ダーヴィトはユダヤ教の信仰について語るとき、よく、本をそのまま読んでいるようなしゃべり方をするので、シシィは話にろくに耳を傾けていなかった。シシィは頭の中で、息子の中等学校の費用をどうやりくりしようかと必死に計算をしていた。旅行代理店の見習いになるためにあと二年間、学校に行きたいというのが息子の希望だった。食肉業者の見習いになるのなら、すぐにでも口をさがしてやることはできた。月に八〇マルクの給料ももらえるという。でも息子は「肉屋なんかになるもんか！　ぜったいに！」と怒って叫んだ。事務所に座って、遠い国への旅行を売る仕事をしたいのだ。ゴム引きのエプロンをつけて、動物の死体の中を歩き回るのは嫌だと息子は言った。シシィには息子の気持ちもよく理解できたが、それをかなえるのは経済的にとても厳しかった。売春宿での客は増えていない。これから年をとっていくぶんを経験で補うとして、それがいつまで続けられるだろう？　かたわらでダーヴィトは、「シャブオット」とはユダヤの民がシナイ山で神から律法（トーラー）を与えられた祝祭の日なのだと説明している。人々は十戒を読むことで、言葉にできないほど尊いものとの結びつきを新たにするのだという。赤ん坊も小さな子どもも年寄りもみな、この祭りに参加できるし、参加すべきである。伝統的には祭りのあいだ、人々は牛乳や乳製品や蜂蜜を食べる。「律法とは乳のようなものだからさ、シシィ。イスラエルの民は、無垢な幼子が乳を飲むように、貪欲に律法を求めている」。シシィは「ふうん」と言った。さっきからの計算にはやっと結論が出た。なんとか頑張ってみよう——月にあと一〇〇マルクほど余分に稼がなくてはならないけれど。いざというときには、モッカ・バーのカウンターで酒を注ぐ手伝いをさせてもらえばいい。眠る時間を削るのくらい、どうってことはないはずだ。

　シナゴーグの控えの間にはたくさんの信者が詰めかけ、礼拝の開始を待っていた。壁は白樺の小枝と色鮮やかなリボンで飾られている。男たちは儀式用のヤムルカという小さな帽子をかぶり、女たちは日曜日のための一張羅に絹のスカーフというでたちだ。子どもたちもありったけのおしゃれをさせられ、息苦しそうにさえ見える。気さくで楽しげな雰囲気がその場に満ちている。ラビのリースバウムがダーヴィトに、にこやかに挨拶をする。寛容な目をしたこの誠実なラビは、過去数か月にわたってダーヴィトから信仰にまつわるさまざまな問いを投げかけられ、ダーヴィトがそれに答えを出すのを手伝ってきた。ラビはシシィを一瞬さぐるような目で見たが、すぐに頷いてみせた。ダーヴィトが紫色のヤムルカをかぶると、シシィは笑いながら自分の紫色の帽子を指さし、まるで双子みたいねと言った。シシィは一緒に祈りの間に入ろうとしたが、ダーヴィトは横にある階段を指し、女は女性用の席に座るのだと教えた。シシィは階段を数段のぼって上の部屋を覗いた。そこにはすでに、少女や小さな子どもを含めた女たちが何人か座っていた。シシィは急いでダーヴィトのところに戻り、小声でささやいた。「ねえ、あそこに座って壁を見ていろというの？」「それが伝統なんだよ」。「そんなの私、ごめんだわ。もう帰る」。シシィは回れ右をして、出口のほうに歩きだした。ダーヴィトはシシィの腕をつかんだ。「お願いだ、行かないで。きっと気に入るよ。あとで食べ物も出るんだ。ヨーグルト入りのパンケーキと、それにチーズケーキも」。シシィがぴたりと立ち止まった。「チーズケーキ？」ダーヴィトは笑った。「チーズケーキと十戒。それが今日の目的だよ」。シシィはしばしためらってから、不承不承階段をのぼった。ダーヴィトは、すっかり馴染みになった祈りの間に足を踏み入れた。何人かの男がにこやかに会釈をしてくれた。だが、ダーヴィトは今もなお、自分がまわりを欺いているように感じていた。

二階の壁の向こうでは、シシィがほかの女性たちと一緒に祈りや歌やトーラーの詠唱を聞いていた。外国の言葉にシシィは耳を傾けた。歌はアラム語で歌われるのだ。

神は、心正しき者のために食事を用意するだろう。
信心深き者たちよ
この賛美の歌に耳傾ける者は
この聖餐への招きを得よう。
この大広間に座するのは
あなたがたにふさわしいことである。
なぜならあなたがたはこの十の言葉が
栄光の中に響き渡るのを聞いたのだから。

メロディに耳を傾けるうちシシィの脳裏には、ひとりの内気な子どもの姿が浮かんできた。遊びながらひとりで歌っている子どもだ。シシィにアラム語は理解できないが、十戒についてはよく知っていた。そしてすべての戒めを正しいと思っていた。シシィと神との関係は、不完全だった。神はシシィをほうっておいたし、シシィは神をほうっておいた。でも、これまでの人生でほとんどすべての戒めを守ってきた。ただひとつできなかったのは、両親を敬うことだ。物心つく前に両親はいなくなっていた。

「離婚？」アネグレットは、メレンゲのトルテをあやうく喉に詰まらせそうになった。ここは町の郊外にあるビヤガーデン「ハウスベルク・シェンケ」で、アネグレットの目の前にはキュスナー医師が座っている。店内の座席はすべて埋まっている。二人はキュスナーの車でこの店に来た。アネグレットが自分の時間を必要以上にとられるのを嫌がるせいだ。二人のテーブルには小さなコーヒーのポットとカップ、そしてケーキの乗った皿が、甘いものを食べないキュスナーの分まで置かれている。近くのテーブルには、ぎゃあぎゃあ泣きわめている子どもや口いっぱいに食べ物を頬張っている子どもや、いちゃついているカップルや、汗をかいて喉がからからに渇いたハイカーたちがいる。アネグレットは騒がしい夏の夕べにとり囲まれながら、体を硬くしていた。キュスナーはアネグレットを見つめて、こう言った。「これまで何度も妻のイングリートには話をしてきた。彼女も徐々に、事態を受け入れてきた。妻と子どもたちは今の家にとどまることになる。君も知っているだろうが、僕はこの薄汚い町が嫌いだった。この町は、この先もっと薄汚くなっていくだろうな。ちょうど、ヴィースバーデンにある診療所を引き継がないかという話が来ている。古くて、とても美しい家だ。アールヌーヴォー調で、大きな庭もついている。落ち着いた界隈で民度が高く、教養のある人や行儀のよい子どももやさしい親しか住んでいない。僕はそこで君と一緒に働いて、一緒に生きていきたいんだ」。アネグレットは頬張ったままのケーキを飲み下すと、フォークを横に置き、「ちょっと失礼」と言って席を立った。机と椅子のあいだを縫うように歩き、じきに薄暗いバーカウンターに行き着いた。日差しを逃れてきた数人の年配客がそこに座っている。アネグレットは「洗面所はあちら」という表示を追って空気の悪い通路を抜け、小さな中庭を通り、地下に続く長い階段を下りた。トイレの個室は三つあり、幸いにもそのひとつが空いていた。アネグレットは中に入り、便器の蓋を開けて、即座に吐いた。よく嚙まないで飲み込んだメレンゲのかけらとクリームが水面に浮いた。鎖を引っ張って水を流す。だが、メレンゲはぷかぷか浮いたまま、流れてくれなかった。もう一度水を流す。メレンゲの白いかけらが、まるで小さな氷山のように水の上を漂っている。別の個室から出てきた女性が「大丈夫ですか？」と声をかける。「ありがとう、平気です」とアネグレットは答える。しみのある鏡の前で口をハンカチで拭き、ハンドバッグから口紅を取り出し、ややどぎついオレンジ色に唇を塗りなおす。そして、櫛を使って髪に逆毛を立てはじめる。櫛の柄であちこちをつつき回し、髪を膨らませる。そうしてようやく、上げていた腕を下ろした。

ハルトムート・キュスナーはビヤガーデンのテーブルで待っていた。後悔はなかった。アネグレットに話をするのは不安ではあった。妻に話をするときよりむしろ不安だった。彼が案じていたのは、二人の未来をアネグレットに語るとき、気がとがめるだろうかということだった。でも、じっさいにはそんなことはなく、むしろ反対だった。アネグレットが手洗いから戻ってきた。輝くような口紅をつけ、ホワイトブロンドの髪はさっきよりもっと膨らんでいる。大きな花模様の春物のワンピースに包まれた体はむっちり太って好戦的にも見えるが、その瞳は不安に満ちて、おどおどしている。その瞬間キュスナーは、自分はアネグレットを愛しているのだと、そしてこの先ずっと彼女のことを守りたいのだと強く思った。アネグレットは向かいの席に座り、即座に残りのケーキを食べ始めた。そして、ケーキを頬張ったまま言った。「悪いけど、ハルトムート。あなたは何か思い違いをしているわ。私はあなたと一緒にどこかにいくつもりなんかない」

「ヴィースバーデン・ビアシュタットだよ」

「どこだって同じよ。一緒にだなんて。私は一度だってあいまいにしたことはないはず。これはただのお遊びよ」

「たしかに君はいつもそう言っていた。でも、僕はそんなことはどうだっていいんだ」

アネグレットは顔を上げた。そして、顔には皺ひとつないのに頭はすでに禿げかかった目立たない風貌の男が、予想外の力を必死に奮っていることに、思わず笑った。アネグレットはフォークを横に置いた。

「家族なら、私にはもういるし」

「そこで死ぬまで、オールド・ミスとして過ごすつもりかい？」

「そうね、ずっと〈ミス〉かどうかはわからないけれど」。アネグレットは皮肉っぽく口の端をゆがめた。そしてさらに言った。「ともかく私の答えはノーよ。それであなたはどうするの、キュスナー先生？　私をさらって、ヴィースバーデン・ビアシュタットにある素晴らしいアールヌーヴォー調のお屋敷の地下室にでも閉じ込めるつもり？」

キュスナー医師は、アネグレットが初めて見るサングラスを上着の胸ポケットから取り出してかけた。そして「もしかしたらね」と言った。

アネグレットは笑った。でもなんだか、笑っているようには聞こえなかった。

島から帰る空の旅は、ブリギッテによれば「ありえないほどひどい」ものだった。離陸のときから、空は黒い雲でいっぱいだった。パイロットは最初それを、心躍るチャレンジだとでも思ったらしく、降りしきる雨の中に飛び立っていったが、雨はじきに嵐に変わった。小さな機体はひどく揺れ、ときおりユルゲンでさえこっそり自分の座席にしがみついていた。そのうえ、ヴァルターが朝に服用した鎮静剤がなぜか効果を発揮せず、しかもその事実は飛行機が飛び立ってから明らかになった。ヴァルターは死んでしまうと怯（おび）えたが、幸運にも機内で暴れたりはしなかった。かわりに彼は、とめどなく何かをまくしたて続けた。まわりの三人は、文章の断片や単語をところどころ聞き取れるだけだったが、話のテーマは明らかだった。人間社会のシステムとしてこの先も唯一生き残るのは、共産主義だけだということだ。エーファは話に耳を傾けながら、激しく体を揺さぶられていた。エーファは機上でただひとり、恐怖を感じずにいた。まるで、己の中のすべての感覚が死んでしまったようだった。

ようやくわが家に帰りつき、玄関の扉を開けたとき、エーファは無意識のうちに廊下でパルツェルに飛びかかられることを予測していた。だが、出迎えてくれたのは、台所から出てきたエーディトだけだった。エーディトは雨でぬれたエーファのコートを受け取り、「たいへんなお天気を連れ帰っていらっしゃったこと」と、やけに他人行儀な口調で娘を迎えた。そしてエーファの返事を待たずにすぐ、じつは昨日シュテファンがパルツェルのお墓を掘り起こしてしまったのだと話し始めた。ちょうどそこに眠そうな顔で居間から出てきた父親が続きを説明した。父親は言った。シュテファンは、パルツェルと一緒に埋めた二つの兵隊がないと、トーマスと戦争ごっこをするときの最強の攻撃隊が作れないと気づいたそうなんだよ。パルツェルを埋葬したときには、そんなことは考えていなかったというのだがね――。台所の机で学校の宿題をしていたシュテファンがエーファに抱きついて、パルツェルのようすを事細かに話し始めた。目が落ちくぼんで、すごいにおいがしていて――。シュテファンはそのときのことを思い出したのか、鼻を手でふさいだ。シュテファンが話しているあいだ、母親は台所に戻り、昼食をあため始めた。野菜と、厨房で余った肉を一緒に煮込んだ料理だ。エーファはこの、父親いわくの「最強のごった煮」が好物だったが、今日はまるで食欲がわかず、皿をけだるそうにかき回すだけだった。エーファは北海のヘルゴランント島の広大な海岸について話し、それについて、ユースト島びいきの父親が意地悪なコメントをした。父親いわく、あの広大な砂浜は人造のもので、「連中は、観光客が見ていないうちに、中国から持ってきた砂を浜にぶちまけている」のだ。食後にコーヒーを飲みながら、エーファはお土産を配った。アネグレットには東フリースラント地方の名物のお茶とそれに入れる氷砂糖の大袋を買ったが、夕食のときまでそれは脇に置いておいた。両親への包みには青と白のタイルが入っており、タイルにはアイススケートをする若い男女が柔らかなタッチで描かれている。父も母も大げさなくらい喜んだが、エーファはいっぽうで、二人がとても疲れて見えることに気づいていた。シュテファンには、頭に房飾りのついた青いキャプテンハットを買った。シュテファンは顔を輝かせて廊下に走っていき、廊下の鏡の前で敬礼の真似をし、あちこちに行進をした。「左・右・左・右、気をつけ！」エーファが大声で言った。「シュテファン！　それは船長（キャプテン）さんの帽子よ！」シュテファンは一瞬考え、言い直した。「左舷に集合！　ロープを引き上げろ！　船尾が浸水！」廊下で架空の船が沈没の危機に陥っているあいだ、エーファと両親は黙ったまま台所のテーブルに座っていた。エーディトとルートヴィヒは、撥水加工のテーブルクロスの上で手を組んでいた。エーファが島から連れ帰った雨が、台所の窓にぱらぱらと降りかかっていた。エーファはコーヒーをひと口飲んだ。もう冷めていて、苦かった。エーファも両親と同じように、テーブルの上で手を組んだ。そして念じた。しゃべってはだめ。動いてはだめ。これが通り過ぎるまで、息を止めておくのよ。そうすればだれも、傷つかずにすむわ――。

ダーヴィトはそわそわしているようだった。寝不足なのか、具合が悪そうだ。白ブロンドはホールで朝の挨拶を交わしたとき、すぐにそれに気づいた。肩を叩いてやりたい気もしたが、結局白ブロンドはからかい気味に、いよいよ君にとってのビッグ・デイが来たなと言うにとどめた。今日は被告人番号4の公判の日なのだ。だが、ダーヴィトがあまりにまじめに反応したので、白ブロンドは自分の発言を悔いた。何が「野獣」こと被告人番号4をダーヴィトに結びつけているのか、白ブロンドはまだわかっていなかった。そして検察にとっては遺憾なことに、被告人番号4はいまも野放しのままだった。保釈は健康上の理由でこれまで三度延長されてきた。今日から数日で一五人の元囚人が、収容所のブロック11で起きていたことを証言する予定だ。一五人のうち六人はポーランドから来る人々で、みなエーファの通訳を必要としている。その日エーファは、何ごともなかったかのように市民会館にあらわれた。シェンケさんやレームクールさんと挨拶を交わし、レインコートはどうしてこうも野暮ったいデザインばかりなのかとおしゃべりをした。窓の外はまだ雨が降っており、足元がひんやり冷たかった。ロビーの中は暖房が効きすぎているのか、窓ガラスが曇っている。その向こうに、記者らが何やら興奮しているのが見えた。記者らは検事長と検察官と被告側弁護人を取り囲み、たがいにさぐりを入れたり、公衆電話の使用について大声で言い争ったりしていた。口だけでなく手まで出し始めた二人の記者を、ホールの職員が引き離す。記者たちは今日、新しい残虐行為が明らかになり、新聞の部数もおおいに伸ばせるだろうと期待していた。傍聴席でも熱い闘いが繰り広げられていた。被告人番号4の妻は、昔はさぞ美しかったのだろうと思われる女性で、傍聴席の最前列に陣取り、いつも以上に背筋をぴんと伸ばしていた。すばらしくエレガントなスーツを着て、髪も化粧も完璧だった。エーファは部屋の端から彼女を観察し、まるで往年のオペラ歌手のようだと想像した。オフィーリアやレオノーレやクリームヒルトなどドラマチックな役をすべて演じてきた、でも役の心を理解しなかった歌手のようだと。

あたりが静まり、裁判官が入廷した。そして最初の証人が名前を呼ばれた。ナディア・ヴァッサーシュトロームという女性だった。収容所で、被告人番号4の秘書として働かされていたという。証人が杖をつきながらゆっくり証言台に近づくあいだ、猿のような顔をした被告人はいっさい表情を変えなかった。エーファは証人が椅子に座るのを手伝い、そして、証人が記憶していることを通訳し始めた。ナディアが明快なポーランド語でよどみなく、言葉に詰まったりもせずに話し始めると、エーファは同じリズムで通訳した。辞書の助けを借りずとも意味ははっきりわかり、少し間をとる余裕もあった。通訳をしながらエーファは、これまでと何かがちがうと感じていた。そして、それが何かを考えながら、ナディアの証言をドイツ語に直した。証言によれば当時被告人は、親衛隊曹長として収容所の政治局を率いていた。そして、「死の壁」に並んだ男と女と子どもに無差別に発砲させ、自分もまた発砲した。さらに彼は一種のブランコのような拷問器具を考案し、囚人の膝の裏をそこに引っかけ、あおむけにぶら下がらせた。この無防備な体勢に置かれた囚人に被告人は尋問を行い、杖や鞭で相手を打った。死ぬまで打たれ続けた人もたくさんいた。証人が話しているあいだ被告人は、ときおり左右に頭を傾け、傍聴席の妻に手を振りさえした。妻は短く笑顔を返した。裁判長は被告人の態度を叱責し、証人の主張について何か言うべきことはあるかとたずねた。弁護人の白ウサギが立ち上がり、こう言った。「依頼人は、証人の主張を否定します。依頼人は、命令されたとおりに尋問を行っただけです」

昼休みのあいだ、エーファはホールの自分の席から動かなかった。体の具合がおかしい気がした。額に噴き出た汗をハンカチで拭う。そして書類鞄から小さな瓶を取り出し、蓋をねじって開けた。ミント水だ。この前に失神したとき以来いつも持ち歩いていて、何度か吐き気におそわれたときに役立ってきた。瓶に鼻を近づけ、さわやかなミントの香りを嗅ごうとする。だが、何も香りがしなかった。鼻が詰まっているに違いない。もしかしたら、インフルエンザかもしれない。ダーヴィトも自分の席を離れていない。彼は空っぽになった被告人席をじっと見ている。その席に座っていた被告人はちょうどそのとき、ホールの裏にあるカフェテリアの端にあるテーブルで、他の被告人と一緒に食事をとっていた。警察が彼らを、見物人や新聞記者から守っていた。

ナディア・ヴァッサーシュトロームの証言は昼休みの後も続き、エーファはそれを通訳した。「一度、とても若い青年が――ドイツ系ユダヤ人でした――被告人にひどく打たれて亡くなりました。一九四四年の九月九日でした。そのときのことはよく覚えています。尋問を受ける前にその青年が、控えの間で失神してしまったからです。空腹のせいでした。女性看守のひとりからもらったケーキのかけらがあったので、私はそれを青年にあげました。そのとき被告人が青年を呼び、彼は尋問のために部屋に入りました。二時間後にドアが開かれました。青年は例のブランコのような道具にぶらさがっていましたが、もうほとんど人間のようには見えませんでした。衣服は全部はぎとられていて、お尻も性器も、すべてが腫れ上がり、血が流れ、むき出しになっていました。まるで袋のよう――血にまみれた袋のようでした。それから別の囚人が来て、遺体を外に引きずっていきました。私はモップで血を拭かなくてはなりませんでした」。エーファはその光景をありありと想像できた。エーファは控えの間に立ち、すべてを事細かに記録している。犠牲者の顔立ち。上官の部屋の開いたドア。〈ブランコ〉へと続く赤い道。すべてが細部まで見えているのに、まるで盲目になったような感覚がした。エーファは何かを探すように法廷をぐるりと見わたし、被告人の妻のうつろな視線と出会い、ぎょっとする。まるで鏡の中をのぞいているように感じられたからだ。このときエーファには、いつもと何が違うのかわかっていた。エーファはもう何も感じなくなっていたのだ。

そのときダーヴィトが立ち上がり、白ブロンドのマイクのほうに体をかがめた。そしてマイクに口を近づけ――本来それは彼の立場では許されていないのだが――質問を発した。「遺体を外に運ばなければばならなかったのは、彼の弟だった。そうではありませんか？」エーファは白ブロンドとちらりと視線を交わした。白ブロンドが短く頷いたので、エーファはナディア・ヴァッサーシュトロームのほうを向いて、ポーランド語で「それは彼の弟でしたか？」とたずねた。証人は「それは覚えていません」と答えた。ダーヴィトは一枚の紙を高く掲げてなおも言いつのった。「証人、これを見せましょう！　二年前の一月一〇日、あなたは初めての事情聴取のとき、予審判事の前でそう証言しているのです！」エーファは小さな声でそれを通訳したが、証人はかぶりを振った。ダーヴィトは逆上したように言った。「覚えているはずですよ！　もう一度聞いてください！」「ダーヴィト、座れ！」白ブロンドが押し殺した鋭い声で言った。同時に裁判長がマイクに向かって言った。「それは重要な点ではないと私は考えます」。白ブロンドがダーヴィトの肩をつかみ、席に押し戻した。ダーヴィトは不承不承従ったが、髪をかきむしったかと思うと突然立ち上がり、傍聴席の通路を抜けてホールを横切り、二重扉に通じる階段を上がり、外に出ていった。エーファは被告人が、退室するダーヴィトを目で追っているのに気づいた。被告人はそれから、何かを弁護人に言った。弁護人は立ち上がり、依頼人が発言を求めていると告げた。裁判長は猿顔の被告人のほうを向き、〈どうぞ〉というしぐさをした。被告人は立ち上がり、柔らかい声で話し始めた。「その日、私は自分のオフィスに足を踏み入れていません。その日は、司令官の五〇歳の誕生日をみなで祝っていました。二〇人くらいの将校がソラ川の川下りに招かれ、そのあと、職員用の食堂で昼食を食べました。私の妻もその場におりましたから、どうぞ聞いてみてください。それから、そこにいる副官さんも奥さんと一緒にその場にいました」。裁判長は裁判官のほうを向いて、短く協議した。被告人の妻が前に呼ばれた。彼女は自己紹介をしてから、その日のことをゆっくり詳細に語り始めた。エーファはナディア・ヴァッサーシュトロームと一緒に、検察側の席に移動した。エーファは証人のために小さな声で通訳をし、証人はエーファの言葉に注意深く耳を傾けながらも、一瞬たりとも被告人の妻から目をそらさなかった。昔は美しかったにちがいないその妻は、細部をよく記憶していたが、とりわけ食堂での昼食については記憶が鮮明だった。その日食べたのはローストポークとマッシュポテトとキュウリのサラダだったという。最後に妻はハンドバッグをぱちんと開き、何かを取り出した。「これは、デザートのときに撮った写真です。ご覧になりますか？」そのかたわらでナディア・ヴァッサーシュトロームはエーファに言っていた。「では、日にちが違っていたんです。違う日に起きたんです。でも、たしかに起きたんです。日にちが違っていただけなんです」。ナディアはすぐ耳元でしゃべっていたのに、エーファには何も聞こえていなかった。エーファの目は、被告人の妻が手にしている写真を凝視していた。エーファにはもうわかっていた。その写真に父親が映っていることが。父親が、満ち足りた将校らやその妻に囲まれて、笑っていることが。でもエーファにはもう、どうでもよかった。

午後に市立病院を出て、雨の中、急いで停留所に向かっていたアネグレットを、キュスナー医師が待ち伏せていた。最初のときと同じように、キュスナーは寄りかかっていた黒い車からぱっと離れ、アネグレットのほうに歩いてきた。コートはぐっしょり濡れている。ずいぶん長いこと、外で待っていたのだろう。病棟ではここ数日、アネグレットに避けられ通しだった。キュスナーはアネグレットの腕をつかみ、車のほうに強く引っ張った。もしアネグレットが振りほどこうとしたら、人目に立つのはまちがいなかった。キュスナーはアネグレットを助手席に乗せ、ドアをバタンと閉めると、自分は運転席に座った。アネグレットは芝居がかった嘲笑を込めて、本当に誘拐の計画を実行するつもりなのかときいた。キュスナーはそれを無視し、家を出てきたのだと告げた。アネグレットが怒ったように「私に何の関係があるの?」と言うと、キュスナーは、自分は無関係だというその不健康な態度はいいかげんによしたまえと反撃した。ちょうどそのとき不格好なレインコート姿の看護師のハイデが車の外を通りかかり、車から漏れ聞こえる大声を聞きつけた。曇りかけた窓ガラス越しに目を凝らしたハイデは、中で口論をしているのがだれかを認めた。そして、やっぱりねと思った。ずっと前からあの二人は怪しいとにらんでいたのだ。ハイデは満足して家路に向かった。人間の悪行が、またひとつ明るみに出たわけだ!

車の中でキュスナーは泣き始めた。不慣れなようすで、でもたしかに泣いていた。アネグレットは幻滅していた。「ねえ、なんだって言うのよ? 力ずくで私に言うことをきかせられると思っていたの? それともまさか、後悔して泣いているの? 私は最初から――」。「黙れ!」キュスナーは押し殺した鋭い声で、彼らしくない粗野な言葉を吐いた。そして涙でぬれた顔を拭き、フロントガラスを流れる雨をじっと見つめた。「妻を傷つけたことが悲しい。もう子どもたちと一緒に暮らせないのが悲しい。それでもこうするしかなかった」。キュスナーは体を起こし、キーを回し、エンジンを始動させた。ワイパーのスイッチを入れると視界が開け、通りや通行人やよその車のヘッドライトが見えた。「ヴィースバーデンまでドライブしよう。家を見せたいんだ」。アネグレットはドアのハンドルに手をかけた。「行かないわ!」キュスナーはかまわずにウィンカーを出し、車線に入ろうとした。「愛しているんだ、君を」。だれかがアネグレットにそう言ったのは、初めてだった。

「私のことなんか、何も知らないくせに!」

「知っていることと愛することとに、何の関係がある?」キュスナーはアクセルを踏んだ。アネグレットはその瞬間ドアを開け、走り出した車から飛び降りた。キュスナーはブレーキをかけた。「気が違ったのか?」足をひねったアネグレットは、「あんたなんか、ほかのやつらとおんなじ、エゴイストの豚野郎よ！」と怒鳴り、叩きつけるようにドアを閉めた。そして逆上したまま、よろよろ足を引きずりながら歩きだした。キュスナーは二回大きくクラクションを鳴らし、走り去った。彼もひどく立腹していたが、じきに気を取り直し、ひとりでヴィースバーデンに向かった。目的地に着くと、繁盛している小児科医院の賃貸借契約にサインし、庭の荒れたアールヌーヴォー調の家を借りる契約書にも署名をした。そして、アネグレットとそこで過ごす未来を夢想した。

アネグレットはレストラン「ドイツ亭」の上の自宅に足を踏み入れた。くるぶしの痛みはなんとかおさまってきた。もともと体は強い性質（たち）なのだ。「だれかいる？」答えはなかった。アネグレットは濡れたレインコートを玄関に架けて、そのまままっすぐエーファの部屋に向かった。部屋に入り、机の上から二番目の引き出しを開け、青いスクールノートを取り出した。エーファのベッドに寝転がり、黒いスラックスのポケットをごそごそ探してフルーツボンボンをひとつ見つけ、口の中に押し込む。そしてノートを読み始めた。「女と子どもがまず〈シャワー室〉に誘導され、その後が男だった。犠牲者をだまし、パニックに陥らせないために、〈浴室はあちら〉〈殺菌室はあちら〉という看板まで取り付けられていた。輸送されてきた五〇〇人から七〇〇人の大人と子どもが、約一〇〇平方メートルの空間に押し込められた。そして、天井の開口部からチクロンBが投入された。チクロンBは、溶接金網（ワイヤーメッシュ）でできた装置にまず入れられ、それから、やはり溶接金網でできた柱のようなものの中に投入された。ガス室の外にいると、まず叫び声が聞こえてくる。徐々に多くの声が入り混じり、まるでミツバチの巣箱から聞こえてくるようなブーンという音になり、最後にはだんだん小さくなっていく。五分から一五分くらいで中の人々はみな死に絶えた。換気の時間を三〇分から四〇分ほどとった後、ゾンダーコマンド（特殊任務）と呼ばれていた人々が、遺体をガス室から回収させられた。彼らは遺体から宝飾品をはずし、髪の毛を切り取り、金歯を抜き取らなくてはならなかった。そして死んだ母親の手から死んだ赤ん坊を離さなければならなかった……」。アネグレットは目を閉じた。死んでしまった小さなマルティン・ファッセのことが頭に浮かんだ。マルティンが亡くなって以来、アネグレットはずっと欲望をおさえられていた。仕事のとき、あの注射器を持ち歩いたことはもう一度もない。あの、子どもをぐったり消耗させる液体の入った注射器――。アネグレットはとろとろと眠りに落ちる。半分溶けたボンボンが口から枕に転がり落ち、開かれたノートが腹の上にぱさりと落ちる。帰宅したエーファが自分の部屋で目にしたのはそんな光景だった。エーファは眠りこけている姉を見つめ、ノートを取り上げ、姉の肩を揺さぶった。

「ここで何をしているのよ！」アネグレットは目をしばたたかせ、眠りから覚めると、体を起こした。エーファは憤慨したようにさらに続けた。「いったいどうして、私の持ち物を漁ろうとしたのよ！」

「漁ってなんかいないわ。読んでいたのよ」

「アネグレット、どうして？　どうしてそんなことをするの？」アネグレットはうんざりしたように手を振ると、ベッドから立ち上がった。マットレスがギシギシ鳴った。アネグレットはエーファのクロゼットに近づいた。真ん中の扉に鏡がはめ込まれている。アネグレットは人差し指と親指で白いブロンドの髪をつまんで整えながら、こう答えた。「それ、面白いわね」

エーファは鏡を通して姉を見つめた。そして、きっと聞きまちがえたのだ――と思った。アネグレットはさらに続けた。「ねえ、病院でも似たようなことがあるわ。患者はいつも、自分のほうがこんなにひどい目にあったんだって、話を盛ろうとするの」

「作り話なんかじゃない。じっさいに起きたことよ！」エーファは取り乱しながら言う。

「みんな、自分がいちばん死に近いところまで行ったんだって言いたいのよ。うちの病院の子どもの親たちだってそう。子どもがいちばん重い病気にかかっている人が、いちばん崇められるの。子どもが死んだりしたら、黄金の冠を授けられる」

「いったい何を言っているの？」エーファは眩暈（めまい）がした。まるで悪夢の中にいるような気分だった。信頼していた人が恐ろしい行為に手を染める、恐ろしい夢の——。アネグレットがくるりとエーファのほうに向きなおり、すたすたと近づいてきた。口からラズベリーキャンディの甘ったるいにおいがする。

「ねえ、エーファ。あんただって馬鹿じゃないでしょ。常識があればわかるはずよ。あんなのは大ウソ。あれはただの労働収容所で……」

「あそこではシステマティックに、何十万もの人々が殺されていたのよ」。エーファは姉を見た。生まれてからずっと知っていたはずの姉を。

アネグレットは感情をこめない声で続けた。「犯罪者はいたでしょうよ。もちろんそういうやつらに対しては、腫れものにさわるような扱いは必要ないわ。でも、ここで言われている数字は、まったくおかしいわ。いい、私はざっと計算してみたの。たまたま私には化学の知識が多少あるから。あんた、これだけたくさんの人を殺すのに、このチクロンBってやつがどれだけ必要だったと思っているの？　毎日トラック四台分の——」

アネグレットが言い終わらないうちにエーファは部屋を出ていこうとした。アネグレットはエーファを追いかけ、さらに言いつのった。人々が言っている大量殺戮なんて、計算上まったく不可能なのよ、と。エーファは居間に入り、食器棚を開け、黄色いファイルを取り出して中を開いた。そして、いちばん上にあるあの絵をアネグレットにつきつけた。「これ、姉さんが描いたやつよね？」アネグレットは無言でその絵を見つめた。尖った屋根。かしいだ扉。大きすぎる窓。おさげ髪の二人の女の子。地平線から立ち上る二本の煙の柱。アネグレットは肩をすくめた。だが、その顔が青ざめていることを、そして額に小さな汗の粒が浮き上がっていることを、エーファは見逃さなかった。エーファは言った。「この二人の女の子は私たち。私たちはあそこにいたのね、アネグレット。私たちのすぐそばで、あの人々がみんな死んでいった。私たちはあそこにいた。そしてあなたはそれを知っている」。二人はたがいの目を見た。エーファはしゃくりあげるように泣き始めた。アネグレットの顔にも徐々に、長い昏睡から目覚めたような混乱が広がり始めた。アネグレットはエーファのほうに、まるで妹を抱擁するかのように足を踏み出した。玄関のドアが開き、父親の声が聞こえてきた。「こいつは大降りになるかもしれんな！　だが、雨が降ろうが槍が降ろうが、構うものか！」

そのときアネグレットがエーファの手から絵を奪い取り、びりびりに引き裂き始めた。ルートヴィヒとエーディトが居間の戸口にあらわれた。父親の体はいつもよりもしゃんとして見えた。ルートヴィヒは上機嫌なようすで、娘たちに話しかけた。「おまえたち、父さんが何か変わったと思わんか？」

いっぽうエーディトは一目で、娘たちのあいだで何かが起きていたことに気づいた。エーディトは視線を、紙を小さく破り続けているアネグレットと、顔をぐしゃぐしゃにして泣いているエーファに、交互にさまよわせた。エーファの頬には赤い斑点が浮かび、束ねた髪はほどけていた。シュテファンが走って居間にあらわれた。

「パパ、やっとクロセットをつけたんだ！」

「〈コルセット〉だよ、坊や。父さんはもうだいぶ慣れてきたぞ。こいつはいいかもしれんな」。「ルートヴィヒ、もうそれくらいにして」。エーディトが口をはさんだ。「それから坊や、あんたはもう自分の部屋に戻りなさい」

「どうして？　あれ、エーファ、泣いてたの？」

「うん、パルツェルのことでね」。エーファは涙をのみこみ、必死に平静を装った。エーディトはシュテファンを戸口へと押しやった。「書き取りの練習をしていらっしゃい。ほらほら、行きなさい！　でないと食後のプリンはお預けですよ！」シュテファンは頬を膨らませ、のろのろと自分の部屋に帰った。残された四人はぴくりとも動かなかった。さすがの父親も、何かがあったのだと感づいたようだった。

「いったい何があったね？　父さんはあと半時間もしたら、厨房に行かなきゃならんのだが」。失うものは何もない――エーファはそう思い、こう言った。「ねえ父さん、いったいどんな気持ちで、人殺しのおなかを満たして、心を幸せにしてあげていたの？」アネグレットは紙の断片をこれみよがしに絨毯の上に落とし、部屋を出ていった。

ルートヴィヒは食卓に座った。部屋は静まり返っていた。ときおり、風が雨粒を窓ガラスにパラパラと打ちつける音だけが聞こえた。エーディトは絨毯に膝をついて、紙の断片を手のひらに集め始めた。エーファは壁の絵を見つめながら、牛の名前は何だったか思い出そうとしていた。

「何が知りたいんだね、エーファ？」ルートヴィヒがたずねた。

「どうぶつえん・に・いく・のは・いっかに・とって・いち・だい・じ・でした。ぼくたちは・どうぶつを・みました。きけんな・どうぶつ・の・ところ・には・さくが・ありました」。隣にあるシュテファンの部屋で、アネグレットは弟の書き取りの練習を手伝っていた。アネグレットはシュテファンのそばに立ち、練習用のテキストを単語ごとに区切りながら読んだ。シュテファンはノートに覆いかぶさるような姿勢で、ゆっくり文字を書き、そしてたくさんのミスをした。「どおぶつ、じゃなくて、ど・う・ぶ・つ、よ。はい、次の文。やぎと・うまは・どこでも・みられます。でも、ライオンの・すばしい・たてがみや・とらの・まだらの・けがわは・ほかの・どこで・みることが・できるのでしょう・まる」

「幸せだったよ、あのころ」。父親は言った。路面電車に揺られている今も、エーファの頭にはその言葉がこだましていた。エーファは路面電車の中に立ち、右手で吊革につかまっている。これから検察の事務所にいくのだ。収容所での勤務時代について両親が話している最中に、廊下の電話が鳴った。シェンケさんからだった。ポーランドから急ぎのテレックスが届いたので、翻訳してほしいのだという。もう晩と言っていい時間なのに、路面電車は人でいっぱいだった。息をしている体と体に挟まれるようにして立っているのに、エーファはそれをほとんど意識していなかった。いつもより背筋をまっすぐにして食卓の向かいの席に座っていた父親の姿が頭に浮かんできた。母親は腕を背中で組んで、食器戸棚によりかかっていた。「幸せだったよ、あのころ」。父親は言った。あの仕事を得て、初めて妻や子どもと一緒に暮らすことができた。みんなで一緒に、大きな家に暮らせた。物資と安全も与えられた。収容所で何が行われているのかを理解し始めたのは、しばらくたってからだった。食堂に来るのは、きちんとした将校ばかりだった。もちろんみんながみんなではない。中には酒を飲みすぎたりするやつもいた。政治局の局長は？　あの猿のような顔をした——。礼儀正しくて、目立たない人だったよ。ときどき、食事の残りはないかと聞かれた。自分の課で働いている囚人にやるのだと言っていた。いいや、勤務時間にその人が何をしていたかは、何も知らなかったよ。親衛隊の人々は、食事のときには仕事のことを何も話さなかった。母親のエーディトは言った。私は収容所の中に、一歩も足を踏み入れたことはない。私はただ家のことをして、洗濯や料理をしていただけだった。それから娘たちの世話も。そうね、窓は閉めておかなくてはならなかった。風のぐあいで、東からひどいにおいがしてきたから。ええ、人の体を焼いたにおいなのだろうとは察していたわ。でも、人々がガス室で殺されていたと聞いたのは、ずっと後のことだった。戦争が終わってからだった。なぜ、異動させてもらわなかったのかって？　二回、申請をしたわ。でも、かなわなかった。ああ、父さんが親衛隊に入ったのは戦争が始まる前のことだよ。でもそれは、父さんが孤独を感じていたからだ。家族と始終離れて暮らさなければならなかったからだ。主義に納得してのことではないよ。エーファは、第一被告人がなぜ母さんの足元に唾を吐いたのかをたずねた。「それから、あの人の奥さんはなぜあんな態度をとったの？　なぜあの人たちは、父さんたちに敵意を抱いているの？」エーディトは、わからないと言った。父親も同じ言葉を繰り返した。「私たちにはわからないよ」。廊下で電話が鳴ったのはそのときだった。エーファが短い会話を終えて居間に戻り、事務所に行かなくてはならないと告げたとき、父親はエーファを見つめて、まるでピリオドを打つようにこう言った。「選択の余地はなかったんだよ、エーファ」

エーファは事務所への最寄りの停留所で路面電車を降りた。これまで一度も経験したことがないほど、ぐったり疲労している気がした。途中にある公園のベンチに腰掛けないように、全身の気力を奮い立たせなければならなかった。一度座ったらもう、二度と立ち上がれない気がした。事務所に着き、エレベータで八階に向かい、ガラスのドアの前で呼び鈴を押す。向こう側にシェンケさんがあらわれ、扉を開けてくれた。「ねえ、終わったらあとで、ブギー・バーに行かない？」シェンケさんが言った。エーファは首を横に振った。だが、シェンケさんは続けた。「レームクールさんも来るし、ミラーさんも、それからもうひとりの修習生の……何て名前だったかしら、あのすごくまつげが長い人」。エーファが答えた。「ヴェットケさん」。「そう、その人よ」。そのとき白ブロンドが廊下にあらわれ、足早にエーファのほうに歩いてきた。見るからに緊張した顔をしている。一枚の薄い紙がエーファに差しだされた。少し掠れたような文字が印刷されている。テレックスだ。エーファはざっと目を通し、中身を翻訳した。「旅行は最高権威によって許可された。申請者全員のビザが発行される」。白ブロンドは一瞬、エーファのことを抱きしめそうになったが、結局、短く頷いて手を差し出し、普段よりも熱のこもった握手をするにとどめた。「どうもありがとう」。「これで全部ですか？」「そう、これで全部だ。だが、とても重要なものなんだ。現場検証に関するものだから。これでわれわれはポーランドに行ける」。エーファは合点した。最初の弁明が始まったときから被告人らは「その収容所の地図は間違っている」と繰り返し主張し、自分のオフィスはちがう場所にあったから、そんなものやあんなものは見たこともないし、知っているわけもないと主張してきた。そこで白ブロンドのもとの検察側は、収容所の現場検証を行いたいと提案していたのだ。弁護側は反対した。ドイツ・ポーランド間にまだしっかりした外交関係は存在しておらず、そのような性質の旅行を鉄のカーテンの向こうで組織するのは費用も労力もかかりすぎるのではないかと彼らは主張した。だが、白ブロンドは強い姿勢を崩さず、ボンの政府とポーランドの政府の上層部にかけあいまでした。今日届いたテレックスは彼にとって、今回の裁判が始まって以来最大の成功だった。白ブロンドは満足げなようすだった。エーファは小さな声でたずねた。「私も一緒に行きますか？　それともあちらにだれか、通訳者がいるのでしょうか？」白ブロンドはエーファのほうを向いた。まるで、エーファがそこにいることをすっかり忘れていたかのように。「ブルーンスさん、ちょっと話があるのだが」。この場では言いにくそうなその口調にエーファは驚いた。エーファは白ブロンドのあとについて、廊下を通り、執務室に行った。白ブロンドは椅子をすすめ、自分は中庭を背にして窓際に立った。隣の高層ビルが夜空の中にそびえている。「あなたの婚約者が、私を訪ねてきたのですよ」。エーファは椅子に座った。

島から戻った翌朝、ユルゲンは検察の事務所にあらわれた。扉を開けたのはダーヴィト・ミラーだった。二人は一瞬、たがいをじろりと見た。そして、たがいに相手に嫌悪を抱いた。「ブルーンスさんは今日は来ませんが」。ダーヴィトが言った。「知っています。こちらのトップの方に話がしたいのです」。ダーヴィトは一瞬ためらったのち、おおげさなくらい卑屈なしぐさをして、「それではこちらにどうぞ」と言った。ダーヴィトが先に立って廊下を歩き、ユルゲンはその後に続いた。ユルゲンはダーヴィトの肩までかかる長い髪を観察し、しわくちゃな上着と、不釣り合いな靴を観察した。スポーツ用の靴のようだ。「なんてだらしのない男だろう」。ユルゲンは思った。だが同時に、こういう男に魅力を感じる娘はきっとたくさんいるのだろうと認めざるをえなかった。エーファもそのひとりなのだろうか――。ダーヴィトはある部屋の前に来ると、開いているドアをノックし、ユルゲンに「どうぞ」と言うように手招きした。ワイシャツ姿の白ブロンドが、壁の前の床に膝をついていた。部屋には日差しが差し込んでおり、暑くて上着は脱いでしまったのだろう。書類をいくつかの色違いのファイルに選り分けているようだ。それは、チクロンBの注文用紙と納品書だった。

「ここに署名をしたやつらは、みんなもう死んじまっている。あとは、運行許可を出したやつを探すだけだな！」白ブロンドは部屋に入ってきたダーヴィトに言った。「お客さんです」とダーヴィトは答えて、部屋を出ていった。白ブロンドはユルゲンに椅子をすすめ、興味深げに待った。ユルゲンは帽子を脱ぎ、「私はブルーンスさんの婚約者です」と名乗った。「ほう」と白ブロンドは答えて、机に乗っている書類の下から煙草の箱を探し出した。白ブロンドはユルゲンに煙草を一本すすめ、「ご用件は何ですかな、ショールマンさん？」と言った。ユルゲンはひどくばつの悪い思いがした。でも、もう引き返せなかった。

エーファは白ブロンドの向かいに座って、話を聞いた。白ブロンドは言った。「彼の話だと、この仕事はあなたの神経にこたえているとか、情緒が非常に不安定になっていると言っていた。そして、あなたを職務から解いてやってほしいと希望された」。エーファは、底知れぬ深みに落ちていくような気がした。何がなんだかわからなかった。「そんな話、彼は私にひとことも言っていません。それに私、やめるつもりなどありません！　私はこの裁判の一端を担っているし、人々の声を伝えているのですから」。白ブロンドは手で、なだめるようなしぐさをした。「残念だが、この件について決定権をもっているのは彼だ。われわれ役所は、あなたの将来の伴侶の意思に背いてあなたを雇い続けるわけにはいかない。それは処罰に値してしまう〔既婚女性の就労に関して、ドイツの法律では一九七七年まで夫の同意が必要とされていた〕。私としても残念です」

エーファは白ブロンドの目をじっと見つめた。何か言いたかったが言葉は出ず、無言でかぶりをふっただけだった。吐き気がこみあげてきた。エーファは立ち上がり、挨拶もせずに部屋を出ると、足早に廊下を歩いた。廊下はどこまでも果てがないように思えた。ようやく洗面所にたどり着くと、鏡の前でシェンケさんとレームクールさんが「ブギー・バー」に出かける支度をしていた。二人はエーファのほうをちらりと見ると、その陰鬱な表情に驚いたのか、「どうしたの？」と声をかけた。エーファはハンドバッグからミント水の小瓶を取り出し、蓋を開けた。ミントのきついにおいが脳天まで届き、涙が流れ、咳まで出た。「最低なやつ！」エーファは吐き出すように言った。「最低って、だれのこと？」シェンケさんはそう言って、眉の続きを描いた。「あなたの婚約者のショールマンさんのこと？」レームクールさんが詮索してきた。「あの人のこと、もういらないなら、私に知らせてね」。エーファは二人に近寄り、鏡を見た。堅苦しい髪に縁どられた人好きのする顔が映っている。エーファはひとつに結った髪に両手を伸ばし、ピンを引き抜き、リボンをほどき、頭を振った。そして、体から絞り出すような怒りの声をあげた。まるで鬨(とき)の声を上げる練習をしているかのようだった。二人の女は怪訝(けげん)そうな視線を交わした。レームクールさんがにやりと笑って、「それで、一緒に来る？」と言った。

三時間後、エーファは巨大な黒いバケツのようなダンスホールの中で踊っていた。巨大な金属のスプーンをもつだれかがその中身を力強く、絶え間なくかき混ぜているように思えた。きっと、シュラーダー牧師言うところの「すべてをつかさどるだれか」あたりがそれを行っているのだろう。あたりがあまりにうるさいので、エーファは何も考えることができなかった。あまりに混雑しているので、自分と他人の体の区別がわからないほどだった。エーファの吸う息はだれかの吐いた息であり、エーファの吐いた息はだれかの吸う息になった。ビートルズの歌が聞こえてくる。

　あの娘は君が好き(シーラブズユー)、ああそうさ(ヤーヤーヤー)／
　あの娘は君が好き(シーラブズユー)、そうさ、そうなんだ(ヤーヤーヤー)／

こんなに愛されているんだから（ウィズアラブライクザッツ）、すなおに喜べよ（ユーノウユーシュドビーグラッド）／
ああそうさ（ヤーヤーヤー）／そうさ、そうなんだ（ヤーヤーヤー）

酒に酔ったエーファは、修習生のヴェットケと手をつないだまま、肌の白い者と黒い者が入り乱れたダンスホールの中で、ぐるぐる回っているのが楽しくてならなった。ときどきダーヴィト・ミラーの姿が目に入った。ダーヴィトは壁ぎわの高いベンチに腰をかけ、隣にいるレームクールさんといちゃついていた。だが、気がつくとエーファはダーヴィトの隣に座っていた。どうやっていつそこに来たのか、まるで覚えていなかった。レームクールさんはどこかに消えてしまっていた。「レームクールさんはどこに行ったの?」エーファはダーヴィトの耳元で怒鳴った。ダーヴィトは肩をすくめた。彼もまた、酔っていた。彼個人の〈ビッグ・デイ〉を祝っていたのだ。ようやく今日、「野獣」が逮捕された。「健康上の理由による拘留延期」を裁判所はついに棄却した。残念ながら、やつがどんな顔をしたか見ることはできなかった。あわただしく会場をあとにしたダーヴィトは、まっすぐシナゴーグに行った。もう人気（ひとけ）のなくなった祈りの間に座り、ラビのリースバウムが来るのを待った。ラビになら、真実を打ち明けられるかもしれなかった。自分と、自分の兄と、家族についての真実を――。だが、しばらくしてダーヴィトはふたたび息をして、心を落ち着けると、その場を去った。そしていまここで、踊っている人々を見ている。米兵がいて、普通の市民がいる。ダーヴィトは喧騒に向かって叫ぶ。「野獣が殴り殺したのはおれの兄さんだ！　だから、やつを片づけなければならなかったんだ。あいつらはおれの両親を、到着してすぐガス室に送ったんだ！」そのときダーヴィトは肩に、エーファの頭の重みを感じた。エーファは眠り込んでいた。あるいは気を失っているのかもしれない。ダーヴィトはため息をついて、エーファをベンチから抱え上げた。

ブギー・バーの外で夏の夜風にあたって、エーファは目を覚ました。ダーヴィトはエーファのコートを左の腕にかけ、右手でエーファの体を支えている。「タクシーを呼ぶ」。ダーヴィトはエーファを連れて通りの角まで来て、行き交う車を見ながら、黄色い空車ランプをつけたタクシーが通りかかるのを待った。「ありがとう」。エーファが力なく言った。そしてふと思い出したように、「ねえ、お兄さんが何とかって言っていなかった?」とたずねた。エーファは頭を上げて、ダーヴィトの顔を見ようとした。だが、頭がくらくらして、そんなことはできなかった。ダーヴィトが腕を上げ、「タクシー!」と腕を振った。一台のタクシーが道路脇に停まった。ダーヴィトはエーファを後部座席に座らせ、ハンドバッグを膝の上に押しつけ、コートを脇に放ると、運転手に「ベルガー通り三一八まで」と言った。そして、エーファがもう一度「ありがとう」と言うより早く、車のドアをバタンと閉めた。ダーヴィトはタクシーのテールランプが遠ざかるのを見ながら、今日のエーファはいつもと違って見えたと思い返していた。原因はさっぱり思い当たらなかった。ダーヴィトはジャケットの襟を立て、地面を踏みしめるように歩き出した。シシィの家を目指して。

タクシーの中で、年配の運転手はエーファと会話をしようとしていた。彼はバックミラー越しにエーファと目をあわせようと試みた。「お嬢さん、〈ドイツ亭〉に行くの? もうじきあそこは閉店だよ。もう厨房はおしまいになる時間だし」。エーファは腕時計に目をやったが、時刻を読みとることはできなかった。運転手はさらに続けた。「あの、ブギー・バーってとこはどうなんだろうね? 黒人がいっぱいなんじゃないの? お客さんみたいなお嬢さんはよくよく気をつけなくちゃいけないよ」。エーファは体を前に傾け、行き先を変えたいと言った。そしてその住所を口にした。運転手は戸惑ったように聞き返し、ウィンカーを点滅させ、車をUターンさせた。運転手はもう何も質問を口にしなかった。その高尚な住所が、運転手の口をふさがせたのだ。

ヴァルター・ショールマンのそばには往診にきた医師がいた。引きつけの発作を起こしたからだ。夕食のとき、ユルゲンと父親は新しい商品のラインナップについて、とりわけ洗濯機について話をしていた。洗濯機は取り付け込みで売るべきか、配管の会社と提携して仲介料を請求するのが割に合うかについて、二人は話し合っていた。ヴァルターは職人から金をとるという考えには反対だと言っていた。議論を戦わせていたわけではない。むしろその逆だ。ユルゲンも父親の意見に賛成だったのだから。だが父親は突然、まるで蠟燭が台座から倒れるように、ぱたりと椅子から倒れた。そして絨毯の上で手足をばたつかせ、何度も激しくひきつけた。悪魔に乗り移られたかのようなその姿をユルゲンはとても正視できず、部屋を出なければならなかった。ブリギッテは、驚くほど落ち着き払った家政婦のトロイトハルトさんと一緒に、夫がぶつかって怪我をするかもしれないものを片端からどこかに寄せたりしまったりし、発作がおさまるのを待った。医者からこうしたときの処置は教えられていたのだ。三分後に発作はおさまった。ヴァルター・ショールマンはいま、寝室の広いベッドの上に憔悴（しょうすい）したようすで横たわっている。不安げだが意識ははっきりしており、今晩は病院に泊ったほうがよいだろうかと医師に相談していた。結局、医師がもう少しこの場にとどまるということで意見が一致した。「一分ごとに料金を加算させていただきますよ、ショールマンさん」と医師が冗談を言い、みなが笑った。そのとき、玄関の呼び鈴が鳴った。人々は何ごとかというように顔を見合せた。いったいこんな時間にだれだろう？　見に行ったのはユルゲンだった。

　ユルゲンはエーファが酔っていることにひと目で気づき、廊下を通って急いで自分の部屋に連れていった。途中で寝室に向かって「エーファだったよ。その……ちょうどこのあたりに来たので」と言った。自分の部屋のドアを閉め、わずかに体をぐらつかせながら立っているエーファを見つめる。髪はほどけて乱れ、化粧ははげ、目がすわっていた。その目つきには、嫌悪と欲望が入り混じっているように見える。「座りなよ。何か飲むかい？」

「ジンはある？」

「もう十分飲んでいると思うよ」

　エーファは大きなソファにどさりと倒れこんだ。「そうね、その通りだわ、ユルゲン。もう十分よ。あなたとはお別れする」

　ユルゲンは突然ひどい悪寒に襲われた。だが、必死の努力でエーファに悟られまいとした。「そう。それで理由は？」「理由は、あなたよ！　どうして私に黙ってこそこそ事務所に来たりしたの！　私は子どもみたいに扱われたくない。いつ、どうやって、どこで働くかは自分で決めるわ。私のことを決めるのは私よ！　私だけよ！」

　すべての言葉が明確にエーファの口から出てきたわけではなかった。途中でつっかえたり、少し呂律が回らなかったりした。でも、エーファは真剣だった。それはユルゲンにもわかった。「君は、あのカナダ人が好きなんだろう？」エーファはユルゲンをじっと見て、意味不明な罵り言葉を吐いた。そして言った。「それだけしか理由が思い当たらないの？　なんて視野の狭い人」。思うようにしゃべれないせいで、「視野の狭い人」は「視野のへまい人」に聞こえた。でもエーファは怒っており、悲しんでおり、そして固く決意していた。「ねえ、ユルゲン、私には友人が必要なの。でも、もうわかった。あなたは私の友人じゃない」

「僕は君の将来の夫だ」

「それが何だって言うの？　あなたは私のご主人様なの？　だんな様なの？　私はあなたの言いつけどおりにしなくちゃならないの？」

「知り合ったころ、君は言っていたよ。導いてほしいのだと」

「それは、相手がどんな人かによるでしょう？　成熟していて、自分のことをよくわかっている人ならともかく、いまのあなたみたいな人はお断りよ！」

「エーファ、どうして君はそんな恥知らずなことを？」

エーファはそれには答えず、少し苦労しながら婚約指輪を指からはずし、ガラス製のソファテーブルの上にことりと置いた。そして立ち上がった。「それに私、塩素のにおいがする家にはやっぱり住めない」

　ユルゲンは不安に襲われた。彼はエーファに近づき、手をとろうとしたが、エーファはそれをはねのけた。「もしかして、この前の夜のせい？」エーファは危うく笑いかけたが、怒りを込めて「もっとひどい経験だってあるし」と言った。ユルゲンの呆然とした顔に、エーファはかすかに良心の呵責（かしゃく）を感じた。でも、言ったことを取り消しはしなかった。ユルゲンは最後に、情に訴える手段に出た。

「僕は君を守りたかっただけだ。あの裁判が君をどれだけ変えてしまったか、僕にはわかっていたから」

「そう、それはおあいにくさま」

エーファはソファからハンドバッグを、椅子の背からレインコートをとりあげ、まだ少しふらつきながら部屋を出ていった。ユルゲンはエーファの後について玄関まで来た。ユルゲンは無言だったが、少し手前で突然足を速めてエーファを追い抜き、玄関の扉に背中を向けてエーファの前に立ちはだかった。「行かせない」。エーファはユルゲンの目を見た。眼窩の奥深くに深い緑色の瞳が輝いている。ユルゲンの黒髪を見る。夜のこんな時間なのに、わずかしか乱れていない。その黒髪の下には悪魔の角が隠れていて、いつだか一度、ユルゲンはエーファに手をあげそうになったこともある。でも今日の彼から感じとれるのは、取り残されることへの絶望的なまでの恐怖だった。エーファは思わず目を潤ませたが、「お父様にどうぞお元気でと伝えて。それから、ブリギッテによろしくね」とだけ言った。ユルゲンのそばを通り、ドアノブに手をかける。ユルゲンは床を見ていたが、脇によけて、そのままエーファを行かせた。扉がパタンとしまった。ブリギッテが廊下にあらわれ、詮索したそうな顔で声をかけた。「どうかしたの？」ユルゲンは何も答えずに自分の部屋に向かった。

遅い夏のある日、太った蠅たちが、締めきられた窓ガラスの向こうでぶんぶん飛び回っていた。その日、女の子とその姉は初めて、母親にくっついて床屋に行くことになっていた。女の子の姉は行きたがらなかった。姉は地団太を踏んで嫌がり、母親が家から連れ出そうとすると、両手でドアの枠にひしとしがみついた。そして、もうすぐ九歳になるというのに、小さな子どものように大声でわめいた。しまいには、母親の手にかみつきさえした。母親は姉の頰をはたいた。だが、「一緒にいらっしゃい」とそれ以上は言わなかった。妹が戸口のほうにとって返し、姉のほうを向いて、自分の額をとんとんと指で叩いた。妹はそのしぐさが侮蔑的な意味をもつことを理解していない。ともかく、二人は出発した。床屋さんで髪を巻いてもらって、上品なレディのように花の香りもつけてもらうのだ。妹ははしゃぎしながら母親と手をつないで、埃っぽい道を歩いた。道沿いの果樹に、赤く色づきかけたリンゴがなっている。でもまだ食べると、おなかをこわしてしまうだろう。縞模様のスーツを着た男の人たちが、別の方向から歩いてくる。三人の兵隊が付き添っている。ひとりが、もっていたステッキを少し上げて、母親に挨拶をする。縞模様の男の人たちは痩せていて目が大きく、帽子の下の頭の毛は変なふうに切られている。あの人たちも床屋さんに行かなくちゃ、と女の子は思う。「じろじろ見ちゃだめ」と母親が言った。女の子は男の人たちが怖くなる。彼らは女の子のことをちらりとも見ないし、まるで体の中にもう魂が入っていないように動いているのだ。女の子と母親はようやく、赤と白の遮断棒のあるところまで来る。母親は一枚の紙きれを見せなければならない。その紙きれには母親の小さい写真が貼り付けられている。そして母親は署名をしなければならない。女の子は背伸びをして、どこまでも続く塀を眺める。一羽の鳥も電線の上にとまっていないのを、女の子は不思議に思う。母親と女の子は遮断棒を抜けて、さらに歩く。アーチ型の門のところに来る。その上には何かの文字が書かれている。女の子はもう、「A」と「E」の文字は読むことができる。自分の名前の中にその文字が出てくるからだ。「アーエーアーエー」と女の子は読みあげる。そして母親と一緒にそのアーチの下をくぐる。

水色の部屋は石鹼のにおいがしていた。白い上っ張りを着た男の人が、女の子を抱き上げて椅子の上にのせ、何回かぐるぐる回した――メリーゴーラウンドのように。それからまるで魔法のように突然、男の人ははさみと櫛を手に持った。「くるくるの髪にしてちょうだい」。女の子は言った。男の人は、ドイツ語ではない言葉で何かを言うと、洗面台を指さした。女の子は尻込みした。洗髪のときに目が痛くなるのが嫌いなのだ。でも男の人は女の子を洗面台に連れていき、水道の蛇口をひねり、女の子の髪に温水をかけた。男の人は女の子の髪をすすぎ、石鹼で洗い、またすすいだ。注意深い手つきだった。一滴の水も、女の子の顔にかかりはしなかった。それでも女の子は、洗髪のあいだずっと、固く目を閉じていた。

ジャスキンスキー。それがあの人の名前だった。エーファの頭に唐突にそれがよみがえった。エーファは今、収容所内のかつて理容室だった場所に立っている。洗面台の残骸がそこにある。それを見るうちエーファは思い出した。あの人は囚人だった。何回かあの部屋を訪れるうち、一度、白い上っ張りの袖がめくれて、腕に刻まれた番号が見えたことがあった。エーファがそれを指さすと、男の人はポーランド語ではっきり数字を読み上げてくれた。エーファは忘れないようにそれを復唱した。次に訪れたときエーファはジャスキンスキー氏に、番号を覚えているのを見せてあげようとした。だが、その日のジャスキンスキー氏はいつものようににこやかではなかった。いつもジャスキンスキー氏は二人の助手を使って仕事をしていた。どちらも若い女性で、床に落ちた髪の毛を掃いたり、髪のカーラーを巻いたりしていた。片方の女性は、鼻が上を向いた不思議な顔立ちをしていた。でもその日、その変わった顔立ちの女の人はいなかった。ジャスキンスキー氏がエーファの髪を洗ったとき、左の目に石鹼が入った。ジャスキンスキー氏はそれに気づいていなかった。いつものエーファなら泣き出しただろうが、その日はなぜかわからないが、黙ったままでいた。でもその後、髪に焼きごてをあてて波打たせるとき、その人は、赤熱した金属をエーファの頭皮に押しつけた。シュッという音がして、髪の毛と皮膚が焦げるにおいがした。エーファは悲鳴をあげた。母さんが怒り、その人は謝った。目に涙を浮かべて。それから母さんは、もう二度とエーファをそこに連れて行かなかった。

エーファは無意識のうちに、指先で耳の上にふれていた。そこには、髪の毛に隠れるようにして長い傷跡がある。エーファは、あのとき泣き喚いた幼い自分を恥じた。ここで人々が耐え忍ばなければならなかったことに比べたら、あんなちっぽけな傷が何だというのだろう——。そのとき、理容室跡の開いた戸口に人影があらわれた。「こんなところにいたのか。外で通訳が必要になっている。ブロック11の前だ」。エーファはダーヴィト・ミラーについて、収容所内の通りを歩いた。

二五人からなる派遣団の紅一点として、ワルシャワを経由してここに到着したのは一日前のことだった。弁護団から六人の代表者、裁判長と二人の裁判官、主席検事、その他五人の検事、ダーヴィト・ミラー、二人の記者などがそこには含まれていた。一行はワルシャワで飛行機を降りてから、舗装の悪い道をおんぼろバスに七時間も揺られて、ようやく、その名を収容所に与えた町に到着した。もうあたりは暗くなっていた。町外れにある簡素な宿に一行は泊った。みな、言葉少なだった。だれもが疲れきり、同時に気を張っていた。エーファは、最低限のものだけがそろった自分用の狭い部屋に入った。幅の狭いベッドの上に、折りたたんだ薄色のタオルが置かれている。もとの色がわからないほど退色し、広げたら向こう側が透けて見えるほど薄っぺらになっている。エーファはふと、収容所が稼働していた当時からこのタオルは使われていたのではないかと夢想した。ベッドに寝転がり、あかりを消して、自分がどこにいるのかしっかり認識しようとする。自分は、あの場所に来ているのだ——。エーファは旅行用時計のチクタクという大きな音に耳を傾け、とても眠れそうにないと思った。だが、あっというまに眠りに落ち、夢も見ずにぐっすり眠った。翌朝エーファは、目覚まし時計が鳴るより早く、鶏の鳴き声で目を覚ました。窓辺に近寄り、宿の裏手の庭を見る。庭では雄鶏と雌鶏がせかせかと歩き回っている。塀の向こうに湿地草原が広がっている。地平線を縁取るようにたくさんのポプラの木が生えている。朝日を受けて、木の葉が黄色に輝いている。

食堂の壁は冷たいくらい真っ白に塗られており、宿屋というよりはまるで、建てたばかりのクラブハウスのようだった。弁護団の人々はひとつのテーブルに固まって朝食を食べていた。弁護人の白ウサギはいつもよりもさらに頻繁に懐中時計を開けたり閉めたりしている。部屋の反対側にあるテーブルには検察の人間が、白ブロンドを囲むようにして座っている。ダーヴィトもその中にいるが、彼は自分の内に引きこもったように静かで、料理にはほとんど手をつけていない。裁判長はテーブルにひとりで座って食事をしている。そしてパンを食べながら書類をぱらぱらとめくっている。法服を着ていないとみんな普通の人みたいだ、とエーファは薄いコーヒーを飲みながら思った。だれかの父親たち、夫たち、友人たち、そして恋人たち——。朝食がすむと一行は基幹収容所（第一強制収容所）の入り口まで徒歩で向かった。途中にいくつかの戸建て住宅があり、これから学校に行くのだろうか、ランドセルを背負った子どもたちが家から出てきた。中で人が働いている工場もあった。最初はにぎやかに行われていたおしゃべりは、収容所が近づくにつれて徐々に小声になり、最後にはみなが無言になった。門の前で、三人のポーランド人が彼らを出迎えた。みな年かさで、黒っぽいコートを着ている。ひとりはポーランド政府から送られてきた人だった。残る二人はアウシュヴィッツ＝ビルケナウ記念博物館の職員で、彼らが一行を案内するのだという。エーファは裁判長が言ったことをポーランド語に通訳した。裁判長の顔はこんなに近くから見ると、いつも思っていたほど満月のようではなく、ふつうに見えた。「私たちは、アウシュヴィッツ＝ビルケナウ強制・絶滅収容所の状況を包括的に理解したいと希望しています」。それを聞いた職員は、なかば憐れむような視線を彼らに向けた。エーファは一行とともに門のアーチをくぐり、収容所に足を踏み入れた。二人の記者がたくさんの写真を撮っていたが、検察庁のひとりも独自に写真を撮っていた。弁護団の白ウサギは巻き尺であちこちを測ったり、同僚と一緒にそれぞれのブロックのあいだの道を歩測したりしていた。そしてあちこちの距離や視角を記録していた。彼が目ざしているのは、法廷で使われている収容所の地図があてにならないものだと証明することだった。エーファは職員の説明を通訳しながら、あちこちを見回していた。そのときはまだ何も、記憶につながるようなものはなかった。収容所の通り沿いにある二階建てのレンガ造りの建物のひとつに、一行が足を踏み入れたときまでは――。職員が説明した。「この建物の部屋は、収容所内の戸籍役場に使われていました。そのほかに、理髪用の部屋もありました。親衛隊の人間やその妻はここで、もとは床屋だった囚人に無料で散髪してもらっていました」。人々は水色のタイル張りの部屋に足を踏み入れ、ざっとあたりを見回すと出ていった。エーファはひとりでその部屋にしばらく立ち尽くしていた。曇った鏡を見つめ、埃をかぶった回転椅子を見る。そして、ジャスキンスキー氏のことを思い出したのだ。

エーファはダーヴィトの後ろについてブロック11のほうに向かった。ダーヴィトは小走りだったので、一瞬エーファはそれを追いかけるだけでせいいっぱいだった。一行が建物の角の向こうに消えたので、エーファとダーヴィトは通りに二人きりになった。「待ってちょうだい、ダーヴィト」。エーファはダーヴィトに追いつき、その腕をとった。ダーヴィトはエーファをちらりと横目で見て言った。「君はどう思う、エーファ。僕らはこの通りを歩くことができる。自由な個人として」。そしてエーファの答えを待たずに続けた。「それに値するような何を僕らはしたのか？　ああ、胸が悪くなりそうだ」。ダーヴィトはエーファの手を振りほどき、右に曲がり、二つのレンガ造りの建物のあいだに消えた。エーファは後を追った。一行が、レンガの塀の前に立っていた。彼らは当惑し、何かに恥じ入っているように見えた。エーファは人々に近寄った。白ブロンドがエーファのほうに向いた。エーファは職員に説明しなければならなかった。花輪をもってくることに、残念ながらだれも思いいたらなかったのだと。エーファが目をやると、壁の前にはたしかにいくつかの花が置かれ、墓に供えるような何本かの蠟燭に火がともされ、花輪がふたつ供えられていた。ひとつの花輪のリボンにはダヴィデの星がついていた。エーファが通訳すると、職員のひとりがあいまいなしぐさをした。すると裁判長が、黙禱をしようと言った。弁護団長は同僚としばし協議をし、結局了解した。人々はそれぞれ手を組んで首を垂れ、この数か月間で証人が語ったことに、あるいは自分自身の目で見たことに、思いをはせた。彼らは、この壁の前に立たされなければならなかった人々のことを無言で考えた。人々の裸の体には何桁もの数字が書かれていた。処刑された人々の体をあとで火葬場に運んだとき、身分の確認を容易にするためだった。何の理由もなくここで銃殺された二万人の男や女や子どもたちのことを、一行は黙ったまましばし思い浮かべていた。

その後一行はブロック11を通り、「野獣」の尋問室だった場所を通り、実験が行われていた病棟ブロックを通り、人々が倒れたり銃殺されたり撲殺されたりしていた点呼の広場を通り、人々が押し込められ、飢えや病気で死んでいったバラックを通った。一行は言葉を交わしてはいたが、それは表面上の会話に過ぎなかった。心をかき乱されていない者は、ひとりもいなかった。空には、まるで何ひとつ隠すつもりがないかのように、雲の影さえ見えなかった。記者のひとりが「行楽日和だ」と言い、写真を撮った。職員らが一行を今度は、木造バラックの中に案内した。バラックの中央の通路沿いに人々はゆっくりと歩いた。通路の左右に三階建ての木造のベッドフレームが並んで立っている。その上で当時の人々は眠ろうとしたり、わずかな安寧を得ようとしたり、力を回復させようとしたり、順番に、あるいは隣り合って、あるいは重なり合って眠ろうとした。ひとつのベッドのところで職員はかがみこみ、一番下のベッドの上にある壁のくぼみを指さした。人々はかがみこみ、職員の肩越しにそれを見ようとした。エーファは最初、それが何かわからなかった。そこには粗いつくりの木の壁があるだけで、冬の寒い時期には冷気が入り込んで、さぞ冷たかろうと思われた。だが、職員の指さしているあたりをよく見ると、木の上に薄く消えかけた文字があることに気づいた。だれかがハンガリー語で書いたのだろう。「アンドレアス・ラパポルト、一六歳」と職員が読み上げ、三段ベッドのあちこちに寄り集まっていた人々は、小さな声でその名前を復唱し、ある証人の話を思い出した。アンドレアス・ラパポルトという少年が壁に、自分の血で名前を書いたという話だった。そしてその少年は一六歳で亡くなっていた。

エーファはバラックを離れ、泣き始めた。涙をこらえられなかった。職員のひとりがエーファに近寄り、こう言った。「ここに来た人がそうして泣くのを、私はしばしば目にしてきました。アウシュヴィッツについてどれだけの知識があっても、じっさいにここに立つのは、それとはまったくちがうことなのです」

バラックにはダーヴィトがひとりでとどまっていた。彼は、アンドレアス・ラパポルトが横になっただろう寝台のそばにたたずんでいた。そして床に膝をつき、手を木の上に置いた。

それから一行は昼食を食べ――エーファはそのときのようすを後でどうしても思い出すことができなかった――基幹収容所から二キロ離れた絶滅収容所へと向かった。エーファはいつもの青いノートをもっていった。夜に宿で、自分の受けた印象を記し、頭を整理するためだった。だが、ほかの人々と一緒に何時間も絶滅収容所を歩いた後、もうエーファには、記すべき言葉など見つけられなかった。エーファは、特徴的な形の塔が中央にある横に長い建物に沿って歩き、列車のホームを歩いた。〈ランペ〉に着いた人々が最後に歩いたはずの道をたどり、人々が人生の最後の一瞬を過ごしたかもしれない白樺の木陰にたたずみ、人々がおそらくしたのと同じように、雲ひとつない空の下で白樺のこずえで鳥たちが歌うのに耳を傾けた。そして、その部屋への入り口を見つめ、けっして後戻りはできないのだと認識した。エーファは、ダーヴィトと白ブロンドが身じろぎもせずに立ちつくしているのを見つめ、ほかの人々と同様に神妙な顔をしている弁護団の白ウサギを見つめた。白ウサギは、裁判長が木の切り株に腰を下ろすのに手を貸していた。人々はみな泣いていた。エーファにはわかった。自分が何も言葉を見つけられないことが。

第4部

夕暮れどき、派遣団の人々が宿の食堂に集っているころ、エーファはひとり外に出た。自分が昔、両親と四年間を過ごした家を見つけたかったのだ。通りに灯りはひとつもなく、徐々に闇が濃くなる中、エーファはときどき何かに躓きながら歩いた。収容所の外側の境界に着き、西へさらに歩く。フェンスには五〇メートルおきぐらいに、髑髏の絵のついた「注意！　致死レベルの高圧電流」という看板があった。もう電流が通っていないことはわかっていたが、電流の流れるブーンという音が聞こえるような気がした。道路は舗装されておらず、一度あやうく足をくじきかけた。フェンスは、気がつけばコンクリートの塀に変わっていた。道を間違えたのかもしれないとエーファは思った。そのとき、目の前に灯りが見えた。近づいてみると、戸建ての家が並んでいるのがわかった。小さな家がいくつかある中に、ひときわ屋根が尖った家があった。エーファは、前庭を囲んでいる背の低い生垣のそばにたたずみ、ある家の大きな窓の中をのぞいた。灯りに照らされた部屋の中に、三人の人間が食卓を囲んでいるのが見えた。男の人と女の人。そして子ども。きっと家族なのだろう。さらに歩みを進め、隣の家のほうをうかがう。第一被告人とその妻が住んでいた家だ。そちらの家はまっ暗だった。家の近くの、バラの花壇があったあたりの地面はコンクリートで固められ、車が停まっている。「もしもし、だれかをお探しですか？」ポーランド語でだれかが呼びかけた。エーファはあたりを見回した。さっき食卓についていた男の人がドアのところに出てきていた。不審そうな表情をしている。エーファは一歩そちらに踏み出し、自分はドイツから、派遣団のひとりとしてここに来たのだと答えた。さらに話を続けようとしたが、男の人はそれをさえぎり、西ドイツから派遣団が来ることは聞いていますと言った。その声にはさっきと違って、好奇心がにじみ出ていた。いつの間にか、男の妻も戸口に出てきていた。妻は妊娠しているようだった。女の人はエーファに、ちょっと中に入っていきませんかと言った。エーファは最初固辞したが、夫婦はぜひどうぞと、なおもすすめた。ポーランド人のもてなし好きは有名なのだ。とうとうエーファは家の敷居をまたいだ。床石のひとつに築年が刻まれているのにエーファはまず目をとめた。「1937」。エーファは、子どものころその数字を指でなぞっていたことを思い出した。あのとき、膝の下の床はひやりと冷たく感じられた。夏でさえも――。それはまさしく、あの家だった。

　ポーランド人の子どもが戸口にあらわれた。パンを手にもったまま、エーファのことを興味深げに見つめている。髪は中くらいの長さなので、男の子なのか女の子なのか、にわかにわからなかった。エーファはその子に親しげに頷きかけ、居間に案内された。エーファの前に皿が置かれ、煮込み料理がたっぷり盛られた。エーファは無礼にならないよう、それを口にした。ジャガイモとベーコンとキャベツが入っていた。子どもはテレビの下にある箱からおもちゃを引っぱりだし始めた。積み木や布製の人形や木製のビーズが、がたがた音を立てて床に並べられた。男の人は、自分は修復技術者なのだと言った。半年前からアウシュヴィッツの記念博物館で働いており、保管物件の防腐処理と保存が仕事なのだという。なかなかたいへんなのですよ、と彼は語った。髪の毛はダニに食われ、メガネのフレームは錆にやられてしまいます。靴は黴や、人間の汗に含まれていた塩分によって腐敗してしまうのです。妻が冗談めかしてぱしんと夫をたたき、夕食の会話にそれはふさわしくないでしょうと言った。男の人は謝った。エーファは部屋を見渡したが、記憶につながるものは何もなかった。「ここは改築なさったのですか？」エーファがたずねると男の人は頷き、隠し切れない誇りを言葉ににじませながら説明した。もとのままの部分はいっさいありません。壁はいったん取り壊しましたし、床も張り替えました。新しい窓を入れて、壁紙も新しくして、ペンキを塗って——。女の人は、当時の混乱ぶりを思い出したのか、目をぎょろりとさせた。女の人は、西ドイツについて話してほしいとエーファに言い、あちらの人はみんなお金持ちで、何もかも金ぴかなのかしらとたずねた。男の人は裁判についてたずねてきた。親衛隊の人間たちは死刑になるのだろうかと、男の人は知りたがった。エーファは、ドイツにはもう死刑は存在しないのですと説明した。女の人が、それは残念だと言い、食卓の片づけを始めた。エーファも立ち上がり、いとまごいをした。廊下にふたたび立ったとき、この家だという先ほどの確信はもう揺らいでいた。築年が同じ家がほかにあったのにちがいない——。エーファは夫婦と握手をし、「ご多幸を祈ります」と言い、彼らの親切に礼を述べた。そのとき、子どもが走り寄ってきて、丸めた右手の拳をエーファに差しだした。エーファは一瞬ためらったのち、子どもの拳の下に手を差し出した。子どもが指を開くと、エーファの手のひらに何かが落ちた。男の人はそれを見て、「なんだい、これ？」と言った。妻は肩をすくめ、エーファに言った。「どこから来たものかはわからないけれど、これはうちの子からあなたへの贈り物のようですよ」。女の人は微笑んだ。エーファはこみあげてくる何かをのみこみ、子どもに「どうもありがとう」と言った。

エーファの手に乗っているのはあの、どこかに消えたクリスマスピラミッドの部品だった。黒人王のたずさえていた贈り物であり、木でできた小さな赤い包みだった。

宿の食堂には煙草の煙が白く立ち込め、どこかにあるラジオからポーランド語の流行歌が流れている。

でも、だれも耳を傾けてはいない。ビールとシュナップスと汗のにおいで、あたりは息苦しいほどだった。検察の面々は被告側の弁護人らと同じテーブルを囲んでいた。ただひとり、弁護人の白ウサギだけがその場にいなかった。裁判長も一足先に部屋に戻っていた。人々は、曇った窓ガラスの向こうに広がる場所について、ジョークを言ったり面白おかしい話をしたりしていた。白ブロンドはこんな小噺を読んだことがあると言った。アラブ諸国の同盟がロンドンのレインコート会社、バーバリーに対して、輸入ボイコットを布告した。バーバリーの幹部のひとりがユダヤ人であることが、その理由だという。対するバーバリーはこう返答した。アラブの国々ではいずれにせよ雨はまれにしか降らず、これまでもわずかしかレインコートを輸出していない。だから、ボイコット運動を起こされても痛くもかゆくもないのだと。みながどっと笑った。ダーヴィトは一座の中にいたが、話に耳を傾けてはいなかった。彼は壁にかかった絵を見ていた。四頭立ての橇が、凍った平野を走るようすが描かれている。御者が鞭を振り上げ、馬は後ろ足で立っている。馬の巨大な鼻孔から湯気のように息が吐き出されているのが、どこか不安を誘う。彼らは目的地に急いでいるのだろう。ダーヴィトは目を閉じて、シシィの腕に抱かれたいと思う。そして、シシィの骨ばった胸と、干しブドウのようにかすかに甘く、かすかにかび臭いような体臭を思い出す。子どものころ、干しブドウはまったく好きではなかったのに——。白ブロンドはダーヴィトをじっと見て、自分のビヤグラスをかちりとダーヴィトのグラスにぶつけた。ダーヴィトは目を開き、ビールを飲んだ。そのとき、エーファが戸口にあらわれた。エーファは一瞬ためらい、自分の部屋に向かおうとしたが、若い記者が目ざとくエーファを見つけ、手を振った。「ブルーンスさん！　一緒に飲みましょう！」エーファは食堂に足を踏み入れた。どこか懐かしいにおいが彼女を包んだ。右側のカウンターに視線を向けたとき、エーファは一瞬、そこに母親のエーディトが立っているような錯覚を覚えた。シュテファンが言う「シュガーフェイス」でにっこり笑っている母。疲れてはいるが、何かに焦がれているようなその瞳。そして厨房から赤い顔をのぞかせ、お客のほうをぐるりと見ている父。みんなが満ち足りているかどうか、心配しているのだろう。

どこかのテーブルがエーファのために場所をつくってくれた。向かいにはダーヴィトが座っていた。二人の目が合った。今日一日の記憶を忘れ去ろうとするかのようににぎやかに騒ぐ人々の中で、二人はたがいのよるべなさを感じ取った。二人は同時に微笑んだ。自分がひとりぼっちでないと知るのは、幸せなことだった。

そのとき、例の白ウサギの弁護人が食堂に入ってきた。その悄然(しょうぜん)としたようすにエーファは、まるでウサギが長い耳を垂れているようだと思った。人々が問いかけるように彼を見た。懐中時計がなくなってしまったのだと白ウサギは説明した。さっき共同の洗面所を使ったとき、洗面台の端に置いて、そのまま忘れてしまった。半時間後に気づいて取りにいったときには、もう消えていた。白ウサギは部屋をぐるりと見まわして言った。ここにいるどなたかが時計をあずかっていませんか？　みなが首を横に振った。白ウサギはエーファのほうを向いて、宿屋の主人夫婦にきいてもらえないかと頼んだ。エーファは立ち上がり、カウンターのところに行った。だが、主人もその妻も肩をすくめて、何も知りませんと言うばかりだった。「信じられるものか！」と弁護人は言って、エーファの隣の椅子にどすんと腰をかけた。記者のひとりが、ポーランド人にはカラスのような盗み癖があるのは有名じゃないですかと冗談交じりに言った。馬鹿話はさらに続いたが、白ウサギは笑わなかった。彼は疑わしげな表情を浮かべたまま、しきりにチョッキのポケットを手探りした。そして、隣に座っているエーファのほうを向いて言った。あの懐中時計は、司法試験に合格したときに母が贈ってくれたものなのだ。質素な女性で、自分の宝飾品を売って時計を買ってくれた。時計がなければ、裁判のときに息子が恥をかくだろうと言って――。彼の目が潤んでいるのにエーファは気づいた。白ブロンドが一同に、さらにビールと、それにウォッカも注文した。白ブロンドがダーヴィトと、また乾杯をした。エーファは自分のグラスの酒を少しだけ飲み、それからほかのみなと同じように、ぐっと飲み干した。そこへ、黒っぽいセーターを着た二人の年かさの男が入ってきた。二人は最初カウンターに座ったが、エーファたちのテーブルでドイツ語が話されているのに気づくと、ひとりがこっちに寄ってきた。横長の頭をした、年の割にはがっしりした男だった。男は、あなたたちはなぜここに来たのか、とたずねた。エーファがそれをドイツ語に通訳した。一同は男に、エーファの隣の席をすすめた。男はそこに座ったが、もうひとりの男はカウンターに寄りかかったままだった。エーファの隣に座った男は言った。よりによってドイツ人が正義を行えるなんて、自分は信じていない。「すべては結局、自分らの良心をなだめるためのショーとしての裁判に過ぎないさ」。テーブルを囲んだ男たちは一瞬唖然としたが、それはあまりの言いようだと思ったのか、みながてんでばらばらに意見を述べ始めた。エーファはどれから順に通訳すればよいのか、まるでわからなかった。男はさらに続けた。自分は囚人にされた。あのときの苦しみは、何をもっても償えはしないと。そのときダーヴィトが場違いなほど大きな声で「おれはユダヤ人だ！」と言った。男はエーファの通訳がなくてもそれを理解できたのだろう。肩をすくめると、崩れたドイツ語で「あんた、収容所にいたのか？」とたずねた。白ブロンドが背筋を伸ばし、ダーヴィトをじっと見た。ダーヴィトは黙っていたが、男はさらに続けた。「ちがうのか？　じゃあ、家族が死んだか？」ダーヴィトは汗をかき始めていた。白ブロンドが何か口を挟もうとしたが、男はさらに言った。「それもちがうのか？　じゃあ、あんたにはわからんだろうが！」その瞬間ダーヴィトがいきなり立ち上がり、平手で男の胸を突いた。

男は椅子ごと後ろにひっくりかえったが、すぐまた起き上がった。テーブルを囲んでいた何人かが、驚いて立ち上がった。エーファも立ち上がった。カウンターに座っていた男が袖をまくりながら、ゆっくりこちらに近寄ってきた。最初の男は威嚇するようにダーヴィトの前に立ちはだかり、「何だよ、オラ！　殴るなら殴れよ」とすごんだ。白ブロンドが男の腕に手を置き、「同僚に代わってお詫びする。どうぞ落ち着いてください。たいへん申し訳なかった」と言った。エーファはそれを通訳し、さらにポーランド語で付け加えた。「あなたの言う通りです。私たちには償うことなどできません」。男はエーファを見て躊躇した。いっぽうのダーヴィトは男を戦闘的ににらみつけた。「やるならやれよ！　殴ればいいだろう、おれを！」白ブロンドがダーヴィトの腕をつかんで言った。「もうやめにしろ、ダーヴィト！　この人に謝罪しろ」。だが、ダーヴィトはその手を振りほどき、くるりと背を向けると部屋を出ていった。エーファと白ブロンドは視線を交わした。白ブロンドは衝動的にダーヴィトを追いかけそうになったが、その場に残り、エーファに「君が行きなさい」と言った。

　満月の鈍い光が宿の外の道路を照らしていた。エーファはダーヴィトを探した。彼の姿はどこにもなく、まるで消えてしまったかのようだった。だが、夜の静寂の中に、くぐもった打撲音と小さな嗚咽（おえつ）が聞こえた。エーファは音を頼りに宿の裏手に行った。壁のそばにダーヴィトが立っていた。エーファが近づくと、ダーヴィトはさらにもう一度、額を石の壁に打ちつけ、慟哭（どうこく）した。「ダーヴィト！　何をしているの！」エーファはダーヴィトの肩をつかみ、さらに頭をつかんで、制止しようとした。だがダーヴィトは肘（ひじ）でエーファを突き飛ばし、頭を後ろにのけぞらせて、もう一度壁に打ちつけた。痛みのあまりうめき声が漏れた。エーファはダーヴィトと壁の間に立とうとしたが、ダーヴィトは「放っておいてくれ！」と叫び、エーファの横面をはたいた。エーファは地面にばったり倒れた。一瞬地面の冷たさを感じ、次に頬の燃えるような痛みを感じたあと、エーファは突然すべてがどうでもいい気がした。立ち上がってスカートの埃を払う。そしてダーヴィトがなお、全身の力を込めて壁に頭を打ちつけるのを見つめた。ダーヴィトの体がずだ袋のように崩れ落ちる。エーファはダーヴィトのそばに膝をつき、彼の体をあおむけにさせた。その顔は血で黒く汚れていた。「ダーヴィト、何か言って！　私の声が聞こえる？」ダーヴィトは瞬きをした。「頭が痛い」。エーファはスカートのポケットからハンカチを取り出し、ダーヴィトの頭を膝にのせ、できるだけ血を拭きとった。ダーヴィトはエーファの頭の黒いシルエットを見つめていた。エーファの肩越しに満月が見えた。裁判長の顔のように丸い月が、ダーヴィトを空から見下ろしている。ダーヴィトはくっくっと笑った。「僕には兄なんかいない。姉さんが二人いるだけさ。二人はいま、カナダに住んでいる。両親も親戚もみんな」。エーファは、ダーヴィトがさらに話すのに耳を傾けた。ミラー家は一九三七年にカナダに移住した。何の問題もなかった。財産を守ることさえできた。絶滅の措置にあった者は一族の中にひとりもいない――。ダーヴィトは体を起こし、壁に背をもたせかけた。エーファはそばに膝をつき、あなたの家族に危害が及ばなくてよかった、と言った。だがダーヴィトはこう言った。そういう人間が抱く罪悪感が、君にわかるわけがない。僕は両親がユダヤ人だったからユダヤ人なだけだ。でも、信心深く育てられはしなかった。真面目に信仰をもつようになったのは、ドイツに来てからだ。でも、自分は神からさえ無視される。「理由はわかっているさ。僕はそこに属さない人間だからだ」

夜明けが来た。鶏が鳥小屋から出てきて、朝の雄たけびの準備を始めている。エーファはダーヴィトが部屋に戻るのを手伝った。自分のと同じくらい狭い部屋だった。エーファはダーヴィトをベッドに寝かせ、すりきれたタオルを取り上げた。そして洗面所でそれを湿らせ、腫(は)れあがったダーヴィトの顔を冷やした。エーファはベッドの縁に腰かけ、ダーヴィトがさっき話したことを考えた。逃げることができた者も、その子どもも、さらにその子どもも、ずっとあの場所の存在に苦しまなければならない事実を考えた。エーファはダーヴィトの手を撫でた。ダーヴィトはエーファを狭いベッドの上に引き寄せた。そして二人は体を重ねた。それは、すべてに対抗するためにできる、おそらく唯一のことだった。

派遣団は出発の準備を整え、霧雨の降る中、宿の前に集まっていた。ほとんど眠っていないエーファがそれでも髪を整え、ブラウスを着替え、スーツケースを引いて玄関のドアから外にあらわれたとき、白ブロンドが近づいてきて「ダーヴィトはどこにいる？」とたずねた。エーファはとまどった。今朝、ドアの外の物音で目覚めたとき、ダーヴィトはもうエーファのそばにいなかった。そしてエーファは、あとで外でダーヴィトに会えると思っていたのだ。白ブロンドは時計を見た。あと二〇分でバスが来る。時間は刻々と過ぎ、ダーヴィトは依然姿をあらわさなかった。エーファはもう一度、ダーヴィトの部屋を見にいった。部屋係の若い女性がもうベッドのシーツをはぎ始めていた。女性は無関心な目でエーファを見た。もう宿泊客でないエーファに、礼儀正しくふるまう必要はないからだ。エーファはぐるりと部屋を見回し、ゆがんだ戸棚を開けた。スーツケースはなく、衣類もなくなっていた。エーファは部屋係の女性に、何か見つけなかったかとたずねた。女性は肩をすくめただけだった。宿の前にもうバスが到着し、エンジンをかけたまま待っている。運転手がスーツケースを荷物室に積み込んでいく。乗客が順に中の座席に乗り込んでいく。白ブロンドがバスのそばに立ち、エーファを見ていた。エーファは途方に暮れたように首を横に振った。「どこにもいません。荷物も全部消えています」。最後に宿から急いで出てきた白ウサギが——彼はしっかり朝食を食べると言ってきかなかったのだ——エーファの発言を聞きつけて、苦々しげに「ポーランド人が盗んだんじゃないかね、彼のことも」と言った。弁護人は運転手にスーツケースを渡し、バスに乗り込んだ。続いてバスに乗り込んだ白ブロンドが、裁判長と何かを話すのをエーファは見つめた。裁判長は時計を見て、何か言った。白ブロンドはバスを降りてふたたびエーファのところに来ると、待てるのは最大三〇分であり、ビザの期限が切れてしまうので予定通り飛行機に乗らなければならないと告げた。心配そうな声だった。彼はエーファに煙草を一本すすめた。エーファはそれを断り、白ブロンドはひとりで煙草に火をつけ、煙をくゆらせた。バスの運転手がエンジンを切った。平和な光景だった。雄鶏が何羽か雌鶏を引き連れながら、威張ったような歩き方で通りを横切り、向こう側の茂みにみなで消えていく。エーファは顔を上げて空を見た。霧雨がやわらかく皮膚を叩く。彼らは待った。

帰りの飛行機でエーファは浅い眠りの中にあった。まどろみの中でエーファは、ダーヴィトがどこにいるのかわかっていた。彼はカヌーに乗って、カナダのどこかの広い湖にいる。鏡のような水面に大きな空が映っている。エーファははっと目覚め、窓の外の雲を見回した。そして、ブルーンス家が初めて飼ったダックスフント、トーカーのことをふと思い出した。当時エーファは一一歳で、中等学校に通い始めていたが、友だちを作るのに苦労していた。そこでエーファはある日、トーカーを一緒に学校に連れていった。少しでも緊張をほぐすのが目的で、そのもくろみはうまくいった。でも、学校から帰る途中でトーカーは車に轢(ひ)かれて死んでしまった。まだ一歳になってもいなかった。堅信礼を受ける前の授業でエーファは、シュラーダー牧師にたずねた。「なぜすばらしい神様は、こんなことが起きるのを許したのでしょう？」シュラーダー牧師はエーファを見つめて言った。「この世の苦しみの責任は、神様にではなく、人間にあるのですよ。なぜあなたはそんなことが起きるのを許してしまったのですか？」この瞬間からエーファはシュラーダー牧師が好きでなくなった。そして、気づかれないところで彼の片足を引きずった歩き方を真似したり、牧師さんはあまり体を洗わないと陰口を言ったりした。じっさいに牧師さんがそれほど身ぎれいでなかったせいもあり、みながそれを信じてしまった。エーファは窓から目をそらし、帰ったら次の週にでも牧師さんに謝りに行こうと思った。そして突然、なぜ被告人らがただのひとりも、自身の過ちを認めようとしないのか、理解できた気がした。人間がいつも、いくつかの行為にしか責任を認めないのは——あるいはいくつかの行為にすら認めないのはなぜか。そして、数千人の死の責任は自分にあると、いったいだれが言うことができるだろうか？

空港ではシシィがゲートの向こうで待っていた。ダーヴィトが帰ってきたらまず話したいのは、息子が中等学校の国語の課題で「良」をもらったことだった。早く話したくてたまらなかった。息子が賢い子だということは、前から自分はわかっていたのだ——。今日のシシィは新しい明るい緑色のコートの下に、シシィとしてはシックなスーツを着ている。コートは同僚から譲られたものなので少し大きいが、われながらとても似合っている。空港を訪れるのにぴったりの装いだとシシィは思う。最初の乗客がガラスの自動ドアから出てきた。ほとんどが、黒っぽいレインコートを着た男たちだ。既婚で、恵まれた境遇の人たちに見える。続いて、若い女がひとり出てきた。髪はやぼったい結い方をしている。きっと、良いうちの娘なのだろう。その顔つきはまるで、自分の内なる声を聞きとろうとしているようだった。

あの娘も心の中に、鍵のかかった小部屋をひそませているのだろうか。女はシシィに一瞥もくれずに、そばを通り過ぎていく。そのあとには、数人しかガラスのドアから出てこなかった。旅行者や、再会した家族や、友人や恋人たちが、腕を組んでゆっくり駐車場のほうに歩いていくと、到着ロビーは空っぽになった。シシィはもう開くことのないガラスのドアをじっと見つめ続けていた。

　空港の外には黄色い車が停まっていた。ユルゲンだ――とエーファは思い、一瞬嬉しい気持ちになった。だが、よく見ると後部座席には、いかつい検事長の姿があった。運転席には運転手がいる。白ブロンドがエーファに近づいてきて、市内まで送りましょうと申し出た。彼はエーファに助手席をすすめ、自分は後部座席に座り、上司に報告を始めた。車が走り始めた。白ブロンドは話した。何人かの証言は、距離や視角に関する部分で誤りが論証される可能性があります。ですが、おおかたの証言は正しかったことが確認されました。それからポーランドの役所から、信頼のおける書類を新たに提供してもらえました。第一被告人が署名をした車両の通行許可証などです。白ブロンドは検事長に一冊のファイルを差し出し、検事長はそれに目を通した。エーファはバックミラー越しに故郷の町の、ひどくなるいっぽうの交通渋滞をながめた。どんな顔で両親にただいまと言えばよいのかわからず、赤信号で車が停まるたび、エーファはほっとした。車が角を曲がってベルガー通りに入ったとき、白ブロンドがもうひとつの予想外の出来事について話を始めた。派遣団のひとりが行方不明になってしまった件だ。検事長はすぐ、あのカナダ系ユダヤ人のことかねと推察した。「今度はいったい何が起きたのかね？　あの若者に」。白ブロンドは説明した。ワルシャワを飛行機で発つ前に、ポーランドの保安警察に連絡をしました。あの一帯の捜索をしてくれるそうです――と。

レストラン「ドイツ亭」の前でエーファは車を降りた。そして、目を疑った。店の窓に人影が見えた。テーブルにお客が座っている。エーファは腕時計に目をやった。午後の二時少し前。ランチタイムの時間だ。窓ガラスの向こうに母親の姿が見えた。何枚もの皿を手にしたエーディトはその場に立って、外のエーファを見ている。その顔はまるで、エーファがただいまと言ってくれないのではないかと案じているようだ。エーファは軽く手をあげた。そして、再会の挨拶をさっさとすませようと決意し、スーツケースを手にしたまま食堂に足を踏み入れた。エーディトは客に皿を配っている。エーファは戸口に立ったままでいた。カウンターにピンクの陶器の豚が新しく置かれている。エーディトがエーファのところに来た。「久しぶり、母さん」。エーディトは娘を抱擁しようと足を踏み出したが、エーファはそれを拒絶するように右手を差し出した。二人は握手をした。エーディトがエーファのスーツケースをもちあげ、階段に通じるドアまで運んだ。エーファはあとに続いた。途中で、さっきの陶器の豚——豚の貯金箱だ——に紙が貼りつけられているのに気づく。「ジョルダーノ一家に」と書かれている。エーディトがエーファのほうを振り返りながら言った。「ああ、それは父さんがやったのよ。私は、やめておけばと言ったのだけど、ほら、あの人は言い出したら聞かないから」。ドアの前でしばし二人は立ち止まる。エーディトがエーファに顔を寄せ、小さな声でささやいた。「まあ見てごらんなさい。お客さんの入りは上々よ。角のところに保険会社ができたの。あそこの三つのテーブルに座っている人たちね。カウンターは私ひとりでとりあえずやっているのだけど」。エーファは無言だった。「お昼は食べた？　牛肉のロール巻きがあるわよ。今日のお肉はとっても——」。エーディトは親指と人差し指で楕円を作り、指先にチュッと口づけをした。イヤリングがゆらゆらと揺れる。エーファは「父さんに挨拶をしてくるわ」と言って、厨房に向かった。エーディトもぴったりあとについてきた。まるで、エーファが考えを変えて、そのまま逃げてしまうのを心配しているかのようだった。父親はかまどのそばに、前よりも背筋を伸ばした姿勢で立ち、大きな鍋（なべ）を左右に揺らしていた。肉のロール巻きを焼いているのだろう。そのかたわらで、楕円の片手鍋に入っているソースを定期的にかき混ぜる。ソースがぼこぼこ音を立てている。立ち上る蒸気が父親を包む。レンツェさんがスプーンで手早くマッシュポテトを、調理台の上に一列に並べられた六つの皿に盛りつける。小皿にキュウリのサラダをのせる。「久しぶり、レンツェさん。久しぶり、父さん」。レンツェさんが顔をあげる。「あら、お嬢さん。お帰りになったんですか？　お日様を浴びてのんびりできましたか？」エーファは困惑した顔をした。エーディトが急いで説明した。「レンツェさんは、あなたが海に行ったと思っていらして」。父親が鍋を火からおろし、こちらに来た。具合は良くなさそうだ。目が血走っているし、顔色は紫がかっている。だが父親は、誇らしげに顔を輝かせようと必死になっていた。「どうだい、ついにやったよ！　このコルセットはまったく値千金だ。もう見たかい？　お客さんがいっぱいだろう？　今日はもう肉のロール巻きを一八食も出したよ」。エーファは父親をじっと見ただけだった。何と言えばいいのか、わからなかった。父親は続けた。「でも、おまえさんのためにちゃんとひとつ、とっておいたよ！　まあ、そこに座りな。とびきりおいしそうなのをもっていってやるから。ちょうど今、いい色にできあがったところだ」。父親はふたたびかまどのほうに向きなおる。

　エーファは、いちばん奥まった席に座った。エーディトが台布巾で黒っぽい木のテーブルを拭いた。「白ワインもグラスに一杯持ってくるわ」。それは質問ではなく宣言だったので、エーファは何も口をはさめなかった。母親はカウンターに行った。途中で新しい注文をとっている。エーファは上機嫌な客たちを眺めた。父親はこの人たちの「おなかを満たし、心を幸せに」してあげているのだ。ふとエーファの心に、収容所をまわったとき、かつての職員用の食堂で昼休みをとったことが思い出された。だれも、ろくにものが喉を通らないようだった。みなが食堂跡を出ていくと、ダーヴィトはエーファに小さな声で、厨房も見ていったらどうかとたずねた。エーファは首を振り、逃げるように外に出た。でも、不安はさらに大きくなっただけだった――。エーディトがエーファの前にワインと料理の皿を置いた。「今日のマッシュポテトにはとりわけたっぷりバターが入っているわよ。父さんがあなたにそう伝えろって」と母親は言った。エーファは料理の皿を見た。とろりとしたソースの中に肉のロール巻きが置かれ、その隣に輝かしい黄色のマッシュポテトがこんもり盛られている。父親が厨房の戸口にあらわれ、エーファを見ていた。母親はカウンターの向こうに立ち、樽からグラスに酒を注ぎながらやはりエーファを見ている。エーファは左手でフォークを、右手でナイフを持った。マッシュポテトの小山にフォークを押し込む。フォークの歯が黄色い小山の中に消える。小山は油でぬめぬめと光っている。エーファはフォークをそこから抜き、肉のロール巻きをナイフで切る。内側からふわりと湯気が上がる。まるで生きている体だ。エーファは切った肉をフォークで刺し、口に運ぶ。肉のにおいが脳天まで突き抜ける。胃の奥からゆっくりと何かが、口もとにこみあげてくる。エーファはナイフとフォークを置き、ワインを口に含む。酢のような味がする。エーファはそれをむりやり飲み込み、さらに飲み込む。目の端に、父親が戸口に立っているのが映る。父親はエーファの視線をとらえようとしている。エーファが料理をおいしいと思ったのか、知りたがっているのだろう。母親がゆっくりこちらに近づいてくる。エーファはふと、ほかのテーブルのお客たちもみな、おしゃべりをしたり食事をしたりするのをやめて、期待に満ちた目でこっちを見ている気がする。「ごめんなさい！」とエーファは叫びだしたい気になる。でも、口は唾液でいっぱいになっている。エーファはどうしてもそれを飲み込んでしまうことができない。その瞬間、フェルト製のカーテンが開いて、ランドセルを背負ったシュテファンが飛び込んできた。シュテファンはあたりを見回してエーファを見つけ、テーブルに走り寄ってくる。その途中、大声で「またランチを始めたんだ！」と叫ぶ。まるで一家が宝くじを引き当てたかのように、高らかに。エーディトがシュテファンをつかまえて、口に指をあてて「シーッ」と言った。そしてシュテファンをエーファのテーブルに連れていくと、ランドセルをおろさせた。「書き取りの課題はそろそろ戻ってきた？」シュテファンはエーディトの問いを無視して、にっと歯をむき出した。そしてエーファの肩にぶら下がるようにして言った。「ねえ、お休みはどうだった？　お土産は？」エーファは首を振って、「今回はないのよ」と言った。エーディトがエーファの皿をちらりと見た。ふだんならエーディトは、客がたくさん食べ残しをするのをとても嫌った。何か料理に問題でもあったのかしら——と。でも、今日のエーディトは途方に暮れたように沈黙していた。エーファは言った。「シュテファン、食べてちょうだい。ぜんぜん食欲がないの」。シュテファンは抗議した。「いらないよ。僕は今日、プリンをもらえることになっているんだ！」エーファは立ち上がり、階段につながる扉へと向かった。「横になってくる」。エーファはスーツケースをもって、食堂をあとにした。シュテファンが母親のほうを向いて、「急いで帰ってくればプリンを食べさせてくれるって、今朝、言っていたのに！」と文句を言っている。エーディトはそれに返事はせず、エーファの残した皿を取り上げ、厨房に戻った。扉の向こうでルートヴィヒが待っていた。エーファが料理に何も手をつけていないことに、父親は気づいた。エーディトはナイフとフォークを使ってそれを、大きなブリキのバケツに捨てた。レンツェさんはぎょっとしたようにそれを見ていたが、何も言わなかった。ルートヴィヒも無言のままくるりと回れ右をし、かまどのほうに戻った。そして鍋を前後に動かし、中身をあわただしくかき回した。だがエーディトは、夫の肩がぴくっと動いているのに気づいた。ルートヴィヒは泣いていた。

しばらくしてエーディトはエーファの部屋の扉をノックした。部屋の中に入り、戸棚に置かれた例の帽子を見ないようにしながら、ベッドの縁に腰をかけた。エーファはベッドカバーの上に横になっていたが、眠ってはいなかった。エーファはエーディトと目を合わせなかった。エーディトはエーファの肩に手を置いて言った。「父さんにあんな態度をとってはだめよ」。エーファは黙っていた。エーディトはさらに続けた。「二〇年も前のことですよ。あそこで何が行われているのか私たちが気づいたときには、もう遅かった。それに、私たちは英雄ではないのよ、エーファ。私たちは怯えていた。小さな子どももいた。あの当時はだれも逆らったりしなかった。いまの時代と比べることはできないのよ」。エーファは依然、ぴくりともしなかった。エーディトはエーファの肩に置いていた手をはずして言った。「ともかく私たちは、だれにも悪いことはしなかった」。その言葉がまるで質問のように聞こえたので、エーファは目の端で母親を見た。ベッドの縁に腰かけた母親は、なんだか小さく見えた。粉のにおいと、パリ製の高級な香水のにおいがする。ルートヴィヒが毎年結婚記念日に妻に贈っている香水だ。エーファは母の上唇に皺(しわ)を見つけた。これまで、そんなものはなかったはずだ。エーファの頭に、母親の夢の役であるシラーの「オルレアンの乙女」が浮かぶ。勇ましいけれど、究極的には自身の意思を持っていなかった乙女。エーディトは無理に笑顔を浮かべて言う。「ユルゲンから二度電話があったわよ。あなたたち、何かあったの?」普段ならエーファは母親に、ダーヴィトのことを話していたかもしれない。あなたどこかに突然消えてしまった不思議な男友だちについて。それから、自分はユルゲンをたぶん愛しているけれど、一緒に生きることはできないと思っていることも。エーファはいつもエーディトを信頼してきた。母親は、エーファが大人になるまでずっといちばん近くにいてくれた人なのだ。エーファはエーディトの手をじっと見た。ヴァイオリンを弾くには小さすぎたというその手。そしてその指にはまっているすり減った結婚指輪。エーファは、母親の手がかすかにふるえていることに気づく。エーファにはわかっていた。母親は昔と同じように、喧嘩をしたあとエーファが母親の手をとって「もう仲直りよ、ママ」と言ってくれるのを望んでいるのだ。でも、エーファの体は動かなかった。

市立病院で働くアネグレットは、「困った癖」を再開してしまっていた。良心のとがめはもちろんあった。だが、辞職届をすでに出したキュスナー医師からはねちねちとしつこく迫られ、妹からは嘘をついたことで責められていた。そして、アネグレットにははっきりわかっていた。自分には、あわれな声で泣く乳幼児が必要だ。自分の看護によって元気になる赤ん坊が必要だ。自分は赤ん坊の命を救い、そのことで人々から感謝されなくてはならない。そうしなければ心の安らぎを得られない。そしてそれがあれば、ほかのすべてを耐えることができる――。アネグレットは例の、使いまわしのできるガラスの注射器を持ち歩くようになっていた。その中には、大腸菌に汚染された茶色っぽい液体が入っている。粉ミルクと混ぜてあるときもあれば、そのままのときもある。アネグレットはそれを自分で、特別な方法でつくる。吐き気がするようなやり方ではあるが、いちばん簡単なのだ。アネグレットはベビーベッドを順に見回り、その中にいる小さな生き物を検分するように眺める。あるベッドの前でアネグレットは立ち止まり、その中にいる男の子を見つめる。男の子は足をばたばたさせ、信頼に満ちた目でアネグレットを見つめる。アネグレットは廊下から物音がしないか耳を澄ませる。同僚はみな、昼食を食べに食堂に行っている。窓から陽光が差し込み、まるでスポットライトのように白い光をアネグレットに投げかける。アネグレットはポケットから注射器を取り出す。そしてベッドの頭のほうに近寄り、左手の人差し指で赤ん坊の小さなピンク色の唇を押し開け、右手で注射器を差し入れた。その瞬間、「あと三週間でお別れだ。ちょうど今、ボスのところに行ってきたよ」と言いながらキュスナー医師が部屋に入り、こちらに近づいてきた。彼は最初不可思議そうに、次にぎょっとしたように、赤子の口にあてられたアネグレットの手を見た、アネグレットはさっと注射器を引き抜き、ポケットの中に押し込もうとした。だが、キュスナー医師はアネグレットの手首を素早くとらえた。「これは何だ？　何をしているんだ？」

裁判は続き、日々は繰り返されていた。ホールの裏にある学校の庭では、午前中に子どもたちの遊ぶ声が聞こえた。ガラスレンガの窓の向こうでは、秋らしい色に葉を色づかせた木々が仲睦まじげに揺れている。被告人たちはあいかわらず太々しく動揺を見せず、傍聴人は新しいセンセーションを熱望し、そして証人たちだけはあいかわらず、会場に足を踏み入れるのに人一倍勇気を奮い起こさなければならなかった。何も変わったようには見えなかった。開廷からしばらくすると、被告人の顔をよく見ることができるように、スポットライトがつけられるのまで同じだった。だが、派遣団が現場を訪れた結果、これまで単なる想像上のものごとだったあれこれが、はっきりと現実味を増した。アウシュヴィッツは現実だったのだ。エーファの斜め前の席は、ずっと空いたままだった。ダーヴィトが現地で行方不明になり、警察の捜索後も見つかっていないことをエーファが話したとき、レームクールさんとシェンケさんは驚きで目を丸くしていた。レームクールさんは困惑したように「きっと道に迷ってしまったのよ」と言った。白ブロンドはときおり、空っぽの席をちらちらと見ていた。ダーヴィトの不在に心を留めた人物はほかにもいた。休憩のとき、白ウサギの弁護人がエーファに近寄ってきて言った。被告人番号4がエーファと話をしたがっているのだという。ためらいながらもエーファは弁護人について被告人の側に行った。そして、皺だらけの猿のような男の顔をごく近い距離から見た。男はエーファにたずねた。あの赤毛の若者はどうなったのですか？　最後に姿を見たのはいつどこですか？　見つけるためにどんな努力をしたのですか？　行方不明なのですか？　エーファはこの被告人がどんなふうに囚人に尋問を行ったのか、想像できる気がした。エーファは怒りを含んだ目で相手を見つめ、こう言った。「あなたには関係のないことです」。その場を去ろうとしたエーファの腕を「野獣」はつかみ、さらに言った。「あの激しやすい若者は昔の私のようだった。私は彼のことを心配しているのですよ」。エーファはいっそ相手の顔に唾を吐きかけたいと思ったが、押し殺した声でこう言うにとどめた。「あなたに心配していただいても、彼は喜びませんわ」。エーファは相手の手をほどき、自分の席に戻った。そして思った。あの人は犯罪者だ。大量殺人者だ。許すなんて、できるわけがない。でも、私の両親は？　私は父さんと母さんの何を許すべきだったの？　私は許すべきだったの？　エーファはまるで、泡の内側に漂っているような気持ちになる。泡の外に、両親の姿がぼんやり見えている。泡の外にいる両親の声は、くぐもって聞こえる。エーファはその泡を壊してしまいたいと思う。でも、どうすればそれができるのか、わからないのだ。

その後のある日の公判の、終わりごろのことだった。その日は、書類や申請書の厄介な検証がだらだらと行われており、白ブロンドが裁判官にある書類を提出したとき、場内の人々のおおかたは早くも夕食のことを考えていただろう。白ブロンドが提出したその書類はポーランド当局から入手した、チクロンB納入のための車両通行許可証だった。書類には第一被告人の署名がある。指示書には「ユダヤ人の再定住のための物資」という表題があり、それがカムフラージュの役目を果たしていた。

裁判長がマイクに向かい、がらがら声で言った。「被告人。あなたはこれでもなお、ガス殺について何も知らなかったと主張するのですか？」第一被告人は猛禽類のような顔を弁護人のほうに向け、いくつかの言葉を交わした。一瞬二人が、エーファのほうをちらりと見た気がした。でもきっと気のせいだとエーファは思った。弁護人の白ウサギが立ち上がった。彼は右手で法服の袖をまくり、新しいぴかぴかの腕時計をちらりと見た。そして説明した。依頼人は当時つねに、収容所で起きていることに反対していた。あそこから去りたいと考え、前線への異動願いも出したが、希望はかなわなかった。白ブロンドは嘲笑的に口をはさんだ。「あなたは依頼人を、抵抗運動の闘士だったと言うのですか？」弁護人は動揺をかけらも見せずに、さらに続けた。依頼人がどのような信念をもっていたかを証明する人物をこの場に呼びたいのだと。

「証人であるミズ・プリースの聴取をここに提案します」。弁護人が言った。

「プリース？　あなたの署名した申請書には別の名前が書かれていますが」。裁判長が言った。

「お待ちください……」。白ウサギの弁護人は書類に書かれた名前を探した。

「失礼、プリースは結婚前の姓でした」

結婚前。プリース。エーファは自分の下で椅子が、床が、そして世界のすべてがだれかの手でどこかに押しやられたような気持ちがした。弁護人の声が拡声器によって響き渡る。「証人であるエーディト・ブルーンスの聴取を、弁護側はここに提案します」

エーファは立ち上がり、思わずテーブルの縁をつかんだ。すべてがぐるぐると回っていた。白ブロンドがエーファのほうを振り返り、問いかけるような目をした。エーファはめまぐるしく考えていた。ダーヴィトが言ったにちがいない。裏切り者！　でもなぜ、被告側の証人に？　そんなこと、ありえないではないか？　エーファはふたたび自分の椅子に沈み込んだ。そして傍聴席からだれかが自分を見ていることに気づいた。あの、第一被告人の妻だ。あの小さな帽子の下から、ネズミのように、まるで勝ち誇ったネズミのように、エーファのことを見ている。裁判長が宣言する。「弁護側の提案を許可します」。白ブロンドがエーファのほうに頭を寄せる。「ブルーンス？　あなたと何か関係がある人か？」だが、エーファの視線は扉に吸い寄せられていた。その扉が今、職員によって開かれた。

「私の名前はエーディト・ブルーンス。旧姓はプリースです。住所はベルガー通り三一八。主人と食堂を営んでおります」

「ブルーンスさん。あなたはいつ収容所に赴いたのですか？」

「一九四〇年九月です」

「どんな部門にいたのですか？」

「私は主人に同伴しただけです。主人は収容所の社員食堂でコックとして働いていました」

「収容所について、何を知っていましたか？」

「あそこには、戦争で捕虜になった人がいるということだけでした」

「では、その後、その場所についてどんなことを知ったのですか？」エーディトは沈黙した。傍聴席からだれかが、何かの言葉を口にした。「ナチスのふしだら女」と言ったように聞こえた。でもきっとエーファの耳がどうかしているのだろう。自分から三メートルも離れていない証人席に、ほかでもない自分の母親が座っているのだ。母親はアクセサリーを何もつけていない。葬儀のときにしか着ない真っ黒なスーツを着ている。真剣なその顔は、青ざめている。まるで何かの舞台に立っているみたいだ。でもエーファにはわかる。母親は何かを演じようとしているのではなく、正直であろうとしているのだ。母親の前にハンドバッグがある。子どものころエーファがよく、中のものを外に出してみたバッグだ。中に何が入っているかはよく知っている。櫛。ハンカチ。ユーカリ飴。ハンドクリーム。財布。財布の中にはいつも、子どもたちの最近の写真が入っていた。エーファの心臓が早鐘のように打つ。自分の母親の声がホールいっぱいに響き渡る。「私が知ったのは、普通の人も逮捕されてあそこに連れられてきていたことです。つまり、罪を犯していない人が、という意味です」

「あそこを離れようとは思わなかったのですか？　あなたには小さな娘が二人いた」

「思いました」。エーディトは答えた。「夫にも言いました。異動をさせてもらいましょう、と。でも異動の申請は、夫が召集されることを意味していました。当時、兵士が不足していたからです。夫は死ぬことを恐れていました。そして私はそれ以上、夫を説得しようとしませんでした」。一度だけ、ひとりの女性が銃殺されるところに居合わせてしまった。なぜならそれは、家の庭のすぐ裏で行われたからだ。その女性は収容所から逃げようとしていた。エーファの脳裏にその庭のようすが浮かぶ。隣家のバラの花壇。柵。そして倒れる女の人。エーファは証言台にいる自分の母親を見る。最後に二人でこのホールを訪れたときのことが思い出された。「将軍のズボン」という芝居を見た。下品な台詞ばかりの作品だったけれど、二人は思わず吹き出し、顔を見合わせてはまた笑った。まるで前世の出来事のようだ。エーディトはいま、ガス殺のことについては第一被告人の妻から聞いたと話している。彼らは隣人同士で、隣の奥さんが、いつものあのにおいについて教えてくれたのだと。裁判長が質問した。「それではあなたは、第一被告人と知り合いだったのですか?」

「はい。会ったことはあります。家の前や、何かの集まりのときに」

そのとき弁護人が立ち上がり、法服の襞(ひだ)をさぐり、懐中時計を取り出そうとした。そしてそれがもうないことを思い出すと、腕時計をちらりと見た。

「証人、あなたはクリスマスの集まりで収容所の将校に会ったことはありますか?」

「はい」

「当時のある特別な出来事について覚えておられますか?」

エーディトがぴくっと頭を引いたのにエーファは気づいた。まるで叩かれるのをよけようとする子どものように。でも子どもは知っている。罰を逃れることはできないのだと。

「おっしゃっている意味がわかりません」。エーディトが顔をゆがめる。嘘をついているときのシュテファンはよくあんな表情をする。

「ある集まりの後、あなたがベルリンの国家保安本部に、第一被告人に対する告発状を送ったというのは本当ではありませんか?」

「覚えていません」

エーディトはまっすぐ前を見ていた。エーファのほうにはただの一度も視線を向けなかった。会場からひそひそ話の声がする。壁にかかった大きな時計の針の音が、大きくはっきりと聞こえる。五時だ。いつもなら裁判長はこの時点で審理を打ち切り、次の公判日にもちこすのが習いだった。だが裁判長は、不信感をにじませた声で言った。「ブルーンスさん、思い出せませんか? あの時代に告発状が何を意味していたのか、ご存じでないわけがないですね?」白ブロンドがエーファのほうに頭を寄せ、小声でたずねた。「あなたは、あの証人の親類か？」白ブロンドはエーファをじっと見つめている。エーファは青ざめた顔で、首を何度も横に振った。満月のような顔の裁判長が大きな声でたずねた。「なぜ第一被告人を告発したのですか、ブルーンスさん」

そのときエーディトが娘の顔を見た。まるで別れを告げるように。

エーファは歩道を歩いていた。仕事を終えた人々の車がかたわらを、ブリキの汚い川のように流れていく。今日、公判に来ていた人々はみな、エーファの母親が一九四四年一二月に第一被告人を告発したことを知った。その理由は、啓蒙大臣がベルリンで国民突撃隊を前に行った演説について、第一被告人が否定的な意見を述べていたからだ。とりわけ「あの煽動屋はいまにドイツを滅ぼす」と言っていたからだ。エーファの母親はその科白（せりふ）を法廷で、自分の口で引用した。告発状は夫と一緒に作成し、送った。告発を受けた第一被告人が死刑に処せられるかもしれないことは、承知のうえだった。その後に調査が行われ、被告人は位を下げられ、平和が戻った。平和！　エーファは何かにぶつかり、衝撃で後ろに跳ね飛ばされた。通りを渡ろうとしていたのは覚えている。でもいま目の前に、自動車のボンネットがある。この車にぶつかったのだろう。エーファは自分の体を見下ろし、怪我はなさそうだと確認し、フロントガラスの向こうのドライバーを見た。ドライバーは怒ったようなしぐさをしている。片方の手でしきりに額をつつき、「頭がおかしいのか、このあま！」というジェスチュアをし、もう片方の手で何度もクラクションを鳴らした。まわりの車もクラクションを鳴らしている。それから男は車から飛び出してくると、「訴えてやる！　訴えてやる！　ここにひとつでも傷がついていたら！」と怒鳴りながら、ボンネットをぐるりと回った。男が動転しながらぴかぴかの車体を点検するのを、そして上下左右のあらゆる角度から塗装を眺めまわし、手で撫でさするのをエーファはじっと見つめた。男は格子柄の、小さすぎる帽子をかぶっている。恐怖から解放されたエーファは、突然笑い出した。「いったい何がおかしいんだ、お嬢さんよ！　この車は工場から出したての新品なんだ！」エーファは笑いを止められず、笑ったまま歩き出した。口に手をあて、目には涙をためながら、あえぐように息をした。「ドイツ亭」に帰り着くころ、ようやく興奮はおさまった。エーファは戸口に立ち尽くした。通りの向こうで黒髪の女性がベビーカーを押しながら歩道を歩いていた。女性は「ドイツ亭」のはす向かいの住居の入り口に、苦労しながらベビーカーを運び入れる。扉を閉じる前に彼女は、通りの向こうに立っているエーファに気づき、にこやかに手を振った。ジョルダーノの奥さんだった。きっと一家は、「ドイツ亭」での募金の助けも借りて新しいベビーカーを買うことができたのだろう。エーファは、家に続く階段を上り始めた。

家に入るとエーファはまっすぐ自分の部屋に行き、棚から大きなスーツケースを取り出した。洗面所からポーチを持ち出し、衣類を鞄に詰め、辞書とお気に入りの小説を数冊、証明書類の入ったファイル、そして書き物机の上の壁に留めつけてあった写真を一枚はずした。シュテファンがパルツェルを頭にのせてバランスをとっている写真だ。パルツェルは迷惑そうな顔をしている。ノックの音がして、白いコックコートを着た父親があらわれた。厨房からここまで全力で走ってきたかのように息を切らしている。父親はエーファのスーツケースに目をとめた。「母さんに言ったんだ。前もっておまえに話をするようにとな。でも母さんは、自分が裁判所に呼ばれるかどうかはまだはっきりわからないと言っていた。そして、不必要に人を不安に陥れることはないだろうと」。エーファは、父親の頰に緑色の何かがついているのに気づいた。きっとパセリだろう。エーファは無言のまま、父親に背中を向けた。オットー・コーンの帽子と青いスクールノートをスーツケースの中に入れ、蓋を閉じた。「どこにいくつもりだ？」エーファはやはり無言のまま父親の前を通り過ぎた。廊下に出たとき、玄関の扉が開いて母親が入ってきた。きっと泣いていたのだろう、ひどい顔をしていた。母親の視線が、エーファのスーツケースにとまった。「話をしましょう、エーファ」。エーファはかぶりを振って、ドアに向かった。父親が前に立ちふさがった。「お願いだ」。父親が言った。エーファはスーツケースを下ろした。「もうここで、みんなと一緒には暮らせない」。エーディトがエーファに近寄り、必死なようすで言った。「私があの被告人のために証言をしたからなの？　でも、あの人はもう逮捕されているのよ！　私が証言したからって、あの人が助かるわけでは全然ない。それに、裁判所の呼び出しに従わないわけにはいかなかった」。エーファは母親を疑い深い目で見た。母さんは何も知らないふりをして、理解することを拒んでいたんだ。「エーファ、それではおまえ……」。ルートヴィヒが言いかけた。「まるで、それじゃ、父さんたちが、人殺しみたいじゃないか」。ルートヴィヒはつっかえながら言った。エーファは父親を見た。白いコックコートの上の、柔らかくて赤い顔を。「どうして何もしなかったの、父さん？　すべての将校の食事に毒を入れてやればよかったのに！」エーディトはエーファの腕をつかもうとしたが、エーファはさっと身を引いた。「エーファ、そんなことをしたら父さんは殺されていたわ。私も。あんたも、アネグレットも」。エーディトが言った。「そうだよ、エーファ。そんなことをしても、きっと無意味だった。父さんのかわりに新しいだれかが来て、それでしまいだ。やつらがどれだけたくさんいたか、きっとおまえは信じなかろうよ。ほんとうに、そこらじゅうにいたんだ」。父親がそう言い、エーファは完全に自制心を失った。「やつらって？　それはだれのこと！　そして父さん母さんは、いったい何だったの？

父さん母さんは全体の一部だった。そして父さんたちが、あれを可能にした。父さんたちは人を殺してはいない。でも、父さんたちはそれを許した。私には、どちらがひどいことなのか、わからない。ねえ、教えて。どちらがひどいことなの？」

エーファは問いかけるように両親を見た。二人は悲痛な顔でエーファの前に立ち尽くしている。エーディトは頭を横に振り、くるりと後ろを向くと、台所に行った。ルートヴィヒは言葉を探していたが、何も言葉は出てこなかった。エーファはスーツケースを手に取り、立ちふさがる父親を軽く押した。父親は道をあけ、エーファは玄関の扉をあけた。扉を閉め、磨かれた階段をよろけるように一階へと降りる。通路を通り、建物を出る。歩道に出ると、二人の男の子がこちらに来た。シュテファンと、親友のトーマスだ。シュテファンが「エーファ、どこに行くの？」とたずねる。エーファはシュテファンを一瞬抱き寄せ、「旅行に行くのよ」と言った。「どのくらい？」エーファはそれには答えず、スーツケースを手に取り、できるだけ足早にその場を立ち去った。シュテファンはそれを呆然と見つめていた。

アネグレットは自分の部屋でベッドにあおむけになっていた。腹の上にスナック菓子の袋をのせ、玄関での騒ぎに耳を傾けながらそれをぼりぼりと食べる。玄関の扉が閉まるとアネグレットは起き上がった。ほぼ空になった菓子の袋が床に滑り落ちる。アネグレットは窓辺に近づき、エーファが——可愛い小さな妹が——去っていくのをじっと見つめた。涙がこみあげてきた。だがアネグレットは突然、怒ったように平手で窓ガラスを一度だけ叩いた。「いいわよ、出ていけば！」冷たいガラスに額を押しつけ、荒い息をしながら思った。あんな子、出ていけばいい。あの子は私たちを放っておいてくれない。過去のことを言い立てて、道徳主義者を気取って、人間という生き物の欠点を何もわかっていないあんな子

――。エーファの姿はもう見えない。アネグレットは窓から離れ、スナック菓子の袋を床から拾った。袋を逆さにして、残っていたくずを丸めた手のひらで受け止め、舌で舐めとった。アネグレットはハルトムート・キュスナーとの会話を思い出す。現場を突き止められた後、アネグレットはキュスナーに処置室へ引っ張っていかれた。そしてそこで、過去五年の間に一九人の男の赤ちゃんをいろいろなやり方で大腸菌に感染させたと白状させられた。それは、自分の看護によって彼らを元気にするためだった。キュスナーの顔は驚きと嫌悪で蒼白になった。子どもをひとり殺したなんて、と。だがアネグレットはかたく誓った。マルティン・ファッセの死については自分は何も関与していない。彼には何も与えていない。自分は、ちゃんと回復できるとわかっている丈夫な赤ん坊だけを選んで、そういうことをしていた。どうか信じて、とアネグレットは懇願し、髪をかきむしり、キュスナーが院長に報告するために部屋を出ていこうとすると、彼にとりすがりさえした。アネグレットは、つかえながら言った。あなたと一緒に行く。ヴィースバーデンにでも、どこにでも。あなたと一緒に生きて、あなたの子どもを産む。だから、お願いだから私の人生を壊さないで――。キュスナーはアネグレットの手を振りほどき、部屋を出ていった。だが、彼は管理部のある右ではなく、左の廊下に進んだ。あれからずっとアネグレットは不安を抱いているが、今のところ、どこからも呼びつけられてはいない。アネグレットにはわかっていた。ハルトムートは、アネグレットがただのひとりの子どもも殺していないと信じたがっている。

事務所には白ブロンドが同僚と座っていた。彼らは求刑について協議していた。汚れたコーヒーカップが書類用ファイルのやぐらの上に乗っている。カップのソーサーには、煙草の吸い殻が山になっている。窓の向こうには、新しいビルの巨大な骨組みが見える。防水シートが風に揺れている。工事現場はまるで見捨てられたように見える。あたかも建築主が突然の資金難におちいってしまったかのように。白ブロンドはひとりの若い検事に目をとめる。彼は法令集を熱心にひもといている。白ブロンドはダーヴィト・ミラーのことを思い出す。ダーヴィトは裁判が始まった当初、こう強弁していた。すべての被告を終身刑に処するべきです。彼らはみな、人を殺しているのですから、と。だがいま、目の前の若き検事は言う。われわれに立証できるのは殺人幇助が精一杯でしょう。ドイツの法によれば、主犯はドイツ帝国の最高指導者たちです。加えて、すべての被告人は当時、命令を遂行しなければならない状況に置かれていたと主張するでしょう。それが誤りだと証明するのはきわめて難しいことです――。同僚の何人かが頷き、白ブロンドは言った。たしかに、すべてのケースに終身刑を求刑するのは不可能かもしれない。白ブロンドはそのまま待ったが、だれも異論を唱えなかった。ダーヴィトはたしかにぽっかりと穴を残していったのだ。そのときノックの音がし、一瞬おいてエーファがあらわれた。「お邪魔してすみません」。白ブロンドは立ち上がり、中に入るようエーファに手を振った。「どうぞ入ってください、ブルーンスさん。今日の仕事はちょうど終わったところだ」。同僚たちは立ち上がり、順に部屋を出ていった。みながエーファに親しげに挨拶をした。白ブロンドはエーファに椅子を示した。エーファはそこに腰を下ろし、残念だが、もうここで働くことはできないと告げた。「またあなたの婚約者が何か?」「いいえ、原因は私の両親です」。エーファは、エーディト・ブルーンスの証言のときに白ブロンドが抱いた疑念が正しいことを打ち明けた。そして、自分はもう法廷でだれの目も見ることができない、両親の罪を自分も引き受けなければならないからと言った。白ブロンドは、法律的な観点からいえばそんなのは馬鹿げていると言った。すべての国民に家族の共同責任を問えるわけなどない。そして何より、あなたに代わる人を見つけるのはとても難しいのですよ――。だが、エーファの意思は変わらなかった。

彼女は立ち上がった。白ブロンドもそれ以上は引き止めず、これまで頑張ってくれてありがとう、感謝していますと告げた。エーファは、ひとつだけお願いしたいことがあるのですが、と言った。ある囚人のことを調べてほしいのです。名前はジャスキンスキー。番号は二四九八一。白ブロンドはそれをメモすると、問い合わせてみましょうと言った。

エーファはエレベータで下に降りた。ロビーを通っているとき、ガラスのドアの向こうに鮮やかな色のコートを着た痩せぎすな女が立っているのを見つけた。女は人差し指で、呼び鈴つきのネームプレートを追っている。エーファはその女を、市民会館の前で一度見かけたことがあった。公判が終わった時刻だったから、きっとだれかを待っていたのだろう。ドアから外に出たエーファは、その女に「何かお困りですか？」と声をかけた。その女は――シシィは――顔を上げた。「検察の事務所はどこかしら？」「どなたをお探しですか？」だが、答えを待たずとも、シシィの心配そうな目を見ただけでエーファには、彼女がだれを探しているのかわかった。

二人の女は連れ立って、通りから離れたところにある公園の中を歩いた。最初の紅葉が、風に乗ってくるくると舞い落ちてきた。エーファは旅行のことについて話した。あの晩、ダーヴィトと一緒にいたこと、彼がひどく取り乱していたこと、彼のそばに付き添ったことをエーファは話した。彼と寝たことは口にしなかった。だが、シシィの横顔をちらっと見ただけで、この人にはすべてお見通しだとエーファは理解した。シシィは言った。「私たちは恋人同士じゃないの。でも私はあの人が好きだし、あの人も私が好きだった。私の息子もあの人のことを嫌っていなかった。それはとても大事なことなの」。一瞬言葉を切って、シシィはさらに続けた。「あの人はどこかで自分の命を絶ったのだと思う？　それとも、またあらわれてくれるかしら？」エーファは黙ったまま、二週間前にポーランドの警察から届いたテレックスのことを考えていた。それを翻訳したのはエーファだった。収容所からそれほど離れていない沼地で男の遺体が見つかったが、身元が確認できるような状態ではなかった。何年も前からそこにあった遺体ではないかと言う職員もいた。エーファはそれがダーヴィトだと信じたくなかった。白ブロンドも、それについて疑念を抱いていた。エーファはシシィに言った。彼はあの地から消えてしまいました。でもきっといつか戻ってくるかもしれない。

ふたたび公園の入り口に戻ったとき、エーファは笑顔で言った。「あのね、彼は帰ってこなくちゃいけないんです！　だって私、あの人に二〇マルクの貸しがあるから」。だが、シシィは真面目な顔を崩さず、ハンドバッグを開けて財布を取り出した。「私が代わりにお支払いするわ」。エーファは手を横に振った。「いいえ、そんなつもりで言ったんじゃないんです」。二人の女は別れ際に握手をした。エーファはシシィの後ろ姿をずっと目で追っていた。色鮮やかなコートはゆっくり時間をかけて、通りから見えなくなっていった。まるで海の上をゆらゆらと漂っていた花束が、ついには波にのみこまれ、消えてしまったかのようだった。

秋が来た。エーファは、二人の年取った女性が管理するアパートの一室を借りて暮らしていた。家主のひとりであるデムートさんは一度もエーファの顔を見に来たことがないが、もうひとりのアルムブレヒトさんは、そのぶんといってはなんだが、身寄りのない若い娘におおいに興味を示してくれた。部屋の家具はあちこちから寄せ集めたしろものだったし、窓から見えるのは白い漆喰（しっくい）を塗られた防火壁だけだった。でも、そんなことは構わなかった。エーファはふたたびケルティングさんの事務所で働き始めていた。一年前にそこで働いていた三人の女性のうち、まだ残っているのは、鼻が少し曲がっていて体臭のきついクリステル・アドーマトだけだった。残りの二人は結婚してすでに仕事を辞めていた。エーファは会議や商談の通訳をしたり、下宿の部屋の狭い書き物机で契約書や取扱説明書を翻訳したりした。一度、ショールマンハウスから仕事の依頼が来たが、エーファはクリステルにその仕事を頼んだ。ユルゲンのことは、つとめて考えないようにしていた。裁判のその後の経過は追っていた。そして、ある日買った新聞で、証拠調べがすべて終わったことを知った。最終弁論のあと、検察は一四人の被告人に終身刑を要求した。その中には「野獣」も「注射屋」も、看護師も薬剤師も、第一被告人も含まれていた。いっぽうの弁護側は、とりわけ四人の選別にかかわった者に対しては無罪を要求していた。エーファは、白ウサギの主張を理解するために、何度もその部分を読み直さなければならなかった。いわく、これらの人々は殺処分の命令に明確に背いており、また、選別を通じて多くの人の命を救った。さらに彼らは、良心に反して命令を遂行しなければならなかった。被告人らは当時兵士であり、当時の法に従って行動したのだ——。エーファは下宿先の、ごちゃごちゃと家具の置かれた談話室のテレビで検事長のインタビューを見た。彼はこう語っていた。「この数か月間、検事たちは、証人たちは、そして傍聴人たちは、被告人から人間らしい言葉が口にされることを期待していました。ただのひとつでも人間らしい言葉が聞かれれば、この場の空気は浄化されたことでしょう——しかし、それはついぞ聞かれることがなく、この先もまた、聞かれることはないでしょう」

判決の日、エーファは部屋の鏡に向かって身づくろいをし、スーツの上着のボタンをゆっくり閉めた。

エーファの後ろで、お気に入りのはたきで家具の埃を気ぜわしく払っていた家主のアルムブレヒトさんが話しかけてきた。「ねえ、どうなると思う？　どんな判決が出るかしら？　やっぱり終身刑よね？　一生牢屋にいるってやつ！　でももしかして？」アルムブレヒトさんはおしゃべりをやめ、鏡の中のエーファを心配そうに見た。エーファが越してきてからほどなく、アルムブレヒトさんはエーファが棚に置いている黒い帽子について、「お父さんの形見？」とたずねてきた。そしてエーファは、オットー・コーンやその他の人々について説明した。鏡を向いていたエーファは振り返り、公正な判決が下されることを私も望んでいます、と答えた。

その日の市民会館の前は、全世界とは言わないまでも、フランクフルトの市民全員が押し寄せたかと思うほど混雑していた。エーファは少し離れた歩道を行ったり来たりしていた。だれとも顔を合わせたくなかったからだ。腕時計を見る。九時五〇分。あと一〇分で裁判長が、最後の公判の開催を告げるだろう。エーファが知っているたくさんの人が建物の中に入っていく。第一被告人の妻。「野獣」の妻。父親を目の前で殺された証人のアンジェイ・ヴァイス。一〇時の一分前にエーファは入り口に行った。ロビーは記者や、傍聴席をとれなかった人々でごったがえしていた。ホールの二重扉はすでに閉められていた。判決の言い渡しはスピーカーを通じてロビーにも中継される。扉の近くに架けられている灰色のスピーカーからパチッパチッと音がする。エーファは依然、入り口のガラス扉の近くの引っ込んだ場所に立っていた。顔見知りの職員がエーファに気づき、ホールの二重扉のほうに手招きをする。そして扉をふたたび押し開けようとした。だが、エーファは手を振ってそれを固辞した。職員は戸惑ったようにエーファを見たが、今度は二重扉の近くにある椅子を示した。オットー・コーンがよく座っていた椅子だ。オットー・コーンの姿はまるで、ホールの中で起きていることを見張っているかのようだった。エーファはためらったのち、扉に近づいて椅子に腰をかけた。頭上にあるスピーカーから耳障りな声がする。「開廷」。続いて、がりがりという音やざわざわという音が箱から聞こえてくる。場内の人々がこうして立ち上がるのは、これが最後だ。被告人、弁護人、検察官、付帯私訴の原告、そして傍聴人。エーファも思わず知らず、一緒に立ち上がった。スピーカーからふたたび声がする。「着席」。ささやき声や椅子をがたがた動かす音が聞こえてくる。それから、ぴりぴりした沈黙がロビーをも支配する。音を立てているのはスピーカーだけだ。大きな窓ガラスの向こうで、数人の子どもが前庭を走っている。それを見てエーファは、ああもう夏休みなのだと思った。そして、きっとシュテファンはハンブルクの祖母のところに行っているのだろうと考えた。そのとき、裁判長のガラガラ声がひときわ高くなった。「裁判が行われた長い年月、裁判官たちは、ここにおられる人々が耐え忍んだ、そしてこの先つねに〈アウシュヴィッツ〉という名に結びつけられるはずの苦難や苦痛を、わがことのように追体験してきました。われわれの中にはおそらくしばしの間、子どもの、幸福で信頼に満ちた目を見ることができないという者もいることでしょう」。裁判のあいだ、つねに揺るぎなかったその声が、震え始めていた。「その者の胸には、アウシュヴィッツで落命した子どもたちの、うつろで、問いかけるような、理解できないとというような、不安に満ちた瞳が、かならずや去来することでしょう」。そこで言葉は切れた。ロビーでも幾人かの人々が頭を垂れたり、顔を手で覆っていたりした。エーファは、慣れ親しんだ裁判長の顔を思い浮かべた。満月に似ているけれど、人間以外の何ものでもないその顔。彼もまただれかの息子であり、夫であり、父親であるのだろう。何と重い役目を彼はその身に負ったのだろう。しばしの沈黙ののち、裁判長はふたたび落ち着いた声で話し始めた。ナチスの時代における犯罪の可罰性は、当時存在した法に左右されるものである。エーファの隣にいる記者が「当時合法だったものを、現在において非合法と考えることはできない」と復唱する。裁判長の声はさらに続いた。「この原則にもとづいて、ホロコースト関与者の有罪判決は下されます。過度な行為を行った者、命令に反して、あるいは自身の動機により殺人を行った者のみが、殺人者として終身刑に処せられます。命令に従っただけの者は幇助者と考えます。それでは判決を言い渡します」

ホールのスポットライトが消されてから、エーファはようやく扉のそばの席を立った。ホールの職員が、収容所の地図を丸めている。技術者がマイクの装置を撤去している。最後までホールにいた白ブロンドが書類をまとめ、しばしホールの中にたたずみ、煙草を一本吸った。本来それは禁じられているのだが、今日はもうだれも、それをとがめだてる人はいない。

エーファは通りを歩きだした。急いで下宿に帰る必要もないので、回り道をした。ふと、ダーヴィトがそばを歩いているような気がした。彼は血相を変えて、エーファに詰め寄ってくる。「疑わしきは罰せずだって！　笑わせるなよ！　あの薬剤師がランペで囚人の選別をしたり毒ガスの管理にかかわったりしていたことは、何十人もの人々が証言している！　なのに殺人幇助の罪のみだって？　被告人番号18や看護師、やつらは自分の手で犠牲者を頸部射殺したり、ガス室にガスを投入したりしたんだ。そういうすべてが〈幇助〉なわけがあるもんか！」

エーファは突然ダーヴィトの頭を抱きしめ、左右で大きさの違う瞳を見つめて「でも少なくとも、被告人番号4は終身刑よ」と言ってあげたくなる。だが、ダーヴィトはちっとも納得したようには見えない。「何千もの無実の人々を射殺したりガス殺したりしておいて、四年か五年の禁固だって！」

エーファは頷いた。「あなたの言うとおりよ、ダーヴィト。だから上告しなくては！」でもダーヴィトはもうそこにいなかった。エーファはまたひとりぼっちになっていた。彼女もまた失望し、空っぽになったように感じていた。

その晩、ヴァルター・ショールマンは邸宅の居間で、肘掛椅子に深く沈み込み、テレビをじっと見ていた。夜のニュース番組で、裁判の結果が報道されている。隣の部屋では、家政婦のトロイトハルトさんが流行歌の「君はひとりじゃない」を鼻歌で歌いながら、夕飯の食卓を片づけている。アナウンサーが判決の内容を読みあげる。終身刑が六人。六人の中には、その名にちなんだ拷問器具がつくられた通称「野獣」がいた。第一被告人と呼ばれていた司令部の副官は、懲役一四年に処せられた。罪状は殺人幇助だった。三人の被告は証拠不足のため無罪とされた。この判決は、社会に広く怒りを引き起こしているという。そのとき、ユルゲンが外から帰ってきた。トロイトハルトさんが廊下に歩いていって、上着と書類鞄を受け取る。そして、夕食は何を召し上がりますか、とたずねる。だがユルゲンは拒絶するように手を振り、食堂で食べてきたからいりませんと言った。ユルゲンは父親に近づき、膝の上にカタログを置いた。表紙には、陽気なようすで寝具を取り替えている女性が映っている。ベッドの前には人形で遊んでいる子どももがいる。「特別カタログ〈洗濯用品〉です。印刷したてのほやほやです。表紙にちゃんと子どもも載せました」。ヴァルター・ショールマンはカタログのページを、中身をろくに見もせず機械的にぱらぱらとめくった。ユルゲンはテレビに近づき、スイッチを切る。そして説明を補う。「カタログの配布数は一〇万部に達しています」。父親は「今日は体中が痛い」と答え、両手で胸をこすり、肩をこすり、顔をゆがめた。そしてカタログのページを破り、くしゃくしゃに丸め、それで上半身を洗うしぐさをした。まるで汚れを――あるいは血を――落とそうとするかのように。ユルゲンは父親に近づき、カタログをとりあげた。「それは残念です。痛み止めを飲みますか？」

ヴァルター・ショールマンは息子を見た。「なぜあのお嬢さんは来なくなったのか？」

「その質問を父さんは一日に一〇〇回はしていますよ」。ユルゲンがいらいらと返答した。

「なぜもう来なくなったのか？」

「彼女から婚約を解消したんですよ、父さん！」

「なぜだ？」

「この家には塩素のにおいがするから」

「それはそうだな」

ユルゲンは部屋を出た。戸口のところでブリギッテに鉢合わせた。流行の新しいモーニングガウンを着て、タオルをターバンのように頭に巻いている。きっとプールで泳いできたのだろう。ヴァルター・ショールマンが言う。「それに、私の嫁さんも塩素のにおいがするからな」。ブリギッテは夫に近づき、頭を撫でる。

「今日は調子がよさそうね？」

「薬をくれ」

ブリギッテは探るように夫を見つめ、「すぐにとってくるわ」と言う。

同じ日の晩、医師のハルトムート・キュスナーはアネグレットに、二人が新しく住むことになる住まいを見せていた。アールヌーヴォー調の屋敷の空っぽの部屋を、二人は見て回った。天井からぶら下がった裸電球が部屋を照らしている。足音が家の中で反響し、窓の向こうの庭は闇に沈んでいた。アネグレットは、ろくに家具なんかもっていないのに、どうやってこんなにたくさんの部屋を埋めるのかとキュスナーにたずね、上の階の部屋を当面空っぽにしておこうと提案した。キュスナーはそれでいいと言った。屋敷の前方の小児科には白いスチール家具がそろっており、樟脳(しょうのう)とゴムの強いにおいがした。アネグレットは、この部屋は少し病院的すぎるので、壁をもっと鮮やかな色に塗ったらどうかと言う。「君の好きにしていいよ」。キュスナー医師は先と同じように答える。彼は幸福だった。数日前、彼はナースステーションに転任の挨拶に行った。そしてアネグレットの手を握ったまま、ハイデ看護師の目の前で、一緒に来てくれないかとたずねた。キュスナーは、自身がひそかに「アネグレットのあやまち」と呼んでいたものごとについては、以後一度も言及しなかった。二人のあいだには、二度とそれを口に出さないという暗黙の了解があった。二人は翌年には結婚することになる。アネグレットはずっと、ふくよかなままだろう。キュスナーは彼女をずっと愛し続けるだろう。彼女は妊娠し、三〇代の初めに難産の末に男の子を出産するだろう。男の子は両親から時には甘やかされ、時にはほったらかしにされるだろう。思春期を迎えたら髪を緑に染め、夜には、父親が積極的に——そして母親が消極的に——利用しているテニスクラブに友人と一緒に忍び込んだりするのだろう。そしてつるはしをコートに刺し、フェンスを壊し、ネットに火をつけたりするのだろう。そして権威に反発するのだろう。

「愛するエーファ。君に話さなければならないことがある。なぜなら君は知らないからだ。僕がほんとうはどんな人間なのか……」。ユルゲンの筆はそこで止まった。何度書き直したのか、自分でももうわからなかった。この書き出しの、さらに向こうへと進めることはけっしてない気さえする。ユルゲンは手紙をくしゃくしゃに丸め、屑籠に放る。もうすぐ真夜中だ。ユルゲンは自分の部屋の書き物机に座っている。彼も判決については、家に帰る途中にラジオで聞いていた。エーファがこの判決をどう思ったかも想像できた。ユルゲンはエーファに手紙を書きたかった。彼は新しい紙を取り出した。「愛するエーファ。ラジオで判決を聞いた。そして……」。そのときノックの音がした。ブリギッテが戸口から顔を出している。「ユルゲン、あの人をベッドに連れていけないの」。ユルゲンは立ち上がり、ブリギッテの後について薄暗い居間に足を踏み入れた。父親のヴァルターはまだ、テレビの前の肘掛椅子に硬直したように座っている。まるで、古びた人形のようだ。「ほら、父さん。もう遅いですから」。ユルゲンは父親が立ち上がるのを助けようとした。だが父親は、椅子の肘掛をしっかりと握りしめていた。ブリギッテがヴァルターの手を、肘掛から離そうとする。ユルゲンは後ろから父親の脇に手を入れ、椅子から引きはがそうとした。「一、二、三でいきましょう」。ユルゲンは小さな声で言い、数をかぞえた。ブリギッテがヴァルターの手を引っ張り、ユルゲンが体をもちあがる。だが老人は、まるで二人が危害を与えようとしているかのようにすさまじい声をあげて抵抗し、二人は老人の体を離した。老人は肘掛椅子にふたたび倒れこんだ。「いったい、父さんはどうしたんですか？」ユルゲンは父親の頭越しにブリギッテにたずねた。ブリギッテは途方に暮れたように頭を横に振った。「父さん、痛みますか？」ヴァルター・ショールマンはこう答えた。「私は絶対に何も言わんぞ！」ブリギッテはユルゲンを見た。「もう薬は二錠飲ませたわ。どうしてなの。どうしてなの」。ブリギッテは繰り返した。そして片方の手で顔を覆い、まるで胸の奥から絞り出したような声で言った。「ユルゲン、私にはもうだめよ」。「どうぞ横になってください。父さんには僕が付き添います」。ブリギッテは落ち着きをとり戻し、こくりと頷き、いつもの彼女らしい楽観を装うと、部屋を出ていった。ユルゲンは、まだまっすぐにテレビの画面をにらみつけている父親を見た。

ユルゲンは窓辺に近寄り、大きなパノラマウィンドウから外を見る。庭の何本かの木が菌類にやられている。もう切り倒さなければならないだろう。まるで庭が虫歯になったようだと、ユルゲンは思う。父親が言う。「どうしてあのお嬢さんはもう来ないんだ?」ユルゲンは、笑いたいような、やりきれないような気持ちで首を横に振る。そして、ふと問いかける。「私がだれか、わかりますか?」「ここは暗いな、とても。おまえは私の兄さんか?」ユルゲンは窓に一歩近づき、話を始めた。話すたび、自分の吐く息が窓ガラスに絵を描いた。「僕は、人をひとり殺したことがあるんです。母さんが亡くなったと知らされてから一週間後のことでした。その日、僕は預けられていた農家から逃げ出しました。なんとかして父さんのところに行って、父さんを助け出したいと思っていたんです。あたりが暗くなってきたころ、野原に出ました。そこに飛行機が、低空飛行で飛んできました。米軍の飛行機でした。ケンプテンを目ざしていたのでしょう。サイレンの音が響き渡り、地平線に対空砲が見えました。一機が方向を変えたかと思うと、空中で燃え始めました。そこから人がひとり落ちてくるのが見えました。パラシュートが開き、その米兵は僕の目の前に落下しました。彼は横たわったまま、起き上がれずにいました。ヘルプミー・ボーイ。そう言った口もとから、血が流れました。僕はその米兵を踏みつけました。最初は足を、それから腹を。最後には顔を踏みつけました。そうしながら僕は何かを、自分のものではないような声で叫んでいました。僕は全力で相手を踏んだり蹴ったりし、そしてそれに快感を——途方もない快感を覚えていました。そして、射精していました。初めてのことでした。米兵は、突然こときれました。僕は一目散にそこから逃げ出し、どこかに隠れました。そして次の日、農家に戻りました。僕はあれからずっと思っていました。あれは僕ではない。悪魔なのだと」。ユルゲンは父親の沈黙に耳を傾けた。そして話を続けた。「でもあれは、僕の弱さであり、僕の復讐心であり、僕の憎悪だったのです。僕以外の何ものでもない。あれは僕だった」。ユルゲンは沈黙した。彼の背後はしばらく静まりかえっていたが、ぽつりと声がした。「息子よ」。ユルゲンは振り返った。ヴァルターが椅子から立ち上がり、ユルゲンに手を差しだしていた。「手を貸してくれ」。ユルゲンは父親に近寄り、父親の肩に腕を回した。そしてゆっくり戸口のほうへいざなった。突然ヴァルター・ショールマンは立ち止まった。「だから、おまえは牧師になりたいと思ったのか？」「そうだと思います」

寝室の戸口まで来たとき、ヴァルター・ショールマンは息子を見て言った。「人間であることは、つらいものだ」。そして彼は扉を開け、中に姿を消した。

一一月の終わりにエーファは日刊新聞の片隅に、葉書大の広告を見つけた。「クリスマスにはガチョウ料理を！　レストラン・ドイツ亭　家族や仕事の集まりに、飾らない家庭の味を！　ランチタイムも営業。要予約。オーナー：エーディト&ルートヴィヒ・ブルーンス　ベルガー通り三一八　電話番号：〇六一一―四七〇二」

エーファはその広告を切り取った。でもそれでどうしたいのか、自分でもわからなかった。エーファはそれを窓際に寄せてある小さな机の上に置いた。家で仕事をするさい書き物用に使っている机だ。だが、数日後に紙切れはなくなっていた。家主のアルムブレヒトさんが持っていったのかもしれないし、風でどこかに飛ばされたのかもしれない。待降節の第一日曜日が近づいており、エーファは自分の部屋にクリスマスの飾りをするべきかどうか考えていた。だがエーファが決断するより先にアルムブレヒトさんが、樅（もみ）の小枝のオーナメントを机の上に置いていった。真ん中には黄色い蠟燭（ろうそく）が一本立っている。

取扱説明書の翻訳をしたりしているとき（「この機械は熟練した専門家しか扱ってはいけません」「メインスイッチのまわりに物を置かないでください」等々）、蠟燭の炎がちらちら揺れ、柔らかな蜜蠟の香りがした。悲しい気持ちが胸にこみあげ、炎を吹き消してしまうこともあった。そんなときエーファは、クリスマスの飾りやアルムブレヒトさんやクリスマスそのものを恨めしく思った。そんなある日の午後、だれかがエーファの部屋のドアをノックした。アルムブレヒトさんが顔をのぞかせ、甘い声で「殿方のご訪問ですよ」と言った。一瞬エーファは、ユルゲンだろうかと期待した。だが、戸口にあらわれたのは、オレンジ色の帽子をかぶった小さな人影だった。エーファが両手を広げると、シュテファンが駆け込んできた。エーファはシュテファンを抱きしめ、その子どもっぽいにおいをかいだ。冬なのに、シュテファンの体からは草のようなにおいがした。「弟です」。興味津々な顔をしているアルムブレヒトさんにエーファは説明した。アルムブレヒトさんは手を振って、どこかに姿を消した。シュテファンはエーファの部屋の中をぶらぶら歩き、あたりを見回した。でも、壁に飾られた一枚の写真のほかには何も興味をひかれないようだった。その写真には、シュテファンとパルツェルが映っている。「ねえ、もうきっと骨だけになっちゃっているよね？」エーファはシュテファンの上着を脱がせ、扉の裏のフックに架けた。シュテファンはひとつしかない肘掛椅子に座り、足をのばした。そしてエーファを見た。

「痩せたね、エーファ」。シュテファンが言った。

「ええ。最近食欲がないの」

「ねえ、もうすぐ雪がふるかな？」

「そうね、きっと」。エーファは微笑んだ。そして、あなたがここに来たことを父さん母さんは知っているのとたずねた。シュテファンは肩をすくめた。そして、きっとトーマスのところにいると思われているよと言った。でも、あいつとはもう親友なんかじゃないとシュテファンは言った。「どうして？」とエーファはたずねた。「だって、こう言われたんだ。トーマスの親が、もう僕と遊んじゃダメだって言ったって。パーテンさんだってうちの店をやめちゃったし」。「パーテンさんが……」。エーファは物思いにふけるように繰り返した。でも、それ以上質問するのはやめた。シュテファンももう話題を変えていた。

「母さんに叩かれちゃった」。エーファは驚いてシュテファンを見た。母がシュテファンに手をあげるなんて、それまで一度もなかったことだ。「いったい、どうして？」シュテファンはしばらくもじもじしたのち、告白した。「歯抜けばあさんって言っちゃったんだ。母さん、今、取り出せる歯を使っているから」。シュテファンは立ち上がり、ベッドによじのぼった。エーファはシュテファンの体をつかんだ。「シュテファン、そんなことを言ってはだめよ。母さん、傷ついたのよ」。「わかってるよ、いまは、僕だって！」シュテファンはいらいらしたように答えた。そしてベッドの上で飛び上がった。「そんなに言わなくたって！」

　シュテファンはベッドの上で体をバウンドさせながら言った。「クリスマスに自転車をもらうんだよ。アネグレットは犬をくれるって。ぜんぶもう知ってるんだ。アネグレットは男の人を連れて家に来るって。いまはアネグレットに恋人がいて、エーファにいないなんて、ヘンだよね？」

「そうね。クッキーを食べる？」シュテファンはあまり食欲なさそうに口の端をぴくっと動かし、結局こくりと頷いた。エーファは戸棚からクッキーの缶を取り出した。数週間前にアドーマトさんと新しい同僚がお茶に来たときに買ったものだ。三人は上司のケルティングさんの勤続記念の贈り物について話し合い、籐細工(とうざいく)のロッキングチェアを買おうと決めた。二人の同僚はどちらもダイエット中だったので、クッキーはたくさん余ってしまった。シュテファンは、ぼろぼろに乾いたクッキーを一枚、あまりおいしくもなさそうにもそもそと食べた。そしてもう一枚に手を伸ばした。彼が儀礼としてそうしているのにエーファは気づいた。エーファは弟をじっと見つめ、弟が大人びてきていることに驚きを覚えた。

「あんたは元気にしているの、シュテファン？」エーファがたずねた。

「父さんは今年は、クリスマスソングをいっさい歌わないんだ」。シュテファンが答えた。

「いつもの年だって、ちゃんとは歌っていなかったわよ」。エーファはそう言って真似をする。「羊飼いがあらわれた。いと、いと清らなる羊飼いが」。歌ううち、何かが喉にこみ上げてきたが、エーファはそれをのみこんだ。シュテファンも笑っていなかった。シュテファンはベッドから降り、安っぽい絨毯(じゅうたん)の真ん中に立ち、エーファをまっすぐに見た。「父さんと母さんは、いったい何をしたの？」

「何にもよ」。エーファは答えた。

いったい弟に、どう説明すればいいのだろう？　この答えがある意味では正しいのだということを。


エーファはシュテファンを玄関まで送っていき、オレンジ色の帽子を耳まですっぽりかぶせた。シュテファンは言った。「僕、自転車も犬もほしくなんかないんだ。贈り物なんて、何もいらない。クリスマスにエーファが家に来てくれれば」

エーファはシュテファンを短く抱きしめると、階段に続く扉を急いで開けた。シュテファンは危なっかしい足取りで階段を下りていった。オレンジ色の帽子がゆっくりと下に消えていくのを、エーファは見守っていた。

クリスマスの数日前、エーファのもとに役所から手紙が届いた。ポーランドの首都に四日間滞在する許可が下りたという知らせだった。エーファはまっすぐ旅行代理店に向かった。机の向こうに座った年配の女性社員は、リストをぱらぱらとめくったりどこかに電話をしたりしながら、しきりに首を横に振った。机の上にはエーファの部屋と同じように、樅の小枝の飾りがあり、蜜蠟に火がともされている。女性社員は首を振りながら言った。とても無理ですよ、こんな直前に。ウィーン経由なんてまず不可能です。ウィーン行きの便は、もう数週間も前から予約でいっぱいになっているんですから。もうすぐクリスマスだってことを、まさかご存じない？　エーファは明々白々な質問を前に押し黙った。ともかく女性はなんとか旅行を手配してくれた。乗り継ぎが不便だが、何とかなりそうだった。エーファは急いで荷造りをしたが、なかなかの大仕事だった。どの服も体に合わなくなっていたからだ。スカートは腰まで落ちてしまうし、だぶだぶになった上着には不格好な皺がよる。格子柄のウールのコートを羽織ると、まるでテントをかぶっているように見えた。でもエーファは、じわじわ体重が落ちたことを喜んでいた。背中に手をあてると、あばら骨が一本一本感じられた。エーファには、それこそが正しいように思えた。

　エーファは満席の飛行機でベルリンのテンペルホーフ空港に飛んだ。クーアフュルステンダム通りと交差する道路沿いにある「アウグステ」という宿屋に行くと、女主人はエーファのことをじろじろと見た。単身で旅行をする女は、みな胡散臭いということだろう。だが、エーファはそんな視線を無視した。部屋に入り、ベッドの上に横になる。隣の部屋から声がつつぬけに聞こえてくる（「あのストールを買ってくれないって言うんなら、もういいわよ。でも私がこれだけ、どうしてもとお願いしているのに！」と女が叫んでいた）。エーファはふたたび立ち上がり、宿を出た。深く考えることもなく、人の流れと光を追って歩いていくと、クリスマスマーケットにたどり着いた。廃墟となった記念教会の陰で、それは開かれていた。讃美歌「いざ歌え、いざ祝え」が聞こえてくる。あたりには食べ物のにおいが漂っている。グリルしたソーセージのにおい。焼きアーモンドのにおい。鶏肉のにおい。油のにおい。エーファは、屋台でソーセージを立ち食いした。故郷の町のクリスマスマーケットで食べたシッパーのソーセージのことが思い出された。毎年、クリスマスの時期にはアネグレットと一緒にあのソーセージを食べた。いけないことをしているという、あのぞくぞくするような気持ちを思い出す。父親のルートヴィヒは、肉屋のシッパーを「水増し屋」と嫌っていた。エーファの向かいには、老夫婦が立っている。二人とも背が低く、高いテーブルに届くか届かないかというくらいだ。二人はほとんど何もしゃべらず、黙々とソーセージを食べている。でも、ソーセージにかぶりつくタイミングやもぐもぐと咀嚼(そしゃく)するリズムが、ぴったりそろっていた。妻の皿の練り辛子がなくなると、夫が、まだ辛子の残っている自分の紙皿をさっと差し出す。きっとこの男の人はこれまで無数にこの動作をしてきたのだろうと、エーファは考える。あまり離れていないところでブラスバンドの演奏が始まる。「私たちのもとに、時が来た」を演奏している。「クリスマスソングの中で、いちばんきれいな曲ね」。妻が言う。夫は妻を見てほほ笑む。「そうかもな」。ブラスバンドは、いつだかユルゲンとエーファが笑い転げたときとはちがい、あまり失敗もせずそつなく演奏していた。妻が小さな、しわがれた声で歌い始めた。

私たちのもとに、時が来た
すばらしい喜びを連れて
雪に覆われた大地の上を、私たちは歩く

広い、白い世界を抜けて、私たちは歩く
氷の下には、小川と海が眠り
森は、深い眠りの中にある
静かに降りゆく雪を抜けて、私たちは歩く
広い、白い世界を抜けて、私たちは歩く
空の高みから輝く沈黙がおり、心を至福で満たす
星に照らされた天幕の下を、私たちは歩く
広い、白い世界を抜けて、私たちは歩く

夫は妻を見つめながら、歌声に耳を傾けていた。

エーファは突然、自分が何をしたいのか理解する。さっきたしか、電話ボックスを通り過ぎたはずだ。エーファはそこまで引き返し、中に入り、受話器を上げた。硬貨を入れ、そらで覚えている番号を選ぶ。ガタガタという音がして、ピーッという音がする。エーファは待った。トゥルル、トゥルル、トゥルル。電話がつながり「ショールマンです」という声がした。自信にあふれた声。家政婦のトロイトハルトさんだ。「こんばんは。エーファ・ブルーンスです」。「ご用件は？」「ユルゲンと話がしたいのです」。「ショールマンさんは出張中です。明日にはお帰りになりますよ。ショールマンの奥様とお話しになりますか？」「いいえ、結構です。ありがとう。でも、ユルゲンはどこに？ 連絡をとりたいのですが」。しばしの間をおいて、エーファは続けた。「私は、その、元婚約者ですし」。「ショールマンさんはウィーン

にいます」。怒ったような声だった。「どうもありがとうございます。それから——」。電話は向こうから切られていた。エーファはガラスの壁に寄りかかる。電話ボックスの中は、小便と湿った灰のにおいがした。エーファは手持ちの小銭を数える。そしてふたたび受話器を上げ、ホテル・アンバサダーに電話をつないでもらった。ホテルの受付と電話がつながり、エーファは、ショールマンさんのお部屋につないでほしいと頼んだ。カチッと音がして、またピーッという音がする。コインが落ちる。エーファは受話器を置いてしまいたくなる。そして、受話器を置きかけたその瞬間、「もしもし？」とユルゲンの声がした。エーファはまだためらっていた。「もしもし、だれですか？　ブリギッテ？」エーファは受話器をふたたび耳に近づけた。鼓動が激しくなるのがわかる。「エーファです」。ユルゲンは答えなかった。「いま、ベルリンにいます。ワルシャワに向かう途中よ。ちょうど、クリスマスマーケットに行っていたのだけれど、急にあなたと話したくなって」。エーファは早口で言った。最後の硬貨がコトリと落ちた。エーファは一マルク硬貨を新しく入れた。「ワルシャワで何を？」「尋ね人がいるの。収容所の囚人だった人。検事さんがその人の行方を捜して、電話で教えてくれたの」。「それで、いったい何のために？」電話からカタカタと音がし、さきほどの言葉がこだまする。何のために、何のために……。エーファは沈黙したまま、さらにもう一枚マルク硬貨を入れる。「もうあまり硬貨がないの」「僕がかけなおそうか？」エーファはあたりを見渡し、番号の刻まれた金属のプレートが電話の下についているのに気づく。「そうね」。エーファは番号を読みあげた。しばしの沈黙があった。エーファは言った。「まだ話せるわよ。お金を払ったから」。だが、二人はともに黙ったまま、相手が話し出すのを待った。受話器の中でカチッと音がする。最後の硬貨が落ちた音だ。エーファは早口で言った。「ワルシャワに来ない？」カチッ。トゥルル。エーファは受話器を置き、待った。電話ボックスの汚れたガラス越しに、通り過ぎていく車のライトを目で追う。ライトの光は星のようになり、しだいに消えていく。ようやく目の前の電話から奇妙なうなり音がする。エーファは受話器を上げた。「もしもし?」ユルゲンの声が言う。「ビザのことがあるから、難しいな」。エーファは沈黙する。外では雪が降りだしている。

翌日、エーファは朝の五時にめざめた。国境を超えるときの手続きに少なくとも二時間はかかると、旅行会社の女性が言っていたのだ。ワルシャワ行きの長距離列車は一〇時三五分に、東ベルリン内の東駅から発車する。エーファはフリードリヒ通り駅で地下鉄を降りた。武装した国境警備隊が駅をパトロールし、ひとりひとりに鋭いまなざしを向けている。エーファはあるブースに入り、細い開口部から書類を差し出した。ガラスの向こうには制服姿の若い男の職員がおり、過剰なほど長い時間をかけてエーファの提出した証明書とビザとパスポートの写真をチェックすると、いらいらしたように手を振り、エーファを通した。エーファは、どこまでも終わりがないように見えるタイル張りの通路を歩いた。構内は、故郷のフランクフルトの動物園のようなにおいがした。カバの檻がちょうどこんなにおいだった。シュテファンいわくの「クソソース」のような水から突然、カバの巨大な体があらわれ、まるでブルーンス一家をのみこもうとするかのように、大きな口をゆっくりと開けた——。

カタコンベ〔初期キリスト教徒の地下墓所〕のような地下世界から外に出ると、そこは東側だった。エーファは何週間も地下にいたかのように、まぶしい冬の空気の中でまばたきをした。東ドイツに入るのは初めてだ。東側の生活や人々のまじめさには興味があった。ここにもまた日常が存在しており、東側の人間にとっては東ドイツこそがふつうなのだ。エーファは、付帯私訴原告として裁判に登場した東ドイツ出身の二人の弁護人のことを思い出した。彼らはまるで、何かのハンディキャップを負って行動しているかのように、そしてことさら強く意見を主張しなければならないように見えた。ほかの弁護人と比べると、いつも少し声が大きくて、いつも少し強硬だったとエーファは回顧する。一時間ほどで、列車は東ベルリンを出た。エーファは窓の外を見ながら、別の、ある列車のことを考えないようにつとめていた。地平線にはクレーンがふらふら揺れていた。まるで風がクレーンを、注意深くもてあそんでいるように見えた。

列車が国境を超え、ポーランドに入ってからは、雪に覆われた野原はさらに広くなり、森は永遠のように続いた。エーファは食堂車に行って、ビールを一杯飲んだ。ビールは気が抜けていて、苦くて生ぬるく、エーファの父親だったらボーイの顔にぶっかけたにちがいない代物だった。だが、食堂車のボーイはびっくりするほど愛想がよく、エーファの前でお辞儀をし、白いナプキンをひらひらさせた。エーファがポーランド語を話せることに気づくと、ボーイはさらに顔をほころばせて喜んだ。そんなわけでエーファは、列車がワルシャワ駅に着くころにはボーイの人生の物語に——さらには、女で身を持ち崩したという兄弟の物語にまで——通じてしまっていた。

ホテルは近代的な高層ビルだった。エーファは二年前にそこに泊ったことがあった。機械メーカーの首脳陣に通訳として同行したのだ。一行の中で女性はエーファと社長秘書の二人だけだった。秘書はエーファに、社長に注意してねと警告した。女には見境なく手を出すやつだから、と。たしかに男はその晩、バーでエーファのそばに座り、ジョークを披露し始めた。愉快な男で、話もたいへん面白かったので、エーファはつい笑いだした。突然、エーファの口の中に男の舌があった。酒を飲んで高揚していたエーファは、最後まで知りたいと思った。エーファは男を自分の部屋に入れた。そして彼が、最初の男になった——。

二年ぶりのそのホテルで、夜、エーファは眠れずにいた。部屋は三階で、ロビーのすぐ上だった。近くにあるバーから流行歌のメロディが、くぐもって聞こえてくる。エーファはジャスキンスキー氏のことを考え、ある日いなくなった彼の娘のことを考えた。変わった形の鼻をしたあの娘さんは「野獣」の尋問を受けることになった。何かの秘密をもらしたというのがその理由だった。娘さんは三日後に、あの黒い壁のところで射殺された。エーファは暗い部屋の灰色っぽい天井を見つめ、自分の部屋のドン・キホーテのことを懐かしく思った。正直に言うとエーファは、自分がこの町で何をしたいのか、よくわかっていなかった。目標に近づくにつれ、自分がこの訪問で何をしようとしていたのか、この旅行で何をめざしていたのかは、よくわからなくなってしまうのだった。

エーファは、たくさんの小さな店が立ち並ぶ賑やかな通りを歩いた。靴。ジャガイモ。石炭。牛乳。さまざまな店が紐に通した真珠のように並んでいる。外は寒く、空気はどんよりとして、心なしか灰色っぽかった。人々は顔にマフラーを巻いたり、フェルトの帽子を深くかぶったりしている。「雪屑が降っている」。エーファは番地を確認しながらふと思う。だがよく見ると、空から舞い降りてきているのは雪片ではなく、無数の煙突から吐き出された煤だった。探している床屋の番地は七三だった。エーファはその店が通りの向かいにあることに気づき、足を止めた。鼓動が速くなる。朝食は喉を通らなかったのだが、空っぽの胃は引き絞られるように痛んだ。ドアの上のほうに青い字で「サロン・ジャスキンスキー」と書かれている。小さな店だ。ショーウィンドウのガラスの向こうにパステルトーンの写真が二枚飾られている。写真のひとりは女性で、ひとりは男性だ。鋳型(いがた)に金属を流し込んだような、ヘルメット状の髪形をしている。店内には、二人の人影が動いている。ひとりは、逆毛を立てて髪を派手にふくらませた若い女性店員で、若い男性の調髪をしている。もうひとりの店員は年かさで灰色の髪をした男性で、床をほうきで掃いていた。ジャスキンスキー氏だ。エーファは通りを渡った。

ドアを押すとチリンチリンと呼び鈴が鳴った。男性客の首筋をカミソリで剃っていた女性店員は、エーファが店に入っても顔をあげなかった。ジャスキンスキー氏がエーファのコートと帽子を手慣れたようすで預かり、椅子に案内した。店内は石鹼とヘアトニックのにおいが強く、染みひとつなく清潔だった。エーファは椅子に座り、鏡をのぞき込んだ。幼い自分が床屋の椅子にわくわくしながら座り、体を弾ませている。ジャスキンスキー氏がその子を笑顔で見つめている。エーファはジャスキンスキー氏のほうに振り返った。ジャスキンスキー氏は眼鏡越しにエーファをぼんやりと見つめ返した。厚い眼鏡のせいで、目がとても大きく見える。「いかがしましょうか?」エーファは、自分はドイツから来たのだと、つっかえながら話し始めた。ジャスキンスキー氏は一瞬たじろいだが、エーファのひとつにまとめた髪をほどいた。そして慣れた手つきで髪をブラッシングし、「シャンプーして、毛先をカットしましょうか?」とたずねた。

エーファは突然、裸になってしまったような気持ちがした。だが、心を決めてさらに言った。「覚えていますか？　私はまだ子どもで、母親に連れられて髪を切りに行きました。収容所の床屋さんに」。ジャスキンスキー氏はゆっくりブラッシングを続けていた。だが、その動きが突然ぴたりと止まった。ジャスキンスキー氏はエーファの耳の上にある長い傷跡を見ていた。その場所にはもう髪の毛が生えていない。ジャスキンスキー氏はブラシをもつ手をおろした。顔からは血の気が失せている。エーファは一瞬、ジャスキンスキー氏が気を失うのではと案じた。若い女性店員もこちらを見ている。エーファはジャスキンスキー氏を見上げ、静かに言った。「お詫びを言おうと思って来ました。私たちがあなたにしたことに対して。あなたと、あなたの娘さんに」。ジャスキンスキー氏はエーファを見下ろした。その胸に何が去来しているのか、エーファにはわからなかった。ジャスキンスキー氏は落ち着きを取り戻し、首を横に振った。そして、さっきよりももっと熱心にブラッシングをし始め、こう言った。「人違いをしていますよ。私はどこであれ収容所には、一度もいたことがありません」。それで、どのようになさいますか？」エーファは言った。「髪を、ぜんぶ切って、剃りあげてくれませんか」。ジャスキンスキー氏の表情がかたくなった。ブラシが脇に置かれた。お客を店から送り出した若い女性店員が近寄ってきて、何かを問いかけた、何と言ったのか、エーファにはわからなかった。ジャスキンスキー氏は手を振って女性を制した。そしてエーファに言った。「それはできません。それはあなたにふさわしくない」。ジャスキンスキー氏は洋服掛けのところに行ってコートと帽子をとり、まだ椅子に座ったままでいるエーファに近づいた。そしてコートと帽子を差し出し、きっぱりした目でエーファを見た。エーファは頷き、髪をまとめ、立ち上がった。扉の上にある小さな呼び鈴がチリンチリンと鳴った。

店の中では、若い女性店員がジャスキンスキー氏に近寄った。ジャスキンスキー氏は窓のそばに立ち、薄色の格子柄のコートを着たエーファが靄の中に消えていくのを目で追っていた。その顔には動揺の色があった。目には涙が浮かんでいる。女性店員は、こんなようすの店長を見たことがなかった。彼女は困惑したように、さっきの女の人はだれなのですかとたずねた。ジャスキンスキー氏は答えなかった。「あの人、何を求めていたのかしら?」女性店員の手がジャスキンスキー氏の腕にふれた。ジャスキンスキー氏はわずかに落ち着きを取り戻したようだった。「あの人、いったいどうしてほしかったのかしら?」女性店員はもう一度言った。

ジャスキンスキー氏は窓に背を向けながら言った。「慰めを、求めていたんだよ。彼らはわれわれに慰めてもらいたがっているんだ」

エーファは通りを走った。まわりのすべてがさっきよりも騒々しく、さっきよりもけばけばしく、まるで町全体が自分に敵対しているように思えた。エーファはさらに速く走った。息が切れても、まだ走った。足が痛み、帽子の下で髪がほどけた。息がぜいぜいし、鼓動は早鐘のように鳴った。それでもまだ、まるで何かから逃げているかのように走り続けた。ついにもう走れなくなり、何かの像のそばで立ち止まり、必死に息を吸い込んだ。像は、ポーランドの国民的英雄をたたえるものらしかった。胸が痛み、激しく咳き込み、吐きそうになったが、なんとかそれをこらえた。そして激しく嗚咽した。あのときジャスキンスキー氏は「あなたにふさわしくない」と言ったけれど、本当はきっと「あなたにその資格はない」と言いたかったのだと、エーファは自分に認めなくてはならなかった。まだ荒い息をしながら石像を見つめる。砂糖衣のように薄く雪をかぶった石像が、冷たい視線を返す。エーファは理解した。自分は何もわかっていない人間なのだ。生きることについて。愛について。他者の痛みについて。フェンスのこちら側の正しい世界にいた人間には、収容所の中に捉えられていることが何を意味していたのか、けっしてわかりっこない。エーファは果てしなく自分を恥じた。泣きたかったが、泣けなかった。ぜいぜいという気持ちの悪い音が喉の奥から漏れるだけだった。「私には、泣く資格もない」。数時間後にエーファがホテルに帰り着くと、コンシェルジュがメッセージを伝えてきた。

翌日の午前中、エーファは空港の第二ターミナルでウィーンからの到着便を待っていた。飛行機は遅れていた。エーファは、通行止めポールの前を行きつ戻りつしながら、この状況を自分は喜ぶべきなのか戸惑うべきなのか、わからずにいた。あのとき「会いたい」と自分から口にしてしまったのは、良いことだったのだろうか？　だが、到着の表示が出て、最初の乗客が薄青い壁の向こうからあらわれ、そして長身で黒髪のユルゲンの姿が見えたとき、エーファは懐かしさで心がほどけ、自然に笑顔を浮かべていた。ユルゲンも、エーファとの再会に心を動かされているようだった。それは、通行止め越しにたがいを認めた瞬間にもう、はっきりわかった。そしてユルゲンを前にしたとき、その瞳に今までなかった何かがあることにエーファは気づいた。心が開かれている——ように見えた。二人はどちらも、こんなに長い別離の後にいったいどんな挨拶を交わせばいいのかわからずにいた。そして結局、握手を交わした。ユルゲンは、昔のエーファの子どものような丸顔はどこに消えたのだろうかと思い、「エーファ、ちゃんと食べているかい？」とたずねた。二人は一緒にターンテーブルの近くでスーツケースが出てくるのを待った。壁についている小さな扉から荷物が次々に押し出され、まるでケーキ皿にのせられているかのようにあたりを回転していく。でも、ユルゲンのスーツケースは出てこなかった。二人はカウンターに行った。係員は二人に、コーヒーでも飲みながら待って、一時間くらいしたらもう一度問い合わせに来てくれないかと言った。

エーファとユルゲンは、クロームめっきとガラスを使った未来的なつくりのカフェに入った。そこからは飛行場が一望できた。二人は並んで腰をかけ、外を見つめた。地平線に白い雲が集まっている。その上にある空からはじきに雪が降り出しそうだ。ユルゲンは、飛行機の中で読んだ新聞記事のことを話した。エーファの近所でベビーカーに放火した犯人がつかまったそうだ。学生らのグループで、どうやら学生組合員らしい。供述によればやつらは放火によって、外国人や出稼ぎ労働者がもたらす危険に対して、さらには民族的混合の脅威に対して注意を喚起したかったのだという。エーファは「そいつらは逮捕された?」とたずねた。ユルゲンは、賠償金は支払わなければならないが、訴訟はまず行われないだろう、すべては、馬鹿な若者が起こした悪ふざけ程度にしか見なされていないのだと答えた。エーファは信じられないという顔でユルゲンを見た。ユルゲンは、たぶんその学生たちの親が有力者だったことも関係しているのだろうと言った。エーファはコーヒーを一口飲んだ。カフェの照明のせいで、コーヒーは青く見えた。「ひどい話」。そしてエーファは、ジャスキンスキー氏の店を訪れたことを話し、ジャスキンスキー氏に言われたことと、自分が理解したことを話した。ユルゲンは言った。「自分にそこまで厳しくすることはないよ、エーファ。君はとても勇敢だね」。エーファはユルゲンを見た。そして、やっぱりこの人は変わったみたいだと改めて思った。ユルゲンはまるで重い甲冑（かっちゅう）を脱ぎ捨てたように、無防備に見えた。ユルゲンはエーファの頬をわずかに撫で、髪の毛にふれた。そして「ジャスキンスキー氏がそう言ってくれたことが、ともかく僕は嬉しいよ」と言った。エーファはたずねた。「あなたのビザはいつまで有効なの?」

「明日の早朝にはドイツに帰るよ。たぶん、父さんと過ごす最後のイヴになるだろうから。父さんとブリギッテは今年、島に行かなかった。初めてだよ、そんなことは」

「お父さんの具合はどう？」

「もう、何も話せなくなった。いや、何も、というのはちがうな。二つだけまだ、言える科白がある。〈どうか助けてください〉と〈私は絶対にしゃべらないぞ！〉。まるでスパイ映画だよ」。ユルゲンは笑った。絶望とおかしさが入り混じったような笑いだった。エーファは沈黙した。ユルゲンはエーファを見つめた。

「それで君は？　君は家族に会いたくないの？」

「シュテファンが私のところを訪ねてきて、言ったの。私が帰ってきたら、プレゼントは何もいらないって。でも私の帰りのチケットは金曜日なの」

「それではクリスマスは終わってしまっているよ。明日の飛行機にまだ空きがあるかどうか、聞きにいかないかい？　そうしたら一緒に帰れる」

　エーファはそれには答えず、コートのポケットを探り、クロームめっきのぴかぴかする机の上に何かを置いた。赤く塗られた木製の小さな包みだ。

「なんだい、これは？」

「黒い王からの贈り物」

「黒い王の贈り物なら、没薬(もつやく)だね」。ユルゲンはそう言って、赤いサイコロのようなそれを取り上げ、指のあいだでくるくると回した。エーファはそれにまつわる物語を話した。話すうちエーファは、母親が目の前にいるような気がした。母親がクリスマスのピラミッドを居間の戸棚の上に飾っている。四本の赤い蠟燭をそれぞれの場所に立てる。きっと今年は、エーディトは黙ったまま作業をし、なくなってしまった贈り物の話はしないだろう。そんなことは初めてのはずだ。父親の姿も目に浮かんだ。厨房の中で汗をかきながら、家族のために最高のガチョウ料理をこしらえている。でも父親は、娘がそれを食べに来ないことを知っている。エーファの目の前に、一家がイヴの夜に教会から出てくるところが浮かぶ。みんな腕を組んで、一列になり、つるつる滑る道路を歩いていく。でも、エーファの姿はそこにはない。夜になると両親は居間に腰をかけ、父親がこう言うのだろう。「来年はきっとエーファも来るさ」。母親は黙ったまま、それまで自分は生きているのだろうかと考えている。

「没薬って何に使うの?」エーファがたずねる。

「没薬は樹脂だよ。昔は、遺体をミイラにするときに使われていた。人間という自然を、無常を、象徴している。そして没薬は苦いけれど、回復効果があるんだ」

エーファは小さな包みをポケットに戻した。そしてユルゲンの手を強く握り、ともかくひとつ良いことがあるわ、と言った。「私の中にある愛の気持ちは、けっして死んだりしない」

スーツケースの行方を問い合わせる時間が来た。だが二人はまだしばしの間、未来的なカフェに並んで腰をかけていた。ときどき目を合わせながら、一緒に生きていくのは良いことかもしれないと考える。外の飛行場では降りしきる雪の中、ある飛行機が着陸し、ある飛行機が静かに飛び立っていく。

結び

フランクフルトのフリッツ・バウアー研究所のスタッフらに感謝を捧げたい。彼らのすばらしい仕事は、とりわけ第一次アウシュヴィッツ裁判にまつわる資料の膨大なアーカイブは、本書のためのリサーチになくてはならないものだった。目撃者の証言の文字および音声による記録（https://www.fritzbauer-institut.de/mitschnitt-auschwitz-prozess.html）は年を重ねるにつれ、私の芸術的作品の出発点および意味の源泉になっていった。本書に登場する物語上の証人は、ホロコーストの生還者の運命を例証するものとして造形されている。彼らの造形にあたり、ときにはオリジナルの証言から一部をそのまま引用したが、何人かの発言をひとつに混合したケースもある。そうした創造的な意味での統合を行ったのは、できるだけ多くの生還者の声を届ける土台をつくるためだ。裁判という場で過去のつらい体験を再訪し、犯罪者に対峙したこれらの人々に敬意を表する。彼らのおかげで私たちの世界は、アウシュヴィッツがいかなるものだったかについての包括的かつ永続的な証言を得ることができた。

裁判にかかわった以下の人々については、発言の直接的引用を行った。

• マウリシウス・ベルナー
• ヨーゼフ・グリュック
• ヤン・ヴァイス
• ハンス・ホフマイヤー（裁判長）
• フリッツ・バウアー（検事長）
• ヒルデガルト・ビショッフ（被告人の証人）

訳者あとがき

ドイツは自らの過去と真摯に向き合う国だ、とよく言われる。しかし、そうでない時代もあったのだと私が初めて知ったのは、映画『顔のないヒトラーたち』(日本公開二〇一五年)を観たときだ。一九六三年の通称アウシュヴィッツ裁判開廷までを扱ったこの映画には、六〇年代初頭のドイツの若者がアウシュヴィッツという名も、そこで行われた虐殺行為も知らなかったことが描かれている。こうした過去の忘却を阻止し、ドイツの歴史認識の転換点となったアウシュヴィッツ裁判の開廷直前から判決後までを主軸に、さまざまな人間模様をフィクションとして描いたのが本書『レストラン「ドイツ亭」(原題 *Deutsches Haus*, 2018 Ullstein Verlag)』である。

ドイツの戦後裁判といって私たちがまず思い浮かべるのは、戦勝国がドイツの戦争犯罪を裁いたニュルンベルク裁判だろう。いっぽうのアウシュヴィッツ裁判は、ドイツの司法がドイツ人を裁いた法廷であり、ドイツ人を初めてアウシュヴィッツに向き合わせた裁判とも言われる。では、一九四五年のニュルンベルク裁判から一九六三年のアウシュヴィッツ裁判までの二〇年弱の間に、ドイツで何が起きていたのだろうか。

ニュルンベルク裁判は国際軍事裁判であり、ナチスの主要指導者二四名が起訴された。その後、ナチス犯罪の追及が占領軍からドイツ人の手に委ねられると、元ナチス関係者の非ナチ化措置は形式的かつ短時間で進められるようになり、占領軍によっていったん公職を追われていた者も次々に復帰を果たした。暴力的な実行犯への訴追は続いていたが、証拠集めの難航などにより有罪判定は激減する。一九四九年にドイツは東西に分裂し、以後経済復興の道をひた走る西ドイツにおいて、過去の断罪は怠られがちになっていった。アウシュヴィッツが公的な場で語られることはなくなり、五〇年代の終わりには反ユダヤ主義的風潮が再来さえする。生き延びて補償金を手にしたユダヤ人やナチスの犯罪を告発するユダヤ人に対して、ホロコーストを知らないドイツの若者が反発を強めた結果だ。こうして社会からホロコーストやアウシュヴィッツが忘れ去られていくいっぽう、戦時中の犯罪は次々時効を迎え、もっとも重い謀殺罪の時効（二〇年）も間近に迫りつつあった。

こうした「古傷には触れるな」という風潮に抗してナチスの犯罪追及を続けていたひとりが、本書に「検事長」として登場するヘッセン州の検事長フリッツ・バウアーだ。他州の検事長とともに一九五八年にナチス犯罪追及センターを設立したバウアーは、ユダヤ人移送の責任者アドルフ・アイヒマンの居場所を突き止め、イスラエルの諜報機関と連携して一九六一年、アイヒマンをエルサレムの法廷に立たせるのに成功する。そしてその二年後に実現したのが、フランクフルト・アウシュヴィッツ裁判（正式名称 ムルカ等に対する裁判）だった。三〇〇人を超える証人が召喚され、ガス室による大量虐殺や、親衛隊員による拷問や虐待を詳細に語ったことで、ドイツの人々は初めて、強制収容所で何が行われていたかを知った。数年後に迫っていた時効は、幾度かの議論を経て撤廃された。最近でも時おり、もはや高齢になった元看守が起訴されたりするのはそのためだ。

歴史的背景の説明はこのくらいにして、ここからは本作『レストラン「ドイツ亭」』について紹介しよう。前述したようにこの作品は、アウシュヴィッツ裁判をテーマにした小説である。非常にリアルに描かれているので、実話と勘違いする読者もひょっとしたらおられるかもしれないが、裁判以外の部分は完全なフィクションであり、裁判の実施に伴ってだれかの身に起きたかもしれない物語である。

主人公のエーファはフランクフルトに住む二四歳の女性だ。レストラン「ドイツ亭」を営む両親と姉と弟とともに暮らし、目下の最大の関心は恋人との結婚というごく平凡な女性と言っていい。ドイツ語とポーランド語の通訳を仕事とする彼女はある偶然から、アウシュヴィッツ裁判で原告側証人の——つまりホロコーストの被害者の——証言を通訳するよう依頼される。当初はアウシュヴィッツのことを何も知らなかったエーファは、両親や恋人から強く反対されながらも、好奇心と義務感から通訳を引き受ける。そしてそれは、エーファとその家族の運命を大きく変えることになる——。

読者の〈読む楽しみ〉に水を差すのも無粋なので、あらすじの具体的な紹介はこのあたりで終わりにしよう。私が初読のときに感じた心の揺れを、それぞれの読者にできるだけ素のまま感じてほしい。脚本家でもある著者の本領が発揮されためくるめくストーリー展開に加え、最初は——ものを知らないという意味も含めて——きわめて「ナイーブ」だった主人公が徐々に人間的に成長していくさまを、味わっていただければと思う。

この小説は何度も言うようにフィクションなので、裁判に関係した実在の人物も具体的な名前は示されない。フリッツ・バウアーにあたる人物も「検事長」とだけ記され、小説内での役目は黒幕的なものにとどまっている。それでも、次の引用にあらわれているような過去の直視と克服を若い世代に願ったバウアーの姿勢は、この小説の底流にあるように感じる。

「現在のドイツは奇跡的な経済復興を誇りにしている。ゲーテやベートーヴェンを生んだ国であることも誇りにしている。だがドイツはいっぽうで、ヒトラーやアイヒマンや、彼らの多数の共犯者や追随者を生んだ国でもある。一日に昼と夜があるように、いかなる民族の歴史にも光と影の部分がある。私は信じる。ドイツの若い世代は、彼らの親たちがときに克服しがたいと感じたすべての歴史とすべての真実を知る準備があるのだと」（アイヒマン裁判についてのテレビでの発言より）

本書の著者であるアネッテ・ヘスは一九六七年にハノーファーに生まれ、ベルリン芸術大学で最初は絵画とインテリアデザインを学び、のちに上演台本の執筆へと転向する。卒業後はフリージャーナリスト、ＡＤ、脚本編集者として働く。一九九八年には脚本家として独立し、テレビや映画のために多数の脚本を執筆。五〇年代のドイツをテーマにしたテレビの人気シリーズなどを手がけ、グリメ賞、ドイツテレビ賞など数々の賞を受賞する。本書『レストラン「ドイツ亭」』は彼女が初めて手がけた小説である。ドイツで発表後、二二の外国語での翻訳が決まり、本国に劣らぬ高い人気と評価を各国で獲得した。

ドイツでの出版社ウルシュタインと著者とのインタビューがたいへん興味深い内容なので、抜粋して紹介したい。ドイツの現代の歴史の分岐点であるアウシュヴィッツ裁判を小説のテーマに据えたことについて、著者は次のように説明している。

「ホロコーストというテーマは、私のこれまでの作品においていつも背景的な役割を果たしていました。でも、五年前にアウシュヴィッツ裁判の録音テープの資料がインターネット上で公開され、証人や被告人の陳述に耳を傾けた私は、こう考えました。あそこで起きていたことは、何度も語りなおす必要があるのだと。まず私が考えたのは、このテーマでテレビのシリーズ番組をつくることでした。ですが、この大きなテーマを正当に評価するためには、テレビ番組よりももっと大きな物語的空間が必要なのだと気づいたのです」

ドイツという国の過去と向き合うことになる主人公エーファについて、モデルとなった人物の有無を問われた著者は次のように答えている。

「主人公のエーファは、一九四二年生まれの私の母より少し年上という設定です。母の世代の人々はアウシュヴィッツについて多くを知らず、また多くを知りたいとも思っていませんでした。当時は心理的抑圧の時代であり、経済復興の時代でもありました。人々は前だけを見て、後ろを振り返ろうとはしませんでした。アウシュヴィッツ裁判にも私の母は関心がありませんでした。そのころ母は、結婚相手を見つけ、家庭を築くことに忙しかったからです。母はその後、一九七〇年代になってからようやく、ドイツの過去と向き合い始めました。私にとって、忘れられない出来事がひとつあります。一家でベルゲン＝ベルゼン強制収容所の記念館を訪れたときのことです。私は当時一〇歳でした。母は強制収容所跡にほんの数メートル足を踏み入れただけで立ち止まり、泣きだしました。そしてそれ以上中に入ることができず、引き返さざるをえませんでした。そのとき私は、この犯罪がいかに巨大なものであったかをはっきり認識しました。記念館にあった情報を通じてではなく、母のあの動揺を通じて、私はそれを理解したのです」

アウシュヴィッツに「勤務」した人間が数千単位でいたことを考えると、裁判が行われることで主人公一家のような葛藤を経験することになった人はじっさいに少なからず存在したのかもしれない。それを承知の上で、過去の過ちを直視し、克服することを選んだドイツという国には敬意を感じずにいられない。

翻訳に際しては、河出書房新社の揖木敏男さんにたいへんお世話になりました。助言と励ましの言葉をくれた家族にも感謝を贈ります。

二〇二〇年一一月

訳者

Annette Hess:
Deutsches Haus

Original title: Deutsches Haus by Annette Hess

Published by arrangement with Meike Marx Literary Agency, Japan

森内薫（もりうち・かおる）
翻訳家。上智大学外国語学部卒業。2002年から6年間ドイツ在住。訳書に、T・ヴェルメシュ『帰ってきたヒトラー』『空腹ねずみと満腹ねずみ』、D・J・ブラウン『ヒトラーのオリンピックに挑め』、M＝U・クリング『クオリティランド』、E・フォックス『脳科学は人格を変えられるか？』など。

レストラン「ドイツ亭」

2021年1月30日　初版発行
2022年6月30日　3刷発行

著　者　アネッテ・ヘス
訳　者　森内薫
装　幀　岩瀬聡
装　画　末原翠
発行者　小野寺優
発行所　株式会社河出書房新社
〒151-0051　東京都渋谷区千駄ヶ谷2-32-2
電話（03）3404-1201［営業］（03）3404-8611［編集］
https://www.kawade.co.jp/
組　版　株式会社創都
印　刷　株式会社亨有堂印刷所
製　本　大口製本印刷株式会社
Printed in Japan
ISBN978-4-309-20816-9

帰ってきたヒトラー 上下

T・ヴェルメシュ著
森内薫訳

世界的ベストセラー！ ついに日本上陸。現代に突如よみがえったヒトラーが巻き起こす爆笑騒動の連続。ドイツで130万部、世界38ヶ国に翻訳された話題の風刺小説！

空腹ねずみと満腹ねずみ 上下

T・ヴェルメシュ著
森内薫訳

『帰ってきたヒトラー』の著者が6年の沈黙を破ってついに発表した小説。数年後の欧州を舞台に、押し寄せる難民と国境を閉じるドイツ。何が、なぜ起こるのか、満を持して問う問題作。

クオリティランド

M＝ウヴェ・クリング著
森内薫訳

恋人や仕事・趣味までアルゴリズムで決定される究極の格付社会。アンドロイドが大統領選に立候補し、役立たずの主人公が欠陥ロボットを従えて権力に立ち向かう爆笑ベストセラー。

内なるゲットー

S・H・アミゴレナ著
齋藤可津子訳

ホロコーストに消えた母、僕は沈黙することしかできなかった。——第2次世界大戦時、ポーランドに母を残し、アルゼンチンに移住した息子の苦悩を静謐な筆致で描いた仏ベストセラー。

鉄の時代

J・M・クッツェー著
くぼたのぞみ訳

反アパルトヘイトの嵐が吹き荒れる南アフリカ。末期ガンの70歳の女性カレンは、庭先に住み着いたホームレスの男と心を通わせていく。差別、暴力、遠方の娘への愛。

理由のない場所

イーユン・リー著
篠森ゆりこ訳

母親の「私」と自殺してまもない16歳の息子との会話で進められる物語。著者の実体験をもとに書かれた本書からは、母親の深い悲しみが伝わり、強く心を打つ。他に類をみない秀逸な一冊。

独りでいるより優しくて

イーユン・リー著
篠森ゆりこ訳

ある女子大生が被害者となった毒物混入事件を核に、事件に関係した当時高校生の3人の若者が抱え続けた深い孤独を描く。中国の歴史の闇を背景に犯罪ミステリーの要素も交えた傑作。

白の闇

J・サラマーゴ著
雨沢泰訳

突然の失明が巻き起こす未曾有の事態。「ミルク色の海」が感染し、善意と悪意の狭間で人間の価値が試される。ノーベル賞作家が「真に恐ろしい暴力的な状況」に挑み、世界を震撼させた傑作。

マリーナの三十番目の恋

V・ソローキン著
松下隆志訳

旧ソ連モスクワ。退廃的な日々を送る反体制レズビアン音楽教師マリーナが、30番目の恋によって模範工員となる。破格の文体と過激な描写で高く評価される、『青い脂』と並ぶ初期代表作。

洪 水

P・フォレスト著
澤田直／小黒昌文訳

100年前の洪水、第2次大戦、母と娘の死、秘密裡に猛威を振るう「伝染病」……破局の徴に満ちたパリを舞台に、火事の夜に出会ったピアニストと恋に落ちる主人公が綴る美しき消失の物語。

ラウィーニア

U・K・ル＝グウィン著
谷垣暁美訳

トロイア滅亡後の英雄の遍歴を描く『アエネーイス』に想を得て、英雄の妻を主人公にローマ建国の伝説を語り直した壮大な愛の物語。『ゲド戦記』著者が古代の女性を描く晩年の傑作長篇。

最後の兄弟

N・アパナー著
藤沢満子／石上健二訳

アフリカ・マダガスカル島東方モーリシャス出身の女性作家による10歳の少年を主人公にした美しく哀しい小説。フランスのフナック小説賞など数々の賞に輝き、16カ国に翻訳された名作。

モロイ

S・ベケット著
宇野邦一訳

20世紀最大の作家による世界現代文学の到達点。ベケット不朽の名作「小説三部作」はここから始まった。最新の研究成果を反映した仏語からの個人新訳。

マロウン死す

S・ベケット著
宇野邦一訳

20世紀最大の作家による到達点「小説三部作」の2作目。意味と無意味のあいだをさまよう。ベケット没後30年、フランス語からの個人新訳第2弾。投込栞寄稿＝高橋悠治ほか。

名づけられないもの

S・ベケット著
宇野邦一訳

20世紀最大の作家による到達点「小説三部作」ついに完結。はたしてこれも小説であるのか。ベケット没後30年、フランス語からの個人新訳第3弾。投込栞寄稿＝吉増剛造、中原昌也。

むずかしい年ごろ

A・スタロビネツ著
沼野恭子／北川和美訳

土と血のにおい漂う、残酷で狂気に満ちた現代ロシアン・ホラー登場！　双子の息子の異様な行動に怯えるシングルマザーの恐怖を描く衝撃の表題作他、新鋭女性作家による全8編。

パワー

N・オルダーマン著
安原和見訳

ある日を境に世界中の女に強力な電流を放つ力が宿り、女が男を支配する社会が生まれた――。ベイリーズ賞受賞、各紙ベスト10、「現代の『侍女の物語』」と絶賛されるディストピア小説。

ジャック・オブ・スペード

J・C・オーツ著
栩木玲子訳

尊敬を集める人気ミステリー作家は、別名で身の毛もよだつ小説を発表していた。家族の葛藤や盗作疑惑に巻き込まれ、彼は泥沼にはまっていく。ノーベル賞候補とされる作家によるサスペンス。

日本人の恋びと

I・アジェンデ著
木村裕美訳

『精霊たちの家』で鮮烈なデビュー、世界中に読者を持つアジェンデの新作。高齢者向け養護施設を舞台にした現代版「嵐が丘」。ミステリー仕立ての極上恋愛小説！

闘争領域の拡大

M・ウエルベック著
中村佳子訳

自由の名の下に人々が闘争を繰り広げていく現代社会。愛を得られぬ若者二人が出口なき欲望の迷路に陥っていく。現実と欲望の間で引き裂かれる人間の矛盾を真正面から描く著者の小説第一作。

ウチのニャンコが長生きする！

ネコの
カラダにいいこと
事典

監修 臼杵新

世界文化社

はじめに

ネコとヒトが幸せな時間を過ごすために

ネコとの暮らしは、日々の生活に喜びをもたらしてくれるものです。それと同時に、生き物を飼うのは、とても重い責任を背負うということでもあります。近年は獣医療も大きな進歩を遂げ、年齢や体調などに合わせたキャットフードも豊富にあることから、ネコの平均寿命も昔にくらべて大幅に延びています。それだけ、ネコと過ごす楽しい時間も長くなりますし、ネコの老いや病気と向き合う期間も長くなります。

この本では、そんな愛しいネコとの長い時間をよりよく過ごすためのヒントを集めました。

第1章では、よいキャットフードの選び方や、ネコが喜ぶマッサージ、ブラッシングなどネコの「生活」の基本となる大切なことを解説しています。

第2章は、ネコとの暮らしで一番楽しい瞬間ともいえる、ネコの「遊び」について解説しました。ヒトだけが自分勝手に楽しむのではなく、ネコが本当に喜んでくれる遊びを知りましょう。

第3章は、長く飼っていれば絶対に避けられないネコの「老い」について解説しています。ネコの寿命が延びたことで、必然的にシニアネコと過ごす時間も長くなりました。老いたネコが少しでも快適に暮らすためのくふうは、飼い主にとって欠かせません。

そして、最後の第4章は「老い」とも深く関連する、ネコの「病気」について解説しました。先にも記したように、ネコの医療は日進月歩で進歩しています。最新の医療知識を知っていることで、さまざまな病気からネコを守ることができるのです。

ネコは気分屋が多いですし、ネコそれぞれの個性も千差万別です。そのため、これがベストというつき合いかたを簡単に言うことはできません。ですが、正しい知識を持ち、できるだけネコの気持ちに寄り添っていければ、ネコとヒトが共有する時間はきっと充実することでしょう。そして、それはネコとヒトの幸せにつながるはずです。

ウスキ動物病院院長　臼杵新

CONTENTs

第2章 楽しんでますます元気に！ネコの「遊び」

CONTENTs

第4章 ネコの「病気」にならないように気をつける！

本書で紹介した記事内容に関しては十分な注意を払っておりますが、
安全性や効果・効能などを保証するものではございません。

本書に記載された情報を用いる場合は、
すべてご自身の責任と判断のもとに行ってください。

本書で紹介した情報は、すべて2021年2月現在のものです。

第1章

ネコの「生活」

健康管理で愛猫を守る！

健康に害を及ぼすかも!? 安心できないキャットフードの見分け方

POINT 1　購入前に成分表をチェック

合成保存料、酸化防止剤、着色料など、発がん性の高さが疑われてヒトの食べ物としては積極的に用いられなくなっている添加物も、ペット用としては使われていることがあります。フードの購入時には、ウェブサイトや店頭で、成分表をチェックする習慣をつけましょう。

POINT 2　「ミートミール」に注意

直訳すると「肉粉」。必ずしも危険なわけではありませんが、なんの肉を使用しているのかわからないので不安が残ります。病死した動物、腐敗した動物を原料としている可能性も否定できません。

POINT 3　穀類の割合を確認

ネコはもともと肉食です。そのため穀類は少しは入っていてもいいのですが、その必要量は多くありません。メーカーは、より安く作るために穀類の使用率を高くしがちですが、肥満や消化不良、アレルギーにつながる可能性があることを知っておきましょう。

ニャン プラスPOINT

フードの成分はもちろん重要ですが、それよりもあなたのネコが喜んで食べるか、またおなかを壊さないか、といったことのほうが重要です。ムリに条件に合致するフードを強制して、食欲と体力の低下を起こしては元も子もありません。

ネコに合った「総合栄養食」を選ぼう

キャットフード（加工食品）の中には、ネコに毒性がある可能性が疑われる添加物が多く使われているものもあります。主な添加物である合成着色料と酸化防止剤には、発がん性がある危険が指摘されているため、細心の注意が必要です。

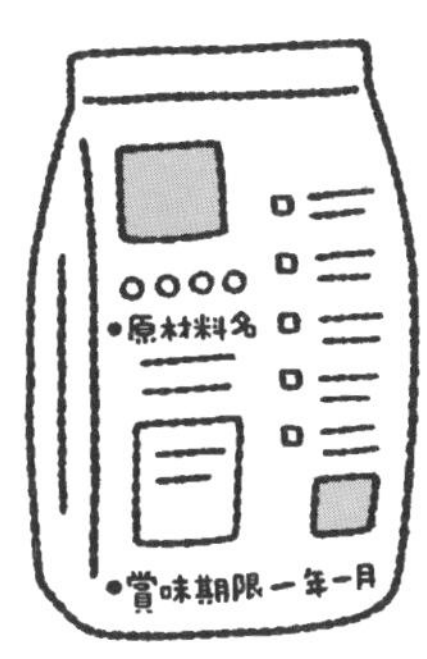

賞味期限をチェック

フードには油分が含まれているため、時間が経つと油脂成分が劣化や酸化を起こします。賞味期限内で、なるべく新しいものを選びましょう。

年齢に応じたフードを

総合栄養食にもさまざまな種類があります。まずはネコの年齢（子ネコ、成ネコ、シニアネコ）に合わせたフードを選ぶことが大事です。

総合栄養食だけでOK

主食となる総合栄養食は、新鮮な水と一緒に与えるだけで、健康を維持できるよう、理想的な栄養素がバランスよく調整されています。

発がん性が高いとされる添加物の一例

◯酸化防止剤に使われるエトキシキン……発がん性が高いためヒトの食品には含まれていないが、ペットフードへの使用は認められている。

◯保存剤に使われる亜硝酸ナトリウム、BHA……長期間摂取すると発がん性が高まる。

ネコのための手作りごはん。そのメリットとデメリットは!?

POINT 1 体調に応じた食事を作る

手作りごはんをあげることのメリットは、なにをどれくらいあげたかを把握しやすいこと。また、そのごはんを食べ、体調にどんな変化があったかなどを記録しておくことで、次から体調に応じたごはんを与えられるようになります。

POINT 2 栄養が偏らないように

デメリットは、知識不足から栄養が偏りやすくなること。その結果、病気やアレルギーを起こしかねません。とりわけヒト用に調理したものは、調味料や添加物が多く、塩分や糖分が高いので、ネコのごはんとしてはふさわしくありません。

POINT 3 コストを考える

結構お金がかかることもデメリットといえるでしょう。食事のたびに栄養バランスが整ったごはんを作るには、栄養や病気の知識が必要であるだけでなく、時間とコストがかかるものです。

ニャン プラス POINT

ネコは、基本的に味に飽きることはないと考えられていますが、メニューを固定することになじまないネコもいます。その場合は、ヨーロッパで主流の、いくつかある好みのフードに手作りおかずをトッピングする「ローテーション方式」を試してみてもよいでしょう。

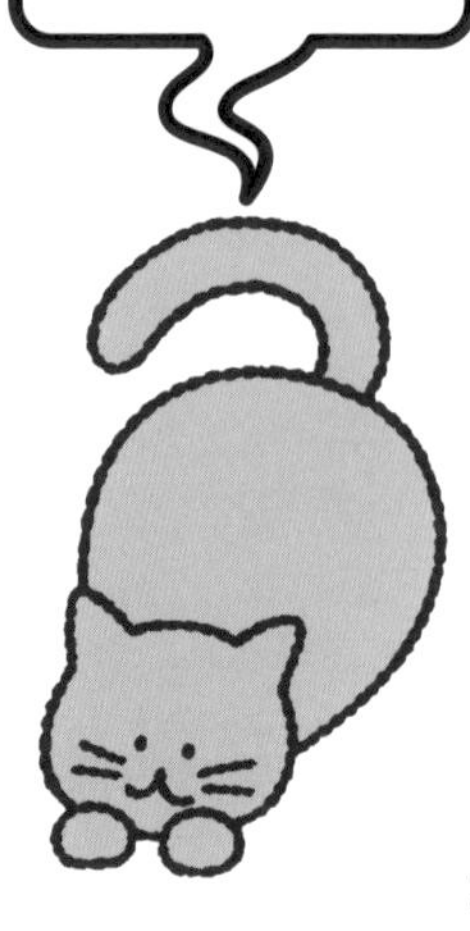

ネコのごはんを作るなら、まずは知識を仕入れておく

ネコのごはんを手作りする際の注意点を、食べ物別に説明しましょう。魚介類の場合、種類によっては危険なものもあります。肉類は高カロリーのものが多く、注意しないと肥満の原因に。乳製品と卵は、調理法や種類を変えればOKなものもあります。野菜や果物は水分補給に役立ちます。

新鮮な魚を加熱

魚はネコの健康維持に不可欠なたんぱく質を多く含んでいます。干物や塩鮭など加工や味つけがされているものは避け、新鮮な魚を加熱してあげるように。

少量ならOKのゆで卵

プレーンヨーグルトは、ネコの健康状態がよければ、少量なら問題なし。生卵は、卵黄はOK、卵白はNG。ゆで卵は少量なら問題ありません。

肉も脂身に気をつければOK

肉を与えるときは、脂身を見てわかる範囲でざっくり包丁でそぎ落とすとよいでしょう。豚肉や牛肉も、脂身を入れないように気をつければ問題はありません。迷ったら鶏肉、とくにササミをゆでたものがいいでしょう。

!

レタスやキュウリ、ブロッコリーなどの野菜は水分補給に適しているので、少量を与える分には問題なし。できれば国産の無農薬のものがいいですね。ただし食物繊維のとりすぎは、軟便や下痢の原因になるので注意して。ネコは炭水化物を多く必要としませんが、白米や食パンも少量なら問題ありません。

フードは一度に大量ではなく、少量ずつ数回に分けて与えよう

POINT 1 ごはんの回数は年齢に応じて

ネコは1日に何度も食事をします。生後6ヶ月までの子ネコは1日4～5回。6ヶ月から生後12ヶ月までは、回数を少しずつ減らして1日2～3回に。7歳を超えたシニアネコは消化機能が低下するので、1日4～5回に分けて与えましょう。

POINT 2 必要なカロリーを知っておく

ネコに必要なカロリーは、年齢や運動量などによって異なります。左のページで1日に必要な摂取カロリーを計算し、食事の回数で分けて与えるのがベストです。明らかに体重が減っているようなら、早めにメニューを見直しましょう。

ニャン プラスPOINT

ペットとして飼われる前は単独生活を送っていた野生のネコは、毎日頻繁に狩りをし、小さな獲物を仕留めていました。獲物はひとりじめできたので、一度にガツガツと食べる必要はありませんでした。ちょこちょこ少量ずつ食べるネコの習性は、そのころの名残です。

1日のカロリー必要量のめやすを計算しよう

ネコに必要なカロリーは、年齢（成長段階）や運動量、体重などによって異なります。運動量の多いおとなのネコの場合「80kcal ×体重（kg)」。たとえば体重 4kg のネコなら 80 kcal × 4kg＝ 320kcal です。このとき、運動量の少ないネコなら 70 kcal で計算します。

80kcal × 体重(kg)

（運動量の少ないネコは70kcal）

ごはんの回数を増やして肥満を防止

肥満は糖尿病や高血圧など、さまざまな病気の原因になります。ごはんの回数を増やすことは、肥満を防ぐのに効果的です。

少量だと消化がスムーズ

1回に与える量を少なくすると、内臓に負担をかけず、消化がスムーズになります。その結果、脂肪の蓄積を防ぐことができます。

フードの包装を確認

ドッグフードのパッケージに、「体重 3kg あたり 1 カップ」などと表示がある場合もあります。それを見て量を決め、ある程度してから体重の増減を確認して調整する方法をとってもよいでしょう。

！

ネコにとって、ごはんサイクルを途中で変えることは大きなストレスです。食事の回数に限らず、ペットの世話のパターンは最後までなるべく変更せずに続けてあげられるように、若いうちから考えておきましょう。たとえば、お昼だけは自動給餌機を使うのも一案です。

ネギ・チョコだけじゃない！ゼッタイ食べさせちゃダメなNG食品

POINT 1　ネギの仲間→ダメ！

長ネギ、タマネギ、ニラ、ニンニクなどのネギ類には、「n-プロピルジスルフィド」という成分が含まれています。ネコが摂取すると溶血性貧血を生じ、嘔吐、下痢、発熱などの症状があらわれます。最悪の場合、死に至ることも。

POINT 2　チョコレート→ダメ！

チョコレートに含まれるテオブロミンやカフェインをネコが摂取すると、中毒を起こして心臓に大きな負担がかかり、重症化すると絶命するケースもあります。コーヒーなどのカフェイン飲料も危険です。

POINT 3　タコ、イカ、エビ→ダメ！

これらの魚介類には、エサや水中などを経由して汚染物質などが体内に蓄積され、それがカラダの小さいネコには毒になることもあります。もともと消化が遅い食材のため、たとえ加熱調理しても避けたほうがいいでしょう。

ニャン プラス POINT

上にあげたもののほか、貝類は皮膚炎をひきおこすことがあります。また、これは当たり前の話ですが、アルコール類（お酒）もNGです。アルコール摂取後30～60分で嘔吐、下痢、ふるえなどの症状が。ネコの場合、体重1kgあたり5.5～6.5mLが致死量なので、体重5kgのネコでは27.5～32.5mL。出来心でもあげないでください。

キャットフードにも注意を払って！

右に示したNG食品だけでなく、キャットフードの中にも危険な成分が含まれている場合があります。また与え方にも注意が必要です。

ラベルをチェックしよう

有害な添加物を長年摂取し続けると、ネコの健康に大きな問題が生じかねません。商品の表示やウェブサイトをよく確認して、信頼できるところから原材料を入荷しているかどうか、メーカーの姿勢を読み取ってください。

おねだり圧力に負けない！

おねだりされるといくらでもあげたくなってしまいますが、与えすぎは禁物です。

ネコと自分の体重のちがいを念頭に

ごはんやおやつを与える場合は、つねにネコの体重が人間よりずっと軽いことを頭のスミに入れておきましょう。たとえば重さ5kgのネコにとっては、50gのフードでも体重の1％（体重50kgの人間なら500g）に相当し、添加物などの影響も大きくなります。

！

最近では、ペットの世界でも「グレインフリー」つまり穀類を使用しない食事が健康によいとする風潮があります。たしかに肉食獣のネコに植物性材料をたくさん与えるべきではありませんが、それをまったくのゼロにするという考え方はナンセンス。最近では、意味もなくグレインフリー食を与えると心筋症の発生率が上がるというデータも出てきています。単純でわかりやすい情報に踊らされないように気をつけましょう。

いつものフードなのに、急に食べなくなったときの食欲アップ作戦！

POINT 1　フードを温める

ネコは味よりもニオイに敏感な動物。フードを電子レンジで軽く温めると、ニオイがたちのぼって食欲が戻ってくるでしょう。ただしネコは「猫舌」なので、加熱した直後によく混ぜ、そこに指を入れて人肌くらいの熱さかどうかを確認して。

POINT 2　カツオブシの香りをプラス

香りにそそられるネコの習性を利用。お茶っ葉を入れる使い捨てパックなどにカツオブシを入れ、ドライフードの保管容器に数時間入れておきましょう。カツオブシの香りがフードに移り、ニャンコの食欲はグングン回復しますよ。

POINT 3　トッピングする

ドライフードだけでは食べない場合は、ウェットフードを少量かけてあげるのもいいですね。プレーンヨーグルトを少しかけると喜ぶ場合も。ただし上乗せすると総カロリー量も大幅に増えるので、トッピングした分、フードの量を減らすように。

ニャン プラスPOINT

体調がすぐれないとき、ネコは体のメンテナンスにエネルギーを使うため、食べるのを控えることがあります。少し様子を見守りましょう。ただし、病気の可能性もあるので、数日経っても食欲が戻らないときは、かかりつけの動物病院に相談してみることをおすすめします。

「好きなときに食べる」――そいつがネコのやり方

もともと野生の肉食動物であったことから、好きなときに食べるのがネコ本来の姿。食べたくないときにごはんが出てきたら「素通り」します。飼い主のライフスタイルに合わせてネコの食事時間をコントロールしたいなら、時間を決めてフードを出すようにしましょう。

規則的な食事習慣

ごはんの回数や時間を何度もコロコロ変更するとネコは混乱し、食べなかったり、食べ残したりします。規則的な食事習慣が定着すれば、出されたときに食べるようになるでしょう。

食べないフードを放置しない

ネコがごはんを食べないときは、ごはんをそのまま放置せず、いったん下げるようにしましょう。とくにウェットフードは開封後の賞味期限が短いので注意してください。

食べたものを記録する

ネコが好んで食べたフード、食べなかったフードを記録しておきましょう。記録はネコの好みを知り、健康を管理するのにも役立ちます。

！

ネコのほうから「ごはんにして」と催促してきたにもかかわらず、ごはんを食べないときがあります。そんなとき、飼い主は「ちがうものがほしいというサイン」と受けとめがちですが、これはネコの気まぐれ。ごはんを変えていくと要求がどんどんエスカレートしていくこともあるので、対応はほどほどに。

マッサージのコツと注意点

回復力アップや体調を整えるのに効果的な超カンタン・マッサージ法を伝授！

爪のつけ根をモミモミ

中央にある大きな肉球をぎゅっと押すと爪が出てきます。その爪を親指と人差し指でつまんで1本1本もみます。めやすは各6～10回。このマッサージは、脳の活性化とカラダにたまった疲れを取る効果があります。

爪の周囲の皮膚にも注意

見落としがちですが、爪の周囲がひどい炎症を起こして化膿していることがあります。爪マッサージのときは、周囲の皮膚の様子も見てみましょう。

ニャン プラスPOINT

やみくもに強く押すのはNG。まずは自分の腕をマッサージすることで、力加減を確かめましょう。込めるのは力ではなく「愛情」であることをお忘れなく。マッサージは1日10分がめやす。最初は、1日5分からでいいので、ゆっくり慣れさせていきましょう。

背中の皮をつまみあげる

背中の中央には、気の道（経路）とたくさんのツボがあります。そこを刺激するため、両手で背中の皮をぎゅっとつまみあげましょう。時間は5～10秒程度。多くのツボを一度に刺激し、体調を整える効果があります。

前脚をむぎゅむぎゅ

まず左右の前脚を握り、交互に軽く力を入れます。次に脚の表側に親指、裏側に人差し指の第2関節を当ててテンポよくマッサージ。左右とも6～10回続けます。足裏にあるたくさんのツボを刺激することで血のめぐりがよくなります。

！ 空腹でイライラしているときや眠そうなときは、ネコマッサージはひかえましょう。また、ネコが嫌がったり、痛がったりしたら、無理は禁物。マッサージ嫌いになってしまわないように、その日の体調を見ながら、ネコのペースに合わせて行いましょう。

健康維持や老化防止などに効果アリ！
ツボを意識してスキンシップを

POINT 1 ツボは「気の道」の上にある

ネコのツボは350ヶ所以上あるといわれています。ツボは中国医学に由来する経験則から見出されたもので、「気の道」（経絡）の上にあります。そこを指圧したり、なでたりして刺激することで血行がよくなり、健康維持に効果があります。

POINT 2 なでる、つまむ、もむ

ネコはカラダが小さいため、ひとつひとつのツボを的確に押さえるのは至難のワザ。そこでポイントを覚え、その周辺をマッサージしましょう。ただしツボをグリグリと強く押すのはNG。「円を描くようにやさしくなでる、つまむ、もむ」が基本です。

POINT 3 手を温めてから始める

ヒトの手が冷たいと驚いたり、警戒したりするので、マッサージは手を温めてから始めるようにしてください。

ニャン プラスPOINT

飼い主がイライラしているとネコにも伝わります。ツボ押しマッサージはネコ、飼い主ともに時間や心に余裕のあるときに行いましょう。また、部屋が暑すぎたり、寒すぎたりすると、ツボ押しの効果が期待できなくなります。室内の温度は26～28℃に調節しておきましょう。

おすすめのネコツボはココ！

ネコのツボは、顔、頭、背中、おなか、脚、尻、指の間など全身にあります。ここでは比較的見つけやすいツボと、そのツボのマッサージで期待される効果を紹介します。なお、ネコはのど、顔、首筋をやさしく触れられると落ち着きます。

頭にあるツボ

頭頂部の中央（左右の耳の間）にある「百会」のツボは、ストレスや神経過敏を緩和。頭のツボは指の腹を使ってゆっくりもみましょう。

顔と鼻の周囲にあるツボ

鼻の左右横にある「迎香」のツボは鼻水や鼻づまり、副鼻腔炎などに効果。左右の耳の後ろにある「風池」のツボは目の疾患、難聴、ストレス解消などに効果アリ。

背中にあるツボ

背骨にある「督脈」と呼ばれる経絡の上には、多くのツボが点在します。毛並みに沿ってなでるとツボが刺激され、腰痛改善の効果が期待できます。

！

下半身を刺激すると、肛門の左右にある肛門嚢（腺）から、悪臭のする液体を出すことがあるので、ティッシュを横に用意してから始めてください。また、肛門とシッポのつけ根にある「後海」のツボのような小さなくぼみを押すときは、綿棒を使うようにしましょう。

肉球は神経が集中する敏感な部位。肉球マッサージで安眠を与えよう

POINT 1 肉球の役割を知る

脚への衝撃をやわらげたり、滑り止めになったりするなど多くの役割をもつ肉球。神経が集中する部位で、夏には熱いアスファルトを踏んでしまうなど、ダメージを受けやすい場所でもあるので、毎日の手入れが必要です。

POINT 2 親指で肉球をなでる

ネコを抱っこする、または寝転がらせます。リラックスしたら手や脚先をやさしく持って、親指で円を描くように肉球をなでたり、やさしく押したりしてみてください。中には気持ちよくなりウトウトと眠ってしまうネコもいるんですよ。

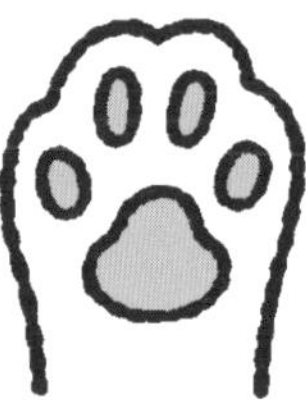

POINT 3 保湿クリームを使う

肉球がカサカサに乾燥していたら、オイルマッサージやクリームを塗って保湿ケアを。ただし、肉球が乾燥しすぎていたり、腫れていたりする場合は、なにかの疾患かもしれません。判断がつかなかったら、かかりつけ医に相談しましょう。

ニャン プラス POINT

ネコを寝かせて後ろ脚を手に取ってみましょう。後ろ脚の肉球の下側には「湧泉」という、泉のように元気が沸き出てくるといわれるツボがあります。ここに親指を当て、脚の先のほうに向かって軽く押し上げるようなイメージで指圧すると、ネコがパワーアップしちゃうかも。めやすは「左右各６秒」を６～10セットです。

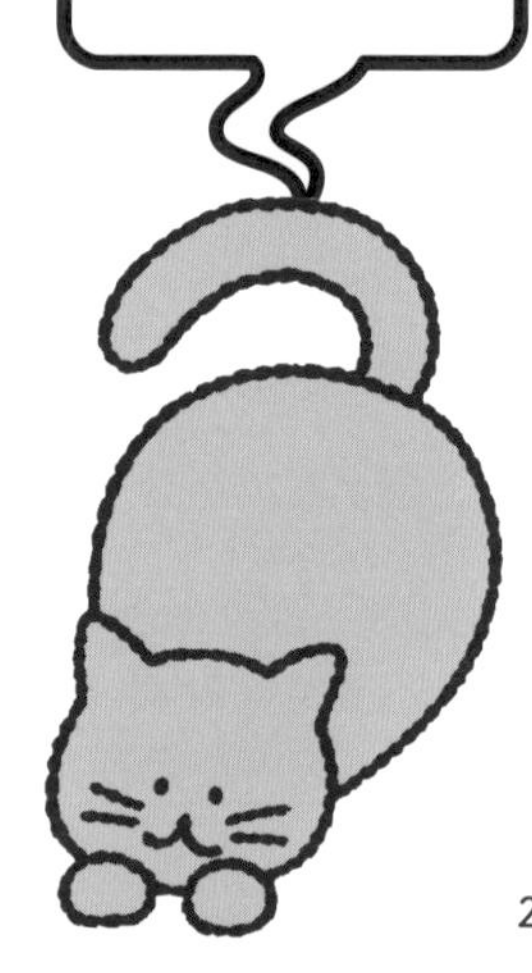

肉球マッサージ・NG集

肉球マッサージの際に馬油や天然オイルを塗ると、成分が肉球の皮膚になじみ、しっとりしてきます。また、肉球ケアクリームは保湿成分により乾燥した肉球に潤いをもたらし、ひび割れから守ります。ただし市販のケアクリームの中には、弱い毒性を含むものもあるので、はじめにちょっとだけつけて試したほうがよいでしょう。

ネコ用のオイル、クリーム

人間用のハンドクリームをネコの肉球に塗るのは、体への悪影響の可能性がありNG。必ずネコ専用のオイルや保湿クリームを使ってください。

無香料が望ましい

ハーブや果物の香りをつけた肉球ケアクリームが売られていますが、ネコは嫌いなニオイにストレスを感じてしまうものです。無香料のものが無難でしょう。

成分に注意

肉球に塗ったマッサージオイルやクリームを、ネコがなめてしまうこともあります。誤って体内に入ってしまわないよう、添加物、着色料、保存料を使用していないものを選びましょう。

!

肉球が乾燥してフローリングの床などで滑って歩きにくそうな場合は、床にコルクマットなどの摩擦力の強いものを敷くのがおすすめ。全面でなく、ネコが滑りそうなところだけでもいいでしょう。

汚れを取るのに綿棒を使うのはアリ？耳そうじの注意点と正しい方法

POINT 1 かかりつけ医にまず確認

健康なネコの耳には自浄能力があり、ほとんど汚れません。汚れや炎症があったら、まずはかかりつけ医に相談して、自宅で耳そうじをしてもよいかどうかを聞いてみましょう。

POINT 2 自分の爪に気をつける

おうちで耳そうじをするときの注意点は、まず自分の爪のケアをすること。爪が伸びてとがっていたり、欠けていたりすると、ネコの耳を傷つけてしまいます。また、慣れていないネコは耳そうじを嫌がるものだと考えてください。

POINT 3 綿棒はなるべく使わない

綿棒を使うと、かえって汚れを奥に押し込んでしまうことがあります。また、耳の内部の皮膚を傷つける可能性もあります。そのため、耳そうじに慣れていないヒトは綿棒を使わないほうがよいでしょう。慣れていても使いすぎはよくありません。

ニャン プラスPOINT

ネコは、耳の奥まで異物が入らないように分泌物を出して異物を固めることができます。その固まったものが耳アカです。茶色っぽく少しベタついた感じがする耳アカは正常。耳アカが大量に出たり、耳から変なニオイがしたりしたら病気や不調のサインかもしれません。

おうちで行う耳そうじの方法

もっとも一般的なのは、コットンやガーゼで汚れをふきとる方法です。コットンに耳洗浄液（イヤークリーナー）をつけ、耳の見える範囲だけやさしくなでるようにふきとりましょう。こびりついた汚れがあっても無理に取ろうとせず、できるだけていねいに時間をかけて行ってください。

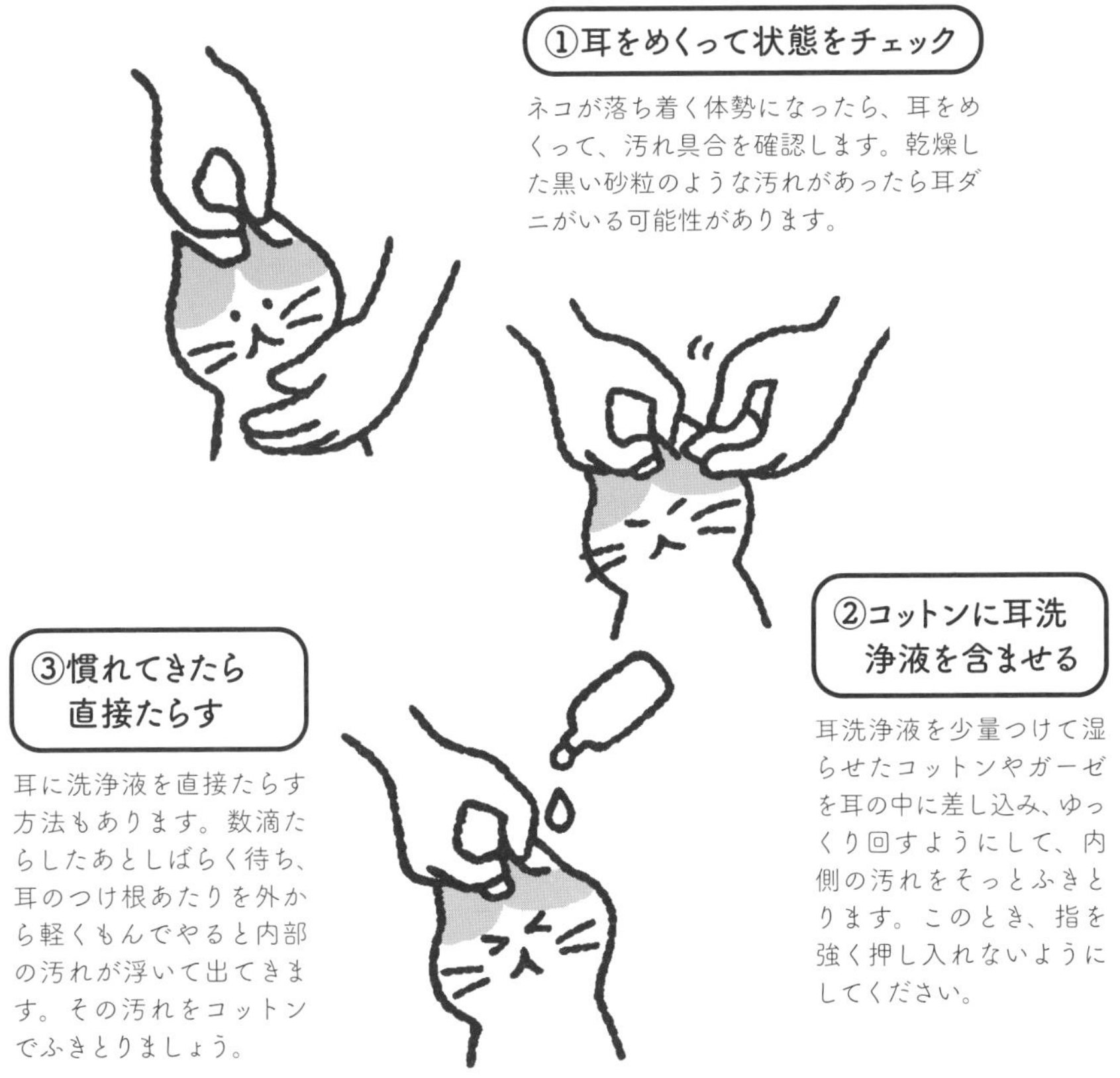

①耳をめくって状態をチェック

ネコが落ち着く体勢になったら、耳をめくって、汚れ具合を確認します。乾燥した黒い砂粒のような汚れがあったら耳ダニがいる可能性があります。

②コットンに耳洗浄液を含ませる

耳洗浄液を少量つけて湿らせたコットンやガーゼを耳の中に差し込み、ゆっくり回すようにして、内側の汚れをそっとふきとります。このとき、指を強く押し入れないようにしてください。

③慣れてきたら直接たらす

耳に洗浄液を直接たらす方法もあります。数滴たらしたあとしばらく待ち、耳のつけ根あたりを外から軽くもんでやると内部の汚れが浮いて出てきます。その汚れをコットンでふきとりましょう。

！

耳アカが大量に出てきたり、耳からニオイがしたりするときには、外耳炎や耳ダニになっている可能性があります。湿度の高い時期は、外耳炎が発症しやすくなります。どちらの場合も大量の耳アカやニオイのする分泌物が出てくるので、まずは病院へ行きましょう。耳は、悪化すると処置がとてもやっかいです。素人が勝手に判断して処置しないように。

歯みがきシートから始めるのが、歯みがきの正しいやり方

POINT 1　口に触れられることに慣らす

歯みがき以前に、とにかくネコに口を触れられることに慣れてもらうのが重要です。ナデナデのときにさりげなく口の周りや中をちょっと触る動作を混ぜ、「うちの飼い主はそういう生きものなんだな」と思わせるのです。

POINT 2　歯みがきシートを使う

歯みがきシートは指に近い触感なので、抵抗感が少ないのが利点です。歯の汚れ、歯垢のふきとりに効果があります。まずネコを抱っこしてくちびるだけを広げるようにして、歯を1本ずつクルクルと磨いてあげましょう。

POINT 3　はじめは短い時間で十分

奥歯の外側もみがきましょう。一番大きな歯である犬歯には歯垢がたくさん付着するので、短い時間でいいのでこすってあげましょう。はじめは10秒以内くらいの短い時間で十分です。慣れてきたら、少しずつ時間を長くしましょう。

ニャン プラスPOINT

ヒトは約25日間で歯垢が歯石になりますが、ネコはその約3倍のスピードだといわれます。歯垢が歯石になる前に、3日に1度をめやすにネコの歯みがきを続けましょう。

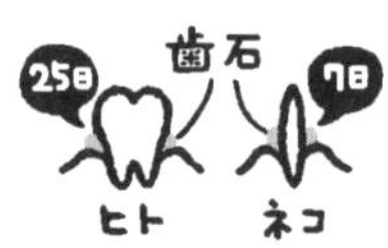

爪切りが怖いネコには洗濯ネットが有効！

POINT 1 洗濯ネットを使う

ネコが爪切りを嫌がるときは、洗濯ネットの中に入れるとたいていはおとなしくなります。ネットがカラダに密着して、狭い場所にいるような安心感を覚えるようです。

POINT 2 ネット越しに爪切りを

ネコには、狭い場所に入りたがる習性があり、洗濯ネットの口を開けて袋状にしただけで入ってくれることも。網目から爪だけを出すようにして、爪の先端を切ってあげましょう。

POINT 3 ネットの網目の大きさに注意

洗濯ネットがすぐれている点は、通気性がよく網目から爪を出せることと、ネコの様子をつぶさに観察できることです。ただし爪切りのときに使う場合は、余裕のある大きさのものが好ましく、爪を出しやすいように網目が粗いものが最適です。

ニャン プラスPOINT

洗濯ネットはシャンプーにも有効。ネコを洗濯ネットに入れたら、頭だけ出してあげ、洗濯ネットの上から一緒に洗いましょう。頭を出した状態にしやすいので、筒形やきんちゃく形など立体の洗濯ネットを選びましょう。

ブラッシングの基本は「力まずやさしく」と心得る

POINT 1　まずはリラックスさせる

まず、カラダをなでてあげてリラックスできる状態にしてあげます。そして気持ちよさそうな顔をしてきたらブラッシング開始。毛が舞ったり静電気が発生したりするので、カラダの上の空間に向けてスプレーをかけてください。

POINT 2　顔の周りをブラッシング

ブラシが目に入らないよう注意しながら、額やほおなど中心から外に向かって、手やラバーブラシ、スリッカーなどを使ってブラッシングします。顔の周りにはデリケートな部分が多いので慎重に。

POINT 3　背中とシッポをブラッシング

背中のブラッシングは、頭からシッポに向かって毛並みと背骨に沿うように行います。これを数回繰り返して、抜け毛をしっかり取ります。このとき力を入れすぎないよう気をつけて。最後にシッポのつけ根から先に向かってなでましょう。

ニャン プラス POINT

短毛種は放っておいても毛玉ができることはありませんが、最低でも週1回のブラッシングが必要。換毛期や季節の変わり目は大量に毛が抜けるので、毎日でもOK。長毛種は、毎日のブラッシングが欠かせません。換毛期なら1日数回は行いましょう。

ブラッシングの道具アレコレ

ネコのブラッシングに必要な道具は、スプレー、短毛種用のラバーブラシ、仕上げ用の豚毛ブラシ、細かい目のブラシであるスリッカー、コームなどです。スプレーは市販の静電気防止用スプレーを使うか、手ごろなサイズのスプレー容器に水を入れたものでもOKです。

ラバーブラシ、豚毛ブラシ

シリコン素材のラバーブラシは摩擦力が強く、抜け毛をしっかり取ることができます。また、豚毛ブラシはツヤを出すのに効果的です。

スリッカー

長い毛もすっきり取れる細かい目のブラシがスリッカーです。親指と人差し指でペンのように持ちましょう。冬毛がたまっているときに実力を発揮しますが、取り扱いにはとくに注意を。地肌をガシガシこすって皮膚を傷めることもあるので、ブラシやコームよりもやさしめに。

コーム

長毛種の場合、耳の下や全身の仕上げはステンレス製のコームが最適。コームは目が細かいので、まだ毛玉が残っていればひっかかります。

!

よく毛づくろいするネコでも、毛の飲み込みを減らすためにブラッシングは必要です。飲み込む量が多すぎると胃の中で大きなかたまりができます。すると、吐くことも腸に送り出すこともできず、胃の出入り口をふさいでしまい、胃腸でさまざまな症状をひきおこす「毛球症」になってしまう場合も。

ぬれるのは大っ嫌い！
でも、シャンプーはこんなに効果がある

POINT 1 シャンプーでカラダをきれいに

ネコは日常的に被毛や皮膚をなめて、きれいに保っています。それでも、グルーミングが行き届かない部分が多く、とくに長毛種のネコは皮脂や分泌物の汚れがずっとそのままになりがち。そんな汚れはシャンプーで取り除くことができます。

POINT 2 抜け毛を除去する

ネコにとって、抜け毛はとてもやっかいなもの。年に2回ほどの換毛期にシャンプーをしてあげれば、ネコがなめとってしまう抜け毛が減るので、ふだんの抜け毛除去の負担も減ります。

POINT 3 アレルギーを軽減する

ネコの唾液やカラダの表面にあるアレルゲン「Feld 1」は、シャンプーによってある程度、軽減できるといわれています。ただし1回では効果は期待できません。定期的にシャンプーすることをおすすめします。

ニャン プラス POINT

歯みがきと同様、シャンプーも子ネコ時代からの慣れが必要です。お湯に薄く溶かしたシャンプーを入れたタライにネコをそっと入れて湯浴みをするなどして、お湯につかることを苦手に思わせないよう練習するとよいでしょう。

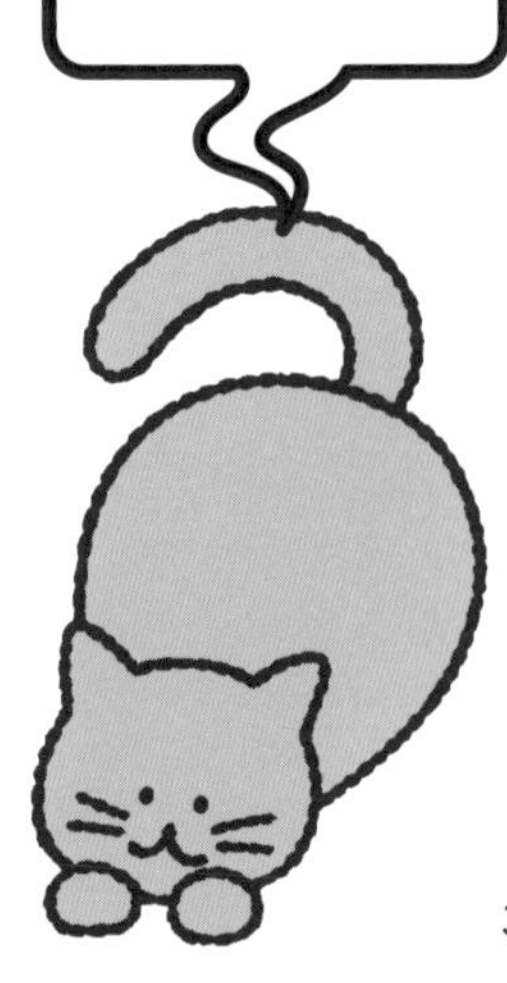

水を嫌うネコにはドライシャンプーを

水にぬれることがストレスになるネコは結構います。ぬらさずに毛や皮膚をきれいにしたいときは、水を使わずニオイや汚れを落とすことができるドライシャンプーを。当然のことながら、ネコがなめても安全な成分を使ったものを選びましょう。

液体タイプ

広範囲にふりかけることができ、その後のふきとりもとても簡単。軽めにブラッシングをし、乾いたタオルでふきとってあげてください。

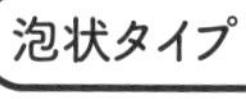

泡状タイプ

毛の表面だけでなく、奥までもみ込んで洗うことができるので、奥の汚れやニオイをスッキリと落としてくれます。

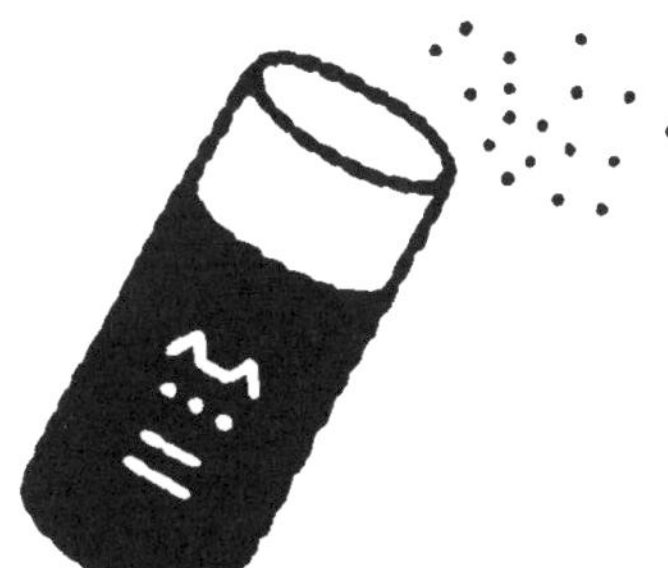

パウダータイプ

被毛をぬらしたくないネコはこのタイプを。パウダーをすり込み、ブラッシングするだけで完了するので、ストレスはありません。

(!) ドライシャンプーは、被毛の汚れは落とせますが皮膚の汚れは落とせないので、皮膚疾患の治療としてはあまり意味がありません。ぬれるのがイヤなネコの皮膚炎治療は、かかりつけ医に任せたほうがよさそうです。

被毛の部分カットや全身カット……。自宅で行うトリミングはここに注意！

POINT 1 小動物用のバリカンを使う

被毛のカットには、ハサミではなく小動物専用のバリカンを使いましょう。ハサミでは、ネコが急に動いたときに皮膚を傷つけてしまう危険性があります。ネコは温度に敏感なので、バリカンの温度にも注意して。

POINT 2 胴の部分だけをカット

被毛をカットするのは胴の部分だけにしましょう。顔の周囲、手足、肉球周辺、シッポのカットは難しく、ネコも嫌がります。また、皮膚に悪影響を与えやすいので控えましょう。なお、鼻口部、目の上のヒゲは1本も切らないように。ヒゲはネコのプライドです。

POINT 3 無理強いしない

ネコは、カット中にじっとしていることができません。だからといって、ネコを押さえつけたり、無理矢理続けようとしたりすると大きなストレスを与えてしまいます。嫌がるようならすぐに中断しましょう。

ニャン プラス POINT

被毛のカットが必要なのは、長毛種や被毛が厚い種類などです。カットすると通気性がよくなり、全身が涼しくなるので、初夏から初秋にかけての熱中症対策に効果的です。また、皮膚炎になりにくくなり、毛玉の予防にもつながります。

カットの順番と注意点はコレだ！

まず、ブラッシングをして毛のもつれを取り除きます。次に、ネコがリラックスしてきたタイミングを狙ってカットを始めてください。ただしカット中にネコが嫌がったらすぐに中断しましょう。何度かに分けて行うことでネコのストレスを軽減できますよ。

カットの順番は①→②→③

最初は背中から。次にわき腹、さらにおなかの被毛をカット。

カットの長さ

短毛種の被毛の長さがめやす。短くしすぎると寒くなって体調を崩してしまうので、毛玉ができにくい程度の長さで整えてあげましょう。

手入れ後にごほうび

カットが終わったら、ごはんやおやつをあげたり、一緒に遊んであげたりするなど、必ずごほうびを与えることを忘れずに。

！

バリカンは、パワーのあるものは数分で刃が過熱するので注意しましょう。また、いきなりバリカンを使うと、予期できないトラブルもありえます。動物病院かトリミングサロンで相談してからのほうがよいでしょう。

住環境の変化が予想以上のストレスに！しぐさを読み取って軽減しよう

POINT 1 引っ越しはなるべく避ける

引っ越しや部屋の模様替え、ペットホテルでの宿泊など、住環境の変化にうまく対応できない生きもの、それがネコです。ストレスから食欲不振や脱毛、下痢の症状が出たり、トイレ以外の場所でおしっこをしちゃったりすることも。

POINT 2 見知らぬヒトに会わせない

家に見知らぬネコやヒトが来ることも、ストレスの原因となります。警戒心から物陰に隠れたり、逃走したりすることも。ゲストの靴やカバンにおしっこをひっかけ、自分のテリトリーだと誇示する場合もあります。

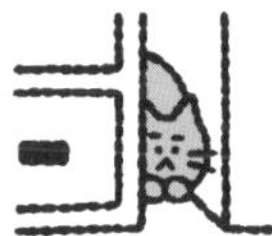

POINT 3 音や振動は最小限に

ネコは人間より五感が敏感。掃除機の音や振動を嫌うネコは少なくありません。工事などで日常的に騒音や振動が続くと、ネコは大きなストレスを感じます。飛行機や電車、車などが発する騒音や振動も同様です。

ニャン プラス POINT

ネコの嗅覚はヒトの10倍も敏感といわれます。そのため住環境のニオイが変わっても、ストレスになることがあります。芳香剤や消臭剤、アロマ、お香などが放つ、酸味を含むかんきつ系のニオイやメンソール系、ハーブ系のニオイを嫌うネコは少なくありません。

新たな住空間に慣れてもらうくふうをしよう

引っ越し後や部屋の模様替え後は、ネコの食器やトイレ、ベッドなども新調したくなるものです。でも、すべてが新しくなるとネコはストレスを覚えます。そこで新たな住空間に慣れて落ち着くまでは、以前の使い慣れたマットや毛布などを引き続き使うようにしましょう。

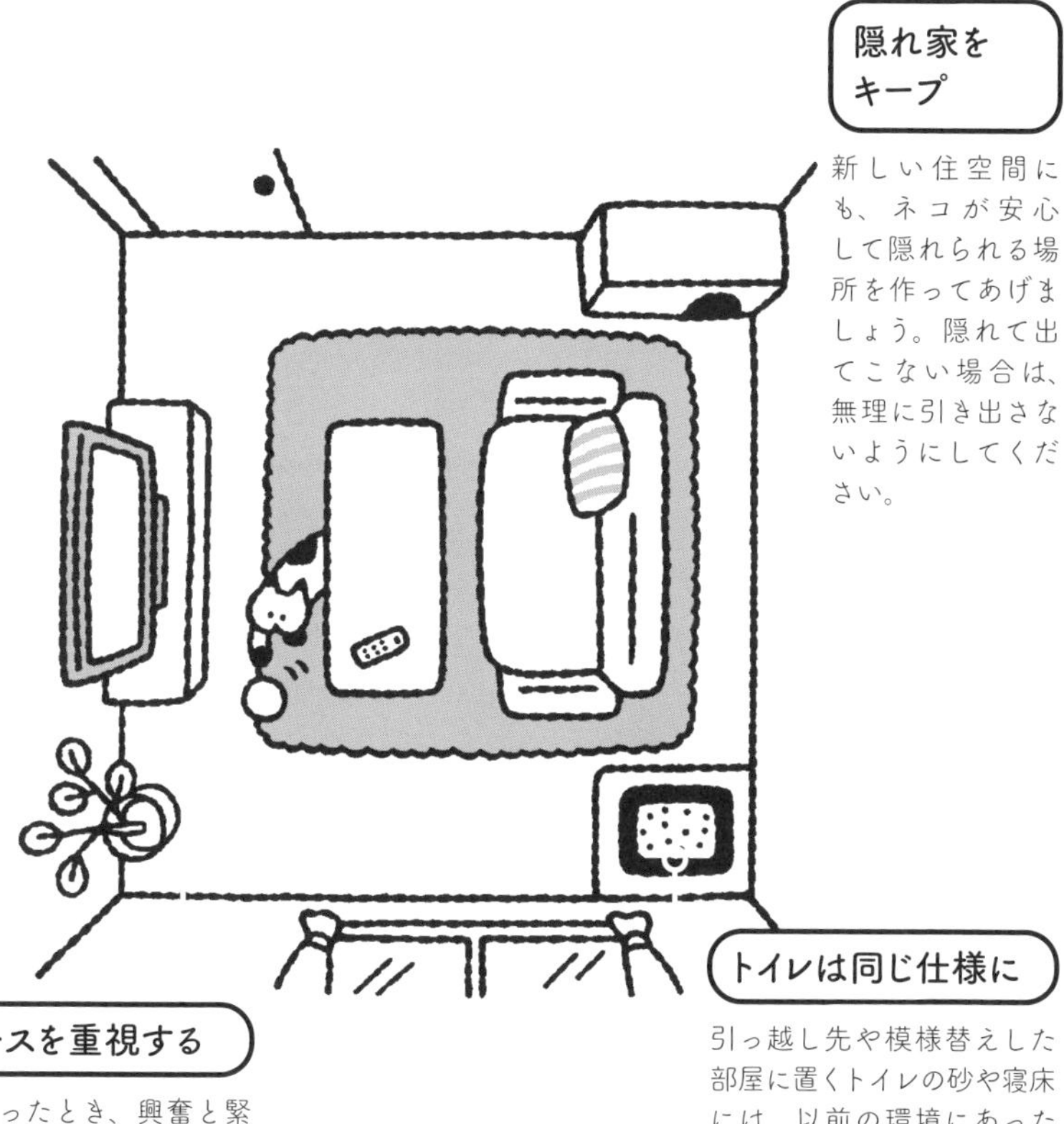

隠れ家をキープ

新しい住空間にも、ネコが安心して隠れられる場所を作ってあげましょう。隠れて出てこない場合は、無理に引き出さないようにしてください。

トイレは同じ仕様に

引っ越し先や模様替えした部屋に置くトイレの砂や寝床には、以前の環境にあったニオイのついたものを入れておくとネコは安心し、ストレスが軽減されます。

ネコのペースを重視する

住環境が変わったとき、興奮と緊張が続くので、落ち着くまでネコのペースを保ってあげ、そっと見守るようにしましょう。

！

引っ越しの道中や新居に到着するやいなや、ネコが興奮して脱走することがあります。また、外出好きのネコは家の周りを視察に出かけます。移動中はキャリーバッグやケージに入れておき、名前と電話番号を記入した迷子札をつけておきましょう。

真夏でなくても危険!? ネコの熱中症対策は温度と湿度から

POINT 1 温度・湿度に注意

ネコは口呼吸や発汗で体温を下げることができないため、体温調節が不得意です。気温が 30℃を超えたら熱中症の危険信号が出たと思って。それ以下でも、湿度が高いと熱中症になる可能性があります。とくに 5 月〜 10 月は注意が必要です。

POINT 2 危険な環境・場所を知る

閉め切った部屋や車の中、キャリーケースに入れての移動などは、温度が急激に上がりやすく危険です。好奇心で入り込んだ物置や押し入れから出られなくなり、水も飲めずに熱中症にかかることも。

POINT 3 危険度アップの条件を回避

前日との気温差が大きかったり、室内と屋外との温度差が大きすぎたりすると、熱中症が発生しやすくなります。ケージの中で飲み水がなくなったときや、長時間尿意をガマンしているときも熱中症のリスクは高まります。

ニャン プラス POINT

口を大きく開けてハアハアと呼吸をしていたら、熱中症の疑いアリ。食欲不振、よだれ、目や口の粘膜が赤くなるのも要注意。嘔吐や下痢の症状が出て体温が 39℃以上であれば、必ず動物病院に相談を。

飼い主がすぐにできる熱中症対策

ネコを室内に残して外出する場合は、エアコンでの室温管理を徹底しましょう。いまの日本では、夏の昼間はエアコンが絶対条件です。

直射日光を防ぐ

直射日光を防ぎ、室内の温度が上がらないようにするために、断熱・遮光シート、サンシェードやすだれ、遮光カーテンなどを使いましょう。

エアコンをフル稼働

スマートフォンなどで室内の温度をチェックしたり、エアコン操作ができたりする製品もありますので、検討してみましょう。

エアコンとサーキュレーターを併用

部屋の高い場所にこもっている暑い空気と床にたまった冷たい空気を循環させるため、エアコンとサーキュレーターを併用するのもいいでしょう。

ブラッシング

毛量の多いネコは日ごろからブラッシングをして冬毛を取り除いておくと、毛の通気性がよくなり、熱が逃げやすくなります。

!

熱中症の兆候が見えたら、日の当たらない涼しい場所に移動し、応急処置を。まずガーゼやタオルでくるんだ保冷剤や氷でネコの頭部や首、わきを冷やします。次にぬれタオルで全身をふいたり、エアコンで風を送ったりして体温を下げましょう。水が飲めるようであれば、少しずつ飲ませてあげてください。応急処置で落ち着いてきたら、すぐに動物病院へ。

留守番中の様子を見守るペットカメラ。そのメリットと選ぶ際のポイント

POINT 1 つねに見守れる

スマホやタブレットを通じて、ごはんタイムやお昼寝タイム、いたずら中の様子を、いつでもどこでも気軽に確認できます。ひとり暮らしや、家を空ける時間が長い場合は、これがあれば安心して出かけられますね。

POINT 2 緊急時にはすぐ対応する

音声を聞けるものもあるので、留守番中の異変に気づきやすくなります。飼い主が不在のときに体調不良やけがなどのトラブルが起こっても、素早く対応できるでしょう。

POINT 3 遠隔操作で快適な環境を

高温多湿の夏と極寒の冬は、ネコにとっても耐え難い環境。室内の温度や湿度、部屋の照明をスマホやタブレットから遠隔操作できるペットカメラを使えば、つねに快適な環境を保つことができます。これでどうしても家に帰れない場合も安心。

ニャン プラスPOINT

人感・動作検知・音・室温・気温の5つの変化を感知できるペットカメラをはじめ、室内で不審な動きがあれば自動で録画したり、スマホに不審者の静止画を送信したりする機能を搭載したものもあります。防犯カメラがわりになるかも！

ペットカメラの選び方

最近のペットカメラには、留守中のネコが快適に過ごすためのものや、飼い主が安心して外出できるものなど、さまざまな機能が搭載されています。機能に応じて料金も異なりますが、自分が必要とする機能に優先順位をつけて機種を選ぶとまちがいがないでしょう。

撮影範囲で決める

手狭な部屋の場合、ペットカメラは固定式でも問題なし。広い部屋で飼っている場合は、首振り機能や、広角レンズがついたものがよいでしょう。

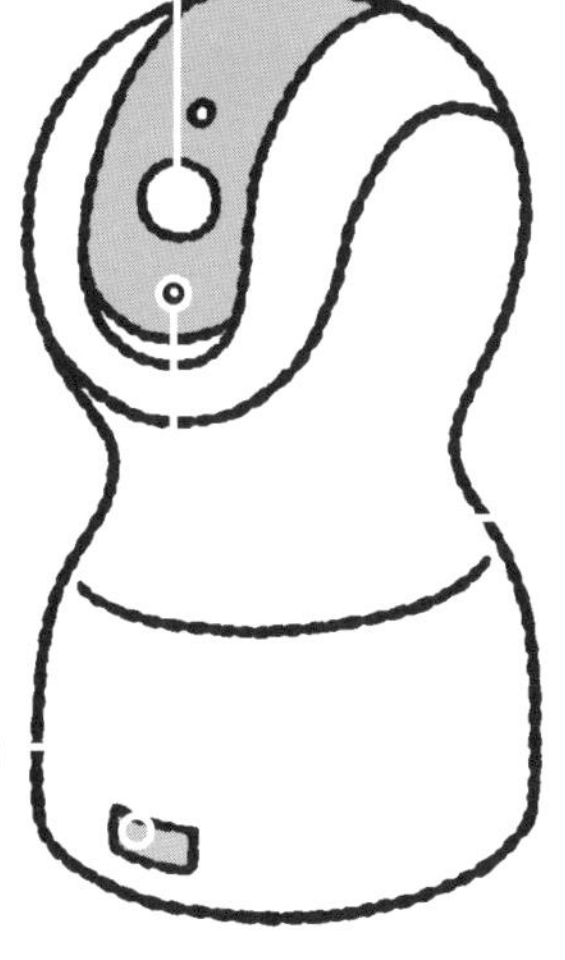

赤外線センサーと暗視機能

ひとり暮らしや帰宅が夕方以降になる場合には、赤外線センサーや暗視機能がついているペットカメラがおすすめ。

自動給餌機能

フードをタンクの中に入れて、タイマーをセットすると指定時間に自動であげられる機能。量や時間はアプリを使って設定できます。

！ マイクとスピーカーが内蔵されたペットカメラがあれば、録音した音声を流したり、スマホを通してリアルタイムで話しかけたりできます。飼い主の声に反応するネコなら、呼びかけることでカメラの撮影範囲内に移動してきてくれるかもしれません。

ふだんの健康管理はトイレの観察から！
おしっこやうんちの様子でわかることも

POINT 1 排泄時のふるえ、うめきに注意

トイレでおしっこやうんちをするとき、体をブルブルとふるわせながら力んで苦しそうにしていたり、ふだん聞いたことのない低い声でうめいていたりしたら、膀胱炎や尿道結石、便秘や腸閉塞など、さまざまな病気の可能性があります。

POINT 2 おしっこの様子をチェック

膀胱炎や尿道結石になると排尿がしづらくなります。とくにオスの尿道は細く結石がつまりやすくなっているので、排尿時に激痛が伴うのです。おしっこが出ないと排出されるべき毒素が体内にたまってしまい、短時間で命の危機を招きます。

POINT 3 うんちの様子をチェック

力んでもうんちがなかなか出ないのは、便秘です。便秘期間が長いと巨大結腸症の疑いも出てきます。また、過剰なグルーミングにより毛を大量に飲み込んでいると、胃や腸で毛がかたまって毛球症という胃腸炎になり、排便の妨げになります。

ニャン プラスPOINT

泌尿器系に問題が生じていると、病気によって尿意が変調をきたしトイレ以外の場所でおしっこをしてしまうことがあります。あえていつもとちがう行動をとることで、飼い主に自分のカラダの異変を知らせているとも考えられています。いずれにせよ、飼い主はネコのトイレに敏感でいましょう。

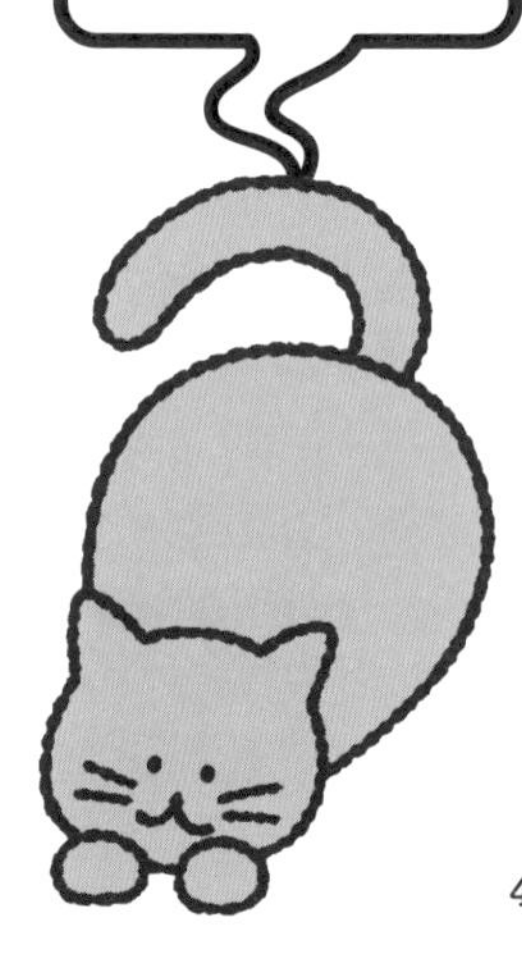

便秘の理由と対策

うんちのサイクルが乱れたり、排便が3～4日間なかったりすると便秘の可能性が濃厚になります。便秘の原因はフード、水分不足、ストレス、病気の場合もあります。まずは便秘の原因を調べ、それに応じた対策を講じてみましょう。

食べ物が原因

フードを変えたり、複数の種類のフードを与えたりするとうんちが固くなってしまうことがあります。繊維質の多い食事に切り替えたり、水分を多めに与えたりしましょう。

環境の変化が原因

ネコは環境の変化に敏感。引っ越しやペットホテルに預けるなど、環境の変化からくるストレスが原因で、排泄がスムーズにいかなくなる場合もあります。

運動不足が原因

運動不足によってうんちするのに必要な筋力が弱まっていたり、腸の動きが鈍ったりすることがあります。ネコと遊ぶ時間を増やしてあげましょう。

ネコの便秘を解消する方法のひとつに、水溶剤や座薬などの下剤があります。ただしうんちがまったく出ずに数日間苦しんでいたり、吐き気をもよおしていたりと、いつもとちがう様子が伴う場合は、素人判断をせず動物病院で診察を受けてください。

いまどきネコの必須アイテム、マイクロチップはこんなに役立つ

POINT 1　マイクロチップについて知る

ネコの体内に埋め込む直径2mm、長さ10mm程度の円筒形の集積回路(電子タグ)。その中に15桁の識別番号が記憶されています。これをリーダーと呼ばれる専用の読取機を使って読み取り、登録された飼い主の情報と照らし合わせます。

POINT 2　獣医に装着してもらう

注射器に似た器具を使って、首の後ろ、背骨よりも少し左側に入れます。獣医療行為に該当するため獣医師しか装着できません。識別番号と飼い主のデータは動物ID普及推進会議で登録・管理されます。登録料は1,050円です。

POINT 3　行方不明になったら、自治体や保健所へ連絡

迷子や脱走、地震、事故などで飼い主と離れ離れになったネコが保護されたとき、自治体や動物病院がリーダーでマイクロチップの情報を読み取れば、ネコの身元確認ができます。また、違法な放棄や遺棄の防止にもつながります。

ニャン プラス POINT

イヌとちがって、ネコはその辺を歩いていても捕獲されません。またマイクロチップを入れても、脱走後に保健所から通知が来るわけでもありません。「これで逃げても安心だ」という感覚ではなく「ペットの脱走＝死」という気持ちでいるべきです。

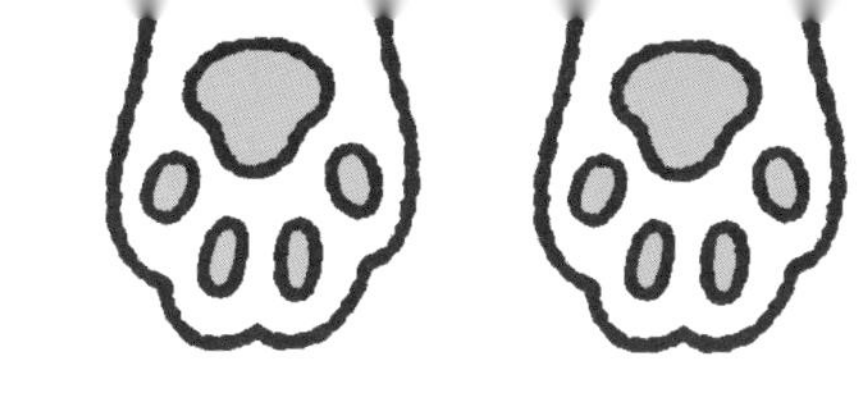

第2章

楽しんでますます元気に！

ネコの「遊び」

最強のストレス解消法は、かくれんぼや鬼ごっこ！

POINT 1 野生の感覚を尊重しよう

ネコには、野生の肉食動物だったころの狩猟本能が残っています。そのひとつが、物陰に隠れて昆虫や小鳥などの獲物を待ち、相手が近づいてきたら素早く飛び出すこと。ネコ同士でも、相手が見つけに来るまで物陰で待っているような遊びをよくしますよね。

POINT 2 狩りを模した遊びを

子ネコや若いネコにとって、かくれんぼや鬼ごっこといった遊びは、狙う・隠れる・飛びつく・捕まえるなど、狩りに必要な技術を獲得するための訓練を兼ねたものです。そうした習性をふまえて、遊び方を考えるといいでしょう。

POINT 3 かくれんぼがおすすめ

ネコは自分だけではかくれんぼや鬼ごっこはしませんが、飼い主が相手になってあげるとどこかに隠れて探してもらうような行動を起こします。こうした遊びは、とくに狭い部屋で暮らす単頭飼いのネコには、運動不足の解消やストレスの発散になります。

ニャン プラス POINT

運動不足の要因には、完全な室内飼育、単頭飼い、室内に走り回るスペースや高く登れる場所がないことや、飼い主が遊んであげる時間が少ないといったことが挙げられます。理由がなんであれ、運動量が減って肥満になってしまうと、さまざまな病気のリスクが高まります。

隠れたネコを探してあげる遊びをしよう!

ネコと一緒に部屋にいるとき、ネコが不意にどこかに隠れたら、探すフリをしてみましょう。ネコはその反応に喜び、物陰やベッドの下に隠れ続けたり、通り過ぎた背後から飛びついてきたりすることでしょう。遊び方は自由にアレンジしてくださいね。

名前を呼ぶ

隠れているネコの名前を呼んでみましょう。ふだんは名前を呼ぶと寄ってくるネコが、かくれんぼのときは隠れ続けることもあります。

気づかないフリをする

あなたからはネコの顔やお尻が見えても、気づかないフリをしてあげましょう。しばらくするとネコのほうから飛び出してくるかもしれません。

飼い主が隠れる

ソファや本棚の陰に隠れてネコの名前を呼んでみましょう。声はするけど姿が見えないことをおもしろがり、探し始めますよ。

!

ネコは紙袋や箱、カゴ、バッグなど、出入りしやすい小さな密室に入るのが大好き。これは、狭い場所にいると安全に過ごせ、気持ちが落ち着くからです。かくれんぼのときは、ネコが入りたがるものを部屋のあちこちに置いておくと、たっぷり遊べますよ。

ネコと一緒に遊ぶなら、食後より食前がベター

POINT 1 食後すぐには遊ばない

ネコは、食欲が満たされて気持ちよくなり、ウトウトしているときに、いきなり激しい遊びをすると胃の中の未消化の食べ物を戻してしまうことがあります。そのため遊ぶのは、食前か食べてから数時間後がよいでしょう。

POINT 2 空腹時が遊びどき

食後、多くのネコが「まったりモード」に入るのに対し、空腹時は獲物を獲得しようという狩猟本能が強まっているので、よりアクティブに遊ぶことができます。その観点からも、ネコと遊ぶなら食後より食前がベターです。

POINT 3 遊びで食欲を増進する

ネコはオモチャの獲物をゲットするなどして達成感を得ると、食欲も増します。食欲増進の意味でも、食前に遊ぶのは理にかなっています。ただし食欲と遊びの関係には個体差も大きいので、食後でも活発になって遊びたがるネコには応じてあげましょう。

ニャン プラスPOINT

ネコはもともと夜行性なので、晩ごはんを食べたあとに活動が活発になり、飼い主と遊びたがる場合があります。そのときはごはんから少し時間をあけて、しっかり遊んであげましょう。

ネコを退屈させない「ながら遊び」と「集中遊び」

POINT 1　メリハリが大事

飼い主がなにかをしている最中にネコが遊びに誘ってくることがあります。そんなときは、できる範囲で「ながら遊び」で対応し、手があいたら「集中遊び」を。ネコの遊びの集中力が続く時間は短いので、時間にメリハリをつけるのが肝心です。

POINT 2　新聞や雑誌を読みながら遊ぶ

新聞や雑誌のページの下に指を置いてカサカサと動かすと、ネコは獲物が隠れていると錯覚してじゃれてきます。

POINT 3　シーツを整えながら遊ぶ

シーツや毛布を整えているときにネコがやってきたら、上下に波立ててみましょう。ネコはそこで遊びだしますよ。

POINT 4　集中遊びは5分程度で

成ネコの場合、遊びの集中力の持続時間は5分間程度ですが、ワクワクできる興奮の時間を共有できればコミュニケーションは密になります。

ニャン プラスPOINT

ネコとの遊びにオモチャを使った際は、遊びが終わったら最後に必ずオモチャを片付けましょう。ネコは、ヒトが見ていないうちにオモチャを壊して食べてしまうことがしばしばあるからです。

ネコとの遊び時間は、1日最低10分を数回に分けて

POINT 1 年齢とネコの種類をチェック

室内飼いの場合、遊びは肥満防止とストレス発散の役割を担います。望ましい遊び時間は、成ネコで短毛種なら1日のトータルで15～20分、長毛種なら10～15分程度。1日最低10分をめどにしましょう。

POINT 2 若いネコは5分多く遊ぶ

活動が活発で遊び盛りの2歳未満の若いネコなら、上の時間に5分くらい増やしてもOKです。ただし子ネコは一度に体力を使い果たすまで遊んでしまう傾向が強いので、トータル15～30分を数回に分けて遊んであげましょう。

POINT 3 毎日続ける

ネコは、週に何回か「遊びだめ」するということができません。室内飼いのネコは単独で運動することはないので、毎日少しの時間でも、習慣として飼い主がネコと一緒に遊ぶ時間を設けましょう。

ニャン プラスPOINT

もともと行動範囲の広い種類である短毛種は、基礎体力があり運動能力も高い傾向があります。これに対し長毛種は持久力が少なく、遊びの集中力は5分ほどで切れます。こうしたちがいがあるため、成ネコでも種類に応じて1日に必要な遊び時間が異なるのです。

ライフステージで遊び方を変えよう

ネコはその種類によって体力差がありますが、もちろん年齢によっても異なります。そのため同じ時間をかけて遊ぶ場合でも、遊び方やオモチャを少しずつ変えていくのがよいでしょう。

子ネコ

ネコは生後2ヶ月くらいから単独で遊ぶようになります。この時期は好奇心が旺盛で、動くものすべてが遊びの対象になります。

1歳から

狩猟動物の本能を満たしてあげるような、運動量のある遊びがおすすめ。エネルギーを発散するチャンスです。

シニアネコ

関節が弱ってくるころなので、あまり激しい遊びよりも、いままで使っていたお気に入りのオモチャで遊ぶのがよいでしょう。

！

ふだんはのんびりとしているネコですが、ときおり驚くほど高い運動能力を発揮します。とくにすぐれているのは跳躍力。たとえばキャットタワーのような高い場所まで、助走もなしに跳びあがることができます。一緒に遊びながらネコの運動能力を見られるのは、飼い主の楽しみのひとつですね。

じゃれあう、追いかけっこする……。多頭飼いなら運動不足を解消できる

POINT 1 ネコ同士で遊ばせる

家に数匹のネコがいると、日常的に何匹かでじゃれあったり、追いかけっこをしたりします。また、加減しながらケンカをすることもカラダで覚えていきます。こうしたことが運動不足の解消に役立つのです。

POINT 2 キャットタワーが遊びの場に

多頭飼いの運動で有効なのがキャットタワーです。ネコの間で明確な上下関係がない場合、ネコたちは一番高い場所を目指して競争することがあります。キャットタワーを設置する際は、転倒しないよう十分に固定してください。

POINT 3 留守時も遊び相手に事欠かない

単頭飼いの場合、ネコが自分の留守中にさびしい思いをしているのではないかと思いがちですが、多頭飼いであればその心配はありません。飼い主が不在のときもネコたちは元気に遊んでいるか、ネコ同士のルールで穏やかに過ごしていますよ。

ニャンプラスPOINT

多頭飼いで絶え間なくケンカするほど仲の悪いネコの場合、お互いの記憶が薄れるまで、しばらく別々の部屋で飼うほうがよいでしょう。その後、再度対面させ、少しずつ距離を縮めていきます。

ハーネスをつけての外遊びは原則的に必要ナシ！

POINT 1 室内ネコに散歩は不要

ずっと室内で育てられたネコに、ハーネスをつけてまで散歩をさせる必要はありません。ネコに散歩は必ずしも必要ないし、さまざまなリスクが伴うからです。

POINT 2 室内遊びで十分満足

イヌには走り回る広いスペースがあったほうがよいですが、ネコにはそもそも広いスペースを走り回る習性はありません。

POINT 3 外遊びのリスク①

ハーネスをつけていても、外遊びにはつねに脱走とケンカのリスクがつきまといます。また、脱走すれば交通事故のリスクも生じます。

POINT 4 外遊びのリスク②

散歩には、中毒（植物、化学物質）、感染症（細菌、ウイルス、ダニ、ノミなど）などのリスクも伴います。

ニャン プラス POINT

保護ネコや元・地域ネコなどの場合、100％インドア生活だとどうしてもストレスがたまってしまうことがあります。ハーネスをつけての散歩は、そういった事情があるときの「苦肉の策」と考えるのがよいでしょう。

じゃらし系、ヒカリモノ、音系など ネコ専用オモチャはこうして使い分ける

POINT 1 集中遊びはじゃらし系で

じゃらし系のオモチャは、ネコが本来もっている狩猟本能を駆り立てるもの。操作する側も体力を使うので、短時間に集中して遊びたいときに最適です。

POINT 2 ヒカリモノは夜遊びにぴったり

ネコの目は薄暗い場所でもよく見え、動くものに反応します。その性質を利用したのがヒカリモノ系のオモチャ。壁やソファ、床などに照射した光の点を追わせるものや、光りながら転がるボールなどがあり、場所を選ばずに遊べるのが利点。夜遊びに最適。

POINT 3 音系はひとり遊びにも使える

噛んだり叩いたりすると、音が出るペット用ぬいぐるみのほか、追いかけたり、転がしたりして遊ぶ鈴入りのボールなどがあります。音はカシャカシャしたものから鳥の鳴き声まで種類は豊富。ネコを「ひとり遊び」させておくときにも役立ちます。

ニャン プラス POINT

紙袋や段ボールで遊ぶネコの姿をヒントに考案されたのが、ネコの家。中に入ると歩くたびにシャカシャカと音がするトンネルタイプのものが人気です。

オモチャ選びの条件

オモチャを選ぶときに着目してほしいのは、まず安全性と耐久性が信頼できるかどうか。いくらネコが夢中になって遊ぶオモチャであっても、安全性が低いものやすぐに壊れるものは避けるように。また、ネコのライフステージに応じたものを選ぶようにしましょう。

安全性の高さ

オモチャについたヒモやボタン、金具などを飲み込んでしまう「誤飲」に注意。小さなパーツが取れにくいもの、噛み切りにくいものを選びましょう。

耐久性

すぐに壊れるオモチャは耐久性に問題があるだけでなく、破片でネコがけがをする可能性もあります。壊れにくいものを選んでください。

年齢に合わせて選ぶ

子ネコ、成ネコ、老ネコと年齢に応じてオモチャの好みは異なります。ネコのライフステージに合ったオモチャを選びましょう。

！

ネコが安心してのびのびと遊べる環境作りも大切。ネコはモノを追いかける習性があるので、周りに障害物がない、つまりモノの少ない部屋が理想です。花瓶やストーブなど、ぶつかると危険なものは置かないように。また、床がフローリングの場合は、カーペットを敷いて滑らないようにしてあげるのも手です。

じゃらし系のオモチャは、獲物の動きをイメージして使う

POINT 1 ネコを「本気」にさせる

ヒモの先端や長い棒の先に疑似エサがついたじゃらし系オモチャを使って遊ぶときは、釣りのようにしてネコを本気にさせましょう。

POINT 2 動物や昆虫などの動きをまねる

大切なのは、獲物となる生きものの動きをまねて、疑似エサに命を吹き込むことです。床の上だけでなく空中での動きも織り交ぜながら操作し、ネズミや鳥、魚、は虫類、虫などに似せた特徴的な動きをさせてネコを誘いましょう。

POINT 3 音も出す

ネコの聴覚は、ネズミなどが出す高い周波数の音を聞き分け、獲物のありかを探し出すことに長けています。そこでじゃらし系オモチャを使うときも、微妙な動きでカサカサ、ゴソゴソ、ブンブンといった音を出してみましょう。

ニャン プラスPOINT

ネコは目の前にあるものを的確に観察し、獲物までの正確な距離を測ることができます。また、耳を180度回転させて正確な音源を察知できます。これらはネコ科特有の能力といえるでしょう。

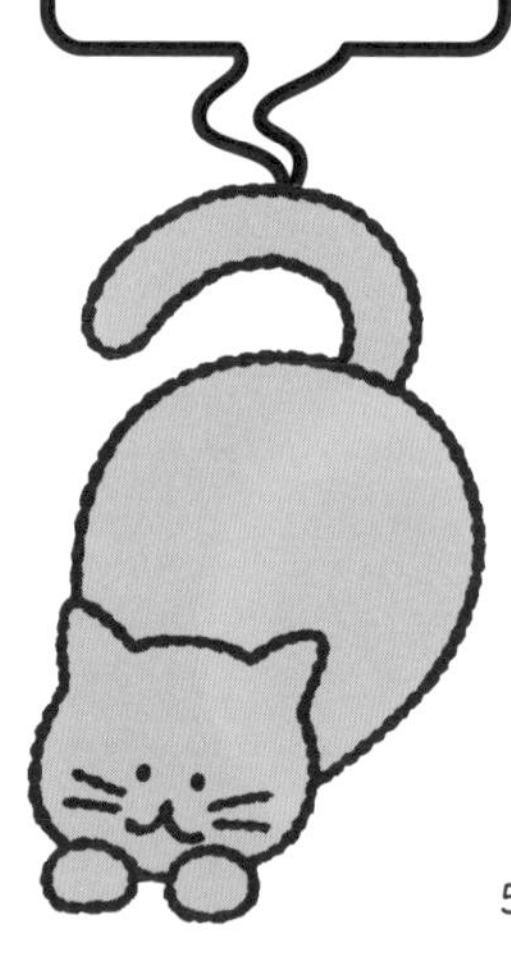

ネコを本気にさせるいろいろな動き

じゃらし系オモチャの先端の獲物を、カエルやバッタに見立てる場合、床の上をピョンピョンと不規則に跳ねさせます。ネコはその動きを観察し、距離を測って一気に飛びつくのです。ほかにもこんな生きものの動きでネコをひきつけてみましょう。

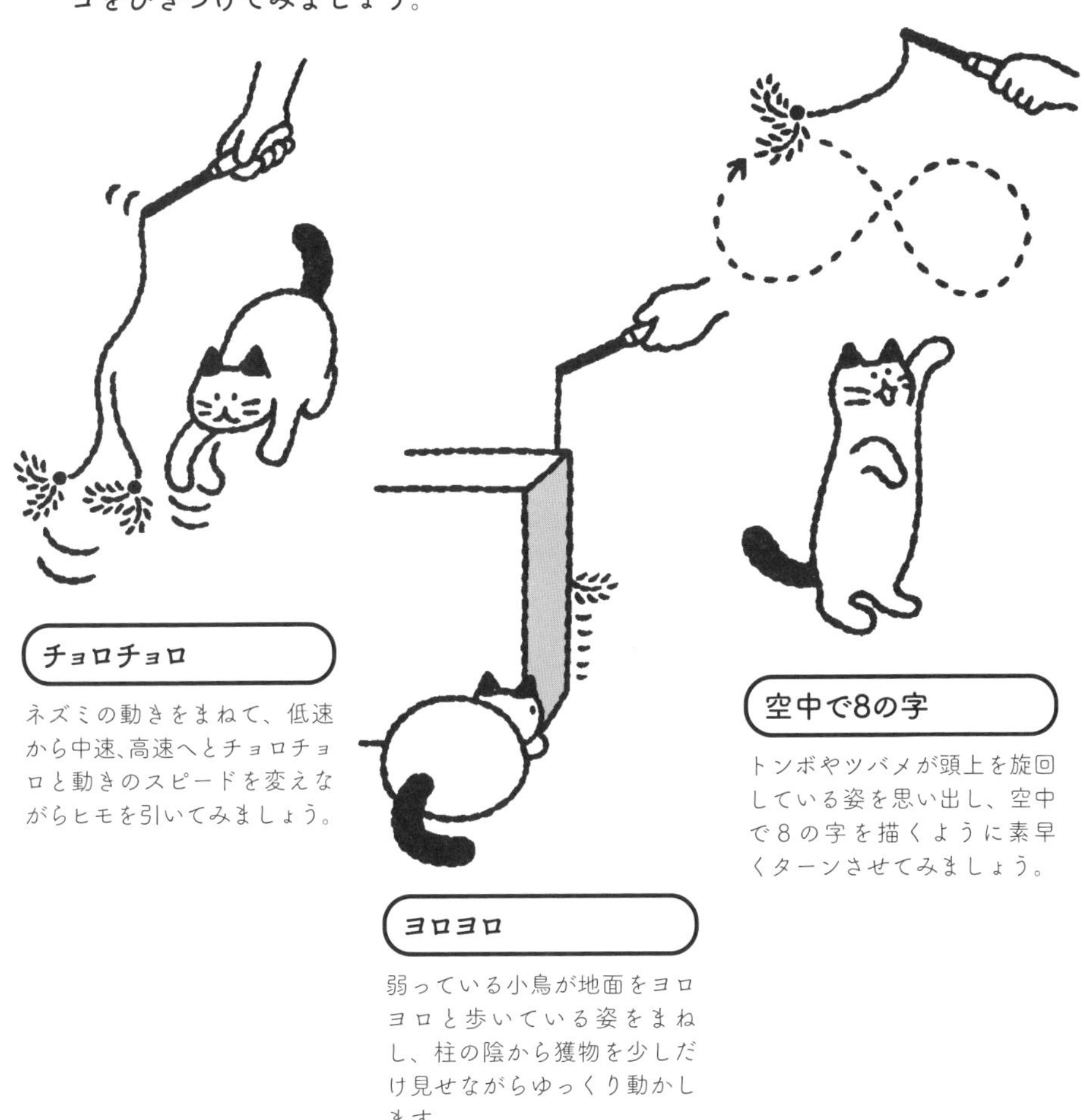

チョロチョロ

ネズミの動きをまねて、低速から中速、高速へとチョロチョロと動きのスピードを変えながらヒモを引いてみましょう。

ヨロヨロ

弱っている小鳥が地面をヨロヨロと歩いている姿をまねし、柱の陰から獲物を少しだけ見せながらゆっくり動かします。

空中で8の字

トンボやツバメが頭上を旋回している姿を思い出し、空中で8の字を描くように素早くターンさせてみましょう。

！

野生のネコの狩猟時間は、明け方や夕暮れの薄暗い時間。ネコには桿体細胞という光を感知する細胞がヒトの６～８倍あるため、暗闇でも目が見えるのです。飼いネコでも夕方になると活動が活発になるのは、狩猟生活をしていたころの名残でしょう。

隠されたおやつを探して楽しく遊ぶ、フード探し系オモチャのおもしろさ

POINT 1 狩猟本能を刺激する

カバーの下や狭い箇所におやつを置いておけば、ネコがそのカバーをスライドさせたり、狭いところに手を入れたりしておやつをゲット。そんなフード探し系のオモチャはネコの狩猟本能を刺激するものです。

POINT 2 遊びながら学習させる

ボード上に設けられた障害物を手や口を使って避けておやつをゲットするオモチャがあります。おやつをゲットしたときの満足感が高いので、ストレス発散にも役立ちそうです。

POINT 3 飼い主も楽しむ

飼い主が、ネコが食べにくい場所におやつを置いたり、隠したりします。おやつを探したり、獲得するために苦労したりするネコの様子を想像すると、仕掛けているときから楽しくなってきます。飼い主の脳にも刺激を与えてくれるそうです。

ニャン プラス POINT

フード探し系オモチャは、ネコと一緒に遊ぶ時間が少ない多忙な飼い主におすすめ。おやつを隠しておけば、ネコは好きなときに探し始めます。ひとりでもネコは遊ぶことができるというわけ。

たくさん種類がある！　ネコの知育オモチャ

遊びながらおやつ獲得のスキルや運動能力を向上させることができる、ネコの知育オモチャ。近年、目的別に種類が増えたことで、オモチャの選択肢の幅もグンと広がりました。どのような知育玩具が登場しているのか見てみましょう。

ひっくり返す

5つのカップをひっくり返さないとごはんやおやつが食べられないことから、早食い防止効果が期待できます。

転がす

転がすことで中に入ったおやつが出てくるボール。遊びながらおやつが出ることを学習できます。

板をスライドさせる

スライド式の板の下に隠したおやつを見つけさせるタイプのものは、最初はおやつを隠さず見せたままにすると、困惑しないようです。

！

複雑な構造の知育オモチャは、おやつがなかなか出てこないため、ネコがあきらめて興味をなくしてしまうこともあります。知育オモチャを選ぶ際、ネコの集中力を発揮できる時間を考慮し、最初は達成感を得やすいものがよいですね。

ネコとヒトが一緒に楽しめる、クリッカートレーニングのポイント

POINT 1　ごほうびを忘れずに

ネコが、飼い主が望む行動をしたとき、タイミングよくクリッカー（カチっという音の出る小さな器具）を鳴らしてあげることでコミュニケーションを図るトレーニング法です。クリッカーを鳴らしたらごほうびをあげてください。

POINT 2　条件反射をうまく利用

「クリッカーの音がすると、すぐにいいことが起こる」ということをネコに覚えさせるところから始めていきます。正解するとごほうびがもらえることでネコの満足度はアップ。このしくみは、ネコにとってゲームのようなものでしょう。

POINT 3　ほめてしつける

ネコは飼い主に認めてもらった（ほめてもらった）行動を記憶し、次からもクリッカーの音を合図に、同様の行動を起こすようになります。叱ってしつけるのではなく、ほめてしつけていくようなものです。

ニャン プラスPOINT

クリッカートレーニングの基本理論のひとつになっている「古典的条件づけ」とは、過去の経験による結果から条件反射的に起こる反応のことです。

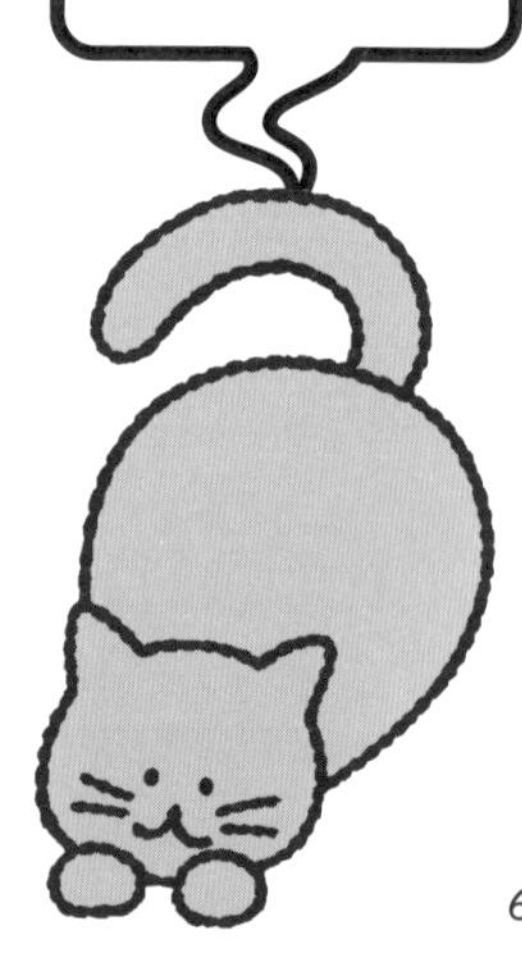

トレーニングの結果、こんなこともできるかも!?

クリッカートレーニングによってネコとのコミュニケーションは豊かになります。たとえば、以前はできなかった「お手」や「おすわり」など、まるで芸のようなこともできるようになります。

おすわり

「おすわり」と言いながら、おやつをネコの頭上に移動します。ネコの顔が上がり、腰が沈めば成功。クリッカーを鳴らしてからおやつをあげましょう。

お手

おすわりしたネコの左前脚を握手するように持ち上げ、「お手」とやさしく。前脚が持ち上がった状態で、クリッカーを鳴らしておやつをあげます。

ハイタッチ

ごほうびをあげるときにネコが前脚で催促してきたら、すかさず手のひらを出して、ネコと手のひらを合わせます。これが成功したら、おやつをあげましょう。

!

クリッカートレーニングは、ネコが飽きた時点で終了しましょう。嫌がるネコに強制するとネコにはストレスになります。注意点は、なにもしないときにおやつをあげてしまわないこと。おやつは、必ずクリッカーを鳴らす合図をしてから与えましょう。

運動不足とストレスの解消に、マタタビを有効活用する

POINT 1 運動不足を解消する

マタタビをかじったり食べたりすると、ネコは興奮して動き回るため、運動不足の解消になります。ネコによっては恍惚とした表情を浮かべ、酔っぱらったような状態になることもありますが、一時的なものなので心配無用です。

POINT 2 ストレス解消にも効果あり

思い切りカラダを動かすことは、ストレス解消にもつながります。また、食欲が落ちているときは、食欲増進の効果もあります。ほかにもマタタビをかじると脳が刺激を受け、シニアネコには老化防止の効果もあるという説もあります。

POINT 3 ご機嫌取りにも役立てよう

元気がないときにマタタビを与えると、のどをゴロゴロと鳴らして機嫌がよくなります。床に背中をつけてぐるぐる回ったり、カラダを伸ばしたりして全身で喜びを表現します。

ニャン プラス POINT

ここで少し注意！　マタタビを大量に与えると、中枢神経が異常麻痺を起こす可能性があります。最悪の場合は、呼吸困難になってしまうこともあるので注意が必要です。安全性の観点から、与えるのは嗅覚と神経系が十分に成長した1歳以降に。また、頻度は1週間に2回程度までにしましょう。

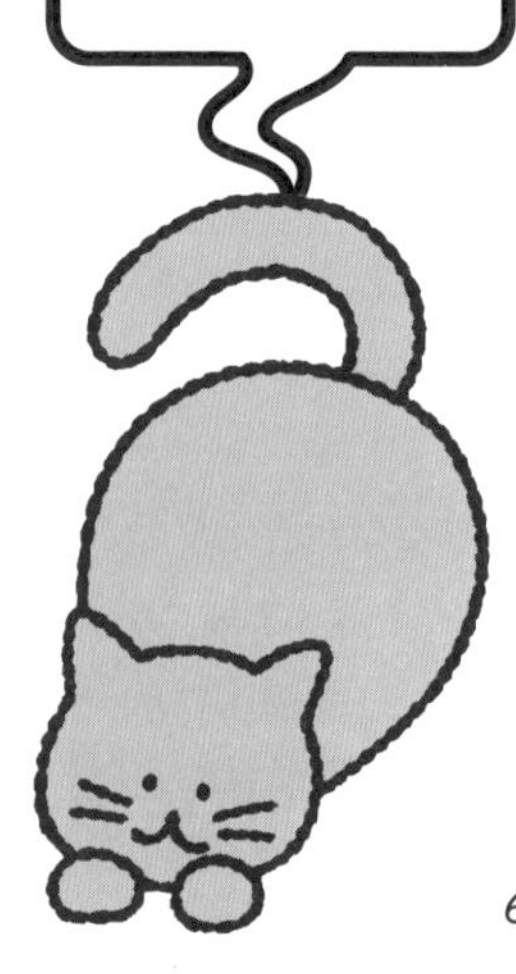

マタタビを使ったオモチャもあるよ!

運動不足とストレス解消、食欲増進、老化予防など、いろいろな効果が期待できるため、マタタビはネコが喜ぶオモチャにも使われています。ここではリーズナブルで入手しやすいマタタビグッズを紹介しましょう。

粉末タイプ

食欲がないとき、フードにこれをかけると喜んで食べてくれることがあります。また、オモチャにふりかけるとそれで遊び始めることも。

枝タイプ

ニオイを嗅ぎ、歯で噛んで遊びます。飼い主が遠くへ投げると走って捕獲に向かい、くわえて戻ってくることもあるので運動不足の解消になります。

スプレータイプ

マタタビの抽出液をスプレーにしたもの。スプレーしたオモチャに飛びついたり、蹴ったりして遊びます。じゅうたんに吹きつけるとその上でゴロゴロします。

!

上に紹介したグッズのほかに、マタタビの実が入ったネコキック専用のぬいぐるみもあります。ネコはぬいぐるみを噛んだり、飛びついたり、キックしたりして遊びます。毛が大量についたり、汚れたりしたときはカバーをはずして洗濯することもできますよ。

ガサガサ音・手ごろな穴・狭い箱が、ネコの3種の神器ニャり！

POINT 1 ガサガサと好奇心を刺激

紙袋やビニール袋が摩擦したときに出るガサガサ、シャカシャカといった音はネコの好奇心を刺激します。飼い主が新聞を広げたり、畳んだりしているときにネコが近寄ってくるのも、新聞紙がすれたときに発する音に興味を抱くからです。

POINT 2 穴で本能を刺激

ネコは紙袋や箱、バッグ、壺、大きなビンなどを見つけると好奇心をむきだしにし、ニオイを嗅いだり、手や頭を突っ込んだりします。小さな穴に潜むネズミなどの獲物を狙っていたころの名残があり、狩猟本能が刺激されるようです。

POINT 3 安心させたいときは箱を

箱の中のように狭くて薄暗い場所は外敵に襲われるリスクが少なく、身の安全が確保できるので入りたがります。木の上や押し入れの中などを好むのも、先祖から受け継いできた危機管理能力のなせるワザでしょう。

ニャン プラスPOINT

ネコは、ビニール袋につい頭を突っ込みがちですが、ビニール袋はネコの体に巻きついてしまうこともあるので注意してください。ネコが驚いてパニックを起こしたり、不慮の事故につながったりする可能性もあるので、ネコがビニール袋の中に入ったら目を離さないように。

段ボールを使ってキャットハウスを作ろう！

POINT 1　キャットハウスは自分で作れる

不要になった段ボールの有効活用として、キャットハウスを作ってみましょう。段ボールをつなげて作るキャットハウスは、手軽でリーズナブルな遊び場として注目を集めています。段ボール製キャットハウスの作り方と種類は、POINT 2 以降を参照してください。

POINT 2　ボックス型のキャットハウス

段ボールに四角や丸型の出入り口を作るだけ。多頭飼いなら、段ボールを縦に積み、横に並べてネコマンションに。

POINT 3　タワー型のキャットハウス

段ボールを上に積み上げて接続すればタワー型が完成。横と縦につなげ、壁に穴をあけて移動できるようにすればジャングルジムにも。

POINT 4　トンネル型のキャットハウス

段ボールを横につなげ、壁に穴をあけて移動できるようにすれば、トンネル型のキャットハウスになります。

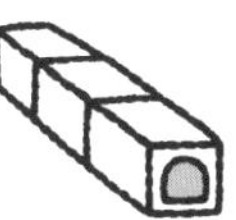

ニャン プラス POINT

タワー型を自作する場合、下段の箱には、重さのあるクッションや座布団を入れて安定させましょう。

シャッターチャンスは遊びの最中！
ネコが二足立ちしちゃう遊び

POINT 1　頭上を飛び回るオモチャ

ネコは頭の上を飛び回るものに反応し、前脚で捕まえようとして二足立ちすることがあります。ヒモの先端や長い棒の先にヒラヒラがついたオモチャで試してみましょう。

POINT 2　隠れて声をかける

ネコは好奇心からも立ち上がることがあります。少し離れたところや高い場所に隠れて名前を呼んでみましょう。ネコは「飼い主さん、どこどこ？」という顔をして立ち上がって周囲を観察するのです。

POINT 3　光るオモチャ

頭上くらいの高さの壁や窓に、ペンライトを当ててゆらゆらと動かします。その光の点をつかもうとしてネコは夢中で追いかけます。光の点が少し高い場所の場合、前脚を引っかけて立ち上がることも。

ニャン プラスPOINT

ネコは、後ろ脚の筋肉とカラダの重心や回転などに反応する器官が発達していて、バランス感覚にすぐれています。そのため立ったまま静止したり、多少は歩いたりすることもできるのです。

こんなときにも二足立ちします

遊びの中だけでなく、ふだんの生活の中でも、ネコはときおり二足立ちすることがあります。ここではそんなネコの生態を見てみましょう。

外敵から身を守る

立ち上がることで目線が上がると外敵の存在に気がつきやすくなるので、自分の身を守ることができるのです。

要求

「遊んでほしいな」「おやつ食べたいな」など、なにかをしたいとき・してほしいときに立ち上がってアピールすることもあります。

びっくりした

大きな物音がしたときや驚いたとき、突然立ち上がることもあります。立ちながらシッポを大きく揺らしていたら、なにかを警戒しているサイン。

！

太っているネコが二足立ちしようとすると、関節に大きな負担がかかります。また、骨が変形している老齢ネコの場合、痛みが生じて立ち上がることができない場合があります。無理に立たせようとすると、むしろそれがストレスになるので注意してください。

ネコもヒトも一緒に楽しい！かわいい写真の撮り方

POINT 1 突然のシャッターチャンスを逃さない

「ああ、この瞬間を写真に残したかった！」というようなシャッターチャンスを捉えるには、いつもそばにいる飼い主がもっとも有利。決定的瞬間の予感がしたら、すぐにスマホやカメラの準備を。そして躊躇せず何枚もシャッターを押しましょう。「数打ちゃ当たる」の精神です。

POINT 2 ピントを目に合わせる

ヒトの写真にも共通しますが、原則としてピントは目に合わせましょう。顔全体の印象を左右する目にピントが合っていれば、何気ない写真も一気にクリアな印象になります。

POINT 3 ネコの目線を捉える

よくプロのカメラマンが「目線ください」などと注文を出しますが、ネコはそう簡単には目線をくれません。そんなときは、スマホやカメラのストラップをヒラヒラさせたり、バックをゆすってカサカサ音を出したりするなどして、ネコの興味をひきましょう。

ニャン プラス POINT

ネコの動きはかなり速く、かつ予測がしづらいものです。そんなネコの写真を撮るときは、カメラの「動体予測 AF（オートフォーカス）機能」やスマホにもある「連写モード」で撮影しましょう。また、曇りの日や夕方、家の中など光量が少ない場合は、ISO 感度を高くしてシャッタースピードを速くして撮影できるようにするとよいですね。

フラッシュをたいてネコを撮影したい! そんなときは……

ネコは夜行性ですし、暗くて狭いところが大好きです。そんなネコを撮影する際に、フラッシュをたきたいということもあるでしょう。そんなときの注意点を紹介します。

キャッチライトを入れたいときは?

目の中に光のあるキャッチライトを入れたいときは、カメラなら「ムービー用LEDライト」、スマホなら光量調節のできるスマホライトを使うとよいでしょう。最初は小さな光にして、ネコの目を慣らしてから光量を調節します。

至近距離でのフラッシュは絶対NG!

真っ暗な中、あなたが突然フラッシュの強い光を浴びたら、目がおかしくなってしまいますよね。ネコもそれはまったく同じです。スマホでも暗闇でのライトは避けましょう。

自前のレフ板も使える

部屋の中で撮りたいけれど、光量が足りない……、そんなときは、レフ板を使いましょう。プロが使っているような本格的なものでなくても、発泡スチロールのフタなど白くて板状のものなら、十分代用できます。

!

「本格的なレフ板である必要はない」どころか、「本格的なレフ板」は使わないほうがよいかもしれません。いきなり白くてカサカサしたものを出されたら、ネコはきっと興奮してネコパンチを浴びせてくるにちがいないからです。壊れてもいいようなもので代用してください。

鳴き声から気持ちを読み取って、ネコとの会話を楽しもう

POINT 1　「ニャ～ンニャ～ン」は欲求！

「ごはんがほしい」「外へ出たい」など強い欲求のときに連発します。こんなときは、「おなかがすいたの？　ごはん作るね」と返事をするか、「あら、散歩したいの？」と声をかけてあげるかしてください。

POINT 2　「シャー」は怒！

息を鋭く一気に吐き出すように「シャー」と発するのは、相手を警戒して「こっちに来るな」というメッセージ。「あらら、ご機嫌ななめね」と声をかける程度にし、興奮が鎮まるまで見守りましょう。

POINT 3　「アーオー」は発情！

発情して相手を探しているときに発するのが「アーオー」という鳴き声。だみ声で連呼します。「恋した～い」という意味なので、「あらら、恋の季節なのね」と話しかけてあげましょう。

POINT 4　「ニャー」は気をひきたい！

相手の気をひきたいときに発せられる「ニャー」。語頭が弱めなら「ねえねえ」というあいさつですが、語尾の音程が上がれば、なにかを要求している場合が多いようです。

ネコがのどを鳴らすのはこんなとき

飼い主になでられたり、抱かれたりして満足しているとき、のどのあたりから聞こえてくる「ゴロゴロゴロ……」という独特な音。これは満足しているサイン、うれしいときの気持ちのあらわれとして知られています。でも、それ以外でものどを鳴らすことがあるんです。

母子の意思表示

のど鳴らしの基本はこれ。母ネコは子ネコにお乳を飲ませるときの合図として、子ネコは母ネコに「おいしい」と伝えるためにのどを鳴らします。

要求があるとき

ごはんがほしいとき、遊んでほしいときなどの要求があるときは、子ネコに戻り、のどを大きな音で鳴らします。

体調が悪いとき

体調がすぐれないときにものどを鳴らすことがあります。発生する低周波音には、治癒能力を高める効果があるといわれています。

ネコが発するゴロゴロ音は、声帯の下にある筋肉を振動させて生み出しています。そのためのどを鳴らしながら、同時に「ニャー」という声を出すことができるのです。なお、振動は毎秒26回に及び、20～50Hzの低周波音を発生させていることがわかっています。

気分によって表情がクルクル変わる……。
そのとき、ネコはこんなことを考えている!?

POINT 1 「遊びたい」「知りたい」

目が見開いて少し大きく見え、耳やヒゲが張っているときは遊びたいときです。舌なめずりをするときもあります。ヒゲは前に倒し、目は少し細くなり、興味のある対象に耳を向けて小刻みに動かしていたら好奇心でいっぱいのときです。

POINT 2 「満足しているよ♡」

ひなたぼっこしているとき、こんな表情になります。口元がゆるみ、ヒゲはだらんと垂れ、耳はやや開きぎみ。目は半開きの状態で細くなり、眠そうにも見えるときは、満ち足りている状態か、うっとりしている状態です。

POINT 3 「びっくりした!」

大きな音がしたときや、いきなり獲物が目の前にあらわれたときなどがこの表情。目を見開き、瞳孔が広がっている状態で、ヒゲは後ろに倒れています。これは驚いている状態です。爆音に驚いたときはすぐに耳を横に倒し、音源に向けます。

ニャン プラス POINT

ネコの気持ちを知るには、目、耳、ヒゲの3ケ所に注目。目は気分に応じて丸くなったり、細くなったりします。また、耳と、皮膚の下の表情筋と連動しているヒゲも、ネコの感情を伝えてくれます。

シッポも気持ちのアンテナ

ネコは全身で気持ちを表現する生きものです。顔の表情に加え、シッポにも注目すれば､心理を読み取ることができます。穏やかな気分のとき､シッポは垂れさがっていますが、垂直に立てたり、逆Uの字に曲げたりするときもあります。シッポをじっくり観察してみましょう。

甘えたいとき

ごはんがほしいときや甘えたいときは、シッポを真っすぐに立てます。シッポを立てて先端をクネクネ動かすのは友好のあらわれです。

面倒なとき、不機嫌なとき

シッポの先端だけ動かすのは返事が面倒なとき、シッポを左右に1秒間隔くらいで振り続けるのは不機嫌なときです。

威嚇！　降参…

根もとから先端まで毛を逆立ててふくらませているのは、相手を威嚇するためのサイン。シッポを股の間に隠していたら降参のサインです。

!

ネコ同士の力関係も、アクションやシッポを見ることでわかります。仲が悪いネコ同士は近づくときにシッポが下がり、相手の目を見すえます。自分のほうが強いと思っているときは、相手を見つめて腰を高く上げます。反対に自分のほうが弱いと感じたときは腰が引け、おびえが強いとうずくまります。

甘えてきたり無視したりするのは、飼い主との関係が場面場面で変わるから

POINT 1　飼い主＝ママ状態

ネコなで声で甘えてくるときのネコは、完全に子ネコの気分。飼い主をママと見なし、自分の欲求を受け入れてほしい気持ちでいっぱいなのでしょう。

POINT 2　飼い主＝子ネコ状態

昆虫や小鳥などを捕らえて飼い主の前に持ってくるのは、狩りができない子ネコに獲物を与えているつもりだからといわれています。

POINT 3　飼い主＝きょうだい・友だち

一緒に遊びたいときや遊んでいるときは、ネコが飼い主を対等な関係と捉えているときです。たとえるなら、飼い主は兄弟姉妹や仲のよい友だち。こんなときは友だちになった気分で存分に遊んであげましょう。

ニャン プラス POINT

ネコに声をかけても無視してきたり、接しようとしたら嫌がられたりすることがあります。そんなときは、野生気分にひたっていて、飼い主のことを「ウザい」と思っているのかも。ネコは狩猟欲求が強くなると飼い主の呼びかけに応じず、窓際に行って外を眺めるなど孤独でいることを好みます。

そのアクションには、理由がある

ネコは初めて目にするものを警戒すると同時に、それがなにか知りたいという好奇心も働きます。また、一度痛い目にあったことを極端に嫌がり、避けるようになります。ときには飼い主が想像しない行動をとることがありますのでご注意を。

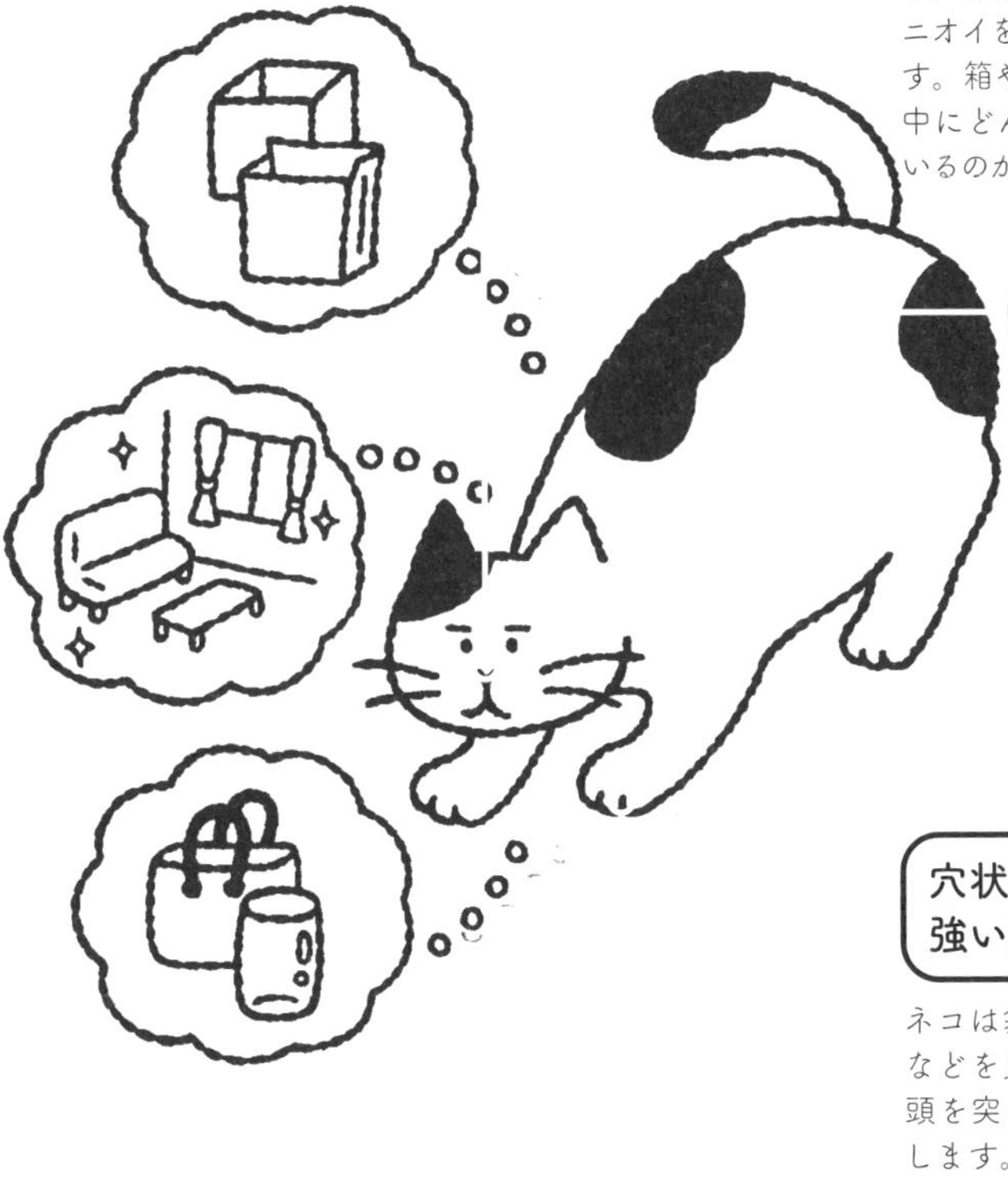

ニオイをクンクン

ネコは警戒心と好奇心から、どんなものでもまずニオイをクンクンと嗅ぎます。箱や袋状のものなら、中にどんなものが入っているのか確かめます。

探索する

部屋の模様替えをしたとき、ネコは部屋を丹念に探索します。ネコにとってそこは自分の縄張りなので、安全かどうかを確認したいのです。

穴状のものに強い関心

ネコは袋やバッグ、ビンなどを見つけると、つい頭を突っ込んでチェックします。小さい穴にはネズミや昆虫など獲物がいることが多いからです。

！

ネコは好奇心が旺盛ですが、イヤな目にあうとその場所やモノを避けるようになります。たとえば掃除機の音におびえたら、掃除機自体を嫌うようになります。バスタブでおぼれかけたら、バスタブに近寄ろうとはしません。同じミスをすれば命にかかわることを本能的に知っているからです。

特集

ネコと一緒に防災・減災

ペットの最新防災用品

避難の際は、環境の変化やネコ用の水や食料の不足を想定して、①ネコの命や健康にかかわるもの、②ネコや飼い主に関する情報の順に優先して準備します。

①はフードと薬、食料と水、排泄物の処理用具やトイレ用品、キャリーバッグやケージ、食器、予備の首輪とリードなど。②は飼い主の連絡先と飼い主以外の緊急連絡先・ネコの預け先、ネコの写真や画像、ワクチンの接種状況や既往症・服用中の薬やかかりつけの動物病院などの情報を記したメモを用意しましょう。

また、それ以外のお役立ちグッズを77～78ページでご案内します。

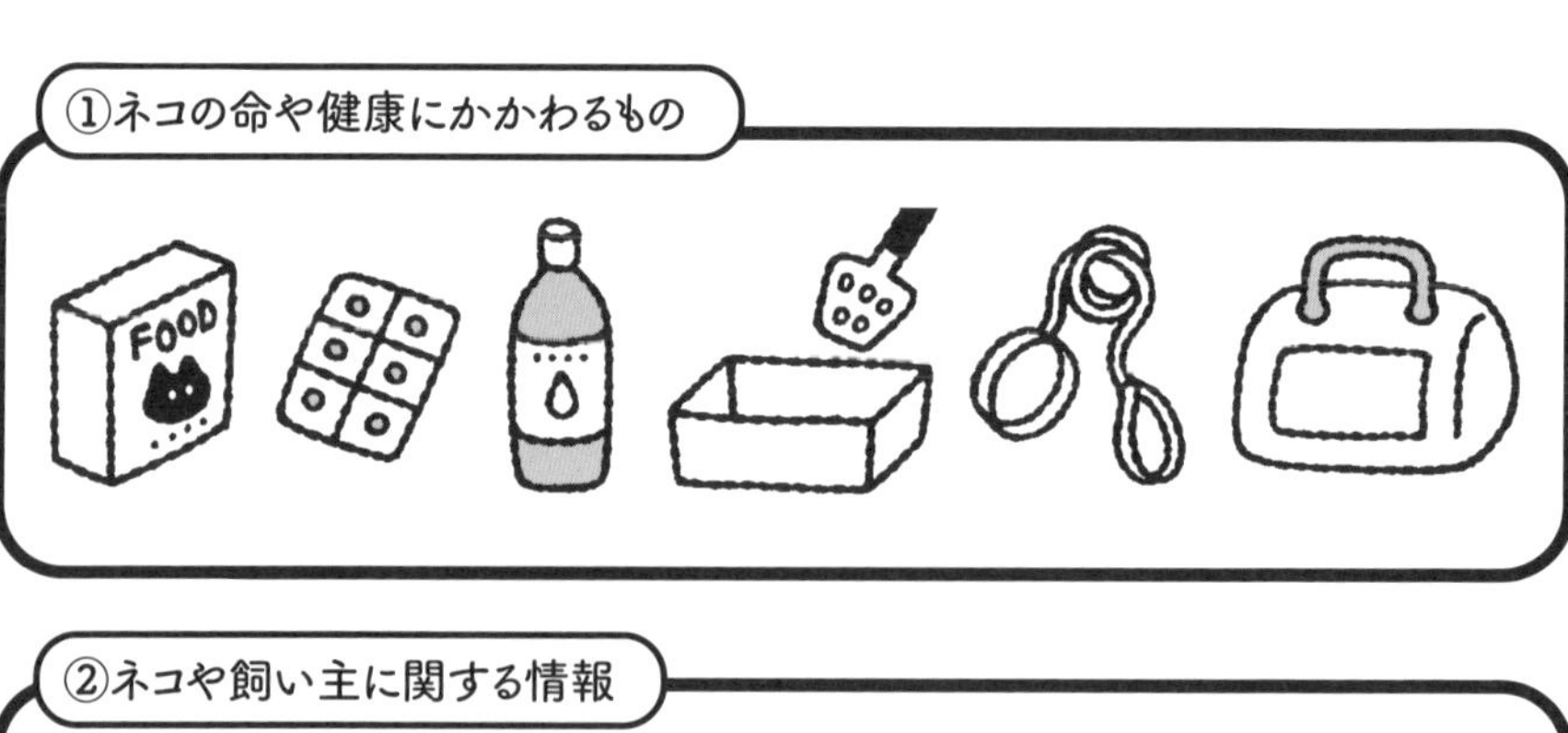

わんにゃん防災便利ふろしき

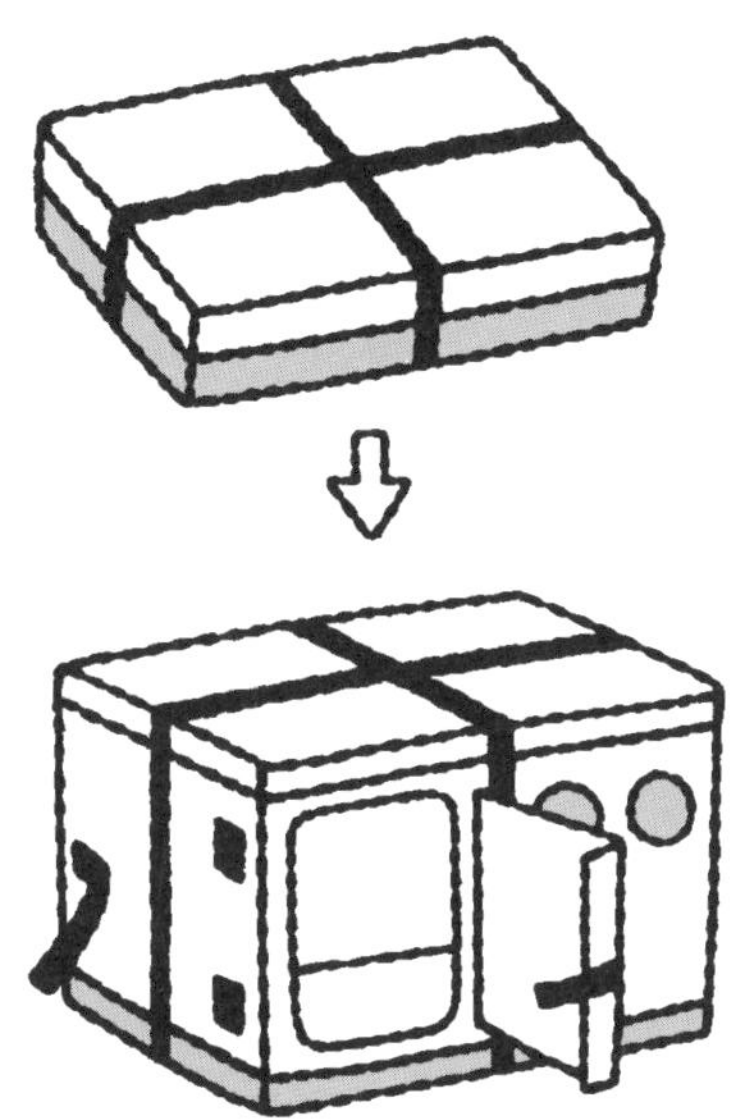

縦横約110cmの正方形、はっ水性にすぐれたポリエステル製のふろしきです。抱っこひもや敷物、キャリーバッグの目隠し、防寒など用途が幅広く、持ち運びや保管も簡単です。ふろしきには使い方や防災グッズのチェックリストなど防災に役立つ情報が図解入りで4つ描かれています。中央部分にはネコや飼い主の情報を書き込めます。

いっしょに避にゃん

折りたたんでトートバッグに入れられ、約3kgと軽くて持ち運びにも便利な組み立て式ケージです。避難先では工具を使わず約1分で誰でも組み立てられ、ケージがないために避難所で受け入れ拒否されるリスクを減らせます。トイレトレイつきで縦と高さ43cm、横68cmと大きく、中にトイレを置けて居住スペースも確保されています。

BOUSAI GO BAG

被災地での調査をもとにペットメーカー６社の防災グッズ（食品を除く）を厳選し、コンパクトにまとめたセットです。マイクロファイバータオル、折りたたみ式ウォータートレイ、ヒモ、リード、体ふきシート、排泄物の防臭袋、消臭スプレー、QRコードつき迷子札の８種類を収納。被災後の数日を乗り切るためのアイテムがそろっています。

災害時はどう動く？

災害が起こったら、まずは飼い主と家族の安全を確保しましょう。飼い主と家族が無事でいることが、結局はネコを守ることにつながるからです。突然の災害で不安になるネコを落ち着かせて、逃げ出したりけがをしたりしないように気をつけてあげてください。

救援物資などの行政による支援は災害発生から数日かかる可能性があるので、それまでは飼い主自身がネコを守り、ほかの飼い主たちと助け合いながら乗り切っていきましょう。

同行避難の流れ

環境省『災害、あなたとペットは大丈夫？ 人とペットの災害対策ガイドライン〈一般飼い主編〉』

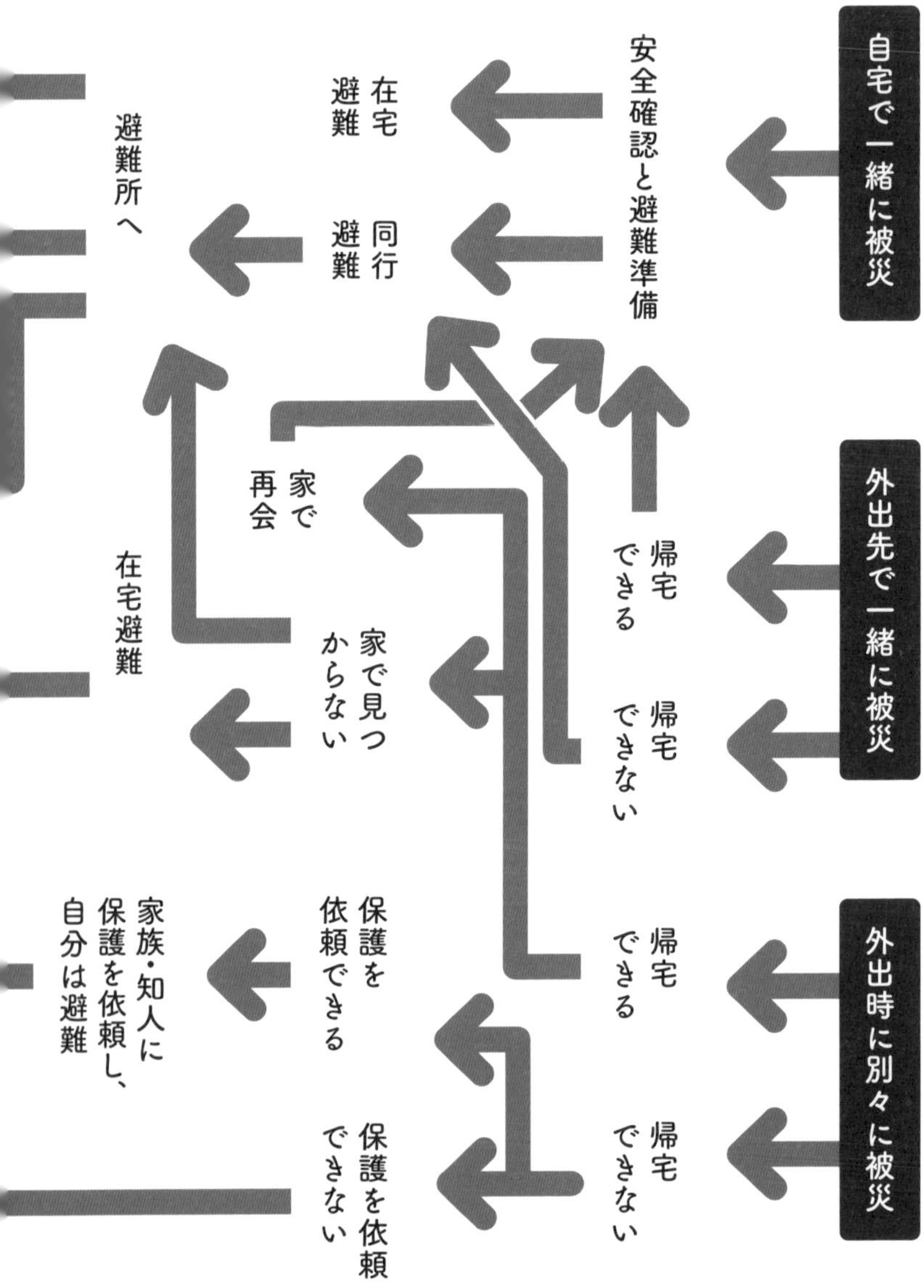

自宅で一緒に被災

外出先で一緒に被災

外出時に別々に被災

安全確認と避難準備

帰宅できる

帰宅できない

帰宅できる

帰宅できない

在宅避難

同行避難

家で再会

家で見つからない

保護を依頼できる

保護を依頼できない

避難所へ

在宅避難

家族・知人に保護を依頼し、自分は避難

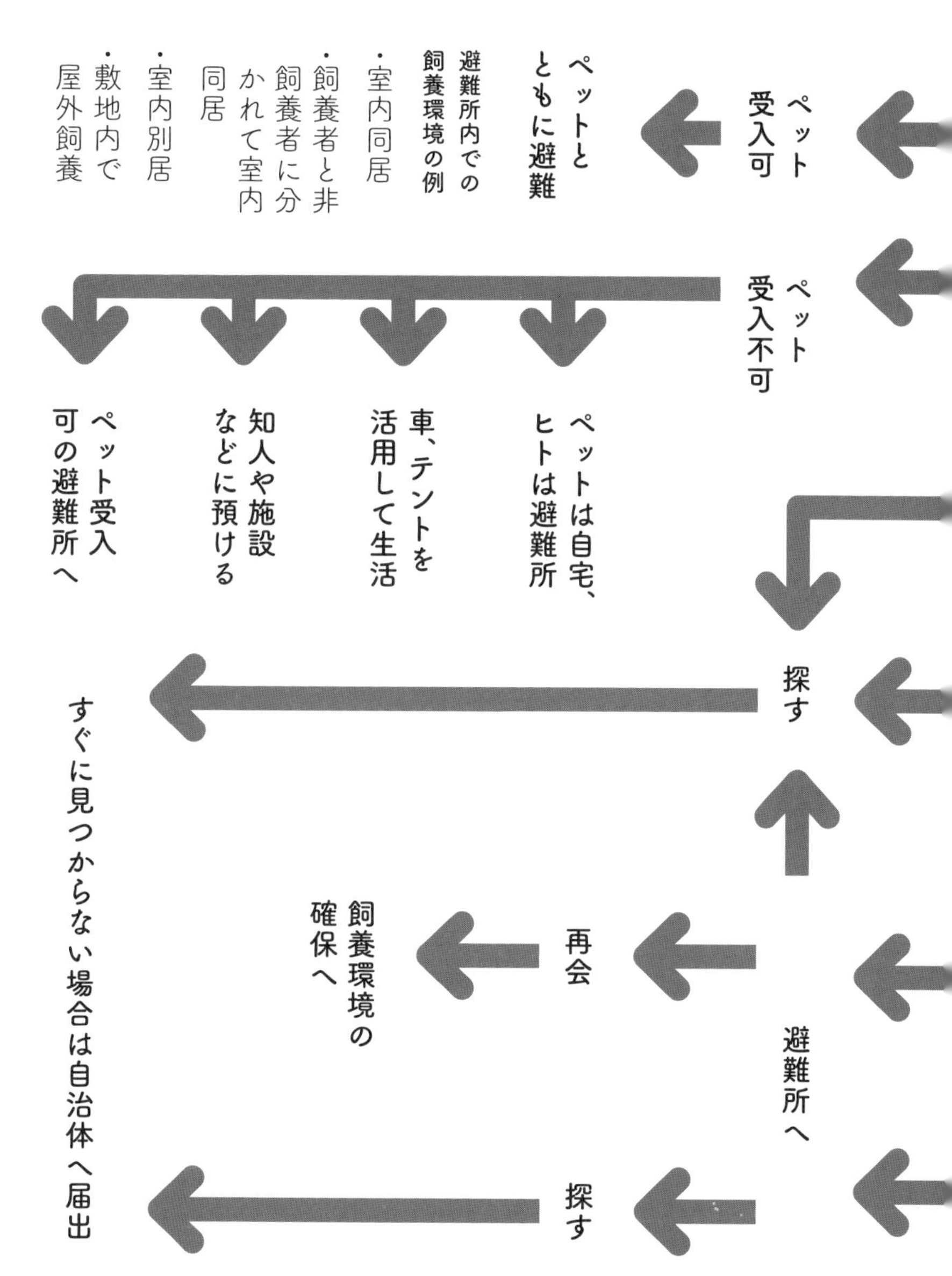
ペット受入可
ペットともに避難
避難所内での飼養環境の例
・室内同居
・飼養者と非飼養者に分かれて室内同居
・室内別居
・敷地内で屋外飼養
ペット受入不可
ペットは自宅、ヒトは避難所
車、テントを活用して生活
知人や施設などに預ける
ペット受入可の避難所へ
探す
避難所へ
再会
飼養環境の確保へ
探す
すぐに見つからない場合は自治体へ届出

ネコと一緒の避難所生活

避難が必要なときは、原則としてネコとともに避難所まで行きます。これを「同行避難」といいます。その際は、ネコをキャリーケースや小型のケージなどに入れて、扉が開かないようにガムテープなどで固定します。

避難所ではペットと同じ空間に居住できる（こちらは「同伴避難」といいます）とは限らず、ネコと待機空間が分けられる可能性があります。避難所ごとに運用が異なるので、ルールに従いましょう。また、ヒトやほかの動物がたくさん集まるので、安全のためにネコ自身と飼い主の情報メモを作っておきましょう。

ペットや飼い主の情報を記入して、防災グッズなどと一緒に保管しておきましょう。

ペットの情報			
顔のアップ写真 （できれば飼い主と一緒に写っているもの）		全身の写真 （できれば模様や尻尾の形など特徴がわかるもの）	
名　前		性　別	オス・メス／不妊去勢　済・未
種　類		体　重	
毛　色		生年月日	（　　）歳
マイクロチップ	未・済（番号　　　　　）	鑑札番号	（犬）
ワクチン接種	未・済（種類　　　　　）最近の接種日　年　月　日		
既往症	（持病、飲んでいる薬、アレルギーなど）		
性　格			
特　徴			

飼い主の情報			
氏　名		家族の氏名	
電　話	自宅	携帯	
メール	①	②	
住　所			
非常時の連絡先		電話	
かかりつけの動物病院		電話	

まさかのために日ごろの備えを

突然起こる災害時にネコの安全と健康を守るためには、ふだんの備えが大切です。決められた場所で排泄させたり、キャリーバッグやケージ、ヒト・動物に慣らしておいたりすることで、他人に迷惑をかけず、ネコ自身のストレスも緩和されます。

また、避難所などでは他の動物との接触が多くなるので、ワクチン接種や寄生虫の駆除をして病気に感染しない・させない、不必要な繁殖を防ぐ不妊去勢手術をして無駄に鳴くのを防止するといった、日ごろの健康管理が大切です。

下欄では、災害に備えて用意しておきたいものを紹介します。

マイクロチップ

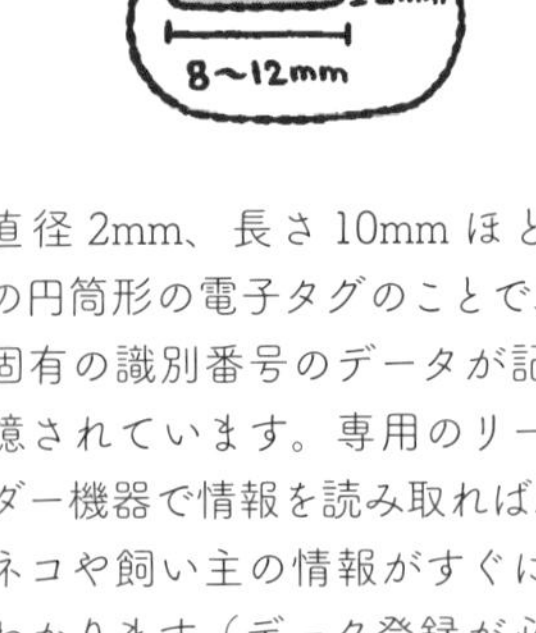

直径2mm、長さ10mmほどの円筒形の電子タグのことで、固有の識別番号のデータが記憶されています。専用のリーダー機器で情報を読み取れば、ネコや飼い主の情報がすぐにわかります（データ登録が必要）。埋め込み費用は数千円～1万円、ほかにデータ登録料が1,050円かかります。

迷子札

首輪につけることが多いので、軽いものがおすすめです。布製で名前などを紙に書き込むタイプは、軽くて首輪にもつけやすいでしょう。ぶら下げて揺れるのを気にする場合は、首輪に巻いて止められるバンド型がストレスにならないはず。

首輪

首輪は飼いネコの証で、迷子札や鈴をつけられます。成ネコになってから首輪をつけようとするとストレスになることがあるので、子ネコのうちから少しずつ慣らしましょう。皮膚炎などの防止には、洗いがえをいくつか用意して清潔に。

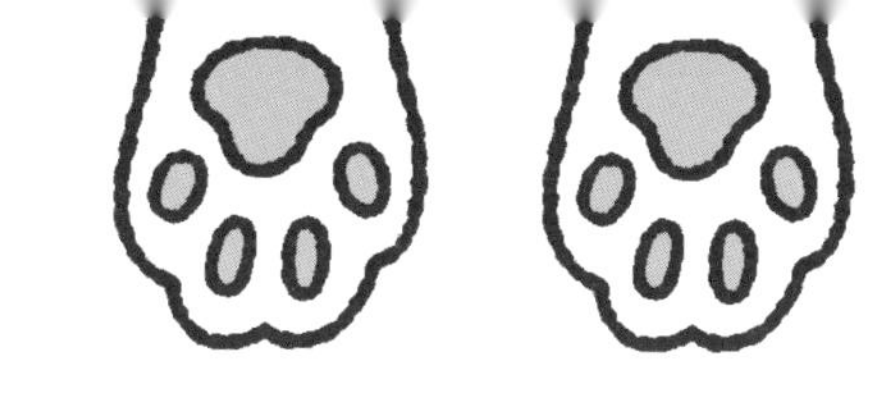

第3章

シニアになっても明るい毎日!

ネコの「老い」

ネコの「老い」で起こる生活の変化に対応しよう

POINT 1 トイレをバリアフリーに

おしっこやうんちの状態を確認するのは大事な健康チェックですが、トイレ行動の様子も確認してください。たとえば粗相をする原因がトイレをうまくまたげないことにあるなら、関節炎なのか、老化による筋力低下なのかなどを見極めつつ段差をなくしましょう。

POINT 2 フードや水の置き方にもくふうを

運動能力や身体機能の低下が老化によるものなら、飼い主が意図的に少し体を動かすくふうをしてあげましょう。フードや水を小分けにしたり、少しだけ高いところに置いたりすれば、食事や水をとりたいときに歩く距離が延びて、上下運動もできます。

POINT 3 脳に刺激を与える遊びも

集中力や体力が続きにくいシニア期には、食事の前に数分～5分程度の遊びや運動を取り入れましょう。年をとっても狩猟本能は残っているので、猫じゃらしやキャットトンネル、鈴入りや音が出るオモチャなどを使ってワクワクさせると脳の刺激になります。

ニャン プラスPOINT

シニア期のネコにとって居心地がいいのは、快適な寝床やお気に入りの場所があることと、飼い主との適度な距離感が保たれていることです。話しかけたりコミュニケーションをとったりするのは必要ですが、拘束したり構いすぎたりすると大きなストレスが生じます。

ココでわかる老化のサイン

年をとると動きがゆっくりして、活動量も減っていくのは自然なことです。
ここでは日常生活の中にある老化のサインを伝授しましょう。

活発に動かなくなる

個体差はありますが、ネコは中年期から少しずつ活動量が少なくなります。シニア期になると筋力が低下して動けなくなり、動かないのでさらに筋力が衰えるといったループが繰り返されて、高いところに行かなくなったり、ジャンプに失敗したりするようになります。

目、歯、爪、毛が変化する

シニア期になると目の虹彩や水晶体の変化、歯の黄ばみ、爪が厚くなる、抜け毛の増加、毛のパサつき、顔周りの白髪などが見られるようになります。

好奇心がなくなる

若いころはオモチャでよく遊び、あらゆることに好奇心を持っていたのに、だんだん遊びにも関心を示さなくなったりします。動くものなどに興味を示して目で追いかけても集中力が続かなくなります。

!

運動能力の低下や長時間眠るといった老化のサインは、病気などの初期症状とよく似ていて、見分けがつきにくいかもしれません。「年だから」で終わらせず、痛みがないか、全身の状態に変化がないか注意深く観察して健康チェックを行ってください。違和感があれば動物病院へ連れていきましょう。

シニア期になったら日常的にチェックしたい水・食・息

POINT 1 飲む水の量に注意

ネコは1日に、体重1kgあたり約50mLの水が必要です。腎臓の機能が落ちると水をたくさん飲みたがるため、飲水量は毎日測りましょう。計量カップで計った水を置いておけば、翌朝に水をとりかえるとき、その残量で1日のおおまかな飲水量がわかります。

POINT 2 少食・過食にご用心

ネコはストレスで食欲をなくすこともありますが、あまりにも食べないときは病気か口内の不都合があるのかも。逆に異常に食べるときにも注意が必要。糖尿病のおそれがあるほか、モリモリ食べてもやせていくときは甲状腺の病気の可能性も。

POINT 3 呼吸の乱れは危険信号

平均的なネコの呼吸数は1分間に20～30回といわれています。ふだんの呼吸数を数えておいて、週に1度程度は呼吸数の確認をしましょう。口を開けてゼイゼイとあらい呼吸をしているときは、危険信号。できるだけ早く病院に連れていきましょう。

ニャン プラス POINT

通常は鼻呼吸をしているので、口を開けて息をするのは異変のサインといえます。また、2、3回程度のくしゃみなら問題はありませんが、くしゃみが続くときや鼻水などの症状は猫カゼかもしれません。

ふれあうことでもわかるネコの不調

10歳ごろからシニア期に入るネコは、人間でいえばお年寄りです。元気に過ごしていても、近くにいる飼い主が見守り、ふれあい、世話をしていく中で様子を把握することに努めましょう。

体を触って確かめる

飼い主が体を触ると、毛の感触によってツヤの有無や脱毛や毛が薄くなっている部分がわかります。また、皮膚の感触のザラつきなどによって湿疹など皮膚の異常、しこりや腫れに気づきやすくなります。

顔をよく見る

目ヤニが白っぽい、または黄色や黄緑色など、通常の色（茶色や薄茶色）とちがうときは、猫カゼなどの病気かも。目に白い膜が出たままのときも体調を崩しているあらわれです。

行動を観察する

寝てばかりいる、寝起きに伸びをしない、毛づくろいをあまりしなかったり同じところばかりなめたりするときは、体調が悪かったり、痛みがあったりしてあまり動きたくないのかもしれません。

!

歯茎や口の中の粘膜の色は通常ピンク色ですが、個体差があるので、ふだんとのちがいを確認するほうが重要です。腫れや口臭、よだれなども異変のサインです。歩くときにフラつく、急に脚の動きが弱々しくなった、これまで登れた高い場所に登れなくなったときは、関節の異常や病気の可能性があります。

長寿のヒケツは水を飲むこと。水飲み場を増やしてあげよう

POINT 1 水を十分飲ませる

かつて砂漠で暮らしていたネコは、体内の水分が少なくても体を動かせます。ただ、水分が少なくなればおしっこが濃くなり、膀胱炎や尿路結石などの病気にかかりやすくなります。長生きしてもらうには、水を飲まないときに放っておかず、水分をとらせましょう。

POINT 2 水入れを3つぐらい設置

なかなか水を飲まない場合は、水を飲んでもらえるようにくふうしましょう。水はこまめに取りかえて、その都度器もきれいに洗うこと。ネコの通り道に少なくとも3ケ所以上、新鮮な水を、ヒゲが当たらない広口の器に入れてあげてください。

POINT 3 ウェットフードでも補給できる

ウェットフードなら、1日に必要な水分量の大半をフードから得られるので、飲む量が少しでもOK。ドライフードにぬるま湯やささみのゆで汁をかける、水にツナ缶の汁を少し混ぜて味つけするという方法もあります。

ニャン プラス POINT

ネコは新鮮な水が大好きで、動きのある水も好みます。水道の蛇口から少しずつ飲ませたり、水がチョロチョロ流れる循環式の自動給水機を活用したりするのもおすすめです。

ネコ用品を新しくするときは、使い慣れたものをすぐに捨てないで！

POINT 1　新しいものにストレスを感じることも

ネコは、新しいもの、初めて見るものに対して「興味を示してワクワクする」「警戒して、あるだけでストレスを感じる」の正反対の感情をもちます。個体差や相性などもありますが、とくにシニアネコの場合はストレスを感じる場合が多いのです。

POINT 2　以前のグッズをすぐに捨てない

たとえば水飲み容器や爪とぎなど、ネコの生活に直接かかわるグッズを新しくしたときは、古いものをすぐに捨てたりせずに、しばらくは新しいものと古いもののどちらも置いておき、慣れてくれるまで待ちましょう。

ニャン プラスPOINT

ペットショップなどにネコを連れていき、新調したいグッズとの相性を見るという方法もあるにはありますが、外に連れ出した時点で自然な反応が期待できないことが多いかもしれません。身の回りのグッズだけでなく、シニアになってからの引っ越しや環境の変化は、可能な限り避けることを心がけましょう。

ニャイフ（ライフ）ステージによって、食事を切り替える

POINT 1　たんぱく質は必須

シニア期のフードは低カロリーが基本。低脂質、低たんぱく質、低マグネシウムの商品が多いのですが、体重1kgあたりでいえば人間の6倍のたんぱく質が必要です。腎臓ケアは25〜35%の低たんぱく、栄養不足は高たんぱく（約70%まで）のものを選んで。

POINT 2　原材料、カロリーなどをチェック

シニアネコには若いころよりさらに良質のフードを選びたいもの。できれば無添加、肉や魚を主な原料としたフードが理想的です。成長期にくらべて低カロリー（100gあたり350〜384kcal）、低脂質（13〜20%）のものにしましょう。

POINT 3　ウェットフードも検討する

消化がよく、高齢のネコに必要な栄養素が含まれているシニア向けのフード。ドライフードにくらべてやわらかく、水分が多いウェットフードを検討してみましょう。噛むのが苦手なネコ、水をあまり飲まないネコにもうってつけです。

ニャン プラスPOINT

健康のために最適な食事でも、食べなければ意味もありません。食事を切り替えると食欲が落ちるなら、それまで食べていたフードにシニア食を少しずつ混ぜたり好きなトッピングをのせたりしてみて。

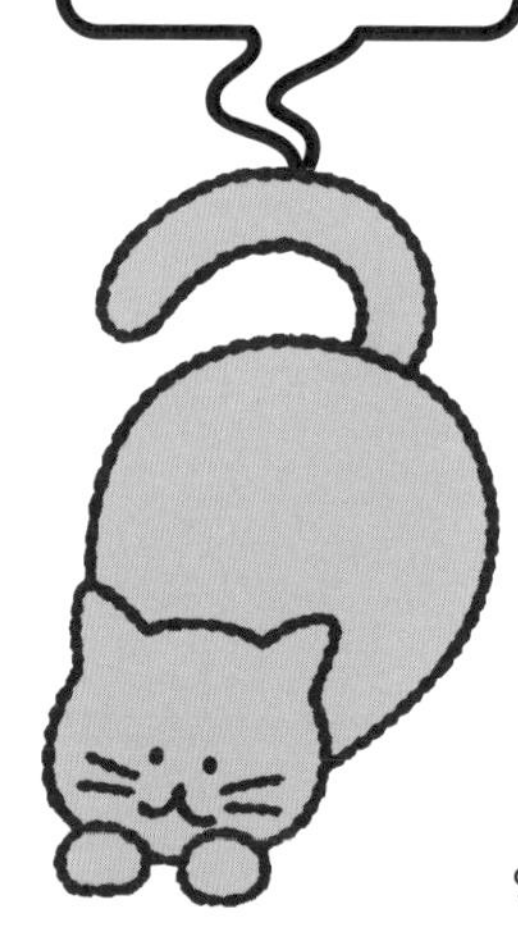

ライフステージ別のフード切り替え術

時が経つにつれてネコの暮らしも変わっていきます。健康や長生きのために子ども、大人、シニアなどの成長や老化の度合いや生活の変化に応じ、それぞれの段階でふさわしい食事に切り替えていきましょう。

フードを与えるのは8週以降

生まれて4週までの子ネコには母乳、母ネコがいなければ子ネコ用ミルクだけを与えます。4～8週はミルクから水や子ネコ用の高カロリー・高たんぱくのフードに少しずつシフト。お湯でフードをやわらかくしたり、少量ずつ食べさせたりして、8週以降で母乳やミルクから卒業です。

1歳ごろから大人用のフードを

去勢・不妊手術を受けていないネコには、1歳ごろから大人用のキャットフードを与えます。去勢・不妊手術を受けたネコは、1歳に満たなくても大人用のフードに切り替えて。主食には必要な栄養素がバランスよく含まれた「総合栄養食」という表示のフードを選びましょう。

シニアのネコはフードを切り替える

運動量・活動量が落ちる7～11歳ごろは、カロリー過多になりがちな食事の切り替えどき。フードの成分を見て、太りぎみなら低脂肪・低カロリー、食が細いシニアには高脂肪・高カロリー、内臓機能が弱いなら消化吸収のよいものを選んで。ウェットフードも検討しましょう。

！

シニア向けのフードには多種多様な商品がありますが、健康診断などで内臓機能に問題がないようなら、あまり急いでシニアフードに切り替える必要はありません。

歯の健康を保って、老後の食事時間を楽しく過ごそう

POINT 1　1日1回は歯みがきを

ネコ用の歯ブラシは、動物病院やペットショップで入手可能です。できれば1日1回、少なくとも3日に1回は行います。力を入れてこすらずサッとなでるように磨いてあげましょう。

POINT 2　子ネコのうちから慣らしておく

慣れていないネコは、歯みがきを嫌がります。子ネコのうちから口を触ったり指で歯を触ったりすることに、少しずつ慣れさせましょう。慣れてきたらガーゼを指に巻いて少し湿らせ、歯の表面をこすってみて。これができたら歯ブラシを使いましょう。

POINT 3　上あごを重点的に

歯垢はとくに上あごの奥の第二臼歯、第三臼歯につきやすく、一度、歯石になると動物病院で処置してもらうことになるので、これらの場所を重点的に磨きましょう。第二臼歯、第三臼歯はくちびるの横をめくると見えます。歯肉もやさしくこすってあげてください。

ニャン プラスPOINT

どうしても歯みがきができない場合は、粒の大きさや硬さを調整してケアするフードを取り入れる、デンタルケアができるオモチャを用意する、口の中にスプレーまたはジェルを塗るだけでいいデンタルケア製品を活用するなどしましょう。

虫歯より怖い歯周病を予防しよう!

いつまでも元気で食事を楽しむために口内ケアが欠かせないのは、ネコも人間も同じです。ただしネコには虫歯はありません。ではネコの歯みがきはなんのため……?

ネコに虫歯はない!

ネコの口内はアルカリ性で、歯が全部とがっていて虫歯菌が定着しないので、ネコに虫歯はありません。ただ、歯垢は1週間で歯石になるなど人間よりも歯石になりやすく、そのせいで歯周病をひきおこすことも。

本当はおそろしい歯周病

歯周病は歯垢や歯石の中の細菌が原因とされ、歯についた細菌のせいで歯肉や歯周組織に炎症を起こします。歯垢や歯石がなくても、糖尿病や猫白血病ウイルス、猫エイズなどによって免疫力が低下すると歯周病にかかりやすくなります。

口内をチェックして歯周病を予防

歯周病がひどくなると食事ができなくなり、あごの骨がとけたり皮膚に穴があいたりすることも。予防のために口をあけてみて、歯のつけ根の歯垢・歯石、歯茎の腫れや歯のぐらつき、口臭、よだれがないか確認してみて。歯の片側だけで食べ物を噛むときも要注意です。

!

歯周病は、歯みがき不足だけで起きるわけではなく、原因がわからない場合も。家で歯みがきをする場合も、それだけで問題ないかどうかかかりつけ医に相談しましょう。慢性のひどい歯周病は、血液に乗って菌が体内に広がりシニアネコの内臓にダメージを与える場合があります。歯周病は、歯だけの問題ではすまないのです。

老化によって爪も変化する。日ごろからチェックを忘れずに

POINT 1 爪のチェックは2週間に1度

爪の伸びすぎは、肉球に突き刺さる以外にカーテンやじゅうたんなどに引っかかって爪が折れたり、体をかくときに傷がついて細菌感染を起こしたりする可能性があります。少なくとも２週間に１度は、爪が伸びていないかを確認しましょう。

POINT 2 爪の先端は2mmカット

ネコの爪は、ふだんは指の中にしまわれています。切るときは脚をそっと持ち、爪の根もとを人間の指でやさしく押して爪を出します。

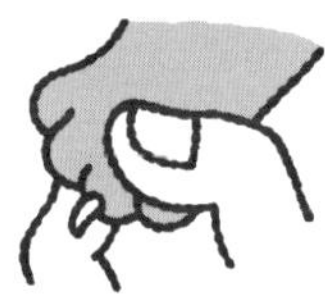

爪が出たらネコ専用の爪切り道具で先端を２mmほどカット。神経と毛細血管の部分にまで深爪をすると、痛がったり出血したりしてしまいます。

POINT 3 親指の爪も忘れずに

ネコの前脚には爪が５つ、後ろ脚には４つあります。前脚の親指は、他の４本の指と離れた場所にあるので、つい見落としてしまいがちになります。親指の爪を切り忘れると、伸びた爪の先が肉球に食い込んでしまうので、忘れずに切りましょう。

ニャン プラスPOINT

爪の色や表面の滑らかさ、また爪の根もとの皮膚に炎症がないか、汚れていないかなどをチェックして、異常があれば自分で処置せずに病院へ行きましょう。

ヒトとはちがうネコの爪を理解するべし

ネコにもヒトにも爪がありますが、その機能やしくみには大きなちがいがあります。ネコの爪のことを理解しておきましょう。

爪とぎはネコの習性

ペットとなったいまは狩りや木登りの必要がありませんが、爪とぎはネコ本来の習性です。爪をとぐことで外側の古い層をはがして、つねに鋭くしています。

ネコの爪は二重構造

爪は獲物を捕まえたり木に登ったりするための大事な道具で、内側と外側の二重構造になっています。

フローリングの床を移動するときにコツコツと音がする、じゅうたんやラグを歩いて爪が引っかかるときは、爪が伸びすぎているサインです。そのまま放置すると太い巻き爪になって肉球に突き刺さってしまいます。突き刺さったときは動物病院で抜いてもらいましょう。

落ち着いて眠れる環境が長生きできるヒケツ

POINT 1 眠りやすい場所

暗くて狭い場所があると安心する一方、日当たりがよく暖かい場所も好きです。また、敵がいないかどうか見張れる高い場所も好きなため、キャットタワーを用意してあげてもいいかもしれません。部屋の中から外が見られる場所も好みます。

POINT 2 安眠できる縄張りを確保

眠る場所が散らかっているとストレスを与えるので、スッキリと片付けましょう。床が固いと寝づらいため、毛布やタオルケットを敷いて整えてあげて。自分だけの縄張りで安眠できるよう、キャットハウスやケージを活用する手もあります。

POINT 3 室内の温度や明るさを調節

ネコが気持ちよく寝られる室温調節も重要です。ネコにとって快適な室温は20～26℃、湿度は30～60％とされています。また、人工の光は明るすぎる場合があるので、まぶしそうなら照明を消したりして、適度に暗くしてあげて。

ニャン プラスPOINT

ネコが安心して眠るためには、飼い主がリラックスさせてあげることも大切です。顔の周りや自分では届かない場所を、ネコが信頼している飼い主がマッサージしてあげたりなでてあげたりすることで心からくつろぎ、眠気を誘われてゆったりした気持ちで眠りにつくことができます。

寝相でわかるネコの警戒度

ネコの寝相は、室内環境や警戒心の度合いによって変わります。下のイラストを見てチェックしてみましょう。

寝相は眠りの様子を教えてくれる

暖かくて周りを警戒していないときは①のように体を広げたり、おなかを見せてバンザイの姿勢で眠ります。②のように横たわってわき腹を見せているときも、警戒心が薄いときです。寒いときや警戒心があるときは、③のように体を丸めて眠ります。

！

いつもとちがう眠り方をしていないかどうか、ときどきチェックしてみましょう。横たわってぐったりしていたり、胸が大きく動いたりするのは病気かもしれません。急に飼い主のそばで寝ようとするときは、体調不良や不安な気持ちを訴えている可能性があります。手足を激しく動かしているのは発作のせいかも。

排泄に失敗したら、トイレ環境を見直して負担を減らす

POINT 1 トイレは清潔に

ネコは汚れているトイレを嫌がって、排泄をガマンすることがあります。システムトイレの場合、すのこやトレイなどをつねに丸洗いするのは大変です。専用の掃除用シートや泡を密着させるスプレーをうまく使い、こまめにふきとりましょう。

POINT 2 オスネコのスプレー

オスネコのトイレの失敗は、おしっこを広い範囲にかけるスプレーというマーキングの可能性があります。新しいネコが来たり外のニオイが持ち込まれたりして不安・不満を感じて行われることが多いのですが、完全に成熟する前に去勢をすればだいたい収まります。

POINT 3 病気の可能性も

おしっこの失敗は、高齢のネコによく見られる現象です。膀胱に細菌が繁殖する膀胱炎になると、頻尿、血尿、トイレ以外の場所でおしっこが出る、おしっこのときに痛がる、おしっこがなかなか出ないといった様子が見られます。トイレのトラブルは病気のせいかもしれません。

ニャン プラス POINT

ネコには安心しておしっこやうんちができる場所が必要です。飼っているネコの数より1つ多くトイレを用意して、清潔に使えるようにくふうしましょう。健康チェックができるように飼い主が見守りやすく、かつ落ち着ける場所を選んであげて。

失敗したときにニオイを消すワザ

いままで問題がなかったのに急にトイレの失敗をするようになっても、ネコを責めないでください。ニオイが気になるなら、手作り消臭剤で対処しましょう。

消臭剤を手作りしよう！

粗相をして、家具や壁、床などにおしっこがかかったときは、アルコールや、お酢を水で薄めて溶液を作ってふきとり、ニオイが残らないように気をつけて。それでもニオイが残るときは、無香の消臭剤でニオイを消し去りましょう。

！

トイレの失敗の原因は、病気のほか、単純に間に合わないこともあればトイレの入り口の高さが合わずまたげない、関節炎などの症状がありトイレの出入りがしづらい、トイレが汚れていて気にいらない、ネコ砂が好みでないなどさまざまです。清潔で出入りがしやすいトイレを用意してあげましょう。

脚が弱るシニア期には、お気に入りポイントを見直そう

POINT 1　段差を作って移動をサポート

高いところにあるお気に入りの場所への行き来が難しくなったら、台やいすなどの家具を配置して、移動のためのサポートをしてあげてください。家にあるもので代用してもいいですし、市販のネコ用のスロープや階段などで段差を解消するのもいいですね。

POINT 2　本棚のスペースだけでもOK

シニアネコには、低い場所にネコがくつろげるスペースを作るだけでもOK。たとえば本棚の一部のスペースを空けたり、段ボールにタオルや毛布を入れてネコが出入りできる穴をあけるだけでもいいのです。

POINT 3　寝床を行きやすい場所へ

高所に行き来しづらくなったら、寝床もネコが行きやすい場所に移動させたり、作り直したりしてあげるのもネコのためになります。マットレスや毛布などを活用して、柔らかい寝心地の寝床にしてあげて。

ニャン プラス POINT

部屋によって温度にばらつきがあれば、ネコは暑いときや寒いときにそこに移動できます。ヒトがよかれと思って設定したエアコンの温度が、ネコにとってはしっくりこないこともあるので、逃げ場を作ってあげるとよいでしょう。

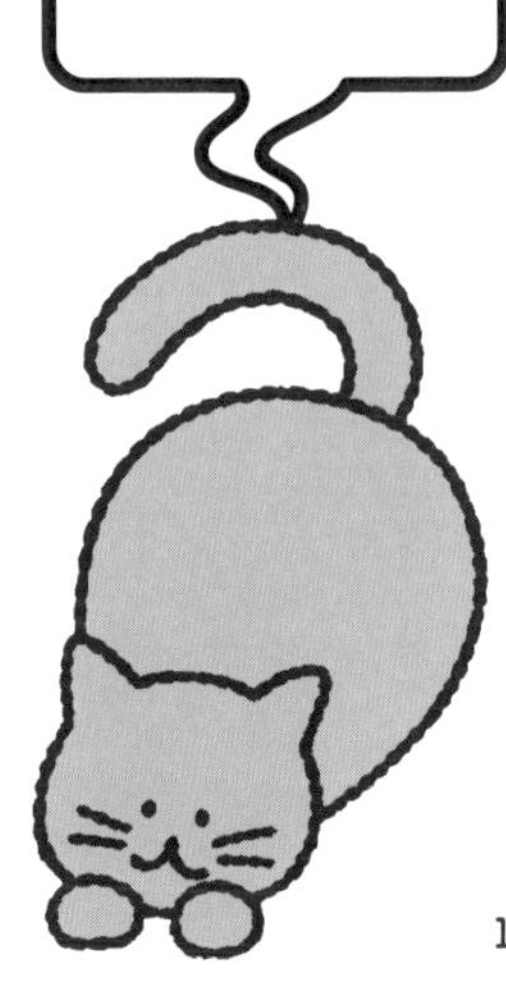

ネコが本来好きな場所

野生の習性の名残から、ネコは高い場所、狭くて暗い場所が大好きです。その「大好き」の理由を知っておきましょう。

狭くて暗い場所が好き

野生時代、ネコは外敵から隠れるため、狭くて暗い場所に身を潜めていました。エサとなる獲物も隠れていたので、いまでもそのような場所では安心した気持ちになり、狩猟本能がかきたてられて好みます。

高い場所が好き

遠くまで見渡せるため、危険をすぐ察知して逃げられる高い場所にいると、ネコは安心する習性があります。眺めを楽しむことができる高いところは大好きです。

！

日当たりがよくひなたぼっこができる窓辺や出窓は、外の様子がわかります。暖かく気持ちいい場所で身の安全を確保しながら思う存分見張りができ、気兼ねすることなくその場所を独占できるのは、ネコに満足感を与えます。ネコにピッタリの居場所といえるでしょう。

シニア期のネコのためのマッサージがある！

POINT 1　週1～2回、15分程度

マッサージは、ネコの様子を確認しながら週1～2回、15分程度行いましょう。ただし、持病のあるときは動物病院に相談してからにしてください。食事の直後、けがや病気、発熱、激しい運動の直後は、基本的にマッサージは避けたほうがいいのです。

POINT 2　顔の周りをほぐす

まずは顔の周りからマッサージしましょう。食べ物を噛むことであごに疲労がたまりやすいので、頭をしっかり押さえて、親指で円を描くようにマッサージしてあげて。ネコのほおには引っぱっても痛くない部分があるので、引っぱったまま数秒間キープしましょう。

POINT 3　全身をなでて健康チェック

まず、全身を毛の流れに沿ってやさしくなでてあげることから始めましょう。皮膚の異変やしこりを確かめる健康チェックも兼ねることができます。首筋から肩のあたりをつまんでもみほぐす、ひざの曲げ伸ばし、デリケートな肉球もやさしくもみほぐして。

ニャン プラス POINT

マッサージはネコのストレス解消やリラックスといった効果がありますが、マッサージを行うヒトも癒されます。一緒にいることやマッサージで、ネコと人間はお互いに幸福を与えあうことができるのです。

ブラッシングも大好きニャン！

ネコはマッサージと同じくらいブラッシングも好きです。シニアになって毛づくろいの頻度が減ってきたら、飼い主がブラッシングをしてあげましょう。

毛づくろいのかわりにブラッシング

元気なときのネコはしょっちゅう毛づくろいをしていますが、体力が落ちるとできなくなります。感染症対策のためにも、ブラッシングをしてあげましょう。毛づくろいをしなくなるとお尻や腰周り、あごの周りなどに汚れがたまりやすくなるので、こまめにふいてあげて。

マッサージ効果もある

長毛種のネコはできれば毎日、短毛種のネコには週２回程度ブラッシングをしてあげましょう。ブラッシングをしつつマッサージ効果も期待できるのはラバーブラシと獣毛ブラシ。獣毛ブラシは毛がつまりやすいので気をつけて。ラバーブラシの場合は仕上げにコームを。

！

人間にとってはリラックス効果が高いアロマオイルですが、ネコにはＮＧです。アロマの成分を皮膚から吸収してしまい、重篤な中毒症状を起こすことがあるので、アロマオイルの使用は厳禁。また、マッサージを痛がるそぶりを見せたときは、体をそっとさすってあげてください。

信頼できるかかりつけの動物病院を若いうちから見つけておこう！

POINT 1 かかりつけ医を決めておく

ネコの成長や飼い主との暮らしに寄り添ってくれる動物病院を見つけて、ぜひ、かかりつけ医を持ちましょう。小さいうちから定期健診や診察を受けていれば、成長の度合いやふだんの状態を把握してもらいやすく、病気の治療をスムーズに行うことができます。

POINT 2 飼い主が自分の目で見て決める

どんな動物病院なら、ネコを安心して任せられるのかという自分なりの基準を持つことも大切です。ネットの口コミや飼い主仲間の情報をうのみにせず、最後は自分の目で見て判断して。

POINT 3 国際基準の規格を参考にする

国際猫医学会によって確立された、ネコにやさしい病院の「キャット・フレンドリー・クリニック」という国際基準の規格があります。ネコ専任スタッフを設け、専門性の高い知識と質の高い医療の提供をネコの家族に約束するという動物病院です。そのリストから選ぶ方法もあります。

ニャン プラス POINT

納得できないことがあったら、セカンドオピニオンを聞けるかどうかも、かかりつけ医を選ぶ基準になります。近年はネコの治療も高度化してきているので、自分で手に負えないときは的確に他の動物病院へと連携をとってくれるところがよいでしょう。

信頼できるかかりつけ医を見極めるコツ

「かかりつけの病院が大事なのはわかるけど、どうやって探せばいいの？」
——そんな方のために、信頼できる病院を見極めるコツをご紹介します。

家から近い距離にあるかどうか

具合が悪いのに長時間移動させるのは、ネコの心身にとっていいことではありません。一番近い病院である必要はありませんが、かかりつけ医が遠すぎるときは、治療の開始がそれだけ遅くなってしまうので、動物病院の立地は重要です。

医療設備の充実と清潔感はどうか

医療設備がそろっていないと、検査や治療のために別の動物病院に行かなくてはなりません。また建物の外観が古くても、待合室や診察室に清潔感があれば、誠実な診療を心がけている証といえます。

説明や会計が明朗かどうか

治療や検査に関する説明があり、飼い主の質問にもしっかり答えてくれるなら、信頼関係を築けます。また、動物病院は自由診療のため料金体系がさまざまありますが、他院とくらべて料金が高すぎない、料金の内訳の説明があるなど明朗会計であることも重要です。

！

治療やケアをしてくれる獣医師やスタッフの人柄、キャラクターも無視できません。ネコの扱いに慣れていて上手であることはもちろん、飼い主の話をよく聞いてくれるなど、人間同士の信頼関係が築けるかどうかを確認するのは、人間のかかりつけ医を探すときと変わりありません。

シニア期の定期健診で、とくに注意して見ておく検査数値

POINT 1 腎機能（尿の濃さ・BUN・CRE・IP）

ネコの検査で、まず１番に確認したいのは腎機能です。シニアネコにとって、腎機能疾患がもっとも代表的な病気だからです。定期健診で見るべきは、尿の濃さ（血液検査でなく尿検査でわかる）、そしてBUN、CRE、IPといった項目をチェックします。

POINT 2 血球の数（白血球・赤血球・血小板）

シニアネコには腎不全からくる貧血が多いため、定期健診で赤血球の量を測っておくことで、本来の姿が把握できます。白血球の数値は、どこかに炎症がある場合や白血病で上昇しますが、同時に採血時の興奮でも急上昇するので、落ち着かせて何回か測定すれば、本来の数値がわかります。

POINT 3 GLU（血糖値）と肝機能（AST、ALT）

ヒトだけでなく、ネコの糖尿病もめずらしくない病気となっており、しかも症状がひどくなってから気がつくことが多くあります。こまめに調べることで早期に対処しましょう。またASTやALTなど肝機能を調べる項目も、定期健診の必須項目として重要です。

ニャン プラスPOINT

定期健診は、可能なら年に２回以上のサイクルが理想的です。ヒトより寿命の短いネコの場合、１年に１回では早期発見ができないことがあるからです。また、健診結果の書類や薬のラベルなどは、時系列にクリアファイルなどにとじておけば、主治医以外の獣医が診察や判断しやすくなります。

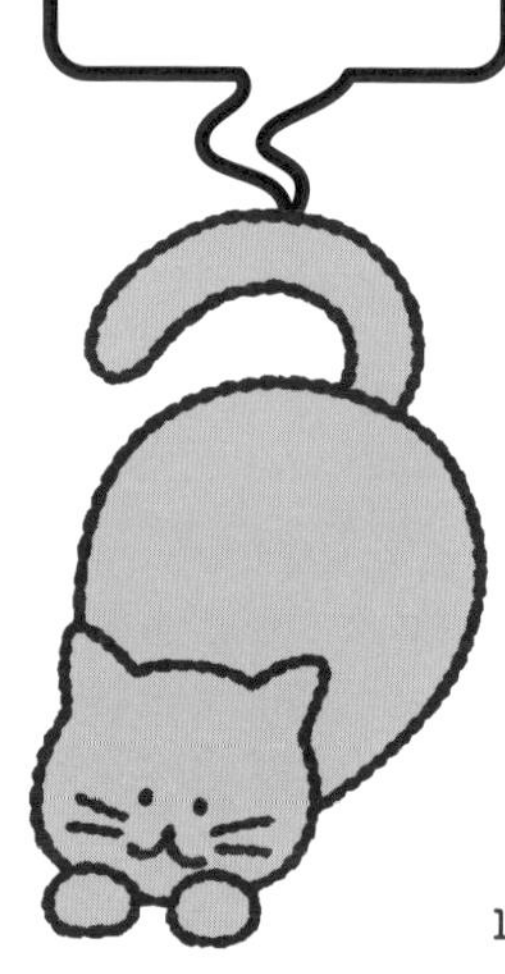

血液検査で一般的によく調べる項目

定期健診でもっとも基礎的な検査は血液検査です。さまざまな項目を調べることによって、症状として表にあらわれていなくても数値の異常があれば、病気の早期発見の手がかりになります。

検査項目	関連する臓器・機能・疾病	単位
GLU（血糖値）	糖尿病など	ug/dl
GOT(AST)	肝機能など	mg/dl
GPT（ALT）	肝機能など	mg/dl
GGT（γ -GTP）	肝機能	lU/l
ALP（アルカリフォスターゼ）	肝機能、ステロイドなど	U/l
NH3（アンモニア）	肝機能、門脈シャフトなど	μ g/dl
BUN（尿素窒素）	腎臓、肝臓など	mg/dl
CRE（クレアチニン）	腎臓	mg/dl
IP（無機リン）	腎臓、副甲状腺機能など	mg/dl
電解質 （Na＝ナトリウム／K＝カリウム／ Cl＝クロール）	糖尿病、高血糖、脱水など	Na ／mg/dl K ／mEq/l Cl ／mEq/l
TP（総蛋白）	肝機能、栄養障害、感染症など	g/dl
血球計算 （白血球・赤血球・血小板）	感染症、中毒、各部炎症、白血病、 多血症、貧血、免疫疾患など	g/dl

※状況に応じて、より多くの項目を調べることもあります。

！

健康診断で行う血液検査は、スクリーニング検査に当たります。スクリーニング検査とは、特定の病気を診断するのではなく、症状が表にあらわれていなくても体に異常があるかどうかを調べる検査です。見た目や身体検査ではわからないネコの体の状態が数値化されるのです。

血液検査以外の検査例

定期健診の検査項目は、もちろん血液検査だけではありません。ここでは、それ以外にどんな検査があり、それぞれどのようなことを見ているかを紹介します。

尿検査

検尿方法には、自然排尿、圧迫排尿、膀胱穿刺、カテーテルでの採尿などがあります。定期健診では、まず自然排尿したおしっこを自宅から持参することが一般的です。尿検査では、腎臓での尿の濃縮力、尿たんぱくがあるかを確認して、結石や膀胱炎の可能性など腎臓の機能低下を早期に発見します。

また、おしっこを遠心分離器にかける尿沈渣検査では、試験管の底にたまった沈殿物を顕微鏡で観察します。それによって、細菌や結石の原因となる結晶類（ストルバイト、シュウ酸カルシウムなど）があるかどうかを調べます。

検便

うんちを調べる便検査では、細菌のほか、顕微鏡で寄生虫やジアルジア類、コクシジウム類といった原虫の確認ができ、また消化不良の有無もわかります。さらにウイルスを検出するキットを使えば、パルボウイルス感染症かどうかも判明します。

レントゲン検査

ヒトのレントゲン検査（X線検査）と基本的には同じですので、イメージしやすいでしょう。ネコのレントゲン検査で対象となるのは、胸部、腹部、運動器、骨などです。異物の誤飲や腫瘍の有無、さらに骨の変形などを調べることもできます。

ネコはヒトと違い、長時間じっとしていることが難しいですが、レントゲン検査の際は防護服を着用した獣医師や看護師がネコを押さえながら撮影することが一般的で、麻酔や鎮静剤を使うケースは少ないです。

超音波検査

こちらもヒトの超音波検査（エコー検査）と基本的には同じです。高周波の音波を臓器などに当てて、はね返ってきた音を画像化することで臓器のようすを確認します。

超音波検査の対象は、心臓、肝臓、腎臓などの臓器となりますが、これも麻酔や鎮静剤を使うことは少なく、比較的負担の少ない検査です。

さらに詳細な検査項目の例

貴院控

受領日	サイン	営業所
年		

総合検査依頼書

コード	施設名	TEL FAX	担当医	カルテNo.	採取日 年　月　日
オーナー名（カナ・姓のみ）		犬・猫・兎・フェレット・鳥 その他分類・種類 （　　　）	♂・♀・♂・♀	才	負荷時間 Pre Post（　h・　h）
ペット名（カナ）			．kg	ヶ月	

出検にあたるガイダンスに同意します。

チェック	コード	専用項目

材料	冷蔵	冷凍	室温
血清	本	本	本
血漿	本	本	本
全血	本	本	本
尿	本	本	本
その他（　　）			本

コメント/予測される疾患名

資材依頼欄	
総合検査依頼書	分離剤入り採血管
EDTA採血管	マイクロチューブ
凝固検査用採血管	アプロチニン入り採血管
滅菌スピッツ管	検体ラベル

チェック	項目	
	生化学検査／セット検査	
	全身スクリーニング	血清0.5mL
	胆肝スクリーニング１（ＢＴＲ含）	
	リパーゼ（Ｌｉｐａ）＋ＣＲＰ（犬）	血清0.3mL
	リパーゼ（Ｌｉｐａ）＋ＳＡＡ（猫）	
	膵炎症セット（犬）	血清0.5mL
	ビタミンB12＋葉酸セット（犬）	血清0.5mL
	総胆汁酸　Ｐｒｅ＋Ｐｏｓｔ	血清各0.2mL
	生化学検査／単項目	
	総胆汁酸（ＴＢＡ）	血清0.2mL
	ＢＴＲ（アミノ酸分析）	血清0.3mL
	糖化アルブミン（ＧＡ）	血清0.2mL
	フルクトサミン	血清0.2mL
	トリプシン様反応物質（ＴＬＩ）（犬）	血清0.2mL
	リパーゼ（Ｌｉｐａ）ＤＧＧＲ基質	血清0.2mL
	高感度心筋トロポニンＩ	凍 血清0.4mL
	蛋白分画	血清0.3mL
	リポ蛋白質コレステロール分画（犬）	血清0.3mL
	ＡＬＰアイソザイム（犬）	血清0.3mL
	ＣＫ（ＣＰＫ）アイソザイム	血清0.3mL
	シスタチンＣ（小・中型犬）	血清0.2mL
	ＳＤＭＡ（猫）	血清0.15mL
	免疫学検査	
	直接クームステスト	EDTA全血1.0mL
	リウマチ因子（ＲＦ）（犬）	血清0.3mL
	抗核抗体（ＡＮＡ）	血清0.3mL
	ＣＲＰ（犬）	血清0.2mL
	ＳＡＡ（血清アミロイドＡ）（猫）	血清0.2mL
	α１ＡＧ	血清0.2mL
	ＡＦＰ（犬）	血清0.2mL
	ヒスタミン（犬）	凍 EDTA血漿0.2mL
	凝固・線溶検査	
	PT・APTT・フィブリノーゲン	凍 クエン酸血漿0.5mL
	ＡＴ	凍 クエン酸血漿0.3mL
	ＴＡＴ	凍 クエン酸血漿0.3mL
	ＦＤＰ	凍 クエン酸血漿0.3mL
	Ｄダイマー	凍 クエン酸血漿0.3mL
	血液学検査	
	血液型	EDTA全血0.5mL
	血球計算	EDTA全血0.5mL
	白血球分類	EDTA全血0.5mL
	網状赤血球数	EDTA全血0.5mL
	その他	
	結石分析	10mg以上

チェック	項目	
	内分泌検査	
	甲状腺機能セット１　Ｔ４＋ＴＳＨ	血清0.2mL
	甲状腺機能セット２　ＦＴ４＋ＴＳＨ	
	甲状腺機能セット３　Ｔ４＋ＦＴ４＋ＴＳＨ	
	甲状腺ホルモンセット　Ｔ４＋ＦＴ４	
	副腎セット１　コルチＰｒｅ＋Ｐｏｓｔ	血清各0.2mL
	副腎セット２　コルチゾール	血清0.2mL
	副腎セット２　ＡＣＴＨ	凍 EDTA血漿0.3mL
	副腎セット３　コルチPre+Post+Post	血清各0.2mL
	内分泌スクリーニング1　T4 TSH コルチPre Post	血清各 Pre0.3mL Post0.2mL
	内分泌スクリーニング2　FT4 TSH コルチPre Post	
	内分泌スクリーニング3　T4 FT4 TSH コルチPre Post	
	内分泌セット１　Ｔ４＋コルチ	血清0.3mL
	内分泌セット２　ＦＴ４＋コルチ	
	ｉｎｔａｃｔ ＰＴＨ　凍	血清0.3mL
	副甲状腺セット1　intact PTH＋イオン化カルシウム　凍	
	ＰＴＨ－ｒＰ	凍 アプロチニン血漿0.4mL
	副甲状腺セット3　intact PTH＋イオン化カルシウム	凍 血清0.3mL
	副甲状腺セット3　ＰＴＨ－ｒＰ	凍 アプロチニン血漿0.4mL
	Ｔ４	血清0.2mL
	ＦＴ４	
	ＴＳＨ	
	コルチゾール	
	ＡＣＴＨ	凍 EDTA血漿0.3mL
	プロゲステロン	血清0.2mL
	エストラジオール	
	テストステロン	
	インスリン	血清0.4mL（犬・フェレット）0.2mL（猫）
	エリスロポエチン	血清0.4mL
	ＡＮＰ	凍 アプロチニン血漿0.4mL
	血中薬物検査	
	ゾニサミド	血清0.3mL
	臭化カリウム	
	フェノバルビタール	
	シクロスポリン	凍 EDTA全血1.0mL
	尿検査	
	尿中一般検査	尿2.0mL
	尿沈渣	
	尿中タンパク／クレアチニン比（ＵＰＣ）	尿1.0mL
	尿中微量アルブミン／クレアチニン比（ＵＡＣ）	
	ＵＰＣ／ＵＡＣセット	
	尿中コルチゾール／クレアチニン比（犬）	
	尿中ＮＡＧ／クレアチニン比（犬）	
	Ｖ－ＢＴＡ（犬）	尿上清1.0mL

チェック	項目	
	犬感染症検査	
	犬糸状虫成虫抗原（犬）	血清0.2mL
	ジステンパーウイルスＩｇＧ抗体	血清0.2mL
	ジステンパーウイルスＩｇＭ抗体	
	ジステンパーウイルス抗原	鼻汁、眼脂、唾液、便
	パルボウイルスＩｇＧ抗体	血清0.2mL
	パルボウイルスＩｇＭ抗体	
	パルボウイルス抗原	便0.2g
	アデノウイルスＩ型抗体	血清0.2mL
	ブルセラ カニスＩｇＧ抗体	
	レプトスピラＩｇＧ抗体	
	レプトスピラＩｇＭ抗体	
	猫感染症検査	
	猫コロナウイルス（ＦＣｏＶ）ＩｇＧ抗体	血清0.2mL
	猫コロナウイルス（ＦＣｏＶ）＋蛋白分画	血清0.3mL
	ＦＩＶ・ＦｅＬＶセット	血清0.2mL
	猫セット（ＦＩＶ・ＦｅＬＶ・ＦＣｏＶ）検査	
	トキソプラズマＩｇＧ抗体	
	猫汎白血球減少症ウイルスＩｇＧ抗体	
	猫汎白血球減少症ウイルスＩｇＭ抗体	
	猫汎白血球減少症ウイルス抗原	便0.2g
	犬糸状虫成虫抗原・抗体セット（猫）	血清0.2mL
	犬糸状虫抗体（猫）	血清0.1mL
	エキゾチック関連検査	
	ジステンパーウイルスIgG抗体（フェレット）	血清0.3mL
	アリューシャン病ウイルスIgG抗体（フェレット）	
	エンセファリトゾーンIgG抗体（ウサギ）	
	クラミジアシッタシー抗原（トリ）	便0.2g
	アレルギー検査	
	アレルギー－環境①	血清0.4mL
	アレルギー－環境②	
	アレルギー－食物	
	アレルギーセットＡ（環境①，②）	血清0.8mL
	アレルギーセットＢ（環境①，食物）	
	アレルギーセットＣ（環境②，食物）	
	アレルギーセットＤ（環境①，②，食物）	血清1.0mL

その他検査項目は下記にご記入ください。

※富士フイルムVETシステムズが獣医などからの依頼を受けて検査する際の依頼書。

シニア期に入ったら、ほどよい刺激で認知症予防を心がける

POINT 1 オモチャや遊び

認知症の予防や改善のため、ネコの暮らしに刺激を与えてあげましょう。新しいオモチャを与えるなどして、遊びに変化をつけてみてください。頭を使わせる遊びが脳への刺激になります。

POINT 2 適度な日光浴と運動

シニアネコは運動不足になりがちで、脳への刺激も少なくなっています。日光浴ができる場所を作ったり、適度に運動ができるような環境を整えたりしましょう。無理に運動させてはいけませんが、遊びに誘い出してあげて。

POINT 3 やさしいコミュニケーション

目を見つめて名前を呼んだり、話しかけたりしてコミュニケーションを取りましょう。スキンシップをしながらやさしく体をなでてあげたり、嫌がらなければマッサージもいいですね。愛情をもってたくさんかわいがりましょう。

ニャン プラス POINT

怒りっぽくなる、徘徊する、夜鳴きをするなど、認知症になると、ヒトもネコもストレスフルになるかもしれません。しかし、ネコにとってストレスは大敵。やさしく寛大な心で接して、厳しく叱らないであげてください。

ネコが認知症になると起こる症状

家ネコの寿命が10年程度だった数十年前にはあまり見られませんでしたが、高齢のネコには人間のアルツハイマー認知症に近い認知機能障害があるケースが増えています。11～14歳では約3割、15歳以上では約半数に認知機能障害に伴う行動変化があるとみられています。

さまざまな行動変化が……

よくある症状は、食べ物の好き嫌いの変化、食欲不振、食事をしたのにまたねだる、トイレ以外での粗相、同じ場所の徘徊、名前を呼んでも反応しない、飼い主につきまとう、夜鳴き、凶暴になるなどです。

!

認知症の症状をやわらげるには、体内の活性酸素を除去する働きがあるビタミンやベータカロテンといった抗酸化物成分、認知機能低下や脳の萎縮の抑制作用が期待できる、EPAやDHAなどのオメガ3脂肪酸が多く含まれているフードの導入やサプリメントの摂取がすすめられています。

タウリンを摂取することで、心筋症を予防しよう

POINT 1 早期発見が難しい心筋症

心筋症は、毎日の様子を観察しても早期発見が難しい病気です。動きたがらない、疲れやすい、呼吸があらい、舌や歯肉が青紫色、咳、食欲不振、やせるといったサインが見られることもありますが、なんの兆候もなく突然重い症状があらわれる場合もあります。

POINT 2 立てなくなったら要注意

血流が滞ると、血栓（血のかたまり）ができやすくなり、後ろ脚の麻痺や脱力を起こします。血流とともに血栓が全身に運ばれると、ネコの場合は動脈の分岐部分がつまる動脈血栓塞栓症になり、四肢ではとくに後ろ脚の麻痺や脱力が見られ、立てなくなります。

POINT 3 投薬治療で負担を減らす

心筋症を完全に治すことはできないものの、投薬で心臓の負担を減らせます。血管を広げて血圧を下げ心臓の負担を軽くする血管拡張薬、おしっこの排出により水分量を減らす利尿剤、心筋の収縮力を高める強心剤、心臓の心拍数を整えるβ遮断薬などです。

ニャン プラスPOINT

総合栄養食と表示のあるキャットフードには、タウリンというアミノ酸が加えられています。このタウリンは、心筋症の発症を抑えることがわかっています。またタウリン単体での薬もあるので、それをフードに混ぜることもできます。

ネコに多い心筋症のことを知っておく

ネコは何歳でも心臓病になり得ますが、やはり６歳以降で発病することが多くなります。心臓病のネコに多い心筋症は、完全に治すことはできませんが、投薬を中心に治療し予防に努めていきましょう。

肥大型心筋症がもっとも多い

ネコにもっとも多い心臓病は、心臓の筋肉細胞に異常が起こり、全身に血液を巡らせる働きに支障が出る心筋症です。中でも心臓の筋肉が厚くなる肥大型心筋症の発症が約67%を占めます。

他の病気が発症の原因になることも

もっとも多い肥大型心筋症は、性別で見るとオスネコによく見られます。高血圧や甲状腺機能亢進症といった他の病気が原因で発症する場合も。メインクーン、アメリカンショートヘア、スフィンクスなどのネコ種に多く、遺伝要因の可能性も指摘されています。

！

心筋症にかかると心臓のポンプ機能が弱くなるので、肺の中に水がたまる肺水腫や胸周辺に水がたまる胸水といった合併症をひきおこします。呼吸困難や後ろ脚の麻痺・脱力、前触れもなく急に失神するといった重篤な症状があらわれたときは命にかかわる場合があるので、一刻も早く動物病院に連れていきましょう。

シニア期になるとキャラ変!? 急に甘えだすネコもいる

POINT 1　甘えてくる理由はさまざま

若いころはなでられて構われることを嫌がったのに、年をとると急に甘えてくる場合があります。単に甘えているほか、なにかを要求している、不安がっている、認知症のせいなどの可能性もあります。痛みや体調不良が隠れているのかもしれません。

POINT 2　甘えてきたらしっかり向き合う

飼い主に甘えてきたらしっかり向き合いましょう。スキンシップやブラッシングなどでコミュニケーションを。また、元気があるか、発熱しているか、排泄できているか、水や食事の摂取がふだん通りか、痛がっているかを確認してみて。

POINT 3　噛んでくることもある

すり寄る、のどをゴロゴロ鳴らす、飼い主の上に乗る、おなかを見せる、見つめる、前脚でフミフミするなどが甘えてくるときのしぐさです。噛んでなにかを要求してくるときに応えると、噛む行動がエスカレートしていきます。

ニャン プラスPOINT

要求を通そうと噛んでくるときは、取り合わない、忙しいときに構ってほしいとアピールされたときは無視して別の部屋に行くなど、飼い主が毅然とした行動をとりましょう。かわいらしさに負けて要求をのんでしまうと、さらに激しくなります。

同居ネコが他界してしまったら、残されたネコの心のケアを

POINT 1　同居ネコもペットロスになる

一緒に同居しているネコが死を理解しているかどうかはわかりませんが、よく鳴く、食欲が落ちる、亡くなったネコの居場所で探すといった行動が見られ、ロスではないかという行動の変化があるようです。ただ、6ヶ月以内にはいつも通りに戻るとされています。

POINT 2　死んだことは隠さない

ネコ同士の仲の良さには関係なく、同居ネコには仲間の死を隠さないでください。仲間が急にいなくなると不安やストレスが生じるので、死んだ姿を見てニオイを嗅ぐなどすれば、徐々に死を受け入れられるでしょう。

POINT 3　いつもと同様な生活を

悲しみを無理に忘れる必要はありませんが、同居するネコにはできるだけいつも通りの生活をさせましょう。いつもと同じ時間帯で少しぜいたくなフードをあげて、スキンシップや遊びの時間をたっぷりとれば、飼い主もネコも癒されるはずです。

ニャン プラス POINT

仲間がいなくなってのびのびするネコもいますが、悲しむ様子を見せることもあります。立ち直りまでの長さや度合いは個体差がありますが、飼い主から見て元気のない様子が1週間以上続いたら、かかりつけ医に相談してもいいでしょう。

ネコが最後を迎えるときに、してあげたいことを考えておく

POINT 1　栄養補給のくふう

食欲があっても口内炎などで口から食べ物を摂取できない、一時的に食べられないならチューブによる流動食の補給、鼻から食道にカテーテルを入れる経鼻カテーテル、胃や食道に直接カテーテルを入れる胃ろう・食道チューブという方法があります。

POINT 2　かかりつけ医と相談

水分補給は水を口元に近づける、シリンジで少しずつ飲ませるほか、皮下輸液で補給する方法も。自分で食べられないときは、流動食をシリンジに入れ少量を1日数回ずつ強制的に与えます。体の負担になることがあるため、かかりつけ医とよく相談して。

POINT 3　寝床や衛生面に配慮

寝たきりに近い場合は暖かく清潔な寝床を用意して、体位を変えて床ずれを防ぐ、粗相の後始末など衛生面に気を配りましょう。自力で排泄できなくなったらマッサージしたり、獣医師の指示を受けておなかを圧迫したりして排泄を促してあげてください。

ニャン プラスPOINT

家族にも協力してもらって、家の中に誰か1人はいるようにし、家族みんなの目の届く場所に寝床を置いてあげましょう。スキンシップも忘れずに。可能な限り誰かがそばにいて見守り、最後まで一緒にいてあげられるといいですね。

後悔のない終末期を送ろう

終末期が来たら、治療よりも苦痛を取り除くことと、ストレスがかからないことを優先してください。命が尽きる瞬間まで、穏やかに過ごせるようにしてあげましょう。

治る見込みがなければ緩和ケアを

治療に手をつくしても治る見込みがないようなら、なるべく苦痛を取り除いてストレスのない状態で過ごせるように緩和ケアに移行しましょう。痛がるときは、適切な鎮痛剤を獣医師に処方してもらってください。

食事と排泄を手助けする

自分で排泄や食事をしたがるときは、トイレのふちを低くするなどのくふうを。自分で歩こうとするときは、おなかの下にタオルなどを入れて持ち上げるようにしたり、トイレのときに腰を支えたりしてあげてください。

好きなように過ごさせる

飼い主には、時間と愛情がこれまで以上に求められます。飼い主の生活が破綻しないようにしつつ、できる範囲でこたえて、好きなように過ごさせましょう。食べられるときには好きなものを好きなだけ与えるのもネコの満足感につながります。

！

ネコの苦痛が続くだけの状態になったら、安楽死という方法もあります。注射で眠らせたあと、致死量の麻酔薬を注射し旅立たせます。「世話が大変」「かわいそう」という飼い主の思惑ではなく、ネコの生きようとする意思やネコらしい生活が保たれているかどうか見極めることが飼い主の責任です。

死んでしまったときのペットロスに対処するには

POINT 1 思いきり泣く

ひとりの時間や家族・友人といるときに、感情を解放するのはとても大切なことです。ときにはネコを思って思いきり泣きましょう。

POINT 2 弔いの儀式をする

ペットが死んだら、自治体に連絡して引き取ってもらう、人間と同じように葬儀をして弔うの2通りの方法があります。自治体の火葬は費用が安いものの、一般廃棄物として焼却されることも。家族同様のネコとの別れの儀式は、飼い主の心のケアになります。

POINT 3 新しいネコを迎え入れる

悲しみが癒されたきっかけは、新しいネコを迎えることだったという人も大勢います。ただ、新しいネコは前のネコのかわりではないことを十分理解してください。完全ではなくても、ある程度悲しみに区切りをつけてからのほうがいいかも。

ニャンプラスPOINT

たとえ家族や親しい人でも、ペットを失った悲しみを理解してくれない場合があります。同様な経験のある人や理解してくれそうな人と語り合う、話を聞いてもらうことも心を安定させます。心身の不調が続くときは、カウンセリングや医療機関に相談しましょう。

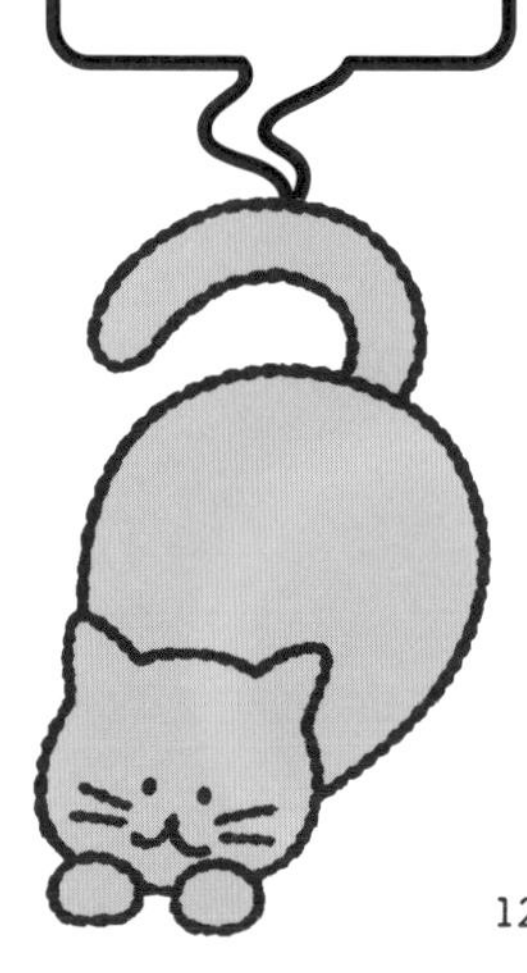

誰もが避けられないネコとの別れ

飼い主にとって、かけがえのないネコが死んでしまった悲しみははかり知れないほど深いものです。とてもつらいことですが、自分の気持ちを抑えこまずに、表現することが心身のためになります。

死の受容までの心理的変化は5段階

ある説では、死に関する態度は否認、怒り、取引、抑うつ、受容の5段階の心理を経ていくとされます。これはペットロスにも当てはまります。悲嘆の深さや心理的過程の長さには個人差があります。

ネコは飼い主よりも先に逝くことを覚悟する

平均寿命が15歳以上の長寿になり、20年以上長生きする場合もありますが、人間よりも4倍も速く年をとるので、ほとんどの場合、ネコは飼い主よりも先に死にます。一緒に暮らすことを選んだときから、ネコとの別れがいずれ必ずやってくるという覚悟を。

悲しみにひたる時間と空間を確保する

家族同様のペットを失ったら悲しくてさびしいのは当たり前で、落ち込んだり涙が出たりもするでしょう。飼い主とネコとの絆はそれぞれに尊いもので、立ち直りまでの時間の早さも人によってちがいます。存分に悲しみにひたれる時間や空間を確保してください。

!

悲しくてつらいときにその感情を押し込めたり、無理に活動したりしてはいけません。自分の感情にふたをしてがんばりすぎることは、かえって悲しみから逃れられなくなり、心に深いトラウマが焼きつけられてしまいます。ガマンや平気なフリは自分自身を傷つける結果につながります。

あなたとネコらしい弔い方を見つけよう

POINT 1 弔うことで気持ちを整理する

ペットの供養は、残された家族の心のケアという意味でも重要です。ネコのお葬式をしたり墓参りをしたりすることが、気持ちの整理につながることも多いのです。

POINT 2 棺を手作りする

火葬するまでの間、ネコの遺体を安置しなければなりません。業者に連絡すれば購入できますが、段ボールをお気に入りのタオルなどでくるんだ棺を自作してもよいでしょう。その際、遺体のわきやおなかに保冷剤を当てて、傷まないようにしてください。

POINT 3 お墓は弔いの場になる

ペット霊園などを管理している業者は、動物病院などで紹介してもらえることが多いでしょう。また、自宅に庭がある場合は、火葬せずに庭に埋葬するという方法もあります。

ニャン プラスPOINT

ペットの弔い方には、大別すると以下の３つがあります。①自分の土地なら庭に深く穴を掘って埋める、②業者で火葬してもらう、③公営の火葬施設（②よりも安価）を利用する。

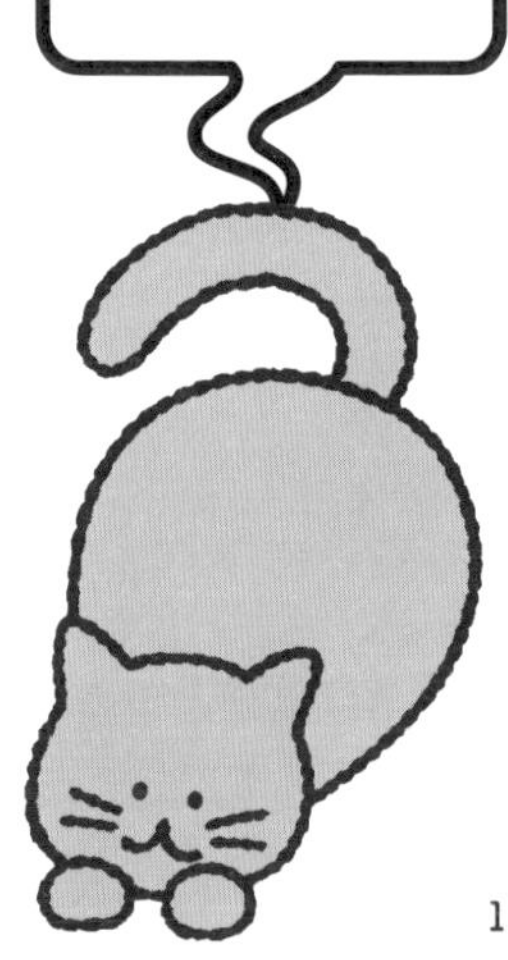

第4章

ならないように気をつける！ネコの「病気」

定期的に健診を受けて、健康寿命を延ばそう

POINT 1 事前に料金をチェック

定期健診の費用は5,000～10,000円くらい（料金は動物病院によって異なる）。一般的な検査にいくつかのオプション検査を加えるコース制をとりいれた病院の場合、10,000～15,000円程度がめやすです。事前に料金を調べておきましょう。

POINT 2 必要に応じオプション検査を

持病や心配な点があるときは、オプション検査が必要になることもあります。追加する検査には、レントゲン検査、超音波検査、CT、MRI、心電図検査、甲状腺機能検査などがあります。よりくわしく調べるオプションコースをすべて受けると、20,000～35,000円程度かかります。

POINT 3 検査結果は保管

定期健診を受けたら、検査結果を示した書類をもらったはずです。健康時のデータがわかっていれば、各検査の参考基準値との比較だけでなく、平常時とのちがいをいち早く把握できます。そのためにも、検査結果はきちんと保管しておくことが大切です。

ニャン プラスPOINT

健康診断の基本である血液検査では、貧血、炎症や脱水、壊死の有無、腎不全や糖尿病など内臓の疾患の可能性や異常がないかを調べることができます。

定期健診を受けていても油断は禁物

ネコは人間の4倍以上の速さで年をとっていくといいます。そのため、ちょっとした不調だと思っていても、あっという間に深刻な状態になってしまうこともあり得ます。定期健診だけで安心せずに、日々のチェックを怠らないようにしましょう。

不調を隠して平気なフリ

元気で過ごしているからといって、健康であるとは限りません。ネコはもともと、カラダの不調や痛みを隠す生きものです。信頼する飼い主にも悟らせないようにふるまうので、飼い主だけが気づけるちょっとした違和感を放置しないほうがよいでしょう。

健診ストレス＜受診しないリスク

ネコはいつもとちがう環境を嫌がるため、検査や採血などにストレスがかかることも。ただ、それによって検査数値が大きく変わることは少ないでしょう。検査をせずに病変を見逃すことのほうが、ネコにとってよくありません。おやつを持参するなど気持ちを落ち着かせるくふうをしましょう。

！

定期健診は、原則として加齢するほど短いサイクルとし、多めの検査項目を入れるのがよいでしょう。しかし一般的に定期健診は保険の対象外なので、予算との相談になります。また、高齢になるにつれて通院回数がどうしても増えるので、それ自体がストレスになりにくくするために、若いうちから定期的に病院に行って慣れさせておくことが必要なネコもいます。

室内飼いでもワクチンは接種しよう

POINT 1 混合ワクチンのタイプを選ぶ

完全室内飼いなら3種、外への出入りがあるなら5種の混合ワクチンが一般的です。生活環境に応じてふさわしいタイプを選びましょう。料金は3種で3,000～5,000円､5種で5,000～7,500円程度がめやすになります。

POINT 2 副反応が出る場合がある

ワクチン接種後の数時間の間に発熱、ぐったりする、顔の腫れ、嘔吐や下痢、かゆみ、接種箇所のしこり、呼吸困難などの副反応が起きる場合があり、副反応は主に48時間以内に見られます。異常があればすぐ動物病院に連れていきましょう。

POINT 3 接種後2～3週間は見守ろう

ワクチン接種後は、激しく興奮させる遊び、運動、シャンプーを1週間程度ひかえて静かに過ごさせましょう。また、免疫が作られるとされる2～3週間程度は感染リスクのある場所を避け、他のネコと接触しないように気をつけて。

ニャン プラス POINT

副反応にすぐ対処してもらえるよう、ワクチン接種は午前中に。まれに、生死にかかわる重篤な全身症状であるアナフィラキシー・ショックを起こすリスクがあります。

混合ワクチンの内容はどうなっている？

ネコのワクチン接種は、法律で義務づけられているわけではありません。しかし感染リスクを完全になくすことはできないので、予防のためにワクチンを接種しましょう。

混合ワクチンを接種する

ワクチンには、すべてのネコに接種が推奨される猫ウイルス性鼻気管炎、猫カリシウイルス感染症、猫汎白血球減少症の３種、他のネコと接触がある場合は猫白血病や猫クラミジアも推奨されるほか、猫エイズ（猫免疫不全ウイルス感染症）、狂犬病も。これらを組み合わせた混合ワクチンを接種します。

<table>
<tr><td rowspan="5">5種混合</td><td rowspan="4">4種混合</td><td rowspan="3">3種混合</td><td rowspan="3"></td><td>猫ウイルス性鼻気管炎</td></tr>
<tr><td>猫カリシウイルス感染症</td></tr>
<tr><td>猫汎白血球減少症</td></tr>
<tr><td rowspan="4"></td><td>単体</td><td>猫白血病ウイルス感染症</td></tr>
<tr><td rowspan="3"></td><td></td><td>猫クラミジア感染症</td></tr>
<tr><td rowspan="2"></td><td>単体</td><td>猫エイズ（猫免疫不全ウイルス感染症）</td></tr>
<tr><td></td><td>狂犬病</td></tr>
</table>

！

ワクチンの接種は義務ではありません。しかしペットホテルや動物病院では、空気感染の可能性がありますし、家の中にいても同様に感染する可能性があります。また、ワクチン接種をしていないと、ペットホテルやトリミングは断られることが大半で、病院によっては感染症を警戒して入院ができない場合もあります。

腎臓疾患の多いネコだから、水を大量に飲むときは要注意

POINT 1 水の飲みすぎは病気のサイン

シニアのネコが、1日に体重1kgあたり60mL以上の水を飲みたがるようなら飲みすぎで、病気のサインかもしれません。器に残った量から、毎日飲んだ量を確認しましょう。

POINT 2 腫瘍やがんにも要注意

ネコがかかる悪性腫瘍のうちで、もっとも多いのはリンパ腫（リンパ球のがん）です。高齢のメスに多いのは乳腺腫瘍（乳がん）で、1歳未満での避妊手術が予防に。紫外線が原因となる扁平上皮がんは、完全室内飼育で日光浴のしすぎを避けて予防しましょう。

POINT 3 感染症のリスクもある

猫コロナはおなかをこわすウイルスですが、猫伝染性腹膜炎ウイルスに変異すると、ほぼ死亡してしまうおそろしい病気で、現在その治療法はありません。発症すると回復しにくいネコ白血病ウイルス感染症、子ネコだと致死率が高い猫汎白血球減少症（猫パルボウイルス感染症）もこわい感染症です。

ニャン プラス POINT

上で紹介した以外に、腸の機能が弱くなって結腸に便がたまり、結腸が大きくなる巨大結腸症、通常の膀胱炎とちがって原因が特定できず、おそらくストレスや食事のせいと考えられる突発性膀胱炎、ウイルス性の猫カゼをこじらせて発症する気管支炎や肺炎といった病気にも注意が必要です。

寿命が延びた結果、増加している病気

医療の進歩や安全な室内飼いなどの影響でネコの寿命は年々延び、15歳を超えることも珍しくなくなりました。しかし、平均寿命が延びた半面、長生きによって生活習慣病ともいえる病気が増えてきています。

大半がかかる慢性腎臓病

腎不全といわれる慢性腎臓病は、高齢になると大半のネコがかかると考えられています。しかも、長期にわたり少しずつ腎臓の機能が落ちていくため、早期発見が難しい病気です。初期にはたくさん水を飲み、おしっこの量が増えて薄くなってニオイもしなくなります。

人間と同様、糖尿病が増えている

シニアネコには糖尿病が多くなります。原因は食べすぎや運動不足、肥満などがあり、血糖値がとても高くなります。インスリンの働きが弱まり、おしっこの中に糖が出て水分とともに流出するので、水を多く飲みたがり、おしっこの量も増えるのです。

ホルモン分泌が活性化する甲状腺機能亢進症

食欲があって活発に動くのに、どんどんやせていく場合、甲状腺ホルモンの分泌が増加して代謝が活発化する甲状腺機能亢進症の可能性があります。

！

ヒトと同じように、近年はネコにも運動不足やカロリーが多すぎることによる肥満が増えています。肥満になると糖尿病をはじめとして、心臓病や老化によらない関節炎を発症することも。飼い主は毎日の暮らしの中で、カロリーコントロールの実践と適度な運動をさせることを意識しましょう。

おしっこチェックで、ネコの健康を見極める

POINT 1 おしっこの回数に注意

年をとって筋力が落ちると、便秘がちになったり、腎臓の機能低下や糖尿病によっておしっこの量が増えたりします。ふだんからおしっこの状態をよく確認することがとても大事です。1日の回数は1～3回が普通で、4～5回以上は頻尿です。病気の可能性を考えましょう。

POINT 2 色やニオイ、血尿に注目

健康なときのおしっこは薄黄色でニオイもキツくなく、あわやにごり、結石の破片や結晶も混じっていません。膀胱炎や尿路結石などの下部尿路疾患や、食べ物の中毒や腫瘍があるときは出血が見られ、おしっこが赤または茶色っぽくなることもあります。

POINT 3 おしっこが出ないときも危険

おしっこの量が少ない、出ないときも要注意です。少しでもおしっこが出れば膀胱炎と考えられますが、まったく出ないときは尿道閉塞かも。尿道閉塞はオスに起こりやすく、おしっこが出ないと毒素がたまるため、まったく出ない場合はすぐ病院に連れていきましょう。

ニャン プラスPOINT

健康なら1日に1～2回、人間の人差し指ぐらいの細長くコロンとしたうんちをします。いつもよりやわらかい、あるいは硬いうんちでも、食欲があって元気そうなら2～3日様子を見てみましょう。

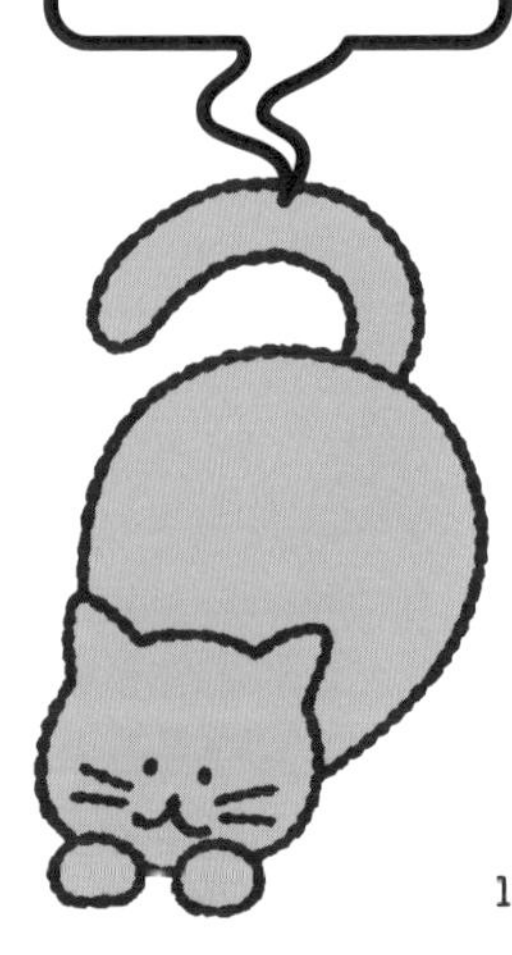

固まる砂でおしっこ量のめやすを知っておく

おしっこの量や回数を把握することが大切ですが、ずっと見張っているわけにもいきません。そこで、水分で固まる砂を上手に利用しましょう。

固まる砂の大きさを確認

健康なときのおしっこの量は、体重1kgあたり50mLが上限とされています。正確に計るのは難しいのですが、固まる砂を使っているときは、固まりの大きさによっておおよその量がわかります。あらかじめ50mLを注いでみて、大きさのめやすを知っておきましょう。

！

オスはメスにくらべて尿道が細いため、尿道閉塞を起こしておしっこがつまりやすくなります。これは結石や結晶がふさいでいるためで、放っておくと大きな石になって命にかかわります。オスネコにはとくに気を配ってあげましょう。

ネコもヒトもホコリは大嫌い！お部屋のそうじは欠かさずに

POINT 1 部屋はいつも清潔に

ネコと一緒に暮らすと、床や家具、ラグにカーテン、洋服にまでネコの毛がついてしまいます。また、毎日発生するホコリやゴミはネコが食べる可能性もあるので、部屋のこまめなそうじが必要です。コロコロなどの粘着型クリーナーも手放せません。

POINT 2 多様なそうじ道具を駆使

ホコリは高い場所から低い場所へ落ちるので、上の汚れをはたき落とし、ほうきなどではき出して取っていきます。ヒトとネコのために、フローリング用ワイパー、はたきや小型のハンディ掃除機などのそうじ道具を使って、家の中をピカピカにしましょう。

POINT 3 カーペットなど敷物は避ける

ネコを飼う場合は、敷物は避けてフローリングのみにするのが原則です。そのうえで、掃除機をまめにかけ、寝具などもどんどん洗濯できるような素材にしておくのがよいでしょう。

ニャン プラスPOINT

3月ごろと11月ごろの換毛期、ネコは大量に毛が抜けます。高い場所が好きなネコの抜け毛は、棚やエアコンなどのほか、サッシ部分や障子の木枠部分にもたまります。これらの場所もきれいにしましょう。

ブラッシングで抜け毛とホコリ、ノミやダニ対策

ネコには適切にブラッシングを行い、抜け毛対策をしましょう。また、室内の空気の流れを考えたうえで換気やそうじをこまめにすることが、ネコとヒトの健康を守ります。

ネコはきれい好き

ネコは小動物をえさにしていたころ、獲物に逃げられないように、また外敵から身を守るために、自分のニオイを消す必要がありました。しかし、自分のニオイは消しつつも縄張りの主張のために少しは残し、自分以外のニオイを消そうとして毛づくろいにはげむのです。

消臭剤は「ペットOK」のものを

消臭剤は、できるだけ使わずに洗濯やふきそうじをこまめにしましょう。それでも使用したい場合は、「ペットOK」と明記されているものを。または、次亜塩素酸水など残留しない消毒薬を適正な濃度に希釈して使うのがおすすめです。これらを使用した後は、ペットの様子を注意深く見ておきましょう。

！

掃除機を使う場合は、ゴミをためる紙パックは一番いいグレードのものにし、ゴミが8割ほどたまったら交換しましょう。ゴミをそれ以上ためると、モーター保護のための安全装置の働きで、吸った空気をそのまま吐き出すようになっていて、そうじの意味がないからです。

苦手な薬を飲ませる、ちょっとしたテクニックがある！

POINT 1 4粒のうち3粒目に薬を入れる

中央部のへこみに錠剤やカプセルを埋め込む、固形タイプの経口補助食品もあるのでうまく活用しましょう。警戒心の強いネコには、前もって4粒ほど用意しておき、3粒目に薬を埋め込んだものを与えると成功しやすくなります。

POINT 2 食事に混ぜる

食事に薬を混ぜる方法はもっとも簡単ですが、ニオイや味を嫌がって薬だけよけて食べたり、薬が混ぜられたせいでお気に入りのフード自体を受け付けなくなったりすることがあります。まずはウェットタイプやペースト状の、ネコの好みのおやつや別のフードで試してみましょう。

POINT 3 経口投薬器を活用

インプッターやピルガンといった商品名で売られている経口投薬器は、シリコン製の先端に錠剤をはさんで、注射器のように押しだすと錠剤が口の中に入っていきます。獣医師に確認の上、錠剤を簡単に粉末にできる錠剤つぶし器を使ってもいいですね。

ニャン プラスPOINT

ネコは食道の動きが弱く、固形物を投与しても食道で止まることがあります。錠剤やカプセルが食道でとけると、粘膜を荒らして炎症が起きたり、最悪の場合は食道に穴が開く可能性も。そのため、投与直後に缶詰のフードなどを食べさせ、薬が胃まで届くようにしましょう。

錠剤を口に入れる上手なやり方

経口投薬器などのグッズを使わずに、直接、錠剤を口の中に入れる場合には、ちょっとしたコツがあります。ネコが苦手意識をもたないよう、飼い主もリラックスした気持ちで行いましょう。

シリンジで少量の水を飲ませる

錠剤を口に入れたあと、犬歯の横からシリンジで5mLくらいの水を飲ませてあげると、薬がのどに貼りついたりせずに食道を通りやすくなり、スムーズに飲み込むことができます。頭は上向きのままでのどや鼻先に触れて飲んだかどうかを見届け、飲めたらほめてあげましょう。

口に薬を直接入れる

錠剤を口の中に入れる場合、利き手で薬を持ち、後ろから片手でネコのほお骨あたりを押さえて上を向かせます。利き手の中指で下あごの前歯に触って口を開かせ、のどの奥に薬を落とし入れて口を素早く閉じます。

！

薬に苦手意識をもってしまうと、投薬の際に暴れたり逃げ出したりします。いくつかの方法を試してみてどうしても飲まないときは、けっして無理強いしないこと。おやつを与えるとき、ふだんから口を開かせて上から少量をのどの奥に落とし入れるなど、投薬に近い与え方で慣らしていきましょう。

療養食の相談時、ペットフーディストが頼りになる

POINT 1 イヌやネコの食事の専門家

健康管理についてはかかりつけ医に相談することが大切ですが、ダイエットや病気療養などの際に、自宅での食事に関する疑問点や困りごとは、イヌやネコの食の専門家であるペットフーディストに相談するという手段もあります。

POINT 2 食事に関して幅広くアドバイス

ペットフーディストは比較的新しい民間資格です。犬やネコに必要な栄養素、消化吸収のしくみ、ライフステージに合わせた栄養管理、フードの選び方や与え方、病気と栄養管理の方法、食欲不振といった食のトラブルへのアドバイスなど幅広く対応しています。

POINT 3 ペットショップやサロンに在籍

ペットショップやサロンなどのスタッフにペットフーディストがいれば、気軽に相談しながらお店を利用できます。資格取得者はペットシッターや訓練士、トレーナーなど、ペット関連の仕事についている人が多く、手作り食に関する助言も受けられます。

ニャン プラス POINT

飼い主は日々、ネコの健康管理や病気、快適に暮らすための方法に至るまでアンテナを張りめぐらせて情報収集しています。フードや食事のことで悩む飼い主は少なくありませんが、間違っている情報も氾濫しているため、正しい知識に基づくアドバイスがほしいとき、ペットフーディストは頼りになります。

歯茎の健康を考えるなら、ウェットフードだけの食事は避ける

POINT 1　主食には総合栄養食を

ウェットフードを買うときは、総合栄養食という表示のあるものが主食におすすめです。体に必要なさまざまな栄養素がそろっていてバランスがよいからです。素材の形が残るフレークタイプやペースト状のパテタイプなどいろいろ試して、好みを探ってみて。

POINT 2　ウェットフードは歯の天敵

ウェットフードには、歯垢が残り歯石がつきやすくなるという問題点があります。歯石を放置すると歯周病となり歯が抜けたりひどい歯肉炎になってしまったりするので、歯みがきをするなどの対策が必要になります。

POINT 3　冷蔵保存なら1日程度もつ

容器にはパウチ、アルミシート、缶タイプなどがあります。開封前なら長期保存ができますが、開封後は保存容器などで密閉して冷蔵保存し、１日程度で食べきりましょう。また冷凍保存する場合も、小分けにして１ヶ月以内に食べきってください。

ニャン プラス POINT

非常持ち出し用にフードを用意する際、ウェットフードは水が手に入らない場合の水分補給にもなります。災害時は入手できるフードが限られる可能性が高いので、どちらも対応できるように備えましょう。

尿路結石を招くので、煮干しを与えるのはひかえめに

POINT 1 あげるとしても少しだけ

香ばしくて頭からしっぽまで食べられる煮干しは、塩分の高さによって腎臓に負担をかけてしまいます。与える際はねだられてもたくさんあげすぎないことを厳守して、いつものキャットフードの上にトッピングをするといったくふうを。

POINT 2 数日あける

煮干しは、少量なら与えても問題ありません。あげる際は細かくちぎって、一度に1～2尾までにとどめておきましょう。次に与えるのは数日から1週間程度、間をあけたほうがいいですね。好きでないネコや吐いてしまうネコには与えないようにしましょう。

POINT 3 塩抜きでもシニアは避ける

ネコ用の煮干しだと塩分は控えめで、お湯で塩抜きをすれば塩分量を減らせます。ただし、控えめといっても塩分量はまだ多く、塩抜きをしてもミネラル類が少なくなるわけではありません。健康のために、シニアのネコには与えないほうがいいかも。

ニャン プラスPOINT

シニアのネコだけでなく、持病のあるネコや療法食を摂取している場合や、煮干しを与えて尿路結石や黄色脂肪症になってしまったときは、ただちにやめてください。

煮干しを与える前に知っておくべきリスク

煮干しはネコの好物というイメージが強いのですが、ミネラルや塩分量の多い食べ物なので、与え方には十分注意しましょう。

塩分が多すぎる

煮干しとネコの取り合わせは違和感がなく、あげれば喜びますが、ネコにとって塩分が多すぎる食材です。中毒を起こすことはないので禁止する必要はありませんが、好きなだけ与えてはいけません。

ミネラルが結合して尿路結石に

煮干しを与えすぎてはいけない本当の理由は、塩分よりもミネラルの多さです。カルシウムやマグネシウム、リンなどのミネラルが多いと、ストレスや水分不足などさまざまな条件下でミネラルが結合し、結晶化します。すると尿路結石になる危険が高まり、腎臓の機能低下を招きます。

黄色脂肪症は体内の脂肪が酸化

イワシ、アジ、サバなどの青魚や煮干しをあげすぎると、過剰な不飽和脂肪酸によって皮下脂肪が酸化して黄色くなる、黄色脂肪症という病気にかかるおそれがあります。毛のツヤがなくなってきたり、下腹部にしこりのようなものが見られたりしたら、発症している可能性があります。

！

煮干しに含まれる栄養成分のひとつひとつは体によく、ヒトなら子どもや女性にとって栄養満点なのですが、かつおぶしとくらべてもミネラル含有量はかなり多めです。カルシウムはかつおぶしの約80倍、リンは約2倍、ナトリウムは約13倍、マグネシウムは約3倍と大幅に上回っています。

無糖ヨーグルトを与えることで、便秘が解消することも

POINT 1 体質に合うかを、まず確認

ヨーグルトを与えるとき、初めての場合は1口か2口にとどめ、体質に合いそうかどうか、ネコの様子やうんちをよく観察してみてください。問題がなくネコも気に入るようならあげる量を増やし、小さじ1～2杯の分量を、3日に1度程度与えましょう。

POINT 2 ヒト用なら無糖タイプを

与えるときは、ネコ専用に作られたヨーグルトがおすすめ。ヒト用をあげるなら、無糖の低脂肪か脂肪が入っていないタイプを選んでください。糖分や脂肪が含まれていると肥満のおそれがあるので、プレーンヨーグルトにすることが鉄則です。

POINT 3 分量を必ず守る

ヨーグルトをあげるときは分量を必ず守りましょう。好むようなら便秘対策やおやつとしてあげてもいいのですが、ヨーグルトにもミネラル類が入っています。与えすぎなければ、ヨーグルトが原因の尿路結石が生じることはまずありません。

ニャン プラスPOINT

体が成長しきっていない子ネコにはどんな影響があるのかわからないので、与えるのをやめましょう。大人やシニアのネコが一時的に便秘しているなら、様子を観察しつつヨーグルトをあげても大丈夫です。ただし、病気による便秘や下痢といった症状が必ず改善されるとは限りません。

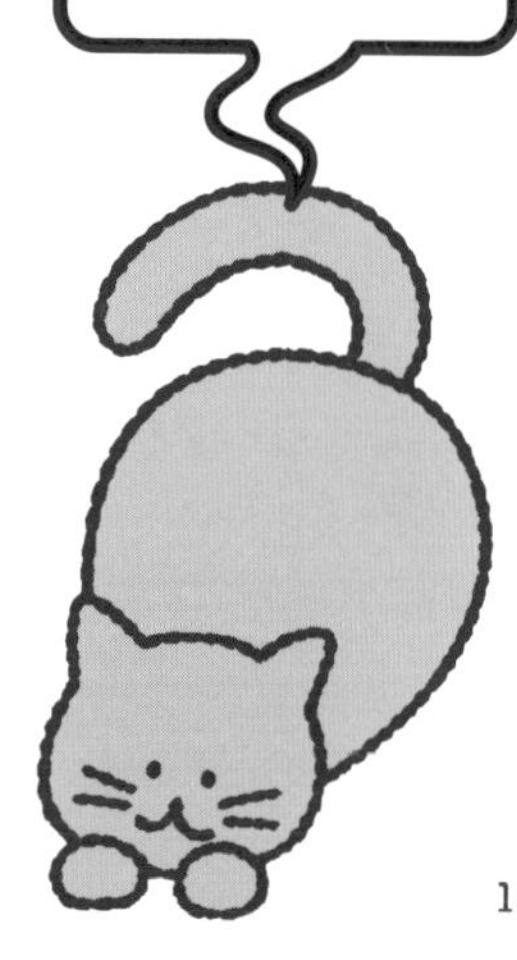

ヨーグルトのメリットとデメリット

便秘のときにはツボ押しや十分な水分、適度な運動、食事のくふうなどが対策になりますが、ヨーグルトで解消する可能性があるので、試してみる価値はあります。ただし、食事のメインにはせず少量だけにしましょう。

便秘と口内環境の改善をサポート

ヨーグルトには乳酸菌が入っており、腸内の善玉菌を増やして腸内バランスを整えます。また、乳酸菌は歯周病菌の減少も助けるので、口臭予防も期待できます。便秘予防にはなりますが、乳糖が影響して下痢を起こすことがまったくないとはいえないので、注意してください。

乳糖不耐症、アレルギーの場合はダメ

牛乳を摂取して嘔吐や下痢をしたことがあるネコは、乳糖分解酵素を持たない乳糖不耐症だと思われます。ネコに初めてヨーグルトを与えるときには慎重に観察して、乳糖不耐症や乳製品アレルギーを起こす場合は与えるのを控えましょう。

！

消化促進、整腸作用によって免疫力がアップするなど、ヨーグルトがカラダにいいことはまちがいありません。しかし、良質のフードを食べていて健康に問題がないなら、体にいいからと無理に食べさせる必要はないのです。食欲がないときにフードと混ぜる、おやつなど食のアクセントとして活用しましょう。

猫草（キャットグラス）やオリーブオイルは天然の胃腸薬

POINT 1 猫草はイネ科の若葉の総称

猫草（キャットグラス）とは、そのような名称の草があるのではなく、ネコが好んで食べる草を総称した呼び方で、小麦や大麦、えん麦など、イネ科の穀物の若葉のことです。育ち切っていない葉はやわらかく、ネコは噛み心地を好むと考えられています。

POINT 2 猫草で便秘対策や毛玉排出効果も？

猫草を好むのは、便秘対策や、毛玉を飲み込んだときにちくちくした葉っぱが胃を刺激して吐き出しやすいといった理由のようです。確かに猫草にはそういった効能はあるものの、葉に含まれている葉酸というビタミンの補給や単に好みだという説も有力です。

POINT 3 オリーブオイルは便通をよくする

便をくるんで排出するオリーブオイルは、天然の下剤といわれています。便秘が疑われるときはネコにもぜひ試してみてください。オレイン酸やポリフェノールなどの抗酸化成分が含まれていて、成人病や老化を防止し、たんぱく質の吸収率をアップします。

ニャン プラスPOINT

オリーブオイルは油、つまり脂肪なので、与えすぎると肥満や膵炎、下痢をひきおこします。猫草は、消化しきれず嘔吐や下痢をひきおこす場合があるので、1歳までの子ネコに与えないようにしましょう。

猫草やオリーブオイルの与え方

食事をくふうして便秘に対処するときは、ヨーグルトのほかに猫草やオリーブオイルを与えてもいいかもしれません。どれぐらいの量を、どのように、いつ与えればいいのかを知っておきましょう。

猫草のあげすぎはダメ

猫草を与えるときは、１日に数本程度にとどめておくのが無難です。イネ科の植物は硬く、食べると消化器官を傷つけるかもしれないので、若葉だけにしましょう。ごほうびやほめるときのツールとして猫草をあげるのはおすすめです。

オリーブオイルはフードに混ぜる

オリーブオイルは、体重 4kg なら小さじ半分～１杯分ぐらいを１日２回に分けて、ウェットフードやお湯でふやかしたドライフードに混ぜましょう。初めて与えるときは、体質に合っているかどうか見極めるために小さじ半分から始めてみて。

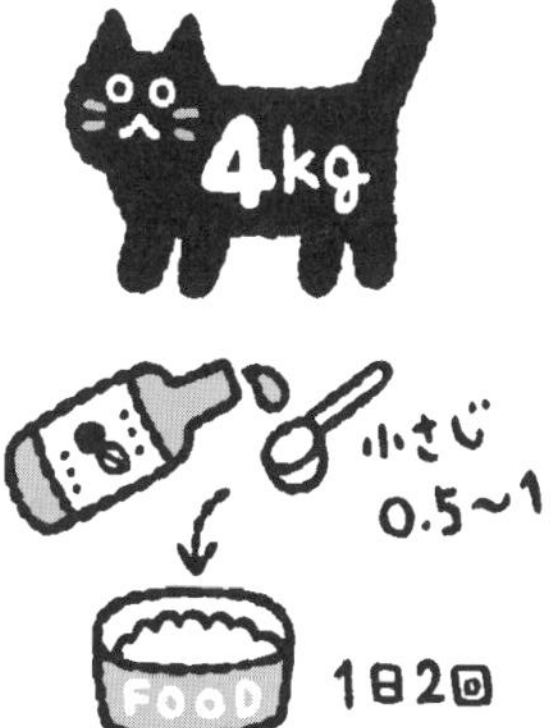

猫草は自分で育てると経済的

スーパーやホームセンターなどでも気軽に買えますが、すぐ枯れることもあるので、種や栽培キットを入手して自分で育ててみる方法もあります。種から育てると、７～8cm に成長する食べごろまで１～２週間かかりますが、何度も育てられるので経済的です。

！

飲み込んだ毛が腸内でとどまって便秘を悪化させた場合、肛門にオリーブオイルをぬったり、オリーブオイルをしみ込ませた綿棒でやさしくなでたりすれば便が出やすくなることがあります。ヒトが料理に利用するオリーブオイルを与えても OK ですが、刺激物のこしょうなどがブレンドされたものはもちろんダメです。

ネコの便秘をあなどらず、適切な対応を

POINT 1　4日出なければ便秘

ネコは1～2日に1回うんちをします。体質にもよりますが、4日ほど出なければ便秘とみなして牛乳を与えたりフードを変えたりして様子を見て。フードの切り替え、水分不足、ストレス、薬の副作用、毛玉のつまり、オモチャの誤飲など便秘にはさまざまな原因が考えられます。

POINT 2　いつもとちがったら診察を

便秘のときは、硬いうんちやコロコロのうんち、うんちをしようとしているのになかなか出ないなどの症状が見られます。うんちがまったく出ない、おなかがふくらんでいる、食欲不振、血便、嘔吐、脱水など、いつもとちがう様子のときには、動物病院で診察を受けましょう。

POINT 3　手術の必要もある巨大結腸症

便秘がひどくなると、ラクツロースなどの便秘薬や腸の運動を高める薬の投与、点滴などの輸液治療、浣腸、うんちのかき出しといった処置を行います。慢性の便秘が続くと、結腸が広がる巨大結腸症になるおそれがあり、これらの処置のほかに手術が必要になることも。

ニャン プラスPOINT

ネコはうんちの回数があまり多くないので、うんちが1～2日出ないことは珍しくありません。しかし、慢性の便秘になる前の軽い症状のうちに、便秘に効果のあるマッサージやツボ押しをしてあげて。

軽い便秘なら、快便を促すツボ押しを

シニアのネコは筋力が落ちて腸のぜん動も衰えるため、便秘になりがちです。便秘にはさまざまな原因がありますが、便秘の予防や症状が軽いならば、飼い主によるツボ押しがおすすめです。

胃腸の働きをよくするツボ

便秘に効くほかに、胃腸の働きをよくするツボもネコのおなかのあたりにいくつかあります。シッポのつけ根近くの尾根（びこん）、おへその両わきにある天枢（てんすう）、おへそとみぞおちを直線で結んだライン上にある中脘（ちゅうかん）です。

便秘にきくツボ

便秘に効くツボは複数あります。「便秘ぎみかも」と気になったら、指の腹でやさしくツボを押してみて。シッポの先の尾端（びたん）、背中の中央より少しお尻側の次髎（じりょう）、前脚のつけ根付近の槍風（そうふう）の３つが主に効果的です。

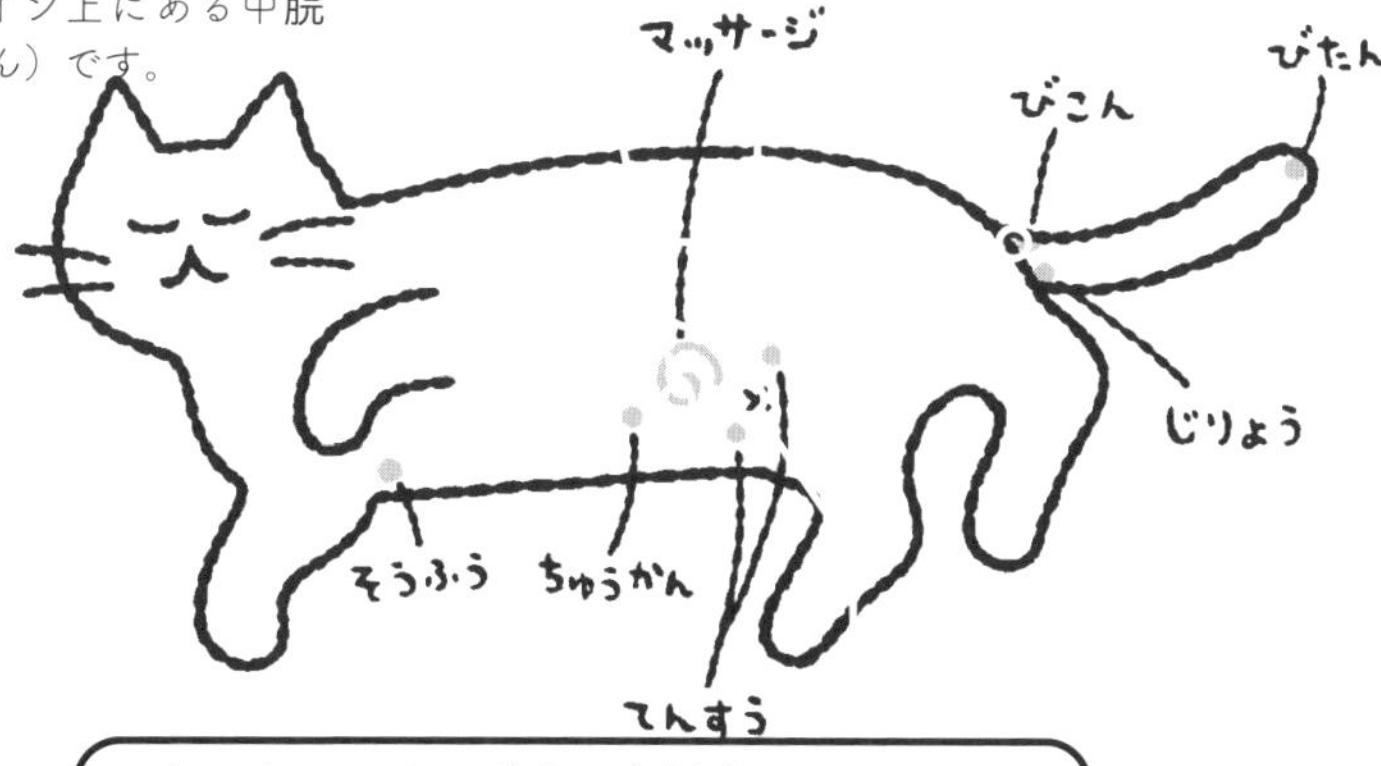

おなかをマッサージする方法も

リラックスしたネコを横向きか仰向きにさせるか、ひざの上にネコを乗せて後ろから抱えましょう。下腹部を指先で「の」の字を描くようにやさしくなでて、マッサージしてあげます。あまり力は入れないようにしたほうがいいですね。

！

慢性の便秘持ちのネコの場合は毎日おなかを触って、大腸に硬くて太い便がないかを確認しましょう。ただし知識のないまま無造作に触ると腸を傷つけるおそれがあるので、かかりつけ医から触り方の指導を受けましょう。

肥満が糖尿病につながるのは、ヒトと一緒です！

POINT 1 肥満傾向なら低脂質フードに

糖尿病のネコは、炭水化物が多く含まれる食事では食後の血糖値が急上昇するため、血糖コントロールが必要です。食事は高たんぱく・低炭水化物にして、肥満傾向のネコは低脂質を心がけましょう。食事内容は獣医師とよく相談して決めましょう。

POINT 2 高たんぱく・低炭水化物に

糖尿病のネコの食事には、高たんぱく・低炭水化物のものや穀物類不使用のフードが適しています。糖尿病やケアといった宣伝文句だけでなく、成分表示を確認してフードを選んで。糖尿病のネコが好んで食べるなら総合栄養食のウェットフードもいいでしょう。

POINT 3 カギは食事とインスリン注射

糖尿病の初期症状は水を多く飲む、おしっこの量が増えるなどです。治療は、血糖値をコントロールするために食事を糖質の少ない療法食に切り替える必要があります。インスリンを補充する皮下注射は基本的に１日２回、動物病院のサポートを受けつつ飼い主が行います。

ニャン プラスPOINT

中高年期〜老齢期にもっとも多い内分泌系の病気が糖尿病です。ネコの場合、血糖値が高いままの２型糖尿病が全体の７割以上です。慢性的な細菌感染など、合併症を起こしやすくなります。

多くの病気の原因になる肥満を防ぐ

肥満が健康の大敵なのはヒトもネコも同じです。肥満になると、病気になるリスクが高まるとともに寿命も短くなりがちです。また、放っておくと糖尿病になるリスクが高くなります。まずは肥満予防を心がけましょう。

食べすぎや運動不足は肥満を招く

ネコの肥満の主な原因は、運動不足、食べすぎなど摂取カロリーの過多、去勢や不妊手術をきっかけとした食欲増進、加齢による基礎代謝量の低下などがあげられます。

！

腎臓疾患やアレルギーといった他の疾患、肥満ややせすぎの傾向があるときは、糖尿病よりもそれらの疾患などに合わせた食事が優先されることがあります。また、食事療法とインスリン注射の２本立ての治療になる場合、食事の内容、回数、タイミングはかかりつけ医に相談してください。

腎不全予防のために、オメガ3脂肪酸を摂取させよう

POINT 1 オメガ3脂肪酸入りのフード

腎臓病では、たんぱく質の代謝の際に出る老廃物が腎臓に負担をかけるので、低たんぱく・低カロリーの食事が推奨されています。たんぱく質は体に必要な栄養素のため、近年はたんぱく制限より、良質のたんぱく質を少量とることがいいと考えられています。

POINT 2 良質なたんぱく質を

予防には、DHA、EPAといったオメガ3脂肪酸が多く含まれているフードを。オメガ3脂肪酸は、体内のさまざまな器官に働きかけて健康維持をサポートする万能選手です。腎不全だけでなく心疾患や関節炎、皮膚炎、脳の活性化などにも効果があります。

ニャン プラス POINT

オメガ3脂肪酸は比較的安全性が高く、よほど大量摂取しない限り副作用はありません。それでも脂質なので、大量摂取は下痢や嘔吐の可能性があります。イヌやネコの健康には、オメガ3脂肪酸とごま油、卵黄、にしんなどに含まれるオメガ6脂肪酸の割合が1:5～1:10のときに有益だといわれています。

オメガ3脂肪酸をもっと知ろう！

ネコにとってもっとも注意しなければならない病気のひとつが、腎不全です。病気になってからの療法食はもちろん、健康なうちから腎臓の機能が低下しないように、食事のくふうが不可欠です。

DHA
EPA

酸化に注意！

血流改善効果によって中性脂肪の値が低下しやすく、肥満や心筋梗塞、脳梗塞の予防、毛ツヤがよくなるなど、さまざまな健康効果にすぐれているオメガ3脂肪酸ですが、酸化しやすいことが欠点です。抗酸化作用のあるビタミンEなどと一緒に摂取して酸化を防ぎましょう。

魚介類に豊富

マグロ、イワシ、サンマ、サケなどの魚介類とあん肝、イクラなどの魚卵、カニ、ムール貝、カキなどの海産物には、オメガ3脂肪酸が豊富です。オメガ3脂肪酸はネコの体内では作れないため、食事から摂取する必要があるのです。

ペット向けのものもある

動物病院では、ペット専用のオメガ3脂肪酸が販売されていることがあります。10歳になったら、ネコに限らずペットにはなんらかの方法でオメガ3脂肪酸を摂取すべきとする獣医さんの声もあります。

！

腎臓は血液をろ過して老廃物を出すネフロンという構造体の集まりで、ネコには40万個（人間は約200万個）あります。年をとると壊れるネフロンの数が増えていきます。一度、壊れたネフロンは治らず再生もしません。腎不全になると、通常より速くネフロンの機能が失われていくのです。

肥満解消のためのダイエットには、野菜食がおすすめ

POINT 1 カロリーを3～4割減らす

減量の際は、1日に必要な摂取カロリーから3～4割減らします。7kgのネコの理想体重が5kgなら、必要なエネルギー量（カロリー）が275kcal（5×55）ですから、35%減らすと179kcalに。フードの表示が「380kcal/100g」なら179÷380×100≒47となるので、47gのフードを与えましょう。

POINT 2 少量の野菜をフードに混ぜる

本来、ネコには野菜が必要ありませんが、少量をフードにトッピングすれば、かさ増ししつつカロリーを抑えられます。また、キャベツやニンジン、ブロッコリーなどの野菜をゆでたりお湯でふやかしたりしてフードに混ぜるのもダイエットに適しています。

POINT 3 すりつぶせば栄養素を吸収できる

野菜に含まれるビタミンを摂取させたいと考えるなら、ミキサーなどですりつぶして与えましょう。ブロッコリー・ニンジン・カボチャ・シイタケをミキサーにかけたものがおすすめです。

ニャン プラス POINT

便秘が気になるなら、食物繊維の豊富なサツマイモなどが向いています。またダイエットには、遊びや運動を1日5分程度増やすだけでも助けになります。肥満コントロールは飼い主の責任と心得ましょう。

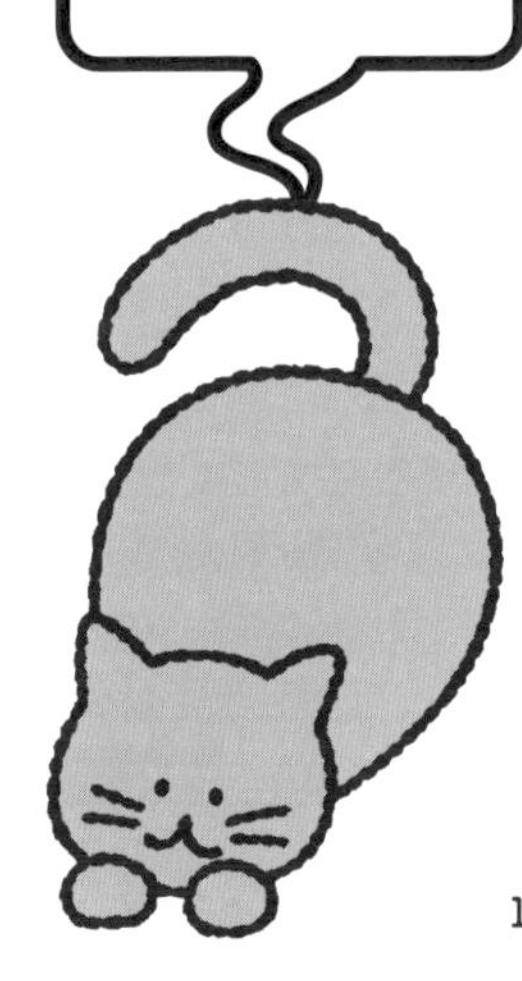

ダイエットのカギはカロリーと食事内容

摂取カロリーをカットして食事内容を見直すことは、ダイエットに必須です。１回の食事量を減らして食事の回数を増やすなど、食べる楽しみを損なわずストレスのない状態で食事を改善することが成功の秘訣です。

BCSで肥満度をチェック

ネコの肥満とは理想体重（1歳になったころの体重）の120%以上をいいます。現在の体重から理想体重を算出するボディコンディションスコア（BCS）は、肥満度を５段階でチェック。3は理想的（理想体重の95%～106%）、4は体重過剰（同107～122%）、5は肥満（123%～146%）です。

減量計画は週に1%ずつがめやす

BCSが4、５の太りぎみ・太りすぎの場合は減量に取り組みましょう。減量のペースは1週間に1%程度がめやすです。体重7kgのネコで理想体重が5kgなら、2kg減量するまで毎週0.07kg（70g）ずつ減らしていきます。この場合は、約６ヶ月半の間で合計2kgをゆっくり減量していきましょう。

BCSは、スコアの基準をネコの体型のイラストでも示しています。体型をスコア基準と照らし合わせてあてはめ、現在の体重をパーセンテージで割ると理想体重を算出できます。6kgのネコでBCS5、現在の体重が理想体重の125%の肥満とすると6kg÷1.25=4.8となり、理想体重は4.8kgとなります。

POINT 1 尿路の炎症抑制に期待

腎臓や膀胱、尿道など尿路に結石ができる尿路結石症には、主にストルバイト結石とシュウ酸カルシウム結石があります。ストルバイト結石の原因はおしっこのアルカリ化、尿路の炎症、運動不足など。クランベリーは、炎症を抑えるといわれています。

POINT 2 与えないほうがいい場合も

ストルバイト結石の炎症抑制に期待されているクランベリーですが、ヒトでは、成分のシュウ酸塩がシュウ酸カルシウム結石の発症リスクを高めるかもしれないという報告があります。シュウ酸カルシウム結石のネコには、与えないほうがいいでしょう。

POINT 3 尿路感染症の発症リスクを下げる可能性

抗酸化作用のある、プロアントシアニジンというポリフェノールの一種が含まれています。細菌が付着する数を減らし、尿路感染症の発症リスクを下げるというデータがあり、ヒトに対しては有効とする評価があります。ネコの投与に関する医学的根拠はまだ確立されていません。

ニャン プラス POINT

クランベリーはヒトに対する尿路結石の予防効果はある程度確認されていますが、ネコに対する効果や適正量は明確にわかっていません。摂取の前後でおしっこを調べて、実際に効果が出ていそうかどうかを確認しましょう。

サプリなどでも人気の高いクランベリー

アメリカではメジャーな果実であるクランベリーは、ネコやヒトもカラダにいい成分が含まれていると考えられています。抗菌・抗酸化作用によって尿路感染症の発症リスクを抑えることが期待されています。

ジュースやジャムの原料

キャットフードの原料によく記載されているクランベリーは、日本ではツルコケモモと呼ばれる小さくて真っ赤な果実です。果物としては酸味がとても強く生食に向きませんが、ドライフルーツや、ジュース・ジャム・ソースの原料として使われています。

ヒト用・ネコ用のサプリがある

抗酸化作用のあるプロアントシアニジン、ビタミンC、整腸作用のあるペクチン、便秘の解消や腸内細菌のバランスを整えるキナ酸、食物繊維などが含まれています。

！

プロアントシアニジンが尿路感染症の発症を抑える可能性に期待がかかる一方、成分のひとつであるシュウ酸塩は、逆に尿路結石の発症リスクを高める可能性があることも指摘されています。また、ヒトが摂取する分には問題がないという報告もあります。健康なネコには与えても大丈夫と考えていいでしょう。

ネコの体重測定には、ベビースケールを使おう！

POINT 1 正確な測定に便利

体重測定で使いやすいのは、ヒトの赤ちゃん用のベビースケールです。体重計に乗せやすく、ネコにとってもちょうどよいでしょう。1g単位、2g単位、5g単位などに設定されているものが多いため、体重を正確に把握しやすくなります。

POINT 2 人間用の体重計もOK

人間用の体重計を流用するのは、もっとも手軽な方法です。人間が抱えて体重計に乗って測定し、再度ヒトだけで測った体重の数値を引くとネコの体重がわかります。

POINT 3 キャリーバッグに入れて測る

キャリーバッグや袋にネコを入れて、吊り下げばかりのフックにかけて測定する方法もあります。また、ネコをキャリーバッグに入れて体重計で測ると安定して測定できます。ヒトが抱えるときと同様にバッグの重さを引き、体重を算出します。

ニャン プラスPOINT

ベビースケールのほかに、釣りのときに魚の重さを量る吊り下げ式のデジタルスケールもおすすめです。鴨居などから下げて、ネコを洗濯ネットやキャリーバッグに入れてぶら下げます。量るときは、ユラユラ揺れないよう、手で支えることも忘れずに。

健康管理の基本は定期的な体重チェック

飼い主が自分でできる健康管理のひとつに、日ごろの体重チェックがあります。体重の急な増減は異変のサインにつながるので、定期的に、できれば週１回以上の体重測定を行いましょう。

14～15歳以上は、やせすぎネコが急増

年をとるにつれて肥満の予防や対策は日常的に行う必要がありますが、14～15歳になるとやせすぎのネコの数が急増し、それ以上の超高齢ネコでは肥満のネコの数を上回ります。急な体重減少は、口内炎や歯肉炎で食事がとれないためだったり、病気の兆候かもしれません。

シニアのネコは週1回以上の測定を

健康な大人のネコでも月１回、体重を測りましょう。４ヶ月ぐらいまでの子ネコやシニアのネコ、持病のあるネコ、ダイエット中など体重管理が必要な場合は、少なくとも週に１回の体重測定をおすすめします。

測定はできるだけ同じ時間帯に

体重は１日のうちでも変動します。体重は食事、うんちやおしっこ、運動によって変わるので、測定はできるだけ同じ時間帯に行います。1g単位で測れる体重計がもっとも正確に測定できますが、体重の軽い子ネコは10g単位、その他のネコは50g単位で測定可能な体重計でもOKです。

！ ヒトの体重測定で500g程度の変動があっても、食事や着るもののちがい、測定の誤差などによるのであまり気にする必要はありません。しかし、体重5kgのネコに500gの増減があれば、割合としては50kgのヒトに5kgの変動があったことになり、けっして些細な変化ではないため、病気の兆候がないか確認しましょう。

もしものときのために、ペット保険への加入を検討しよう

POINT 1 会社によって保険料は異なる

会社によって月々の保険料は異なります。ネコの種類、加入時の年齢によってもちがいがあるほか、ペット保険に加入し続けた場合のトータルの保険料が大きくちがってくるため、目先の保険料に惑わされず、シミュレーションをしておきましょう。

POINT 2 補償の内容や割合を見る

保険会社や商品によっても補償内容、割合はさまざまです。診療費に対する支払い割合は5割か7割が多く、7割なら1万円の診療費で自己負担が3,000円になります。入院1日や手術1日あたりに支払われる保険金、限度額や免責事項も確認を。

POINT 3 窓口精算できるか確認する

動物病院の受診の際、ペット保険の保険証を提示して飼い主の負担分のみ支払う窓口精算という制度を使えるかどうか確認してみましょう。保険請求の手続きをしなくてすみます。

ニャン プラスPOINT

病気やけがの際は、想定外の費用がかかると実感する飼い主が多く、急な支払いにとまどいがちです。先天性疾患や保険加入前からかかっていた病気については、免責となり補償されないこともあるので、加入するならなるべく早めがいいでしょう。

診療費は予想以上に高額

病気やけがなど予測不能な事態が起こったとき、頼りになるのが保険です。ペット保険を扱っている会社は約15社。人間の医療保険とは性質が異なるので注意が必要です。

ネコの治療には公的な医療保険がない

動物病院で受けた治療の費用は、全額が飼い主の自己負担となります。日本獣医師会による平成27年度の調査では、ネコにかかる治療費の平均は1家庭で月6,991円、年間ではおよそ84,000円でした。

動物病院によって料金がちがう

動物病院の治療では、この治療は○円といった統一基準がなく、同じ治療でも動物病院によって料金がまちまちです。最新設備を導入していたりすると治療費も高額になるでしょう。

年齢などによって保険料がアップ

保険会社により異なりますが、ネコの種類や年齢に応じて、毎年あるいは数年ごとに保険料が上がります。

!

ペット保険に加入すると、診療費の自己負担の費用が少なくなります。お金のことを気にせずに動物病院に連れていけるので、病気の早期発見・治療につながります。他人のモノを壊すなどの損害賠償や葬儀といった特約や、インターネット割引、多頭飼い割引などの制度を活用できることもあります。

参考文献

『新装版 ネコにいいものわるいもの』（臼杵新・監修、造事務所・編著、三才ブックス）
『猫のための家庭の医学』（野澤延行・著、山と渓谷社）
『ネコの老いじたく いつまでも元気で長生きしてほしいから知っておきたい』（壱岐田鶴子・著、SBクリエイティブ）
『学研ムック 改訂版 うちの猫との暮らし 悩み解決！ Q&A100』（学研パブリッシング・編、学研プラス）
『癒し、癒される猫マッサージ』（石野孝／相澤まな・著、実業之日本社）
『猫と暮らすと幸せになる77の理由―現代人のお悩み、ズバッと解決！』（石田卓夫・監修、Collar 出版）
『面白くてよくわかる！ネコの心理学』（今泉忠明・監修、アスペクト）
『ずーっと猫と遊ぼう！猫とのおたのしみ100』（小泉さよ・著、メディアファクトリー）

※そのほか、数多くの新聞記事やウェブサイトの記事を参考にしました。

監修者紹介

臼杵新
うすき・あらた

獣医師、ウスキ動物病院（埼玉県さいたま市桜区）院長。1974年生まれ。麻布大学獣医学部獣医学科卒業の後、野田動物病院（神奈川県横浜市港北区）などでの勤務医を経て、現職。「動物と飼い主の両方を幸せにする治療」がモットー。著書に『イヌの老いじたく』『イヌを長生きさせる50の秘訣』（ソフトバンククリエイティブ、サイエンス・アイ新書）、監修書に『猫にいいものわるいもの』『犬にいいものわるいもの』（三才ブックス）などがある。

カバー・本文デザイン	清水真理子（TYPEFACE）
イラスト	ささきともえ
文	倉田楽　東野由美子
校　正	株式会社円水社
編　集	株式会社ロム・インターナショナル
	中野俊一（世界文化社）
編集協力	株式会社バーネット

ウチのニャンコが長生きする！

ネコのカラダにいいこと事典

発行日　　2021年4月30日　初版第1刷発行

監　修　　臼杵 新
発行者　　秋山和輝
発　行　　株式会社世界文化社
〒102-8187
東京都千代田区九段北 4-2-29
電話　03-3262-5124（編集部）　03-3262-5115（販売部）

印刷・製本　株式会社リーブルテック

ISBN978-4-418-21404-4